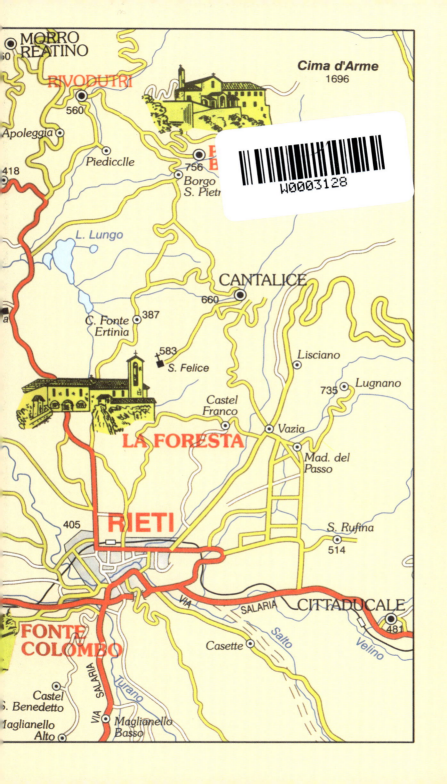

BRIGITTE RIEBE | Die Braut von Assisi

BRIGITTE RIEBE

Die Braut von Assisi

Roman

Diana Verlag

Trotz intensiver Bemühungen gelang es nicht, die Rechteinhaber der auf dem Vorsatzpapier abgebildeten Karte festzustellen. Der Verlag bittet diese oder eventuelle Rechtsnachfolger, sich mit ihm in Verbindung zu setzen. Er verpflichtet sich, rechtmäßige Ansprüche nach den üblichen Honorarsätzen zu vergüten.

Verlagsgruppe Random House FSC-DEU-0100
Das für dieses Buch verwendete
FSC®-zertifizierte Papier *EOS*
liefert Salzer Papier, St. Pölten, Austria.

Copyright © 2011 by Diana Verlag, München,
in der Verlagsgruppe Random House GmbH
Redaktion | Herbert Neumaier
Satz | Leingärtner, Nabburg
Druck und Bindung | GGP Media GmbH, Pößneck
Printed in Germany
Alle Rechte vorbehalten
978-3-453-29080-8

www.diana-verlag.de

Per Sabina – mille grazie per tutto!

PAX ET BONUM
Franziskus von Assisi (1182–1226)

Prolog

»Spring!«
Da war sie wieder, jene Stimme, die sie bis in den Traum verfolgte! Fordernd klang sie, so streng und gebieterisch, dass es keinen anderen Ausweg zu geben schien. Sie spürte, wie ihr Körper sich schon fügen wollte. War ihr in all den endlosen Jahren der Gefangenschaft Gehorsam nicht ohnehin zur zweiten Natur geworden?

Zweimal nur hatte sie dagegen aufbegehrt, zunächst, als die Säfte der Jugend so machtvoll in ihr aufgestiegen waren, dass sie geglaubt hatte, an dem Unerfüllten ersticken zu müssen, das ihr für immer verwehrt bleiben würde. All das strenge Fasten, der tagtägliche Verzicht und die heimliche Qual, die andere ihr vorlebten, um von *ihr* geliebt zu werden, hatten für sie niemals getaugt. Beinahe rasend war sie damals geworden, zweifelnd an der seit jeher vertrauten Welt, verzweifelnd an dem, was in ihr vorging.

In der Stunde der größten Verlassenheit, als Trauer und Hoffnungslosigkeit ihre Sinne schon umwölken wollten, war dann der Engel erschienen, ein Retter, der ihr ganzes Leben verändern sollte, hatte ihr Trost geschenkt und ein Sehnen, das niemals wieder enden sollte. Erst da hatte sie gespürt, an welch brennendem Durst sie gelitten hatte.

Doch welch Unglück war aus dieser Erfüllung erwachsen! Ein paar atemlosen Wochen der Seligkeit waren bald die Furcht, schließlich die entsetzlichste Gewissheit gefolgt, die sie wieder zu jenen zurückgetrieben hatte, denen sie entflohen war. Die folgenden Monate hatte sie vollkommen vergessen gehabt, aus dem Gedächtnis gelöscht, als seien sie niemals geschehen – bis vor Kurzem, als sie sich wieder in ihr Bewusstsein geschmuggelt hatten wie etwas Versunkenes, das sich nach und nach aus seiner festen Vertauung auf dem Meeresgrund löst und unaufhaltsam nach oben trudelt, um endlich ans Licht zu gelangen.

Sie war eine Sünderin, das wusste sie, und hatte die strengste Buße dafür auf sich genommen, auch wenn diese ihren Körper taub gemacht, ihr Gesicht verwüstet und ihr Herz leer wie ein zerfleddertes Vogelnest zurückgelassen hatte. Inmitten all der Frömmigkeit war kein Raum für Vergebung gewesen. Im Gegenteil, sie hatte sich wie ein fauliger Apfel gefühlt, der unaufhaltsam weiter verrottete, unwürdig, von der Heiligkeit zu zehren, die die anderen speiste.

Die Zeit heilt alles, das hatte sie die anderen oftmals sagen hören. Außer der Wahrheit, das hatte sie inzwischen am eigenen Leib erfahren müssen. Wahrheit kann schmerzen und pochen wie ein Geschwür vor dem Aufbrechen, wenn sie mit Füßen getreten wird, so lange, bis man ihr Genüge tut und das Lügengespinst zerreißt wie ein mürb gewordenes Spinnennetz.

Von einem Tag zum anderen war sie aus der Blindheit erwacht. Ein hingeworfener Satz, niemals für ihre Ohren bestimmt, hatte ihre Lethargie beendet und die Jägerin in ihr erwachen lassen, eine Jägerin mit spitzer Feder, die ab sofort nichts mehr dem Zufall überlassen würde …

»Spring!«

Jetzt schmeichelte die Stimme, klang gurrend und verführerisch wie laue Sommerluft auf nackter Haut, eine berauschende Erinnerung, die plötzlich wieder ganz lebendig war, als läge kein halbes vergeudetes Leben dazwischen.

Sie spürte, wie ein großes, lautes Lachen in ihr aufstieg, ebenso verboten wie all das andere, das hinter ihr lag. Wie listig sie doch alles eingefädelt hatten, um sie in ewiger Blindheit zu halten! Die ganze Stadt kannte inzwischen die fromme Legende, hegte und liebte sie und erzählte sie getreulich den Kindern weiter, die ihr gespannt lauschten, insgeheim voller Erleichterung, dass ihnen ein ähnliches Schicksal erspart geblieben war.

Doch dabei würde es nicht länger bleiben, dafür hatte sie gesorgt. Ihr Handgelenk war steif, so sehr hatte sie sich anstrengen müssen, um auf Pergament zu bringen, was endlich alle erfahren sollten: dass sie niemals Vergebung erlangen konnte, weil die Sünde schon in ihr war, *bevor* sie geboren wurde.

»Du wirst nichts spüren, das verspreche ich. Der Aufprall dauert nur einen Lidschlag. Und dann: Ruhe. Frieden. Also zögere nicht länger – spring!«

Im Nacken glaubte sie, seinen Atem zu spüren. Einbildung? Oder war er wirklich schon so nah gekommen?

Ihre Hände wurden klamm. Sie spreizte unwillkürlich die Finger. Noch gehorchten sie ihr, ließen sich öffnen und wieder schließen. Doch ihr Geist, das konnte sie deutlich fühlen, hatte sich bereits auf eine weite Reise begeben.

Sie breitete die Arme weit aus.

Mit dieser Geste hatte der Engel sie bei ihrer ersten Begegnung voller Liebe begrüßt und danach immer wieder, solange er bei ihr geblieben war. Ist er doch noch einmal zurückgekommen, jetzt, wo sie endlich sehend geworden war?

Obwohl der Regen erneut eingesetzt hatte, der seit Wochen die Bäche und Flüsse anschwellen ließ, nahm sie auf einmal mit allen Sinnen den fortgeschrittenen Frühling wahr, der in diesem Jahr verspätet gekommen war, beinahe verstohlen nach einem langen, ungewöhnlich harten Winter. Gras und Blumen roch sie, als läge sie wieder, geschützt von Getreideähren, die sich über ihnen leise im Wind wiegten, mit ihm auf dem warmen Boden, die Glieder ineinander verschlungen, als seien sie ein einziges Lebewesen mit vier Armen und vier Beinen. An der Hüfte spürte sie jenen unnachahmlich sanften Druck, dieses Werben und Drängen, dem sie bald schon voller Verlangen nachgeben würde, die Seide seiner Haut, die Süße seines Kusses.

Sie waren vereint.

Ein Gefühl, so überwältigend, dass sie darüber alles andere vergaß, sogar ihre Todesangst und den Schatten, der sie verfolgt und die steile Steintreppe nach unten getrieben hatte, bis zu dem Felsvorsprung, auf dem sie nun stand. Alles in ihr wurde weich. Sogar der harte Knoten aus Hass und Rache, der ihr Herz so lange zusammengepresst hatte, brach auf. Doch kein Gift ergoss sich daraus, sondern es war ein milder, warmer Strom, der sich tröstlich und heilend anfühlte.

In diesem Moment erfolgte der Stoß.

Ohne den Hauch einer Gegenwehr rutschte sie auf den Abgrund zu. Nichts, was sie noch gehalten hätte.

Sie kippte, stürzte nach vorn.

Schon halb im Fallen riss sie ungläubig die Augen auf, doch die Schwärze hinter ihr war so undurchdringlich, dass sie nichts erkennen konnte.

Dennoch wusste sie auf einmal, wer es gewesen sein musste. Es gab nur einen Einzigen, der dafür infrage kam. Das Letzte, was sie hörte, war das Geräusch riesiger Schwingen, so gewaltig, dass ihr die Ohren zu dröhnen begannen.

Sie schlug unten auf, die Lippen halb geöffnet, als wollte sie noch etwas rufen, zerschmettert auf dem harten Untergrund, als wäre ihr Körper nichts gewesen denn eine nutzlose Hülle.

Eine Hand zeigte gen Himmel.

Im bleichen Licht des aufgehenden Mondes war ihr entstelltes Gesicht beinahe schön.

Erstes Buch
VERHEISSUNG

Eins

In der ersten Dämmerung wirkte der große See wie verwunschen, so spiegelglatt war seine Oberfläche. Endlich hatte auch der Regen aufgehört, der auf dem Ritt nach Süden so lange sein lästiger Begleiter gewesen war. Der Morgenhimmel über ihm war muschelgrau und wolkenlos. Zartes Rot im Osten verkündete bereits den Sonnenaufgang. Sogar das dichte Schilf ringsum schien bewegungslos, bis nach einiger Zeit ein Blesshuhn aufflog und mit seinem rostigen Schrei die heilige Ruhe zerriss.

Jetzt gab es keine Ausflucht mehr, noch länger zu warten.

Entschlossen legte er seine Kleider ab, faltete sie zusammen und ging zum Wasser. Die ersten Schritte hinein machte er so schnell, dass er kaum etwas spürte, doch als die Wellen erst einmal seine Schenkel benetzt hatten, drang der unbarmherzige Biss der Kälte bis in sein Innerstes. Alles in ihm zog sich voller Abwehr zusammen. Für einen Augenblick war er versucht, umzukehren und hinaus ins Trockene zu flüchten, dann jedoch überwand er sich, warf sich mit einem Satz bäuchlings ins Wasser und tauchte unter.

Prustend kam er wieder nach oben und begann mit kräftigen Zügen loszuschwimmen, genauso wie sein Bruder Ulrich es ihm vor langen Jahren in einem eisigen Bach nahe der elterlichen Burg beigebracht hatte. Nach und nach schwand die anfängliche Betäubung seiner Gliedmaßen, und ihm wurde wärmer. Als die Isola Maggiore, auf der der heilige Franziskus nach dem Vorbild Jesu vierzig Tage gebetet und gefastet hatte, ein ganzes Stück näher gerückt war, drehte er sich auf den Rücken und ließ sich ein Stück treiben.

Voller Erstaunen sah er an sich hinab.

Die Wochen im Sattel hatten seine Erscheinung verändert. Nicht nur die Schenkel waren schlanker und doch muskulöser geworden, auch der schlaffe Bauch der Wintermonate war gänzlich verschwunden. Alles an ihm wirkte sehnig und straff; ein Körper, der einem deutlich Jüngeren hätte gehören können, einem Mann, der gern jagte und sich mit all dem vergnügte, was sein privilegierter Stand für ihn bereithielt – ein Mann, wie er früher einer gewesen war.

Für einen Moment empfand er beinahe so etwas wie Stolz, den er freilich rasch wieder verscheuchte. Nur in jungen Jahren hatte er sich derartige Gefühle erlaubt, später jedoch den Leib gering geschätzt. *Bruder Esel*, so hatte der große Heilige den Körper mehr als einmal genannt, weil er immer wieder aufmuckte und besonders, was die Lust betraf, ungeahnte Schwierigkeiten bereiten konnte, anstatt der Seele getreulich zu dienen. Vielleicht verursachte ihm der Anblick seiner bleichen Nacktheit mit all ihren unübersehbar männlichen Attributen deshalb so starkes Unbehagen. Eigentlich lag die Zeit seiner fleischlichen Anfechtungen so weit zurück, dass er sich kaum noch an die zahlreichen Kämpfe und Niederlagen dieser schwierigen Phase zu erinnern vermochte. Mittlerweile war ihm Keuschheit zur Selbstverständlichkeit geworden. Alles, was er früher einmal durchlitten hatte, gehörte der Vergangenheit an und ruhte sicher verschlossen wie hinter einer armdicken Eichentüre – davon war er zumindest bis vor Kurzem überzeugt gewesen. Doch mit einem Mal schienen alte Anfechtungen, die er längst überwunden geglaubt hatte, neu aufzukeimen.

Wie lange hatte er sich nicht mehr derart ungeniert betrachtet!

Seit die Ulmer Pforten hinter ihm ins Schloss gefallen waren, hatte so vieles in seinem Leben sich verändert, und ein untrügliches Gespür sagte ihm, dass es nicht allein mit der Verkleidung zu tun hatte, die er anlegen musste, um unterwegs unentdeckt zu bleiben. Es schien auch an dem Land zu liegen, durch das er ritt, und an den Menschen, die es bewohnten. Da war etwas in ihrem Gang, in ihren Blicken und Gebärden, das sein Herz und seine Sinne auf merkwürdige Weise anrührte und den gewohnten Schutz brüchig werden ließ. Was sie aßen, schmeckte fremdartig und faszinierend zugleich. Sogar die Luft kam ihm auf der Südseite der mächtigen Bergbarriere verändert vor, weicher, schmeichelnder, eine Liebkosung, nach der man sich sehnte, kaum hatte man sie einmal genossen, die sich aber gleichzeitig sündig und damit verboten anfühlte. Diese Reinigung im kalten Seewasser war also mehr als notwendig gewesen, in vielerlei Hinsicht.

War es nicht allerhöchste Zeit, sich endlich wieder in den zurückzuverwandeln, der er eigentlich war?

Den Rückweg zum Ufer legte er umso schneller zurück. Er rannte aus dem Wasser, als seien Dämonen hinter ihm her. Ohne sich um die bemoosten Steine unter seinen Sohlen zu kümmern, schlug er wie wild mit den Armen um sich, um die Kälte zu vertreiben, und rieb sich schließlich mit dem Mantel ab, den er nun nicht mehr brauchen würde.

Ihn, den dick gesteppten Gambeson, wie viele Ritter ihn trugen, dazu die Stiefel sowie die lederne Bruche, all das, was ihm auf dem beschwerlichen Weg über die Alpen gute

Dienste geleistet hatte, würde er Simone überlassen, dem Fischer mit dem gütigen Lächeln und den knotigen Gelenken, die ihm die tägliche Ausfahrt bei Wind und Wetter schon in mittleren Jahren beschert hatte. Seine bescheidene Hütte war ihm in den letzten Tagen Unterschlupf gewesen; bereitwillig hatte die Fischerfamilie mit ihm geteilt, was der See an Fängen hergab, bis sein Pferd endlich wieder so weit genesen war, dass er den Weiterritt riskieren konnte.

Der schönste und menschlich wärmste Aufenthalt auf seiner bisherigen Reise, auch wenn die enge Hütte feucht und die Verständigung schwierig gewesen war, denn er verstand nur ungefähr jedes siebte Wort dieser wohlklingenden Sprache, was ihn zunehmend bedenklich stimmte. Seine Mutter, aufgewachsen an den Ufern eines anderen großen Sees am Südrand der Alpen, hatte sie manchmal mit ihm gesprochen, als er noch ein Kind gewesen war und sie ihm Lesen und Schreiben beibrachte, doch das lag mehr als dreißig Jahre zurück, und er hatte das meiste davon inzwischen vergessen. Seine Hoffnung, sich im Lauf der langen Reise wieder darauf zu besinnen und freizulegen, was lange verschüttet gewesen war, hatte sich nur unzureichend erfüllt. Überall, wo er jenseits der Alpen Rast gemacht hatte und mit einfachen Leuten in näheren Kontakt gekommen war, klang ihr Dialekt eine Spur anders, und er konnte das mühsam Erinnerte oder erst vor Kurzem Erlernte kaum sinnvoll einsetzen.

Wie sollte er da seinen schwierigen Auftrag erfüllen, der ihn schon so viele Opfer gekostet hatte? Hätte er nicht besser von Anfang an demütiger sein und die Mission, die der Generalminister ihm übertragen hatte, freiwillig einem anderen Bruder überlassen sollen? Denn wie könnte ausgerechnet ein deutscher Bruder, der in einer weit entfernten Provinz lebte, in der Lage sein, richtig einzuschätzen und zu beurteilen, woran vor ihm andere bereits kläglich gescheitert waren?

Nichts als müßige Fragen, die sich ein getreuer Jünger des heiligen Franz am besten gar nicht stellt, dachte er, während er das flache Bündel mit seiner Kutte und den Hosen öffnete und in beides geschwind hineinschlüpfte. Johannes von Parma, der unserer Ordensgemeinschaft weise und väterlich zugleich vorsteht, wird schon wissen, was er von wem verlangen kann!

Kaum hatte der raue Stoff seine Haut berührt, schien die Verwandlung bereits in vollem Gange, und als er sich auch noch mit dem dreiknotigen Strick der Tugend gegürtet hatte und die harten Sandalenriemen wieder an den nackten Füßen spürte, war sie gänzlich vollzogen: Aus dem Edelmann Leonhart von Falkenstein, der in Eisen und Leder über die Alpen gezogen war, war wieder Bruder Leo geworden, der nach einem langen Weg sein Ziel nun bald erreicht haben würde.

Seine Hände fuhren über den Kopf, und jetzt erhellte ein verschmitztes Lächeln seine Züge. Offenbar hielt die Natur ihn noch immer fest in ihren Krallen. Sein Haarwuchs war so kräftig, dass man die Tonsur kaum noch wahrnehmen konnte, was seiner Tarnung bislang zugutegekommen war. Beim nächsten Kloster der Minderen Brüder würde er dafür Sorge tragen, dass alles wieder so aussah, wie die Regel es gebot.

Sich mit dem Schwert zu gürten, wie zunächst geplant gewesen war, hatte er strikt verweigert, dazu liebte er seine Gelübde viel zu sehr. Doch was sollte er mit dem lästigen Dolch anfangen, den er noch immer mit sich herumschleppte? Zutiefst angewidert, mochte er auch ihn kaum noch anfassen. Blut klebte an ihm, auch wenn seine Klinge mittlerweile wieder silbrig glänzte, Blut, das ein noch viel schlimmeres Unrecht nicht hatte verhindern können. Und dennoch hatte der Dolch ihm das Leben gerettet.

Damit freilich sollte sein frevlerischer Dienst beendet sein!

Aus einem plötzlichen Impuls heraus bückte sich Leo nach ihm, ergriff ihn und holte weit aus, um ihn in den See zu schleudern, hielt aber inne, als seine Stute, die er an einen Baum gebunden hatte, warnend zu wiehern begann.

Ein gutes Stück entfernt war Simone gerade dabei, das kleine Holzboot ins Wasser zu lassen; Pietro und Andrea, die beiden älteren Söhne, mager und krummbeinig wie er, halfen ihm dabei. Keiner von ihnen sollte ihn in seiner wirklichen Gestalt sehen, um nicht auf törichte Gedanken zu kommen. Also ließ er die Waffe unverrichteter Dinge in seine Satteltasche gleiten, band Fidelis los und saß auf.

Das Bündel mit den nutzlos gewordenen Kleidungsstücken hatte er gut sichtbar auf einem großen Stein am Ufer zurückgelassen. Er wusste, dass die Fischer dort jeden Tag anlegten, um ihre kostbaren Reusen trocknen zu lassen.

Sie würden sich wundern, so viel war gewiss, und beinahe tat es ihm leid, dass er ihre staunenden Gesichter nicht mehr sehen konnte. Vielleicht würden sie ja eines Tages ihren Kindern die Sage vom fremden Ritter und seinem lahmen Pferd erzählen, der alle Kleider als Geschenk zurückgelassen hatte, bevor er über Nacht mitsamt der Stute wie ein flüchtiges Traumbild im See verschwunden war.

Die Menschen südlich des Alpenkamms, so kam es ihm vor, schienen solche Legenden ganz besonders zu lieben.

✥

Das Haus war erwacht, früher als gewöhnlich, weil die Zeit bis zu den Festlichkeiten von Tag zu Tag schneller zusammenzuschnurren schien. Unten, in der großen Küche, hörte sie die Mägde beim Schüren des riesigen Brotofens rumoren. Wenig später würden Gemüseputzen und Geflügelrupfen an die Reihe kommen, damit die Minestrone, die lange köcheln musste, um die gewünschte Sämigkeit zu bekommen, rechtzeitig angesetzt werden konnte. Gaia und Carmela waren wie beinahe jeden Morgen damit beschäftigt, dazu Rufina sowie die alte Toma, die schon seit Ewigkeiten hier diente und wegen ihres fortschreitenden Gichtleidens seit dem Winter nur noch leichtere Arbeiten verrichten konnte. Aber es gab auch einige neue Mädchen und Frauen aus der Unterstadt, deren Namen sie sich noch nicht gemerkt hatte, weil sie erst kürzlich als zusätzliche Unterstützung für die anstehenden Hochzeitsvorbereitungen eingestellt worden waren.

Simonettas klangvoller Alt, der lautstark Anweisungen erteilte, übertönte alles andere, und aus jedem Wort, das sie an das Gesinde richtete, schwang das Selbstbewusstsein der reichen Kaufmannsgattin, der Befehlen zur zweiten Natur geworden war. Sie »Mamma« zu nennen, wie Simonetta es von ihr erwartete, brachte Stella noch immer kaum über die Lippen, als gäbe es da eine innerliche Barriere, die ihr das verwehrte. Aber hatte Simonetta sie nicht aufgezogen wie eine leibliche Tochter und sich diese Anrede damit tausendmal verdient?

Beinahe, flüsterte diese aufsässige Stimme in ihr, die sich manchmal einfach nicht zum Schweigen bringen lassen wollte. *Immer gerade so, dass du den Unterschied sehr wohl zu spüren bekommen hast.*

Der Unterschied lag neben ihr im breiten Bett und gähnte soeben herzhaft, bevor er sich noch einmal auf die andere Seite rollte, um eine genüssliche Runde weiterzuschlafen: Ilaria, einzige überlebende Tochter der Familie Lucarelli – wenn man das Findelkind Stella, das man barmherzig als Neugeborenes aufgenommen hatte, nicht mitzählen wollte.

In Aussehen und Charakter hätten die beiden jungen Frauen unterschiedlicher kaum sein können: Ilaria war groß und blond, mit schalkhaften blauen Augen und einem Wesen, so strahlend und hell wie die Sonne, während die Haare der zierlichen Stella schwarz wie Rabenflügel waren, sie als verträumt und nachdenklich galt, stets mit einer unausgesprochenen Frage in ihren großen Augen, deren Farbe an das silbrig grüne Laub der Olivenbäume erinnerte. Man musste sich schon anstrengen, um Stella überhaupt noch wahrzunehmen, wenn Ilaria zusammen mit ihr den Raum betrat und so unbekümmert losprudelte, wie es ihrem Temperament entsprach. Doch nach einer gewissen Zeit schien dieser Eindruck zu schwinden, und dann konnte es durchaus Stella sein, die mit ihrer gefühlvollen Art, Geschichten zu erzählen, mit den anmutigen Gesten, die diese begleiteten, und den gekonnt gesetzten Pausen, welche die Spannung noch steigerten, die allgemeine Aufmerksamkeit auf sich zog.

»Sternenkind«, so nannte Ilaria sie seit Kindheitstagen und hing in zärtlicher Liebe, die jeden Anflug von Eifersucht vermissen ließ, an ihr. »Eines Tages haben Engel dich auf unserer Schwelle abgelegt, damit ich künftig nicht mehr so allein sein musste, nachdem meine anderen Geschwisterchen doch alle schon im Himmel waren. Und jetzt werden wir zwei schon bald auch noch durch unsere Ehemänner für immer verwandt sein – besser hätte es gar nicht kommen können!«

Behutsam strich Stella der Schlafenden eine verklebte

Locke aus der Stirn. In Ilaria steckte so viel Leben, dass sie manchmal förmlich zu glühen schien, und so verging in der wärmeren Jahreszeit kein Morgen, an dem sie nicht nass geschwitzt erwachte, einem ungestümen Fohlen gleich, das in seiner Begeisterung im Traum wieder einmal zu weit galoppiert war.

Dass sie ihren Federico von ganzem Herzen liebte, stand für alle außer Frage. Die beiden schienen füreinander bestimmt, zwei strahlend schöne junge Menschen, die sich selbst genügten; das verriet jeder ihrer Blicke, die sie unablässig tauschten, jede Liebkosung, die sie inzwischen sogar öffentlich wagten. Zudem war Federico della Rocca nicht nur in den Augen der Kaufmannsfamilie eine ausgesprochen gute Partie: wohlerzogen, weit gereist und vor allem adelig, wenngleich leider nicht unbedingt begütert. Doch das Vermögen von Vasco Lucarelli und seine Mitgift für Ilaria, über deren sagenhaftes Ausmaß ganz Assisi nur im Flüsterton Mutmaßungen anstellte, würden ohnehin für ein bequemes, standesgemäßes Leben des jungen Paares sorgen.

Wenn Stella dagegen an Carlo dachte, Federicos Vetter, mit dem man sie kurz nach Ilaria verlobt hatte, überwogen gemischte Gefühle. Anfangs war er ihr ausgesprochen schmuck und anziehend erschienen, war er doch einer der begehrtesten Junggesellen der Stadt, auf den viele junge Mädchen ein Auge geworfen hatten, und sie hatte kaum fassen können, dass ausgerechnet sie das Ziel seines Werbens sein sollte. Er war mittelgroß und schlank, mit kräftigen Schultern, schmalen Hüften und einem Schopf kastanienbrauner Locken, die ihm etwas Jungenhaftes gaben. Carlo della Rocca besaß eine Vorliebe für ausgefallene Farben und feine Stoffe, die er auf ungewöhnliche Weise zu kombinieren verstand, und keiner der jungen Edelleute weit und breit trug solch aufwendige Schuhe wie er. Dabei war er alles andere als ein Stutzer oder Lackaffe, sondern wirkte ausgesprochen männlich, mit erlesenen Manieren gesegnet, die ihn überall beliebt machten. Seine galante Art und die vielen Schmeicheleien und Komplimente aus seinem Mund hatten Stella zunächst in eine Art Traumzustand versetzt, der über Monate anhielt.

Bis zu dem Zwischenfall mit dem Falken.

Was als vergnügliche Jagdpartie und festliche Zerstreuung am Morgen ihres Geburtstags begonnen hatte, sollte nur Stunden später in Tod und Tränen enden. Niemals würde sie vergessen können, mit welcher Grausamkeit er sein Falkenweibchen bestraft hatte, als es ihm den Gehorsam verweigert hatte. Das Bild des zerfetzten Vogelkörpers unter seinen genagelten Stiefeln verfolgte sie bis heute, und all seine wortreichen Beteuerungen, wie unendlich leid es ihm tue, für einen Augenblick die Beherrschung verloren zu haben, hatten ihr Herz nicht wirklich erreicht.

Seitdem betrachtete Stella ihn mit anderen Augen, und was sie da zu sehen bekam, ließ unangenehme Ahnungen in ihr aufsteigen. War sein Mund nicht eine Spur zu gebieterisch, der Blick zu kalt, die Miene oftmals so herrisch, als fühle er sich allen anderen heimlich überlegen?

Er schien zu spüren, was in ihr vorging. Jedes Mal, wenn ihr Misstrauen überhandzunehmen drohte, veränderten sich sein Ausdruck und sein Verhalten. Dann wurde Carlo plötzlich weich, fast demütig, begann erneut von seiner Liebe zu ihr zu sprechen und von einer gemeinsamen Zukunft, die in glühenden Bildern auszumalen er nicht müde wurde.

Ilaria hatte sich inzwischen auf den Rücken gedreht und schnarchte herzerfrischend. Nicht mehr lange, und sie würde sich die Augen reiben, um kurz danach mit beiden

Beinen in die Welt zu springen, die sich eigens für sie zu einem neuen Tag zu rüsten schien. Sie war eine Eroberin, eine »Frau der Tat«, wie sie manchmal selbst lachend sagte, die nicht lange überlegte, sondern handelte – basta!

Wenn sie doch auch nur mehr davon hätte! Gedankenverloren drehte Stella den Ring mit dem blutroten Granat an ihrem Finger hin und her, den Carlo ihr zur Verlobung angesteckt hatte. Anfangs hatte er perfekt gepasst und sie atemlos vor Glück gemacht, doch inzwischen schien er seltsamerweise zu eng geworden. Unter dem matten Goldband spannte die Haut, war rau und gerötet. Auf einmal erschien ihr der Ring wie eine Last. Sollte sie ihn einfach abstreifen?

Ein Gedanke, den sie sich schnell wieder verbat. Der Adelige und das Findelkind – klang ihre Liebesgeschichte nicht wie ein Märchen? Sie sollte dankbar sein, dass Carlo ausgerechnet sie erwählt hatte. Und nicht nur dafür galt es, in ihrer Lieblingskirche San Rufino einen neuen Satz dicker weißer Kerzen anzuzünden.

Denn natürlich schickte Vasco auch sie nicht mit leeren Händen in die Ehe. Er, weit über Assisi hinaus bekannt für seine großzügigen Schenkungen an die Kirche, vor allem aber für die herzliche Gastfreundschaft, mit der er reisende Ordensbrüder unter seinem Dach aufnahm, hatte auch für Stella eine stattliche Mitgift ausgesetzt, wenngleich natürlich deutlich niedriger als die für Ilaria. Eine Mitgift, die jeden geeigneten Kandidaten die ungewisse Herkunft der Braut vergessen machen konnte. Scham und eine unerklärliche Übelkeit hatten sie überfallen, als er ihr dies eines Abends in feierlichen, fast gestelzt anmutenden Worten mitteilte.

»Du hast jetzt neue Wurzeln, Stella, und trägst den Namen einer achtbaren Familie, das solltest du niemals vergessen. Gewissermaßen ein Geschöpf ohne Vergangenheit, dafür mit stabiler Gegenwart und, wie es aussieht, sogar glänzender Zukunft. Keiner darf wagen, dich zu schmähen, sonst bekommt er es auf der Stelle mit Vasco Lucarelli und seinen streitbaren Vettern zu tun.«

Ob er insgeheim froh war, sie loszuwerden?

In seinen vernarbten Zügen hatte sie vergeblich nach einer Antwort gesucht. All die Fragen, die sich ihr schon auf die Zunge drängen wollten, schluckte sie lieber hinunter, denn seine beherrschte Miene verriet, dass sie ohnehin nur wieder gegen eine Mauer rennen würde wie schon die vielen Male davor. Eine rasche, gefällige Antwort, wie Vasco, der ihr gegenüber seltsamerweise niemals auf der Anrede »Papà« bestanden hatte, sie so gern erteilte, wenn er ein Thema zu beenden wünschte, wollte sie nicht hören. Sie war eine Sucherin, eine, die häufig und gerne grübelte und den Dingen am liebsten auf den Grund ging, bis ihre Liebe zur Wahrheit gestillt war.

Eine Eigenschaft, die im Haus Lucarelli nicht sonderlich hoch im Kurs stand, wie Stella immer wieder feststellen musste. Nicht einmal ihre geliebte Ilaria schien allzu viel davon zu halten, sondern war zufrieden, wenn nach außen hin alles so aussah, als gäbe es keinerlei Schwierigkeiten.

»Was geht nur schon wieder in deinem hübschen schwarzen Köpfchen vor?« Wie ein zum Schmusen aufgelegtes Katzenjunges schmiegte Ilaria sich von hinten an Stella und hielt sie mit ihren heißen Händen fest umklammert. »Carlo, oder? Ich möchte wetten, du denkst gerade an ihn.«

Stella atmete tief aus. »Und wenn ich die Hochzeit noch einmal verschiebe?«, murmelte sie, froh, dass sie Ilaria dabei nicht in die Augen sehen musste. »Vielleicht nur um ein paar Monate, was meinst du? Wir könnten einfach ein gutes halbes Jahr nach euch heiraten. Dann wären jetzt alle Augen auf Federico und dich gerichtet, und wir hätten im Winter ein zweites schönes Fest.«

»Das ist nicht dein Ernst, *sorellina*!« Ilaria hatte abrupt von ihr abgelassen und stand nun vor Empörung vibrierend im Bett. Das seidene Nachthemd modellierte ihre üppigen Brüste wie die einer Statue. Venus in Person, dachte Stella, soeben erst dem göttlichen Schaum entstiegen. Padre Luca, zweiter Kaplan zu San Rufino, hatte während des Brautunterrichts öfter von den antiken Gottheiten erzählt als von den Pflichten einer zukünftigen Ehefrau und Mutter, und Stella konnte von diesen aufregenden Sagen und wüsten Heroengeschichten gar nicht genug bekommen. Dann jedoch hatte der *padre* eines Abends Hals über Kopf das Haus verlassen müssen, weil er sich unsterblich in Ilaria verliebt hatte, *seine* Venus, wie er sie in rührenden Briefen angebetet hatte, die ihm freilich nie gehören würde.

Eine Venus, die gerade auf wenig göttliche Weise schrie und den Mund dabei so weit aufriss, als wolle sie Stella verschlingen. »Willst du Mamma um den Verstand bringen? Und Papà an den Bettelstab? Er ruiniert sich doch ohnehin schon für seine beiden Mädchen. Jedenfalls predigt er mir das Tag für Tag. Wie kommst du nur immer wieder auf solch verrückte Ideen?«

Weil ich dich um dein Glück beneide, dachte Stella, auch wenn ich es dir gleichzeitig von ganzem Herzen gönne. Weil ich immer öfter unsicher bin, die richtige Wahl getroffen zu haben. Weil ich es manchmal richtig mit der Angst zu tun bekomme, wenn Carlos Augen so grausam aufleuchten. Weil ich eben …

»Weil ich eben manchmal ein verrücktes Huhn bin, das nicht genau weiß, wohin es eigentlich gehört«, sagte sie laut und verfluchte dabei innerlich ihre Feigheit.

»Ja, das bist du in der Tat, wenn du solchen Unsinn daherplapperst.« Ilarias weiche Arme umschlossen sie erneut mit erstaunlicher Kraft. »Hierher gehörst du, mein Hühnchen, zu uns, wohin denn sonst? Jeder von uns liebt dich auf seine Weise – Mamma, Papà, ich sowieso und natürlich auch dein Carlo. Der ganz besonders! Du würdest nicht nur seinen männlichen Stolz verletzen, sondern ihm auch das Herz brechen, wenn du jetzt noch einen Rückzieher machst, wo doch alle Vorbereitungen laufen und sogar unsere Brautkleider beinahe fertig sind. Die Hochzeit verschieben – wer hat solch eine wahnwitzige Idee jemals schon gehört! Nein, unser schönes Assisi wird zwei Bräute auf einmal erleben, eine blonde und eine schwarze, die auch noch liebende Schwestern sind. Und damit basta! Ich lasse dich erst wieder los, hörst du, wenn du endlich zur Vernunft gekommen bist.«

Die vertraute Nähe machte Stella ruhiger und besänftigte sogar halbwegs ihr aufgewühltes Inneres. Vielleicht grübelte sie wirklich zu viel. Ilaria und sie *waren* Schwestern, wenngleich nicht von den gleichen Eltern abstammend, das wusste auch Carlo. Was sollte ihr schon zustoßen, solange sie solchen Rückhalt besaß?

»Soll ich dir heute die Haare flechten?«, schlug sie schließlich vor, um das Thema abzuschließen und auf andere Gedanken zu kommen.

»Du weißt schon, dass wir heute auch noch zu Aldiana müssen«, warf Ilaria ein. »Sie kann unsere nahezu fertigen Gewänder unmöglich durch den Straßenstaub hierher zerren. Und dann würden sie vielleicht gar Federico oder Carlo zu Gesicht bekommen, stell dir das nur einmal vor!«

Auf sie wartete ein Brautkleid in Lichtblau, während das von Stella die Farbe eines zartgrünen Maienwaldes hatte. Selbstredend, dass nur der leiblichen Tochter des

Hauses Simonettas funkelnde Aquamarine zustanden. Stella mussten Jugend und Schönheit schmücken, und davon besaß sie mehr als genug, wie ihre Ziehmutter ihr immer wieder so eindringlich versicherte, als wäre sie selbst nicht gänzlich davon überzeugt.

Stella nickte ergeben. »Ich könnte die kleinen cremefarbenen Perlen dazu nehmen, die du so sehr liebst. Was meinst du?«

Ob sie jetzt eine Antwort erhalten würde?

»Das würdest du tun? O ja – bitte! Deine zarten Hände sind nun mal so viel geschickter als Rosinas Wurstfinger.«

Beide prusteten im gleichen Augenblick los.

Erst unlängst vom Küchenmädchen zur Zofe der beiden Bräute befördert, mühte das junge Mädchen vom Land sich noch sichtlich überfordert mit den ungewohnten Pflichten ab. Ihr morgens freiwillig die Haare zu überlassen, konnte bedeuten, sich auf stundenlanges Rupfen und Ziepen einstellen zu müssen, das doch zu nichts führte.

»Dann los!« Ilarias überschäumende Lebenslust hatte sich wieder einmal durchgesetzt.

Sie sprang aus dem Bett; Stella folgte ihr wie beinahe jeden Morgen in einigem Abstand und bekam dabei Gelegenheit, einen Blick auf Ilarias runde Waden zu werfen, die sich unter der dünnen weißen Seide abzeichneten. Federico würde ein Prachtweib zur Frau bekommen, an der so gut wie alles makellos war, während Carlo sich mit einer zerrupften mageren Lerche abfinden musste, an der, wenn überhaupt, einzig und allein die dunkle Haarpracht ins Auge fiel.

Ob ihn wohl vor allem die Aussicht auf die saftige Mitgift verführt hatte, anziehend zu finden, was viele andere junge Männer aus gutem Grund übersehen hatten? Beinahe hätte sie über sich selbst gelacht. Fing sie etwa schon wieder mit diesem hoffnungslosen Grübeln an?

Mit einer ungeduldigen Bewegung riss sie das Fenster auf. Warme Maisonne fiel in das Zimmer und malte runde Kringel auf den rötlichen Steinboden.

Der Tag konnte beginnen.

✢

Die Glocke des Aussätzigen drang an sein Ohr, eine ganze Weile, bevor er ihn sah.

Leo kannte den Ton, denn auch zu Hause in Ulm hatte der Rat vor nicht allzu langer Zeit die tönernen Siechenscheppern abgeschafft, die über Jahrhunderte in Gebrauch gewesen waren, und stattdessen Glöckchen eingeführt, um die Bürger vor dem ungewollten Kontakt mit Leprakranken zu warnen. Eine Fülle weiterer Bestimmungen war erlassen worden, die das Leben der Ausgestoßenen noch schwieriger als bisher gemacht hatten, als wären Ekel und Abscheu, die die Gesunden bei ihrem Anblick empfanden, nicht schon Strafe genug.

Die Liste der Verbote war so endlos, dass er nur das Wichtigste daraus behalten hatte: Das Trinken aus Brunnen und Quellen war ihnen verboten, sie durften keine Kirche betreten und hatten stets ihre eigene Essschüssel mitzuführen. Strengste Strafen erwarteten sie, sollten sie es wagen, sich Kindern zu nähern oder gar einen Gesunden zu berühren. In Ulm befand sich ihre baufällige Behausung außerhalb der Stadtmauer, was sie wehr- und damit schutzlos machte, und auch hier in Assisi schien es nicht viel anders zu sein, denn die Stadt, die er im leichten Dunst aufragen sah, lag noch ein ganzes Stück entfernt. Am liebsten hätte man sie hie wie da wohl ganz davongejagt – aber wer würde sie stattdessen aufnehmen?

Der Mann war inzwischen näher gekommen, humpelnd, sichtlich unter starken Schmerzen. Das Tückische am Aussatz war, dass er bei jedem ganz unterschiedlich auftreten konnte. Mal begann er im Gesicht und ließ als Erstes die Nase verfaulen, oder er fraß die Augen in den Höhlen. Bei anderen wiederum wurden zunächst die Gliedmaßen taub, bevor die schwärenden Wunden aufbrachen, gegen die es kein Heilmittel gab. Von Aussatz befallen zu werden galt als Strafe Gottes, als weit sichtbares Zeichen, dass der Mensch, der mit dieser Krankheit geschlagen war, schwer gesündigt hatte – wie aber konnte es dann angehen, dass auch unschuldige Kinder daran litten?

Leo zügelte Fidelis, die leise schnaubte. Der Ritt vom Trasimener See war für ihren gerade erst geheilten Hinterlauf offenbar anstrengender als gedacht gewesen. Eine ausgiebige Pause würde ihnen beiden guttun.

Jetzt sah der Aussätzige, der keinerlei Anstalten machte, den schmalen Weg zu verlassen, zu ihm auf.

»*Leo*«, flüsterte er mit rauer Stimme. »*Fra Leone – sei tu?*«

Was wollte er von ihm? Und woher konnte er wissen, wer er war?

Leo starrte in das zerstörte Gesicht, das weder eine Nase noch erkennbare Konturen hatte, sondern ihm nur wie eine breiige Masse aus Hügeln und undefinierbaren Tälern erschien. Ekel stieg in ihm auf, dessen er sich im gleichen Augenblick schämte. Hatte Franziskus nicht einen Leprösen herzlich umarmt und sogar auf den Mund geküsst, so die Legenden? Er aber war nun mal nur ein einfacher Mönch und kein Heiliger wie der große Sohn Umbriens.

»*Sei ritornato – finalmente!*« Jetzt machte der Mann doch tatsächlich Anstalten, auch noch nach seinem Fuß zu greifen!

»Nimm gefälligst deine Hände da weg, sonst kannst du was erleben!«, rief Leo. Doch in ihm brodelte es weiter. *Du bist endlich zurückgekommen* – was in aller Welt hatte das zu bedeuten?

Die Stute schien seine wachsende Anspannung zu spüren und stieg unversehens. Er versuchte, sie zu einer Seite abzustellen und mit Kreuz und Schenkel vorwärtszutreiben, um sie zu beruhigen. Leider war er zu langsam gewesen. Sein Oberkörper war schon zu weit nach vorn geschossen, er konnte sich nicht länger im Sattel halten, sondern spürte, wie er zu rutschen begann, dem Boden unaufhaltsam entgegen.

Er schlug unten auf. Dabei stieß sein Kopf an etwas Hartes. Ihm wurde schwarz vor Augen.

Nach einer Weile kitzelte etwas seine Nase. Ein warmer Atem vor seinem Gesicht.

Das zumindest würde der Lepröse doch wohl nicht wagen!

Immer noch zutiefst empört, wollte Leo auffahren, um ihn endgültig in seine Schranken zu weisen, sank jedoch schmerzerfüllt und erneut beschämt wieder zurück. Fidelis stand über ihm und fuhr nach kurzem Zögern mit ihrem sanften Beschnuppern fort, als wolle sie sich davon überzeugen, dass er es auch wirklich war.

Von dem Aussätzigen keine Spur weit und breit.

Das stellte Leo fest, nachdem er sich mühsam aufgerappelt hatte. Am Hinterkopf ertastete er eine Wunde, die jedoch zum Glück nicht stark zu bluten schien. Da er auch seine letzten beiden Hemden großzügig dem Fischer überlassen hatte, blieb ihm nichts anderes übrig, als die Wunde mit einer Handvoll Gras vorsichtig abzutupfen. Dabei überfiel ihn heftiger Schwindel, der den Rest seines kargen Frühstücks nach oben drückte. Er würgte, musste sich übergeben. Seine Befürchtung wuchs. Ob er sich ernsthaft verletzt hatte?

Bruder Anselm, als klösterlicher Infirmar mit allerlei Krankheitsbildern vertraut, hatte die Brüder immer wieder vor Kopfwunden und innerlichen Blutungen gewarnt, die schlimme, manchmal sogar tödliche Folgen haben konnten, wenn man sie auf die leichte Schulter nahm. Das fehlte ihm gerade noch, nach all den Mühen in San Damiano nicht als Visitator, sondern als Schwerkranker anzukommen, der selbst ins Bett gehörte!

In seinem benommenen Zustand war er für die schwierige Mission denkbar schlecht gerüstet, das spürte er mehr als deutlich. Leo kramte in den Satteltaschen und zog die Tonflasche heraus, die er am See frisch gefüllt hatte. Er trank ausgiebig und fühlte dabei Fidelis' sanften Blick auf sich ruhen. Sie brauchte ebenfalls Wasser. Und eine saftige Wiese, um ihren Hunger zu stillen. Nur ein wenig rasten und durchschnaufen – dann würde es sicherlich besser werden.

Vorsichtig schaute er sich um. Jede zu heftige Bewegung ließ den Schmerz in seinem Hinterkopf erneut aufflammen. Ringsum nichts als Bäume, Wiesen und Felder, über die ein sanfter Wind strich. Die unterschiedlichen Grüntöne, die ineinanderflossen wie die Farben eines Gemäldes, taten seinen gereizten Augen wohl, und fast schien es ihm, als würde bei diesem erfrischenden Anblick auch der Kopfschmerz ein wenig leichter.

Ein Stück entfernt entdeckte er ein steinernes Gebäude, einen Stall oder größeren Heuschober, wie er zunächst dachte. Und sah er daneben nicht auch etwas schmales Silbriges schimmern, das sich durch das Grün schlängelte?

Er nahm Fidelis am Zügel. Längst wieder lammfromm, trottete sie neben ihm her.

Beim Näherkommen bemerkte er, dass er sich getäuscht hatte. Weder Stall oder Heuschober hatten seinen Blick auf sich gezogen, sondern eine kleine, halb verfallene Kirche zwischen hohen Steineichen. Das Dach war löchrig, der Putz an den Wänden blätterte in dicken Blasen ab. In der Baumkrone über ihm schrien Starküken gierig nach Futter. Und nur wenige Schritte weiter floss ein kleiner Bach.

Während Fidelis ihren Durst stillte und danach friedlich zu grasen begann, ging er hinein.

Drinnen war es dämmrig. Es gab nur zwei Fenster über der kleinen Apsis. In einem Reste von buntem Glas, das andere hatte man mit Sackleinen verhüllt. Der Altar war kaum mehr als ein grob behauener Stein, über den ein vergilbtes Leinentuch hing. Überall am Boden Spuren von dürren Zweiglein und Vogelkot, als hätten über Jahre verschiedenste Brutpaare hier genistet.

Wie lange mochte in diesem verlassenen Gotteshaus schon keine heilige Messe mehr gefeiert worden sein?

Als er die unbeholfen bemalten Wände näher inspizierte, bedächtig wie ein alter Mann, weil auch die kleinste Bewegung ihm noch immer Schmerzen bereitete, stieß er auf etwas, das ihn plötzlich innehalten ließ. Zuerst dachte Leo, er habe sich geirrt, und seine Phantasie habe ihm lediglich vorgegaukelt, was er zu sehen wünschte. Sein Blick glitt noch einmal prüfend über den Untergrund, um schließlich auf einer bestimmten Stelle zu verweilen. Leo trat näher, dann noch näher und kniff dabei die Augen zusammen. Kein Zweifel, da war es – jenes Zeichen, das die Botschaft des Heiligen weit hinaus in die Welt getragen hatte!

Seine Finger berührten ein makelloses τ, dessen wohl ehemals kräftiger Rotton im Lauf der Zeit zu einem schwachen Rosa verblasst war. Erregung überkam ihn, sein innerliches Zittern verstärkte sich, und jetzt musste er sich an der Wand anlehnen.

Das verrottende Kirchlein war nichts anderes als die Portiuncula, die Urkirche sozusagen, in der Franziskus mit den ersten Brüdern gelebt und gebetet hatte. Hier, in Santa Maria degli Angeli, hatte er Klara mit eigenen Händen das Haar abgeschnitten, ihr hier die grobe Kutte übergestreift.

Der Heilige selbst hatte ihm den Aussätzigen geschickt, um ihn auf die Probe zu stellen! Und wie ein blinder und zugleich tauber Sünder hatte Bruder Leo sein Herz vor dem Bedürftigen verschlossen. Dabei hatte der Lepröse ihn doch hierhergeführt, zu diesem auserwählten Ort, dessen einstige Heiligkeit nun in Schmutz und Verlassenheit unterzugehen drohte.

Der Kopfschmerz war mit einem Mal wie weggeblasen, und auch irdische Bedürfnisse wie Hunger oder Durst spürte Leo nicht mehr. Ein heiliges Feuer hatte ihn erfasst, sein Herz entflammt und all seine Sinne ergriffen. Während bald schon die große Grabkirche in Assisi in Anwesenheit des Heiligen Vaters feierlich geweiht werden sollte, verfiel hier scheinbar unbemerkt, was die Minoriten eigentlich ausmachte! Er war nicht einen Augenblick zu früh gekommen. Und sein Weg, das wurde ihm spätestens in diesem Moment klar, würde vermutlich viel weiter und dornenreicher sein, als er anfangs geglaubt hatte.

Leo ging hinaus, aufrecht, voller Ungeduld, wie es seine Art war. Fidelis schien schon auf ihn gewartet zu haben und trabte ihm mit wehendem Schweif entgegen.

Nach einem kurzen Ritt durch Felder und einen kleinen Laubwald ging es bergauf, dem Kloster San Damiano entgegen. Leo genoss die erfrischende Kühle des grünen Laubdaches, das die erneut auftretenden Schmerzen leicht dämpfte. Die Sonne war höher gewandert und besaß erstaunliche Kraft. Das ganze Land schien von ihr erfüllt, der

Boden, die Luft, jede einzelne Pflanze, die am Wegrand wuchs.

Vor dem Konvent saß er ab und band Fidelis an eine Zypresse. Rötlicher Naturstein erhob sich vor ihm, perfekt geschichtet wie auch die Mauern und kleinen Häuser, an denen er unterwegs vorbeigekommen war. Hier hatte der Heilige den Ruf des Kreuzes vernommen, hier mit den eigenen Händen gegen den Verfall des alten Gotteshauses gekämpft, hier, wie manche sagten, seine berührende Hymne an alle Kreaturen verfasst.

Ein Gefühl heiliger Scheu überfiel Leo, als er langsam zur Pforte schritt. Ob die Schwestern ihn bereits erwarteten?

Sein Besuch war schriftlich angekündigt worden, doch Länge und Gefahren des Weges hatten keine allzu genaue Datierung zugelassen, ein Umstand, den er nur allzu gern in Kauf genommen hatte. Ein gewisses Maß an Überraschung tat stets gut, das hatten ihn andere Visitationen bereits gelehrt. Allerdings hatte sein Fuß niemals zuvor so heiligen Boden betreten.

Auf sein Klopfen an der Pforte hin geschah zuerst einmal nichts. Prüfend glitt sein Blick zur Sonne, um genauer abzuschätzen, welche Stunde es wohl sein mochte. Seiner Vermutung nach war der Mittag bereits eine Weile überschritten, das bedeutete, dass die Non bereits gebetet sein musste und die Vesper noch nicht allzu bald beginnen würde. Eigentlich sollten die frommen Schwestern jetzt alle bei der Arbeit sein. Und dennoch glaubte er, leisen Gesang zu hören, der aus der kleinen Kirche drang.

Ein lokaler Feiertag, von dem er nichts wusste?

Leo, dem alle monastischen Stundengebete längst in Fleisch und Blut übergegangen waren, konnte sich keinen rechten Reim darauf machen. Er klopfte abermals, länger und stärker, doch wieder blieb alles ruhig.

Ob sie jeglichen Besuch ablehnten?

Er wusste von der strengen Klausur, die der Heilige Vater Klara und ihren Mitschwestern auferlegt hatte, doch das galt nicht für seine Visitation.

Aber wie sollte er sich bemerkbar machen?

Plötzlich berührte etwas Seidiges seinen Knöchel, und er schrie unwillkürlich auf, um im nächsten Moment über sich selbst zu lachen. Eine graue Katze saß neben ihm und sah aus unergründlich bernsteinfarbenen Augen zu ihm auf. Dann, offensichtlich verlegen, begann sie, ihre Schulter zu putzen.

»Bist du etwa mein Begrüßungskomitee?« Er bückte sich, um sie zu streicheln, doch sie schoss scheu davon.

Als er sich wieder aufgerichtet hatte, stand eine Nonne vor ihm. Wie war sie herausgekommen? Er hatte keinen Laut gehört.

»*Sono Fra Leo*«, sagte er. »*Il visitatore…*«

Sie sah ihn staunend an, als könnte sie kaum fassen, was sie da zu hören bekam.

Sofort überfiel ihn die alte Unsicherheit, die er freilich rasch wieder vertrieb. Diese einfachen Worte – sie mussten richtig gewesen sein.

»*Sono Fra Leo del monasterium Ulm*«, begann er noch einmal von vorn. »*Vorrei parlare con l'abbatissa.*«

Wieso schüttelte sie jetzt so energisch den Kopf, dass ihre Haube zu wackeln begann? Sie hatte ein schmales, energisches Gesicht und so tiefbraune Augen, dass sie ihm unter der einfachen Haube fast schwarz erschienen.

»*Impossibile*«, sagte sie mit fester Stimme. »*Madre Chiara è troppo malata.*«

Dass Klara seit langen Jahren das Bett hüten musste, wusste er bereits. Ob ihr labiler Zustand sich verschlechtert hatte? Hoffentlich kam er nicht zu spät!

»Ich muss sie trotzdem sprechen«, stieß er hervor. »Deshalb bin ich ja den ganzen weiten Weg über die Alpen geritten. Bruder Johannes schickt mich. Es ist sehr, sehr wichtig, für euch alle, für das ganze Kloster, verstehst du ...«

Beschämt hielt er inne. Er war vor lauter Aufregung in seine Muttersprache verfallen. Wahrscheinlich hatte die Schwester kein einziges Wort verstanden.

Doch in den dunklen Augen schimmerte ein winziges Lächeln. »Komm mit!«, sagte sie, griff nach dem Schlüsselbund, der an ihrem Strick hing, und schloss auf.

Er folgte ihr in den kleinen Kreuzgang, vollkommen überrascht. Sie sprach Deutsch, den harten gutturalen Dialekt der westlichen Alpen, den auch seine Mutter gesprochen hatte.

»Wir sind froh, dich hier zu sehen.« Die Nonne war stehen geblieben. »Ich bin Suor Regula, die Infirmarin. Die anderen sind alle in der Kirche und beten. Aber wieso bist du allein?«

Sie hatte sofort seinen wundesten Punkt getroffen. Laut den Anweisungen des heiligen Franziskus hatten Minderbrüder sich stets zu zweit auf Reisen zu begeben, erst recht, wenn diese so lang und beschwerlich waren wie die, die hinter ihm lag. Natürlich war er zusammen mit einem Gefährten aufgebrochen. Doch was diesem unterwegs zugestoßen war, lag tief und für immer auf dem Grund seines Herzens begraben.

»Jetzt?«, fragte Leo, um das heikle Thema zu übergehen. »Die Schwestern beten jetzt?«

Sie nickte. Das Lächeln war aus ihren Augen verschwunden. »Es gab da einen Todesfall. Gestern. Suor Magdalena. Ihre arme Seele braucht unseren Beistand.« Sie schien zu zögern, als wollte sie noch etwas hinzufügen, entschied sich dann aber offenbar dagegen.

Irgendetwas zwang Leo zum Nachfragen. »Woran ist sie gestorben?«, sagte er.

Abermals Zögern.

»Ein schrecklicher Unfall«, sagte Suor Regula schließlich. »Ein Sturz aus großer Höhe. Außerhalb.« Ihre Hand fuhr zum Mund, als hätte sie schon zu viel verraten.

»Sie hat das Kloster verlassen?« Wie passte das zur strengsten Klausur, die für San Damiano von oberster Stelle angeordnet war? »Hatte sie denn einen speziellen Auftrag?«

Suor Regula schien zu ahnen, was ihn bewegte. »Wir haben keine Erklärung dafür«, sagte sie. »Magdalena hat die Vigil verpasst, zum ersten Mal in all den Jahren. Da haben wir nach ihr zu suchen begonnen. Gefunden haben wie sie allerdings erst Stunden später. Als es hell war.«

»Kann ich sie sehen?«

Die schmalen Schultern gingen nach oben. »Kein schöner Anblick«, sagte die Infirmarin leise.

»Daran bin ich gewöhnt«, lautete seine Antwort. »*Per favore!*«

Sie machte ein paar Schritte, er folgte ihr.

»Warte!«, beschied sie ihn. »Das hat einzig und allein Madre Chiara zu entscheiden.«

Sie ging so leise davon, dass sein Blick unwillkürlich nach unten glitt. Ihre Füße waren nackt; sogar auf die einfachen Sandalen, die der Heilige ausdrücklich erlaubt hatte, verzichtete sie offenkundig.

Leo ließ sich auf die kleine Steinbank neben dem Eingang sinken, denn plötzlich meldete sich der Schmerz im Hinterkopf wieder zurück.

Ob die Mutter ihn nun doch empfangen würde?

Zu einem ausführlichen Gespräch wäre er heute gar nicht mehr in der Lage. Schon auf dem Weg hierher hatte er beschlossen, für einige Zeit in Assisi zu bleiben, um sich ein möglichst abschließendes Bild zu machen. Stellte sich allerdings noch die Frage nach einem geeigneten Quartier. Das riesige Monasterium der Minoriten erschien ihm aus vielerlei Gründen nicht als der richtige Ort. Es gab kein Kloster, in dem nicht getratscht wurde, erst recht, wenn es von Männern bewohnt war und offiziell strengstes Schweigegebot herrschte. Sein Auftrag war viel zu delikat, um im unpassenden Moment an die große Glocke gehängt zu werden.

Doch hier würde er auch nicht bleiben können, als einziger Mann inmitten all der Nonnen. Wie viele es wohl sein mochten? Obwohl der Platz beschränkt war, erfreute sich Klaras Kloster, wie er wusste, seit Jahren größter Anziehung, und die Zahl der frommen Schwestern wuchs ständig an.

Um einen kleinen Brunnen herum blühten wilde Sommerblumen. Schmetterlinge tanzten in der Luft. Es roch süß und ein wenig bitter zugleich, eine winzige, unschuldige Idylle inmitten der starken steinernen Mauern. Beinahe wären ihm im friedlichen Halbschatten die Augen zugefallen.

Plötzlich stand Suor Regula wieder vor ihm. Sie musste sich aufgeregt haben, das erkannte er an den roten Flecken, die auf einmal auf ihren schmalen Wangen brannten. Doch sie nach dem Grund zu fragen, wäre ebenso unhöflich wie sinnlos gewesen. Sie erschien ihm wie das Misstrauen in Person. Niemals würde sie einen Fremden einweihen.

»Komm!«, sagte sie.

Leo ging davon aus, dass sie ihn als Nächstes in die Kirche führen würde, wo wie bei ihnen im Ulmer Kloster jeder Tote zum Abschiednehmen einen Tag und eine Nacht vor dem Altar aufgebahrt wurde. Doch sie bog kurz vor dem niedrigen Portal nach rechts ab, öffnete eine unscheinbare Tür und nahm die Treppe nach unten.

Er roch den Tod, noch bevor sie ihr Ziel erreicht hatten. In den Mauern schien er zu sitzen und seine eiskalten Finger nach jedem auszustrecken, der sich hierher verirrte.

Der Raum, eher eine Art Kellerverlies, war so niedrig, dass Leo kaum aufrecht stehen konnte. Der Leichnam war nicht in einen Sarg gebettet, wie er es erwartet hatte, sondern lag auf einer einfachen Holzpritsche. Ein weißes Leintuch bedeckte ihn. Am Kopfende ein schlichtes Holzkreuz. Zu den Füßen der Toten brannten zwei weiße Kerzen.

»Das ist sie«, sagte Regula. »Suor Magdalena. Ihr ganzes Leben hat sie hier im Kloster verbracht.«

Etwas kam Leo merkwürdig an diesem Satz vor, doch er entschloss sich, seine Überlegungen auf später zu verschieben.

»Kann ich sie sehen?«, fragte er.

»Kein schöner Anblick«, sagte sie abermals, hielt aber inne, griff dann nach dem Tuch und zog es langsam herunter.

Eine Frau in den frühen Vierzigern, wie er schätzte, vermutlich kaum ein paar Jahre älter als er selbst. Den fülligen, fast plumpen Körper verhüllte das schlichte Ordenskleid, in ihrem Fall so verwaschen und zerschlissen, dass es wie billigstes Sackleinen aussah. Die Gliedmaßen wirkten seltsam verdreht, als hätte ein Riese sie grob aus den Gelenken gerissen und dann einfach sinnlos baumeln lassen.

»Unzählige Brüche«, drang Regulas Stimme in seine Gedanken. »Arme, Beine, Rippen und wer weiß, was sonst noch alles. Aber arg leiden müssen hat sie wohl nicht. Wir gehen davon aus, dass sie sofort tot war.«

Das Gesicht Suor Magdalenas war flächig und von Schürfwunden bedeckt. Links klaffte ein tiefer Riss, der knapp unter dem Auge begann und bis zu den Lippen reichte. Diese Seite war entstellt, beinahe zur Teufelsfratze geworden, während die rechte Gesichtshälfte entspannt, ja geradezu friedlich wirkte.

Er trat näher und hörte, wie die Nonne hinter ihm die Luft scharf zwischen den Zähnen einsog. Sie will nicht, dass ich genauer hinsehe, schoss es Leo durch den Kopf. Dafür wird sie ihre Gründe haben.

Aber welche? Und weshalb lagen die Hände der Toten nicht gefaltet auf der Brust wie sonst üblich?

Nach kurzem Zögern griff er nach der rechten Hand der Toten und drehte sie behutsam um. »Die Finger sind ja tiefbraun«, sagte er erstaunt. »Dann hat sie wohl bei euch im Scriptorium gearbeitet?«

Ein kurzes, bellendes Lachen, das ihn unangenehm berührte.

»San Damiano besitzt gar kein Scriptorium. Wenn Madre Chiara etwas zu schreiben hat, macht sie das selbst, sofern ihre Kräfte es zulassen, oder Suor Beatrice erledigt es für sie, ihre jüngste leibliche Schwester, der sie am meisten vertraut. Außerdem konnte Magdalena gar nicht schreiben. Das weiß ich ganz genau.«

Leo neigte sich tiefer.

»Für mich sieht das eindeutig nach Schlehdorntinte aus«, beharrte er. »Die hab ich mir selbst jahrelang mühsam von den Fingern kratzen müssen. Ich bin ganz sicher.«

»Magdalena hat hauptsächlich in der Küche gearbeitet«, sagte Suor Regula. »Vielleicht irgendein stark färbender Pflanzensud? Sie war ja ständig am Köcheln und Herumexperimentieren.«

Jetzt hätte er am liebsten Leintuch und Kutte weggezogen und den nackten Leichnam von Kopf bis Fuß genau inspiziert, aber das war natürlich unmöglich. Ob er die Nonne irgendwie kurz ablenken konnte?

Doch Regula stand so steif und gerade wie eine Säule neben der Totenbahre. Ihr Gesicht verriet höchste Achtsamkeit.

Vielleicht gelang es ihm ja auf andere Weise, hinter ihre Fassade zu dringen.

»Das war in Wirklichkeit gar kein Unfall, nicht wahr?«, sagte Leo und brachte es fertig, seine Stimme beiläufig klingen zu lassen und damit die Ungeheuerlichkeit des Inhalts zu mildern. »Eine Schwester, die heimlich die vorgeschriebene Klausur verlässt und sich aus dem Kloster stiehlt, nachts, mutterseelenallein … und die man Stunden später mit zerschmetterten Gliedern tot auffindet. Deshalb ist sie nicht in der Kirche aufgebahrt, sondern liegt hier, in diesem trostlosen Verlies. Weil ihr nämlich eine Todsünde vermutet. Ihr geht davon aus, ihr Tod sei kein Unfall, sondern vielmehr Selbstmord gewesen …«

Regula wandte rasch den Kopf ab, aber nicht rasch genug. Das Entsetzen in ihren Augen war ihm nicht entgangen. Doch er war noch nicht ganz fertig.

»… oder vielleicht sogar Mord. Denn man kann sich ja nicht nur aus eigenem Antrieb in die Tiefe stürzen. Man kann auch von fremder Hand in die Tiefe gestoßen werden. Hatte Suor Magdalena Feinde? Und wenn ja, welche?«

»Was fällt dir ein?«, fuhr die Nonne zu ihm herum. Dann jedoch schien sie sich zu besinnen, wer vor ihr stand, und sie beruhigte sich rasch. »Natürlich hatte sie keine Feinde! Unsere Magdalena hätte keiner Fliege etwas zuleide tun können«, fuhr sie fort, um vieles versöhnlicher. »Aber sie war manchmal betrübt. Besonders in letzter Zeit. Als ob eine schwere Last auf ihr läge. Ich hab sie heimlich seufzen hören. Ein frommes, trauriges Kind Gottes. Wer hätte ihr schon etwas Böses antun können?«

»Das werde ich eben Mutter Klara fragen müssen«, sagte Leo. »Dies und vieles andere mehr. Und du wirst dabei meine Dolmetscherin sein. Gehen wir!«

»Du kannst sie nicht sehen, wie ich schon gesagt habe.« Suor Regula wirkte plötzlich größer. »Madre Chiara ist viel zu schwach, um Besuch zu empfangen. Der Tod einer ihrer geliebten Schwestern hat sie sehr mitgenommen.«

»Aber ich muss sie sehen«, beharrte er. »Wenigstens auf ein Wort.«

»Versuch es morgen wieder!« Regulas Stimme klang abschließend. »Ich werde ihr ein Stärkungsmittel verabreichen, das schon manchmal geholfen hat. Vielleicht fühlt sie sich dann morgen besser. Doch das liegt allein in Gottes allmächtiger Hand.«

Die Endgültigkeit in ihrem Tonfall machte ihn ärgerlich, vor allem, weil er glaubte, auch noch eine Spur trotziger Genugtuung zu hören, aber er ließ sich nichts davon anmerken. Sie würden schon noch zu spüren bekommen, wie hartnäckig er sein konnte!

Hatten sie überhaupt das Totengebet für die Mitschwester gesprochen? Dieses Kellerloch strahlte eine Verlassenheit aus, die ihn sogar daran zweifeln ließ.

Leo faltete seine Hände. »O Herr, gib Schwester Magdalena die ewige Ruhe!«, betete er laut. »Und das ewige Licht leuchte ihr. Lass sie ruhen in Frieden! Amen.«

Er ging zur Tür, die steile Treppe nach oben und atmete auf, als er wieder in die Wärme und Geborgenheit des strahlenden Sommertages entlassen wurde. Dann drehte er sich zur Infirmarin um, die ihn aus schmalen Augen musterte.

»Bis morgen früh nach der Terz!«, sagte er. »Und ich bin ganz sicher, dann *wird* Madre Chiara mich empfangen.«

✤

»Ihr seid ja schon wieder magerer geworden, Signora Stella!« Wenn sie sich erregte, wie gerade, vergaß Aldiana, den kleinen Buckel zu verstecken, den sie sonst so geschickt unter losem Faltenwurf zu kaschieren wusste. »Wollt Ihr etwa, dass Euer Bräutigam sich in der Hochzeitsnacht an Euren Knochen wund stößt?«

Ilaria brach in mitreißendes Gelächter aus.

»Dafür wird mein Bauch immer runder«, rief sie vergnügt. »Wenn du die seitlichen Nähte nicht ein bisschen auslässt, Aldiana, werden die Leute denken, Federico habe mich bereits geschwängert – na, das Getratsche möchte ich hören!«

Stella war ihr dankbar für die Ablenkung. Der Erbin des Hauses Lucarelli würde die Schneiderin nichts Freches entgegenzusetzen wagen, während sie bei ihr, dem Findelkind – wie ganz Assisi wusste – nur zu gern ihre Spitzen anbrachte. Stella wusste selbst, dass sie in letzter Zeit an Gewicht verloren hatte. Aber wie konnte sie Simonettas üppige Speisefolgen genießen, wenn ihr so vieles durch den Kopf ging?

Ein Jammer, dass der Spiegel nicht groß genug und dazu halb blind war! Und dennoch gefiel ihr, was er ihr zurückwarf: eine junge, schlanke Frau in einem hellgrünen Kleid, das perfekt mit dem Schwarz der Haare und der Farbe der Augen harmonierte. Was machte es schon aus, dass es nicht so eng wie eine Wurstpelle saß!

Sie hasste Kleider, in denen sie keine Luft bekam. Als Kind hatte sie manchmal heimlich in Simonettas unzähligen Truhen gestöbert, dabei eines Tages verblichene Knabenkleider entdeckt, sie angezogen und sich in ihnen auf der Stelle sehr wohl gefühlt. Die Ohrfeigen, die sie damals eingefangen hatte, konnte sie noch heute auf ihren Wangen spüren. Doch viel mehr hatten die Worte sie verletzt, die ihre Ziehmutter in höchster Erregung hervorgestoßen hatte. Bis heute waren sie tief in ihrer Seele eingebrannt: »Die Kleider meiner toten Söhne – nie mehr wirst du sie anfassen, du gottverlassenes Hurenkind, hast du mich verstanden? Wären sie noch am Leben, wenigstens einer von ihnen, du hättest niemals unser Haus betreten.«

Ein Tag, der eine Zäsur gesetzt hatte, die bis heute andauerte. Seitdem hatte Stella all dem Gurren und Kosen Simonettas niemals mehr wirklich trauen können, war immer wieder zurückgezuckt vor deren überschwänglichen Zärtlichkeiten und hatte um ihr heißes Herz eine hohe Mauer gezogen.

Sich Simonettas Küchenkünsten zu verweigern, bereitete Stella heimliche Freude. Ihr lag nichts an den verfeinerten Köstlichkeiten, mit denen die anderen sich tagtäglich vollstopften: Trüffeln, Steinpilzen, Wildschweinpasteten, Maronen oder fetten Kapaunen. Ihr Körper sehnte sich nach anderer, leichterer Kost, und dass sie die im Haus Lucarelli nicht so einfach bekommen würde, hatte sie schon lange herausgefunden. Dabei war sie alles andere als eine Hungerleiderin. Schlichte, einfache Speisen mochte sie am liebsten: ein Stück knuspriges Brot, weißen Käse, Oliven sowie die kräftigen Suppen, die das Personal des Stadthaushaltes für sich kochte, wenn die Herrschaft auf dem Landsitz weilte.

»Carlo della Rocca liebt nun mal schlanke Frauen«, sagte Stella angelegentlich und genoss, wie Aldiana zurückzuckte, als habe sie mit einem Mal begriffen, wohin sie gehörte.

Ilaria, die es besonders liebte, wenn ihre Sternenschwester schlagfertige Antworten erteilte, spitzte die Lippen und begann einen Gassenhauer zu pfeifen.

Stella drehte sich weiter vor dem Spiegel. Vielleicht war sie einen Augenblick zu sehr in den eigenen Anblick vertieft gewesen. Vielleicht hatte sie aber auch der Wunsch nach Schönheit und Glück zu weit aus der stickigen Nähstube hinausgetragen in frischere, weitere Gefilde – jedenfalls bemerkte sie die Anwesenheit der jungen Männer erst nach einer kleinen Weile.

Ilaria hing bereits an Federicos Hals, als gäbe es keinen schöneren Platz auf der ganzen Welt, während Carlo seine Braut eher prüfend beäugte.

»Du musst die Augen schließen!«, rief Stella. »Auf der Stelle! Ihr dürft die Brautkleider doch nicht vor dem Hochzeitstag sehen! Das bringt Unglück.«

»Wie herrlich altmodisch sie ist, meine süße Schwester«, sagte Ilaria lachend, ohne ihre Position auch nur im Geringsten zu verändern, und spätestens in diesem Moment erkannte Stella, dass alles ein abgekartetes Spiel war. »Wo ihr uns doch schon bald noch ganz anders zu sehen bekommen werdet!«

Federico lachte wie über einen köstlichen Scherz, während Carlo seine Lippen seltsam verzog. Was war heute los mit ihm? So launisch und mürrisch hatte Stella ihn schon seit Monaten nicht mehr erlebt.

»Mir reißt allmählich der Geduldsfaden«, raunte er in ihr Ohr, als ahnte er, was sie gerade gedacht hatte. »Stets dieses erfüllte Glück vor Augen, das sich um nichts und niemanden schert! Wieso besitzt du nicht auch eine Portion mehr davon, mein Täubchen? Ich wünsche mir eine heiße Braut, die für mich glüht, und keine kalte Frömmlerin, die ihre Stunden in zugigen Kirchen vergeudet.«

Er spielte damit auf San Rufino an, das Gotteshaus, das ihr in letzter Zeit zur heimlichen Zuflucht geworden war. Und keine andere als Ilaria konnte ihm diesen Hinweis gegeben haben.

Stella schob ihren Verlobten ein kleines Stück weg.

»Vielleicht wäre ja auch ich mehr an echter Liebe interessiert als an klebrigem Verlangen«, erwiderte sie um einiges schärfer, als sie eigentlich gewollt hatte. War sie schon wieder zu weit gegangen? Carlo konnte immer noch abspringen, wenn er die Lust verlor – und was dann? Es verging kaum ein Tag, an dem Simonetta sie nicht an diese Möglichkeit erinnert hätte.

»Oh, meine Liebe könnte reiner kaum sein!«, versicherte Carlo mit treuherzigem Augenaufschlag, und für einen Moment hätte sie ihm beinahe geglaubt. Dann allerdings bemerkte sie den raschen Blick, den er danach mit Federico tauschte, der ihm kumpelhaft zugrinste.

Was führten die beiden im Schilde? Doch nicht etwa eine Entführung, die ihren Ruf sowie den Ilarias für alle Zeit ruinieren würde?

»Wozu noch länger warten, mein Täubchen?« Noch nie zuvor hatte Carlo so gurrend, so verführerisch geklungen. »Wo wir doch bald ohnehin vereint sein werden. Nebenan wartet ein bequemes Lager, wir könnten alles in Ruhe bereden und uns endlich – besser kennenlernen.«

Er schien entschlossen, vollendete Tatsachen zu schaffen. Weil er womöglich befürchtete, sie könne sich eine Heirat mit ihm doch noch einmal durch den Kopf gehen lassen? Von Ilaria hatte sie keine Unterstützung zu erhoffen, die war erneut in einer derart leidenschaftlichen Umarmung mit Federico versunken, dass sie die Welt um sich herum vergessen zu haben schien.

»Siehst du, was ich meine?«, wisperte Carlo. »Genau das wünsche ich mir auch von meiner Verlobten: Leidenschaft und absolute Hingabe.«

»Darauf kannst du lange warten!« Der Satz war heraus, bevor Stella noch überlegt hatte. Und so laut hatte sie ihn hinaustrompetet, dass nun die Augen aller erstaunt auf ihr ruhten. Verlegenheit stieg in ihr auf, siedend heiß und grenzenlos, und sie hätte alles dafür gegeben, um das eben Gesagte ungeschehen zu machen.

Jetzt, endlich, schien Ilaria zu spüren, wie unbehaglich sie sich fühlte.

»Geküsst, so scheint mir, ist für heute mehr als genug!« Spielerisch schlug sie mit der flachen Hand auf Federicos Brust. »Gnade euch Gott, wenn ihr beiden Schelme nur ein Wort darüber vor unserer Mutter fallen lasst – dann stünde euch nämlich die grauslichste Hochzeitsnacht bevor, die Assisi jemals zu bieten hatte. Und jetzt hinaus mit euch!«

»Was wollen wir jetzt tun?«, fragte Stella, als sie ihre Brautkleider abgestreift hatten und wieder Alltagskleidung trugen. »Gleich nach Hause, damit Simonetta nicht wieder mit ihrer misstrauischen Fragerei beginnt?«

»Ich weiß doch, wofür dein Herz schlägt«, antwortete Ilaria lächelnd. »Und gegen einen Kirchenbesuch kann ja nicht einmal unsere Mutter etwas einzuwenden haben.«

✢

Über dieses Becken in San Rufino waren beide zur Taufe gehoben worden: Franziskus vor etwa siebzig Jahren, Mutter Klara, sofern die Angaben richtig waren, die Bruder Johannes ihm gemacht hatte, gute zwölf Jahre später. Unwillkürlich war Leo neben dem Becken aus rötlichem Sandstein stehen geblieben und versuchte in Gedanken, die Zeit bis zu jenem Ereignis zurückzudrehen. Schwer vorstellbar, dass der verehrte Heilige und Ordensgründer einmal ein quäkender Säugling gewesen sein sollte, ebenso wie die alte Frau, die nun in San Damiano auf den Tod wartete.

Seiner morgigen Begegnung mit ihr sah er in einer Mischung aus Neugierde und Besorgnis entgegen. Würden sie einen Weg zueinander finden?

Da sein Italienisch mehr als lückenhaft war und Klara seines Wissens kein Wort Deutsch verstand, würde er ganz auf die Übersetzungskünste von Suor Regula angewiesen sein, eine mehr als unsichere, ja womöglich sogar manipulative Grundlage, wie ihm nach der ersten Begegnung sehr wohl bewusst war.

Welche Rolle spielte sie im Kloster? Und weshalb hatte er bei seinem kurzen Besuch nicht Suor Benedetta zu Gesicht bekommen, nach seinen Informationen nächst Madre Chiara die Zweite in San Damiano?

Madre Chiara.

Wie weich und sinnlich das klang! Ganz anders als das harte *Mutter Klara*, wie er sie bisher stets für sich genannt hatte.

Ein Umschwenken fiel Leo nicht schwer. Ob das auch an dem satten Licht lag, das durch die drei großen Rosetten der Fassade ins Kircheninnere floss wie fein gesponnenes Gold?

Eine ganze Weile schon hatte Leo sich daran gelabt. Nun aber drängte es ihn zum Aufbruch, denn der Abend war nicht mehr allzu fern, und noch immer fehlte ihm ein passendes Quartier in der Stadt.

Er war schon am Hinausgehen, da fiel sein Blick auf zwei junge Frauen, die ein Stück vor ihm nebeneinander in der rechten Seitenkapelle beteten. Die eine war so blond und hell wie der Frühling, während ihn die andere mit dem strengeren Profil und den nachtschwarzen Flechten an eine geheimnisvolle Mondnacht erinnerte. Trotz ihres unterschiedlichen Aussehens erschienen sie ihm eng verbunden. Sie knieten so nah nebeneinander, dass die weiten Ärmel ihrer hellen Kleider sich berührten, und als sie zwischendrin aufschauten und sich kurz anlächelten, spürte Leo, wie sein Herz sich schmerzlich zusammenkrampfte.

Zwei Schwestern hatte er vor langen Jahren verloren, schöne, stolze Mädchen, nur zwei und vier Jahre älter als er, die er oft um ihre wortlose Vertrautheit beneidet hatte, in der für den schüchternen Jungen, der er damals gewesen war, wenig Platz schien. Während eines eisigen Winters waren sie beide nacheinander an Halsbräune gestorben und hatten zwischen ihm und Ulrich, dem älteren Bruder, eine Lücke hinterlassen, die sich nie mehr schloss.

Ob die beiden jungen Frauen seine sehnsüchtigen Blicke gespürt hatten? Die Blonde drehte sich zu ihm um und schaute ihm direkt in die Augen, dann wandte sie sich erneut nach vorn und flüsterte der Dunklen etwas ins Ohr.

Leo wurde heiß vor Verlegenheit, und jetzt konnte es ihm kaum schnell genug gehen, San Rufino zu verlassen.

Draußen blinzelte er in die tief stehende Sonne. Es war noch immer sehr warm, eine wohltuende, fast zärtliche Wärme, die sanft in die Knochen zu dringen schien. Ein paar Tauben trippelten über den Vorplatz, ein kleiner Junge war seiner Mutter weggelaufen und versuchte mit tapsigen Bewegungen, sie zu fangen, was natürlich misslang.

Wohin sollte er nun gehen?

Auf dem Weg zur Kirche waren ihm schon ein paar Herbergen aufgefallen, von denen ihm im Vorbeigehen allerdings keine sonderlich zugesagt hatte. In einer hatte er allerdings Fidelis zurückgelassen, weil sie wenigstens einen kleinen Stall besaß, in dem seine Stute für einige Zeit unterkommen konnte. Also doch lieber ins örtliche Minoritenkloster, selbst auf die Gefahr hin, dass dort mehr getratscht wurde, als ihm lieb sein konnte?

Während Leo in Gedanken Pro und Kontra abwog,

hörte er plötzlich ein Sirren neben seinem Ohr, das sofort eine vertraute Saite in ihm anschlug. Ganz ähnlich hatten die Pfeile geklungen, mit denen sein Bruder Ulrich und er als Jungen Feldhasen und Eichhörnchen gejagt hatten. Getroffen hatten sie allerdings äußerst selten, das wusste er noch ganz genau, und dennoch waren sie stets mit Feuereifer bei der Sache gewesen.

Doch wie passte diese alte, längst vergessen geglaubte Erinnerung zu diesem friedlichen Kirchplatz im späten Nachmittagslicht?

Leo hörte, wie der Pfeil klickend auf dem Pflaster aufschlug. Und sofort hinterher das Sirren eines zweiten. Sein Blick flog zu den Fenstern der angrenzenden Häuser. Die meisten Läden waren geschlossen, wie ausgestorben war ihm gerade noch alles erschienen. Doch irgendwo dort musste der unsichtbare Schütze stehen, der heimlich Jagd machte auf – Tauben?

Wieder ein Pfeil. Und noch einer.

Ob sie ihm galten? Ein Gedanke, der kurz in Leo aufblitzte, bevor seine Beine sich wie von selbst in Bewegung setzten. Denn soeben waren die beiden jungen Frauen aus dem Portal getreten, nichts ahnend, offensichtlich ins Gespräch vertieft, während er den nächsten Pfeil schon gefährlich nah sirren hörte.

Er sprang auf sie zu, packte die Dunkle am Arm und riss sie wortlos mit sich zu Boden. Er hörte einen spitzen Schrei, den die Blonde ausstieß, dann das metallische Klackern der Pfeilspitze auf dem Pflaster.

Für ein paar Lidschläge lagen alle drei ineinander verknäuelt, unfähig, sich zu rühren, bis Leo sich schließlich als Erster hochrappelte.

»*Scusate!*«, stieß er hervor. »*Ho visto il ... la ...*« Er verstummte, während nun auch die junge Frau langsam wieder auf die Beine kam. Die Wunde am Hinterkopf begann erneut verräterisch zu pochen. Leo wurde leicht schwindelig, doch er zwang sich, diesen Anflug zu übergehen.

Wie hieß »Pfeil« auf Italienisch? Sosehr er auch in seinem Gedächtnis kramte, es wollte ihm einfach nicht einfallen.

Mit ihren großen graugrünen Augen sah die Dunkle ihn an, ein vorsichtiger, bedachter Blick, der ihn durchdrang. Sie musste ihn für einen Wahnsinnigen halten. Ein fremder Mönch, der sich schweigend auf sie stürzte und dann nur noch wie ein Idiot herumstotterte.

Doch nicht sie hatte geschrien, sondern die Blonde. Plötzlich war es ihm sehr wichtig, dass sie begriff, warum er so gehandelt hatte.

Er bückte sich, packte einen Pfeil und hob ihn auf.

»*Una freccia!*«, sagte die Blonde erstaunt.

»*Molte frecce*«, widersprach Leo. »*Uno, duo, tre ...*« Er hielt inne und deutete nach oben. Jetzt auch noch zu beschreiben, dass er irgendwo hinter den Läden den Schützen vermutete, überstieg seine sprachlichen Möglichkeiten bei Weitem.

Die Dunkelhaarige musterte ihn noch immer unverwandt, und jetzt war ihr Blick warm. »Ihr seid nicht von hier, *padre*?«, sagte sie. »Ich kann es hören.«

Sie verstand seine Sprache! Erleichterung durchrieselte Leo. »Wir sollten hier nicht stehen bleiben«, sagte er. »Lasst uns zurück in die Kirche gehen, da sind wir sicher.«

Die jungen Frauen folgten ihm.

»Das Geräusch hat mich aufmerksam gemacht, dann erst hab ich die Pfeile gesehen. Es war beinahe, als hätte der Schütze sich zunächst einschießen wollen. Bis schließlich Ihr die Kirche verlassen habt. Da hatte er sein Ziel gefunden.«

Die Blonde stieß ein Stakkato italienischer Sätze hervor, von denen er so gut wie keinen verstand.

»Meine Schwester meint, das muss ganz sicher ein Irrtum sein«, sagte die Dunkle. »Wir sind hier geboren. Jeder in der Stadt mag uns. Wir haben keine Feinde in Assisi – weder sie noch ich.«

»Und doch hätte dieser letzte Pfeil Euch mit Sicherheit getroffen und vermutlich getötet«, sagte Leo. »Der Schütze hat perfekt gezielt. Glaubt mir, damit kenne ich mich aus!« Nachdenklich wog er den Pfeil in seiner Hand.

Jetzt las er leise Skepsis in ihrem Blick, der seiner Kutte galt.

»Ich war nicht immer Mönch«, sagte er und spürte, wie ihm erneut heiß dabei wurde.

»Dann habt Ihr mir wohl gerade das Leben gerettet.« Sie sprach langsam und fehlerfrei, und doch glaubte er wie bei Suor Regula etwas von dem kehligen Tonfall seiner Mutter zu hören. »Und ich bin Euch zu tiefem Dank verpflichtet.«

Verlegen zuckte Leo die Achseln. »Hat das Gotteshaus einen Seitenausgang?«, fragte er.

Die Dunkle nickte.

»So nehmt besser den, und seid bitte sehr vorsichtig beim Nachhausegehen! Ich könnte Euch begleiten, falls Ihr das wünscht.«

Plötzlich musste er an den Dolch in der Satteltasche denken, der eigentlich auf dem Grund des Sees liegen sollte. Ob er doch noch einmal Verwendung dafür haben würde?

Die beiden verhandelten kurz miteinander, dann wandte die Dunkle sich erneut an ihn.

»Das schaffen wir allein. Ihr habt schon mehr als genug für uns getan«, sagte sie. »Ihr wollt bestimmt zurück zum Kloster. Es ist nicht weit von hier.«

In einer seltsamen Mischung von Erleichterung und Enttäuschung nickte Leo.

»*Arrivederci*«, sagte die Blonde. »*E grazie mille.*« Dann zog sie die Dunkle mit sich zum Seitenausgang.

Als Leo kurz darauf San Rufino verließ, den Pfeil noch immer in der Hand, war der Vorplatz nach wie vor menschenleer. Abermals schaute er zu den Fensterläden hinauf, die abweisend und geschlossen blieben und ihr Geheimnis nicht preisgaben.

Plötzlich ging er schneller. Was, wenn der Schütze nun auf ihn lauerte, weil er seine hinterlistigen Pläne durchkreuzt hatte? Etwas Eisiges rieselte seinen Rücken hinunter.

Der Tod seines Gefährten unterwegs war schon schwer genug zu verkraften gewesen. Inzwischen hatte er sein Ziel erreicht – und war als Erstes vom Pferd gefallen, um kurz danach eine tote Nonne vorzufinden, offenbar gestorben unter denkbar merkwürdigen Umständen. Und jetzt auch noch dieser mysteriöse Pfeilschütze!

Er brauchte Zeit, um nachzudenken, Zeit, um den Knoten wieder loszuwerden, der ihm den Magen zuschnürte. Zeit, um endlich diese lästigen Kopfschmerzen loszuwerden, die ihn quälten.

Leo beschloss, wenigstens für eine Nacht in der kleinen Herberge zu bleiben, in der er sein Pferd untergebracht hatte.

Doch in dem geduckten Haus mit dem Torbogen fand er keine Ruhe. Die Wirtsstube war niedrig und überfüllt; es roch nach fettigem Essen und billigem Fusel, und manche der Zecher schien die Anwesenheit eines fremden Mönchs so zu irritieren, dass sie ihn entweder unverwandt angafften oder sogar anrempelten, als wäre seine Gegenwart ihnen lästig.

Das Pochen in seinem Schädel hatte sich mittlerweile zu einem dumpfen Dröhnen gesteigert, das ihn dünnhäutig, reizbar und missmutig machte. Die Aussicht, sich zusammen mit ein paar Betrunkenen das spärliche Stroh der Schlafstatt zu teilen, ließ seinen Unmut weiter wachsen.

Irgendwann hatte er von allem genug. Er warf ein paar Kupfermünzen auf den Tisch und ging nach draußen. Der Wirt, sichtlich unglücklich, einen zahlenden Gast zu verlieren, verfolgte ihn mit lautstarken Versicherungen, Leo aber gab sich keine weitere Mühe, ihn zu verstehen, sondern holte Fidelis aus dem Stall und ging schnellen Schritts davon.

Endlich durchatmen!

Er sog die frische Abendluft begierig ein und fühlte sich sofort besser. Warum die Nacht nicht einfach unter einem Baum verbringen? Franziskus und seine ersten Weggefährten hatten ihm das tausendmal vorgemacht.

Der Himmel über ihm war tiefblau, wie mit Gold durchzogen, eine Farbe, wie er sie noch nie zuvor gesehen hatte. Es roch nach Jasmin, der irgendwo über eine Mauer wuchern musste, nach Sommer – nach Abenteuer. Ein selten gekanntes Glücksgefühl durchströmte ihn, eine plötzlich aufflackernde Liebe zu Gottes wunderbarer Schöpfung, die er erleben durfte. Er spürte, wie seine Augen vor Rührung feucht wurden, als ihn plötzlich jemand am Ärmel zupfte.

»Ihr sucht eine Bleibe?«, hörte er eine Frauenstimme sagen und schaute in ein breites, nicht mehr junges Antlitz. »Dann kann ich Euch helfen.«

Die Fremde war so klein, dass sie den Kopf in den Nacken legten musste, um zu ihm aufzusehen. Sie trug eine breite weiße Haube, wie viele ehrbare Frauen es hier taten, sowie ein schlichtes dunkles Gewand, das über der Brust geschnürt war. Und sie schien allein zu sein.

Wieso beherrschte sie seine Sprache? Und woher konnte sie wissen, dass er ein Fremder war?

»Ich hab Euch vorhin in der Taverne gesehen«, fuhr sie fort, als könnte sie seine Gedanken lesen. »Ihr habt ein Gesicht gezogen, als würdet Ihr am liebsten auf der Stelle davonlaufen. Und das habt Ihr ja schließlich auch getan.«

Er glaubte, ein unterdrücktes Lachen zu hören.

»Ich habe alles, was ich brauche«, erwiderte er. »Falls Ihr Wirtin seid und nach Gästen Ausschau haltet, so tut es mir leid, Euch enttäuschen zu …«

»Ich bin alles andere als eine Wirtin«, fiel sie ihm ins Wort. »Und Ihr werdet ein Dach über dem Kopf brauchen, glaubt mir! Ich kenne ein anständiges Haus, das Euch aufnehmen kann.«

Ob sie ein Hurenhaus führte und unterwegs war auf abendlichem Freierfang? Manche dieser Weiber schreckten vor nichts zurück, das hatte er auf seinen Reisen mehr als einmal erlebt, und auch, dass bisweilen Mönche sehr wohl zu ihren Kunden zählten. Was für seine Heimat galt, konnte ebenso gut auch für Assisi zutreffen. Unwillkürlich hatte er wohl eine ablehnende Geste gemacht.

»Jetzt fühlt Ihr Euch bedrängt«, sagte sie in bedauerndem Tonfall. »Das tut mir leid. Dabei wollte ich Euch doch bloß behilflich sein. Ihr könnt mir ruhig vertrauen, auch wenn Ihr mich nicht kennt.«

»Wieso sollte ich?«, stieß Leo hervor. »Ihr passt mich ab, nachdem Ihr mich heimlich beobachtet habt, um mir dann ein seltsames Angebot zu unterbreiten. Wie könnte ich in der Abendstunde einfach ein mir völlig fremdes Haus aufsuchen und dort um Obdach bitten?«

Jetzt lachte sie.

»Ja, für Eure Ohren muss sich das wirklich seltsam anhören, doch Ihr könnt mir vertrauen, ich sag es gern noch viele, viele Male. Die Leute, zu denen ich Euch bringe, sind fromm und gottesfürchtig. Und mit dem heiligen Franziskus verbindet sie sehr viel.«

»Wer seid Ihr?« Neugierig sah er sie an.

»Ach«, sagte sie wegwerfend, »das tut doch hier nichts zur Sache! Ich war ebenso fremd wie Ihr, als ich vor fast zwanzig Jahren in diese Stadt kam, doch inzwischen habe ich mich hier gut eingelebt. Gehen wir?«

Sie machte ein paar Schritte, während er stehen blieb.

»Ich konnte Euch noch immer nicht überzeugen? Folgt mir, *padre*, Ihr werdet es sonst bereuen!«

Fidelis stieß ein leises Wiehern aus.

»Du magst sie, meine Alte?«, fragte Leo leise. »Oder kannst du schon einen sauberen Stall schnuppern?«

»Einen Stall haben sie natürlich auch«, sagte die Fremde. »Es ist ein gastfreudliches, äußerst großzügiges Haus. Dort wird es Euch an nichts mangeln.«

»Ihr kennt die Leute gut?«

»Das will ich meinen!«, sagte sie. »Beinahe so gut wie mich selbst. Früher standen wir uns einmal sehr nah. Bis ein dummer Streit uns dann entzwei hat. Doch was mich betrifft, so habe ich ihnen längst vergeben. Und eines Tages werden auch sie begreifen, weshalb ich nur so und nicht anders handeln konnte.«

»Ihr sprecht in lauter Rätseln!«, rief Leo.

»Mögt Ihr denn keine Rätsel, *padre*?«, gab sie schlagfertig zurück. »Manche von ihnen können sich als aufregend erweisen, wenn man sie zu lösen versucht.«

»Ihr seid sehr listig«, musste Leo einräumen. Jetzt trottete er mit Fidelis tatsächlich hinter ihr her.

»Dazu hat das Schicksal mich erst gemacht«, murmelte sie. »Und wie sehr es mich geformt hat!«

»Ein neues Rätsel?«

Wieder ihr glucksendes, ansteckendes Lachen.

»Wenn Ihr so wollt – ja! Aber verändert das Schicksal nicht uns alle, einen jeden von uns?« Sie ging schneller, als könnte sie es kaum erwarten, endlich anzukommen.

Plötzlich blieb sie stehen. »Wartet hier auf mich!«, sagte sie. »Ich gehe rückwärtig anklopfen.«

»Wir nehmen den Eingang durch die Küchentüre?«, fragte Leo erstaunt.

»Ich«, korrigierte sie ihn. »Ihr dagegen, *padre*, werdet vorne Einlass finden.«

Während sie in einer Seitengasse verschwand, betrachtete er das Haus, zu dem sie ihn geführt hatte. Es war breit und dreistöckig, aus Naturstein erbaut wie die meisten Häuser hier, und es strahlte Wohlstand und Gediegenheit aus. Einige Fenster standen offen, er sah Kerzenlicht, und der Duft nach Gebratenem schlug ihm entgegen, der seine Magensäfte kitzelte.

Im heimischen Kloster galten strenge Speisegebote, denen er sich klaglos unterwarf, doch für unterwegs hatte schon Franziskus den Brüdern erlaubt zu essen, was ihnen angeboten wurde. Inzwischen war Leo wieder an Herzhaftes gewöhnt, und langes Fasten fiel ihm richtig schwer. Doch so verlockend, wie es hier duftete, hatte selten etwas gerochen.

»*Padre?*« Eine Tür ging auf, und er sah einen breitschultrigen Mann mit einem stattlichen Bauch im Eingang stehen. »*Sono il padrone, Vasco Lucarelli. Benvenuto nella mia casa!*«

Der Mann hieß Lucarelli, war der Hausherr und hieß ihn freundlich willkommen. Leo hatte jedes Wort verstanden.

Er begann erleichtert zu lächeln.

»*Vengo di Germania, sono padre Leo e voglio ...*«, begann er zuversichtlich, doch an der zweifelnden Miene seines Gegenübers sah er, dass der ihn nicht ganz verstand.

»*Un momento!*« Der Mann war plötzlich verschwunden.

Es dauerte eine ganze Weile, bis er wiederkam, dieses Mal in Begleitung einer jungen Frau. Das helle Kleid, die dunklen Haare, die sprechenden Augen – sie war es, sie und keine andere. Die Unbekannte aus San Rufino, die er mit seinem Körpereinsatz vor dem Pfeil geschützt hatte!

»*Mia figlia Stella*«, sagte Lucarelli voller Stolz. »*Parla benissimo il tedesco.*«

Stella starrte ihn an wie eine Erscheinung. Ihre Lippen öffneten sich und schlossen sich wieder, ohne dass sie auch nur einen Ton herausbekommen hätte. Dann verdrehte sie die Augen und schüttelte unmerklich den Kopf.

Leo verstand sofort, was sie ihm damit sagen wollte. Der Vater wusste nichts von dem Anschlag vor der Kirche – und er sollte besser auch nichts davon erfahren. Später würde er vielleicht Gelegenheit haben, sie nach den Gründen zu fragen. Fürs Erste genügte, ihr deutlich zu machen, dass sie sich auf ihn verlassen konnte. Er nickte kurz.

Ihre Züge entspannten sich sichtlich.

»*Non essere timida, Stella!*«, ermunterte sie der Vater. »*Avanti, parla finalmente! Nostra casa è la vostra casa, padre – entrate!*«

Das kleine Lächeln, das sie Leo schenkte, war freundlich und warm.

»Seid herzlich willkommen, Padre Leo«, sagte sie im leicht singenden Tonfall seiner Mutter, der ihn auch beim zweiten Hören nicht minder tief berührte. »Und tretet bitte näher! Unser Haus sei auch Euer Haus!

Zwei

Sie wirkte so abgezehrt, dass Leo erschrak. Wann mochte sie zum letzten Mal etwas gegessen haben? Was da vor ihm lag, schien ihm kaum mehr als ein Knochenbündel, das unter dem groben Stoff der Kutte zu verschwinden drohte. Das Gesicht, eingerahmt von der Haube, die dem schmalen Kopf etwas Theatralisches verlieh, war ein Dreieck mit riesigen dunklen Augen, die so tief in den Höhlen lagen, als schauten sie nach innen. Selten zuvor hatte er so gespenstisch weiße Haut gesehen. Es musste Jahre, wenn nicht Jahrzehnte zurückliegen, dass Chiara sich hinaus ins Sonnenlicht gewagt hatte.

Nach einigem Palaver hatte Suor Regula ihn schließlich doch an das Krankenlager der Äbtissin geführt. Die graue Katze von gestern hielt sich die ganze Zeit dicht neben ihm, als hätte sie nur auf seine Wiederkehr gelauert. In der schlecht gelüfteten Kammer war sie sofort unter dem Bett verschwunden. In dem winzigen Raum, der noch dazu so niedrig war, dass Leo kaum aufrecht stehen konnte, roch es nach Krankheit und Schweiß – und nach Traurigkeit, das nahm seine empfindliche Nase als Erstes wahr. Dazu gesellte sich das bittere Aroma eines Kräutersuds, das dem bauchigen Tonkrug am Kopfende entströmte.

Bei seinem Anblick rappelte Chiara sich mühsam hoch. Ihr Lager bestand aus einem Holzbrett auf vier wackligen Beinen, über das eine dünne Strohschicht gestreut war. Leo sah einzelne Halme aus der zerschlissenen Decke ragen, die offenbar als Laken diente. Mit kratziger Stimme begann Chiara zu sprechen, so undeutlich allerdings, dass er kaum etwas verstand.

»Madre Chiara heißt dich herzlich in San Damiano willkommen«, übersetzte die Infirmarin. »Ich hatte bereits Gelegenheit, ihr ein wenig von dir zu erzählen. Sie ist sehr froh, will sie dich wissen lassen, dich nun persönlich kennenzulernen. Hattest du denn eine gute Reise?«

Überrascht musterte Leo erst sie, dann die Äbtissin.

Im Kellerverlies lag eine Tote mit Tintenfingern, die angeblich nicht schreiben konnte und mitten in der Nacht außerhalb des Klosters auf merkwürdige Weise ums Leben gekommen war – und Chiara erkundigte sich eingehend nach seinem persönlichen Wohlergehen! War das Höflichkeit oder nicht vielmehr ein geschickter Versuch, von San Damiano abzulenken, damit er bloß keine falschen Fragen stellte?

»Im Großen und Ganzen – ja«, erwiderte er zögernd. Was konnten sie wissen? Hatten sie womöglich bereits Erkundigungen eingezogen? Und wenn ja, bei wem?

Erneut ein paar Sätze von Chiara, so hastig hervorgestoßen, als handele es sich um eine Art Selbstgespräch.

»Jede Reise verändert uns«, übersetzte Regula. »Wir treffen neue Menschen, glauben, unterwegs Neues und Wichtiges zu erfahren. Dabei erinnern wir uns bloß. Darin liegt das ganze Geheimnis.«

Leos Unbehagen wuchs.

Was sollte dieses Gerede? Konnte jemand aus dem Haus Lucarelli geplaudert haben? Die Hausherrin hatte ihn zu seiner Verblüffung während des Frühstücks neugierig über seinen Alpenritt ausgefragt, während die blonde Ilaria sich mit erstaunlichem Appetit über zwei große Teller der warmen Morgensuppe hergemacht und ihm nur ab und an ein verschmitztes Lächeln geschenkt hatte, als wolle sie ihre Komplizenschaft damit vertiefen.

Wie unterschiedlich diese beiden Schwestern doch waren! Und wieso sprach die eine fließend Deutsch, während die andere kaum ein Wort davon verstand? Noch immer hatte er Stellas Augen vor sich, die sich beim Übersetzen der mütterlichen Fragen so nachdenklich auf ihn geheftet hatten, als entdeckten sie in seinen Zügen etwas, was er lieber verborgen gehalten hätte.

»Dank Gottes Gnade bin ich heil hier eingetroffen«, sagte er mit fester Stimme, obwohl diese Antwort einer Lüge bereits gefährlich nahekam. Den Großteil der Nacht hatten ihn heftige Kopfschmerzen wach gehalten, und auch jetzt fühlte er sich noch immer benommen, als könnte er die Welt lediglich durch ein feinmaschiges Netz wahrnehmen, das seine Sicht erheblich einschränkte.

Zu Leos Überraschung nickte Chiara mehrmals, bevor sie Suor Regula weitere Botschaften zuflüsterte.

»Der Allmächtige hält seine gnädige Hand über uns.« Jetzt war der alpenländische Singsang der Nonne unüberhörbar. »Wir Menschen sind es, die straucheln oder den geraden Weg verlassen, der zu Ihm führt. An uns sollten wir zweifeln, doch niemals an Ihm, denn Seine grenzenlose Liebe währt ewiglich.«

Was wollte sie ihm damit sagen? Abermals verfiel Leo ins Grübeln.

»Gibt es inzwischen neue Erkenntnisse über den Tod Magdalenas?«, fragte er schließlich vorsichtig. »Zeugen möglicherweise, die sie draußen gesehen haben?«

Äbtissin und Infirmarin tauschten einen kurzen Blick.

»Niemanden.« Die Stimme der Nonne war dumpf. »Wie denn auch, wo doch keine von uns jemals die Klostermauern verlässt und unsere Kontakte nach draußen ohnehin strengstens limitiert sind? Aus freiem Willen haben wir uns alle für dieses Leben in Klausur entschieden. Nicht eine aus unserer Gemeinschaft würde gegen dieses Gebot verstoßen.«

»Und doch hat die Tote es getan«, beharrte Leo. In seinem Nacken begann es zu kribbeln, wie immer, wenn er auf der richtigen Spur war. In seinem Gedächtnis kramte er nach jenem Satz, der ihn gestern hatte aufhorchen lassen. Doch sosehr er sich auch anstrengte, er bekam ihn nicht zu fassen. »Wenn Magdalena so unschuldig und fromm war, wie du gesagt hast, muss es dafür einen triftigen Grund gegeben haben. Nach ihm sollten wir suchen, um der Wahrheit ein Stück näher zu kommen.«

Die Kranke gab ein scharfes Ächzen von sich und stieß anschließend weitere hastige Worte hervor.

»Magdalena kann nicht der Anlass deines Kommens sein.« Suor Regula klang bemüht sachlich. »Denn als du deine Heimat verlassen hast, war unsere geliebte Mitschwester ja noch am Leben. Was also, will Madre Chiara wissen, führt dich zu uns, Fra Leo?«

»Die Liebe zur Wahrheit«, erwiderte er prompt. »Für mich ist sie ebenso groß und tief wie meine Liebe zur Armut.«

Aus den dunklen Augen der Äbtissin rannen auf einmal Tränen, aber Chiara unternahm keinerlei Anstalten, sie wegzuwischen. Der Mund der Äbtissin bewegte sich wie im Fieber. Auch die Dolmetscherin schien plötzlich zutiefst ergriffen.

»Den armen Christus umfange!«, sagte sie. »Das lässt unsere geliebte *abatissa* dir sagen. Schau auf Ihn, der auf sich genommen hat, um deinetwillen verachtet zu werden, und folge Ihm nach als einer, der in der Welt verachtet worden ist um Seinetwillen.«

Chiara hatte wahrlich nicht lange gebraucht, um auf den Punkt zu kommen!

Wahrscheinlich wusste sie längst, dass mit Leo erneut ein Visitator unterwegs war, der sie weiteren Prüfungen unterziehen würde. Denn die Äbtissin von San Damiano, einst engste Vertraute des heiligen Franziskus, strebte seit vielen Jahren eine eigene Ordensregel an, die auf vollkommener Armut basierte. Nichts und niemand schien sie davon abbringen zu können. Mit Innozenz IV. musste sich mittlerweile bereits der dritte Nachfolger Petri auf dem Heiligen Stuhl in Rom mit ihrem Ansinnen auseinandersetzen, das viele hohe geistliche Würdenträger in seiner Umgebung als unangemessen, ja geradezu unverschämt beurteilten.

Denn noch nie hatte die katholische Kirche einem Weib ein derartiges Privileg gewährt. Man hatte Chiara über Jahrzehnte erfolgreich hingehalten. Doch nun, da sie alt geworden war und ihr Ende nahte, ließ die Entscheidung sich nicht unbegrenzt weiter aufschieben. Nach vielen fähigen Männern vor ihm, die offenbar zu keinem rechten Schluss gekommen waren, hatte man nun Leo diese Aufgabe übertragen. Dafür jedoch war es notwendig, in seinem Bericht *alle* Vorkommnisse im Kloster festzuhalten – erst recht so dramatische wie Selbstmord oder gar Mord.

»*So spricht die Wahrheit selbst*«, konterte Leo mit den Worten aus dem Johannesevangelium, weil er wusste, dass viele der Minoriten allem Geschriebenen gegenüber kritisch eingestellt waren. »*Wer mich liebt, wird von meinem Vater geliebt werden, und ich werde ihn lieben, denn wir werden kommen und Wohnung bei ihm nehmen.*«

Chiara murmelte vor sich hin wie bisher, doch ihre Augen sprühten Blitze.

»Madre Chiara ist nur ein unwissendes Weib«, übersetzte Suor Regula dünnlippig, »das sich ...«

»… in ihren Briefen an Agnes von Prag äußerst scharfsinnig und belesen über diverse Glaubensangelegenheiten ausgelassen hat. Der Schriftwechsel ist mir geläufig. Und ich weiß auch, aus welch nobler Familie Chiara di Offreduccio stammt und welch umfassende Erziehung sie genossen hat.«

Leo wandte sich an die Kranke, als sei die Übersetzerin gar nicht mehr im Raum.

»Ich brauche deine Hilfe, *madre*«, sagte er eindringlich. »Du allein kannst Licht ins Dunkel bringen. Der Tod von Suor Magdalena muss aufgeklärt werden, bevor ich mich mit deinem Wunsch nach einer eigenen Ordensregel beschäftigen kann. Ich bin kein Gegner oder Feind, wie du vielleicht glauben magst, sondern ein Freund und Unterstützer. Bediene dich meiner, vertraue mir – es wird dein Schaden nicht sein!«

Regula dolmetschte halblaut.

»Vor allem möchte ich die Tote noch einmal sehen«, setzte Leo insistierend hinzu. »Am besten sofort.«

Chiara lag regungslos da, das Gesicht eine wächserne Maske, die Augen geschlossen. War die Anstrengung zu groß für sie gewesen? Es war so still in der Kammer, dass Leo der eigene Herzschlag mit einem Mal überlaut erschien.

Plötzlich ein sattes Plopp.

Die Graue war mit einem eleganten Satz auf die magere Brust der Äbtissin gesprungen, drückte ihre Vorderpfoten abwechselnd in den rauen Stoff und begann dabei so behaglich zu schnurren wie ein hungriges Kätzchen, das an den Zitzen seiner Mutter trinkt. Chiaras welke Hand näherte sich dem seidigen Rücken und begann ihn zärtlich zu streicheln.

»Ein wenig ist sie unser aller Kind«, sagte Suor Regula

mit einem entschuldigenden Lachen. »Natürlich sind Katzen im Kloster eigentlich nicht vorgesehen. Aber hat nicht Francesco immer wieder bedingungslose Liebe zu allen Kreaturen der Schöpfung gepredigt?«

Sein Name brachte Leben in Chiaras bleiches Gesicht. Mit einem Mal öffneten sich ihre Lider, und sie stammelte ein paar gebrochene Worte.

»Ich soll dich zu der Toten bringen«, sagte Suor Regula. »Genauso wie du es gewünscht hast. Doch nicht alle Wünsche gehen in Erfüllung. Und falls doch, dann manchmal ganz anders als gedacht. Das will Madre Chiara dir sagen.«

Leo war schon an der Tür. Bloß nicht noch länger hier ausharren müssen! Doch draußen wäre er beinahe in drei Nonnen hineingerannt, die offenbar eifrig gelauscht hatten, denn ihre Gesichter glühten vor Verlegenheit, als sie ihn sahen.

»Suor Beatrice«, hörte er Regula hinter sich murmeln. »Chiaras jüngste Schwester. Suor Amata, unsere jüngste Mitschwester. Und Suor Benedetta, die einmal Madre Chiaras Nachfolgerin werden soll.«

»Gehen wir!«, sagte Leo und schritt beherzt den Gang entlang. Keine der Nonnen hinderte ihn daran, die Stufen hinunter zum Kellerverlies zu nehmen, vielmehr flatterten sie wie ein kleiner Taubenschwarm wortlos hinter ihm her.

Doch als er die Tür geöffnet hatte, starrte er ins Nichts: keine Bahre, kein Tuch und erst recht keine Leiche.

»Wo ist sie?« Seine Stimme zitterte vor unterdrücktem Zorn. »Wohin habt ihr Magdalena gebracht?«

»Du warst leider zu schnell.« Suor Regula schien jedes einzelne Wort zu genießen. »Sonst hätten wir dir schon gesagt, dass wir sie …«

»Wo ist sie?«, donnerte Leo. »Rede!«

»Komm!« Jetzt klang sie beinahe kokett wie ein junges Mädchen, drehte sich abrupt um, und die anderen drei Nonnen folgten ihr auf dem Fuß die Treppe hinauf.

Im hellen Sonnenlicht blieb sie plötzlich stehen. Um sie herum die steinernen Stationen des Kreuzgangs, in dessen Mitte es grünte und blühte.

»Wir konnten sie nicht auf dem Friedhof begraben«, sagte Regula schulterzuckend. »Das wirst du sicherlich verstehen. Weil wir doch nicht wussten, wie sie ...« Ihre Arme beschrieben einen unfertigen Kreis. Dann tippte ihr nackter Fuß leicht auf frisch aufgeworfenes Erdreich direkt neben einem Brunnen. »Aber sie hat die Blumen und die Vögel doch so sehr geliebt. Hier, bei ihnen, kann sie nun für immer in Frieden ruhen.«

»Hier habt ihr Magdalena eingescharrt?« Leos Stimme bebte. »Ohne Kreuz? Oder Segnung?«

Suor Benedetta heftete ihre eisblauen Augen auf ihn und sagte ein paar ruhige Worte.

»Sie kann deine Aufregung durchaus verstehen«, übersetzte Regula beflissen. »Und doch ist es vor allem unsere Gemeinschaft, die mit diesem herben Verlust fertigwerden muss. Gegen ein schlichtes Holzkreuz wird später wohl nichts sprechen. Es sei denn ...« Sie verstummte.

Was versuchten sie mit aller Macht vor ihm zu verbergen? Leo spürte, wie sein Zorn verpuffte und Resignation Platz machte. Was würde er gegen sie schon ausrichten können? San Damiano erschien ihm mehr denn je als ein geschlossener Kubus. Und er war nichts als ein lästiger Eindringling, der überall gegen Hindernisse prallte. Wenn sie es wirklich darauf anlegten, würde er nichts erfahren – niemals.

»Ich möchte gehen.« Brüsk wandte er sich zum Ausgang. »Aber ihr werdet von mir hören. Schon sehr bald.«

Die Graue, wie aus dem Nichts aufgetaucht, strich um seine Beine, als wollte sie ihn versöhnlicher stimmen. Das einzige weibliche Wesen, das sich hier für ihn und seine Belange zu interessieren schien!

Plötzlich wollte Leo nur noch weg. Er war schon fast an der Pforte angelangt, als er plötzlich ein heiseres Flüstern hörte, das von überall und nirgendwo zu kommen schien: »*La Grigia era la bambina di Magdalena. L'unica! Lei sa tutto.*«

Die Graue war Magdalenas Kind. Ihr einziges! Sie weiß alles. Was, beim gütigen Gott, hatte das schon wieder zu bedeuten?

Ihm war vor lauter innerer Anspannung nicht aufgefallen, dass er auf einmal jedes Wort verstanden hatte.

»*Vai alle carceri. Là troverai la verità*«, raunte die unsichtbare Stimme weiter.

Carceri – was in aller Welt mochte das sein?

Leo fuhr herum, doch alle Läden zum Innenhof waren zum Schutz gegen das helle Sonnenlicht fest verriegelt. Auch der winzige Balkon vor einem der Fenster, kaum mehr als ein Austritt, aber liebevoll mit Blumentöpfen bestückt, war leer. San Damiano schien fest entschlossen, keines seiner Geheimnisse preiszugeben.

Entmutigt trat er durch die Pforte nach draußen und atmete unwillkürlich auf, als Fidelis ihm zuwieherte.

Wie sollte er weiterkommen?

Er würde Stella fragen, schoss es ihm durch den Kopf. Seine zweite Dolmetscherin, wie er sie insgeheim bereits nannte, war in Assisi geboren, kannte vermutlich jeden Platz, jedes noch so verborgene Eckchen. Vielleicht konnte sie ihm verraten, was es mit dieser seltsamen Botschaft auf sich hatte.

✤

Der Streit war scheinbar aus dem Nichts entstanden und gleich danach so rasch aufgeflammt, dass es Stella schier den Atem verschlug. Gerade noch hatte sie zusammen mit Simonetta Ilarias aufwendigen Kopfputz begutachtet, der die schöne Braut am Hochzeitstag schmücken sollte, eine *ghirlanda* aus Goldstickerei mit Aberdutzenden gedrechselten und vergoldeten Holzperlen, goldenen Blättern, Emailleblüten und einer großen Emailleschleife, da begann ihre Ziehmutter schon loszuschreien.

»Ich bin deine eigenmächtigen Entscheidungen leid, hast du mich verstanden, Vasco Lucarelli? Leid. Leid! Leid!!!«

Vasco verzog keine Miene. Selten genug, dass er mitten am Vormittag nicht in seinem Kontor arbeitete, sondern sich zu Hause Wildschweinschinken und Wein munden ließ.

»Wie oft hab ich dir schon gesagt, dass ich diese Mönche hier nicht mehr haben will!« Seine scheinbare Seelenruhe brachte Simonetta nur noch mehr zum Schäumen. »Wir schulden ihnen nichts – gar nichts. Wann wirst du das endlich kapieren, du Träumer?«

»Mein Haus ist und bleibt ein Ort der Gastlichkeit …«

Sie ließ ihn nicht ausreden. »Ausgerechnet jetzt, wo uns die Doppelhochzeit bevorsteht! Ich weiß seit Wochen nicht mehr, was ich zuerst anfassen soll, und könnte ein wenig Unterstützung von deiner Seite wahrlich gut gebrauchen. Aber nein, mein Herr Gemahl fängt lieber fremde Mönche als ungebetene Gäste ein, die noch mehr Arbeit machen.«

»Schweig!«, donnerte Vasco. Die bläuliche Ader an seiner linken Schläfe war bedenklich angeschwollen, kein gutes Zeichen, wie alle wussten, die ihn näher kannten. »Hast du denn ganz vergessen, was wir beide einst feierlich gelobt haben?«

Ein rascher Blick zu Stella, den diese nicht recht zu deuten wusste. Auch Simonetta starrte sie an. Die beiden schienen sie ganz vergessen zu haben und sich erst jetzt wieder an ihre Anwesenheit zu erinnern.

»Und sind wir nicht überaus reich dafür beschenkt worden?«, fuhr Vasco noch immer grollend fort. »Mit dem Allerschönsten, das Eltern sich nur wünschen können? Ich dulde nicht, dass du so daherredest!«

Simonetta schnappte hörbar nach Luft. »So reich nun auch wieder nicht«, erwiderte sie spitz. »All die Jahre die vielen Mühen und Plagen, die vor allem auf meinen Schultern lasteten! Ein krankes Kind. Ein armes Kind. Ein ängstliches Kind – immer etwas anderes! Und wenn du erst einmal an den Schatten denkst, der seitdem über unserer Familie ...«

Vasco war aufgesprungen und riss dabei aus Versehen den kleinen Tisch mit sich. Schinken und Brot fielen zu Boden, die Oliven kullerten quer durch den Raum.

»Hüte deine Zunge, Weib!« Seine kräftigen Hände hatten Simonettas Gelenke umklammert, und er schüttelte sie, als könnte er sie damit zum Schweigen bringen. »Wer so böse denkt und redet wie du, der zieht unweigerlich den heiligen Zorn Gottes auf sich.«

Stella hatte gerade noch Ilarias kostbaren Kopfputz in Sicherheit bringen können, als Simonetta sich wütend befreite und nun ihrerseits mit Fäusten auf ihn einschlug.

»Und du, du glaubst noch immer, du könntest dich freikaufen«, keifte sie. »Mit deinen Almosen, deiner Barmherzigkeit, vorwiegend aber mit deiner unendlichen Kriecherei allem gegenüber, das Kutte und Tonsur trägt. Aber das kannst du nicht, Vasco! Eines Tages wird die Vergangenheit dich trotzdem einholen, und dann wirst auch du erleben, dass ...«

Seine Ohrfeige traf sie direkt unter dem Auge.

Simonetta gab einen kleinen Laut von sich, der an ein verletztes Tier erinnerte, presste die Hand an die Wange und sank auf einem Stuhl zusammen. Vasco lief zu ihr und beugte sich über sie, doch sie fuhr plötzlich auf und schlug blitzschnell die Zähne in seine Hand, sodass er aufjaulte.

Sofort wollte Stella zu den beiden, aber Vasco hob abwehrend seine unverletzte Hand und brachte sie damit zum Stehen.

»Lass gut sein, mein Mädchen!« Seine Stimme klang plötzlich müde. »Das hier geht nur sie und mich etwas an. Wieso machst du nicht mit Ilaria einen schönen Spaziergang? Die frische Luft wird euch beiden guttun.«

Weil Ilaria sich schon wieder heimlich mit Federico trifft, lag Stella bereits auf der Zunge, und nur so getan hat, als wolle sie in Begleitung der Zofe zur keuschen Beichte. Doch sie schluckte es schnell hinunter und brachte sogar ein halbwegs überzeugendes Nicken zustande.

Wie sie aus dem Haus gekommen war, wusste sie später nicht mehr. Es dauerte eine ganze Weile, bis sie die Sonne als Liebkosung auf ihrer Haut empfand, ebenso wie die Brise, die sich erhoben hatte und angenehm kühlte. Unwillkürlich hatten ihre Füße den vertrauten Weg nach San Rufino eingeschlagen, doch als sie vor dem Gotteshaus angelangt war, fühlte sie sich plötzlich unbehaglich.

Ob wieder jemand hinter den verschlossenen Läden auf sie lauerte?

Es war nicht das erste Mal gewesen, dass sie sich beobachtet fühlte, aber bislang hatte sie das eher ihrer überhitzten Phantasie zugeschrieben. Die Gegenwart des fremden Mönchs jedoch hatte alles verändert. Plötzlich war real geworden, was sie bislang als Traumgespinst abgetan hatte. Der Pfeil in ihrer Schlafkammer, den er ihr heimlich zugesteckt hatte, bevor sie sich zur guten Nacht verabschiedet hatten, war Beweis genug.

Seltsamerweise empfand Stella keine Angst. Es war eher ein dumpfes Gefühl der Beklemmung, das sie quälte, gemischt mit brennender Neugierde, die sie immer wieder an jenen *padre* denken ließ.

Wie lebendig er redete, mit Augen und Gesten, die umso eindringlicher wurden, je weniger ihm die passenden Worte einfielen. In seinen Bewegungen lag eine unschuldige Anmut, die sie ansprach, und sie mochte die Ernsthaftigkeit, die sie hinter allem spürte, wovon er sprach. Er war keiner der Männer, die die Frauen verachteten, sobald sie Kutte und Tonsur trugen – und doch hatte er sich für ein Leben im Kloster entschieden, das ihn um die Freuden von Ehe und Vaterschaft bringen würde.

Die Freuden der Ehe? Beinahe hätte Stella bitter aufgelacht. Mittlerweile verging kaum ein Tag, an dem Carlo sie nicht mehrmals daran erinnerte, und während Ilaria ihr neues Leben offenbar kaum noch erwarten konnte, wäre sie manchmal lieber geflohen, um gänzlich darauf zu verzichten.

Wahrscheinlich lauerte ihr Verlobter auch jetzt wieder irgendwo heimlich auf sie. Stellas Blicke flogen über den Platz, doch sie sah nur eine Frau in schäbigen Fetzenkleidern auf einem niedrigen Hocker, vor der sich eine kleine Schlange Wartender gebildet hatte.

Stella trat näher. Vor ihr ein Alte, die so gebeugt war, als drücke die Last eines ganzen Lebens auf ihren mageren Rücken; davor ein junges Mädchen mit vollen roten Wangen.

»Er wird dich verlassen.« Die Stimme der Handleserin war ruhig. »Doch dein ungeborenes Kind wird dein ganzes Glück.«

»Ich bin schwanger?«

Jetzt lachte die Handleserin lauthals. »Du weißt es längst, und ich weiß es auch. Jetzt musst du es nur noch deiner Mutter beibringen. Scht, keine Angst, meine Kleine! Sie wird euch beide nach Kräften unterstützen. Ihr kommt durch, und nicht einmal schlecht, das kann ich dir sagen. Und eines nicht zu fernen Tages sehe ich sogar einen kräftigen jungen Schmied, der dich zu seinem ehrbaren Weib machen wird.«

Sie spendet nichts als billigen Trost, dachte Stella, wie so viele andere auch. Dennoch rückte sie weiter vor. Eigentlich hielt sie nichts von solchem Aberglauben, aber heute zog irgendetwas sie wie magisch an.

»Der Tod ist schon ganz nah«, hörte sie die Handleserin zu der Alten sagen. »Höchste Zeit, endlich deine Angelegenheiten zu regeln. Ruf den Sohn zurück, mit dem du schon so lange in Unfrieden lebst!«

»Woher willst du das wissen?«, fuhr die Alte auf.

»Wärst du sonst zu mir gekommen?«, fragte die Handleserin. »Gianni, er heißt doch Gianni, dein Sohn, oder?«

Ein unmerkliches Nicken.

»Gianni wartet schon so lange darauf. Erlöse ihn endlich – und dich mit dazu!«

Jetzt konnte sie nicht mehr weggehen.

Hellbraune Augen musterten Stellas Gesicht, dann schüttelte die Frau in den bunten Fetzen langsam den Kopf.

»Du willst nicht«, sagte sie. »Dann kann ich auch nichts sehen. Geh!«

Plötzlich schien der Domplatz enger geworden zu sein. Der Wind blies stärker, fegte einen abgerissenen Zweig über das Pflaster. Lauerte die böse Macht erneut auf sie?

»Aber ich habe doch so viele Fragen«, hörte Stella sich

flüstern. War das wirklich ihre eigene Stimme, so ängstlich und klein?

»Nur wenn du es zulässt, kann ich es versuchen.«

Die Frau griff nach Stellas linker Hand, drehte sie um, berührte sie sanft. Sie hielt sie eine ganze Weile, dann entrang sich ihrer Brust ein tiefer Seufzer.

»Ich sehe Sonne und Mond«, sagte sie leise, aber es klang plötzlich, als redete die Frau nicht selbst, sondern als spreche eine andere Stimme durch ihren Mund. »Beides trägst du in dir. Eine Liebe für die Ewigkeit, doch zu tief und zu schwer für ein kurzes menschliches Leben …« Die Handleserin sackte kraftlos in sich zusammen.

»Was hast du?«, rief Stella und zog erschrocken ihre Hand zurück. »Bist du krank? Was ist auf einmal mit dir?«

Die Frau schrak hoch wie aus tiefen Träumen, fuhr sich mit der Hand über das Gesicht, als könnte sie damit etwas wegwischen, und lächelte unbestimmt.

»Du musst mutig sein, Kleine!«, sagte sie langsam. »Sehr, sehr mutig. Denn alles wird sich verändern. Schon sehr bald.« Danach erhob sie sich steifbeinig, faltete den kleinen Hocker zusammen und klemmte ihn unter den Arm.

»Aber du kannst mich doch jetzt nicht so zurücklassen!«, rief Stella und packte sie am Arm. »Was genau wolltest du mir sagen? Ich hab gar nichts verstanden!«

»Du wirst die Liebe finden und wieder verlieren, wenn du nicht sehr vorsichtig bist«, murmelte die Frau. »Folge ihr, halt sie fest und kämpfe um sie – und du wirst sehend werden. Und jetzt lass mich gehen! Den Rest musst du allein vollbringen.«

Stella stolperte davon. Jetzt spürte sie sie wieder, die feindseligen Blicke hinter den geschlossenen Läden, die sich in ihren Rücken zu bohren schienen wie tödliche Pfeile. Sie wollte nur noch eins: so schnell wie möglich sicher und geschützt nach Hause.

Doch nach Hause – wo genau war das?

✤

Die Enttäuschung holte Leo ein, kaum war er ein Stück weiter bergab geritten. Die Schwestern von San Damiano nahmen ihn nicht ernst, vielleicht machten sie sich sogar über ihn lustig. Wie sonst hätten sie es wagen können, Suor Magdalena heimlich zu begraben?

Nun gab es keine Möglichkeit mehr für ihn, sie nochmals genau zu inspizieren, um ihrer Todesursache auf die Spur zu kommen. Alles, was ihm blieb, waren ein paar flüchtige Momente in einem dunklen Kellerverlies, die Tintenspuren an den Händen der Toten, die graue Katze, die ihr »Kind« gewesen sein sollte – und jene seltsame Stimme, die ihn zu den *carceri* führen wollte.

Sein Kopfschmerz war wieder stärker geworden. Ob er sich doch innerliche Verletzungen zugezogen hatte, die ihn eine längere Zeit beeinträchtigen würden? Dabei brauchte er doch gerade jetzt mehr denn je einen scharfen Verstand und ein sicheres Auge, um sich nicht weiter in die Irre führen zu lassen.

Zunächst war er versucht, die Stute zu wenden und zurück in die Stadt zu reiten, wo ein helles Zimmer und ein bequemes Bett auf ihn warteten. Vasco Lucarelli hatte ihm versichert, dass er so lange bleiben könne, wie er wolle, und sein Blick war dabei so warm gewesen, dass Leo ihm glaubte. Und dennoch gab es etwas in diesem gastfreundlichen Haus, das ihn irritierte, auch wenn er noch nicht sagen konnte, was genau es war. Die freundlichen, zuvorkommenden Eltern, die beiden reizenden Töchter – auf den ersten Blick reinste Harmonie, der er jedoch aus unerfindlichen Gründen nicht ganz zu trauen vermochte. Es war nicht viel mehr als ein Gefühl, doch Leo hatte gelernt, sich auf seine Gefühle zu verlassen, die ihn schon oft zu erstaunlichen Erkenntnissen geführt hatten.

Vielleicht gab er deshalb Fidelis nach, die unvermittelt nach links strebte, obwohl er eigentlich lieber nach rechts geritten wäre, und als die Mauern zwischen den Steineichen auftauchten, wusste er, wohin sie ihn geführt hatte – zum Portiuncula-Kirchlein.

Leo stieg ab, ließ die Stute grasen, die sich hier wie zu Hause zu fühlen schien, und ging in die kleine Kirche. Obwohl er dieses Mal auf Schmutz und Verrottung eingestellt war, präsentierte sich zu seiner Verblüffung der Innenraum verändert. Keine Spur mehr von Zweigen oder Vogelkot. Alles war sauber, der Boden gefegt, auf dem Altarstein lag eine frische Decke mit kleinen Stickereien; davor brannten in einem schmiedeeisernen Leuchter drei dicke weiße Kerzen.

Die Erleichterung, die ihn bei diesem Anblick überkam, ließ seine Augen feucht werden.

»Du bist noch immer lebendig, Franziskus«, murmelte er und berührte andächtig das τ an der Wand. »Unser Vorbild, unser Halt, unser Held. Keiner von uns wird dich jemals vergessen!«

Das Dröhnen im Kopf schwoll so stark an, dass seine Benommenheit wuchs. Er ließ sich auf den Boden gleiten, den Kopf an die Wand gelehnt, und schloss die Lider.

Irgendwann musste er eingeschlafen sein, denn als er wieder zu sich kam, hatte das Licht sich verändert. Es war heller im Kirchlein geworden, was daran lag, dass die Tür halb offen stand, als habe jemand sie zu schließen vergessen.

Leo rieb sich die Augen.

Die Kopfschmerzen waren abgeflacht, aber noch immer vorhanden. Wie durstig er war – und Hunger hatte er auch.

Als er aufstehen wollte, entdeckte er neben sich das Brot und die kleine irdene Schale, die mit Oliven gefüllt war. Außerdem einen Wasserkrug, aus dem er als Erstes trank, bevor er seinen Hunger stillte.

Was sollte er mit dem Krug und der leeren Schale anstellen? Sie einfach in der Kirche zurücklassen? Unschlüssig hielt er sie in der Hand, als sein Blick auf den Boden der Schale fiel, in den etwas in ungelenken Buchstaben eingeritzt war.

CARCERI las Leo. SEGRETO.

Das zweite Wort bedeutete »Geheimnis«, so weit reichten seine Kenntnisse, aber was hatte es mit diesen *carceri* auf sich, denen er nun schon zum zweiten Mal begegnete?

Und wer hatte ihn während seines Schlafs mit Essen und Trinken versorgt? Die Schale noch in der Hand, lief er hinaus, doch da war nur der Wind in den Zweigen, keine Menschenseele weit und breit.

Das Aussätzigenglöcklein hörte Leo erst, als er schon wieder im Sattel saß, und plötzlich begriff er. Der Kranke, wegen dem er gestürzt war, musste heimlich zurückgekommen sein. Ob ihm auch das Kirchlein sein sauberes Aussehen verdankte? Allerdings wurde ihm bei der Vorstellung, dass dieser Mann mit seinen entstellten Fingern das Essen berührt hatte, das er sich eben so gierig einverleibt hatte, leicht übel, doch es gelang ihm, seinen Ekel niederzukämpfen.

Franziskus schützt und wiegt mich, dachte er. Der Heilige braucht mich für seine Sache. Er wird nicht zulassen, dass ich mich anstecke.

Jetzt hätte Leo den Kranken am liebsten auf der Stelle ausgefragt, doch das Bimmeln des Glöckchens war inzwischen verstummt, und wie sehr er den Hals auch reckte, er konnte den Mann nirgendwo entdecken. Den ganzen Weg zurück nach Assisi hielt er vergeblich nach ihm Ausschau.

Wieder bei seinem Gastquartier angekommen, brachte er als Erstes Fidelis in den Stall, dann klopfte er an der Vordertür an. Eine der Mägde öffnete ihm, aber als er nach Stella fragte, zuckte sie die Achseln und schüttelte bedauernd den Kopf.

»*Scusate padre, ma la signorina non è a casa.*«

Er musste also warten und sich gedulden, bis sie zurückkommen würde.

Die nächste Stunde verbrachte er mit dem Beten der Psalmen, die er viel zu lange vernachlässigt hatte, dann nahm er sich erneut seine Reiseunterlagen zur Hand. Bruder Jörg hatte ihm vor der Abreise ein handliches kleines Buch gebunden, in das er Notizen schreiben konnte. Im Nachhinein bereute Leo, dass er dazu unterwegs manchmal zu faul gewesen war, denn was für ein flüchtiger und unzuverlässiger Geselle konnte die Erinnerung sein!

Jetzt aber fühlte er sich frisch genug, um das Versäumte nachzuholen. Er holte Feder und Tintenfass aus seinem Reisegepäck und begann zu schreiben.

Später klopfte es an seine Tür.

»Ich soll Euch zum Nachtessen holen, *padre*«, sagte Stella, als er geöffnet hatte. »Ihr müsst doch schon sehr hungrig sein!«

»Eigentlich gar nicht«, sagte Leo. »Ich war den ganzen Nachmittag mit Schreiben beschäftigt und bin immer noch nicht ganz damit fertig. Und ich weiß nicht so recht – ein Abend in großer Gesellschaft …«

»Es ist nur die Familie«, versicherte sie rasch. »Heute erwarten wir keine zusätzlichen Gäste. Bitte kommt, *padre*! Macht uns die Freude!«

Sie klang so bittend, dass er schwankend wurde, obwohl ihm eher nach Alleinsein zumute war.

»Dann müsst Ihr ja den ganzen Abend übersetzen«, sagte er, schon halb überredet. »Wird Euch das nicht zu viel?«

»Ganz im Gegenteil!«, versicherte sie rasch. »Es ist so lange her, dass ich Gelegenheit zum Üben hatte. Es macht mir großen Spaß festzustellen, dass ich doch nicht alles vergessen habe.«

Er tauchte seine Hände in die Waschschüssel und trocknete sie ab, während Stella an der Tür zu warten schien.

»Die Eltern«, sagte Leo, bevor er sich ihr zuwandte, »sie sollen von dem Pfeil nichts erfahren, habe ich recht?«

Die junge Frau nickte. »Sie würden sich sonst nur Sorgen machen«, sagte sie. »Und dazu gibt es doch eigentlich keinerlei Grund.«

»Seid Ihr Euch sicher?«, fragte Leo eindringlich.

Plötzlich konnte sie seinem Blick nicht länger standhalten.

»Seinem Schicksal kann man nicht entfliehen«, sagte sie leise. »Trotz aller Vorsicht. Ihr habt den Pfeil von mir abgewehrt. Doch wer weiß schon, wann und wo der nächste auf mich wartet?« Sie warf ihr dunkles Haar zurück. »Wir sollten die anderen nicht zu lange warten lassen! Sonst wird noch das ganze Essen kalt.«

Leo folgte ihr durch den Gang in ein großes Zimmer, das von zahlreichen Kerzen erleuchtet war.

Vasco Lucarelli nickte ihm freundlich zu, und Ilaria strahlte ihn regelrecht an, während Simonetta eher säuerlich den Mund verzog. Zwei adrett gekleidete Mägde erschienen und bedienten die Essenden, doch trotz der aufwendig zubereiteten Speisen blieb die Unterhaltung merkwürdig steif. Stella gab sich alle Mühe, die Stimmung aufzuheitern, übersetzte geschwind und genau, lachte und machte kleine Späße, während Ilaria eher zurückhaltend blieb und die Hausherrin den Mund so gut wie gar nicht aufbekam.

Als sie schließlich den Kapaun im Teigmantel verspeist hatten, und auch von der *torta*, die mit Schinken, gekochten Eiern, Datteln und Safran verfeinert war, so gut wie nichts mehr übrig blieb, wandte Vasco sich an den Gast.

»Ihr sagtet mir gestern, *padre*, Ihr hättet in San Damiano zu tun. Was genau führt Euch in dieses Kloster?«

Stella übersetzte die Frage prompt, Leo aber ließ sich gründlich Zeit mit seiner Antwort.

»Darüber kann ich Euch leider keine Auskunft erteilen«, sagte er schließlich. »Das sind Angelegenheiten, die allein unseren Orden betreffen.«

Vasco wiegte nachdenklich den Kopf.

»Dann verratet mir wenigstens, ob sie noch am Leben ist«, verlangte er. »Denn immer wieder kommen in Assisi Gerüchte auf, Madre Chiara sei längst tot. Niemand hat sie seit vielen Jahren von Angesicht zu Angesicht gesehen.«

»Sie lebt, seid ganz gewiss«, versicherte Leo. »Ich habe heute erst mit ihr gesprochen. Ihr kennt sie persönlich?«

»Nicht direkt.« Vasco schien innerlich plötzlich zurückzuweichen. »Doch man hört so vieles über sie. Seit dem Tod Francescos ist sie das Licht von Assisi.«

»Madre Chiara ist mit Sicherheit eine bemerkenswerte Frau«, sagte Leo. »Eine Frau mit vielerlei Talenten, einem starken Glauben und einem ebenso starken Willen.« Er verstummte, weil er an Suor Magdalena denken musste. War sie zu eigenmächtig gewesen? Hatte sie möglicherweise etwas getan, das der gestrengen Äbtissin missfallen hatte? Regula hatte ihm versichert, wie fromm und gehorsam die Mitschwester gewesen sei – doch konnte das nicht auch eine Lüge sein?

»Wer oder was sind die *carceri*?«, fragte er in das seltsame Schweigen hinein, das sich plötzlich über die Tischgemeinschaft gesenkt hatte.

»*Un posto maledetto!*«, rief Simonetta impulsiv.

»*Il paradiso*«, kam es von Ilaria, die plötzlich noch glänzendere Augen bekommen hatte.

Ein verfluchter Ort – das Paradies. Dieses Mal brauchte Leo nicht einmal Stellas Hilfe, um zu verstehen. Doch was hatte das zu bedeuten? Gegensätzlicher konnten zwei Aussagen ja nicht sein!

»Eremo delle Carceri, meint Ihr das?«, schaltete sich nun Vasco schlichtend ein, während Stella jedes seiner Worte für den Gast übersetzte. »Es handelt sich um eine Einsiedelei, oben auf dem Monte Subasio, von Assisi aus ein Weg von knapp zwei Stunden. Einst gehörte dieser Ort den Benediktinern. Später schenkten sie ihn Francesco und seinen ersten Jüngern. Der Heilige hat viele Monate in dieser Bergeinsamkeit verbracht. Doch seit seinem Tod soll alles öde und verlassen sein.«

»Dann lebt jetzt niemand mehr dort?«, fragte Leo und spürte, wie seine innere Anspannung wuchs. Sein Nacken begann zu jucken, als wäre er in einen Ameisenhaufen geraten. Er musste sich zusammennehmen, um sich nicht auf der Stelle zu kratzen.

»Das weiß niemand so genau«, räumte Vasco ein. »Früher sind die Menschen aus unserer Stadt gern zum Beten hinaufgegangen. Doch in letzter Zeit hat man immer wieder von Überfällen auf fromme Pilger gehört. Das schreckt ab – und dann beginnen die Leute eben zu reden.« Er gähnte herzhaft. »Ich denke, es wird allmählich Zeit für die Nachtruhe. Besonders für unsere beiden jungen Bräute, die ihren Schlaf vor Beginn der Festlichkeiten dringend brauchen.«

»Ihr werdet heiraten? Alle beide?« Leos Blick flog von Ilaria zu Stella, die rasch den Kopf senkte, während die andere mit strahlender Miene zu nicken begann.

»Zwei Vettern aus bestem Haus.« Simonettas Stimme hätte stolzer kaum klingen können. »Junge Adelige mit ausgesuchten Manieren. In nicht einmal zwei Wochen wird unser geliebtes Assisi die Hochzeit des Jahres erleben.« Sie erhob sich. »Kommt, meine Mädchen, rasch ins Bett mit euch! Das bin ich euren Verlobten schuldig.«

Auch Leo begab sich in sein Zimmer, doch er war plötzlich viel zu aufgewühlt, um schlafen zu können. Unruhig schritt er auf und ab, was ihm schon manchmal geholfen hatte, die innere Ruhe wiederzufinden, doch heute misslang es. Diese Carceri schienen also etwas mit Franziskus zu tun zu haben, auch wenn der Heilige schon seit fast dreißig Jahren tot war. Wieso hatte die körperlose Stimme den Ort dann in Zusammenhang mit der toten Nonne gebracht? Und was hatte der Aussätzige damit zu tun, in dessen Schale die beiden Worte CARCERI und SEGRETO gekratzt waren?

Es gab nur eine Lösung, der Wahrheit auf die Spur zu kommen. Er musste selbst dort hinaufsteigen – so bald wie möglich.

Abermals begann sein Hinterkopf heftig zu pochen. Er stützte den Kopf in beide Hände und starrte in die Kerzenflamme, als es plötzlich zaghaft an seiner Tür klopfte.

»*Padre?*« Zu seiner Verblüffung sah er Stella vor sich stehen, nachdem er geöffnet hatte. »Ihr wollt hinauf zur Einsiedelei? Ich werde Euch begleiten.«

»Aber das müsst Ihr nicht«, sagte er. »Ihr werdet andere Dinge zu tun haben, so kurz vor Eurer Hochzeit …«

Er verstummte, als ihr Blick zwingend wurde.

»Lasst mich mit Euch gehen!«, beschwor sie ihn. »Wie sonst könntet Ihr Euch dort verständigen?«

»Ich denke, dort lebt niemand mehr? Hat Euer Vater nicht gesagt, dass ...«

»Er weiß nicht alles«, fiel sie ihm ins Wort. Und sagt nicht immer alles, was er weiß, fügte sie für sich hinzu. »Ihr werdet mich brauchen, glaubt mir!«

»Habt Ihr denn keine Angst?«, fragte Leo leise.

»Was sollte mir schon zustoßen in Gesellschaft eines frommen Mannes, wie Ihr es seid?«, sagte sie. »Wann gehen wir?«

»Morgen früh. Gleich nach Sonnenaufgang, dann vermeiden wir die größte Hitze. Und Ihr seid Euch wirklich sicher?«, fragte Leo. »Ganz sicher, Stella?«

Sie nickte.

»Ich erwarte Euch dann am Stall«, sagte sie. »*Buonanotte, padre!*«

*

»Du hast noch immer Dreck im Gesicht.« Die metallische Stimme klang streng.

Der Mann mit der schiefen Nase lachte und wischte sich mit der Hand rasch über die Wange. »Gar nicht so einfach, das ganze Lehmzeug wieder wegzubekommen«, sagte er. »Zusammen mit der schmierigen Paste klebt es wie verrückt. Aber das ist nicht das Schlimmste an der Maskerade. Hast du auch nur eine Vorstellung davon, wie mühsam es ist, den Rücken ständig krumm zu machen und mit einem Bein zu hinken? Nach dieser verfluchten Schinderei spüre ich noch tagelang jeden einzelnen Knochen in meinem Leib!«

In der niedrigen Taverne, die sich nach und nach füllte, hatte inzwischen auch die Lautstärke zugenommen. Die Männer saßen an einem Tisch in der Ecke, zwei nebeneinander auf der Bank, einer gegenüber. Der Lärmteppich war dicht genug gewirkt. Keiner der anderen Zecher würde hören können, was sie zueinander sagten.

»Hat er den Köder geschluckt?«

Abermals beschwichtigendes Lachen.

»Du wirst in ganz Assisi und Umgebung keinen besseren Aussätzigen finden«, sagte der eine. »Nicht einmal in Perugia, darauf kannst du wetten. Allerdings war das mit der Kirche eine ziemliche Schweinerei. Weißt du eigentlich, wie verdreckt alles war? Jahrzehntelang hat dort niemand mehr sauber gemacht. Allein diese Vogelscheiße überall – einfach nur widerlich! Ich begreife noch immer nicht, wozu diese sinnlose Fegerei eigentlich gut sein sollte, die du von mir verlangt hast. Kannst du mir vielleicht …«

»Und er hat dir geglaubt? Allein darauf kommt es an«, unterbrach sein Gegenüber ihn schroff.

Die Wirtin kam mit einem neuen Krug Wein an den Tisch und beugte sich beim Ausschenken weit vornüber, um ihre Brüste im halb geöffneten Mieder noch besser zur Geltung zu bringen. Doch keiner der drei gönnte ihr auch nur einen Blick. Beleidigt zog sie wieder von dannen.

»Als er schließlich wie ein Idiot herausgestolpert kam, hatte er die Schale mit der eingeritzten Inschrift noch immer der Hand. Er *wird* hinaufmarschieren, da bin mir ziemlich sicher.«

Schiefnases Blick flog zu dem dritten Mann am Tisch. »Wieso macht der Kerl neben dir eigentlich nicht ein einziges Mal das Maul auf? Hat er vielleicht seine Zunge verschluckt? Oder ist er sich nur zu gut zum Reden?«

»Nicht ganz. Man hat sie ihm zur Strafe abgeschnitten. Weil er zu viel geplappert hat. Zur falschen Zeit. Am falschen Ort. Aber sei ganz unbesorgt: Seitdem ist absoluter Verlass auf seine Verschwiegenheit.«

Der Mann mit der schiefen Nase erstarrte. »Falls du glaubst, eines Tages auch mit mir so umgehen zu können, dann hast du dich getäuscht, denn ich ...«

Der andere hatte flugs seinen Arm gepackt und ihn mithilfe seines Körpergewichts so unbarmherzig auf die wurmstichige Tischplatte genagelt, dass Schiefnase Tränen des Schmerzes in die Augen schossen.

»Wenn du weiterhin derart unbesonnen herumbrüllst, könnte ich tatsächlich auf solche Ideen verfallen. Die halbe Schenke glotzt bereits, also mäßige dich gefälligst!« Er lockerte den Griff ein wenig, hielt den anderen aber noch immer fest. »Solange du tust, was ich von dir verlange, wird dir nichts geschehen. Sollte dir allerdings einfallen aufzumucken, so wirst du ...« Seine Hand fuhr in einer anschaulichen Demonstration blitzschnell quer über die Gurgel.

»Schon gut, schon gut, ich mach ja, was du willst!« Schiefnases Linke massierte den malträtierten Arm. »Allerdings würde mich interessieren, *pa*...«

»Bruder!«, unterbrach der andere ihn rasch. »So und nicht anders hast du mich gefälligst anzureden!«

»Und die wortlose Kreatur neben dir?«

»Ebenfalls mit ›Bruder‹. Sind wir das nicht alle – Brüder?« In seiner Stimme schwang Hohn. »Was willst du noch wissen?«

»Was du mit ihm anstellen willst, sobald er da oben ist. Ich möchte es mir nämlich gerne in aller Ruhe ausmalen.« Voller Vorfreude begann er sich die Hände zu reiben.

Sein Gegenüber hatte sich langsam erhoben und schlug seinen dunklen Umhang zurück. Er war weder besonders hochgewachsen noch übermäßig muskulös, dazu eher magerer, wenngleich sehnig, und doch spürte man die Kraft, die von ihm ausging.

»Solch dümmliche Fragen will ich nie wieder aus deinem Mund hören müssen, verstanden?«, sagte er drohend. »Verstanden?«

Der Mann mit der schiefen Nase fühlte sich plötzlich sehr hilflos und klein. »Verstanden«, murmelte er. »Verstanden. Was sonst kann ich noch für dich tun, Bruder?«

»Das klingt schon besser.« Der andere ließ sich zurück auf die Bank gleiten. »Viel besser sogar.« Er zeigte den Ansatz eines Schakalslächelns.

Auch der Stumme neben ihm schien angesichts einer entspannteren Stimmung aus seiner bisherigen Agonie zu erwachen und riss den Mund auf, als wollte er etwas sagen, doch außer einem dumpfen Brummton kam nichts aus seinem verätzten Schlund.

»Du wirst dich also weiterhin zu unserer Verfügung halten, Bruder«, fuhr der Mann im Umhang fort. »Denn möglicherweise muss der rätselhafte Aussätzige noch ein drittes Mal Leos mitfühlsames Herz erschüttern, damit der auch ja auf der richtigen Spur bleibt. Oder wir finden eine andere Verwendung für dich. Das wird sich zeigen.« Sein Tonfall veränderte sich. »Und treib dich nur nicht zu viel auf den Gassen herum! Leo hat gute Augen und ein ausgezeichnetes Gedächtnis. Sollte er dich wiedererkennen, wäre das äußerst schlecht für unseren Plan.«

»Wie sollte er das?«, sagte der Schiefnäsige wegwerfend. »Er kennt mich doch nur unter Lehm und Fett!«

»Weil er kein Idiot ist, du Idiot! Nimm Leos Fähigkeiten bloß nicht auf die leichte Schulter. Im Orden hat er damit schon so manchem derart eingeheizt, dass der sich danach wünschte, er wäre ihm niemals begegnet.«

»Und diese Tote im Kloster? Gehört die etwa auch zu eurem Plan?«

»Woher weißt du davon?« Es klang unheilvoll.

Der mit der schiefen Nase zog die Schultern hoch und leerte seinen Becher in einem Zug.

»Man hört so dies und das«, sagte er. »Die Stadt hat tausend Ohren und Augen, die alle auf San Damiano gerichtet sind. Das solltest du nicht vergessen.«

»Diese Tote schläft nun den Schlaf des ewigen Vergessens. Nichts und niemand wird sie jemals wieder daraus entreißen. Und jetzt sieh zu, dass du endlich fortkommst! Wir haben wahrlich genug geredet. Besser, wenn wir nicht mehr öffentlich zusammen gesehen werden.« Seine Stimme war kalt wie Eis. »Dreh dich vor allem nicht mehr nach uns um. Sonst würdest du es bereuen!«

Schiefnase erhob sich schwerfällig. Eigentlich hätte er ja noch mehr Geld verlangen wollen. Die paar Silbermünzen, die er bislang für seine aufwendigen Dienste erhalten hatte, waren geradezu lächerlich, und selbst das, was noch ausstand, sollte der andere seine Zusagen tatsächlich einhalten, was er plötzlich bezweifelte, erschien ihm als viel zu gering.

Doch seltsamerweise brachte er die Worte, die er offensichtlich zu lange zurückgehalten hatte, nicht über die Lippen. Seine Zunge lag wie ein Fremdkörper im Mund, fühlte sich dick und viel zu groß an, als hätte ein tückischer Insektenstich sie gefährlich anschwellen lassen, und seine Kehle war so eng geworden, dass er fürchten musste, im nächsten Moment zu ersticken.

Plötzlich erkannte er, was es war, das ihn lähmte – Angst. Todesangst.

Mit zitternden Beinen entfernte er sich vom Tisch in Richtung Ausgang. Doch aufrecht schreiten konnte er beim besten Willen nicht mehr. Er ging gebeugt, nach einer Seite geneigt, humpelnd, nicht anders als der Aussätzige, den er vielleicht bald wieder spielen musste.

Er war an der Schwelle angelangt, als hinter ihm ein schallendes, kurzes Lachen ertönte, das ihn an das Keuchen eines Esels erinnerte. Wie gern hätte er gewusst, wer ihn da so frech verhöhnte!

Doch die Angst erwies sich als stärker. Er drückte seine Schulter gegen das alte Holz, stieß die Tür auf und taumelte hinaus in die Nacht.

*

Zu seiner Überraschung war sie nicht allein gekommen. Ilaria stand dicht neben ihr, als wollte sie sie beschützen. In einem weißen, knöchellangen Nachtgewand, über das sie ein bunt besticktes Tuch geschlungen hatte, die Haare ein lockiges Gewirr, das im Schein der aufgehenden Sonne wie rötliches Gold schimmerte.

»*Lei deve sorvegliare mia sorella, padre*«, sagte sie ernst. »*Qualche volta può essere un po' pazza!*«

Stella versetzte ihr einen verlegenen Klaps.

»Was hat sie gesagt?«, wollte Leo wissen.

»Nichts. Nur lauter Unsinn.«

Fragend zog er die Brauen hoch.

»Ach nur, dass Ihr unbedingt auf mich aufpassen sollt.« Plötzlich wirkte sie noch verlegener. »Weil ich angeblich manchmal ein bisschen verrückt sein soll. Aber das stimmt natürlich nicht. Ganz im Gegenteil, ich bin äußerst vernünftig. Und jetzt sollten wir endlich los!«

Ilaria, die alles verstanden zu haben schien, hielt sie fest und drückte ihr einen Kuss auf die Wange. Dann drehte sie sich um und ging ins Haus zurück.

»Wissen Eure Eltern eigentlich davon?«, fragte Leo, nachdem sie die ersten Schritte gemacht hatten. Die Luft war klar und noch angenehm kühl, der Himmel leuchtete in zartem, fast durchsichtigem Blau und wirkte nach einem kurzen nächtlichen Gewitter wie frisch gewaschen. Fröhliches Tschilpen begleitete sie, als sie die steinernen Häuser nach und nach hinter sich ließen. Dann stiegen sie langsam höher. Die ersten Bäume empfingen sie, riesige, alte Steineichen, wie er erstaunt feststellte. »Ihr habt sie doch sicherlich von unserem kleinen Ausflug unterrichtet, oder etwa nicht?«

»Hmm«, machte Stella und beschleunigte ihre Schritte, sodass er sich anstrengen musste, um nicht zurückzubleiben. Der lange Rock schien sie beim Laufen nicht zu behindern, so behände schritt sie aus. Erst nach einer Weile fiel ihm auf, wie geschickt und doch einfach sie sich beholfen hatte – mit einem Strick an ihrer linken Seite, der den grünen Stoff genügend weit nach oben raffte, damit sie ausreichend Bewegungsfreiheit hatte.

»Ihr hängt sehr an Eurer Schwester, nicht wahr?«, nahm Leo den zerrissenen Gesprächsfaden erneut auf. »Bei aller Gegensätzlichkeit, die man Euch beiden schon äußerlich ansieht.«

»Allerdings«, sagte Stella bewegt. »Ilaria ist meine Sonne, die alles heller und wärmer macht, seit ich denken kann. Ich mag mir noch gar nicht recht vorstellen, dass ich sie schon bald nicht mehr ...« Sie biss sich auf die Lippen und verstummte.

»Hochzeit ist ein wichtiger Schritt in jedem Leben«, sagte Leo behutsam. »Ähnlich wie der Eintritt in ein Kloster. Das eine Mal schwört man dem menschlichen Bräutigam ewige Liebe und Treue, das andere Mal dem göttlichen.«

»Was aber, wenn man sich trotz allem plötzlich nicht mehr ganz sicher ist – was dann?« Stella war mitten auf dem schmalen Pfad stehen geblieben. Mit ihren großen hellen Augen sah sie ihn an, ein forschender, intensiver

Blick, an den er sich erst gewöhnen musste. »Wenn man bereits zu zweifeln begonnen hat, ob der Weg, den man eingeschlagen hat, auch der richtige ist?«

»Dann sollte man innehalten, sich besinnen und vor allem versuchen, Klarheit zu erlangen, ehe man voreilig ein heiliges Versprechen ablegt, das man bereuen könnte.«

Sie lachte brüchig. »Und wenn es dafür schon zu spät ist?«, fragte sie. »Und es kein Zurück mehr gibt?«

»Es gibt immer ein Zurück«, sagte Leo eindringlich.

»Aus Eurem Mund klingt das so einfach, *padre*«, sagte sie und ging weiter, den Blick fest auf den Boden geheftet. »Aber das ist es leider ganz und gar nicht.«

»Das habe ich auch nicht behauptet«, erwiderte Leo. Sein Tonfall war ruhig, und doch lag eine gewisse Schärfe darin. »Aber manchmal ist unsere Angst vor solch einem Schritt sogar schlimmer als dann später der Schritt selbst. Falls Ihr also jemanden zum Reden brauchen solltet, so könnte ich …«

»Nein«, sagte Stella eine Spur zu schnell. »Nicht darüber. Und schon gar nicht heute.«

Der Anstieg zum Monte Subasio hatte längst begonnen. Der Weg, der sich durch dichtes Grün bergauf schlängelte, war schmal und in manchen Passagen unerwartet steil. Starke Regengüsse des vergangenen Winters hatten offensichtlich zusätzliches Erdreich weggespült. Manchmal verengte er sich geradezu zu einem steinigen Ziegenpfad, auf dem man nur beschwerlich vorankam. Auf einmal stolperte Stella über einen Felsbrocken und fiel mit einem unterdrückten Schmerzensschrei auf die Knie, doch als Leo ihr aufhelfen wollte, ließ sie seine Hand unberührt und kam allein wieder auf die Beine.

Schweigend gingen sie weiter, inzwischen beide leicht keuchend, weil der Weg sich unbarmherzig weiter und weiter nach oben schraubte. Je höher sie gelangten, desto dichter wurde der Wald. Leo erschien er wie eine eigene Welt, die ihn verzauberte, ein grünes, bis auf ein paar vereinzelte Tierlaute stilles Refugium, das ihn das geschäftige Treiben in den staubigen Gassen Assisis, das schon bald einsetzen würde, vergessen ließ.

Mit jedem Schritt fühlte er sich Franziskus näher. In diesen Wäldern hatte der Heilige gelebt und gebetet; hierher hatte er sich mit seinen ersten Brüdern zurückgezogen, um der Welt zu entfliehen und Gott dafür umso intensiver zu erfahren. Wie viel Schönheit ihn dabei umgeben hatte!

Die Sonne, deren Licht schräg durch die hohen Wipfel fiel, verwebte Gold mit leuchtendem Grün, die Luft roch würzig, und als sie so durstig geworden waren, dass die Zunge ihnen am Gaumen zu kleben schien, erfrischte ein kleiner Bach sie mit seinem klaren Wasser.

»Wir werden bald am Ziel sein«, sagte Stella plötzlich. »Hier – diese verwitterte Eiche, in die der Blitz gefahren ist. Jetzt erinnere mich wieder ganz genau. Noch zwei, höchstens drei Biegungen. Dann muss die Einsiedelei auftauchen.«

»Ihr wart schon einmal hier oben, Signorina Stella?«, fragte Leo erstaunt.

Sie nickte. »Zusammen mit meiner Amme. Aber das liegt Jahre zurück. Damals war ich noch ein Kind.« Ihr Tonfall hatte etwas Abschließendes, und sie ging rasch weiter, bevor er noch mehr fragen konnte.

Dann, plötzlich, lichtete sich der Wald.

Offensichtlich hatte man schon vor langer Zeit etliche Bäume gefällt, um auf einem kleinen Plateau genügend Platz für ein steinernes Kirchlein und einige schäbige Reisighütten zu erhalten, die sich an die Kante des Abgrunds zu schmiegen schienen. Die gräulichen Felsen dahinter reichten hinunter bis in eine tiefe Schlucht. Von dort hörte man das Geräusch rasch fließenden Wassers.

»Das also ist die Einsiedelei?«, fragte Leo verblüfft. Da der Heilige mit seinen Gefährten so viel Zeit hier verbracht hatte, hatte er sich unwillkürlich etwas Größeres, Erhabeneres vorgestellt. Dann jedoch korrigierte er sich selbst. Das Einfachste vom Einfachen, dachte er beschämt. So und nicht anders wollte er doch leben! Vergiss nicht, dass Franziskus sogar im Winter barfuß gegangen ist. Und selbst zum Sterben hat er sich nackt auf den Boden legen lassen, um Gottes Erde nah zu sein.

»Ja«, sagte Stella mit leuchtenden Augen. »Eremo delle Carceri. So nennen es die Leute hier. Und ist es nicht wirklich ein Stück vom Paradies?«

Sie hatte recht mit diesem Vergleich – das erkannte Leo, als er sich nach allen Seiten umsah. War der Aufstieg schon vielversprechend gewesen, so erblickte er nun ein Stück Natur, das ihm schier den Atem raubte.

Vor ihm eine Unzahl verschiedenartigster Grüntöne – vom hellsten Grüngelb über silbriges Oliv bis zu tiefem, sattem Blaugrün. Der Himmel schien mit den Bäumen, Büschen und Moosarten geradezu wetteifern zu wollen, war nicht länger lichtblau, sondern prangte in strahlendem Azur. Wohin Leo auch schaute, überall schaukelten bunte Schmetterlinge, die sich hier besonders wohlzufühlen schienen. Einer war ausnehmend kühn und ließ sich auf seinem rechten Arm nieder. Aus der Nähe war er noch beeindruckender: Die Flügel leuchteten in sattem Rostrot und hatten am vorderen und hinteren Ende schwarz, blau und gelb gefärbte Augenflecken. Es war, als erblicke man den Abdruck von Pfauenfedern auf diesen zarten Schuppen.

»Schau nur einmal her, Stella!«, rief Leo impulsiv und merkte die vertrauliche Anrede erst, nachdem er den Satz beendet hatte. »Ist er nicht wunderschön?«

Von ihr kam ein seltsamer Laut. Sie hielt eine Hand an den Hals gepresst und schaute zu ihm mit einem Ausdruck schieren Entsetzens. Mit der anderen begann sie wie wild zu wedeln.

»Eine Wespe!«, schrie sie. »Sie hat mich zweimal gestochen. Es tut so weh!«

Sofort war Leo bei ihr, zögerte einen Moment, schob dann aber energisch den Stoff des Kleides zur Seite, drückte seine Lippen auf ihren Hals und begann, den dickeren Stich kräftig auszusaugen.

Zwischendrin hielt er inne und spuckte aus.

»Das Gift auch noch schlucken möchte ich dann doch lieber nicht«, sagte er mit schiefem Lächeln, bevor er sich an den zweiten Stich machte, mit dem er nicht anders verfuhr.

Schließlich trat er einen Schritt zurück. »Das müsste eigentlich reichen«, sagte er. »Hoffe ich zumindest.«

»Danke.« Stella war noch immer sehr bleich. Auf ihrer hohen Stirn standen winzige Schweißperlen. Wo seine Lippen eben noch ihre Haut berührt hatten, bildeten sich zwei dunkelrote Beulen.

»Ich fürchte, das wird später noch blau anlaufen«, sagte Leo. »Und eine ganze Weile zu sehen sein. Geht es denn wieder besser?«

»Ein wenig. Ich weiß noch nicht so genau. Stiche werden bei mir immer …« Sie schien plötzlich zu schwanken, verdrehte die Augen und landete in seinen Armen.

Ihre Haare kitzelten seine Haut. Wie weich sie sich anfühlte! Und wie gut sie trotz all der Anstrengung roch! Jahrelang war er keiner Frau mehr so nah gewesen, doch sein

Körper hatte nichts von dem vergessen, was einmal gewesen war, das spürte er überdeutlich. Ihm wurde plötzlich innerlich heiß, als koche Wasser in ihm über, und er hielt verzweifelt nach einer Kühlung Ausschau. Aber es blieb ihm trotz allem nichts anderes übrig, als Stella fürsorglich zu halten, bis ihre Lider flatterten und sie wieder zu sich kam.

»Mir ist so merkwürdig zumute«, flüsterte Stella. »... zum Sterben übel. Und ich kann auf einmal nicht mehr richtig sehen. Was ist mit mir?«

»Das Insektengift!«, sagte Leo grimmig. »Ich hab wohl leider doch nicht alles erwischt. Warte!«

Erneut nahm er sie hoch, obwohl sich der Schmerz in seinem Hinterkopf dabei wieder zögernd meldete, und trug sie bis zur ersten Hütte.

»*Aiuto!*«, schrie er aus Leibeskräften. »Hilfe – wir brauchen dringend Hilfe! Ist denn da niemand?«

Eine Weile blieb alles still. Stellas Kopf ruhte kraftlos an seiner Brust, in ihren Augen konnte er das Weiße sehen, und ihr Atem erschien ihm so schwach wie der eines kranken Kätzchens.

Dann kroch endlich ein kleiner Mann aus der letzten Hütte und kam langsam näher.

Er war alt, sehr alt, das erkannte Leo, als der Mann nur noch ein paar Schritte entfernt war. Er trug eine Kutte, die nur noch aus Flicken und Fetzen zu bestehen schien. Sein länglicher Schädel war kahl bis auf einen schmalen grauen Haarkranz. Keine Schuhe – augenblicklich musste Leo an Franziskus denken. Aber konnte dieser seltsame Waldkauz wirklich etwas mit dem zutiefst verehrten Heiligen zu tun haben?

Ihm blieb keine Zeit, sich damit zu beschäftigen, denn inzwischen ging Stellas Atem rasselnd.

»*Aiuto!*«, wiederholte Leo verzweifelt und kramte in seinem Gedächtnis verzweifelt nach dem italienischen Wort für »Wespe« oder wenigstens »Insekt« – leider vergebens. »*Apis*«, stieß er schließlich hervor, streckte den Zeigefinger aus und deutete einen Stich an. *Apis,* das war Lateinisch und bedeutete »Biene«, das Nächstliegende, was ihm in den Sinn gekommen war. Dann zeigte er auf Stellas Hals.

Zu seiner Verblüffung schien der Fremde sofort zu verstehen. Er drehte sich um, lief erstaunlich behände zu seiner Hütte und kam mit einem kleinen Tonkrug zurück.

»*Aceto*«, sagte er zahnlückig und riss einen Fetzen von seiner Kutte, den er damit beträufelte und auf die Stiche drückte. »*Buono!*« Er schnalzte mit der Zunge.

Der säuerliche Geruch verriet Leo, dass es sich um Essig handelte, und plötzlich erinnerte er sich: Johanna, seine jüngere Schwester, war nach einem Bienenstich von der Mutter ebenfalls mit Essig behandelt worden – und es hatte geholfen. Und noch etwas anderes hatte sie damals kenntnisreich auf die entzündete Stelle gelegt – rohe Zwiebeln.

»*Cipolle*«, entfuhr es ihm.

Der Alte lachte, lief abermals weg und kam mit dem Gewünschten zurück. Seine schmutzigen Finger rissen ungeduldig die dünne rötliche Haut herunter. Dann zog er ein kleines Messer aus dem Strick, der seine Kutte gürtete, und schnitt die Zwiebel auf.

Der Strick war zerfasert und zerschlissen – aber mit drei exakten Knoten versehen. Das konnte nur bedeuten, dass er einen Minoritenmönch vor sich hatte – einen Mitbruder.

Inzwischen lagen auch die Zwiebelringe auf Stellas stark geröteter Haut. Sie zwinkerte mehrmals, dann öffneten sich ihre Lider.

»Wo bin ich?«, flüsterte sie. »Was ist passiert? Alles war plötzlich ganz schwarz ...«

»*Nel paradiso*«, sagte Leo lächelnd, während der Mönch bekräftigend dazu nickte. »Und einen hilfreichen Engel haben wir hier praktischerweise auch gleich gefunden. Fra ...«

Er sah den anderen fragend an.

»Giorgio«, sprudelte der hervor. »Fra Giorgio. *Buon dì, buona gente!*«

Spätestens jetzt waren auch die letzten Zweifel ausgeräumt. »Guten Tag, gute Leute«, das war exakt die Begrüßungsformel des Heiligen gewesen, wenn er sich auf einer seiner zahlreichen Reisen befand.

Das Kribbeln in Leos Nacken verstärkte sich, obwohl er sich noch immer nicht recht vorstellen konnte, inwieweit das alles hier mit dem rätselhaften Tod der Nonne in San Damiano zu tun haben sollte.

Stella saß inzwischen wieder halbwegs aufrecht und presste eigenhändig Essiglappen und Zwiebelringe gegen die Stiche. Leo entging nicht, dass sie dabei sofort ein ganzes Stück von ihm abgerückt war, als sei die Berührung ihr überaus peinlich gewesen.

Die Augen des Mönchs ruhten nachdenklich auf ihrem noch immer sehr blassen Gesicht, und plötzlich lächelte er erneut, während ein wahrer Sturzbach italienischer Worte aus seinem Mund sprudelte.

»Er sagt, wir müssten unbedingt etwas essen«, übersetzte Stella. »Aber er ist an einfachste Kost gewöhnt und hat nur Käse, Brot und Wein zur Hand. Leider ist schon lange keine Lieferung mehr aus der Stadt gekommen, sonst könnte er uns etwas anderes anbieten.«

»Das ist doch mehr als genug und wird Euch neue Kraft schenken«, sagte Leo. »Fra Giorgio wird von Assisi aus versorgt? Von wem denn?«

Sie übersetzte seine Frage.

Giorgio zog die Schultern hoch und lachte, während er antwortete.

»Das weiß er offenbar selber nicht so ganz genau«, sagte Stella. »Mal sind die Leute großzügig, dann wieder eher knickrig. Und manchmal vergessen sie ihn auch ganz. Dann geht er eben einfach in den Wald und lebt ein paar Wochen von Beeren, Kräutern und Pilzen, genauso wie der Heilige es getan hat.« Ihr Blick war klar, als sie ihn ansah. »Stehen wir auf?«, sagte sie. »Ich bin nämlich halb am Verhungern.«

Leo hielt sich hinter ihr, falls sie erneut Schwäche überfallen sollte, doch Stella ging kerzengerade, ganz offensichtlich bemüht, ihm keine weitere Mühe zu bereiten. Giorgio kroch in die Hütte und kam wenig später mit einer kleinen Decke, Brot, einem Schälchen Käse und zwei Krügen wieder zurück.

»*Mangiate!*«, sagte er und deutete auf das frugale und doch köstliche Mahl. »*Prego!*«

Leo und Stella ließen sich nicht zweimal auffordern. Vor allem die junge Frau schlang alles so schnell hinunter, dass sie sich zweimal verschluckte, was Giorgio zu neuerlichen Heiterkeitsanfällen anstiftete.

»Fragt ihn bitte, wie lange er schon hier oben ist«, bat Leo, nachdem alles aufgegessen war.

Die Antwort kam prompt.

»So lange, dass er sich kaum an das erinnern kann, was vorher war«, übersetzte Stella. »Er hat Francesco noch gekannt. Die neue Sonne Assisis.«

Dann muss er schon seit nahezu dreißig Jahren hier leben.

»Kennt er Madre Chiara auch?«, fragte Leo.

Ein Nicken. Die Miene des Mönchs war plötzlich eine Spur wachsamer geworden.

»Wann hat er sie zum letzten Mal gesehen?«

Achselzucken. Ein knapper Satz.

»Vor vielen, vielen Jahren. Ich glaube fast, er möchte nicht darüber reden«, übersetzte Stella.

»Und wenn ich ihn sehr herzlich darum bitte?«, fragte Leo langsam.

Sie übersetzte.

Keinerlei Reaktion.

Er hatte es falsch angefangen – oder er war der Wahrheit näher als gedacht. Er musste einen neuerlichen Versuch unternehmen.

»In San Damiano gab es eine Tote«, sagte Leo. »*Una sorella morta. Tre giorni fa.*«

Giorgio nickte und deutete auf sich. Was nun aus seinem Mund kam, klang betrübt.

»Dann wird er sie hoffentlich bald im Himmel wiedersehen«, dolmetschte Stella. »Denn auch seine Tage sind gezählt. Seine Brust ist krank. Ich denke, er meint damit die Lunge. Kein Wunder, wenn er hier in dieser Einsiedelei lebt! Schon im letzten Winter, als der lange kalte Regen einsetzte, war der Tod jede Nacht bei ihm. Doch seit es wieder wärmer geworden ist, hat der Schnitter sich offenbar nicht mehr blicken lassen.«

»Stattdessen hat er vor drei Tagen Schwester Magdalena geholt«, sagte Leo langsam.

Das faltige Gesicht schien regelrecht zu zerfließen. »*È morta?*«, krächzte der Mönch. »*Ma come?*«

»Du hast sie gekannt?« Jetzt ließ Leo ihn nicht mehr aus den Augen. »Seit wann?«

Stella übersetzte hastig.

»*No. Sì.*« Die mageren Schultern sanken zusammen.

»Ja oder nein?«, fragte Leo. »Was ist denn nun richtig?«

Wieder ein aufgelöster Redeschwall.

»Er hat von ihr gehört, sie selber aber niemals gesehen. Die ganze Stadt kennt Magdalenas Geschichte«, sagte Stella. »Eines Tages hat man sie an der Pforte von San Damiano gefunden. Da war sie gerade mal einen Tag alt. Welche Mutter kann ihr Neugeborenes so grausam aussetzen? Ich kann solche Frauen ohne Herz nicht verstehen.«

Sie fuhr mit der Hand zu ihrem Hals, als würde sie sich erst jetzt wieder an die schmerzhaften Stiche erinnern, doch Leos große warme Hand legte sich im gleichen Moment so sanft auf ihre Schulter, als habe sich dort ein Vogel niedergelassen – und Stella vergaß, sich zu kratzen.

»Die meisten bringt pure Verzweiflung dazu«, sagte Leo. »Wenn die Männer sie verlassen haben oder ihre eigene Familie sie verstößt, dann haben sie keine Kraft mehr, ihr Kleines zu lieben. In manchen Städten gibt es Einrichtungen, die sich solcher Waisen annehmen. Gibt es keine, ist eine Klosterpforte sicherlich eine der besten Lösungen.«

Er wandte sich dem Mönch zu. »Und seitdem hat Magdalena im Kloster gelebt?«, fragte er.

»*Penso di sì.*«

»Meines Wissens, ja« – auch das wieder keine eindeutige Antwort.

Er kam nicht weiter, jedenfalls nicht so. Nach Verwandten Magdalenas zu fragen, erübrigte sich eigentlich, sonst wäre sie ja wohl kaum als Säugling ins Kloster gekommen und auch dort gestorben. Dennoch tat er es.

Kaum hatte Stella übersetzt, erhob Giorgio sich überraschend schnell.

»Er sagt, er muss jetzt dringend zu seiner Andacht«, übersetzte Stella. »Das Kirchlein wartet schon auf ihn.«

Leo schaute prüfend zum Himmel. »Für das Stundengebet erscheint es mir noch ein Weilchen zu früh ...«

Der Mönch schien auf Stellas Übertragung hin ärgerlich zu werden und stampfte plötzlich sogar auf.

»Er hat hier oben seine eigenen Zeiten«, sagte Stella. »Und die gehören einzig und allein Francesco – und dem lieben Gott. Ich glaube, jetzt habt Ihr ihn verletzt.«

Als Giorgio wortlos davonstapfte, legte sich plötzlich ein eiserner Ring um Leos Herz. Er hatte so gut wie nichts erfahren, nichts jedenfalls, das sich halbwegs bei seiner Nachforschung verwenden ließ.

War seine einzige Chance damit vertan?

»Warte!«, rief er und sprang dem Mönch hinterher.

Weil der trotz seines Rufens nicht stehen bleiben wollte, packte er ihn fast rau am Ärmel und hielt ihn fest.

»*Voglio ritornare*«, stieß Leo hervor. »*Domani. È molto importante!*«

Ich will wiederkommen. Morgen. Es ist sehr wichtig – in seinem Kauderwelsch musste er sich wie ein ausgemachter Idiot anhören!

Zu seiner Überraschung begann Giorgio wieder zu lächeln.

»*Certo*«, sagte er. »*Perché no? Ma senza di lei. Le donne sono periculose, sai? Vieni solo, capito?*« Damit verschwand er in der kleinen Kirche.

»Was hat er gesagt?«, wollte Stella wissen, die Leo erwartungsvoll entgegensah, als er zurückkehrte.

»Nichts«, sagte Leo und erschrak im gleichen Augenblick über seine Lüge. Just in diesem Augenblick entschloss er sich, beim zweiten Mal tatsächlich allein zu kommen, genauso wie der andere es von ihm verlangt hatte.

»Frauen sind gefährlich«, hatte Fra Giorgio gesagt – wie recht er doch hatte! Dieser ungewöhnliche Morgen hatte sie beide ohnehin schon viel zu eng aneinandergebunden. Was sie geredet hatten, die Berührung ihrer Haut, ihr Duft –

er musste unbedingt Sorge tragen, das Band zwischen ihnen wieder zu lösen, wenn es sie beide nicht in große Schwierigkeiten bringen wollte.

Sie war eine junge Braut – er ein Mönch in diffiziler Mission.

Das sagte er sich während des schweigsamen Abstiegs so lange vor, bis er beinahe selbst daran glaubte.

✢

Anstatt der Vorwürfe, mit denen Stella den ganzen Heimweg über innerlich gerechnet hatte, herrschte nur Erleichterung, als sie schließlich verschwitzt und halb aufgelöst nach Hause zurückkehrte. Was allerdings daran lag, dass Vasco im Kontor war und auch Simonetta sich offenbar schon vor Stunden dorthin begeben hatte, um eine Ladung kostbarer Seiden und Damaste zu inspizieren, weil sie mit der Ausstattung ihres eigenen Festgewandes noch immer nicht zufrieden war und auf neue Anregungen hoffte.

So empfing sie nur Ilaria, die die Schwester sofort in die Arme schloss und so fest an sich drückte, als wollte sie sie nie mehr wieder loslassen.

»Du tust ja, als sei ich aus fremden Ländern zurückgekommen.« Stella befreite sich behutsam. »Nach endlosen Monaten!«

»Genauso hat es sich für mich auch angefühlt«, rief Ilaria. »Blut und Wasser hab ich geschwitzt, dass Mamma dir auf die Schliche kommen könnte, und erst aufgeatmet, als sie zu Papà hinüber ins Kontor gelaufen ist.« Ihre Augen waren plötzlich noch blanker als sonst. »Und wie war es? Erzähl! Ich will alles wissen!«

»Da gibt es nicht viel zu erzählen«, wehrte Stella ab. »Der Weg ist lang und steil ...«

»Doch nicht das! Wichtiges! Habt ihr jemanden dort oben angetroffen? Und vor allem: Wie war es, so ganz allein mit dem *padre*?«

Vorsicht verschloss Stella plötzlich den Mund.

»Da war niemand«, sagte sie, mied dabei allerdings Ilarias neugierigen Blick. »Alles einsam und verlassen. Leider.«

»Dann seid ihr ganz umsonst den langen Weg hinaufgeklettert?« Ilaria schüttelte den Kopf, dass die blonden Zöpfe flogen. »Aber ihr wart so lange fort. Irgendetwas müsst ihr dort doch gemacht haben!«

Plötzlich starrte sie auf Stellas Hals. Ihre rosigen Lippen öffneten sich leicht, aber es kam kein Ton heraus.

»Es ist nicht, was du denkst«, sagte Stella schnell. »Eine Wespe hat mich in den Hals gestochen, und Padre Leo war so freundlich, das Gift herauszusaugen. Das ist alles.«

»Er hat an deinem Hals gesaugt und dir dabei diese Flecke gemacht?«, rief Ilaria aufgeregt.

»Er ist ein Mönch!«, sagte Stella heftig. »Ein heiliger Mann.«

»Aber trotz allem noch immer ein Mann – das hast du eben selbst gesagt! Da wirst du dir schon eine sehr gute Ausrede einfallen lassen müssen, wenn Carlo und Federico heute Abend zum Essen kommen!«

»Simonetta hat sie eingeladen?« Stella hatte so sehr auf einen ruhigen Abend gehofft, um die zwiespältigen Eindrücke des heutigen Tages ungestört verarbeiten zu können. »Schon wieder?«

»Pass auf, was du sagst! Das klingt ja beinahe, als wärst du deines Verlobten bereits überdrüssig. Was mich betrifft, so kann ich es kaum erwarten …«

»Ich weiß«, fiel Stella ihr ins Wort. »Aber ich bin müde und schmutzig von der langen Wanderung und muss erst einmal …«

»Baden!«, rief Ilaria. »Welch grandiose Idee! Gaia und Carmela sollen gleich die großen Töpfe aufsetzen. Sobald das Wasser heiß genug ist, steig ich zu dir in den Bottich, wie wir es schon als Kinder getan haben, so lange, bis wir von Kopf bis Fuß nach Lavendel duften und unsere Liebsten noch verrückter machen, als sie es ohnehin schon sind.«

Sie berührte Stellas Hals, die dabei schmerzlich zusammenzuckte.

»Und für dieses kleine Ungeschick fällt uns sicherlich auch eine gute Lösung ein. Ich könnte dir zum Beispiel mein blaues Samthalsband mit dem Bergkristall leihen – damit gehst du allen unangenehmen Fragen aus dem Weg. Was meinst du?«

Das Samtband war zu eng und fühlte sich reichlich unbehaglich auf den Stichen an, wie Stella während des Essens feststellen musste, aber es verbarg zumindest die auffälligen Stellen. Wie sehr sie Padre Leo beneidete, der sich in sein Zimmer zurückgezogen hatte, um an seinen Aufzeichnungen zu arbeiten, während sie hier sitzen, reden und lächeln musste.

Besonders Carlo schien allerbester Laune, als hätte die hässliche Auseinandersetzung bei der Schneiderin niemals stattgefunden. Er warf Stella verliebte Blicke zu, tastete unter dem Tisch nach ihrer Hand und drückte sie so leidenschaftlich, dass sie beinahe aufgeschrien hätte.

Nach und nach entspannte sie sich.

Es gab Minestrone, gut gewürztes Kalbfleisch, gebratene Barben sowie Forellen und Renken aus dem Trasimener See, die frisch gefangen heute angeliefert worden waren, danach Mandel- und Rosenkonfekt. Der Wein war dunkel und süffig, und nach zwei zu rasch getrunkenen Bechern spürte Stella, wie er in ihrem Kopf kreiste und ihre Zunge lockerer machte.

Jetzt begann auch sie zu scherzen, was Ilaria und besonders Carlo mit Vergnügen aufnahmen, und schon bald herrschte eine fröhliche Stimmung am Tisch, die immer ausgelassener wurde. Irgendwann zog Federico seine Laute hervor und begann zu spielen, erst leise, zarte Melodien, schließlich jedoch ein ausgelassenes Tanzlied.

»Komm!« Carlo streckte Stella die Hand hin. »Lass uns tanzen, mein Täubchen!«

Sie folgte ihm, nachdem Simonetta ihr aufmunternd zugenickt hatte, setzte die ersten Schritte noch zögernd und vorsichtig, ließ sich dann aber von dem Schwung der Weise und dem anfeuernden Klatschen der Tischgesellschaft mitreißen.

Mittendrin hielt Carlo plötzlich inne.

»Was hast du?«, rief Stella.

Sein Gesicht wirkte auf einmal wie erloschen. Da begriff sie. Das Samtband hatte sich gelöst und war unbemerkt zu Boden gefallen. Carlo starrte auf die Male an ihrem Hals.

»Was ist das?« Seine Stimme klang dumpf. »Wer hat dir das beigebracht?«

Auch Simonetta war aufgesprungen und baute sich breitbeinig vor Stella auf.

»Das möchte ich allerdings auch wissen«, zischte sie und hob bereits die Hand wie zum Schlag. »Rede, Mädchen, rede!«

Einen Moment lang war es sterbensstill im Raum.

Dann ertönte Ilarias glockenhelles Lachen. »Ich natürlich«, rief sie glucksend. »Wer sonst? Auf dem Heimweg von San Rufino hat eine Wespe mein armes Schwesterchen angefallen und dreist gestochen – und ihr wisst doch, wie heftig sie immer darauf reagiert! Da hab ich das Gift einfach ausgesaugt – die scheußlichen Male hat sie mir zu verdanken. Tut mir leid! Künftig werde ich versuchen, mich geschickter dabei anzustellen.«

Carlo zog Stella stürmisch in seine Arme, ohne sich um die Anwesenden zu kümmern.

»Ich muss mich bei dir entschuldigen«, murmelte er an ihrem Ohr. »Aber allein die Vorstellung, ein anderer könnte dich berühren, macht mich rasend vor Eifersucht. Für einen entsetzlichen Augenblick dachte ich, du …«

»So wenig vertraust du mir?«, fragte Stella mit klopfendem Herzen.

»Nein, nein«, widersprach er und drückte sie so eng an sich, dass sie nach Luft ringen musste. »Es ist nur, weil ich dich so sehr liebe, dass ich dich mit keinem teilen kann.«

»Ich ersticke!«, protestierte Stella. »Lass mich los, bitte!«

»Erst, wenn du mich geküsst hast.«

»Hier – vor allen?«

»Vor allen! Du bist meine Braut. Ich bestehe darauf.« Seine Lippen senkten sich auf ihren Mund und öffneten ihn, und nach einer Weile erwiderte Stella den Kuss.

In diesem Moment erschien Leo.

»Da ist ein Mann an der Tür, der den *padrone* unbedingt sprechen möchte«, rief er. »Es sei sehr wichtig …« Er verstummte. Sein Gesicht war fahl geworden.

Stella starrte ihn schweigend an. Ihr Herz klopfte so laut gegen die Rippen, dass sie Angst hatte, er könne es hören.

Manchmal *ist* es zu spät für ein Zurück, dachte sie voller Bitterkeit. Genauso, wie ich es Euch heute im Eichenwald gesagt habe. Spätestens jetzt wisst Ihr es auch, Padre Leo!

Drei

Die neue Tonsur belebte Leos Sinne und blies frischen Wind in seine Gedanken. Als ob sein Mitbruder gespürt hätte, worauf es gerade ankam, setzte er die Klinge besonders gnadenlos ein. Gleich büschelweise rieselten hellbraune Locken auf den steinernen Boden, mit Silber vermischt, was Leo erstmalig mit Erstaunen registrierte.

»*Adesso sei di nuovo un monaco vero!*«, verkündete der Bruder mit der großen Lücke zwischen den Schneidezähnen zufrieden, nachdem er sein Werk vollendet hatte.

Leo, der mit seiner Rechten die beachtliche Kahlstelle auf der Kopfhaut betastete, die der andere ihm soeben beigebracht hatte, nickte zustimmend. Ja, er *war* ein Mönch – und nichts anderes auf der Welt wollte er auch sein!

Die letzten Tage mit all ihren Zweifeln und inneren Krisen schienen auf einmal überwunden. Er hatte sie in der Einsamkeit seines Zimmers verbracht, das ihm zur klösterlichen Zelle geworden war, hatte dort gebetet, meditiert oder geschrieben und trotz der verlockenden Angebote Simonettas, die immer wieder an seine Tür geklopft hatte, um ihn doch noch umzustimmen, bei Wasser und Brot gefastet. Nach und nach verblasste die Erinnerung an das, was er in Stellas Augen gelesen hatte – Angst, Resignation und Begehren, bewegende, äußerst gefährliche Gefühle, die ihn nichts angingen und die niemals für einen wie ihn bestimmt sein konnten. In einer außergewöhnlichen Situation waren die junge Frau und er sich nähergekommen, als es für sie beide gut gewesen war. Das musste eine einmalige Angelegenheit bleiben, wie Leo sich fest vorgenommen hatte. Zusammen mit der längst fälligen äußerlichen Veränderung war der Prozess der Reinigung nun für ihn abgeschlossen, und er fühlte sich wieder kräftig und vor allem würdig genug, um sich erneut an seine große Aufgabe zu wagen.

Was ihm allerdings noch immer Sorgen bereitete, war die Dumpfheit im Hinterkopf, die ihm nach wie vor gelegentliche Schwindelattacken und ein anhaltendes Gefühl leichter Benommenheit bescherte. Da er aufgrund mangelnder Sprachkenntnisse den hiesigen Badern noch mehr misstraute als jenen zu Hause in Ulm und die Hilfe Stellas nicht noch einmal voreilig in Anspruch nehmen wollte, beschloss er, sich dem Infirmar anzuvertrauen.

Wie groß und gut ausgestattet dieses neue Kloster war, das an die Grablegungskirche des heiligen Franziskus grenzte! Erbaut in hellem Sandstein, war mit Sacro Convento ein gewaltiger Komplex erstanden, der neben der neuen Doppelkirche, die kurz vor ihrer Einweihung stand, das Stadtbild Assisis entscheidend prägte. Der Zustrom an Mönchen schien ungebremst; aus allen Teilen des Landes und sogar von jenseits der Grenzen kamen sie, um zu beten und zu leben, wo einst der Heilige gewirkt hatte. Der Gegensatz zur Bergeinsamkeit der Carceri hätte größer nicht sein können, und es fiel Leo bedeutend schwerer, hier den Geist Francescos zu spüren als noch zwei Tage zuvor angesichts der armseligen Reisighütten und Felsenhöhlen am Monte Subasio.

Fra Orsino erwies sich als Hüne mit freundlichem Gesicht und so riesigen Pranken, dass Leo im ersten Augenblick erschrak. Doch sie berührten ihn sanft, und seine anfängliche Befürchtung, sie könnten seinem lädierten Schädel mehr schaden als womöglich nützen, verflog schnell. Orsino tastete ihn ebenso sorgfältig wie kundig ab, ließ ihn anschließend den Kopf nach von, hinten und zur Seite bewegen, dann blickte er ihn aus runden Kinderaugen mitleidig an.

»*Sei caduto?*«

»*Sì.*« Leo nickte. »Ich bin vom Pferd gefallen, weil dieser Aussätzige plötzlich im Weg stand …« Er hielt inne, unfähig, all die Einzelheiten in der fremden Sprache auch nur einigermaßen verständlich auszudrücken, was den anderen allerdings in keiner Weise zu stören schien.

Der Infirmar schritt so zügig durch die kleine Apotheke, dass sein stattlicher Bauch unter der Kutte wabbelte und Leo regelrecht Angst um die tönernen Gefäße bekam, die dicht an dicht auf den schmalen Regalen standen und bei jeder Bewegung erzitterten. Aus einem Topf entnahm er eine gelbe Salbe, aus einem anderen ein grünliches, fein zermösertes Pulver. Die Erstere verrieb er großzügig auf Leos Kopf, das Zweite schüttete er ihm auf den Handrücken und machte danach wortlos vor, wie er es nach Ziegenart ablecken solle.

Leo gehorchte.

Das Pulver schmeckte so gallenbitter, dass ihm augenblicklich das Wasser in die Augen stieg, was den Mann mit dem Bärennamen, der wie gemacht für ihn schien, zu vergnügtem Gelächter veranlasste.

»*La medicina non deve essere buona, deve far bene*«, rief er, während die Regale dabei erneut bedenklich ins Schwanken gerieten.

Diesen Spruch kannte Leo bereits aus dem heimatlichen Kloster, sodass er ausnahmsweise jedes Wort verstanden hatte: »Medizin muss heilen, nicht schmecken«. Wenn der Heilungserfolg von der Ekelhaftigkeit des Mittels abhing, dann würde er wahrlich bald beschwerdefrei sein.

Doch Orsino war noch nicht am Ende angelangt. Aus einem kleinen Eimer schöpfte er mithilfe eines Bechers einige bräunliche Würmer und setzte einen auf Leos Arm, den er zuvor geschickt ein Stück entblößt hatte.

Blutegel! Der Schreck war so groß, dass Leo sich schüttelte und der Wurm zu Boden fiel, wo er zuckend liegen blieb.

Jetzt lachte Fra Orsino abermals, so schallend, dass die Wände zu beben schienen.

»*Gli uomini!*«, sagte er. »*Hanno sempre paura!*«

Das saß. Dass Männer und damit auch er feige sein sollten, wollte Leo so nicht stehen lassen. Er biss die Zähne zusammen und streckte dem Bären tapfer den Arm entgegen, doch Orsino schien inzwischen auf eine neue Methode verfallen zu sein. Er drängte seinen Patienten zu der provisorischen Liege unter dem kleinen Fenster und hieß ihn, sich dort ausstrecken.

Das kleine Messer in Fra Orsinos Hand sah Leo erst, als er es bereits in seiner Armbeuge angesetzt hatte. Hellrotes Blut sprudelte aus dem Schnitt und wurde in einem Tongefäß aufgefangen. Er schloss die Augen und versuchte, an etwas anderes zu denken, bis die Prozedur endlich vorbei war.

Zu seinem Erstaunen fühlte er sich ausgeruht und um einiges frischer, als Orsino ihn eine ganze Weile später wieder aufstehen ließ. Der Kopf war wie befreit, und sooft er die Lider auch schloss und wieder öffnete, die vorherige Benommenheit war und blieb verschwunden.

»*Grazie mille!*«, sagte Leo bewegt. »*Mi sento come ...*«

»*... un ragazzino*«, vervollständigte der Bär. »*Molto bene!*«

Leo beließ es bei dem schmeichelhaften Jünglingsvergleich, wenngleich er ihn als übertrieben empfand. Doch es fühlte sich gut an, wieder entspannt gehen und sich bewegen zu können, ohne diesen dumpfen Schmerz, der tagelang alles beeinträchtigt hatte.

Sein nächster Weg führte ihn zum Abt des neuen Klosters, ein sehniger Mann mit asketischen Zügen, der die Augen zusammengekniffen hatte, als scheuten sie das Licht. Abt Matteo erwartete Leo im Kreuzgang, einem imposanten Geviert mit ziselierten Säulenkapitellen, ganz anders als die stille, einfache Friedlichkeit von San Damiano, in der Suor Magdalena nun die ewige Ruhe gefunden hatte.

Schon beim Näherkommen überfielen Leo erneut bereits bekannte Zweifel. Wie sollte er Matteo seine Mission verständlich machen? Er konnte nur hoffen, dass Johannes von Parma, der Generalminister der Franziskaner, den Abt von Sacro Convento darüber in Kenntnis gesetzt hatte.

Zu seiner Überraschung jedoch sprach Matteo Deutsch, den rauen, kehligen Dialekt der Tiroler Alpen, dem Leo während seiner Reise bereits begegnet war.

»Ist es jetzt an dir, der Ketzerin Chiara beizustehen?«, sagte der Abt statt einer Begrüßung. »Dann sieh dich besser vor, Bruder Leo aus dem fernen Deutschen Reich, denn würdige Männer sind bereits vor dir daran kläglich gescheitert.«

»Ich bin beauftragt, Madre Chiaras Anliegen zu prüfen«, erwiderte Leo bemüht diplomatisch, obwohl sich in ihm nach der barschen Anrede alles verschloss. »Sie möchte ...«

»... den Platz des heiligen Francesco einnehmen, ja, sie will ihn regelrecht überflügeln, jetzt, da er tot und begraben ist und sich nicht mehr dagegen wehren kann. Doch das darf ihr nicht gelingen – niemals! Ein Weib, das von der Sündenmutter Eva abstammt, schickt sich an zu zerstören, was wir in Schönheit und Erhabenheit errichtet haben. Welch Größenwahn, den wir verhindern müssen!«

Was meinte er damit? Das Kloster? Die riesige Doppelkirche, in deren Schatten es sich duckte? Oder etwas ganz anderes?

Aus seinen Worten sprach so viel Abneigung, ja sogar kaum verhüllter Hass, dass Leo unwillkürlich stehen geblieben war. Eigentlich hatte er Abt Matteo nach Suor Magdalena ausfragen wollen, doch wie würde der erst reagieren, wenn er noch eine zweite Frau ins Spiel brachte?

»Komm!« Der Abt winkte ihn energisch zu sich. »Unser Werk in Stein und Glas wird dir meine besorgten Worte noch anschaulicher machen.«

Leo folgte ihm in tiefster Skepsis. Über eine Seitentür betraten sie die Unterkirche, in der es so dämmrig war, dass man leicht über seine Füße hätte stolpern können. Der Abt schien zu ahnen, was in seinem Besucher vorging.

»Höllenhügel, so hat man in Assisi diesen Berg einst genannt«, sagte er. »Hier haben früher die Hinrichtungen stattgefunden. Doch Francesco wollte unbedingt an diesem Platz begraben werden, weil ja auch Jesus auf Golgata gestorben ist.«

Nach und nach gewöhnten sich Leos Augen an das unbestimmte Licht. Die Kirche war niedrig, starke Gewölbebögen schienen ein nachtblau bemaltes und mit goldenen Sternen geschmücktes Firmament zu stützen. An den Wänden entdeckte er farbige Szenen aus dem Leben Jesu, doch viele Stellen waren noch kahl und unbemalt.

»Die größten Künstler des Landes werden hier zu tun bekommen.« Jetzt troff Abt Matteos kehlige Stimme vor Stolz. »Für Jahrzehnte, wenn nicht gar Jahrhunderte, so will ich meinen. Eines Tages wird San Francesco zu den schönsten Gotteshäusern des Abendlandes zählen. Für jenen Tag lebe ich – und würde dafür frohen Herzens jederzeit in den Tod gehen.«

»Ist das sein Grab?«, fragte Leo und blieb bei dem grob behauenen Felsbrocken stehen, vor dem ein bescheidener Altar aufgebaut war.

Der Abt nickte.

»Dann möchte ich jetzt gern ein Weilchen mit ihm allein sein.«

Obwohl Matteo stehen blieb wie angewurzelt, kniete Leo nieder und versuchte, sich ins Gebet zu versenken. Doch es wollte ihm weniger gut gelingen als während des anstrengenden Aufstiegs auf den Monte Subasio.

Unter wie vielen Tonnen Stein und Mörtel man Franziskus hier versenkt haben mochte? Er, der die Natur, die Blumen, Insekten und Vögel so sehr geliebt hatte, lag nun im tiefsten Grund bestattet, zumindest erschien es Leo so. Er war klug genug, seine zwiespältigen Eindrücke für sich zu behalten, als ihn Abt Matteo weiter in die Oberkiche trieb.

Das Gotteshaus war einschiffig und so gewaltig, dass es Leo beinahe den Atem verschlug, ein riesiger, imposanter Bau, dessen Deckengewölbe gen Himmel zu streben schien. Überall sah Leo hölzerne Gerüste, die offenbar gerade abgebaut wurden, denn es wimmelte geradezu von Handwerkern und Bauleuten, die in ihre Arbeit vertieft schienen. Bis auf einen zarten Anstrich waren auch hier die Mauern noch nackt – welch unbegrenzte Möglichkeit für Künstler, sich zu entfalten!

»Einst wird die Wände ein Freskenzyklus mit Szenen aus dem Leben Francescos zieren«, hörte er den Abt murmeln. »Dann erst ist Fra Elias' Lebenswerk vollendet, und keiner wird mehr wagen, die Vita des Heiligen zu verdrehen oder zu verfälschen.«

Was meinte er damit? Doch bevor Leo nachfragen konnte, hatte Matteo ihn schon weitergezerrt. Mit verzückter Miene deutete er auf die beiden Rosetten der Fassade, die hoch über ihnen das Mauerwerk durchbrachen.

Ein beeindruckender Anblick – keine Frage! Sonnenlicht strömte durch die Glasfenster und tauchte den riesigen Raum in goldenes Licht. Ein Gefühl tiefen Friedens erfüllte Leo, und plötzlich war es ihm, als spüre er Franziskus ganz dicht neben sich.

Dann freilich verdrängte die kehlige Stimme des Abts unerbittlich seine Ergriffenheit: »Sie enthalten viele der tiefsten Geheimnisse Francescos. Betrachte nur einmal die untere Rosette – wie viele Felder zählst du?«

»Zwölf«, erwiderte Leo unwillig, weil er sich in seiner Versenkung gestört fühlte.

»Zwölf wie die Apostel Jesu – und zwölf wie die erste Gemeinschaft der Minoriten. Wie viele Ringe hat sie?«

»Ich sehe drei«, sagte Leo, der noch immer nicht wusste, wohin das alles führen sollte.

»Ja, von innen gesehen ist das wohl richtig, doch wenn du sie von außen betrachtest, wirst du vier davon erkennen. Im äußeren Ring sind vierundvierzig kleine und große Kreisformen durch ein Endlosband verbunden – das steht für die vierundvierzig Lebensjahre Francescos. Im nächsten Ring kannst du dann zweimal dreiundzwanzig Kreise ausmachen – worauf deutet das hin?«

Leo zuckte die Schultern.

»Denk nach!«, verlangte der Abt. »Du weißt es.«

»Da täuschst du dich gewaltig. Ich bin kein Gelehrter und weiß es leider nicht.«

»Doch, doch – du kommst nur gerade nicht darauf. Natürlich auf die dreiundzwanzig Ordensregeln Francescos. Sieh dir nun den dritten Ring an – er enthält vierzehn kleinere Kreise, was nichts anderes bedeutet als zweimal sieben und damit die heilige Zahl Christi ...«

»Was weißt du über Suor Magdalena?«, unterbrach ihn Leo schroff. »Jenes Findelkind des Klosters, dessen Geschichte die ganze Stadt zu kennen scheint?«

»Nichts.« Abt Matteos Stimme hatte sich verändert, war jetzt leiser und klang auf einmal gepresst. »So gut wie nichts. Wieso interessierst du dich ausgerechnet für diese arme Seele?«

»Sie starb vor einigen Tagen in San Damiano.«

»Sie ist tot?« Klang das nicht zutiefst erleichtert? »Dann hat ihr langes Leiden ein Ende.«

»Woran genau hat sie denn gelitten?«

»Für manche heißt die Krankheit ›Leben‹, und sie würgen daran wie an einem zu groß geratenen Brocken, der ihnen auch noch quer im Schlund steckt. Der Allmächtige stehe ihrer Seele bei!«

»Das klingt in meinen Ohren, als hättest du sie doch ganz gut gekannt.« Jegliche Verbindlichkeit war aus Leos Ton gewichen, und ihm war klar, dass auch Matteo dies so empfinden musste. Jetzt stand auf einmal der Visitator vor dem Abt, und obwohl dieser das Mutterhaus aller Franziskaner leitete, war die Hierarchie doch eindeutig.

Matteo gelang es überraschend schnell, sich wieder zu fangen. »Man hat mir von ihr erzählt«, sagte er vage. »Mehr dazu kann ich dir nicht sagen. Du musst wissen, Elias von Cortona hatte mich über lange Jahre zu seinem engsten Vertrauten in allen Bauangelegenheiten von San Francesco gemacht. Dazu der Klosteralltag, die Brüder von nah und fern mit all ihren Nöten und Wünschen – da blieb so gut wie keine Zeit für andere Dinge, wie du dir sicherlich vorstellen kannst.«

Leo musterte ihn, doch das hagere Gesicht mit den

scharfen Linien um Mund und Nase verriet keinerlei Empfindung.

»Wer aus dem Sacro Convento ist der Beichtvater der Schwestern?«, fragte Leo weiter.

»Padre Eligio. Normalerweise hält er dort auch die Gottesdienste. In unserer Gemeinschaft leben derzeit nur drei geweihte Priester, und einer von ihnen bin ich. Daran siehst du schon, wie sehr wir uns in allem aufteilen müssen.« Er begann zu blinzeln, als sei ihm ein Insekt ins Auge geflogen. »Doch zurzeit ist er leider krank. Starke Unbill ist ihm in den Magen gefahren, und er kann das Essen nicht mehr bei sich behalten. Aber dank Bruder Orsinos guter Pflege wird er sicherlich bald wieder genesen sein – so jedenfalls hoffen wir.«

Alles nur Zufall? Oder konnte auch böse Absicht dahinterstecken?

Ohne die Unterstützung des Bruderklosters waren die Nonnen von San Damiano vorübergehend ganz auf sich allein gestellt gewesen.

»Kann ich ihn sprechen?«, fragte Leo.

»Warum nicht? Von mir aus gern, sobald er wieder auf dem Damm sein wird.« Das Blinzeln war verschwunden. Jetzt fixierten Matteos wasserblaue Augen Leo misstrauisch. »Wie lang wirst du in Assisi bleiben?«

»Bis meine Mission beendet ist«, erwiderte Leo. »Bruder Eligio gleich zu sehen, wäre am hilfreichsten. Gehen wir?«

»Das ist leider unmöglich!« Abwehrend hatte Abt Matteo beide Hände erhoben. »Eligio braucht dringend Ruhe, sonst könnte die schwarze Galle erneut in ihm hochkochen und seine Eingeweide verätzen. Komm besser dieser Tage noch einmal zu uns! Dann werde ich sehen, inwieweit ich dir helfen kann.«

Erneut schaute er zu den Rosetten hinauf.

»Hast du verstanden, was ich dir vorhin demonstrieren wollte?«, fragte er eindringlich. »Das ist sehr wichtig.«

»Die Zahl der Kreise der Rosetten …«

»Nein!« Jetzt schrie der Abt, so aufgeregt schien er. Einige der Bauleute ließen ihr Werkzeug sinken und schauten erstaunt zu den beiden Mönchen, dann aber fuhren sie mit ihrer Arbeit fort. »Du hast leider nichts begriffen, Bruder Leo! Verzeih bitte meine schonungslose Offenheit, aber in diesem Fall muss ich so direkt sein. Du bist blind – vollkommen blind!«

»Dann mach du mich sehend! Ich liebe es zu lernen.« Leos Stimme war ruhig.

»Um die Reinheit geht es, einzig und allein sie zählt. Die Sonne Assisis muss heller strahlen als jenes Gestirn, das jeden Tag vom Himmel scheint, und kein Weib dieser Welt darf sich davorschieben. Dafür werde ich im Gedenken an Bruder Elias kämpfen bis zum allerletzten Atemzug.«

Er machte eine kurze Pause.

»Was er mit Stein und Mörtel erschaffen hat, will ich mit Feder und Pergament versuchen. Man hat mich auserwählt, eine neue Vita Francescos zu verfassen. Dafür lebe und sterbe ich.«

Matteos leidenschaftliche Worte hallten lange in Leo nach. Er hatte dringend Abstand gebraucht – vom Kloster, von der riesigen Kirche, die allem entgegengesetzt war, was Franziskus jemals angestrebt hatte, vor allem aber von dem hasserfüllten Gesicht des Abtes, das ihm auf einmal wie eine Fratze erschienen war.

Natürlich war er draußen vor der Fassade noch einmal stehen geblieben, um die Ringe der unteren Rosette zu zählen – und es waren tatsächlich vier gewesen, genauso wie Matteo gesagt hatte. Lag in seinen Worten mehr Wahrheit verborgen, als ihm womöglich selbst bewusst war?

Noch immer tief in Gedanken versunken, streifte Leo durch die Stadt. Aus den offenen Werkstätten und kleinen Läden drangen Stimmen und Gelächter. Kinder spielten in den staubigen Gassen. Zwei gescheckte Hunde hefteten sich an seine Fersen und folgten ihm eine ganze Weile. Würde er hier irgendwo die Frau wiederfinden, die ihn zu den Lucarellis gebracht hatte?

Inzwischen gab es eine ganze Menge, wonach er sie gern gefragt hätte. Er hielt es schon eine ganze Weile nicht mehr für einen Zufall, dass sie sich begegnet waren. Aber falls sie ihn gezielt abgepasst hatte – wie und von wem konnte sie gewusst haben, wann er wo sein würde?

Leo schüttelte den Kopf, um unnütze Hoffnungen schon im Ansatz zu verscheuchen. Selbst wenn er jene Unbekannte wiederfinden würde, konnte er sie als Übersetzerin nicht mit zu Fra Giorgio nehmen. »Komm allein«, hatte der ihn beschworen. Mit einer Frau an seiner Seite würde der Eremit ihm nichts verraten – und wenn sie seine Sprache noch so gut verstand.

Irgendwann war er bei einem noblen zweistöckigen Wohnhaus in der typischen Bauweise Assisis angelangt, vor dem sich ein kleiner quadratischer Platz öffnete.

»*La casa del santo*«, rief ihm ein zahnloses Weiblein zu, das an fremde Besucher gewöhnt zu sein schien. Sie zeichnete das Kreuz auf Stirn und Mund und verschwand danach hinter einer Tür.

Hier also hatte Franziskus als Kind und junger Mann gelebt! Hier hatte er verschwenderische Feste gefeiert und das Geld seines reichen Vaters in vollen Zügen ausgegeben. Hier war aber auch seine innere Umkehr erfolgt, und er hatte sich öffentlich entblößt, um seine leidenschaftliche Liebe zur Armut unter Beweis zu stellen.

Ehrfürchtig ließ Leo seine Hand über die ungleichmäßigen Steine gleiten. Das Haus stand leer, wie er unschwer erkennen konnte, als er es näher betrachtete. Alle Fenster waren verriegelt. Es war unbewohnt, schon seit langen Jahren, so jedenfalls erschien es ihm.

Plötzlich war es, als wolle alle Kraft aus seinem Körper weichen. Wohin er auch kam, überall taten sich Hürden und Barrieren auf, sichtbare und unsichtbare, als sei ein böser Geist entschlossen, ihn aufzuhalten und in seinen Erkundigungen zu blockieren. Er sehnte sich nach einem Ort, an dem er eine Weile ausruhen konnte, bevor er zu den Lucarellis zurückkehrte, um von dort aus wieder zu den Carceri aufzubrechen und Fra Giorgio erneut zu befragen, dieses Mal anders.

Unschlüssig ging er weiter, bis er plötzlich innehielt. Da war sie wieder, jene Taverne mit dem Bogen, die er an seinem ersten Abend in Assisi besucht hatte. Und obwohl er sie nicht gerade in bester Erinnerung hatte, trat er doch ein.

Ob er hier die Frau wiedersehen würde, die ihn zum Haus der Lucarellis geführt hatte? Eine unbestimmte Hoffnung trieb ihn.

Drinnen roch es nach Gebratenem, nach menschlicher Gesellschaft – genau das, was ihm gerade guttun würde.

Er sank auf eine Bank und winkte der Wirtin. Während sie ihm dunklen Wein einschenkte und seine Bestellung entgegennahm, ließ er die Blicke schweifen.

Ein paar Städter, dazu einige Bauern, die direkt vom Markt zu kommen schienen und sich mit ihren sauer verdienten Kupfermünzen an Wein und fettigen Bratenstücken labten. In der Ecke saßen zwei Männer in dunklen Umhängen, von denen einer auf den anderen leidenschaftlich einredete, während der andere nur ab und an nickte. Sehr rasch warfen sie ein paar Münzen auf den Tisch, erhoben sich und verschwanden grußlos nach draußen.

Von der Frau, nach der er Ausschau gehalten hatte, keine Spur, auch nicht, als er fertig gegessen und getrunken hatte und die Taverne schließlich wieder gestärkt für neue Taten verließ.

✣

»Du hast mich gerettet!«, wiederholte Stella. »Was hätte ich ohne dich nur gemacht? Hast du ihre Augen gesehen? Wie ein Geier wollte Simonetta sich schon auf mich stürzen.«

»Das versicherst du mir nun schon seit genau zwei Tagen«, wehrte Ilaria lachend ab. »Und so schlimm, wie du tust, ist Mamma doch gar nicht! Die Doppelhochzeit bedeutet ihr alles, das weißt du ebenso gut wie ich. Wenn da etwas dazwischenkäme, das würde sie nicht überleben. Also, Signorina Übermütig: Vielleicht denkst du beim nächsten Mal vorher nach, bevor du dich wieder in derart knifflige Situationen bringst.«

Sie öffnete das Fenster und spähte hinaus.

»Zum Glück ist ja alles noch einmal gut gegangen!« Erneut wandte sie sich Stella zu. »Und wenn Carlo erst einmal aus Perugia zurück sein wird, hat er garantiert alles vergessen. Was hat er dort eigentlich zu tun, so kurz vor der Hochzeit?«

»Er will noch einmal mit seinem Vater sprechen«, erwiderte Stella, über die schimmernde Haube gebeugt, auf der sie kleine Perlen befestigte. Die Brauthaube eigenhändig zu besticken gehörte zum Brauchtum in Assisi, gleichgültig, ob sie nun aus einfachem Stoff genäht war, wie bei den meisten Hochzeiterinnen, oder wie in Stellas Fall aus Damast und kostbarer Spitze. »Und ihn dazu bewegen, doch zur Hochzeit zu kommen.«

»Das wäre wunderbar!«, rief Ilaria, deren Hände müßig im Schoß lagen.

Ihre *ghirlanda* hatten fleißige Näherinnen in endlosen Arbeitsstunden gefertigt, was gegen die Tradition verstieß, doch darum schien sie sich nicht zu scheren. Hauptsache, sie leuchtete sonnengleich auf ihren blonden Locken – und alle Welt konnte das sehen.

»Darauf verlassen würde ich mich allerdings lieber nicht!«, sagte sie. »Federico hat mir erzählt, wie streng sein Onkel sein kann. Aber ist andererseits Carlo nicht sein einziger Sohn?« Sie sprang auf, schenkte sich aus einem Krug frische Zitronenlimonade ein. »Sie müssen sich fürchterlich gestritten haben, Carlo und er«, fuhr sie fort. »Schon vor geraumer Zeit. Mehr wollte mein Schatz mir nicht verraten, leider auch nicht den Grund ihres Zerwürfnisses. Doch ist eine Hochzeit nicht immer die beste Gelegenheit zur Versöhnung? Und eine anmutige Schwiegertochter bekommt er ja schließlich auch.«

Sie packte Stella am Arm, zwang sie, das Stickzeug wegzulegen, und wirbelte übermütig mit ihr durch die Stube.

»Hast du deinen geheimnisvollen Mönch jetzt endlich vergessen?«, flüsterte sie. »Seit Tagen hat er sich ja nahezu unsichtbar gemacht. Das Mal an deinem Hals sieht man übrigens kaum noch. Du brauchst es also nicht mehr zu verstecken.«

»Padre Leo war niemals *mein* Mönch«, protestierte Stella, der bei dem wilden Reigen allmählich schwindelig wurde. »Ich hab ihm lediglich geholfen …« Ilaria hatte sie so abrupt losgelassen, dass sie beinahe gefallen wäre.

»Mir musst du nichts erzählen«, sagte diese ungehalten. »Aber dir solltest du auch nichts vormachen, Stella! Ich kenne doch deinen speziellen Blick, wenn deine Augen vor lauter Träumerei ganz milchig werden. So und nicht anders hast du diesen Fremden angestarrt.«

»Gar nichts habe ich.« Stellas Kopf war wieder tief über die Haube gebeugt. »Aber wer sagt denn, dass Carlos Vater überhaupt mit unserer Heirat einverstanden ist? Schließlich kann ich keine richtigen Eltern vorweisen.«

»Was für Unsinn redest du da? Simonetta und Vasco Lucarelli – wer auf der Welt könnte sich bessere Eltern wünschen?«

»Du weißt ganz genau, was ich meine. Dich haben sie in Liebe gezeugt, während man ihnen mich eines Tages wie ein Bündel nasses Heu vor die Türe gelegt hat.« Sie schob die Haube auf den Tisch. Ihre Augen schimmerten verdächtig.

»Hast du die beiden überhaupt schon einmal gefragt, wie es sich damals wirklich zugetragen hat?«, sagte Ilaria behutsam. »Früher warst du dafür natürlich zu klein, aber jetzt, wo du erwachsen bist ...«

»Mindestens tausendmal!«, fuhr Stella auf. »Aber sie wollen mir nichts sagen. ›Du bist unsere Tochter – und basta‹, nichts anderes ist aus ihnen herauszubekommen. Dabei muss ich ständig an die denken, von denen ich wirklich abstamme. Ob ich ihnen ähnlich bin – meiner Mutter, meinem Vater, was meinst du? Ob sie noch am Leben sind? Vor allem aber, was hat sie dazu gebracht, mich wegzugeben? Vielleicht laufe ich ihnen ja ständig über den Weg – und weiß es nicht einmal.«

»Das alles höre ich zum ersten Mal aus deinem Mund«, sagte Ilaria erstaunt. »Was geht nur in dir vor, mein Sternchen? Ich dachte immer, du fühlst dich wohl bei uns. Und du wärst gern meine Schwester.«

»Das bin ich auch.« Inzwischen flossen erste Tränen. »Du bist das Beste in meinem Leben. Und natürlich bin ich Simonetta und Vasco unendlich dankbar – für alles. Aber ich muss doch wissen, wer ich bin. Kannst du das nicht verstehen, Ilaria?«

Es blieb eine Weile still im Zimmer. Sonnenlicht fiel auf den Tisch und ließ den hellen Damast der Brauthaube wie Perlmutt schimmern.

»Da war doch immer eine Frau, die uns gehütet hat«, sagte Ilaria schließlich, »als wir noch kleine Kinder waren. Du warst mit ihr unendlich vertraut, das hat mich damals oft eifersüchtig werden lassen. Ich bin sogar absichtlich unartig gewesen, nur damit sie mich mehr beachtet. Aber was immer ich auch angestellt habe, du warst und bliebst ihr Liebling. An das Gesicht erinnere ich mich noch genau. Aber der Name fällt mir einfach nicht mehr ein …«

»Marta«, rief Stella. »Meinst du vielleicht sie?«

»Ja, ganz genau – Marta! Sie hat auf uns aufgepasst …«

»Sie hat mich gestillt«, unterbrach Stella sie. »Marta war anfangs meine Amme, das hat sie mir später einmal gesagt. Wieso kommst du ausgerechnet jetzt auf sie?«

»Vielleicht weiß diese Marta ja mehr«, sagte Ilaria. »Dinge, die meine Eltern nicht verraten wollen. Wieso redest du nicht mit ihr? Sie liebt dich. Sie könnte dir niemals einen Wunsch abschlagen.«

Stellas Schultern sanken herab. »Glaubst du, daran hätte ich nicht selbst schon viele Male gedacht? Aber Marta lebt offenbar nicht mehr in Assisi. Eines Tages war sie verschwunden. Und niemand wusste, wohin. Vielleicht ist sie sogar tot, nach all den langen Jahren.«

Ilarias Blick schien in die Ferne zu gleiten. »Schon seltsam«, sagte sie. »Mir ist, als hätte ich sie vor ein paar Tagen gesehen.«

»Hier? In Assisi? Ist das wahr?«

»Ich bin mir nicht sicher, aber wenn es nicht Marta war,

dann muss es sich zumindest um eine verblüffende Ähnlichkeit handeln.«

»Und wo? Wo genau hast du sie gesehen?« Stella hatte Ilaria an den Schultern gepackt, so aufgeregt war sie auf einmal.

»Vor San Rufino. Ich war dort nämlich wirklich zum Beichten, auch wenn du es mir nicht glauben willst. Federico soll am Tag der öffentlichen Verlobung eine reine, sündenlose Braut bekommen.«

Stella sank auf ihren Stuhl zurück. »Das genau ist es, was mir beinahe noch mehr Angst macht als diese ganze Heirateret«, sagte sie stöhnend. »Vor der ganzen Stadt am Pranger zu stehen!«

»Am Pranger!«, ähffte Ilaria sie nach. »Weißt du überhaupt, was du da redest? Unsere Eltern stellen uns und unsere Verlobten öffentlich vor. Vor dem Rathaus. Auf dem festlich geschmückten Brautwagen. So und nicht anders will es der Brauch.«

»Und alle werden uns anstarren und dabei denken ….«

»… dass ganz Assisi niemals zuvor zwei so schöne Paare gesehen hat. Wie alle uns beneiden werden – ach, ich freue mich schon so darauf!«

»Und ich wünschte, dieser Tag wäre schon vorüber«, murmelte Stella. »Ich bekomme schon Herzrasen, wenn ich nur daran denke.«

Ilaria legte ihre weichen Arme um sie. »Ich werde immer deine Schwester sein«, sagte sie. »Werde schützen, wiegen, trösten – und dich zum Lachen bringen, bis du um Gnade flehst.«

Und dann begann sie Stella zu kitzeln, bis diese zu prusten begann und lauthals um Hilfe schrie.

✤

Am nächsten Tag brach Leo abermals zu den Carceri auf, sehr früh, gerade als die ersten Sonnenstrahlen sich zeigten, und so leise, wie es ihm nur möglich war, um niemanden auf sich aufmerksam zu machen. Aber dennoch meinte er beim Verlassen des Hauses Lucarelli, einen der Fensterläden knarzen zu hören.

War das vielleicht Stella. die ihm heimlich nachschaute? Er verbot sich strikt zurückzuschauen, um sich zu vergewissern, sondern ging stattdessen zügig weiter.

Der frische Morgen versprach einen weiteren sonnigen Tag, wenngleich er nicht so klar begann wie beim letzten Mal. Feiner Dunst lag über Assisi, als Leo höher stieg, und hüllte die Stadt mit ihren verwinkelten Gassen und Steinhäusern schützend ein. Wie ein Traumbild erschien sie ihm, als er nach den ersten Wendungen des Weges noch einmal zur Stadt des Heiligen hinunterschaute, wie seltsam entrückt, aus stabilem Stein erbaut und doch nicht ganz von dieser Welt.

Der Weg war ihm bekannt – und dennoch schien alles verändert. Leo brauchte eine Weile, bis er verstand, woran es lag. Dann aber begriff er: Es war das Geräusch von Stellas Schritten an seiner Seite, das er vermisste, der Klang ihrer Stimme, das helle Lachen, vor allem aber ihr zarter Duft, der während des Aufstiegs immer wieder zu ihm herübergeweht war.

Konnte es wirklich sein, dass der Himmel heute weniger blau war und der Wald ihm nicht so geheimnisvoll erschien? Dass die Farben der Schmetterlinge, die ihn umgaukelten, nicht ganz so leuchtend ausfielen? Sogar der kleine Bach, aus dem er damals seinen Durst gestillt hatte, schien müder zu fließen. *Du trinkst niemals aus derselben Quelle* – wie wahr und bedeutsam dieser uralte Spruch ihm auf einmal erschien!

Dafür kam Leo ohne weibliche Begleitung deutlich schneller voran, wenigstens *ein* Vorteil, wie er sich grimmig sagte, und während der steile Anstieg ihn auch heute vor Anstrengung keuchen ließ, sog er die würzige Luft begierig in seine Lunge.

Zu seiner Enttäuschung war das kleine Plateau menschenleer, als er endlich oben angelangt war. Ebenso vergeblich betrat er die Kapelle und spähte in die Reisighütten.

Wo konnte Fra Giorgio nur stecken?

Als einstiger Gefährte des Heiligen war er ja sicherlich kaum auf die Jagd gegangen, um wilde Tiere zu erlegen.

Plötzlich glaubte Leo ein Klopfen zu hören. Er folgte ihm, ging ein Stück am Felsen entlang, bis es immer deutlicher und lauter wurde.

Giorgio kniete in einer schmalen Höhle, die er offenbar gerade mithilfe eines Hammers zu erweitern versuchte.

»*Sei ritornato*«, sagte er, offenbar kaum überrascht, als er den Besucher erkannt hatte. »*Mi aiuti?*« Er deutete auf einen zweiten Hammer neben sich.

Leo blieb nichts anderes übrig, als zu nicken. Eigentlich hatte er sich das Wiedersehen ganz anders vorgestellt, als mit einem uralten Werkzeug, das offenbar kurz vor dem Auseinanderfallen war, gegen harten Fels zu schlagen. Aber hatte nicht Franziskus die Segnungen körperlicher Arbeit stets gepriesen?

Also kniete er sich neben den betagten Mönch und begann zu schlagen. Binnen Kurzem rann ihm der Schweiß über den Rücken und die Kutte klebte ihm am Körper, aber Giorgio, obgleich Jahrzehnte älter als er, arbeitete so gleichmäßig und unbeirrbar weiter, dass er schließlich in dessen Rhythmus hineinfand.

»*Sei venuto da solo?*«, fragte Giorgio mittendrin, ohne seine Arbeit zu unterbrechen.

»*Sì*«, bekräftigte Leo. Natürlich war er allein gekommen – er konnte nur hoffen, dass es sich auch lohnen würde!

Doch als Giorgio sich irgendwann erhob, für eine Weile verschwand und schließlich mit einem Korb voller Lebensmittel zurückkehrte, auf den er mit einer Flut unverständlicher italienischer Worte deutete, schwand Leos Zuversicht rasch.

Wenn er schon nicht verstand, was der andere ihm damit sagen wollte, wie könnte er ihn dann nach so heiklen Angelegenheiten befragen, die ihm auf der Seele brannten?

Leo beschloss, sich als Erstes zu stärken. Das Brot war knusprig, der Käse frisch, und die Oliven waren so würzig in grünlichem Öl eingelegt, dass sie besonders mundeten. Schließlich zog Giorgio mit breitem Grinsen noch ein stattliches Stück Schinken hervor, von dem er mit seinem Messerchen feine Scheiben für sie beide abschnitt. Dazu ließ er einen Weinkrug zwischen ihnen hin und her gehen, aus dem beide tranken.

Wer aus Assisi mochte den Eremiten derart verwöhnen?

Als könnte Giorgio Leos Gedanken lesen, wurde sein Grinsen noch eine Spur breiter.

»*L'ombra*«, sagte er und begann genüsslich zu kauen. »*Ma sai, si deve pagare per tutto.*«

Der Schatten – aber weißt du, man muss für alles bezahlen? Was in aller Welt sollte das bedeuten?

Leo wurde immer unbehaglicher zumute. Ganz augenscheinlich hatte er sich zu viel vorgenommen. Selbst wenn er die fremden Worte ausnahmsweise verstand, so wollte es ihm doch noch lange nicht gelingen, sie in einen sinnvollen Zusammenhang zu bringen.

»*L'ombra?*«, versuchte er wenigstens sein Glück. »*Non capisco. Chi è ...*«

Erstaunlich behände für sein Alter, war Giorgio aufgesprungen und begann voller Erregung loszuschreien. Leo, der jetzt gar nichts mehr verstand, blieb sitzen und sah ihn verdutzt an.

Irgendwann wurde der Eremit wieder ruhiger. Mit einem Ausdruck des Bedauerns musterte er seinen Gast und zuckte die Schultern, dann drehte er sich um und ging steifbeinig davon.

Leo folgte ihm nach einiger Zeit. Er fand ihn in der Kapelle, wo er auf einer der schiefen Holzbänke kniete und lauthals in seinem unverständlichen Dialekt Psalmen schmetterte, wie Leo vermutete. Erst zögerte er, unschlüssig, wie er sich verhalten sollte, schließlich kniete er sich neben den Alten und sang einfach auf Lateinisch mit, was immer ihm in den Sinn kam.

Damit schien er den Geschmack des anderen getroffen zu haben. Giorgios Miene wurde entspannter, sein Singsang noch lauter, und als sie schließlich gemeinschaftlich am Ende angelangt waren, verschönte ein zufriedenes Lächeln seinen eingefallen Mund.

»*Vieni!*«, befahl er, und Leo folgte ihm gehorsam.

Der Eremit lief direkt in den Wald, und schon bald schlossen sich Laub- und Nadelbäume hinter ihnen wie ein dichter grüner Schutzwall. Der Pfad war schmal, mal moosbewachsen und weich, dann wieder von mächtigen Baumwurzeln durchzogen und damit uneben und hart, doch Giorgios nackte Füße schienen Sohlen wie dickes Leder zu haben, so sicher und mühelos lief er dahin.

Ein Eichelhäher flog auf, Kaninchen kreuzten ihren Weg, um bei ihrem Anblick in wilder Hast davonzulaufen, zwischen uralten Baumstämmen stand ein Reh mit zwei Kitzen, die unverwandt zu ihnen schauten, bevor sie im Wald verschwanden. Es war so still, dass Leo sein Herz überlaut schlagen hörte.

Wohin führte ihn Fra Giorgio?

Irgendwann, auf einer kleinen Lichtung, die sich unerwartet vor ihnen öffnete, blieb der Alte stehen.

»*Il posto preferito di Francesco*«, sagte Giorgio. »*Restiamo qui!*«

Nur allzu gern wollte Leo eine ausgiebige Rast am Lieblingsplatz des Heiligen einlegen. Er streckte sich auf dem Waldboden aus, entspannte sich, schloss die Augen. Giorgio schien es sich neben ihm bequem zu machen, wie er zu hören glaubte. In Gedanken legte Leo sich all die Fragen zurecht, die er ihm als Nächstes stellen wollte.

Was der Eremit über Suor Magdalena wusste? Wann genau er Madre Chiara zum letzten Mal gesehen hatte? Ob er jemals Franziskus und sie gemeinsam erlebt hatte? Oder ob er sich daran erinnern konnte, was der Heilige über Chiara gesagt hatte? Wieso Abt Matteo vom Sacro Convento Chiara als Ketzerin bezeichnen konnte … und vieles, vieles mehr.

Während er noch in seinem Gedächtnis mühsam die passenden Worte zusammenklaubte und dabei trotz aller Anstrengung auf mehr Ausfälle als Treffer stieß, senkte sich unaufhaltsam Müdigkeit wie ein weiches dunkles Tuch auf ihn herab und hüllte ihn schließlich ganz ein. Sein Atem ging immer regelmäßiger, schließlich begann er leise zu schnarchen.

Eine Art Schnattern weckte ihn wieder auf.

Ein rotes Eichhörnchen hockte auf seiner Brust und musterte ihn nachdenklich aus großen Augen. Allerdings musste Leo plötzlich niesen, was das kleine Tier sofort verscheuchte. Wie der Blitz schoss es den nächsten Baum hinauf und verharrte dort kopfunter am Stamm.

Leo setzte sich langsam auf. Seine Zunge klebte unangenehm am Gaumen. Die Glieder waren schwer. Der Platz neben ihm war leer.

Er rief nach Giorgio, mehrmals, obwohl er bereits ahnte, dass er keine Antwort erhalten würde, dann stand er auf und klopfte sich die Tannennadeln von der Kutte. Das Licht war milchig und unbestimmt, doch an den zarten Farben erkannte er, dass es nicht den nahenden Abend ankündigte, wie er in seiner schlaftrunkenen Verwirrung zuerst geglaubt hatte, sondern einen neuen Tag, der soeben heraufdämmerte. Er musste viele Stunden am Lieblingsplatz des Heiligen verschlafen haben.

War etwas in dem Wein gewesen, den sie sich geteilt hatten?

Jetzt rannte Leo zurück zum Plateau, rief überall nach Giorgio, schaute in jede der winzigen, teilweise mehr als baufälligen Hütten. Doch er konnte ihn nirgendwo entdecken, auch nicht in der kleinen Kapelle, in der er als Letztes nachsah.

Der Eremit der Carceri war und blieb verschwunden, als hätte es ihn niemals gegeben.

Schließlich beschloss Leo, sich auf den Rückweg in die Stadt zu machen. Der schlaue Alte hatte ihn ausgetrickst, so viel war ihm klar. Er hatte sich dessen Anordnungen gebeugt wie ein folgsamer Novize und war getäuscht worden, was nicht noch einmal vorkommen würde, das schwor Leo sich in diesem Augenblick. Zorn flackerte in ihm auf, und er ballte sogar die Fäuste.

Dann jedoch öffnete er die Hände wieder und musste dabei über sich selbst lächeln. Hatte Franziskus in schwierigen Lebenslagen nicht nur Geduld, sondern sogar zähe Hartnäckigkeit bewiesen? Er würde alles daransetzen, ihm auch darin nachzufolgen wie in so vielen anderen Dingen.

✣

Die Frau, aus deren halb geöffnetem Mund Carlo della Rocca den dunklen Wein wie aus einem lebendigen Becher trank, war blond und rundlich, die zweite, die vor ihm kniete und ihre Lippen fest um sein aufgerichtetes Glied geschlossen hatte, an dem sie stöhnend saugte, dunkelhaarig und schlank. Natürlich vergaß er dabei nicht, dass beide Huren waren und gewiss nicht aus Venedig stammten, wie die Blonde vorhin dreist behauptet hatte. Dazu war die Kleidung, die beide bereitwillig für ihn abgestreift hatten, viel zu schäbig und der verwaschene Dialekt, den sie sprachen, entschieden zu bäurisch – doch für ein paar köstliche Momente hatte er sich durchaus vorstellen können, es seien Federicos hochnäsige Braut Ilaria und seine keusche Verlobte Stella, die ihn hier so emsig im Duett bedienten.

Sie rochen streng nach Schweiß und weiblichen Säften, aber das hatte ihn nur noch stärker erregt. Ins Bett hatte er sie erst später gelassen, was ihm ganz besonderen Spaß bereitete. Zuvor hatte er sie auf dem schmutzigen Boden genommen, beide rasch hintereinander, nach Hundeart, was seine brennende Lust weiter angestachelt anstatt befriedigt hatte.

Als er abermals kurz vor dem Höhepunkt war, flog die Tür im obersten Zimmer des kleinen Bordells auf, das er in Perugia so gern besuchte, weil man hier für wenige Silbermünzen besonders viel an Leistung erhielt.

»Wer zum Teufel wagt es, mich jetzt zu stören?«, schrie er, während er abrupt erschlaffte. Wein rann aus seinem Mund wie bei einem Greis und tropfte auf seine rötlich behaarte Brust, die das geöffnete Hemd großzügig entblößte. »Die Huren sind bezahlt, und nicht zu knapp – alle beide!«

Zwei Männer standen im Raum, in knöchellange

schwarze Umhänge gehüllt, die Gesichter von riesigen Kapuzen bedeckt. Der eine war mittelgroß und mager, der andere, um vieles Kräftigere, überragte ihn um Haupteslänge.

Der Magere packte die ranzigen, nachlässig über eine Truhe geworfenen Frauenkleider, die längst einer Wäsche bedurft hätten, und schleuderte sie auf das Bett.

»Verschwindet, Weiber!« Seine Stimme war ebenso gebieterisch wie kalt. »Und wagt ja nicht, noch einmal hierher zurückzukommen!«

Die beiden Frauen pressten sich den Stoff notdürftig vor Brüste und Scham und machten, dass sie hinauskamen.

»Und nun zu dir!«

Carlo, nackt bis auf das weinbesudelte Hemd, angelte vergeblich nach der Decke. »Das werdet ihr noch bereuen!«, rief er, doch in seinen Augen saß bereits die Angst, weil er sich überrumpelt und ausgeliefert fühlte. »Ich schreie so laut, bis der Wirt kommt, und dann …«

»Gar nichts wirst du.« Die Hände des kräftigen Mannes lagen auf einmal um Carlos Hals und hielten ihn umklammert wie in einer eisernen Zwinge.

»Nichts, außer brav zuhören«, fuhr der Magere fort. »Versprichst du das?«

Als das Nicken nicht schnell genug erfolgte, geriet die Zwinge noch enger. Jetzt nickte Carlo eifrigst, während seine Augen aus den Höhlen zu treten schienen.

Der Peiniger lockerte seinen Griff.

»Was wollt ihr?«, röchelte Carlo. »Geld? Da habt ihr euch den Falschen ausgesucht! Geld werde ich erst nach meiner Hochzeit haben.«

»Geld!« Die Stimme wurde noch eisiger. »Geld ist wie Staub. Weißt du, von wem diese Weisheit stammt? Nein, das weißt du nicht und würdest es auch niemals verstehen, denn deine Zunge ist zu schmutzig, um seinen Namen auszusprechen. Geld macht unrein, beschmutzt alles, womit es in Berührung kommt. Allein das Reine muss geschützt und bewahrt werden. Für alle Zeiten. Deshalb sind wir heute hier.«

»Aber was wollt ihr dann? Diese beiden Huren ...«
Die Zwinge hinderte ihn am Weiterreden.

»Du sollst aufmerksam zuhören, nicht einfach losplappern, hast du das schon vergessen? Mein Freund kann äußerst ungemütlich werden, das solltest du wissen, auch wenn er keine großen Sprüche klopft.« Ein kurzes, scharfes Lachen. »Lass ihn los, Bruder! Ich möchte, dass er jedes einzelne Wort genau hört.«

Der kräftige Mann gehorchte, blieb aber dicht neben dem Bett stehen.

Warum nur konnte er das Gesicht des anderen nicht besser sehen? Sosehr Carlo sich auch anstrengte, es wollte ihm nicht gelingen, dafür hatte der Unbekannte seine Kapuze zu weit nach vorn gezogen. Es war kaum mehr als eine Ahnung, was er zu erhaschen bekam, ein Spiel aus wenig Licht und zu vielen Schatten, das ihn zutiefst beunruhigte.

»Es wird keine Hochzeit geben«, fuhr der Magere fort. »Du kannst Stella aus dem Hause Lucarelli nicht heiraten. Weder in ein paar Tagen noch irgendwann später. Schlag dir das aus dem Kopf!«

»Aber weshalb denn nicht? Was habt ihr gegen sie einzuwenden? Ist es vielleicht, weil sie ein Findelkind ...«

»Sie gehört nicht den Lucarellis und auch nicht dir. Sie gehört uns. Mehr brauchst du nicht zu wissen.«

»Aber das könnt ihr nicht von mir verlangen!«, jaulte Carlo auf. »Die Doppelhochzeit zusammen mit meinem Vetter Federico ist seit Monaten anberaumt, alle Vorbereitungen sind nahezu vollendet, und wir brauchen nur noch ...«

Der Mann neben ihm bewegte sich.

»Ich habe Schulden«, bekannte Carlo. »Das ist es. Beachtliche Schulden, von denen mein Vater nichts erfahren darf, sonst verstößt er mich. Allein diese Mitgift kann mich noch vor dem Ruin retten. Für mich ist diese Hochzeit so nötig wie die Luft zum Atmen.«

»Ausgerechnet ihn bringst du ins Spiel?«, sagte die kalte Stimme. »Deinen Vater, den alten *Conte*? Du musst wahrlich den Mut der Verlorenen besitzen, della Rocca!«

Carlo erstarrte. Seit er denken konnte, hatte es immer wieder jene hässlichen Gerüchte gegeben, die ihn jedes Mal ganz matt und elend gemacht hatten. Doch seine verstorbene Mutter hatte ihn beruhigt und beschwichtigt, wenn er daraufhin aufgelöst zu ihr gelaufen kam. Freilich wollte das peinigende Gefühl selbst dann nicht ganz weichen, hatte sich vielmehr weiterhin tief in seinen Eingeweiden eingegraben, piekste und stach ihn wie mit tausend spitzen Nadeln.

»Du bist mein Liebling, *carissimo!*« Obwohl sie schon längst im Sarg lag, glaubte er noch heute, Mammas warme Hand auf seinem Scheitel zu spüren. »Der Schönste, der Beste von allen! Hör einfach nicht hin! Eines Tages werden sie ohnehin genug von diesem Unsinn haben, das prophezeie ich dir. Spätestens dann, wenn du der nächste *Conte* bist. Der, der allen gebietet. Und vor dem sie alle kuschen werden.«

Wie gern hätte er ihr jedes Wort geglaubt!

»Mein Vater schätzt mich«, sagte er und erschrak, wie dünn seine Stimme klang. »Er würde niemals zulassen, dass ...«

»Zeig ihm, mit wem er es zu tun hat, Bruder!«, verlangte die unbarmherzige Stimme.

Erneut schlossen sich die starken Hände um seinen Hals, raubten ihm den Atem, und erst als Carlo fast sicher war, das Licht des hellen Tages zum letzten Mal gesehen zu haben, ließen sie ihn abrupt los.

Er würgte, hustete, rang verzweifelt nach Luft.

»Das alles war lediglich ein winziger Vorgeschmack.« Jetzt gurrte und sang die Stimme. »Denn der körperliche Tod ist bei Weitem nicht das Schlimmste, was einem Menschen zustoßen kann. Früher oder später werden wir alle zu Staub, und nichts und niemand kann uns vor diesem Schicksal bewahren. Doch solange wir auf der Erde wandeln, sind wir von den anderen abhängig, die mit uns leben. Erst wenn sie uns verstoßen, sind wir richtig tot. Daran solltest du denken!«

»Was muss ich tun?« Die Angst saß ihm wie ein eitriges Geschwür in allen Gliedern.

»Du wirst die Hochzeit absagen. Es liegt an dir, das zustande zu bringen. Sonst werden wir eingreifen müssen – und dann gnade dir Gott, della Rocca!«

In ihm war noch nur Schwärze, gegen die er verzweifelt anzukämpfen versuchte. »Wer schickt euch?«, krächzte er. »Satan höchstpersönlich?«

Das Lachen des Mageren war gellend. »Wir sind die Hüter des Lichts«, sagte er, als er sich wieder gefasst hatte. »Gehen wir, Bruder!«

Der andere gehorchte schweigend.

»Eines noch.« An der Tür hielt der Magere kurz inne und drehte sich zu Carlo um, der sich in seinem ganzen Leben niemals armseliger gefühlt hatte, entblößt, besudelt, zu Tode geängstigt. »Wir finden dich, egal, wohin du dich auch flüchtest. Unser Netz ist riesig und unsichtbar, aber umso fester geknüpft, und es wächst von Tag zu Tag. Bald werden wir überall sein. Gehorchst du, kannst du den heutigen Besuch auf der Stelle vergessen. Wagst du jedoch, dich zu widersetzen, so wirst du dir bald schon wünschen, niemals geboren zu sein, das verspreche ich dir!«

Das Zittern setzte erst ein, als die Tür sich hinter den beiden geschlossen hatte. Bitter schoss Carlo der Mageninhalt in den Mund. Ihm blieb keine Zeit, sich zu bedecken und nach draußen zum Abtritt zu laufen. Wie damals als Kind so viele Male erbrach er sich auf den schmierigen Boden, gleich neben dem Bett, auf dem er sich soeben noch mit den beiden Huren vergnügt hatte.

✤

Leo ritt nach San Damiano, er jagte dem Kloster geradezu entgegen, so eilig hatte er es auf einmal, dort anzukommen. Fidelis, die viele Tage im Stall verbracht hatte, schien den Auslauf zu genießen und galoppierte, so schnell sie nur konnte.

Leo spürte den warmen Wind, roch die Kräuter, die am Wegrand wuchsen, und hielt die Stute plötzlich an, als der Konvent in Sicht kam. Würde ihm heute endlich gelingen, was er sich so fest vorgenommen hatte – hinter die Mauern zu schauen, die sichtbaren ebenso wie die unsichtbaren?

Eine ihm unbekannte Schwester empfing ihn an der Pforte und führte ihn nach drinnen. Wieder nahm er im Kreuzgang auf einer Steinbank Platz. Wiederum war nach Kurzem die Graue an seiner Seite, die ihn neugierig beschnüffelte.

»Ich wette, du kennst hier ein paar Geheimnisse, über die ich nur zu gern Bescheid wüsste«, flüsterte er ihr ins Ohr, während er ihr sonnengetränktes Fell streichelte. »Willst du sie mir nicht verraten, meine Schöne?«

Mit hocherhobenem Schwanz stolzierte die Katze davon, um sich dann majestätisch auf dem Grab Magdalenas niederzulassen. Ob sie ihre Herrin noch immer vermisste? Offenbar mehr als einige der Mitschwestern, dachte Leo mit einiger Bitterkeit.

Aus dem Schatten kamen Suor Regula und Suor Benedetta auf ihn zu.

»Ich muss Madre Chiara sprechen.« Er hatte sich erhoben. »Bringt mich bitte zu ihr!«

Die Infirmarin runzelte die Stirn. Statt ihrer ergriff nun Benedetta das Wort.

»Ein neuerlicher Schwächeanfall in der letzten Nacht – wir mussten ihr verschiedene Mittel verabreichen«, übersetzte Regula sichtlich unwillig. »Nun schläft sie, endlich! Niemand darf ihre Ruhe stören.«

Leo starrte die beiden finster an. Begann etwa alles wieder von vorn? Er war dieser ständigen Hindernisse und Hemmnisse so überdrüssig!

»Ihr bringt mich jetzt zu ihr!«, sagte er und registrierte, dass seine Stimme drohend klang. »Sofort!«

Die Nonnen wechselten ein paar geflüsterte Worte, die er nicht verstand, dann wandte Benedetta sich ihm erneut zu, während Regula mit sorgenvoller Miene übersetzte.

»Meine Mitschwester ist unendlich traurig darüber, wie wenig du uns vertraust«, sagte sie. »Haben wir dir Anlass gegeben, derart an uns zu zweifeln? Das würden wir unendlich bedauern.«

Das habt ihr allerdings, dachte Leo und schaute zu dem Grab. Und mehr als einen! Unwillkürlich kam ihm erneut Abt Matteo in den Sinn – und das wenig Schmeichelhafte, was er über Madre Chiara gesagt hatte.

»Madre Chiara und ihr habt nicht nur Freunde in Assisi«, sagte er, jedes seiner Worte sorgfältig abwägend. »Auch nicht bei jenen, die eigentlich eure Fürsprecher sein sollten ...«

»Ihr habt mit dem Abt von Sacro Convento gesprochen?«, erfolgte prompt die Übersetzung, kaum hatte Suor Benedetta geantwortet. »Dann freilich wundern wir uns nicht länger.«

»Was könnte er schon gegen euch fromme Schwestern einzuwenden haben?«

Es blieb eine ganze Weile still, während die beiden Nonnen beredte Blicke tauschten.

»Sie hassen uns Frauen«, übersetzte Regula schließlich mit gesenktem Haupt. »Die Lehre Francescos soll rein bleiben – und damit männlich. Wir Schwestern sind allenfalls geduldet, wenn überhaupt.«

Aus Benedettas Mund ergoss sich ein leidenschaftlicher Wortschwall. Schließlich fuhr sie sich mit der Hand über die Lippen, als wolle sie sie für immer versiegeln.

»Was genau hat sie gesagt?«, wollte Leo wissen.

»Dass Francesco Madre Chiara von ganzem Herzen geliebt hat – geliebt wie eine jüngere Schwester.«

»Das war alles? Für mich hat es sich nach sehr viel mehr angehört«, sagte Leo erstaunt. »Kann ich die Äbtissin nun endlich sehen?«

Es gab keinen Widerspruch mehr. Die beiden Nonnen führten ihn den bereits bekannten Weg entlang. Dann öffnete sich die Tür zur winzigen Kammer.

Leo erschrak, als er Chiara erblickte.

Die Tage seit seinem letzten Besuch schienen den Rest Fleisch von Gesicht und Körper gefressen zu haben. Da waren Knochen, wohin sein Blick auch glitt, dazu hörte er den rasselnden Atem, den er sonst nur von Todkranken kannte.

»Sie stirbt!«, rief er entsetzt. Kammer und Lager erschienen ihm auf einmal noch erbärmlicher als beim ersten Mal. Nicht einmal die Graue ließ sich blicken, die damals ein wenig Wärme und Trost gespendet hatte. »Habt ihr nicht gesagt, ihr hättet ihr wirksame Mittel gegen ihr Leiden verabreicht?«

»Sie ist stärker, als du glaubst«, sagte Suor Regula beschwichtigend. »Und kritische Phasen wie diese hat unsere geliebte Mutter schon öfters durchlaufen. Gott wacht über sie, Bruder Leo. In seiner Hand sind wir alle.«

Wenig überzeugt starrte er in das leblose Gesicht. Wer bist du, Madre Chiara?, dachte er. Was treibt dich an? Und wohin wird dein Weg dich führen?

Sie schlug die Augen auf. Sahen sie ihn überhaupt noch, oder blickten sie bereits durch ihn hindurch in andere Welten?

Der welke Mund begann zu flüstern.

»Christin, so hat der *poverello* mich genannt«, übersetzte Suor Regula. »Und niemand war ihm je so nah wie ich. Uns beide verbindet diese eine, diese unendliche Liebe – zur Herrin Armut, die über allem steht. Doch unsere Herrin Armut ist eine überaus gestrenge Königin, und sie duldet niemand anderen neben sich ...« Sie musste sich noch tiefer über die Liegende beugen, um sie überhaupt verstehen zu können. »... das ist mein Testament, das ich euch geliebten Schwestern hinterlassen werde ...«

Der Kopf fiel wie leblos zur Seite. Die dünnen Lider schlossen sich. Hob und senkte sich die eingefallene Brust überhaupt noch?

»Was ist mit ihr?«, rief Leo. »Sie ist doch nicht etwa ...«

»Nein, nein!«, beruhigte ihn die Infirmarin. »Madre Chiara ist lediglich eingeschlafen, und vielleicht hilft ihr das, langsam wieder zu Kräften zu kommen. Du musst ihr diese Ruhe gönnen, nach der ihr Körper und ihr Geist so dringend verlangen. Alles andere ist jetzt zweitrangig.«

Notgedrungen verließ Leo mit den beiden Schwestern die Kammer. Doch seine Besorgnis war so groß, dass er sich draußen sofort an die Infirmarin wandte.

»Meint ihr nicht, dass ihr es mit dem Mangel ein wenig übertreibt?«, fragte er in strengem Ton. »Auch in unserem Kloster gibt es weder Reichtum noch Luxus. Wir leben bescheiden, genauso wie Franziskus es uns vorgemacht hat. Und doch essen wir ausreichend zweimal am Tag, und jeder Kranke hat Anspruch auf ein sauberes, warmes Lager, um schnell wieder gesund zu werden. Hier dagegen liegt die Äbtissin ...«

»Das alles ist ihr Wille«, fiel Suor Regula ihm ins Wort. »Sie sagt, Francesco erscheine ihr im Traum und lobe sie für ihre Standfestigkeit. Allein darum geht es ihr. Und nichts und niemand wird Madre Chiara jemals davon abbringen, das musst du wissen!«

Suor Benedetta nickte, als hätte sie alles verstanden, und stieß dann einige leidenschaftliche Sätze hervor, die Regula übersetzte.

»Auch wenn Benedetta einmal unsere Äbtissin ist, wird sich nichts daran ändern. Das hat sie Madre Chiara vor Gott versprochen. Doch damit sich keiner von außen einmischen und uns auf einen falschen Pfad führen kann, brauchen wir dieses Privileg der Armut auch schriftlich. Wirst du beim Heiligen Vater in Rom für uns sprechen, Fra Leo?«

»Dazu weiß ich noch viel zu wenig«, wandte er ein und musste abermals an die Tote mit den rätselhaften Tintenfingern denken, von der keine der Schwestern in San Damiano mehr sprechen wollte. »Mein Bild von San

Damiano und eurem Leben hier ist noch lange nicht klar. Erst wenn es vollständig ist, kann ich meine Beurteilung abgeben.«

»*Parli così, perchè siamo donne?*« Benedettas Stimme hatte plötzlich eine gewisse Schärfe.

»*Certamente no*«, erwiderte Leo prompt, dann schaute er in die leicht geröteten Gesichter unter den strengen Hauben, die ihn anstarrten, als hänge ihr Leben von seiner Antwort ab.

»Gewiss nicht«, hatte er gesagt, aber stimmte das wirklich? Verhielt es sich nicht doch ein wenig anders, wenn er ganz ehrlich mit sich selbst war? Hatte er nicht so gesprochen, *weil* sie Frauen waren, die nach einer eigenen Ordensregel strebten, was viele Kirchenmänner strikt ablehnten?

Wie stand es denn mit ihm selbst? Plötzlich fühlte er sich schon viel zu tief in diesen Konflikt verwickelt, um noch objektiv urteilen zu können. Doch genau das erwartete Johannes von Parma von ihm.

»Ich werde wiederkommen«, sagte er, »in der Hoffnung, Madre Chiara stabiler und um einiges frischer vorzufinden. Dann können wir ihr Anliegen in aller Ruhe besprechen.« Er zögerte, doch er musste es wenigstens versuchen: »Ich weiß, ihr lebt hier in strengster Klausur«, sagte er. »Und doch müsste ich dich um eine Ausnahme bitten, Suor Regula. Ich brauche dringend eine Dolmetscherin. Würdest du mir zur Seite stehen?«

»Wozu?« In Regulas blanke Vogelaugen war ein noch wachsamerer Ausdruck gekommen.

»Ich muss mit dem alten Eremiten sprechen, der oben in Eremo delle Carceri lebt …«

»Niemals!« Sie spuckte beim Sprechen, so aufgeregt schien sie auf einmal. »Keine von uns darf das Kloster verlassen. Bitte frag mich nie wieder danach!« Sie zupfte die andere Nonne am Ärmel, und die beiden eilten davon.

✣

Schon beim Verlassen des Konvents hatte Leo gewusst, dass er abermals zur Portiuncula-Kirche reiten würde. Etwas zog ihn wie magisch zu dem idyllischen Kirchlein, das gewissermaßen die Urzelle allen franziskanischen Lebens war. Auch Fidelis schien mit seiner Wahl mehr als zufrieden und trabte munter bergab, bis sie das Ziel erreicht hatten.

Das Gotteshaus war leer, als er es betrat, nicht mehr ganz so sauber wie beim letzten Besuch, was ihm sogleich auffiel, doch zum Glück weit entfernt von dem beschämenden Zustand, in dem er es beim ersten Mal vorgefunden hatte. Abermals berührten seine Hände das τ an der Wand, das ihm heute allerdings dunkler und leuchtender vorkam, als hätte jemand inzwischen mit frischer Farbe nachgeholfen.

»Steh mir bei, Franziskus!«, betete Leo halblaut. »Überall erkenne ich lediglich Schatten und Schemen, als hätte jemand einen Schleier über meine Augen gebreitet. Mach mich sehend, damit ich die richtigen Entscheidungen treffen kann!«

Er hielt inne, weil sein Fuß an eine irdene Schale gestoßen war. Er bückte sich und hob sie auf. Die Bettelschale des Leprösen, der somit erneut hier gewesen sein musste.

Aber was hatte dann das Stück alten Pergaments darin zu suchen?

Das Fragment eines Plans, das erkannte Leo, als er das Pergament auffaltete. Es war brüchig und voller Stockflecken, als wäre es vollkommen nass geworden und später wieder getrocknet. Offenbar eine Art Landkarte, denn er sah schwarze und wenige rote Kreise, die Orte bedeuten konnten, dazwischen auch ein paar verblasste blaue Linien, die wohl Flüsse oder Bäche darstellten. Doch alles war schwerlich zu entziffern, denn der größte Teil fehlte.

Val... las er. *Sac...* Die linke Seite machte den Eindruck, als sei das Stück schon einmal im Feuer gelegen. Auf alle Fälle hatte jemand den Plan offenbar gewaltsam entzweigerissen.

Leo ließ das Pergament sinken. Ein neuerliches Geheimnis? Oder nur eine weitere falsche Spur, die ins Nichts führte?

Aus den Augenwinkeln erkannte er eine Bewegung, und dieses Mal reagierte er sofort. Er rannte zur Tür und bekam den Aussätzigen gerade noch am verblichenen Kittel zu fassen.

»*No, no!*«, rief der Mann verzweifelt, wandte sich ab und presste sich ein Tuch vor das Gesicht. »*Non toccare – è troppo pericoloso!*«

Es war in der Tat klüger, ihn nicht zu berühren, da die Ansteckungsgefahr erheblich war. Leo ließ von ihm ab, und der Mann lief sofort ein paar Schritte weiter, als wolle er sich in Sicherheit bringen.

»*Senti*«, rief Leo ihm nach, »*devo sapere ...*«

Er verstummte, unfähig, in italienische Worte zu fassen, was er alles wissen wollte.

Der Aussätzige hielt noch immer sein Gesicht bedeckt, als schämte er sich oder als wäre er nahe am Weinen. Doch er schien Leo zuzuhören.

Der begann mit dem Plan zu wedeln. Vielleicht würde das Pergament ihn zum Reden bringen.

»Gehört der dir?«, fragte er. »*È tuo?*«

Heftiges Kopfschütteln. Der Mann schien erneut fliehen zu wollen.

»Wem gehört er dann?«, fragte Leo weiter.

Achselzucken.

Der Leprakranke verstand ihn nicht. Wenn nur die fremde Sprache nicht ständig wie ein unüberbrückbares Hindernis zwischen ihm und den anderen stehen würde!

»Dann werde ich ihn eben mitnehmen«, sagte Leo mehr zu sich selbst als zu dem Fremden. »Und vielleicht findet sich sogar jemand, der mehr damit anfangen kann.«

Fidelis, die langsam ungeduldig zu werden schien, weil seine Rückkehr so lange auf sich warten ließ, begann zu wiehern. Der Lepröse zuckte zusammen, als habe er einen unsichtbaren Schlag erhalten, und stürzte dann, wie von Dämonen getrieben, in Richtung Bach davon

Seltsam berührt, schaute Leo ihm nach. War der Mann beim letzten Mal nicht krumm gewesen und hatte deutlich gehumpelt? Und was war eigentlich mit seinen Händen geschehen? Die hatte Leo auch ganz anders in Erinnerung, breiter, von der Krankheit deutlicher zerfressen. Ob der Kranke sein entstelltes Gesicht aus anderen Gründen verborgen gehalten hatte, als um ihn vor dem erschreckenden Anblick zu bewahren? Doch wenn ja, aus welchen?

Leos innere Unruhe wuchs. Etwas stimmte hier nicht, das spürte er mit jeder Faser seines Körpers.

Er wusste nur noch nicht, was es war.

✤

Was war los mit Carlo?

Er war bleich, als läge eine schwere Krankheit hinter ihm, und so fahrig, dass er die Hände keinen Augenblick ruhig halten konnte.

Zusammen mit seinem zukünftigen Schwiegervater war er aus dem Kontor der Lucarellis gekommen, doch während Vasco gefasst wie immer wirkte, konnte Stellas Verlobter seine innere Erregung kaum verbergen.

Nicht einmal das Essen schien ihm heute zu munden, wie Stella erstaunt feststellte. Er ließ das Perlhuhn nahezu unberührt auf seinem Teller zurück und knabberte nur lustlos an einem mageren Beinchen. Immer wieder glitten seine Blicke zu ihr, doch es war nicht Liebe oder Begehren, was sie in seinen Augen las, sondern nackte Angst.

War die Begegnung mit dem alten *Conte* so fürchterlich ausgefallen? Das ging sie doch etwas an! Stella nahm ihren ganzen Mut zusammen.

»Du hast noch gar nichts von deinem Vater erzählt, Carlo«, sagte sie sanft. »Wird er nun doch zu unserer Hochzeit kommen?«

Statt einer Antwort weiteten sich auf einmal Carlos Augen, er presste eine Hand vor den Mund, erhob sich unsicher und stieß dabei seinen Stuhl um.

»Was habt Ihr, *figlio*?«, rief Simonetta. »So hilf ihm doch, Vasco!«

Carlo gab unartikulierte Grunzlaute von sich. Seine Augen schienen aus den Höhlen zu treten. Sein Gesicht war bläulich angelaufen.

»Er erstickt!«, schrie Ilaria.

Vasco sprang auf und wollte Carlo stützen, doch der schlug wie wild um sich, vielleicht aus Panik, vielleicht aber auch, weil er nicht wusste, was der andere mit ihm vorhatte. Schließlich kam ihm Federico, der bislang einsilbig am Tisch gesessen hatte, zu Hilfe, und gemeinsam gelang es ihm und Vasco, von hinten die Arme um ihn zu legen und ihm abwechselnd auf Rücken und Brustkorb zu schlagen.

Nichts geschah. Carlo riss die Augen auf, als wäre ihm der Leibhaftige erschienen, und wurde vollends blau.

»Jetzt!«, schrie Vasco. »Noch einmal mit aller Kraft!«

Die beiden Männer droschen so fest auf Carlo ein, wie sie nur konnten, und einen Augenblick fürchtete Stella, sie würden seinen Brustkorb dabei zertrümmern. Doch schließlich begann ihr Verlobter laut zu husten, dann zu würgen. Ein winziger Knochen schoss aus seinem Mund.

»Ich sterbe«, flüsterte Carlo mit nassen Augen. »Ich wünschte, ich wäre schon tot!«

Sofort war Stella neben ihm, legte ihre Hand auf seinen Scheitel und spürte, wie er sich unter der warmen Berührung langsam entspannte. Niemals zuvor hatte sie ihn so hilflos gesehen, so verletzlich. Niemals hatte sie sich ihm näher gefühlt.

»Nicht weggehen!«, protestierte er, als sie schließlich ihre Hand wieder wegziehen wollte. »Das tut so gut!«

Vasco und Simonetta, die mehr als erleichtert schienen, dass ihm nichts Schlimmeres zugestoßen war, gaben nickend ihr Einverständnis, nur Ilaria runzelte auf einmal die Stirn.

Der Abend endete sehr bald, viel früher als sonst, weil Carlo zum Heimgehen drängte und Federico nichts anderes übrig blieb, als seinen mitgenommenen Vetter zu begleiten.

Nach dem keuschen Abschiedskuss, den Carlo auf Stellas Stirn gehaucht hatte, rief Vasco seine angenommene Tochter noch einmal zu sich. Stella wusste, dass er mit starken Stimmungsschwankungen zu kämpfen hatte, die er zumeist mit sich selbst ausmachte, doch so besorgt wie an diesem Abend hatte sie ihn lange nicht mehr gesehen.

»Ist etwas zwischen euch beiden vorgefallen?«, begann er ohne Umschweife, kaum hatte sich die Tür hinter ihr geschlossen. »Dann frank und frei heraus damit, mein Mädchen!«

»Ich weiß nicht, was du meinst.« Sie blieb vorsichtshalber auf der Hut.

»Komm schon! Glaubst du, ich wüsste nicht, was in jungen, heißblütigen Männern vor sich geht? Schließlich war ich selbst mal einer. Auch wenn es lange zurückliegt.« Er bemühte sich um ein Lächeln, doch es wollte ihm nicht recht gelingen. »Du kannst mir alles sagen. Besser jetzt als später.«

Stella zuckte die Achseln. »Ich hab wirklich nicht die geringste Ahnung, worauf du hinauswillst …«

»Dann werde ich es dir sagen.« Breitbeinig baute sich der massige Kaufmann vor ihr auf. »Dein Verlobter war gerade nahe dran, einen Rückzieher zu machen, darauf will ich hinaus. Und hätte ich ihm nicht zugeredet wie einem kranken Gaul, so wäre deine schöne Hochzeit geplatzt wie eine Seifenblase.«

»Das hat Carlo gewollt?« Stella starrte Vasco erschrocken an. »Aber weshalb? Weil sein Vater gegen unsere Verbindung ist?«

»Der *Conte*? Wie kommst du denn darauf? Nein, davon hat er nichts gesagt.«

Vorsicht verschloss Stella den Mund. Sie würde Perugia nicht erwähnen und nichts von dem preisgeben, was Ilaria ihr verraten hatte. Etwas war mit Carlo geschehen, das hatte sie den ganzen Abend gespürt. Etwas, das nur sie und ihn etwas anging.

»Was ist dann der Grund?«, fragte sie leise. »Liebt er mich nicht mehr?«

»Du kleine Törin!«, rief Vasco. »Natürlich liebt er dich! So sehr, dass er mir all seine Dummheiten gestanden hat, die ihn beinahe von eurer Hochzeit abgebracht hätten.«

Stella sah ihn fragend an. Ihr Herz pochte hart gegen die Rippen.

»Schulden hat er, der dumme Junge, und nicht zu knapp. Das hat er mir heute eingestanden, und er war schon bereit, auf alles zu verzichten. Das freilich hab ich ihm rasch ausgetrieben – und deine Mitgift im gleichen Atemzug noch einmal kräftig aufgestockt, um alles zu begleichen. Einen Teil kann er meinetwegen schon vor der Hochzeit bekommen, das hab ich ihm heute versprochen, damit dein Carlo della Rocca als freier Mann sein Eheversprechen ablegen kann. Was würde ich nicht alles für meine geliebte zweite Tochter tun?«

Er strahlte über das ganze Gesicht, doch seine Stimme klang dennoch leer, und etwas in Stella schnürte ihr den Hals zu, als sei er in einem zu engen Geschmeide gefangen, das urplötzlich zur Fessel geworden war.

»Danke«, flüsterte sie.

»Bist du nun glücklich, mein Kind?« Vascos Blick blieb fragend.

»Das bin ich.« Sie starrte zu Boden.

»Du musst wissen, deine Mutter und ich …« Er verstummte und schien auf einmal die Fäden des bunt gewebten Wandteppichs einzeln zu zählen, der aus dem fernen Frankreich stammte und ihn ein mittleres Vermögen gekostet haben mochte.

Stellas helle Augen suchten seinen Blick. Sollte sie ihn endlich all das fragen, was sie schon so lange bewegte? Wer sie war? Woher sie stammte? Wer sie geboren hatte? Wie ihre Eltern hießen?

Der kostbare Moment verstrich ungenutzt.

»Dann solltest du jetzt schlafen gehen, meine Kleine«, sagte Vasco. »Bräute müssen schön sein. Und dazu brauchen sie viel Schlaf. Gute Nacht, Stella!«

»Gute Nacht, Papà!«, flüsterte sie.

Die Lüge hing wie ein zähes Gespinst in der Luft und

machte jeden Atemzug zur Qual. Stella verließ das Zimmer gemessenen Schritts und begann erst zu rennen, als sie endlich auf der Treppe angelangt war.

✛

Leo fand keinen Schlaf, auch nicht, als der Mond schon längst verschwunden war und nur noch die Sterne am Nachthimmel funkelten. Er zupfte seine Kutte zurecht, spritzte sich kaltes Wasser ins Gesicht, um vollständig wach zu werden, und schlich sich mit einem Öllicht in der Hand aus dem Haus.

Nachts glich Assisi noch mehr einem Labyrinth aus Stein und Schatten, das ihn rasch und gründlich verwirrte. Alles, was ihm tagsüber bereits vertraut war, erschien nun fremd und merkwürdig. Eine dicke Ratte kreuzte seinen Weg, eine einäugige Katze schoss ihr hinterher, ohne ihrer habhaft zu werden, Nachtvögel machten mit seltsamen Geräuschen auf sich aufmerksam.

So gut wie alle Häuser waren dunkel, nur in einem halb verfallenen Gebäude schimmerte noch Licht. Unwillkürlich steuerte Leo darauf dazu, bis ein dickes Lumpenbündel ihn am Weitergehen hinderte. Er hob seine Funzel, um nicht darüberzustolpern.

Das waren keine Lumpen, wie er schnell bemerkte, vor allem, als sein Fuß mehrmals in den Haufen stieß. Das war etwas Weiches, was er berührte, ein lebloser Mensch!

Leo schaute sich nach allen Seiten um, bevor er ihn umdrehte – und erstarrte. Auf dem Gesicht lag eine dicke Schicht Lehm, inzwischen verwischt und halb heruntergewaschen. Wie im Fieber suchte Leo weiter, ergriff die Hände des Toten, denn dass er einen Toten vor sich hatte, bezweifelte er nicht länger. Ja, das waren die Hände, die er heute gesehen hatte.

Sie gehörten dem Leprösen, der Auslöser seines Unfalls gewesen war!

Leo zögerte, dann nahm er den Saum seiner Kutte und säuberte erst die Hände, schließlich das Gesicht des Unbekannten, jenes Mannes, den er zweimal vor der Kapelle des Heiligen getroffen hatte – nur dass dessen Haut und Hände in Wirklichkeit so rein und gesund waren wie die eines Neugeborenen.

Vier

Sie alle hatten etwas zu verbergen. Nicht nur ein Eindruck, sondern inzwischen nahezu eine Gewissheit, die Leo immer gereizter machte, je mehr er zu hören bekam. Keine der frommen Schwestern, die ihm gegenübersaß und die er trotz der Einwände von Suor Benedetta einzeln nacheinander befragte, sagte die ganze Wahrheit. Seit Stunden, so kam es ihm vor, öffnete und schloss sich die Tür des düsteren Refektoriums, in dem er sich für seine Befragungen niedergelassen hatte, wie im Taubenschlag.

Seit Stunden war er nicht einen entscheidenden Schritt vorangekommen.

Es fiel ihm ungewohnt schwer, die Gedanken zusammenzuhalten. Die Kutte rieb auf seiner Haut, und sogar die Riemen der ausgetretenen Sandalen schienen ihn erstmals zu beengen. Zwei nahezu schlaflose Nächte lagen hinter ihm, die erste, die er nach der Entdeckung des Leichnams betend in San Rufino verbracht hatte, eine zweite, in der er unermüdlich immer wieder seine Aufzeichnungen durchgegangen war, um herauszufinden, was er übersehen haben könnte – leider vergeblich.

Der Tote hatte keinen Namen, und niemand in Assisi schien ihn zu vermissen, wie Leo von Vasco Lucarelli erfahren hatte, der sich ihm gegenüber bester Beziehungen zu den hiesigen Behörden gebrüstet hatte. Also offenbar einer aus der namenlosen Schar kleiner Gauner und Beutelschneider, wie sie sich immer häufiger in den Städten Umbriens herumtrieben. Jemand, der für ein paar Münzen zu allem bereit war – sogar den Leprösen zu spielen, der er niemals gewesen war.

Doch wer hatte den Mann auf ihn angesetzt?

Eine Frage, die ihn innerlich aufzufressen drohte, weil er keine Antwort darauf fand, die irgendeinen Sinn ergeben hätte.

Inzwischen schmerzten seine Schultern, und sein Nacken war steinhart, so sehr musste er sich anstrengen, ein halbwegs gelassenes Gesicht zu machen, während innerlich sein Ärger wuchs. So sicher war er sich gewesen, die Schwestern von San Damiano in Widersprüche verwickeln zu können, sobald er sie einzeln über Magdalena befragte. Doch anstatt endlich tiefer und damit der Wahrheit zumindest ein Stück näher zu gelangen, prallte er an den glatten, viel zu einheitlichen Antworten ab, die ihn immer mehr davon überzeugten, dass die Nonnen sich untereinander abgesprochen hatten.

Welchen Anteil Suor Regulas Übersetzung daran besaß, die notgedrungen erneut als seine Dolmetscherin fungierte, vermochte er nicht genau zu sagen. Ihre Miene war unbewegt, während sie sprach, nur gelegentlich meinte er in ihren dunklen Augen etwas wie Unwillen oder sogar Zorn aufblitzen zu sehen.

Besonders, als er schließlich Suor Amata befragte, eine schmale, blutjunge Nonne mit gewölbten Lidern, gerade erst dem Noviziat entwachsen, die als Letzte in San Damiano eingetreten war.

»Magdalena war wie eine Mutter zu mir«, sprudelte sie hervor, nachdem sie ihre anfängliche Schüchternheit abgelegt hatte. Ihre farblosen Wimpern waren in ständiger Bewegung. Mit ihren leicht vorstehenden Zähnen erinnerte sie ihn ein wenig an ein Kaninchen. »Ich durfte immer zu ihr kommen, wenn mich etwas bedrückte, wenn ich ärgerlich war oder mich arges Heimweh plagte. Manchmal hat sie mich sogar mit der Grauen spielen lassen. Du musst wissen, Fra Leo, so heißt nämlich ihre geliebte Katze.«

Sogar Regulas gemessene Übersetzung verriet noch das schwärmerische, leicht erregbare Temperament der jungen Frau. Plötzlich schien sie sich zu besinnen, was geschehen war. Die zarte Röte auf ihren Wangen verschwand, sie schlug die Hände vor das Gesicht und begann bitterlich zu weinen.

»Sie war die Güte in Person. Ein Engel auf Erden, so ist sie mir vorgekommen«, rief sie. »Aber ein Engel, der oft sehr traurig war. ›Wenn ich doch nur die Zeit zurückdrehen könnte!‹, hat sie immer wieder zu mir gesagt. ›Bis zu jenem einen einzigen Tag, dann würde ich ganz sicherlich niemals mehr meine …‹«

Regula war abrupt in ihrer Übersetzung verstummt, während Amata unter Tränen weiterredete.

»Was ist?«, fragte Leo irritiert. »Wieso hörst du mittendrin einfach auf? Mach weiter! Ich muss alles erfahren, was sie zu sagen hat.«

»Siehst du denn nicht, unter welch innerem Druck sie steht?«, kam Regulas griesgrämige Antwort. »Sie gehört ohnehin zu jenen Geschöpfen, die überall das Gras wachsen hören – und das in ihrer Einbildung dann auch noch für die Stimme Gottes halten. Jahre werden ins Land gehen, Jahre, bis wir aus ihr eine halbwegs brauchbare Schwester gemacht haben, die zum Wohl unserer Gemeinschaft beiträgt.«

Er starrte sie an, keineswegs überzeugt.

Möglich, dass sie die Wahrheit sagte, aber auch ebenso gut möglich, dass sie sie bewusst verdrehte. Wenn er doch nur jemand an seiner Seite hätte, auf den er sich ganz und gar verlassen könnte!

Für einen Augenblick kam ihm sogar Abt Matteo in den Sinn, der beide Sprachen beherrschte, doch diesen Gedanken verwarf Leo schnell wieder. Dem Abt gegenüber würden die Schwestern von San Damiano erst recht auf der Hut sein, das bewiesen die Notizen, die er sich während seiner Befragung als Gedächtnisstütze gemacht hatte. Viele der Nonnen schienen dem Bruderkloster regelrecht zu misstrauen, fürchteten von den Mönchen Einschränkung oder Bevormundung. Nicht einmal Padre Eligio, den schwer erkrankten Beichtvater, den er bislang noch nicht zu Gesicht bekommen hatte, schätzten offenbar hier alle uneingeschränkt.

Energisch wandte Leo sich direkt an Suor Amata, die sich inzwischen wieder halbwegs gefasst hatte, und stellte auch ihr die Frage, die so viele andere vor ihr bereits energisch verneint hatten.

»*Magdalena – lei sapeva scrivere?*«, fragte er und hoffte inständig, sie würde ihn verstehen.

Zu seiner Überraschung erfolgte weder sofortiges Kopfschütteln noch das verächtliche Schnalzen, wie es einige der älteren Nonnen bei dieser Frage von sich gegeben hatten.

Amata schien zu überlegen, dann zuckte sie die Achseln.

»*Non lo so*«, sagte sie leise. »*Forse sì.*«

Die Tote hatte also vielleicht doch schreiben können – allerdings wusste die junge Nonne es nicht genau.

Das war mehr, als er bislang herausbekommen hatte. Doch leider erlaubten Leos karge Sprachkenntnisse es nicht, eigenständig und ohne Regulas Hilfe weiterzubohren.

»Hast du mich zu den Carceri geschickt, als ich zum ersten Mal bei euch war?«, fragte er. »War das deine Stimme, die ich damals im Kreuzgang gehört habe?«

Die Infirmarin neben ihm schien auf einmal die Luft anzuhalten. Ihr Gesicht war wächsern geworden, die fleischlose Nase glich mehr denn je einem Schnabel.

Suor Amata schüttelte den Kopf und ließ einen kurzen italienischen Satz folgen.

Regula starrte an die Wand und tat, als hätte sie nichts gehört.

»Ab jetzt wirst du mir jedes ihrer Worte übersetzen«, sagte Leo. Sein Tonfall war ruhig, doch er wusste, dass sie die Schärfe sehr wohl heraushören würde, die dahinter lag. »Jedes!«

»Sie sieht dich heute zum allerersten Mal«, sagte Regula. »Und hat nie zuvor zu dir oder mit dir gesprochen.«

»Wie kommst du zu der Annahme, Magdalena hätte schreiben können?«, fragte er Amata weiter. »Hast du sie vielleicht dabei gesehen?«

»Niemals«, übersetzte Regula gehorsam die Antwort der jungen Nonne. »Aber seit ein paar Wochen waren ihre Finger immer so dunkel, das ist mir aufgefallen, obwohl sie es zu verbergen suchte. Sie ist erschrocken, als ich sie darauf angesprochen habe, das habe ich sofort gemerkt, hat den Kopf geschüttelt und die Hände schnell in den Ärmeln der Kutte verschwinden lassen. Dann aber hat sie sich wieder beruhigt. ›Ich weiß, du kannst wichtige Dinge für dich behalten, mein Lämmchen!‹, hat sie zu mir gesagt. ›Ganz anders als die, die sich hier seit Jahr und Tag meine Schwestern nennen und doch nichts Besseres zu tun haben, als mich zu beäugen und auszuspionieren. Vergiss einfach wieder, was du gesehen hast! Es hat nichts zu bedeuten!‹«

»Aber du hast es nicht vergessen«, sagte Leo sanft. »Erzähl bitte weiter!«

»Nein, denn als ich ein paar Tage später Suor Beatrice

mit einem Stapel frisch beschriebener Pergamente aus Madre Chiaras Kammer kommen sah, hatte sie ebenso dunkel verfärbte Finger, was meinen Verdacht bestätigte. Ihr obliegt die gesamte Korrespondenz von San Damiano. Irgendwann werde ich ihr vielleicht dabei helfen dürfen. Erst neulich wieder hat sie geäußert, meine Handschrift sei durchaus vielversprechend.«

Regula, die sich kaum noch beherrschen konnte, zischte ihr auf Italienisch ein paar unwillige Sätze zu, doch Leos unerbittlicher Blick zwang sie zurück ins Deutsche.

»Ich habe meine junge Mitschwester nur gerade wissen lassen, dass sie sich besser keine falschen Hoffnungen machen soll. In San Damiano wird hart gearbeitet, das sind wir unserer Herrin Armut schuldig. Wer herumfantasiert und Dinge sehen will, die es niemals gegeben hat, ist beim Rübenschälen in der Küche immer noch am besten aufgehoben.«

Es lag eine Boshaftigkeit in ihrem Tonfall, die Leo ärgerte und weit über die Bedeutung dessen hinausging, was sie gesagt hatte.

Auch Suor Amata war der Ton nicht entgangen. Ihre Augen waren schmal geworden. Sie packte Leos tintenbefleckte Hand, die eben noch die Feder gehalten hatte, und zerrte sie hoch.

Dann begann sie loszureden: »Deine Hände sind ebenfalls dunkel von Tinte, denn du schreibst, wie ich soeben feststellen konnte«, musste Regula übersetzen. »Ich bin keine Träumerin, wie sie behauptet. Ich habe junge Augen, die klar und gesund sind. Und ebendiese Augen haben Magdalena mit einem Buch aus der Kapelle kommen sehen.«

»Mit einem Buch?«, fragte Leo. Sein Nacken kribbelte. Da war sie endlich – die Spur, auf die er so lange gewartet hatte!

»Wir in San Damiano besitzen so gut wie keine Bücher«, wandte Regula ein, noch bevor Amata antworten konnte. »Bis auf ein uraltes Brevier für die Stundengebete, das aus der Feder von Fra Rufino stammt, eine heilige Bibel und einige Schriften über Arzneien, die ich zurate ziehe, wenn jemand von uns krank wird. Francesco hat die Gelehrsamkeit niemals geliebt, das weißt du ebenso gut wie ich, sondern sie gehasst und als Feindin wahrer Frömmigkeit angesehen. Und Madre Chiara, seine engste Vertraute seit jeher …« Sie fuhr sich mit der Hand mehrmals über das Gesicht, als wolle sie etwas wegwischen.

»Welches Buch, Suor Amata?«, wiederholte Leo eindringlich, ohne mit einem Wort auf Regulas Einwände einzugehen. »Kannst du es mir zeigen? Ich möchte es gerne sehen.«

Die junge Nonne senkte den Kopf und begann zu flüstern.

»Es war in Magdalenas Bett«, übersetzte Regula stirnrunzelnd. »Unter dem Stroh. Aber da ist es jetzt nicht mehr.«

»Und wo ist es dann?«, wollte Leo wissen.

Ratloses Achselzucken.

»Jemand muss es an sich genommen haben. Oder Magdalena hat es irgendwo versteckt. So, wie sie es an sich gepresst hatte, muss es sehr kostbar für sie gewesen sein.«

Kaum hatte Regula diesen Satz fertig übersetzt, bellte sie Amata abermals regelrecht an. Die jedoch zuckte mit keiner Miene, sondern antwortete nicht minder heftig in ihrer Muttersprache.

»Wenn ich freundlicherweise auch erfahren dürfte, worum es soeben ging?«, sagte Leo in das angespannte Schweigen hinein, das dem doppelten Ausbruch folgte.

»Ich habe sie lediglich gefragt, warum sie von alldem bislang nichts gesagt hat.« Regula war anzumerken, wie schwer ihr jedes Wort fiel, das sie Leo preisgeben musste.

»Und wie hat Amatas Antwort gelautet?«

»Magdalena war wie eine Mutter zu ihr. Und eine Mutter verrät man nicht.«

Er musste allein sein, wenigstens für eine kurze Weile. Er schickte die beiden Schwestern hinaus und stützte den Kopf in die Hände. Die Düsternis des niedrigen Raumes, in dem er nun schon seit Stunden ausharrte, schlug ihm auf das Gemüt. Wahrlich kein geeigneter Ort, um friedlich Leib und Geist zu stärken, während man den Lesungen aus der Heiligen Schrift lauschte, bevor es erneut zu Gebet und Arbeit ging. Versuchte Madre Chiara, die jegliche Nahrung verachtete, wie allgemein bekannt war, und ihren Leib seit Jahrzehnten durch strenges Fasten unterjochte, auch hierin den anderen Schwestern ihren Stempel aufzudrücken?

Was aber geschah, wenn eine der Frauen sich dagegen wehrte, wie Magdalena es offenbar getan hatte, die sichtlich wohlgenährt und damit offenbar alles andere als eine Asketin gewesen war? Gab es dann Rügen, Strafen – irgendwann vielleicht sogar den Ausschluss aus der Gemeinschaft?

Ihr Buch, in das sie geschrieben hatte und das möglicherweise Aufschluss darüber und über vieles andere geben könnte, war verschwunden, das jedenfalls hatte Suor Amata behauptet, und er besaß keinerlei Anlass, an ihrer Glaubwürdigkeit zu zweifeln.

Sollte er das ganze Kloster nach dem Buch durchsuchen?

Sich überallhin Zutritt zu erkämpfen, ging weit über seine offiziellen Kompetenzen hinaus. Wo sollte er außerdem zu suchen beginnen? Die frommen Schwestern würden Mittel und Wege finden, um ihn daran zu hindern, so viel war gewiss.

Und dennoch musste das Geheimnis um Magdalenas Tod hier in diesen Mauern zu finden sein, das sagte ihm sein Gefühl, auch wenn sich dieses bislang noch nicht fassen ließ.

Wieder flog Leos Blick über seine Notizen. Suor Beatrice, die er als eine der Ersten befragt hatte, Chiaras leibliche Schwester und Vertraute, war für den Schriftverkehr des Klosters zuständig. Das bedeutete, dass ihr sowohl Pergament- als auch Tintenverwaltung oblagen. Über Wochen hatte die junge Amata verräterische Flecken an Magdalenas Händen beobachtet. Das konnte nur bedeuten, dass die Tote wiederholte Male geschrieben haben musste. Was wiederum hieß, dass sie Tinte und Pergament verbrauchte – und das würde keinem aufmerksamen *scriptor* auf Dauer entgehen.

Oder hatte sie sich eines bereits bestehenden Buches bedient und die ungeheure Mühe auf sich genommen, die Seiten zu säubern, um sie für ihre Zwecke zu nutzen?

Leo, der als Novize im Ulmer Kloster endlose Stunden ein Palimpsest nach dem anderen hatte abschaben müssen und sich später beim Kochen von Schlehdorntinte die Hände böse verbrüht hatte, wusste, wovon er sprach.

Er stand auf und ging nach draußen, wo Suor Regula mit verdrossener Miene wartete.

»Ich möchte noch einmal Suor Beatrice sprechen«, verlangte er. »Bitte geh sie holen!«

»Jetzt?« Die schwarzen Augen der Infirmarin glommen. »Aber sie ist doch bei Madre Chiara …«

»Jetzt.« Der Nacken fühlte sich plötzlich freier an. »Ich bin sicher, die Äbtissin wird Verständnis haben.«

Es dauerte nicht lange, dann öffnete sich die Tür zum Refektorium, und die Nonne trat mit Regula ein. Sie schien gelaufen zu sein, denn die Haut war rosig, und feine Schweißperlen standen auf ihrer hohen Stirn. Oder war es etwas anderes, das ihr Angstschweiß ins Gesicht getrieben hatte?

»Bitte setz dich!« Leo deutete auf den Schemel ihm gegenüber. »Keine Angst, ich werde dich nicht lange aufhalten. Du kannst gleich wieder ans Krankenbett deiner Schwester zurück. Nur ein paar letzte Fragen.«

Sie nickte kurz und hielt den Kopf dabei gesenkt.

»In welchem Jahr bist du nach San Damiano gekommen?«

Suor Beatrice sah ihn erstaunt an, nachdem Regula übersetzt hatte. »Als ich fast dreizehn war. Ich bin genauso alt wie unser Jahrhundert, am ersten Tag des neuen Jahres geboren.«

»Dann warst du ja damals fast noch ein Kind!«, rief Leo.

»Ich war doch kein Kind mehr!«, protestierte Beatrice. »Außerdem ist ja unsere Mutter Ortulana zusammen mit mir ins Kloster gegangen, wo bereits meine Schwestern Chiara und Agnes lebten ...«

»Sprich weiter!«, forderte Leo sie auf. »Was war noch in jenen Tagen?«

»Das weiß ich nicht mehr. Ich weiß nur noch, dass meine Seele von Glück erfüllt war, endlich dort angekommen zu sein, wo ich schon immer sein wollte.« Um ihre Lippen lag ein entschlossener Zug, den sie vielleicht schon damals gehabt haben mochte.

Leo blätterte in seinen Aufzeichnungen.

»Also Ende 1212 – das muss doch die Zeit gewesen sein, als Magdalena zu euch kam«, sagte er. »Erzähl mir davon! Wer hat sie als Erste entdeckt?«

Jetzt waren Beatrices Lippen nur noch ein Strich, und

die Familienähnlichkeit mit Madre Chiara war geradezu frappierend.

»Daran erinnere ich mich nicht mehr.« Die Stimme der Übersetzerin klang auf einmal gepresst.

Sie halten etwas zurück, dachte Leo und machte eine kleine Notiz. Alle beide.

»Komm schon, das kannst du mir nicht erzählen!«, fuhr er in aufmunterndem Tonfall fort. »Ein Mädchen, kaum der Kindheit entwachsen, das gerade mit seiner Mutter ins Kloster eingetreten ist – und dann liegt kurz danach ein schreiendes Neugeborenes vor der Pforte. An so etwas erinnert man sich doch ein ganzes Leben.«

»Sie war ganz plötzlich da. Als ob sie vom Himmel gefallen wäre. Wir alle haben uns abwechselnd um sie gekümmert, bis auf Chiara, die als unsere Äbtissin andere Aufgaben zu erfüllen hatte. Magdalena, wie wir sie getauft haben, ist unter uns aufgewachsen. Und eines Tages auch Nonne geworden. Mehr gibt es darüber nicht zu sagen.« Geradezu feindselig hatte sie die knappen Sätze hervorgestoßen, und auch Regulas Übersetzung klang hart.

»Magdalena ist außerhalb des Klosters zu Tode gekommen. Das gäbe es beispielsweise noch dazu zu sagen. Nachts. Und ihre Finger zeigten Tintenspuren. Sie muss geschrieben haben, viel geschrieben. Und du willst nicht bemerkt haben, dass Pergament und Tinte fehlten?« Er legte eine winzige Pause ein. »Oder hast du sie etwa mit Schreibutensilien versorgt?«

»Ich?« Ein empörter Aufschrei. »Ich weiß nichts von dieser angeblichen Schreiberei!«, übersetzte Regula. »Sie hat in der Küche gearbeitet, konnte nicht lesen und wusste nicht mit der Feder umzugehen, das werden dir auch die anderen bestätigen. Übrigens hätte ich ihr nie freiwillig etwas aus unseren Vorräten abgegeben, selbst wenn sie hundertmal darum gebettelt hätte.«

»Das klingt nicht gerade freundlich«, sagte Leo. »Beinahe, als hättest du Magdalena nicht besonders gemocht.«

Suor Beatrice war aufgesprungen. Ihre Wangen hatten sich hochrot gefärbt, und auch Regula hielt es auf einmal nicht mehr länger auf ihrem Schemel.

»Keine von uns mochte sie«, rief Beatrice. »Sie war eine Außenseiterin. Ihr ganzes Leben hat sie nur Unfrieden und Unheil gestiftet, und selbst jetzt, wo sie tot ist, bringt sie uns noch immer nichts als Ärger ein. Magdalena war keine fromme Nonne, keine gute Schwester. Sie hätte niemals bei uns sein dürfen!«

Die Infirmarin nickte, nachdem sie fertig übersetzt hatte. Jedes von Beatrices harschen Worten schien direkt aus ihrem eigenen Herzen zu kommen.

✢

Jetzt stieg Stellas Aufregung von Stunde zu Stunde. Am Nachmittag würden sie den Brautwagen besteigen und sich an der Seite ihrer Verlobten auf der Piazza della Commune den Bürgern Assisis präsentieren – wie konnte Ilaria da noch im Bett liegen und den sonnigen Morgen seelenruhig verschlafen?

Stella beugte sich über sie.

Sie war erhitzt und rosig wie immer, das weizenblonde Haar so zerwühlt, dass wieder stundenlanges Kämmen anstand, um eine halbwegs brauchbare Frisur hinzubekommen, was die untalentierte Zofe an diesem besonderen Tag erst recht zur Verzweiflung treiben würde.

»Alles muss klappen. *Alles!*«, hatte Simonetta dem Gesinde eingeschärft. »Dieser Tag ist sozusagen die Generalprobe für die Hochzeit, und ich möchte keinerlei Patzer erleben, sonst habt ihr mit drastischen Konsequenzen zu rechnen – eine jede von euch!«

Stellas Blick fiel auf die duftigen Gewänder, die nebeneinander an der Wand hingen, weiß wie frisch gefallener Schnee, beide aus Seide gefertigt, wenngleich Ilarias Spitzenbesatz an Dekolleté und Ärmeln um einiges üppiger ausgefallen war.

Sie versäumen keine Gelegenheit, mich den Unterschied spüren zu lassen, dachte sie. Immer wieder dieser Stich, der mich daran erinnern soll, dass ich nicht ihre leibliche Tochter bin, sondern lediglich ein Ziehkind, aus frommer Barmherzigkeit aufgenommen und aufgezogen. Daran ändert auch die plötzliche Großzügigkeit Vascos nichts, mit der er Carlos Schulden getilgt hat. Vielleicht kann ich den Makel meiner ungewissen Herkunft endlich vergessen, wenn ich erst einmal Carlos Frau bin und einen eigenen Haushalt führe.

Zum ersten Mal seit Langem gefiel ihr diese Aussicht.

Doch müßig herumliegen wie Ilaria mochte sie nicht mehr länger. Nebenan machte sie rasch Morgentoilette und bemühte sich, dabei möglichst leise zu sein, um die andere nicht zu wecken. Dann schlüpfte sie in ein Kleid, das schon unzählige Wäschen hinter sich hatte, band ihr Haar mit einem blauen Band zurück und lief hinunter in die Küche.

Von Simonetta keine Spur, dem Himmel sei Dank!

Doch sie musste ihren allmorgendlichen Befehlskübel bereits über die versammelte Dienstbotenschar ausgeschüttet haben, das erkannte Stella an den grimmigen Mienen der Mägde, die rührten, schnibbelten und ausrollten, als säße ihnen des Teufels Großmutter höchstpersönlich im Nacken.

»Wieso kann sie keine Haube tragen wie alle anderen anständigen Matronen in Assisi? Aber nein, sie muss sich ja unbedingt bei kandierten Veilchen und Zitronenlimonade vom Barbier die schütteren Haare aufwirbeln und mit glitzernden Steinen schmücken lassen, damit sie nicht mehr wie ein zerrupftes Vogelnest aussehen«, murrte Gaia, von der Natur mit braunen Locken gesegnet, die keinerlei Kniffe bedurften, um anziehend zu wirken. »Während unsereins die Kerne aus diesen verdammten Kirschen zu bohren hat, bis die Nägel wochenlang wie mit frischem Schlachtblut verdorben sind. ›Und dass mir ja alle Früchte heil dabei bleiben!‹«

Eine ausgezeichnete Imitation von Simonettas gezierter Sprechweise, die alle ringsum zum Lachen brachte.

»›Stellas künftiger Gatte soll Augen machen, wenn er meine berühmten Kirschtörtchen probiert!‹«

Das Lachen wurde lauter.

»Als ob der feine Herr Conte Augen für die Alte und ihre Törtchen hätte, die ohnehin von uns stammen! Der schaut ja kaum seine scheue Braut an, aber mich, mich hat er neulich doch tatsächlich am Bu…« Sie erhielt einen kräftigen Stüber von Carmela, die Stella erblickt hatte, und verstummte flugs.

»Komm, Kleines!« Das kam von Toma, die gerade Mehl auf den großen Tisch unter dem schmalen Fenster gesiebt hatte und in das glatte Weiß eine Kuhle für die weiteren Zutaten drückte. »Solch gedankenloses Dienstbotengegackere solltest du einfach überhören! Magst du mir beim Kneten zusehen?«

»Nein, lieber helfen«, sagte Stella, die sich bereits die Ärmel hochkrempelte. Das hatte sie schon als Kind am liebsten getan, trotz aller Verbote Simonettas, die sie jedes Mal aus der Küche vertrieb, kaum hatte sie sie dort erwischt.

Toma ließ sie gewähren, kalte Butterstückchen, Zucker, Eier und eine Prise Salz zugeben. Den Teig zu kneten tat Stella gut, die Ängste hineinzuarbeiten und auch die Verzweiflung, die sie trotz aller guten Vorsätze immer wieder zu überfallen drohte, wenn sie an das dachte, was vor ihr lag.

»Das reicht«, sagte Toma lächelnd. »Halt – Hände weg! Sonst kippt er uns noch um! Ist ja schließlich kein Brot, was wir hier backen.«

Sie machte die Kugel, die Stella geformt hatte, mit ein paar geschickten Bewegungen noch glatter.

»Jetzt muss er vor dem Ausrollen eine Weile ruhen.«

Der Teig bekam ein sauberes Tuch übergestülpt, und sie schob ihn mit ihren gichtigen Fingern beiseite. In einer Schüssel hatte sie bereits gestoßenes Eis vorbereitet, damit er kühl genug blieb. Im letzten Winter hatte sie kaum noch etwas anfassen können, so schlimm waren die Schmerzen in den Knoten gewesen, die von Jahr zu Jahr weiterwuchsen, als wären sie eigenständige Lebewesen. Doch seit die Sonne die Mauern wieder wärmte, hatten ihre Beschwerden deutlich nachgelassen.

»Willst du einen Becher heiße Honigmilch?«, fragte sie Stella.

Auch das ein Ritual, das sie beide seit vielen Jahren verband.

Die Köchin hatte es eingeführt, nachdem Marta das Haus verlassen und Stella nach ihr geweint hatte, ohne sich beruhigen zu lassen.

Die alte und die junge Frau schienen sich in diesem Augenblick daran zu erinnern.

»Ich hab nach Marta gesucht«, sagte Stella nach den ersten Schlucken, die genau wie früher heiß und tröstlich süß die Kehle hinunterrannen.

»Das weiß ich doch, Kleines. Tagelang nur Rotz und Wasser! Nichts und niemand konnte dich beruhigen. Nur meine Honigmilch hat es schließlich doch geschafft.« In ihren gütigen Augen schimmerte Zuneigung. »Die allerbeste Medizin gegen Traurigkeit, die ich kenne.«

»Das meine ich nicht, Toma. Ich spreche von der Gegenwart. Gestern hab ich mich überall in der Stadt nach ihr umgesehen und vorgestern auch schon. Ilaria ist sich nämlich ziemlich sicher, sie vor Kurzem in Assisi gesehen zu haben. Nahe San Rufino. Weißt du vielleicht etwas davon? Ihr zwei habt doch früher oft zusammengesteckt!«

»Signorina Ilaria wird sich wohl getäuscht haben.« Tomas Stimme klang auf einmal flach. »Marta kann inzwischen ganz anders aussehen. Ihr Mädchen wart doch damals beide noch so klein ...« Sie nahm ein Tuch und begann, energisch unsichtbare Brösel vom Tisch zu wischen.

»War sie vielleicht bei dir?« Stella stand auf einmal ganz nah neben Toma, die noch immer so roch wie damals, nach Mehl, Milch und Vanille, als wäre keine Zeit verstrichen, seit sie zum ersten Mal ihren Kopf weinend in diese Schürze gepresst hatte. »Hat sie dich jüngst aufgesucht?«

»Nein.« Das kam sehr schnell. »Warum sollte sie? Marta ist vor Langem von uns fortgegangen. Sie war eine kluge Frau. Sie wird ihre Gründe gehabt haben.«

»Und wenn es Gründe gäbe zurückzukommen?« Stellas fragender Blick hielt den ausweichenden Tomas fest. »Vielleicht, weil sie mir etwas zu erzählen hat, das ich wissen sollte?«

»Sie war deine Amme, Stella. Inzwischen aber bist du erwachsen. Eine junge Frau, die kurz vor ihrer Hochzeit steht.« Tomas verwachsener Zeigefinger tippte leicht auf den Granatring an Stellas Hand. »Das solltest du nicht vergessen. Hör endlich auf, dem Vergangenen hinterherzujagen! Du brauchst keine Amme mehr.« Es klang abschließend.

»Aber Liebe«, flüsterte Stella, während sie das Tuch lüpfte und nach dem Teig schaute. »Und Gewissheit – endlich.«

✤

Sein heutiger Abschied von San Damiano war noch frostiger als sonst verlaufen, was Leo bedauerte, denn er wollte sich die frommen Schwestern nicht zu Feindinnen machen, sondern lediglich herausbekommen, was sie vor ihm verbargen. Alle wirkten gleichermaßen erleichtert, weiteren unbequemen Fragen entgangen zu sein: Suor Beatrice war nach den letzten Worten weggestürzt, zurück ans Krankenlager von Madre Chiara, wie er vermutete, um ihr alles haarklein zu berichten, Suor Regula in die Kapelle verschwunden. Benedetta ließ sich vorsichtshalber gar nicht mehr blicken, und auch die junge Amata, die wegen ihrer Offenherzigkeit ihm gegenüber sicherlich mit Tadel zu rechnen hatte, blieb unsichtbar.

Einzig die Graue schien zu bedauern, dass er das Kloster wieder verließ, und strich wie gewohnt um seine Beine, bis er sich bückte, um sie ausgiebig zu streicheln. Als er sich wieder erhob, war ein leichter Wind aufgekommen, der die Hitze des Tages erträglicher machte.

Leo ging noch einmal zu der Stelle, an der man Magdalena begraben hatte. Zwei Menschen waren gestorben, einer kurz vor seinem Eintreffen in Assisi, einer bald danach. Und obwohl er keinerlei Verbindung erkennen konnte zwischen einer Nonne mit Geheimnissen, die offenbar nur eine echte Freundin unter all ihren Mitschwestern gehabt hatte, und einem angeblichen Leprakranken, den man in den nächtlichen Gassen der Stadt wie einen räudigen Hund erschlagen hatte, beschäftigte ihn dieser Gedanke doch eine ganze Weile.

Und wenn das unsichtbare Glied jenes verschwundene Buch war, nach dem er am liebsten auf der Stelle das ganze Kloster durchkämmt hätte?

Sogar das Kribbeln im Nacken ließ ihn bei dieser Vorstellung im Stich. Dabei sehnte er sich so sehr nach Gewissheit, nach einem Stück Sicherheit in diesem Sumpf von Auslassungen, Halbwahrheiten und Lügen.

Fidelis schnaubte, als sie ihn endlich wieder erblickte. Er streichelte sie zwischen den Nüstern, ebenso behutsam, wie er zuvor das weiche Fell der Katze berührt hatte.

Tiere sind unsere Gefährten und Schutzbefohlenen, dachte er, während er aufstieg und losritt. Beseelte Lebewesen, wie wir von Gott geschaffen. Auch das hatte er erst von Franziskus und aus den Legenden, die sich um sein Leben rankten, gelernt, während Tiere auf der väterlichen Burg lediglich als eine Art Gegenstand betrachtet worden waren, dessen man sich ohne überflüssige Gefühle bedient hatte. Franziskus war der Erste, der zu den Vögeln gepredigt und den Wolf von Gubbio beschworen hatte, künftig keine Wanderer mehr anzufallen, damit er vom Tod verschont bliebe. Er hatte mit Bienen gesprochen und sich bei dem Esel bedankt, der ihn auf seinem Rücken getragen hat, ohne sich darum zu scheren, was andere von ihm dachten. Erst seine radikale Güte hatte den Menschen gezeigt, wie viel sie ihren Mitgeschöpfen zu verdanken hatten.

Plötzlich fühlte Leo sich getröstet und gestärkt, als stünde der Heilige direkt neben ihm. Ich gehe den Weg weiter, dachte Leo, auf den du mich geführt hast – und hatte auf einmal das Bild eines hochgewachsenen Ritters vor sich, der seinen schüchternen Zweitgeborenen an einem eisigen Februarmorgen dem Abt des Ulmer Klosters übergeben hatte. Gerade sechzehn war er damals gewesen, schlaksig und immer hungrig, als hause ein Rudel Mäuse in seinen Gedärmen, das alles verschlang, was man ihm vorsetzte, seine Haut von eitrigen Unreinheiten entstellt, was ihn seit Monaten dazu gebracht hatte, penetrant zu Boden zu starren, weil er sich ihrer so inständig schämte.

»Du hast mich gelehrt, meine Augen wieder zu erheben und mit ihnen die Welt zu betrachten. Du hast mir beigebracht, mein Herz zu öffnen, ohne den Verstand zu vergessen. Dir bin ich schuldig, meine Mission getreulich zu erfüllen!«

Es klang wie ein Versprechen, das er soeben halblaut abgegeben hatte, und nun wusste Leo auch, wo er als Nächstes ansetzen sollte.

Da er zum Sacro Convento nicht reiten wollte, um keine sinnlose Diskussion heraufzubeschwören, wie Franziskaner reisen sollten, brachte er Fidelis zunächst in den Stall der Lucarellis zurück. Offenbar hatte sie sich in der Zwischenzeit mit einem der anderen vier Pferde angefreundet, einer zierlichen rotbraunen Stute, die sie eingehend beschnupperte, nachdem er sie zu ihr in den Verschlag gebracht hatte.

Ob Stella sie ritt?

Er schob den Gedanken schnell wieder beiseite, zuckte aber zusammen, als sie plötzlich in den Stall gelaufen kam. Sie trug ein schlichtes weißes Kleid mit schlichtem Spitzenbesatz an Ausschnitt und Ärmeln, das ihre aufgelösten Haare schwarz wie Ebenholz wirken ließ. Die Stirn zierte ein Kranz aus Myrthe und winzigen weißen Blumen. Sie duftete nach Mandeln und Rosenöl – und war so schön, dass ihm der Atem stockte.

»Verzeiht!« Ihr blasses Gesicht überzog sich mit flammender Röte, als sie ihn erblickte. »Ich dachte nicht ... Ich wollte nur ...«

Ilaria, die ihr schnellen Schritts gefolgt war, ebenfalls ganz in weißer Seide, jedoch mit deutlich üppigerem Spitzenbesatz geschmückt, begann sofort loszuplappern. Stella schaute zu Leo, der fragend die Schultern hob und wieder fallen ließ, weil er kein Wort verstanden hatte, und begann zu übersetzen.

»Nicht nur die Bräute bekommen heute reichlich Blumenschmuck, sondern auch die Pferde. Allerdings scheint das jemand in all der Aufregung vollkommen verschwitzt zu haben. Wir müssen zurück ins Haus und Bescheid geben, sonst stehen wir heute auf dem Prachtwagen ganz ohne die passend geschmückten Rösser da, und Mamma bekommt tatsächlich noch ihren Tobsuchtsanfall.«

»Die Hochzeit ist heute?« Die Verblüffung darüber stand Leo ins Gesicht geschrieben.

»*Ma no, padre*«, versicherte Ilaria temperamentvoll, während sie Stella dabei nicht einen Moment aus den Augen ließ und weiterplapperte.

»Nein, erst nächste Woche. Heute findet auf der Piazza della Commune lediglich die offizielle Verlobungszeremonie statt«, übersetzte Stella. »Die Bräute so unschuldig, die Bräutigame so schneidig und feurig!« Sie hielt inne, wirkte plötzlich noch verlegener. »Das hat *sie* gesagt, nicht ich.«

Ilaria zögerte kurz, dann griff sie beherzt nach Leos Hand.

»Ihr müsst auch kommen, *padre*, bitte!«, übersetzte Stella stockend. »Ein schöner alter Brauch dieser Stadt. Den solltet Ihr Euch keinesfalls entgehen lassen!«

Leos Hals war auf einmal wie zugeschnürt, und seine

Stimme klang dünn, als er antwortete. »Das ist doch eine reine Familienangelegenheit! Da will ich als Fremder nicht stören.«

Ilaria breitete die Arme aus, dann legte sie die Hände übereinander auf die Brust. Ihr Gesicht war konzentriert und verzückt zugleich.

»Heute, sagt sie, ist die ganze Welt ihre Familie.« Stellas Stimme war nur noch ein Flüstern. »So zum Sterben glücklich ist sie.«

✢

Hatte sie ihn später beim Hinausgehen tatsächlich noch einmal nach den Carceri gefragt, nachdem Ilaria bereits im Haus verschwunden war?

Leos Kopf schwirrte, und ihm war auf einmal, während er durch die Gassen lief, glühend heiß, sodass er sich plötzlich nicht mehr ganz sicher war.

»Ihr wart noch einmal dort, *padre*?«

»Das war ich.«

»Allein?«

»Allein.«

»Aber wie konntet Ihr Euch dann mit Fra Giorgio verständigen? Er versteht Euch doch nicht!«

»Das genau war die Schwierigkeit. Er verstand so gut wie gar nichts – leider. Ich fürchte, ich muss es morgen ein drittes Mal versuchen. Würdet Ihr mir dabei noch einmal helfen?«

»Wann immer Ihr wollt. Ich hoffe, das wisst Ihr. Allen Wespenattacken zum Trotz.«

Leo blieb stehen, wischte sich den Schweiß von der Stirn. Weshalb wollte ihm ihr Gesicht mit den ernsten Augen nicht mehr aus dem Sinn gehen, das so gar nicht zu der festlichen Aufmachung gepasst hatte?

Die Frauen sind gefährlich – sollte der alte Eremit mit seiner Warnung recht behalten?

Die Ankunft an der Klosterpforte brachte Leo auf andere Gedanken. Ein freundlicher älterer Mönch mit Schmerbauch, gewiss auch kein Asket, wie Leo schmunzelnd dachte, ließ ihn ein, nachdem er nach Abt Matteo gefragt hatte.

»Ich kann dir leider nicht helfen, Bruder«, rief der ihm schon im Entgegenkommen zu. »Fra Eligio ist nach wie vor ...«

»Ich muss ihn sprechen. Sofort! Und du wirst mein Dolmetscher sein.«

»Das kann ich nicht verantworten.«

»Die Verantwortung übernehme ich«, versicherte Leo. »Und unser Bruder Johannes von Parma wird sie zusammen mit mir tragen, dessen sei gewiss!«

»Dann komm!« Falls der Abt erzürnt über seine Hartnäckigkeit war, ließ er es sich nicht anmerken.

Vorbei am Refektorium und einem erstaunlich großen und gut ausgestatteten Scriptorium, wie Leo erstaunt feststellte, weil die Tür zum Gang offen stand, brachte Matteo ihn zum Krankentrakt. Auch hier verblüfften Leo die Ausmaße, was der Abt zu bemerken schien, noch bevor sein Gast eine Bemerkung fallen ließ.

»Schon jetzt müssen wir viele Bewerber abweisen«, sagte er. »Männer, die sich Illusionen über ein Leben als Franziskanermönch hingeben oder die Botschaft des Heiligen missverstehen. Wir wollen und brauchen nur die Besten, fromme, zutiefst loyale Brüder, die sich bereit erklären, bedingungslos für das Lob Francescos einzustehen. Wir können es uns leisten, wählerisch zu sein – wir müssen es sogar. Nur so wird Sacro Convento weiterhin wachsen und blühen.«

»Seid ihr Brüder eigentlich auch in der hiesigen Siechenpflege tätig?« Die Frage war Leos Lippen entschlüpft.

»Weshalb willst du das wissen?« Zwischen den Brauen des Abts erschien eine strenge Falte.

»Seid ihr?«, wiederholte Leo. »Zum Beispiel bei den Leprakranken?«

»Weil Francesco sich anfangs um Lepröse gekümmert hat, fragst du deshalb? Später haben die ersten Brüder und er sich anderen Aufgaben zugewandt, und so halten wir es ebenfalls. In Assisi sind es inzwischen städtische Behörden, die sich dieser Ärmsten der Armen annehmen, in zwei geräumigen Siechenhöfen außerhalb der Stadtmauern, um Ansteckung zu vermeiden, und sie verrichten ihre Arbeit sorgfältig und gottesfürchtig.«

»Und wer kümmert sich um die Seelen der Kranken?« Irgendetwas zwang Leo, sich immer weiter in dieses Thema zu vertiefen.

»Der Kaplan von San Giorgio. Und ab und an hat auch unser Fra Eligio ausgeholfen. Doch das kann er jetzt leider nicht mehr. Überzeug dich selbst!«

Der Abt stieß eine schmale Tür auf, die in einen länglichen Raum führte. Trotz der glimmenden Räucherschalen, die jemand großzügig um das Bett verteilt hatte, schlug ihnen ein Geruch entgegen, vor dem man am liebsten auf der Stelle wieder geflohen wäre.

Fäulnis. Beginnende Verwesung.

Noch atmete der Kranke zwischen den hellen Leinenbezügen schwer, aber er stank beinahe wie ein Toter.

Fra Orsino, der an seinem Bett gesessen und gerade dabei gewesen war, ihm eine Flüssigkeit einzuflößen, erhob sich mit betrübter Miene, die sich kurz erhellte, als er Leo wiedererkannte.

»*La testa?*« Er berührte seinen eigenen massigen Schädel. »*Meglio?*«

»Sì«, sagte Leo. »Meinem Kopf geht es viel besser. Bitte sag ihm, Bruder Matteo, dass seine Behandlung hilfreich war und ich mich herzlich dafür bedanke.«

Abt Matteo übersetzte, während der Riese kurz nickte, um sich erneut dem Kranken zuzuwenden. Während seine Pranken mit einem Tuch den Schweiß von dessen Stirn tupften, redete er leise vor sich hin.

»Eligios Zustand ist denkbar schlecht«, flüsterte Matteo. »Eine schlimme Krise letzte Nacht, die er kaum überstanden hat, und wenn eine weitere eintritt, womit leider zu rechnen ist, wird der Allmächtige ihn wohl zu sich nehmen. Mit den Segnungen der Letzten Ölung ist er bereits versorgt; ich selbst habe ihm heute Morgen eigenhändig das heilige Sakrament gespendet.«

Leo starrte auf den Mann mit den wachsbleichen, eingefallenen Zügen, der den frommen Schwestern in San Damiano die Beichte abgenommen hatte. Sein Atem ging rasselnd, jeder Zug schien eine immense Anstrengung.

Zufall, dass er ausgerechnet jetzt so elend hier liegen musste? Oder gab es irgendeinen Zusammenhang mit dem ungeklärten Tod Magdalenas?

»Woran ist er noch einmal erkrankt?«, fragte Leo und sah dabei den Infirmar an.

Orsino gab eine kurze Antwort, die dem Abt nicht zu gefallen schien, denn er stellte seinerseits auf Italienisch eine Frage, die der Bär mit Kopfschütteln beantwortete.

»Ein plötzliches Aufkochen schwarzer Galle, wie ich schon sagte.« Abt Matteos dünne Lippen wirkten plötzlich noch verkniffener. »Er kann nichts mehr bei sich behalten, und auch sein Darm versagt ihm seit Tagen den Dienst.

Möglicherweise ausgelöst durch eine Vergiftung, wie Fra Orsino meint.«

»Er wurde vergiftet – hier im Kloster?«, rief Leo.

»Natürlich nicht!«, versicherte der Abt. »Jeder in Sacro Convento schätzt unseren Bruder. Aber Eligio hat nun einmal die leidige Angewohnheit, unterwegs ständig verschiedenste Pflanzen und Früchte zu sammeln und diese dann auch noch an Ort und Stelle zu kosten. Vielleicht ist er auf seinem Weg nach San Damiano versehentlich an etwas Giftiges geraten ...«

Der Kranke öffnete den Mund, als wolle er etwas sagen, doch außer Gurgeln und einer grünlichen Brühe, die hässliche Flecken auf dem Leinen hinterließ, kam nichts heraus.

»Wann genau war sein letzter Besuch dort?«, bohrte Leo weiter.

»Dürfte ungefähr acht Tage zurückliegen, wenn ich mich nicht irre. Allerdings müsste ich nachsehen, wenn du es exakt wissen willst. Im Pfortenbuch wird aufgezeichnet, wenn einer von uns das Kloster verlässt.« Matteos wasserblaue Augen waren so leer, als hätte sie etwas von innen ausgehöhlt.

Er lügt, dachte Leo. Er weiß es ganz genau, aber er denkt nicht daran, es mir zu sagen.

Vom Krankenlager kam ein unartikulierter Laut. Dann bäumte Eligio sich auf, riss die Augen auf und begann zu schreien: »*La morte non giunge mai solo una volta. È un mostro della notte che ha molta fame ...*« Erschöpft sank er zurück.

Weil Matteo ihn nur anstarrte und keine Anstalten zu übersetzen machte, stieß Leo ihn leicht in die Seite.

»Er scheint bereits zu halluzinieren«, sagte der Abt leise. »Jesus Christus, stehe ihm bei!«

»Was hat er gesagt?« Leo wollte alles wissen.

»Der Tod kommt nie nur einmal. Er ist ein hungriges Ungeheuer, eine Ausgeburt der Nacht ...«

»Aber was hat das zu bedeuten?«, fragte Leo. »Bezieht er sich vielleicht auf etwas, von dem ihr Kenntnis habt?«

Bevor Abt Matteo antworten konnte, deutete Fra Orsino auf den Kranken und legte dann die große Hand schützend an seine fleischige Wange.

»Orsino hat recht«, sagte der Abt mit hörbarer Erleichterung. »Wir stören hier schon viel zu lange. Ich muss wieder zurück zu den anderen. Und du, Bruder Leo, wirst sicherlich auch noch vielerlei wichtige Dinge zu erledigen haben, nehme ich an.«

»Die alle warten können.« Die Idee war gerade erst in Leos Kopf entstanden, doch sie gefiel ihm. Er würde seine Eindrücke vertiefen, die Mönche untereinander beobachten und weiterhin ein Dorn im Fleisch des Abtes sein, der schon heilfroh gewesen war, ihn endlich wieder los zu sein. »Ich würde gern den restlichen Tag bei euch im Kloster verbringen. In der Gemeinschaft der Brüder, die ich schon seit Langem vermissen muss.«

Und glücklicherweise weit entfernt von der Piazza della Commune, wo ich Stellas öffentliche Verlobungsfeier mit ansehen müsste!, fügte Leo stumm für sich hinzu.

»Dazu bist du herzlich eingeladen.« Matteo zog eine Miene, als würde er ihm stattdessen lieber an die Gurgel gehen. »Allerdings wirst du erleben, dass wir das Andenken Francescos auf andere Weise pflegen, als du es vielleicht gewohnt bist. Heute noch in der stillen Intimität der Grablegungskirche. Doch wenn schon bald die prachtvolle Oberkirche gänzlich vollendet und geweiht sein wird ...«

»›Ihr sollt nichts mit euch nehmen auf den Weg‹«, zitierte Leo spontan. »Welch anderes Andenken an den Heiligen könnte es jemals für uns Brüder geben? Allein die

Armut macht federleicht. Sie war sein direkter Weg zu Gott.«

Abt Matteo drängte ihn unsanft aus der Tür des Krankenzimmers.

»Sag du mir nicht, wer Francesco war!«, zischte er, als sie nebeneinander auf dem Gang standen. »Fra Elias hat sein Leben der Entstehung dieser Kirche und dieses Klosters gewidmet. Diese Mauern hier sind sein Vermächtnis an uns und an die ganze Welt.«

✤

Das Seidenkleid klebte Stella unangenehm am Rücken, und auch Ilaria schien es kaum anders zu ergehen, denn sie trat ständig von einem Bein auf das andere, um sich mehr Luft zu verschaffen, was die unregelmäßigen Planken des länglichen Holzkarrens, auf dem sie zu viert standen, leicht schwingen ließ. Obwohl der Abend nicht mehr weit war, lag immer noch sommerliche Wärme über dem großen steinernen Platz, der sich mehr und mehr mit Neugierigen füllte.

Der Duft der Rosen und des aufgeblühten Jasmins stieg Stella in die Nase. Die Blüten schmückten den Hochzeitswagen und waren ebenso weiß wie ihre Gewänder, die Unschuld und Reinheit symbolisierten, das Wichtigste, was man von einer Braut erwartete. Natürlich hielten sich längst nicht alle jungen Mädchen an dieses Gebot, und auch bei Ilaria hegte Stella berechtigte Zweifel hinsichtlich der nach außen demonstrierten Jungfräulichkeit – doch der gesellschaftliche Schein musste gewahrt bleiben, besonders wenn die Braut aus den höheren Schichten stammte.

Dass seine beiden Töchter dazu gehörten, bewies Vasco Lucarelli an diesem Tag mit jedem Detail. Der Blumenschmuck von Hochzeitswagen und Pferdegespann war so üppig wie selten gesehen, die Gewänder aller Familienmitglieder erlesen, und selbst beim Wein, der dem Publikum gratis ausgeschenkt werden würde, sobald seine kleine Ansprache vorüber war, hatte er nicht gespart: ein schwerer, vollmundiger Roter aus der Gegend von Spoleto, der rund und samtig die Kehle hinunterrann und, was fast ebenso wichtig war, schnell zu Kopf stieg.

Federico della Rocca, in grünem Wams und dunkleren Beinkleidern, strahlte über das ganze Gesicht und konnte den Blick nicht von seiner lieblichen Braut lassen, die ebenfalls lächelte und trotz aller Aufregung sehr glücklich wirkte.

Doch was war mit Carlo?

Schon bei der Begrüßung waren seine Lippen, die nur flüchtig Stellas Stirn gestreift hatten, eiskalt gewesen, und jetzt, da er neben ihr stand, schien eine innere Unruhe seinen ganzen Körper ergriffen zu haben. Auch seine Aufmachung war tadellos, die Hosen taubenblau, das Wams im gleichen Ton, was den auffälligen Rotton seiner Mähne hervorhob. Die Füße steckten in brandneuen Schnabelschuhen, dunkelbraun und so glänzend, als hätte jemand sie stundenlang gewienert. Sein Gesicht war auffallend bleich, die Augen umschattet, als hätte er die vergangene Nacht ausgiebig gezecht oder schlecht geschlafen. Als Stella zwischendrin nach seiner Hand griff, um sie kurz zu drücken und sich damit selbst Mut zu machen, hatte sie das Gefühl, einen Schlafwandler zu berühren, so schlaff und klamm fühlte sie sich an.

Simonetta dagegen war ganz in ihrem Element, herausgeputzt in weinrotem Damast, zu dessen zahlreichen Raffungen und Fältelungen ihr praller Busen wogte, das Haar keineswegs sittsam von einer Haube verborgen, wie es eigentlich üblich war, sondern mit bunten Bändern und Halbedelsteinen zu einem waghalsigen Turm aufgebauscht, der sie unübersehbar machte. Sie lächelte bemüht nach allen Seiten, begrüßte jeden Neuankömmling überschwänglich und führte dabei innerlich genau Buch über all jene, die nicht erschienen waren.

Allmählich wurden die Schatten länger, und die Säulen des römischen Minervatempels, den so mancher Bürger von Assisi als heidnisches und damit gefährliches Erbe betrachtete, das man lieber abreißen als mit Steuergeldern mühsam erhalten sollte, wirkten im Abendlicht noch imposanter. Eine Schar von Mauerseglern flog auf.

»Das bringt bekanntlich Glück, *sorellina*«, flüsterte Ilaria Stella hinter Federicos und Carlos Rücken zu. »Und hör endlich auf, ein Gesicht zu ziehen, als käme im nächsten Moment der Henker um die Ecke! Das ist unsere öffentliche Verlobung und keine Hinrichtung – basta.«

Unwillkürlich musste Stella lächeln, und sie schenkte Ilaria einen warmen Blick. Wenn sie doch nur mehr von deren Unbekümmertheit besäße! Doch in ihrem Magen hatte sich ein harter Knoten gebildet, der sich immer stärker zusammenzog.

»Willst du nicht endlich anfangen, Lucarelli?«, rief ein Glatzkopf mit derben Zügen und einem Hemd, das schon mehrfach geflickt war. »Wir sterben hier nämlich schon halb vor Durst! Oder müssen deine Schönheiten weiter abhängen wie Rehhälften? Das könnte dann freilich zu viel des Guten werden!« Er zog eine freche Grimasse und deutete mit den Händen ausladende Hüften und üppige Brüste an.

Alle lachten. Ein paar Umstehende begannen zu applaudieren. Niccolò, dem Spaßmacher, der als Bäcker im Morgengrauen mühsam sein Brot verdiente, nachts aber als *trobadore* in den Schenken mal wüste, dann wieder zärtliche Lieder zur Laute sang, konnte keiner böse sein.

»Bürger von Assisi«, begann Vasco, der selbst erleichtert wirkte, den Auftritt endlich hinter sich zu bringen, »mit Freude und Stolz möchte ich euch heute die Verlobung meiner Kinder zur Kenntnis bringen. Meine Tochter Ilaria Giovanna Mathilda Lucarelli und der edle Signor Federico Guido Maurizio della Rocca werden sich in der nächsten Woche miteinander vermählen.«

Federico beugte sich über Ilarias Hand und deutete einen Kuss an. Deren kristallblaue Augen schimmerten vor Vergnügen, während sie vor ihm einen schelmischen Knicks machte. Beifall brandete auf, dazwischen Jubelrufe, die ebenso dem schönen Brautpaar wie der anschließenden Bewirtung gelten mochten.

»Doch dieser unvergessliche Tag hält noch ein zweites Geschenk für mich bereit.« Zitterte Vasco Lucarellis Stimme leicht, oder war das nur der Abendwind, der über den Platz strich und diesen Eindruck erweckte? »Auch meine zweite Tochter, Stella Francesca Lucarelli, wird sich binnen Wochenfrist vermählen, und zwar mit dem künftigen Conte Carlo Girolamo Vincente della Rocca …«

»Das glaube ich kaum! Oder wollt Ihr Euer Kind einem Bastard zur Frau geben?«, schallte es über den Platz. »Das würde ich mir an Eurer Stelle noch einmal gut überlegen, Signor Lucarelli!«

Alle Köpfe flogen herum zu dem Mann, der diesen Ausruf gewagt hatte. Die öffentliche Verlobung auf der Piazza della Commune, die vor allem reiche Familien in Anspruch nahmen, diente sehr wohl dazu, Einsprüche gegen eine Vermählung zu erheben, doch seit Jahren hatte niemand in Assisi mehr Gebrauch davon gemacht.

Stella rang nach Luft, Carlo schien wie erschlagen, Federico machte ein Gesicht, als wünschte er sich weit weg, nur Ilaria behielt als Einzige auf dem Hochzeitswagen die Ruhe und brachte sogar die Spur eines Lächelns zustande.

»So tu doch endlich etwas!«, zischte Simonetta ihrem Mann zu, dessen Züge plötzlich erschlafft wirkten. »Bring den Verrückten zum Schweigen! Oder muss ich das machen?«

Der Mann hatte sich seelenruhig einen Weg durch die gaffende Menge gebahnt, die vor ihm zurückwich, als wäre er der Leibhaftige. Inzwischen stand er in Reichweite der Verlobten. Seine Kleidung war die eines Bauern, grau, filzig und abgerissen, sie stank zudem durchdringend nach Stall. Seine Haltung jedoch war aufrecht, verriet Stolz und eine gehörige Portion Selbstvertrauen.

»Wie könnt Ihr wagen, unser Fest zu stören?« Vascos Stimme war rau geworden. »Widerruft auf der Stelle Eure frevelhafte Behauptung!«

»Das kann ich leider nicht.« Der Fremde starrte hinauf. »Selbst, wenn ich wollte. Denn die Wahrheit darf nicht länger mit Füßen getreten werden.«

»Welche Wahrheit?«, fragte Vasco. »Erklärt Euch gefälligst!«

»Verschwinde!«, schrie Carlo vom Wagen herunter. »Oder ich lass dir Beine machen, Unverschämter! Mein Vater, Conte ...«

»Dein Vater?«, fiel der Mann ihm ins Wort. »Dein Vater bin *ich* – und nicht der lendenlahme Alte auf seiner behaglichen Burg.« Er zog sich die Mütze vom Kopf und entblößte einen ungebärdigen Schopf, der in der tief stehenden Sonne wie poliertes Kupfer leuchtete. »Musst nur einmal die Augen richtig aufmachen, Junge! Hast mein festes Feuerhaar geerbt und bist mir auch sonst ganz aus dem Gesicht geschnitten.«

Ein Raunen erhob sich, während Stella im Boden versinken wollte. Der Mann hatte recht, wie sie sofort erkannte. Carlo hatte zwar eine glatte Haut und eine schmälere Nase, während die Züge des Älteren gröber waren, gezeichnet von Alter, Weingenuss und Wetter. Doch eine verblüffende Ähnlichkeit blieb dennoch unübersehbar. War es das, was Carlo so unendlich wütend machte?

»Mit meinem Schwert werde ich dich durchbohren!«, schrie er. »Einer, der es wagt ...«

»So wie ich deine Mutter mit meinem kräftigen Speer beglückt habe, damals im Stroh, wieder und immer wieder, weil das dem alten Conte bei seinem Weib nicht mehr gelingen wollte? Ihr Pferdeknecht war ich und ihr Augenstern gleich mit dazu, und als sie dann endlich schwanger war und bekommen hatte, was sie so sehnlich begehrte, da hatte ich ausgedient.« Der Mann warf die schulterlangen Haare zurück und lachte. »Untergeschoben hat sie dich ihm, kein übler Plan, wie ich einräumen muss – aber hat der listige Alte ihr jemals wirklich geglaubt, was meinst du? Gib dir die Antwort selbst, mein Sohn! Du kennst sie.«

Inzwischen war es totenstill auf dem Platz geworden. Keiner wollte auch nur ein Wort versäumen.

»Stella, ich ...« Carlo hatte zu zittern begonnen. Sie sah die Verzweiflung in seinen Augen, doch sie konnte ihm nicht helfen, jetzt nicht mehr.

Sie versetzte ihm einen Stoß, der ihn verblüfft erstarren ließ. Dann drehte sie sich um, sprang die kleine Leiter an der Rückseite des Wagens hinunter, fast ohne die Stufen zu berühren, so heftig trugen sie Wut und Scham, und kam unsanft auf dem groben Pflaster auf. Sie unterdrückte einen Schmerzenslaut, riss sich den Kranz vom Haar und raffte ihr kostbares Kleid. Geschickt schlängelte sie sich zwischen den Leibern hindurch und rannte schließlich, als sie die Menge hinter sich gelassen hatte, in westlicher Richtung davon, so schnell sie nur konnte.

✤

Sie hatte keine Tränen mehr, doch ihre Augen brannten und waren glasig wie bei hohem Fieber. Wie lange sie in Ilarias Armen geschluchzt hatte, wusste Stella nicht. Als sie sich schließlich von ihr löste, war draußen längst die Dunkelheit hereingebrochen.
»Fühlst du dich ein wenig besser?« Ilarias Miene war besorgt. »Ich dachte schon, du würdest in deinem Tränenmeer ertrinken.«
»Was auch das Beste gewesen wäre«, fuhr Stella auf. »Für mich. Und für euch erst recht. Deine Verlobung habe ich gründlich verdorben. Und auf die Straße kann ich auch nicht mehr. Sogar die Eltern haben mich schon aufgegeben.« Simonetta und Vasco hatten mehrmals nach ihr geschaut, das Zimmer aber immer wieder bald verlassen, als hätten sie Angst, sich mit etwas zu infizieren, das sie dann vielleicht nie mehr loswerden würden – so jedenfalls war es Stella erschienen. »Ich bin eine Aussätzige – mein ganzes Leben ist verdorben!«
»Meinst du nicht, dass du jetzt ein wenig übertreibst?« Ilaria reichte Stella einen Becher mit Wasser, den sie in einem durstigen Zug leerte. »Natürlich war das kein schöner Auftritt vorhin ...«
»Kein schöner Auftritt? Es war wie ein Sprung mitten in die Jauchegrube! Hast du nicht ihr Feixen gesehen und ihr Grölen gehört?« Beinahe feindselig funkelte sie die Ziehschwester an. »Du, du hast gut reden – mit deinem feinen Federico und seinem tadellosen Stammbaum! Ihr

könnt heiraten und glücklich werden, während ich vor den Augen aller ...« Sie schlug die Hände vor das Gesicht und wartete auf neue Tränen.

»Am schlimmsten muss es doch für Carlo gewesen sein«, sagte Ilaria leise.

»Willst du ihn jetzt auch noch in Schutz nehmen?« Stella ließ die Hände sinken und starrte Ilaria an. Sie hatte Tränenspuren auf deren Kleid hinterlassen, das zerknittert war und gar nicht mehr blütenrein. Der Tag hatte sie alle befleckt, jeden von ihnen.

»Warum nicht?« Ilarias Stimme war sanft. »Wenn es so war, wie der Mann auf der Piazza behauptet hat, dann kann Carlo doch am wenigsten etwas dafür. Ihn hat schließlich keiner gefragt, ob er auf diese Weise ins Leben kommen möchte.«

»Aber er hätte es mir sagen müssen«, beharrte Stella.

»Und wenn er es selbst nicht wusste? Oder den Mut dazu nicht aufbringen konnte?«

»Auf welcher Seite stehst du eigentlich, Ilaria?« Stella funkelte sie aufgebracht an.

»Auf deiner natürlich, Sternchen. Für immer und ewig!«

»Und wieso bist du mir dann auf einmal so fremd? Das kommt doch alles nicht von dir! Federico schickt dich vor.« Stella war aufgesprungen. »Gib es zu! Er hat dich gebeten, mich zur Vernunft zu bringen, weil er Angst hat, ein solcher Eklat könnte auf seine edle Familie zurückfallen. Aber glaub mir, ich war niemals vernünftiger als jetzt.«

Sie zerrte sich den Ring vom Finger, was nur mit einiger Anstrengung gelang, und warf ihn quer durch das Zimmer. Ilaria bückte sich, hob ihn wieder auf und legte ihn zurück aufs Bett.

»Federico habe ich schon vor Stunden weggeschickt. Weil ich nicht wollte, dass er uns jetzt stört. Der weiß nichts von dem, was wir beide hier zu bereden haben.« Im Licht der Kerzen, die Ilaria umsichtig entzündet hatte, waren ihre Augen tiefblau.

»Was willst du eigentlich von mir?« Erschöpft war Stella auf das Bett zurückgesunken.

»Dass du glücklich wirst. So glücklich, wie ich es mit meinem Federico sein werde.«

Eine Weile blieb es still im Zimmer.

Stellas Blicke flogen durch diesen Raum voller Erinnerungen. So viele Träume hatten sie hier zusammen gesponnen, so viele Märchen gewebt, sich immer wieder die Zukunft in strahlenden Bildern ausgemalt, doch heute erschien ihr alles um sie herum nur noch grau und tot.

»Die Wahrheit!«, verlangte sie schließlich. »Was willst du wirklich?«

»Dass du ihn wenigstens anhörst«, hörte sie die Schwester flüstern. »Ich finde, das hat er verdient.«

»Carlo? Du musst verrückt geworden sein!«

»Hör zu, Stella, er war vorhin hier, unten vor dem Fenster, das hast du in deinem Schmerz gar nicht mitbekommen. Ich bin ganz schnell runter zu ihm gelaufen, heimlich natürlich, damit Mamma und Papà nichts mitbekommen, angeblich, um frisches Wasser zu holen. Carlo ist außer sich, verletzt, bis ins Mark getroffen. Du bist heute nicht die Einzige, die leidet.«

»Er war hier? Bei uns? Nach allem, was er mir – nein, was er uns angetan hat? Ich fasse es nicht.«

»Carlo hat mich angefleht, ein gutes Wort für ihn bei dir einzulegen, und genau das will ich jetzt tun. Rede mit ihm, Stella! Vielleicht findet sich ja doch noch eine Lösung für die vertrackte Situation.«

»Nachdem er mich vor den Augen der versammelten Stadt in den Schmutz gezogen hat? Niemals!«

»Er braucht dich, Stella! Er ist dein Verlobter – und in Not. Sei nicht hartherzig! Geh hinunter in den Stall und rede mit ihm!«

»Er wartet im Stall?«

Ilaria nickte. »Mein Vorschlag, damit die Eltern ihn nicht zu Gesicht bekommen, bevor ihr beide euch ausgesprochen habt. Ich hab Carlo versprochen, dass ich dich umstimmen werde. Wirst du also zu ihm gehen – mir zuliebe?«

Dir zuliebe, Ilaria, dachte Stella wütend, während sie sich kaltes Wasser ins Gesicht spritzte, um wieder halbwegs sehen zu können. Nur dir zuliebe. Sie nahm die zerzausten Haare mit einem Band zurück, damit sie ihr nicht ständig ins Gesicht fielen.

An dem weißen Kleid ließ sich beim besten Willen nichts mehr verbessern, so fleckig und zerknittert hatte der schier endlose Tränenfluss es gemacht, was Stella mit einer Art grimmiger Genugtuung erfüllte. Aus dem festlichen Brautgewand war ein feuchtes, zerknülltes Etwas geworden, das jeglicher Pracht entbehrte.

Sollte Carlo ruhig sehen, was er angerichtet hatte!

Sie war schon halb im Hinausgehen, da streckte Ilaria ihr in einer auffordernden Geste den Ring entgegen. Doch Stella schüttelte den Kopf.

Carlos Argumente würde sie sich anhören, das hatte sie Ilaria versprochen. Zu mehr jedoch war sie nicht bereit.

Barfuß schlich sie die Treppe hinunter, vorbei an der Schlafkammer der Eltern, aus der kein Laut drang. Konnten sie nach den Schrecknissen des heutigen Tages bereits in tiefem Schlummer liegen?

Sie waren noch wach, alle beide, und in heftigem Streit verstrickt. Das hörte Stella, als sie das Esszimmer erreicht hatte. Sogar durch die geschlossene Tür drangen ihre erregten Stimmen: Simonettas Alt, der seine gewöhnliche

Tonlage verlassen hatte und sich keifend höher und höher schraubte, Vascos Bass, der dröhnte und polterte wie selten zuvor.

»Schande«, glaubte Stella zu verstehen. »Lügen ... satt ... wirst schon sehen, wohin das noch führt ... hätten sie besser niemals aufnehmen sollen ...«

Das genügte.

Stella lief in den rückwärtigen Teil des Hauses, wo vom Küchentrakt aus eine kleine Tür direkt in den Stall führte. Als Kinder hatten sie sich oft dieses verschwiegenen Zugangs bedient, vor allem, wenn sie vor Simonettas Befehlen unbehelligt sein wollten.

Drinnen war es warm und dunkel, es roch nach Heu, den Leibern der Tiere und nach frischen Pferdeäpfeln. Rosa, Ilarias rotbraune Stute, die auch sie oft geritten hatte, erkannte sie und begann, zur Begrüßung zu schnauben.

Doch da lag noch ein anderer Geruch in der Luft, bitter und scharf, nach Angst und Wut – Carlo!

»Du bist gekommen!« Er packte ihren Arm, zog sie zu sich heran.

»Nur wegen Ilaria. Und lass mich auf der Stelle los!«

Er gehorchte schweigend.

In einer Ecke des Stalls, bei den aufgetürmten Heuballen, hatte er auf einem Querbalken eine Ölfunzel abgestellt. Gefährlich, wie Stella unwillkürlich dachte. Beinahe so gefährlich wie er selbst. Ein einziger unbedachter Stoß – und alles konnte in Flammen aufgehen. Doch gleichzeitig beruhigte sie das Gefühl, mit ihm nicht in völliger Dunkelheit verhandeln zu müssen.

Sie folgte ihm, als er langsam auf das Licht zuging.

»Ich wusste nichts davon, das musst du mir glauben!« Erregt begann er auf sie einzureden. »Hätte ich auch nur die geringste Ahnung gehabt ...«

»Ist es wahr, was der Mann gesagt hat? *Ist* er dein Vater?«, fiel sie ihm ins Wort. »So jedenfalls denkt nun die ganze Stadt – dass mein Vater mich mit einem Bastard verloben wollte.«

»Er lügt, er muss lügen!« Carlo klang immer verzweifelter. »Mein Vater ist der Conte Ricardo della Rocca – und kein dahergelaufener Pferdeknecht! Sieh mich an: Ich bin noch immer der, den zu ehren und zu lieben du feierlich gelobt hast.«

Im ungewissen Schein der Funzel wirkte sein Gesicht verändert. Die ständig wechselnden Schatten machten es gröber und älter. Plötzlich konnte Stella sich genau vorstellen, wie er später einmal aussehen würde – ein geradezu lächerliches Abziehbild jenes Mannes, der auf der Piazza das Wort ergriffen hatte.

Dann spähte sie nach unten. Carlos neue Schuhe waren von Pferdemist besudelt. Er schien es nicht mehr wichtig zu finden, sie sauber zu halten, so sehr hatte er sich bereits aufgegeben.

Was wollte er wirklich von ihr? Unwillkürlich war sie ein Stück zurückgewichen.

»Du glaubst mir nicht, Stella? Aber du musst!« Er starrte auf ihre Hand. »Du trägst ja den Ring nicht mehr! Wie kommst du dazu, meinen Ring abzulegen?«

»Ich muss gar nichts, Carlo«, sagte sie müde. »Und deinen Ring kannst du gerne zurückhaben. Ich hätte niemals herkommen sollen, nicht einmal Ilaria zuliebe. Ich kann nicht mehr deine Frau werden, das wissen wir beide. Nicht mehr nach dem, was heute auf der Piazza geschehen ist. Lass uns die schreckliche Angelegenheit mit einem Rest Würde zu Ende bringen – um unsretwillen!«

Er streckte die Hand aus, doch sie tat, als würde sie sie nicht bemerken.

Sein Gesicht verzog sich.

»Ach, jetzt ekelt es meiner keuschen kleinen Braut sogar schon vor mir! Doch wer sagt dir denn, dass du auch nur ein Stück besser bist? Und selbst wenn ich ein Bastard wäre, welch brünstige Leiber mögen dich einst gezeugt haben? In unkeuscher Lust, wovon du mit Sicherheit ausgehen kannst, nicht im Ehebett, sonst hätte man sich deiner ja wohl kaum heimlich entledigt wie eines stinkenden Lumpenbündels, das man so schnell wie möglich loswerden wollte.«

Stella hatte nicht mehr weinen wollen. Doch jetzt spürte sie, wie erneut Tränen in ihre Augen stiegen.

»Du bist gemein«, flüsterte sie. »Hau ab! Ich will dich nie wieder sehen.«

»Das, meine Schöne, wirst nicht du zu entscheiden haben.«

Er packte ihr Handgelenk, zwang es nach hinten. Woher auf einmal das Seil kam, das sich rau darum legte, wusste Stella nicht, doch plötzlich waren ihre Hände auf dem Rücken gefesselt.

»Mach mich los!«, sagte sie. »Auf der Stelle, sonst schreie ich das ganze Haus zusammen!«

Carlo lachte.

»Wenn du unbedingt meinst, bitte schön!« Mit einer Hand sperrte er ihren Mund grob auf und stopfte mit der anderen ein Leinentuch hinein. »Aber bitte laut, sonst wird dich niemand hören.«

Sie würgte, trat nach ihm, wütend, voll ohnmächtigem Zorn, was ihn nur noch mehr zum Lachen reizte.

Wie ein Ziegenhirt, der flüchtende Tiere einfangen will, ließ er ein zweites Seil geschickt vor Stellas Augen auf und ab tanzen.

Was hatte er vor?

Ein Teil von ihr wusste es genau. In ihr lauerte nur noch blanke Angst.

Wie zufällig traf das Seil mehrmals ihre Schenkel, was schmerzte und sie zusammenzucken ließ. Dann bückte er sich, schlang es um ihre Fesseln und verknotete es sorgfältig, wobei er auf einen gewissen Abstand zwischen ihren Beinen achtete.

»Du solltest lieber lächeln, Stella.« Sein Gesicht war auf einmal ganz nah. »Denn das hier wird unsere Hochzeitsnacht.«

Scheinbar ganz gelassen, versetzte er ihr einen plötzlichen Stoß, der ihr das Gleichgewicht raubte. Rücklings landete sie auf den Heuballen.

Carlo legte sich neben sie, streichelte ihre Wangen, ihren Hals, dann glitt seine Hand tiefer und legte sich besitzergreifend auf ihre Brust.

»Wenn ich erst einmal mit dir fertig bin, wird Vasco Lucarelli mich auf Knien um eine Heirat anflehen«, murmelte er. »Wetten, meine Schöne?«

Nach diesen Worten zog er unter den Heuballen ein kleines Messer hervor und begann, das schmutzige weiße Kleid der Länge nach sorgfältig aufzuschlitzen.

✤

Die Vesper hatte Leo noch halbwegs andächtig hinter sich gebracht, obwohl ihn das ständige Scharren und Räuspern der fremden Mönche rechts und links im Chorgestühl immer wieder aus der Versenkung gerissen hatte. Zudem stieß ihm ungut auf, wie schlecht das Lateinisch war, das sie sangen, besonders beim Magnifikat, dem Lobgesang Mariens, für ihn seit jeher stets Höhepunkt und Ausklang jedes Klostertages. Bei dem kaum erträglichen Gestammel ringsumher leistete er innerlich Abbitte bei Abt Willibald, der alle Novizen im Ulmer Kloster so lange mit dem Auswendiglernen lateinischer Strophen malträtierte, bis sie in der Lage waren zu begreifen, was sie da von sich gaben.

Selbst das anschließende Abendessen, während der Sommermonate die einzige Mahlzeit der Mönche, brachte keine wirkliche Entspannung. Viele schienen so ausgehungert, dass sie über die Schüsseln und Näpfe herfielen wie Wölfe. Das allgemeine Schmatzen und Schlürfen erreichte eine Lautstärke, die die schüchterne Lesung des jungen Bruders immer wieder übertönte, der sein Brevier so ängstlich umklammert hielt, als müsse er sich daran festhalten.

War er des klösterlichen Lebens bereits so entfremdet, dass ihn nun alles und jedes zu stören schien? Ein Gedanke, der Leo Angst machte, weil er spürte, dass mehr als ein Körnchen Wahrheit darin steckte. In den langen Wochen der Reise nach Assisi war er sein eigener Herr geworden, hatte tun und lassen können, was ihm in den Sinn kam – und er musste einräumen, dass er durchaus einen gewissen Gefallen an dieser ungewohnten Freiheit gefunden hatte.

Aber war er nicht ein Mönch, der lebenslange Armut, Keuschheit und Gehorsam geschworen hatte?

Besinn dich auf die Demut!, redete er sich selbst gut zu, als er nach dem Essen noch einmal mit den Brüdern in die Grabeskirche zog, um dort die Komplet zu beten. Sie hat Franziskus aus vielen Zwickmühlen befreit, sie wird auch dir hilfreich sein.

Doch nichts wollte helfen. Sein Geist entzog sich hartnäckig, wollte sich nicht auf das *Salve Regina* konzentrieren, sondern schweifte ab zu sehr viel weltlicheren Dingen.

Zu dem mehr als nachlässig geführten Pfortenbuch beispielsweise, das anstelle exakter Eintragungen lediglich ein unentzifferbares Gewirr aus Strichen und Kreisen aufwies.

Der gemütliche Schmerbauch namens Fra Gandolfo beherrschte offenbar kaum die ersten sechs Buchstaben des Alphabets, wie er wild gestikulierend eingestand.

»Dafür ist er freundlich und sehr fromm.« Abt Matteos Mund war nur noch ein weißer Strich. »Francesco hat die gütigen Narren geliebt. Ihm waren sie um vieles lieber als die Rechthaber und Schriftverdreher.«

Oder zu Stellas öffentlicher Verlobung auf der Piazza della Commune, die inzwischen vermutlich in ein rauschendes Fest übergegangen sein dürfte. Wieder glaubte er, ihren zarten Duft wahrzunehmen anstelle der groben Ausdünstungen seiner Mitbrüder, von denen sich einige offenbar monatelang konsequent jeder Berührung mit Wasser und Seife enthalten hatten.

Nein – er konnte sich unmöglich anschließend auf einer der harten Pritschen des Dormitoriums ausstrecken und die ganze Nacht ihrem Schnarchen, Furzen und Seufzen zuhören! Alles in Leo sträubte sich dagegen, und der Abt schien es ihm mit einer gewissen inneren Genugtuung anzusehen.

»Du willst uns heute noch verlassen, Fra Leo?«, fragte er scheinheilig. »Dann solltest du dich allerdings sputen, denn nachts ist unsere schöne Stadt in letzter Zeit nicht immer ein sicheres Pflaster.«

Wie erleichtert Leo war, als die Klosterpforten sich endlich wieder hinter ihm geschlossen hatten! Heute bereits zum zweiten Mal, dachte Leo, was ihn abermals nachdenklich werden ließ. Dann aber glitt sein Blick zum Himmel, der sich wie dunkelblauer Samt über ihm spannte, von unzähligen Sternen übersät, und er atmete tief aus.

Um die Piazza della Commune machte er vorsichtshalber einen großen Bogen, doch das schnelle Gehen durch die verwinkelten Gassen tat ihm ausgesprochen gut. Er lief in östlicher Richtung, bis die Häuser immer weniger wurden und bereits die ersten Äcker begannen. Unter einer Pappel setzte er sich nieder, schloss die Augen und ließ die Ereignisse des Tages noch einmal an sich vorüberziehen.

Schließlich begab er sich auf den Heimweg.

Im Haus der Lucarellis war zu seinem Erstaunen nur noch ein Fenster erhellt, und plötzlich überfiel ihn Scheu, an die Tür zu klopfen und um Einlass zu bitten. Doch nach einer Nacht im Freien stand ihm nach dem, was dem vorgeblichen Leprakranken zugestoßen war, auch nicht der Sinn.

Sein Blick fiel auf die Stalltür, und plötzlich musste er lächeln. Warum nicht bei Fidelis im Stroh schlafen, wie er es viele Male unterwegs getan hatte?

Er öffnete den Hebel, dessen Mechanismus ihm eine der Mägde verraten hatte, und trat ein. Die Pferde waren unruhig, das fiel ihm als Erstes auf. Fidelis scharrte in ihrer Box, als wolle sie unbedingt nach draußen.

Zu seiner Überraschung kam von irgendwo diffuses Licht. Und er hörte dumpfe Laute, die verzweifelt wirkten. Unwillkürlich schaute er sich nach einer Waffe um. Außer einer Heugabel, die jemand in einen Ballen gestoßen hatte, war nichts Brauchbares zu finden.

Er zog sie heraus, ging damit langsam auf die Lichtquelle zu – und riss erstarrt die Augen auf.

Ein Mann kniete im Heu, die Hosen halb heruntergelassen. Vor ihm wand sich verzweifelt Stella, gefesselt und geknebelt. Der Unhold hatte ihr Gewand aufgeschnitten. Das weiße Kleid klaffte in der Mitte auf und entblößte ihren nackten Körper.

»Weg von ihr! Lass sie sofort los!«, schrie Leo und hob die Heugabel, um seinen Worten Nachdruck zu verleihen.

Der Mann sprang auf, wutentbrannt.

»È mia sposa!«, schrie er zurück. »*Capito?*«

Stellas Verlobter, wie Leo erkannte, doch was ging hier Grässliches vor?

Unvorbereitet auf den Gefühlssturm, der sich in seinem Inneren entlud, stürzte er sich auf Carlo della Rocca.

»Mach Stella los!«, donnerte Leo. »Sonst wirst du was erleben!« In ihm stritten Zorn, Angst, Begierde und Scham. Nie zuvor hatte er sich derart ausgeliefert gefühlt.

Der andere zog seine Hosen hoch und blieb scheinbar ungerührt stehen.

Stellas Blick hing an Leo und bettelte um Erlösung.

»Losbinden!«, schrie er noch lauter. »*Subito* – sofort!«

Als della Rocca immer noch nicht gehorchte, sprang Leo vor, bückte sich und riss den Knebel aus Stellas Mund.

Sie würgte, gurgelte, gierte nach Luft.

»Vorsicht, *padre*!« Ihre Stimme krächzte. »Er hat ein Messer!«

Im letzten Moment gelang es Leo auszuweichen, doch die Klinge hatte die Kutte bereits durchdrungen und seine Haut leicht geritzt.

»Du hundsgemeiner Saukerl!«, brüllte er. »Was hast du ihr angetan?«

Stella begann zu weinen, ein leises, zutiefst hilfloses Geräusch, das alle Dämme in ihm brechen ließ. Mit der Heugabel stürzte er sich auf Carlo und stach zu.

Der heulte auf, ließ das Messer fallen, presste seine Hand auf die Wunde. Mit einem wütenden Fußtritt jagte es Leo unter das Heu.

»Sagt ihm, dass ich ihn absteche, wenn er nicht sofort verschwindet!«, rief er Stella zu. »Sagt ihm das!«

Sie übersetzte stockend.

Carlo, inzwischen bleich vor Angst, maulte etwas zurück.

»Er sagt, du bist ein Mönch«, flüsterte Stella, während Leo krampfhaft versuchte, nicht auf ihren hellen Leib zu schauen. »Du darfst nicht töten!«

»Ich war nicht immer ein Mönch«, schrie Leo. »Sagt ihm das! Und jetzt raus mit dir, della Rocca – *subito*!«

Carlo spuckte vor Leo aus. Dann drehte er sich um und lief aus dem Stall.

Schwer atmend stützte Leo sich auf die Gabel. Dann griff er nach einer Pferdedecke und breitete sie über die Liegende. Erst danach angelte er nach dem Messer und befreite Stella von ihren Fesseln.

Sie setzte sich auf, totenbleich, mit den Augen eines verwundeten Kindes.

»Ihr seid gerade noch rechtzeitig gekommen«, flüsterte sie. »Im allerletzten Moment. Carlo wollte … Er wollte Fakten schaffen, damit mein Vater die Hochzeit mit ihm doch noch erlaubt.« Sie rieb sich die schmerzenden Gelenke.

»Aber Ihr wart doch verlobt …«

»Wir sind es nicht mehr seit heute Nachmittag. Schreckliche Dinge haben sich seitdem ereignet, *padre*. Zu schrecklich, um sie Euch jetzt zu erzählen.«

»Könnt Ihr aufstehen?«, fragte Leo.

»Ich will es versuchen. Doch dreht Euch bitte zuvor um!«

Erst als sie leise nach ihm rief, wandte er sich ihr wieder zu. Die Decke, die sie fest um sich gewickelt hatte, verbarg ihr geschändetes Kleid.

»Davon darf niemand aus der Familie je erfahren, hört Ihr?« In seinen Ohren mehr ein Befehl als eine Bitte. »Das müsst Ihr mir hoch und heilig versprechen. Sie würden mich verstoßen, alle beide.«

»Eure Eltern?«, fragte Leo verdutzt. »Aber was redet

Ihr da? Ihr seid doch ihr Kind! Sie müssen es als Erste erfahren ...«

»Ich bin nur ein Findelbalg.« Stella klang unendlich müde. »Bringt Ihr mich jetzt zurück ins Haus?«

»Ihr wollt so ...« Scham verschloss ihm die Lippen.

Sie schüttelte den Kopf. »Dort hinten gibt es eine kleine Tür, und ich werde sehr leise sein.«

Stella machte ein paar Schritte, dann drehte sie sich noch einmal zu ihm um.

»Danke, Leo«, flüsterte sie, und ihre Hand berührte einen Lidschlag lang seine Wange. »Danke für alles!«

✳

Als sie unterwegs zu ihm stieß, hätte Leo sie im ersten Augenblick gar nicht erkannt. Aber das war kein schwarzhaariger Junge, der da plötzlich aus dem Wald auf ihn zukam, das war Stella!

»Wo sind Eure Haare geblieben?«, fragte er verblüfft.

Ihre langen Locken waren wüst abgesäbelt und reichten nur noch bis zum Kinn.

»Tomas Geflügelschere hat mir gute Dienste geleistet«, erwiderte sie grimmig. »Und die Hosen hab ich mir von Marco ausgeliehen, der sich bei uns um die Pferde kümmert. Was starrt Ihr mich so an, *padre*? Ich dachte, als Junge könnte ich Euch vielleicht bessere Dienste leisten. Der Eremit schien mir neulich nicht allzu viel von Frauen zu halten, wenn ich mich nicht irre.« Ihr Blick wirkte so unergründlich wie immer, während sie die kühle Morgenluft tief einatmete.

Eine Weile stiegen sie gemeinsam schweigend weiter. Vogelzwitschern, das Murmeln des Baches, Geräusche, die von ihren Schritten herrührten.

»Ich hätte niemals damit gerechnet, Euch heute zu sehen«, begann Leo stockend. »Meint Ihr nicht, Signorina Stella, Ihr nehmt Euch ein wenig zu viel …«

Abrupt war Stella stehen geblieben.

»Es ist nichts geschehen.« Ihre Stimme klang drohend. »*Gar nichts*. Geht das endlich in Euren Kopf, *padre*? Ich habe Euch doch meine Hilfe angeboten. Und hier ist sie.« Ihre Augen wurden schmal. »Oder braucht Ihr sie vielleicht nicht mehr?«

»Doch, doch«, sagte er schnell, obwohl er noch immer nicht wusste, wie er Giorgio von seiner Begleitung überzeugen sollte. »Ihr seid meine Ohren, mein Mund, meine Zunge. Ohne Euch bin ich taub und stumm.«

Sie gab einen Laut von sich, der fast wie Lachen klang.

»Das gefällt mir«, hörte er sie murmeln. »Sehr sogar.«

Wieder umfing beide die grüne, unberührte Bergwelt, doch dieses Mal hatte weder Leo noch Stella einen Blick dafür. Sie gingen schnell, wie von einer unsichtbaren Kraft getrieben, die sie auf das Ziel zuführte.

»Wisst Ihr denn schon, was Ihr ihn fragen wollt?«, erkundigte sie sich zwischendrin. »Der Alte scheint mir einen ganz eigenen Kopf zu haben.«

Sie hat einen guten Blick, dachte Leo, auch für die Dinge hinter den Dingen. Und er schüttelte den Kopf.

»Ich muss sehen, was sich ergibt«, sagte er. »Fra Giorgio ist offenbar nur bereit, ganz bestimmte Dinge auszuspucken.«

Inzwischen waren sie am Plateau angelangt. Alles schien unverändert, das Kirchlein, die Hütten, der schmale Weg, der tiefer in den Wald zu den Felshöhlen führte.

Von Giorgio keine Spur.

Leo begann, nach ihm zu rufen, leise und verhalten zunächst, doch als er keine Antwort erhielt, immer lauter.

»Er kann nicht weit sein«, sagte Stella, die ein Stück vorangelaufen war und wieder zurückkam. »Dort drüben auf dem Boden liegt sein Strick. Neben einem großen Korb voll frischer Lebensmittel, die kaum berührt erscheinen. Nur vom Kuchen fehlt ein ganzes Stück. Sieht aus, als würde er gern Süßes essen.«

Leo überlief es kalt.

Kein Franziskaner legte freiwillig seinen Strick ab – nicht einmal in höchster Lebensgefahr – nicht, wenn er nicht mit Gewalt dazu genötigt wurde.

»Wir müssen ihn finden«, presste er zwischen den Zähnen hervor. »Giorgio braucht uns jetzt!«

Beinahe unmöglich, seine Spur zu übersehen. Erbrochenes zog sich von der hintersten Hütte bis in den Wald hinein, eine unregelmäßige Linie, der sie folgten, durchsetzt mit kleinen Kuchenresten.

»Er muss geschwankt sein«, sagte Leo bedrückt. »Und hier – da wäre er wohl beinahe in die Tiefe gestürzt.«

Abermals begann er nach Giorgio zu rufen, doch es kam keine Antwort.

Schließlich entdeckte Stella ihn.

Der Eremit lag am Eingang der Felsenhöhle, die er mit Leos Hilfe erweitert hat. Die Augen waren geöffnet, die Pupillen unnatürlich geweitet. Leo musste eine lästige Fliegenschar verscheuchen, die sich bereits niedergelassen hatte, um ihr erbarmungsloses Werk zu verrichten. Giorgios Körper wirkte wie verdreht, als hätte jemand seine Glieder gebrochen und anschließend mutwillig in verschiedene Richtungen gebogen.

Welche unerträglichen Schmerzen mochte er ausgestanden haben?

»Aber seht doch nur, *padre*!« Stellas Stimme war nur noch ein Wispern. »Da! Seine Hand ...«

Ein Pfeil, der die ledrige Haut durchdrungen und die Handwurzel zusammen mit einem Stück Pergament auf den Waldboden genagelt hatte. Dieses war ebenso rissig und zerschlissen wie das Teilstück, das Leo in der Leprosenschale entdeckt hatte, doch um einiges größer.

Der Rest einer Landkarte, deren Ränder sich nahtlos an seinen alten Fund von Portiuncula fügen würden, dessen war er sich sofort sicher.

Leo schloss dem Toten die Lider und sprach ein stummes Gebet. Dann zog er behutsam den Pfeil heraus.

Zweites Buch
VERDAMMNIS

Fünf

Die Landkarte bedeutete für Leo Segen und Fluch zugleich, denn sie regte seine Phantasie an, ließ seine Gedanken aber nicht mehr los, was immer er auch gerade tat. Nachdem er sie sorgsam zusammengeleimt hatte, um die beiden zerrissenen Teile zu vereinen, breitete er sie unzählige Male auf seinem Tisch aus und brütete mit gerunzelter Stirn über den Linien und Symbolen, so lange, bis das schwarze Gewirr der verwischten Tintenlinien sich wie ein unsichtbares Netz tief in sein Gedächtnis eingebrannt hatte. Nachts, sobald die Stadt ruhig geworden war, wurde es noch schlimmer. Dann erschien der Sieche ihm im Traum, nun ernsthaft vom Aussatz gezeichnet, der sein Gesicht zur Fratze entstellt und die Finger verformt hatte. Anklagend deutete er mit seinen abstoßenden Stummeln abwechselnd auf sich, dann wieder auf das Pergament, bis Leo schweißbedeckt erwachte und Mühe hatte, sein wild schlagendes Herz wieder zu beruhigen.

Auch während der Beerdigung des Eremiten musste Leo ständig an diesen seltsamen Fund denken, von dem er niemand etwas sagte. Stella wusste als Einzige darüber Bescheid, und sie würde schweigen, das hatte sie ihm versprochen. Giorgio hätte es vermutlich sehr viel besser gefallen, in der Bergeinsamkeit des Monte Subasio seine letzte Ruhe zu finden, doch Abt Matteo hatte dieses Ansinnen energisch verweigert.

»Wieder und wieder hab ich ihn beschworen, sein Leben in der Wildnis aufzugeben, aber er hat mich jedes Mal nur ausgelacht. Der Preis, den er nun dafür bezahlen musste, ist hoch – ein einsamer Tod ohne die Tröstungen der heiligen Kirche.«

Die Sonne stand inzwischen beinahe im Zenit, und die raue Kutte klebte Leo am Körper. Doch das war nicht der einzige Grund, weshalb er derart zu schwitzen begonnen hatte. Ärger war in ihm hochgestiegen, heiß und gleißend rot, wie immer, wenn jemand in seiner Nähe der Wahrheit bewusst auswich.

»Fra Giorgio ist nicht einfach gestorben, sondern man hat ihn auf niederträchtige Weise ermordet. Folglich hat er einen Feind gehabt, einen grausamen, heimtückischen Gegner, der vor nichts zurückschreckt.« Es musste aus ihm heraus, doch Matteo schien ihm gar nicht zuzuhören, sondern war mit seinen Gedanken offenbar bereits anderswo. »Außerdem waren die Carceri einer der Lieblingsplätze Francescos …«

»Der ein Heiliger war, damit jenseits aller Regeln und zudem schon seit Jahren nicht mehr am Leben. Die Zeiten haben sich geändert, Bruder, das solltest du wissen! Jetzt gehören alle Franziskaner Assisis zum Sacro Convento, auch nachdem ihre Seele zum Allmächtigen gegangen ist. Hier, auf unseren neuen Friedhof, sollen Fra Giorgios sterbliche Überreste gebettet werden. Hier, wo die anderen Brüder ständig seiner gedenken können.«

Täuschte Leo sich, oder schwang da nicht eine winzige Spur Genugtuung mit?

Er entschloss sich zur Provokation, um tiefer zu dringen: »Habt ihr euren geliebten Bruder Giorgio auch regelmäßig mit Essen versorgt, damit er eure lebendige Liebe spüren konnte?« Hinter seiner ruhigen Stimme schimmerte blankes Erz.

Die hellen Augen des Abtes sprühten Blitze. »Natürlich nicht! Sacro Convento lebt von Almosen und der harten Arbeit der Brüder. Wer ausschert und einen Sonderstatus für sich beansprucht, muss sehen, wie er zurechtkommt.«

Leo hatte sich die Antwort verkniffen, dass Giorgio sicherlich Gründe gehabt hatte, ein Eremitenleben der klösterlichen Gemeinschaft vorzuziehen. In der Tat konnte er sich den kauzigen Alten nur schwerlich inmitten der frommen Brüderschar vorstellen. Erst als Leichnam war er schließlich zum Sacro Convento zurückgekehrt – doch in welch bedauernswertem Zustand!

Zusammen mit Fra Orsino hatte Leo den Toten näher inspiziert. Giorgios Extremitäten waren grau, das Blut dunkel und dickflüssig, und er hatte an einigen Stellen unter der Haut geblutet.

Der Infirmar hatte sich kurz an seinem mächtigen Schädel gekratzt, dann war er zu seinem Regal geschlurft, um eine kleine Glasphiole zu holen, die mit getrockneten, dunklen Blüten gefüllt war.

»*Aconito*«, sagte er. »*Attenzione, fratello, è molto tossico!*«

Dieses Mal brauchte Leo keinen Übersetzer. Die Blüten des Blauen Eisenhuts waren ihm schon seit früher Jugend bekannt. Immer wieder hatte seine Mutter die Kinder vor ihrer Giftigkeit gewarnt, denn die Pflanze gedieh auf den feuchten Wiesen um die heimatliche Burg besonders üppig. Emma, die jüngere seiner Schwestern, besaß trotzdem einmal den Übermut, ein paar der Blüten abzureißen und sie in ihrer Schürze mit nach Hause zu bringen, wonach sie auf der Stelle in den Badezuber gesteckt und von Kopf bis Fuß abgeschrubbt wurde, um jede Gefahr abzuwaschen.

Und dann hatte es auch noch jenen tragischen Fall des liebeskranken Novizen gegeben, den die Leidenschaft für eine schöne Apothekertochter zur Verzweiflungstat trieb. Leo selbst war der Anblick erspart geblieben, da er gerade fern vom Ulmer Kloster auf Reisen gewesen war. Die Berichte der Brüder jedoch, die den Vergifteten nicht mehr hatten retten können, erschütterten ihn lange und tief. Vor dem Atemstillstand, der in diesem speziellen Fall fast schon als Erlösung gelten konnte, hatten Blindheit, Taubheit und Lähmung eingesetzt, die bei klarem Bewusstsein erlebt wurden.

Ähnliches musste auch Giorgio durchlitten haben.

Das Gift war im Kuchen gewesen, so viel war Leo inzwischen klar. Eisenhut schmeckt selbst in winzigen Dosen gallenbitter, sein Geschmack ließ sich allenfalls mit einer gehörigen Zugabe von Zucker oder Honig verbergen. Jemand hatte sich Giorgios Gier nach Süßem zunutze gemacht. Jemand, der den Alten und seine Vorlieben gut gekannt haben musste. Jemand, der ihn so sehr gehasst hatte, dass er ihn für immer zum Schweigen brachte.

»*Forse ha durato un'ora*«, dröhnte der Infirmar weiter. »*Una morte molto lunga e dolorosa.*« Er presste die Hände auf seinen Bauch und verzog dabei das Gesicht so gequält, dass Leo ihn wiederum verstand.

Ein langes, qualvolles Sterben, das der alte Eremit durchstehen musste, bis der Tod ihn endlich erlöst hatte. Welcher Teufel mochte ihm das angetan haben – und aus welchem Grund?

Natürlich war Leo die Idee gekommen, dass der Mord mit ihm und seinen Besuchen auf dem Monte Subasio zu tun haben könnte. Und als gewissenhafter Visitator hatte er auch diese Möglichkeit eingehend geprüft. Aber hielt der Verdacht auch wirklich stand?

Die Landkarte war alles andere als zufällig platziert gewesen, ebenso wenig wie damals das andere Teilstück in der Essensschale. Doch wie hatte der Mörder wissen können, dass ausgerechnet er beides finden würde?

Niemand war ihm beim Aufstieg begegnet, weder die beiden Male zusammen mit Stella noch als er Giorgio ohne sie aufgesucht hatte. Er selbst hatte seine Pläne keiner Menschenseele anvertraut und Stella ebenso wenig, das hatte sie ihm während des Abstiegs unter Tränen versichert, mit Ausnahme von Ilaria, die als Täterin nicht infrage kam.

Er schob die beunruhigenden Gedanken an Stella zur Seite – und doch überfielen sie ihn schon im nächsten Augenblick umso drängender. Seit Tagen schien die junge Frau verschwunden; nicht ein einziges Mal hatte er sie mehr im Haus der Lucarellis zu Gesicht bekommen. Selbst die sonst so redselige Ilaria verstummte plötzlich in seiner Gegenwart, hielt den Blick gesenkt und huschte davon, bevor er sie ansprechen konnte. Die Eltern wollte er nicht nach Stella fragen, um zusätzlichen Unfrieden zu vermeiden. Simonetta und Vasco gaben sich alle Mühe, so zu tun, als wäre nichts geschehen, doch an ihren unglücklichen Blicken und der verkrampften Körperhaltung erkannte Leo, dass dies reine Fassade war.

Ob Stella doch den Mut besessen hatte, ihnen von Carlos Überfall im Stall zu erzählen? Oder trug sie die schreckliche Erinnerung noch immer ganz allein mit sich herum?

Seelische Wunden, über die man redet, heilen schneller und besser, das hatte eigene Erfahrung ihn gelehrt. Und doch erscheint manches, was man erlebt, zu schrecklich, um es in Gegenwart anderer auszusprechen. Auch in Leos Brust schlummerte solch ein dunkles Geheimnis, das ihn von innen her auffraß, aber bislang hatte er weder den Mut noch die Kraft besessen …

»*Fra Leo, dove sei?*« Orsinos tiefe Stimme riss ihn aus seinen Grübeleien.

Wo war er eben gewesen? Gewiss nicht hier auf dem kleinen Friedhof, um dem alten Eremiten das letzte Geleit zu geben, das er verdiente.

»*Qui*«, flüsterte er. »*Sono qui.* Hier bin ich.«

Als die Erde schließlich auf den schlichten Holzsarg polterte, fühlte Leo sich auf merkwürdige Weise getröstet. Auch sie war schließlich ein Teil jener Natur, die Giorgio in der Nachfolge Francescos so sehr geliebt hatte. Zu ihr war er zurückgekehrt. Sie würde ihn in ihrem dunklen Schoß wiegen.

Doch weiterhin saß Leo die Frage wie ein glühendes Mal im Fleisch: Wer konnte der Mörder sein?

»Ich habe für die nächsten Tage strenge Exerzitien angeordnet«, sagte Abt Matteo, nachdem die Bestattung vorüber war. »An denen alle von uns teilnehmen werden. Willst du dich nicht anschließen, Bruder Leo? Ich habe den Eindruck, auch deine Seele dürstet nach spiritueller Reinigung.«

Leo warf ihm einen kurzen Blick zu. Was konnte Matteo über den heimlichen Aufruhr wissen, der in ihm tobte? Gab es etwas, womit er sich verraten hatte?

»Nichts lieber als das«, erwiderte er ebenso diplomatisch wie ausweichend. »Doch dringliche Aufgaben lassen das leider im Augenblick nicht zu. Bruder Johannes erwartet Ergebnisse von mir – ebenso baldige wie gründliche Ergebnisse.«

»Du sprichst von San Damiano? Ich habe erfahren, es soll ihr schlechter gehen.«

Natürlich wusste Leo, um wen es ging, obwohl Matteo es tunlichst vermieden hatte, den Namen der Äbtissin in den Mund zu nehmen.

»Madre Chiaras Zustand ist nach wie vor ernst, wenn du das meinst, meines Wissens aber nicht lebensbedrohlich«, erwiderte er. »Oder hast du andere Nachrichten?«

Wenn stimmte, was der Abt behauptete, stand es womöglich schlecht um Leos Pläne. Aber er musste doch aufbrechen, um das Bild zu vervollständigen, das sich langsam in ihm festigte – oder sollte Fra Giorgio ganz umsonst gestorben sein? Die Landkarte war sein Stern, der ihn leiten würde. Ihm wollte er mutig und entschlossen folgen.

»Wie steht es um Fra Eligio?«, fuhr Leo fort, da sein Gegenüber bisher kein Wort über den Schwerstkranken verloren hatte. »Geht es ihm besser? Oder müssen wir schon bald mit einer neuen Beerdigung rechnen?«

Der Abt zog die knochigen Schultern hoch. »Wir alle sind in Gottes Hand, ein jeder von uns. Er allein entscheidet, wann unsere Zeit gekommen ist.«

✤

Ein Satz, an dem es eigentlich nichts auszusetzen gab, und dennoch ging er Leo unentwegt im Kopf herum, während er im Sattel saß und auf Fidelis nach San Damiano ritt. Er genoss es, den sonnenwarmen Tierkörper unter sich zu spüren und die Leichtigkeit und Eleganz zu beobachten, mit denen die Stute auch dem kleinsten seiner Befehle folgte. Das lange gemeinsame Unterwegssein hatte Mensch und Tier tief verbunden, und doch würde er schon bald für gewisse Zeit Abschied von seiner treuen Gefährtin nehmen müssen. Der Weg, der vor ihm lag, war einsam und ungewiss. Leo hatte sich vorgenommen, ihn ganz im Sinne Francescos zu gehen – barfüßig im Herzen.

Überall zirpte und summte es, helle Ähren wiegten sich leicht im Wind, und über ihm stieg ein Bussardpärchen in den wolkenlosen Himmel auf. Was hätte er jetzt nicht dafür gegeben, sich ins hohe Gras sinken zu lassen und die lebendige Schönheit ringsumher mit allen Sinnen zu genießen! Stattdessen wartete eine äußerst unangenehme Aufgabe auf ihn, die er trotz aller möglicher Bedenken und Einwände zielstrebig anzugehen gedachte.

Seine Befürchtungen bewahrheiteten sich rascher als erwartet. Suor Regulas Miene wurde säuerlich, einem Topf voller Sahne gleich, der zu lange in der Sonne gestanden hatte, kaum dass Leo die ersten Worte ausgesprochen hatte.

»Dazu wird Madre Chiara niemals ihre Erlaubnis erteilen«, entgegnete Regula giftig. »Das kann ich dir jetzt schon sagen. Kein Mann darf in die Schlafräume der Bräute Christi eindringen, auch dann nicht, wenn er ein Mönch und Visitator ...«

»Es geht womöglich um Mord«, fiel Leo ihr ins Wort. »Auf jeden Fall aber um einen seltsamen Todesfall, der geradezu nach Aufklärung schreit. Ich will endlich wissen, wo jenes Buch abgeblieben ist, von dem Suor Amata gesprochen hat. Und bis ich es nicht in meinen Händen halte, werde ich euer ganzes Kloster auf den Kopf stellen!«

Zu seiner Überraschung gab die Äbtissin die Erlaubnis, nachdem Regula ihr sein Ansinnen übersetzt hatte. Chiara war geschwächt und fahl wie bei seinen letzten Besuchen, aber ihr Blick erschien Leo um einiges wacher, und zwischendrin meinte er sogar ein winziges Lächeln auf den welken Lippen zu erkennen.

»Du nimmst deine Aufgabe sehr ernst, das gefällt mir«, ließ sie ihn durch den Mund von Suor Regula wissen. »Gott liebt die Gewissenhaften, wenngleich er ihre Mühe auch nicht immer und überall mit Erfolg belohnt. Sieh dich in Ruhe um – wir haben nichts zu verbergen!«

Leo neigte den Kopf.

Nur zu gern hätte er an ihre Unterstützung geglaubt. Doch war die Einwilligung nicht eine Spur zu widerstandslos erfolgt? Und was verbarg sich hinter dem ruhelosen Spiel der Hände auf der fadenscheinigen Bettdecke?

»Regula und Benedetta werden dich begleiten.« Da war sie, die Einschränkung, auf die er gewartet hatte! Nicht einen Moment würden sie ihn also aus den Augen lassen, so viel war gewiss. »Du kannst dich in allen Fragen an sie wenden.«

Madre Chiara wusste, wie sie die Schwestern und ihren Konvent zu führen hatte, das bewiesen ihre Worte. Aber wusste sie auch etwas über Giorgio, das wichtig für seine Ermittlungen sein konnte?

Leo entschloss sich, behutsam vorzufühlen: »Ein Bruder ist unter schrecklichen Umständen ums Leben gekommen«, fuhr er fort und achtete darauf, dass Regula auch jedes seiner Worte an die Äbtissin weitergab. »Der alte Eremit oben auf dem Monte Subasio, Giorgio, noch ein Gefährte Francescos, der als Letzter die Carceri gehütet hat. Durchaus möglich, dass du ihn sogar persönlich gekannt hast.«

Chiaras Lider begannen zu flattern. Obwohl sie bewusst seinen Blick mied, konnte er die Anspannung in ihrem geschundenen Körper deutlich spüren.

»Man hat ihn nicht nur hinterlistig vergiftet«, fuhr Leo fort, »sondern auch einen Pfeil durch seine Hand gejagt …«

Chiara schien etwas zu murmeln. Die Finger hatte sie inzwischen zu Fäusten geballt.

»Was hat sie gesagt?«, wandte sich Leo an Regula. »Ich muss alles wissen!«

»Gott wird sich seiner annehmen. Wir alle sind Seine Kinder. In Ewigkeit – Amen.«

Ganz und gar nicht die Antwort, die er sich erhofft hatte.

»Hast du ihn gekannt, Madre Chiara?«, drang Leo weiter in sie. »Bitte sag es mir! Oder gab es möglicherweise eine Verbindung zwischen Fra Giorgio und Suor Magdalena?«

»*No, no, impossibile* ...« Chiara verstummte.

»Ganz und gar unmöglich!«, übersetzte Regula mit bebender Stimme. »Siehst du nicht, wie sehr dein Gefrage sie aufregt? Wenn du so weitermachst, wirst du sie noch in den Tod treiben.«

Leo erhob sich von seinem Hocker. Er würde nichts mehr erfahren, zumindest nicht heute, das verriet ihm Chiaras Mund, der zum Strich geworden war, so fest hatte sie die Lippen aufeinandergepresst.

»Dann werde ich die Durchsuchung jetzt angehen. Eigentlich dürfte ...« Leo zögerte kurz, dann aber entschied er sich, es auszusprechen. »Eigentlich dürfte ich selbst deine Kammer nicht von meiner Nachforschung ausnehmen.« Die Frau auf dem kargen Krankenlager lag steif und regungslos wie eine Tote. »Doch angesichts deines geschwächten Zustands und weil du mir ja ohnehin niemals die Unwahrheit sagen würdest, will ich Abstand davon nehmen.«

Noch immer keinerlei Reaktion. Chiaras aderblaue Hände hatten offenbar ihren Frieden gefunden, ruhten jetzt wie zum Gebet gefaltet auf der eingefallenen Brust.

Da bewegten sich ihre Lippen, Leo vernahm kaum mehr als einen Hauch.

»Wieso eigentlich du?«, übersetzte Suor Regula. »Diese Frage beschäftigt mich, seit ich dich zum ersten Mal gesehen habe.«

Ausnahmsweise konnte Leo die greise Äbtissin gut verstehen, denn er hatte sich diese Frage unzählige Male selbst gestellt.

»Johannes von Parma hat mich dazu auserwählt«, sagte er bedächtig. »Der Generalminister unseres Ordens. Und ich habe mich dazu bereit erklärt, ohne lange nachzudenken. Gehorsam ist, wie du weißt, eine der höchsten, wenngleich auch der schwierigsten franziskanischen Tugenden. In ihr, wie in vielem anderen, bin ich noch meilenweit von jeglicher Vollkommenheit entfernt, das muss ich leider einräumen. Daher bin ich froh, wenn ich Gelegenheit zur Bewährung erhalte.«

Chiara ließ sich reichlich Zeit mit einer Antwort, bis sie schließlich erneut zu reden begann: »*Ma perchè tu? Un monaco tedesco?*«

Ausgerechnet ein deutscher Mönch, der kaum verstand, was sie zu sagen hatte – ihre kluge Frage brachte alle seine Zweifel direkt auf den Punkt.

Jetzt war er es, der erst nach einer langen Pause antwortete: »Vielleicht, weil ich mit dem Herzen denke. Das muss Johannes von Parma bei seinem Besuch im Ulmer Kloster erkannt haben, nicht anders jedenfalls kann ich mir meine ungewöhnliche Berufung vorstellen. Was können Zungen schon erreichen, ganz egal, welche Sprache sie auch sprechen? Ohne das Herz bleibt doch alles nur hohl und leer. Das hat er uns gelehrt, Francesco, *il poverello*, der wie kein anderer die ganze Schöpfung zum Singen bringen konnte. Es zählt allein, was ganz von innen kommt. Nur so können wir in Kontakt zueinander treten.«

Ihre Augen öffneten sich langsam, sie waren auf einmal so klar, wie er sie bislang noch nie erlebt hatte. Chiaras Kraft leuchtete ihm aus ihnen entgegen, ihr Wille und ihre tiefe Entschlossenheit. Sie würde ihren Weg nicht verlassen. Niemals, was immer auch geschah, das spürte er mit allen Fasern seines Seins.

Leo gelang es nur mühsam, seine Ergriffenheit halbwegs zu kaschieren, doch darauf kam es ihm in diesem besonderen Augenblick auch nicht an.

»Ich werde dich über alles in Kenntnis setzen, Madre Chiara«, sagte er und meinte jedes einzelne Wort ernst.

Regula übersetzte flüsternd.

»Der Herr sei mit dir!«, fügte Leo als Letztes hinzu.

✢

»Nur für einen Rosenkranz.« Mit diesen Worten steckte Simonetta den Schlüssel ins Schloss, öffnete die Tür einen Spalt und ließ Ilaria hinein. »Weil du sonst keine Ruhe geben würdest. Aber wehe, wenn ihr zwei euch wieder irgendeinen Unfug einfallen lasst! Dann platzt deine Hochzeit ebenfalls, und du wirst deine bockige Schwester niemals mehr wiedersehen, das garantiere ich dir.«

Man hörte, wie sie schimpfend zweimal den Schlüssel im Schloss umdrehte.

»Du musst mir helfen!« Stella war vom Bett aufgesprungen und hing an Ilarias Hals. »Ins Kloster wollen sie mich stecken. Zu den Benediktinerinnen! Aber bevor sie das tun, springe ich lieber aus dem Fenster.« Einst hatte dieses Zimmer der Amme gehört, die einige Jahre bei ihnen gelebt hatte. Doch seit Martas überstürztem Weggang war es zu einer Art Rumpelkammer verkommen.

»Das wirst du schön bleiben lassen!« Ilaria schob sie ein kleines Stück von sich. »Und hören will ich solch einen Unsinn auch niemals mehr von dir, verstanden? Lass dich erst einmal ansehen!« Sie kniff die Augen zusammen und musterte Stella kritisch von oben bis unten. »Wie ein verheulter Straßenjunge siehst du aus, Sternchen – eine einzige Katastrophe! Wie konntest du nur deine Locken opfern, deinen allerschönsten Schmuck? Ich kann dich beim besten Willen nicht verstehen.«

»Du musst mir helfen, bitte!«, wiederholte Stella eindringlich. »Was kümmern mich diese dummen Haare? Die wachsen doch von ganz allein wieder nach! Ich muss unbedingt hier raus. Sonst verliere ich noch den Verstand.«

»Habe ich denn nicht schon mehr als genug angerichtet?«, fragte Ilaria bekümmert. »Hätte ich dich nicht dazu überredet, Carlo anzuhören, so hätte er niemals ...«

»Hätte, könnte, würde!« Stella wurde immer aufgebrachter. Inzwischen bereute sie bereits, dass sie Ilaria in einem Moment der Schwäche in das eingeweiht hatte, was ihr im Stall zugestoßen war, aber das ließ sich jetzt leider nicht mehr rückgängig machen. »Ich will nicht mehr daran denken!« Sie atmete tief aus. »Hast du das Kleid verschwinden lassen?«

Ilaria nickte. »In kleine Lappen zerschnitten, genauso wie du es gesagt hast. Ich habe alles in den Sack für die Armen gesteckt. Aber wiege dich besser nicht allzu sehr in Sicherheit. Über kurz oder lang wird Mamma wissen wollen, wo es abgeblieben ist – und was dann?«

»Dann fällt dir eben eine neue gute Geschichte dazu ein, das ist doch keine Schwierigkeit für dich, oder?«

Dieses Mal fiel das Nicken weit weniger überzeugend aus. »Federico meint ja, Carlo würde am liebsten ...«

»Hast du deinem Bräutigam doch etwas verraten?«, unterbrach sie Stella. »Du hattest mir hoch und heilig versprochen, den Mund zu halten!«

»Natürlich nicht!«, versicherte Ilaria leicht gekränkt. »Ich breche meine Schwüre nicht, das weißt du doch!«

»Carlo ist für mich gestorben. Ich habe keinen Verlobten mehr – aber eine Nonne werde ich deshalb noch lange nicht!«, fuhr Stella fort.

»Mamma hat bei allem bestimmt nur dein Bestes im Auge«, versuchte Ilaria abermals ihr Glück. »Nach der verunglückten Verlobung ...«

»Hör endlich damit auf, Ilaria!« Stella presste sich die Hände auf die Ohren. »Ich bin es so leid zurückzuschauen. Nach vorne muss ich blicken. Dorthin, wo für mich die Zukunft liegt.«

»Aber was genau hast du vor?« Ilarias sonst so leuchtende Augen waren dunkel vor Sorge geworden. »Wenn du dich gegen die Pläne der Eltern sträubst, wirst du ...«

»Kein Kloster und erst recht keinen neuen Verlobten – auf jeden Fall nicht in absehbarer Zeit. Ich muss erst wieder zu mir selbst finden. Das ist das Einzige, was jetzt zählt.«

»Dann willst du weiterhin hier eingeschlossen bleiben?«

»Natürlich nicht! Padre Leo braucht mich. Ihm werde ich zur Seite stehen.« Es kam so gelassen und selbstverständlich, als hätte Stella es sich schon lange überlegt.

»Du bist verrückt, *sorellina*!« Ilaria packte ihre Handgelenke. »Er ist ein Mönch aus einem fremden Land, der nach Geistern jagt. So etwas kann doch kein gutes Ende nehmen!«

»Nach Mördern«, verbesserte Stella sie und befreite sich aus Ilarias eisernem Griff. »Und wieso befürchtest du das? Padre Leo hat großen Mut bewiesen. Ohne ihn wäre ich jetzt ganz und gar in Carlos Hand.« Sie wandte sich ab.

»Dann glaubst du vielleicht, du bist ihm etwas schuldig? Aber da irrst du dich. Leo ist schließlich ein Mann Gottes, der Gutes tun muss. Er konnte gar nicht anders, als dir beistehen.«

»Ein Mann Gottes«, flüsterte Stella. »Genau das ist es! Padre Leo ist ein Mann Gottes – und ich werde sein Ohr sein und seine Zunge.«

»Hast du jetzt vollkommen den Verstand verloren?«, rief Ilaria. »Das klingt ja beinahe, als hätte er dich verhext. Hüte dich, solche Dinge vor anderen zu sagen, ich beschwöre dich, Stella, sonst stecken sie dich eines Tages noch in den Narrenturm!«

»Ich war niemals klarer als heute.« Zarte Röte hatte sich auf Stellas Wangen ausgebreitet, ihre Augen funkelten. »Und jetzt benützt ausnahmsweise mal du deinen Verstand: Wie komme ich hier am schnellsten raus?«

»So viel liegt dir an diesem Mann?«, fragte Ilaria eindringlich. »Das kann ich keineswegs gutheißen. Offenen Auges willst du in dein Unglück rennen, aber ich ...«

Energische Schritte, die sich rasch näherten. Unwillkürlich klammerten die beiden jungen Frauen sich aneinander.

Erst hörten sie den Schlüssel im Schloss. Dann stand schon Simonetta auf der Schwelle.

»Komm, Ilaria, beeil dich!«, rief sie gebieterisch. »Wir haben noch so unendlich viel zu erledigen.«

»Ich will aber hierbleiben. Lass mich bei ihr schlafen, Mamma! Nur diese eine Nacht.«

»Ausgeschlossen! Du kommst jetzt mit mir – und zwar sofort.«

Ilaria sank auf die Knie. »Ich flehe dich an, Mammina. Bitte! Um der alten Zeiten willen.« Ihre Augen waren feucht geworden. Sie sah aus wie ein trauriger Engel.

Stella hielt die Luft an und versuchte verzweifelt, in der Miene ihrer Ziehmutter zu lesen, doch es misslang wie schon so oft zuvor. Ihre Kehle war wie zugeschnürt.

Würde sie sich von ihrem Liebling doch noch erweichen lassen?

»Meinetwegen!«, knurrte Simonetta schließlich. »Wenn du unbedingt freiwillig auf dein Abendessen verzichten willst. Doch nur dieses eine Mal. Eine Wiederholung wird es nicht geben. Niemals!«

Sie schlug die Tür zu und sperrte von außen ab.

»Wir haben es geschafft!« Vor Aufregung begann Stella am ganzen Körper zu zittern.

»Gar nichts haben wir, *sorellina*! Aber jetzt bleibt mir zumindest eine ganze Nacht, um dir die Flausen aus deinem eigensinnigen Kopf zu treiben!«

✢

Das Kontor von Giacomo Morra lag in der Oberstadt, im Erdgeschoss des zweistöckigen, frisch renovierten Hauses, das er mit seiner ständig wachsenden Familie erst jüngst bezogen hatte. Der soziale Aufstieg war beachtlich zügig erfolgt. Noch sein Großvater väterlicherseits war ein bettelarmer Zimmermann in der Unterstadt gewesen, der sein Dasein und das seiner vielköpfigen Familie mit einfachen Holzarbeiten hatte fristen müssen. Giacomos Vater hatte sich um einiges pfiffiger erwiesen und es geschafft, die Gunst der Stunde zu nützen. Mit unzähligen Holzgerüsten für die Bauarbeiten von San Francesco sowie des Sacro Convento war er zu Geld gekommen. Doch erst der Sohn hatte schließlich den Eintritt in die Signoria, den Rat der Stadt Assisi, bewerkstelligt.

Inzwischen belieferte Morra nicht nur ganz Umbrien mit seinem Bauholz, sondern auch die Toscana und die Marken. Sogar aus dem Süden des Landes trafen mittlerweile erste Anfragen ein. Zudem war ihm durch einen günstigen Zufall der Quereinstieg in den Salzhandel geglückt, was seine Taschen zusätzlich füllte. Dennoch haftete dem gedrungenen Mann nach wie vor der Geruch des Emporkömmlings an, was ihn die Patrizier Assisis, mit denen er Seite an Seite im Rat saß, bei jeder nur denkbaren Gelegenheit überdeutlich spüren ließen. Es brauchte eben länger als drei Generationen, bevor aus einem aus der Unterstadt ein *nobile* werden konnte, und manche Angehörigen der alten Geschlechter waren sogar der Ansicht, es sei ein ganz und gar sinnloses Unterfangen, so etwas auch nur zu versuchen.

Giacomo Morra ging es durchaus gut. Die Geschäfte liefen zufriedenstellend, seine Frau ging mit dem fünften Kind schwanger, und er hoffte inständig auf einen Sohn und Erben, nachdem sie ihm bislang vier gesunde Töchter in Folge geschenkt hatte. Er hatte gerade seine beiden Gehilfen zu Botengängen weggeschickt, als auf einmal ein Mann sein Kontor betrat. Obwohl draußen die Sonne auf das Pflaster brannte, schien es drinnen auf einmal dunkler und kühler geworden zu sein, was nicht nur an dem schwarzen Umhang liegen konnte, den der Fremde trug.

»Ihr seid Giacomo Morra?« Die Stimme klang ruhig, und doch war die Schärfe zu spüren, die in ihrer Tiefe verborgen lag.

Der Holzhändler nickte.

»Was wollt Ihr?«, fragte er. »Aus welchem Grund sucht Ihr mich auf?«

»Trifft es zu, dass die Signoria Euch vor Kurzem die Zuständigkeit für die Schwerverbrechen in der Stadt anvertraut hat?«, fragte der Fremde weiter, ohne Morras Frage beantwortet zu haben.

»Ja«, sagte der zurückhaltend. »So und nicht anders verhält es sich.«

Was hätte er nicht darum gegeben, diese lästige Verantwortung so schnell wie möglich wieder los zu sein! Die anderen Ratsmitglieder schienen heilfroh zu sein, dass nun er seinen Kopf dafür hinhalten musste. Keiner aus den vornehmen Familien Assisis hatte sich weiterhin mit diesem ungeliebten Amt beflecken wollen. Doch das alles ging den Fremden selbstredend nichts an.

»Dann bin ich also richtig bei Euch.« Der Mann im schwarzen Umhang streckte ihm ein zusammengefaltetes Pergament entgegen. »Lest das! Und dann tut, was Ihr tun müsst!«

»Was sollte das sein?«, rief Morra, als der Besucher schon wieder zur Tür strebte. »Redet, denn ich nehme keinen Auftrag an, über den ich nicht Bescheid weiß!«

Der Mann war stehen geblieben. »Vor wenigen Tagen ist ein schrecklicher Mord geschehen«, sagte er. »Den alten Eremiten hat es getroffen, der lange allein oben in den Carceri gelebt hat. Ihr habt gewiss davon gehört.«

Morra nickte so heftig, dass sein Doppelkinn ins Schwabbeln geriet.

»Die frommen Brüder wollen ihn heute beisetzen, soweit ich weiß«, sagte er. »Ihr müsst wissen, meine Familie unterhält enge Beziehungen zum Sacro Convento und besonders zu Abt Matteo. Wir sind sozusagen die Stützen, auf denen alles ruht. Ohne unser solides Bauholz, das meine Familie auch in Krisenzeiten zu beschaffen wusste, hätte weder San Francesco noch das Kloster in diesem kurzen Zeitraum errichtet werden können.«

»Dann müsste es Euch persönlich ein besonders großes Anliegen sein, den Mörder jenes Mannes zu fassen.« Der Mann zog die Kapuze tiefer in die Stirn.

»Ihr wisst, wer der Mörder ist?« Giacomo Morra war trotz seiner Fülle behände aufgesprungen. »Dann sagt es mir! Ich werde unverzüglich die Büttel auf ihn hetzen ...«

»Lest!« Die Stimme war pures Eis. »Und dann trefft die richtigen Entscheidungen! Ich zähle auf Euch.«

Wieso gelang es ihm nicht, das Gesicht des Fremden richtig zu erkennen? Morra fühlte sich von Augenblick zu Augenblick unbehaglicher. Die Züge dieses Mannes schienen im Schatten der übergroßen Kapuze zu verschwimmen. Nase, Wangen, Kinn, alles ging auf seltsame Weise ineinander über. Nur die Augen fixierten ihn, kalt, hell, ohne erkennbare innere Bewegung.

Den Holzhändler überfiel eine nie zuvor gekannte Bangigkeit. Gleichzeitig spielte ihm sein Körper die seltsamsten Streiche. Im Bauch begann es zu grummeln, als müsse er sich auf der Stelle entleeren, seine Lider wurden schwer, und er hätte schwören können, aus eigenem Willen kein Glied mehr rühren zu können. War ihm etwa der Leibhaftige in Person erschienen, um dreist nach seiner Seele zu greifen?

»Wer seid Ihr?«, rief er angsterfüllt. »Wie lautet Euer Name?«

»Ein Bruder«, sagte der Fremde und hüstelte. »Sind wir das nicht alle – Brüder?«

Er zog den Umhang enger und verließ das Kontor.

Erst nach einer Weile wagte Ratsherr Morra, zur Tür zu gehen und ihm nachzuschauen. Doch sosehr er auch spähte, die Gasse vor dem Haus war leer.

Schwer atmend schlich er zu seinem Stuhl zurück. Seine Hände zitterten, als er das Pergament auffaltete und zu lesen begann.

Einmal. Zweimal. Schließlich noch ein drittes Mal, bis er sich endlich in der Lage sah, alles zu begreifen. Eine anonyme Anschuldigung – doch von welchem Kaliber!

Noch immer unsicher, griff er nach seinem Barett. »Cecilia!«, rief er nach oben. »Hörst du mich? Ich muss dringend noch einmal weg.«

Nach einiger Zeit erschien der rötliche Lockenkopf seiner Frau über dem Treppengeländer. »Was hast du gerade gesagt, Giacomo?«, fragte sie lächelnd. »Das Essen ist beinahe fertig.«

»Ich gehe hinüber ins Rathaus«, rief er. »Und es kann länger dauern. Warte lieber nicht mit dem Essen auf mich!«

Steifbeinig kam sie die Treppe herab. Ihr Bauch war nicht mehr zu übersehen, rund wie niemals zuvor wölbte er sich unter dem sommerlichen Stoff. Ein Junge, wie die Hebamme immer wieder versicherte, die sich für ihre angeblich stets treffsicheren Voraussagen bereits einen ordentlichen Batzen hatte zustecken lassen. Der heiß ersehnte Erbe zur Weiterführung der Familientradition, auf den sie beide seit mehr als acht Jahren hofften.

»Jetzt?«, erkundigte sie sich erstaunt, als sie unten bei ihm stand. »Ausgerechnet heute, wo die Köchin seit dem ersten Hahnenschrei dein Lieblingsgericht vorbereitet hat? Das kann doch nicht dein Ernst sein! Und wie siehst du überhaupt aus, Giacomo? So bleich und verschwitzt, als wäre dir ein Geist erschienen. Bist du krank? Was fehlt dir, Liebster?«

Wie gern hätte er jetzt den Kopf in ihren Schoß gelegt, sein heißes Gesicht in die Falten ihres Kleides auf den Bauch gedrückt, in dem das Kind bereits strampelte, dass es eine wahre Freude war, um sich wieder lebendig zu fühlen! Doch das Pergament in seiner Hand rief ihn zu unangenehmen Pflichten.

»Es ist nichts«, flüsterte er. »Nur diese Hitze und diverse Ratsangelegenheiten, über die ich vorläufig noch Stillschweigen bewahren muss. Mach dir bitte keine Sorgen!«

Cecilia öffnete den Mund, um etwas zu erwidern, schloss ihn aber wieder unverrichteter Dinge, was eigentlich gar nicht ihre Art war.

Giacomo drehte sich rasch um, bevor sie doch noch etwas sagen konnte, was ihn aufhalten würde. Er spürte ihren Blick im Rücken, als er hinausschlurfte wie ein alter Mann, als hätte die Begegnung mit dem Fremden auf geheimnisvolle Weise alle Kraft aus seinem Körper gesogen.

✢

Leos Nacken begann erst zu kribbeln, als er das Dormitorium betreten hatte. Die ganze Zeit zuvor hatte sein Körper ihm keinerlei erkennbare Signale gesendet, obwohl er so gut wie in jede Ecke des Klosters gekrochen war. Vom Keller bis unter das ziegelgedeckte Dach – alles hatte er gründlich untersucht, eskortiert von seinen beiden Leibwächterinnen, deren Mienen und Gesten unmissverständlich ausdrückten, was sie von seinen Bemühungen hielten.

Regulas Hilfe als Übersetzerin hätte er dabei eigentlich gar nicht bedurft, denn Chiaras designierte Nachfolgerin beschränkte sich auf ein kurzes Knurren, sobald ihr etwas, das Leo tat, ganz besonders missfiel, gepaart mit einem ruckartigen Hochziehen der Schultern, was ihn anfangs beinahe aus dem Tritt gebracht hätte.

Inzwischen hatte er sich daran gewöhnt, ebenso wie an Suor Regulas aufdringliches Schlurfen, das immer lauter und unwilliger wurde, je weiter sie gelangten. Leo versuchte, die beiden Nonnen so wenig wie möglich zu beachten, sondern sich ganz auf das zu konzentrieren, was er jeweils in Augenschein zu nehmen hatte. Allerdings machte ihm einiges, das er bei seiner Durchsuchung zu sehen bekam, schwer zu schaffen.

Vom heimischen Kloster in Ulm seit vielen Jahren an Kargheit und Einfachheit gewöhnt, erstaunte und befremdete ihn das Maß der Armseligkeit, mit dem er hier konfrontiert wurde. Die frommen Schwestern von San Damiano waren offensichtlich ärmer als jeder Bettler, der ihm jemals begegnet war. Sie besaßen nicht einmal eine zweite Kutte zum Wechseln und bereiteten ihr karges Essen auf einer winzigen, rußgeschwärzten Kochstelle zu. Dabei schienen sie richtiggehend stolz darauf zu sein, ihm ihre nahezu leeren Truhen, Kisten und Körbe, in denen er nicht einmal genug Nahrung für die nächsten beiden Tage entdecken konnte, wie Trophäen zu präsentieren. Leo wusste, dass sie von Spenden und Almosen lebten und es nicht anders wollten. Die Handarbeiten, die sie in den kurzen Zeiten zwischen den Gebeten verrichteten, brachten offenbar so wenig ein, dass sie damit nicht einmal die Hälfte des Brotbedarfs decken konnten.

Erst recht im Schlafraum musste er die Zähne fest aufeinanderbeißen, um sich des Kommentars zu enthalten, der ihm beinahe entschlüpft wäre. Sie schliefen auf Steinen, über die nur ein hartes Holzbrett gelegt war. Eine hauchdünne Strohschicht war darauf gebreitet und sicherlich seit dem vergangenen Winter nicht mehr gewechselt worden, wie seine empfindliche Nase ihm verriet. Zum Zudecken dienten zerschlissene Pferdedecken, so alt und kratzig, dass er sie selbst Fidelis allenfalls im Notfall zugemutet hätte.

Unter einer entdeckte er eine blutverkrustete Geißel, die er schnell wieder zurückschob. Dieser in seinen Augen übertriebene Akt der Selbstkasteiung, zu dem manche Brüder und, wie er nun feststellen musste, offenbar auch Schwestern griffen, war ihm regelrecht zuwider, auch wenn manche behaupteten, sogar Franziskus habe ihn gelegentlich gepflegt.

»Hat Suor Magdalena hier geschlafen?«, fragte er leise, da sein Kribbeln sich verstärkt hatte.

»Vor vielen Jahren einmal«, sagte Regula. »Und als sie dann wieder kam ...« Sie verstummte.

»Woher kam sie denn?«, hakte Leo augenblicklich nach. »War sie auf Reisen? Was mich allerdings wundern würde, denn ich dachte, für euch alle hier herrscht strengste Klausur.«

»Von der Krankenstation.« Regulas Miene verriet, dass dies das Äußerste an Einblick war, was sie preiszugeben bereit war. »In letzter Zeit war ihr Platz hier.«

Sie deutete auf die Stelle direkt neben der Wand, was eigentlich nicht mehr nötig gewesen wäre, denn die Graue hatte sich auf der schäbigen Decke eingeringelt und begann angesichts der unerwarteten Besucher herzhaft zu gähnen.

Der schlechteste Platz im ganzen Dormitorium, dachte Leo unwillkürlich. Die dicke Wand speicherte die Kälte des Winters und die Hitze des Sommers. Sie machte während der kalten Monate das trostlose Lager noch unwirtlicher, und in der heißen Jahreszeit schwitzte man hier mehr als anderswo.

Ob Magdalena freiwillig hier gelegen hatte? Zumindest hatte die Katze sich ihrer erbarmt und ihr ein wenig an Zuneigung und Zärtlichkeit geschenkt.

Allerdings schien ihm die Strohschicht ausgerechnet an diesem Platz einen Deut dicker zu sein, und sie roch auch nicht ganz so streng, wie er feststellte, als er sich schnuppernd darüberbeugte. Inzwischen hatte er das Gefühl, als säßen Ameisen in seinem Nacken. Er ahnte, nein, er wusste, dass er gleich auf etwas stoßen würde.

Leo streckte sich, um unter dem Stroh ganz nach hinten zu gelangen, bis seine Finger zunächst etwas Glattes und gleich dahinter etwas Raues ertasteten. Beides zog er vorsichtig heraus.

War die Graue seine Verbündete? Jedenfalls schienen seine beiden grimmigen Wächterinnen durch das Tier abgelenkt, das sich genüsslich streckte und anschließend einen ordentlichen Katzenbuckel machte, ein Umstand, den er zu nutzen wusste. Beide Fundstücke wanderten unauffällig in den kleinen Beutel an der Innenseite seiner Kutte, wo er neben dem Schreiben von Bruder Johannes auch seinen schlichten hölzernen Rosenkranz nahe dem Herzen verwahrte.

»Hier ist auch kein Buch«, sagte Leo. »Leider!«

Suor Regula gab ein Geräusch von sich, das fast wie Lachen klang. »Hab ich dich nicht vor Amatas Überempfindlichkeit gewarnt?«, rief sie triumphierend, während Benedetta so stumm blieb wie bisher. »Diese Kleine besitzt einfach zu viel Fantasie! Demnächst wird sie noch behaupten, ihr sei beim Kräuterpflücken ein Engel erschienen. Auf diesen Tag warte ich schon.«

Leo drehte sich langsam zu ihr um. »Ich weiß noch nicht, was hier Wahrheit ist und was Lüge«, sagte er leise. »Aber ich werde es herausfinden. Verlass dich darauf!«

✢

Ilaria mochte den Beichtstuhl in San Rufino, den neuartigen, in dem einen nicht nur ein dicht gewebter dunkler Stoff vor den neugierigen Blicken der Wartenden im Kirchenschiff verbarg, die ebenfalls ihre Seelen erleichtern wollten, sondern in dem man auch durch ein filigranes Holzgitter vom Priester getrennt war, dem man die Sünden zu gestehen hatte. Es war dämmrig zwischen den hölzernen Wänden. Sie hatte sich in die Kirche geflüchtet, um endlich dem unentwegten Lamentieren ihrer Mutter zu entgehen. Aber auch Stellas trauriges Gesicht versuchte sie mit aller Macht aus ihrem Gedächtnis zu löschen. Sie liebte ihre Schwester, hatte sie immer geliebt – und doch war Stella ihr in den letzten Tagen so fremd geworden.

Sie räusperte sich, um ihre Gegenwart anzuzeigen, doch von der anderen Seite des Gitters kam keine Antwort.

Ilaria suchte nach einer bequemeren Position. Es machte ihr nichts aus, dass der Priester offenbar seinen Platz noch nicht eingenommen hatte. Sie war ja heute ein wenig früher dran, um ihre Gedanken zu ordnen und wenigstens einen Teil der inneren Ruhe zurückzugewinnen, die ihr seit den turbulenten Ereignissen der letzten Tage abhandengekommen war. Um die Hände hatte sie den Rosenkranz aus Bergkristall geschlungen, den Federico ihr zum letzten Weihnachtsfest geschenkt hatte. Jedes Mal, wenn sie ihn berührte, fühlte sie sich so klar und rein wie die durchsichtigen Halbedelsteine, um vieles unschuldiger, als ihr leidenschaftlicher, liebesbereiter Körper es ihr sonst gestattete.

Wie sehr sie sich danach sehnte, Federicos Frau zu sein, damit sie endlich mit dem in Einklang leben konnte, was die strengen Vorgaben der Kirche von ihr verlangten! Die lange Verlobungszeit hatte sie auf eine allzu harte Probe gestellt und dazu gebracht, Dinge zu tun, die eigentlich verboten waren. Die meiste Zeit gelang es ihr, sie einfach aus ihrem Kopf zu verscheuchen, doch manchmal schämte sie sich auch dafür. Es machte ihr nichts aus, wie hart die Holzbank war, die ihre Knie gerade drückte; in diesem Moment genoss sie es sogar.

Hinter dem Holzgitter meinte sie eine Bewegung zu erkennen.

»*Padre?*«, flüsterte sie. »Ich bin gekommen, um die heilige Beichte abzulegen. Ich habe gesündigt.« Sie atmete tief. »Obwohl ich es nicht wollte, aber ...«

»Sprich!«, kam es undeutlich von der anderen Seite. »Sag, was dich bedrückt! Ich höre.«

»Ich weiß gar nicht, wo ich anfangen soll«, sagte Ilaria leise. »Vielleicht damit, dass ich meiner Schwester einen falschen Rat gegeben habe. Ich liebe sie sehr, das wisst Ihr, und eigentlich haben wir uns auch immer bestens verstanden, doch seit jenen schrecklichen Momenten auf der Piazza Communale, wo ihr Verlobter Carlo vor der ganzen Stadt als Bastard bloßgestellt wurde, ist nichts mehr wie bisher. Carlo war verzweifelt nach jenem Vorfall, vollkommen außer sich, und er hat mich um Hilfe angefleht. Ich war es, die Stella geraten hat, ihn wenigstens noch einmal anzuhören. Wie hätte ich ahnen können, dass er die Gelegenheit ausnützen würde, um ihr so wehzutun?«

Hinter dem Gitter war ein schmerzerfüllter Laut zu hören, und auch Ilaria presste die Hand auf ihr wild schlagendes Herz.

»Nein, nein!«, rief sie. »Das seht Ihr ganz falsch, *padre*, er hat sie gottlob nicht geschändet! Bevor es dazu kommen konnte, ist zum Glück ein deutscher Mönch eingeschritten, Padre Leo, der seit einiger Zeit bei uns wohnt und gerade nach seinem Pferd sehen wollte. Carlo hatte Stella bereits brutal gefesselt und ihr weißes Kleid zerschnitten, und seitdem ist sie nicht mehr sie selbst. Sie hat sogar ihre schönen Haare abgesäbelt, redet ganz merkwürdige Dinge, und hätte Mamma sie nicht eingesperrt ...«

Es klang, als sei der Priester auf der anderen Seite von der Bank gefallen.

»*Padre!*«, rief Ilaria. »Was ist mit Euch? Habt Ihr Euch verletzt?«

»Sie wurde eingesperrt? Wo genau im Haus?«, kam es dumpf von der anderen Seite.

»Im alten Ammenzimmer«, erwiderte Ilaria mit leichter Verwunderung, weil der Beichtvater auf einmal alles so genau wissen wollte. »Und dort hab ich auch freiwillig mit ihr zusammen eine Nacht verbracht, um ihr den Kopf wieder zurechtzurücken. Mamma möchte nämlich, dass Stella ins Kloster geht, aber Stella will unbedingt diesem fremden Mönch folgen, stellt Euch das nur einmal...«

Das Gitter wurde geöffnet. Ilaria starrte ins Dunkel.

»*Padre?*«, flüsterte sie. »Was hab ich denn...«

Eine Faust kam zu ihr herüber, schwielig und abgearbeitet, aber eindeutig keine Männerfaust, wie Ilaria sofort erkannte.

Als die Faust sich langsam öffnete, glänzte ein Schlüssel in der Handfläche.

»Ich hab ihn immer aufbewahrt. All die Jahre. Jetzt endlich weiß ich, wofür«, sagte eine Frauenstimme.

»Marta?«, flüsterte Ilaria. »Marta! Dann hab ich neulich doch richtig gesehen. Aber wo warst du nur die ganze Zeit?«

»Das tut jetzt nichts zur Sache. Du musst ihr den Schlüssel geben, hörst du? Stella darf nicht ins Kloster abgeschoben werden. Verhilf ihr zu ihrer Freiheit, Ilaria! Sie wird ihren eigenen Weg finden.«

»Aber wenn sie doch in ihr Unglück rennt...«

»Jeder hat sein Schicksal, Kind. Davor kannst und darfst du deine Schwester nicht bewahren.«

Das Gitter schloss sich wieder.

Ilaria hörte Schritte, die sich eilig entfernten. Sie wollte der einstigen Amme sofort hinterher, doch als sie aus dem Beichtstuhl stürzte, lief sie direkt in Padre Paolo hinein.

»Ihr wolltet zu mir, Signorina Lucarelli?« Er begann erwartungsvoll zu lächeln. »Dann kommt! Gott erwartet bereits die fromme Braut.«

Ilaria ließ den Schlüssel in ihr Mieder gleiten und folgte ihm zähneknirschend zurück in den Beichtstuhl.

✣

Wieder einmal hatte Leo es fast schon ungebührlich eilig gehabt, San Damiano zu verlassen, und er atmete auf, als die Klosterpforten sich hinter ihm geschlossen hatten. Innerlich fühlte er sich wie ausgehöhlt, so hungrig und durstig war er auf einmal, als sei ihm die kompromisslose Kargheit, der er stundenlang ausgesetzt gewesen war, tief ins Fleisch gekrochen.

Fidelis bewegte den Schweif und empfing ihn schnaubend. Er lehnte seinen Kopf an ihren Hals, was sie ganz besonders mochte, und verharrte in dieser Stellung, bis die Sonne wie ein glühender Ball im Westen versunken war. Dann ritten sie zurück in die Stadt.

Als Erstes brachte er Fidelis in den Stall, sattelte sie ab und sah, wie freudig Ilarias rotbraune Stute ihre Gefährtin begrüßte. Fidelis würde für die Zeit seiner Abwesenheit hier gut aufgehoben sein, das hatte Vasco Lucarelli ihm versprochen, der auch ab und zu mit ihr ausreiten wollte, sobald die Hochzeitsfeierlichkeiten vorbei waren.

Leo konnte einfach noch nicht hinauf in sein Zimmer gehen, so groß war die Unruhe in ihm. Er lief durch die abendlichen Gassen, bis er schließlich vor der Taverne mit dem Torbogen angelangt war, und trat nach kurzem Zögern ein.

Wieder waren viele Bänke besetzt, doch in einer Nische entdeckte er einen leeren Tisch, der auf ihn zu warten schien. Erst nachdem die Wirtin ihm einen Krug Wein und mit Oliven geschmortes Kaninchen gebracht hatte, fasste er in seinen Beutel und zog seine Fundstücke heraus.

Das Glatte war eine helle Kugel, feinstes Elfenbein, wie Leo erkannte, der das kostbare Material von dem Kreuz in der Ulmer Klosterkapelle her kannte. Teil eines Rosenkranzes?

Er entschied sich gegen diese Annahme. Dafür erschien ihm die Kugel oder Perle zu groß. Nachdenklich drehte Leo sie zwischen den Fingerkuppen, die plötzlich kleine Unebenheiten ertasteten.

Er zog die Kerze näher, hielt die Kugel davor. Die Zeichen waren so winzig, dass er die Augen zusammenkneifen musste, um sie überhaupt erkennen zu können. Nach dem fünften Versuch gelang es ihm schließlich.

PER MAGDALENA, las er. AMORE MIO.

Leos Nacken begann zu brennen, als wäre er in flüssiges Feuer getaucht, während er das zweite Fundstück näher studierte: ein unscheinbares Stück Pergament, kaum größer als sein Daumennagel. Deutlich war zu sehen, wo jemand ein Messer angesetzt haben musste, um es nicht sonderlich gekonnt sauber zu schaben. Die Tinte war leider verwischt. Lediglich zwei Buchstaben konnte er entziffern: *re*.

Was alles und nichts bedeuten konnte.

Doch der Fund bewies in seinen Augen, dass Magdalena so etwas wie ein heimliches Buch besessen hatte – in das sie geschrieben hatte, genauso wie die junge Amata es vermutete.

Aber wenn es sich nicht im Kloster befand, wie er die ganze Zeit fest angenommen hatte, wo konnte es dann sein? Hatte Magdalena das Buch mit nach draußen genommen? War es womöglich sogar ihrem Mörder, so es denn einen gab, in die Hände gefallen, und dieses Fitzelchen vor ihm war alles, was davon übrig geblieben war?

Der Wein, den Leo zunächst mit Genuss getrunken hatte, schmeckte auf einmal schal, und auch den gut gewürzten Kaninchenbraten mochte er nicht mehr zu Ende essen. Er schob beides zurück, vergewisserte sich, dass die Fundstücke erneut sicher verwahrt waren, warf ein paar Münzen auf den Tisch und ging nach draußen.

✤

Niemals zuvor war sie so hungrig gewesen, doch Stella war nicht bereit nachzugeben. Dabei hatte der Duft der gebratenen Hühnerschenkel, die Simonetta kurz in ihr Gefängnis gebracht hatte, um sie schwach werden zu lassen, so viel Speichel in ihrem Mund gesammelt, dass sie fürchtete, im nächsten Augenblick wie eine zahnlose Greisin zu sabbern.

»Das alles könnte schon bald in deinen Magen wandern.« Die keifende Stimme ihrer Ziehmutter hatte sie noch immer im Ohr. »Wenn du nur endlich bereit wärst, Vernunft anzunehmen. Das Kloster ist die einzige Lösung, Stella! Kein anständiger Mann wird nach diesem Auftritt jemals mehr um dich freien – ich denke, das weißt du ebenso gut wie ich.«

»Aber ich habe doch gar nichts falsch gemacht!«, hatte Stella aufbegehrt, obwohl sie wusste, dass es sinnlos war. »Die Schande lastet auf Carlo, nicht auf mir!«

»Ach, Kind!« Wieder dieses abgrundtiefe Seufzen, das Stella von jeher zutiefst zuwider gewesen war. »Darum geht es doch gar nicht. Ein Mädchen aus guter Familie braucht eben einen untadeligen Ruf. Und deiner ist leider beschädigt. Nimm den Schleier! Nur so kannst du dich einigermaßen reinwaschen.«

Für einen Augenblick war sie kurz davor gewesen, der Ziehmutter ins Gesicht zu schleudern, was alles in ihr rumorte: dass ihre leibliche Tochter alles andere als eine keusche Braut war, dass sie auf Carlos Werbung nur eingegangen war, weil der Druck der Familie sich immer weiter verstärkt hatte, dass sie ihn lediglich um Ilarias willen überhaupt noch einmal angehört hatte, dass er im Stall versucht hatte, sie zu vergewaltigen, um die Hochzeit doch noch zu erzwingen. Aber wozu?

Simonetta hatte ihre Ziehtochter abgeschrieben, das erkannte Stella an ihrem Blick, der durch sie hindurchging, als bestünde sie aus Glas. Was immer sie auch sagen würde, die ehrgeizige Händlersgattin würde es nicht erreichen. In deren Welt gab es nur Schwarz und Weiß, und sie war unglücklicherweise auf die verkehrte Seite gerutscht.

Und Vasco, der immer ein gutes Wort für sie eingelegt hatte? Mehrere Male hatte sie Simonetta angefleht, ihn wenigstens kurz sprechen zu dürfen, doch die Ziehmutter hatte jedes Mal kategorisch abgelehnt. Weil sie wusste, dass ihr Mann Stellas Flehen auf Dauer nicht standhalten würde? Oder gab es andere Gründe, ihr diese Bitte zu verweigern?

Mittlerweile war Stella von den vielen Gedanken, die sich unablässig in ihrem Kopf drehten, ganz müde und verwirrt.

Blieb nur noch Ilaria.

Doch selbst die hatte sich in den letzten Tagen auf merkwürdige Weise verwandelt. Wo war die launige Gefährtin der Kindheitstage geblieben, der Wildfang, stets und überall zu Streichen und kleinen Listen aufgelegt? Ilaria verabscheute Carlo für das, was er Stella hatte antun wollen. Und dennoch hatte sie den Gedanken an eine Ehe zwischen Stella und ihm noch nicht ganz aufgegeben.

»Irgendwann wird in Assisi der Klatsch aufhören«, lautete ihr Argument. »Bastard hin, Bastard her! Hat der alte

Conte etwa einen anderen Sohn? Na also! Wer außer Carlo soll einmal sein Erbe antreten? Das, Sternchen, solltest du dir zunutze machen!«

»Und wenn das alles gar nicht mehr wichtig für mich ist? Erbe. Reichtum. Sicherheit. Was bedeutet das schon? Ich hätte tot sein können oder schwer verletzt, hätte Leo mich nicht gerettet.«

»Er hat dich tatsächlich verhext.« Ilarias schön geschwungene Lippen hatten sich abschätzig verzogen. »Inzwischen bin ich mir so gut wie sicher. Aber ich werde nicht länger tatenlos dabei zusehen, das musst du wissen! Dieser Mönch treibt sein Spiel mit dir. Doch du scheinst weit und breit die Einzige zu sein, die nichts davon bemerkt.«

Stella schloss die Augen und legte sich zurück auf das schmale Bett, doch keine Bilder wollten sich einstellen, nicht einmal Leos besorgtes Gesicht, das sie in ihrer Vorstellung während der letzten schrecklichen Tage getröstet hatte.

Und wenn die Schwester doch recht hatte und er ihre Zuneigung lediglich ausnutzte, um zu bekommen, was ihm sonst verwehrt bleiben würde?

Sie lügt, lügt, lügt, dachte Stella und konnte doch nicht verhindern, dass ihre Augen feucht wurden. Niemand auf der ganzen Welt kann verstehen, wie es in mir aussieht.

Sie war schon dabei, die Kerzen zu löschen und sich die dünne Sommerdecke über den Kopf zu ziehen, um sich ins Dunkel zu flüchten, als plötzlich laut an die Haustüre geschlagen wurde.

Stella lief ans Fenster – und staunte, als sie erkannte, wer da so spät noch Einlass im Haus der Lucarellis begehrte.

Giacomo Morra, der erst neulich die schöne blaue Seide für seine schwangere Frau in Vascos großem Warenlager erstanden hatte, in Begleitung zweier Männer, die rote Fetzen am Wams als städtische Büttel auswiesen, dazu Abt Matteo vom Sacro Convento, der Ilaria und ihr vor vielen Jahren die erste heilige Kommunion gespendet hatte.

✢

Nicht zum ersten Mal hatte Leo sich für den Weg durch den Stall entschieden, um leise und schnell ins Haus zu gelangen. Doch heute packten zu seiner Verblüffung zwei kräftige Männer seine Arme, kaum dass er den Hintereingang passiert hatte, und zerrten ihn trotz Gegenwehr die Treppe hinauf ins Esszimmer.

»Wer seid Ihr?«, rief er, als sie schließlich schnaufend von ihm abließen. »Was soll dieser seltsame Überfall in diesem gastlichen Haus?«

»Die beiden tun lediglich ihre Pflicht«, sagte Abt Matteo. »Mich hat man gebeten zu übersetzen. Deshalb bin ich hier.«

»Welche Pflicht?« Leos Blick flog von Vasco Lucarelli, der ihm nicht standzuhalten vermochte und stattdessen zu Boden starrte, zu dem gut gekleideten Fremden, der so schwitzte, dass man beinahe Mitleid mit ihm bekommen konnte.

»Das ist Ratsherr Morra«, erklärte Matteo. »Mit der Verfolgung von Schwerverbrechen in Assisi beauftragt. Die anderen beiden sind städtische Büttel.«

Langsam begann Leo zu ahnen, um was es hier gehen könnte, und dennoch erschien ihm allein der Gedanke noch immer ungeheuerlich.

»Und diesen Verbrecher sucht ihr hier?«, sagte er.

Morra fing an zu reden, so schnell und undeutlich, als wolle er die ganze Angelegenheit möglichst rasch hinter sich bringen.

»Es gibt da einen Brief«, übersetzte der Abt, »der dich des Mordes an Giorgio beschuldigt.«

»Wer wagt so etwas zu behaupten?«, rief Leo. »Eine dreiste Lüge – und das weißt du, Bruder Matteo!«

»Das Schreiben ist anonym ...«

»Natürlich! Denn dieser unverschämte Lügner muss sein Gesicht verborgen halten.«

»... aber erstaunlich detailreich. Was Ratsherr Morra sehr nachdenklich gemacht hat«, fuhr Matteo fort.

»Und deshalb hetzt er seine Büttel auf mich? Reichlich voreilig, für meinen Geschmack, sag ihm das! Ich habe Fra Giorgio lediglich gefunden. Das ist alles. Da war er bereits tot.«

Matteo übersetzte, was der Ratsherr mit leichtem Nicken quittierte.

»Du warst offenbar mehrmals bei dem Eremiten«, fuhr der Abt fort. »Was ich für meinen Teil gar nicht wusste.«

»Stand das auch in dem anonymen Brief?« Leos anfängliche Bestürzung war dabei, sich in Zorn zu verwandeln. »Verzeih, wenn ich dich nicht um Erlaubnis gefragt habe, Bruder Matteo. Aber ich bin als Visitator nach Assisi gekommen, wenn du dich freundlicherweise daran erinnern magst. Mein Vorgehen bestimme ich selbst, so habe ich es stets gehalten und gute Erfahrungen damit gesammelt.« Er schob die Schultern nach hinten, und es war, als werfe er damit auch eine unsichtbare Last ab. »Mit meinem Tun bin ich Johannes von Parma verantwortlich, wie sein Schreiben an mich beweist. Ihm allein habe ich Rede und Antwort zu stehen – ihm und dem Heiligen Vater in Rom.«

Wieder übersetzte der Abt, und wieder wünschte Leo, er könnte mehr von dem verstehen, was Matteo zu Morra sagte. Einmal mehr nahm er sich vor, die fremde Sprache besser zu erlernen. Seine anstehende Wanderung würde ihm Gelegenheit dazu bieten – falls er überhaupt aufbrechen konnte.

»In geistliche Belange will sich hier keiner einmischen«, sagte Abt Matteo. »Doch der Vorwurf, einen Menschen getötet zu haben, ist eine andere Sache. Ratsherr Morra ….«

»Ich – ein Mörder?«, schrie Leo und machte einen Satz nach vorn, der alle zurückweichen ließ. »Niemals, versteht ihr, niemals! Ich bin seit zwanzig Jahren Mönch, diene meinem Orden und liebe den heiligen Franziskus. Den alten Eremiten habe ich zweimal lebend gesehen. Beim dritten Mal war er schon tot. Fragt …«

Er hielt inne. Durfte er ihren Namen in die Waagschale werfen?

Morra starrte Leo an wie eine Erscheinung, und auch die Büttel verschlangen ihn regelrecht mit ihren Blicken. Nur Vasco Lucarelli, der bislang stumm geblieben war, schien ins Nichts zu stieren.

Er musste es wagen! Nach einem tiefen Atemzug sprach Leo weiter, nun um einiges ruhiger.

»Fragt Signorina Stella!«, sagte er. »Sie war als Übersetzerin an meiner Seite, nachdem mir klar geworden war, dass ich mich ohne Hilfe mit dem Alten nicht würde verständigen können. Gemeinsam sind wir zu den Carceri hinaufgestiegen und haben dort nach Giorgio gesucht. Sie war es, die den Toten in seinem erbärmlichen Zustand entdeckt hat – noch vor mir.«

»Stella?«, rief Vasco Lucarelli, nachdem der Abt für Morra übersetzt hatte, was Leo gesagt hatte. »Unsere Stella?«

»Die Einzige weit und breit, die meines Wissens beide Sprachen fließend spricht und in keinem Kloster lebt. Daher konnte sie mir zur Seite stehen«, fügte Leo hinzu. »Fragt sie doch selbst, wenn Ihr noch immer Zweifel hegt!

Sie wird Euch bestätigen, was ich gesagt habe. Holt sie! Es ist zwar spät, doch die Besonderheit der Situation ...«

Giacomo Morra lauschte Matteos Übersetzung, dann begann er eifrig zu nicken.

»Das, meine Herren, ist leider gänzlich ausgeschlossen!« Vasco Lucarelli schien plötzlich hellwach. »Meine Tochter hat einen schweren Schicksalsschlag hinnehmen müssen und bereitet sich nun auf ihren Eintritt ins Kloster vor. Ich möchte nicht, dass jemand ihre stille Einkehr stört. Schon gar nicht mitten in der Nacht.«

Leo gelang es, seine Gefühle zu verbergen, doch seine Gedanken überschlugen sich. Was ging hier vor?

Niemand entschloss sich innerhalb weniger Tage zu einem Leben hinter Klostermauern. Kein einziges Mal hatte die junge Frau ihm gegenüber solche Pläne erwähnt.

Er glaubte Lucarelli kein Wort. Ratsherr Morra schien es ähnlich zu gehen, denn seine Miene veränderte sich plötzlich und nahm eine Härte an, die man den gut gepolsterten Zügen gar nicht zugetraut hätte.

»*Voglio vedere la figlia*«, sagte er. »*Adesso!*«

Er bestand darauf, Stella zu sehen. Augenblicklich!

Vasco Lucarelli blieb nichts anderes übrig, als der Aufforderung zu folgen. Gebückt ging er aus dem Zimmer, tuschelte draußen eine ganze Weile mit seiner Frau, die sich bislang unsichtbar gemacht hatte, wurde dann laut, als Simonettas Keifen anstieg, und brachte sie schließlich mit einem kurzen Gebrüll zum Schweigen.

Nach einer Weile kehrte er mit Stella zurück.

Was hatten sie mit ihr gemacht? Leo konnte den Blick von der jungen Frau kaum lösen.

Sie war bleich und wirkte übernächtigt, die Wangen waren eingefallen, die Augen verweint. Das schwarze Haar stand ihr nach allen Seiten vom Kopf, als hätte es tagelang keine Bürste mehr gesehen, das Kleid war fleckig und zerknittert. Auf ihn machte sie den Eindruck, als käme sie direkt aus einem Gefängnis. Aber dazu wären die Lucarellis doch wohl kaum fähig – ihre eigene Tochter einzusperren?

Ziehtochter, sagte eine hässliche kleine Stimme in ihm, die sich nicht mehr zum Schweigen bringen lassen wollte. Und das bekommt sie jetzt erst recht zu spüren.

Ratsherr Morra schien der seltsame Anblick ebenso zu verwirren, das war unübersehbar, doch er fasste sich und begann mit seinen Fragen.

Stella antwortete rasch und gefasst, wie es Leo erschien, doch er verstand wie gewöhnlich nur einzelne Worte.

»Ich will wissen, was sie sagt«, verlangte er nach den ersten Sätzen, da Matteo keinerlei Anstalten machte, für ihn zu übersetzen. »Schließlich geht es hier um den Beweis meiner Unschuld.«

»Verzeiht, *padre*!«, sagte Stella und sah ihn zum ersten Mal, seit sie den Raum betreten hatte, richtig an. »Natürlich kann ich gerne ...«

»Das ist meine Sache!«, fiel der Abt ihr ins Wort. »Sie war zweimal mit dir bei den Carceri, das hat sie bisher gesagt. Beim ersten Mal erfreute der alte Eremit sich bester Gesundheit. Das zweite Mal aber konntet ihr ihn nirgendwo entdecken ...«

Stella nickte und sprach rasch auf Italienisch weiter.

»Sie hat einen Korb mit Essen vor einer der Hütten gefunden. Und eine Spur von Erbrochenem, die schließlich zu dem Toten geführt hat«, übersetzte Matteo weiter.

»Genau, wie ich bereits gesagt habe«, rief Leo. »Das Gift muss in dem Kuchen versteckt gewesen sein. Ich lebe hier erst seit kurzer Zeit als Gast im Haus der Lucarellis. Wie sollte es mir da möglich gewesen sein, einen vergifteten

Kuchen herzustellen? Allein schon das ein Ding der Unmöglichkeit!«

Gemeinsam hatten Stella und er den Ratsherrn zum Umdenken gebracht, das sah Leo an Morras Zügen, die ihre vorübergehende Härte wieder verloren hatten und nun eher leicht verwirrt oder sogar beschämt wirkten.

»Man hat mich offenbar getäuscht«, übersetzte Abt Matteo Morras Erklärung. »Arglistig getäuscht. Natürlich werde ich die unselige Angelegenheit erneut dem Rat der Stadt vorlegen müssen, bis ein endgültiger Bescheid erfolgen kann. Ihr bleibt doch noch eine Weile in Assisi, Padre Leo, als geschätzter Gast von Vasco Lucarelli?«

Aller Augen ruhten nun auf ihm, auch Stellas Blick, der mittlerweile etwas Flehendes angenommen hatte, das er nicht genau zu deuten wusste. Obwohl Leo die blutbefleckte Landkarte an einem sicheren Ort verwahrt hatte, war es auf einmal für ihn, als glühe sie direkt auf seiner Brust. Er durfte nicht lügen, sein Glaube und seine Gelübde verboten es ihm. Doch durfte er die Wahrheit aufs Spiel setzen, indem er einen Weg nicht konsequent weiterverfolgte, der sich vor ihm auftat?

Und konnte sich nicht schon morgen wieder alles ändern – und er würde womöglich erneut unter Verdacht geraten?

Mit diesem anonymen Brief musste es eine ganz besondere Bewandtnis haben. Jemand hatte sich auf seine Spur gesetzt, jemand, der ihn offenbar vernichten wollte. Allerdings hatte Leo bislang nicht die geringste Vorstellung, wer das sein könnte und aus welchem Grund er agierte.

Unschlüssig bewegte Leo leicht den Kopf, was Morra offenbar als ein Nicken auffasste.

Er rief die Büttel zu sich, und gemeinsam verließen sie das Haus. Abt Matteo, offensichtlich fest entschlossen, eine

Zwiesprache mit Leo tunlichst zu vermeiden, folgte ihnen auf dem Fuß.

Stella wurde von ihrem Ziehvater fürsorglich, aber entschlossen aus dem Zimmer geführt. Wie eine Gefangene, dachte Leo und schämte sich im selben Moment für diese Gedanken, aber er konnte nicht anders. Die junge Frau hatte ihm mutig beigestanden, war es jetzt nicht an ihm, das Gleiche zu tun?

Was sollte er sagen, um ihr zu Hilfe zu eilen? Sosehr er sein Hirn auch marterte, ihm wollten die richtigen Worte nicht einfallen.

An der Schwelle blieb Stella stehen und schaute zu ihm um.

»Gott sei mit Euch, *padre*«, sagte sie leise. »Er schützt die, die reinen Herzens sind. Das weiß ich.«

✢

Die Karte, die Karte, diese verfluchte und gleichzeitig gesegnete Karte! Inzwischen hasste Leo sie geradezu, so sehr bestimmte sie bereits sein Leben. Sie rief ihn mit Engelszungen, lockte ihn wie das verführerischste Weib, obwohl er solchen Verlockungen niemals erliegen würde, brannte in ihm – und ließ sich lediglich mit dem heiligen Versprechen beruhigen, dass er alsbald ihren Spuren folgen würde. Eine ganze Weile hatten die eingetragenen Orte ihm nichts gesagt, doch inzwischen hatte Leo durch geschickte Nachfragen in den beiden Klöstern und bei den Lucarellis herausgefunden, dass sie ausnahmslos etwas mit Francesco zu tun haben mussten.

An allen hatte der Heilige sich mehrmals aufgehalten, offenbar dazu in wichtigen Phasen seines Lebens, manchmal viele Monate lang. Die Eremo delle Carceri, wo Fra

Giorgio auf grausame Weise ums Leben gekommen war, hatte lediglich eine Art Anfangspunkt gebildet. Später waren Franziskus und die ersten Brüder zu vielen anderen Orten gewandert, um dort in vollkommener Abgeschiedenheit Jesus Christus nah zu sein.

Ob diese ausgesuchten Orte auch die Schönheit der Wälder und Höhlen des Monte Subasio besitzen würden? Mit einem Mal war Leo sich beinahe sicher, und große Aufregung erfasste ihn. Doch konnte er es wagen, trotz strikter gegenteiliger Anordnung Assisi überhaupt zu verlassen? Es gab nur einen einzigen Platz, um darüber endgültige Gewissheit zu erlangen, und genau zu diesem trieb es ihn nun.

Vorsorglich hatte er bereits alles für den Aufbruch vorbereitet. Da war nur dieser kleine, mehrfach geflickte Ledersack, der ihn begleiten würde. Alles andere ruhte in den Satteltaschen, die er nach seiner Rückkehr in Lucarellis Stall ebenso wohlverwahrt wiederfinden würde, wie er sie zurückließ: die Kutte zum Wechseln, sein Dolch, den er hoffentlich niemals mehr benutzen musste, der Beutel mit Silbermünzen, die das heimische Kloster ihm aufgedrängt hatte, damit sein Begleiter und er ihr Ziel auch erreichten.

Doch was hatten sie ihnen eingebracht? Nichts als Kummer und Leid, das sich niemals mehr würde gutmachen lassen.

Geld ist wie Staub, dachte Leo in einem Anfall jähen Abscheus. Keiner hat das jemals zuvor so trefflich auf einen Begriff gebracht wie du, Franziskus!

Jetzt hielt ihn nichts mehr in den gastlichen Wänden der Lucarellis, wenngleich der Gedanke an Stella ihn wie eine dunkle Wolke streifte. Sie ist auf einem guten Weg, versuchte er sich einzureden. Vielleicht trifft ja tatsächlich zu, was ihr Vater geäußert hat, und sie ist kurz davor, ins Kloster einzutreten.

Doch dann meldete sich wieder diese hässliche kleine Stimme zu Wort, die ihn schon vorhin gequält hatte, und behauptete das Gegenteil. Stella ist eine Gefangene, hörte er sie sagen. Sie wartet nur darauf, dass du sie befreist.

Leo schüttelte den Kopf. Er war ein Mönch, ein Diener seines Ordens. Ursprünglich angetreten, um das Anliegen Chiaras zu überprüfen – und inzwischen auf ganz andere Pfade geraten. Er brauchte endlich Klarheit, eine Gewissheit, die ihn nicht länger zweifeln ließ.

Er erhob sich, schulterte den Ledersack und verließ sein Zimmer. Die Treppe hinunter nahm er ganz leise, um nach dieser Nacht der Aufregung und Verwirrung niemanden mehr aus dem Schlaf zu wecken.

Den Weg in den Stall konnte er sich dennoch nicht ersparen. Fidelis stand, als hätte sie ihn bereits erwartet, wach in ihrer Box, die sie mit Ilarias schlafender Stute teilte.

»Besser so, meine Alte!« Liebevoll koste Leo ihre Blesse. »Auf dem Weg, den ich nun zu gehen habe, kann niemand mich begleiten. Aber wir beide werden uns wiedersehen, das verspreche ich dir.«

Er trat schnell hinaus, ohne sich noch einmal umzuschauen. Doch auf merkwürdige Weise schien der Geist des Pferdes ihn weiter zu begleiten.

Den Weg bis zur Kirche San Francesco fanden seine Füße inzwischen wie von selbst. Die Stadt lag noch im tiefen Schlummer. Über ihm am wolkenlosen Nachthimmel eine silberne Mondsichel, die langsam am Sinken war, ebenso schmal und verletzlich, wie er sich in dieser Nacht fühlte.

Die Grablegungskirche empfing ihn dunkel und still, was ihn mit tiefer Freude erfüllte. Seine Überlegungen waren also richtig gewesen und die Matutin sowie die anschließenden Laudes der Mönche offenbar bereits beendet. Bis zur Terz würde ihn hier niemand mehr stören.

Langsam ging er auf den schlichten Altar zu, der vor dem Grab des Heiligen stand, kniete sich kurz nieder, um sich dann aus einem plötzlichen Impuls heraus bäuchlings flach auf den Boden zu legen, die Beine eng zusammen, die Arme nach links und rechts ausgestreckt.

Allmählich wurde sein Atem ruhiger.

Sein Körper bildete das Zeichen des τ, dieser Gedanke kam ihm nach einer Weile, und er gefiel ihm so gut, dass er die steinerne Härte unter sich nicht unangenehm empfand. Bilder stiegen in ihm auf, die er nicht verscheuchte oder bewertete, sondern einfach geschehen ließ.

Genauso war er schon einmal vor einem Altar gelegen, vor langen Jahren, als Leonhart von Falkenstein in einer milden Mainacht im Kloster zu Ulm Herkunft und Name abgelegt hatte, um Franziskaner zu werden. Allen anderen Novizen hatte der damalige Abt für ihr Leben als Mönch einen neuen Namen gegeben, den sie später im Alltag vorsichtig erproben sollten. Bei ihm jedoch hatte er eine Ausnahme gemacht.

»Du sollst Bruder Leo heißen.« Die leise Stimme klang Leo noch immer im Ohr, als wäre es erst gestern geschehen und nicht vor Jahrzehnten. Gegen alle Regeln hatte er damals gewagt, nach oben zu blinzeln, und zu seiner Überraschung hatte der Abt leicht gelächelt.

»Welch anderen Namen sollte ich einem wie dir schon geben? Ein Lamm wird niemals aus dir werden, das weißt du ebenso gut wie ich. Du bist und bleibst Leo, ein Löwe, der zum Kämpfen bereit ist und, so Gott will, ein trefflicher Streiter Jesu werden wird.«

Viel zu lange hatte er nicht mehr an diese Szene gedacht, doch nun erfüllte ihn die Weisheit des alten Abtes mit Frieden und neuer Zuversicht. Mochten die Hindernisse und Schranken sich als noch so schwierig erweisen – er würde sie meistern. Die Wahl Bruder Johannes' sollte nicht zufällig auf ihn gefallen sein. Er würde dem Generalminister seines Ordens beweisen, dass er sich nicht geirrt hatte.

Plötzlich konnte Leo es kaum noch erwarten aufzubrechen. Langsam erhob er sich, streckte sich, um wieder Leben in den Gliedmaßen zu fühlen, und verneigte sich noch einmal vor dem Grab des Mannes, der sein Vorbild war.

Dir zu Ehren, Francesco!, dachte er. Auf dass deine Begleiterin Chiara die richtigen Ehren erhalten möge!

Er trat hinaus, sog begierig die frische Luft ein, dann machte er sich auf den Weg durch die Stadt in südliche Richtung, genauso wie es die Karte in seinem Ledersack vorschrieb.

Er war erst ein paar Schritte gegangen, als er plötzlich ein Geräusch hinter sich hörte. Ein streunender Hund? Dazu war es zu laut gewesen!

Leo starrte in die Dunkelheit, die sich erst langsam aufzuhellen begann. Bis zum Sonnenaufgang würde es noch eine ganze Weile dauern. Doch er konnte nichts erkennen, sosehr er sich auch anstrengte.

Hinter ihm war nichts als Schatten.

Sechs

Der frühe Morgen erschien ihm so friedlich wie einer der ersten Schöpfungstage. Der Horizont war rosa gefärbt, der Himmel zartblau und wolkenlos, als Leo erneut seinen Aufstieg zum Monte Subasio begann. Schon nach den ersten Schritten spürte er, wie er innerlich ruhiger wurde. Es gelang ihm sogar, einen Rhythmus zu finden, der seinen Atem schonte, obwohl er gleichzeitig im ganzen Körper spürte, wie sehr der Berg abermals seinen Tribut von ihm forderte.

Als das schattige Grün des Waldes ihn schließlich kühlend umschloss, kam Leo unweigerlich Stella in den Sinn, und für einen Moment war es, als ginge sie wieder friedlich neben ihm her, doch er zwang sich, sich von dieser Vorstellung zu lösen. Er durfte nicht zurückschauen, wenn er bei seinen Untersuchungen vorankommen wollte, sondern musste sich ganz und gar auf das Neue einlassen, das vor ihm lag. Franziskus und seine ersten Gefährten hatte es an einsame Orte gezogen – und die wichtigsten, die ihm womöglich Aufschluss für all die drängenden Fragen bringen sollten, die ihn quälten, schienen auf jener Blutkarte verzeichnet zu sein, die ihn ab jetzt führen und leiten sollte.

Das heilige Tal von Rieti sollte ihm Gewissheit bringen. So jedenfalls lautete Leos Hoffnung, die er sich in bangen Nachtstunden abgerungen hatte.

Der Bach am Wegrand, den er schließlich erreichte,

führte deutlich weniger Wasser als bei seinen bisherigen Aufstiegen, und plötzlich überfiel ihn erneut ein Anflug von Sorge. War er nicht gerade dabei, immer tiefer in ein Land einzudringen, von dem er so gut wie nichts wusste?

Abermals musste Leo den Realitätssinn des Ordensgründers bewundern, der von Anfang an darauf bestanden hatte, dass Brüder stets zu zweit unterwegs sein sollten, damit einer sich um den anderen kümmern konnte. Andreas – auf einmal wollte der Name des Gefährten, mit dem er ursprünglich von Ulm aus aufgebrochen war, ihn nicht mehr loslassen. Leo sprach ein stilles Gebet und versuchte danach mit aller Macht, an etwas anderes zu denken.

Die Carceri, an denen er mit einem innerlichen Segensgruß an den toten Fra Giorgio vorbeizog, brachten ihn auf andere Gedanken, wenngleich bei ihrem Anblick noch einmal all die unterschiedlichen Gefühle und Befürchtungen der vergangenen Tage in ihm hochstiegen. Ich finde deinen Mörder, dachte er und zeichnete sich inbrünstig das Kreuz auf die Brust. Das gelobe ich dir, bei allem, was mir heilig ist. Du sollst nicht umsonst gestorben sein, lieber alter Bruder!

Ab nun war es nur noch ein kurzes Stück bergauf, bevor er den kahlen Gipfel erreichte und der Abstieg begann. Allerdings hatte Leo sich dabei ordentlich verschätzt. Der Pfad war schmal und steinig, von Regenfällen ausgewaschen, gänzlich unbefestigt. Seine ausgetretenen Sandalen boten keinerlei Halt. Wie ein Kind, das das Laufen erst mühsam erlernen muss, rutschte er hin und her, immer wieder wild mit den Armen rudernd, um nicht das Gleichgewicht zu verlieren, der Länge nach hinzuschlagen oder sogar abzustürzen.

Wie mochte erst Franziskus solch unwirtliche Wege bewältigt haben – zudem zumeist barfuß, wie die Legenden berichteten, und die meiste Zeit seines Lebens von allen möglichen Krankheiten geschwächt? Leos Hochachtung vor dem Heiligen wuchs mit jeder Meile, die er schwitzend und keuchend zurücklegte.

Inzwischen spürte er jeden einzelnen Muskel, die Knie hatten zu schmerzen begonnen, und seine Waden waren vor Anstrengung steinhart geworden. Der Durst war so immens, dass vor Leo urplötzlich das verschwommene Bild des Trasimener Sees auftauchte. Jetzt die Kühle des großen Wassers auf der Haut zu spüren und ganz darin unterzutauchen – eine verlockende Vorstellung, die fast übermächtig zu werden drohte.

Ein Rinnsal neben dem Weg, das er durch Zufall entdeckte, sorgte für etwas Erfrischung, doch seinen beißenden Schweißgeruch vermochte auch das provisorische Bad nicht gänzlich zu vertreiben. Im Ulmer Kloster hatte Leo die eigene Ausdünstung niemals gestört, nicht einmal während der langen Wintermonate, wenn die Brüder wegen der niedrigen Temperaturen noch mehr als sonst an Wasser gespart hatten. Doch das war jetzt, seitdem er die Alpen überquert hatte, anders. In diesem heiteren, sonnigen Land, wo ein Großteil des Lebens sich im Freien abspielte, schienen die Menschen mehr Wert auf Wohlgerüche zu legen, das war ihm schon in den ersten Tagen aufgefallen.

Unwillkürlich schlich sich wieder Stellas zarter Duft in seine Nase, eine äußerst gefährliche Erinnerung, wie er aus Erfahrung wusste, gegen die er allerdings machtlos war. Hätte er nicht doch besser seine zweite Kutte mit auf Wanderschaft nehmen sollen?

Verschiedene Fraktionen von Franziskanern hatten sich über diese Frage seit Jahren heillos zerstritten, doch sein Ulmer Kloster war bislang der gemäßigten Meinung gefolgt und hatte folglich den Besitz zweier Hosen und Kutten erlaubt. Leo jedoch strebte an, dem Heiligen und seiner einfachen Lebensart so nah wie möglich zu sein – mit vielfältigen Konsequenzen, die er nun ertragen musste. Denn mittlerweile hatte sich auch bohrender Hunger gemeldet.

In seinem Sack fanden sich lediglich ein Stück Brot und ein Kanten Käse, die er beide verschlang. Doch der winzige Imbiss neckte seinen Magen eher, als dass er ihn gefüllt hätte.

Über kurz oder lang würde ihm nichts anderes übrig bleiben, als seine Schale herauszuziehen und wie einstmals die ersten Brüder bettelnd von Haus zu Haus zu ziehen, was ihm bislang erspart geblieben war, denn die Arbeit der Mönche im Heimatkloster warf genug ab, um die Erträge sogar noch mit den Armen Ulms zu teilen.

»Ein jeder der Brüder soll ein Handwerk erlernen.« Diesen Satz des Heiligen hatte er besonders beherzt, wenngleich er sich beim Sägen und Hobeln in der kleinen Klosterschreinerei anfangs nicht gerade geschickt angestellt hatte. Zum Glück zeigte der alte Bruder Adam Geduld. Mit ihm schien das Holz auf geheimnisvolle Weise zu sprechen, so geschmeidig glitten Äste und Balken durch seine schwieligen Hände, und schließlich waren auch Leos Bretter glatt genug gehobelt, um Weiterverwendung zu finden.

Seltsam, dass er heute nach langer Zeit wieder an seinen einstigen Lehrherrn denken musste. Vielleicht weil der Mann, der dort mit einer Axt zugange war, Leo in Haltung und Statur an den längst Verstorbenen erinnerte? Der untersetzte, grauhaarige Bauer hielt gerade in der Arbeit inne, wischte sich den Schweiß von Stirn und Nacken und schlug dann ein Tuch auf, in dem er sein Essen eingewickelt hatte. Angesichts von Oliven, Schinken und Brot lief Leo das Wasser im Mund zusammen, doch er machte nicht halt, um sich einen Teil zu erbetteln, sondern ging schnurstracks weiter, auf die Mauern zu, die das kleine Städtchen Spello umschlossen.

Nach einem Blick auf seine Kutte ließ man Leo unbehelligt das mächtige steinerne Tor passieren, was ihm Mut machte. Vielleicht waren die Menschen dieses Ortes Francescos Ordensbrüdern wohlgesinnt. Und tatsächlich winkte ihn schon nach ein paar Schritten eine ältere Frau zur Seite.

»*Hai fame, padre?*«, fragte sie freundlich. »*Vieni!*«

Und ob er hungrig war! Leo nickte und begann dann, in der fremden Sprache loszureden, was ihm offenbar nur unvollständig gelang, denn die Frau lächelte sichtlich amüsiert über seinen Versuch.

»*Vieni!*«, wiederholte sie schließlich. »*Non è lontano.*«

Schon hinter der nächsten Ecke führte sie ihn in ein niedriges Haus, wo auf dem Herd in einem großen Topf Suppe siedete. Ein köstlicher Geruch erfüllte den rußgeschwärzten Raum, und als sie eine Schüssel randvoll mit Gemüseeintopf gefüllt hatte, konnte Leo es kaum erwarten, seinen Löffel hineinzutunken und endlich zu essen.

Er schmeckte Bohnen und Knoblauch, Sellerie und zarte Möhren, geröstete Zwiebeln, die fast süß waren, Petersilie und das besondere Kraut, das sie hier *salvia* nannten. Die Alte hatte eine Scheibe Weißbrot, getränkt mit feinwürzigem grünlichen Olivenöl, dazugelegt, das Leo begeistert hatte, seitdem er es zum ersten Mal gekostet hatte.

»Köstlich!«, rief er, als er die Schüssel zum zweiten Mal bis zur Neige geleert hatte. »Ich meine natürlich … *deli* …«

Er bekam den schwierigen italienischen Ausdruck trotz aller Bemühungen nicht ganz zustande.

Ihr Lächeln war breiter geworden. »*Buono?*«, bot sie ihm als Ersatzwort an.

Das war entschieden einfacher. »*Si*«, rief Leo. »*Buono. Molto, molto buono!*«

Nach dieser Stärkung empfand er das Gehen nicht länger als Last. Und hatte nicht Franziskus gesagt, Wandern sei nichts anderes als Beten mit den Füßen? Leo streifte durch den Ort, füllte an einem der Brunnen seinen Wasserbeutel und legte schließlich in San Lorenzo eine kurze Andacht ein. Danach entschied er sich, Spello wieder zu verlassen, bevor die Stadttore zur Nacht geschlossen würden.

In einem nah gelegenen Olivenhain suchte er sich einen Platz unter einem der alten knorrigen Bäume und schlief müde und satt ein, kaum dass es dunkel geworden war.

Donner und Blitz weckten ihn in den Morgenstunden. Der Himmel war dunkel, als sollte es niemals wieder Tag werden, und die ersten dicken Tropfen fielen bald schon so dicht, dass Leo binnen Kurzem bis auf die Haut durchnässt war.

Auch wenn das Gewitter sich bald wieder verzog und die Sonne erneut herunterbrannte, sodass seine Kleidung rasch trocknete, lag doch auf diesem Tag eine Düsternis, die nicht mehr weichen wollte. Leos Weg nach Süden entbehrte nun die landschaftliche Abwechslung, an der er sich am Vortag immer wieder ergötzt hatte, und führte ihn stattdessen durch eine sommerlich verbrannte Ebene, über der drückende Hitze brütete. Zwar glaubte er in der Ferne bereits die Umrisse von Montefalco auszumachen, wie der Name des nächsten größeren Ortes lauten musste, wenn seine Landkarte richtig war. Doch die Ziegeldächer und schlanken Kirchtürme narrten ihn, wollten und wollten nicht näher kommen, so tapfer er auch vor sich hinstapfte, sondern schienen sich wie von Zauberhand immer wieder zurückzuziehen.

Er schwitzte aus allen Poren, war durstig, musste aber

Wasser sparen, bevor er seinen Beutel erneut füllen konnte. Zudem hatte er noch keinen Bissen gegessen. Nimm dich gefälligst zusammen!, ermahnte er sich. Viele Märtyrer haben ganz andere Strapazen klaglos überstanden. Trotzdem spürte er, wie seine Stimmung immer weiter sank.

Ein Stück abseits der Straße sah er ein kleines Steinhaus, und er beschloss, den Umweg auf sich zu nehmen, um dort um Wasser und Essen zu bitten. Beim Näherkommen glich das Haus eher einer Ruine, und die junge Schwangere, die ihm mit fragendem Gesichtsausdruck entgegenkam, war so erschreckend mager, dass ihre Schlüsselbeine spitz durch das fadenscheinige Kleid stachen. Zwei schmutzige Kinder spielten um ihre Beine, ebenso dürr und ärmlich gekleidet wie ihre Mutter, und er begriff, wie bettelarm diese Menschen sein mussten.

Nun bereute er zutiefst, seine Schale bereits gezückt zu haben, doch die Schwangere nickte, noch bevor er umkehren konnte, lief breitbeinig zurück ins Haus und kam mit einem Kanten Brot und zwei Eiern zurück, die sie ihm nach kurzem Zögern in die Schale legte.

»*È tutto quello che ho*«, sagte sie errötend, und Leo verstand ausnahmsweise sofort. Das war alles, was sie hatte – und trotzdem wollte sie es ihm geben!

»*No, no!*«, rief er abwehrend, zog die Schale zurück und hielt sie dabei so ungeschickt, dass eines der Eier herauskullerte und auf dem Boden zerplatzte.

Fassungslos starrten die Kinder zu Leo empor, und die Welle glühender Scham, die ihn bei diesem Anblick überrollte, war so stark, dass seine Augen feucht wurden.

»*Scusi!*«, murmelte er, drehte sich um und floh regelrecht von diesem Ort. »*Grazie. Scusi!*«

Ein dicker Kloß saß in seinem Hals, der sich nicht mehr lösen wollte. Geld ist wie Staub, hatte Franziskus immer wieder gepredigt und den Brüdern daher jeden Besitz strengstens untersagt. Aber konnte das auch gelten, wenn sie die schützenden Klostermauern verließen und durch die Welt zogen? Von den Armen zu nehmen, erschien Leo verkehrt, wenngleich sie freudiger zu geben bereit waren als die Reicheren, was er alsbald am eigenen Leib verspüren sollte, nachdem er etwas später das Örtchen Foligno erreicht hatte, wo er eine Rast einlegen wollte.

Hier waren die Häuser größer und um einiges besser ausgestattet, doch die schmale Straße, die zwischen ihnen hindurchführte, war leer, und er entdeckte nirgendwo eine Menschenseele, die er um ein Almosen hätte bitten können. Schweren Herzens entschloss er sich daher, an eine der verschlossenen Türen zu klopfen.

Der Mann, der ihm öffnete, sah Leo so hasserfüllt an, dass der seinen mühsam zurechtgelegten Satz lieber verschluckte und machte, dass er eiligst weiterkam. Nicht anders an der zweiten und an der dritten Türe.

Allmählich wuchs seine Skepsis. Waren die Menschen hier allen Fremden gegenüber so feindlich, oder lag es vielleicht an seiner Kutte, dass sie sich derart abweisend verhielten? Beinahe schon am Ende des Ortes angelangt, wagte Leo noch einen Versuch. Das Haus war offenbar alt, doch der Zustand erschien ihm einigermaßen ordentlich. Allerdings gab es da diesen großen Hund, struppig und grau, der es kläffend bewachte.

Leo kannte keine Angst vor Hunden. Auf Burg Falkenstein war stets ein ganzes Rudel um seinen Vater gesprungen, der sich daraus die besten Jagdbegleiter ausgewählt hatte, und seine Geschwister und er hatten mit Welpen gespielt, seit er denken konnte.

Mit diesem Tier jedoch verhielt es sich anders. Die Ohren angelegt, kam der Rüde näher. Das anfängliche Kläffen war inzwischen einem tiefen, bedrohlichen Knurren gewichen.

Leo spürte, wie seine Beine sich instinktiv versteiften, und alles in ihm riet zu sofortiger Flucht. Da kam ihm abermals der Heilige in den Sinn. Hatte Francesco nicht mutig mit dem gefährlichen Wolf von Gubbio gesprochen und ihn durch seine liebevollen Worte dazu gebracht, keine Menschen mehr anzufallen? Nun war er natürlich kein Heiliger und nicht in der Lage, Wunder zu wirken, doch die Kreaturen Gottes zu lieben, galt allen Franziskanern als höchstes Gebot. Vielleicht gelang es ihm, das Tier friedlicher zu stimmen, wenn er es ansprach, wie einst Franziskus es getan hatte. Auf keinen Fall wollte er feige sein und der Herausforderung ausweichen.

»Bruder Hund ...«, begann Leo zögernd und hielt dann zweifelnd inne. Konnte das Tier ihn überhaupt verstehen, wo es doch sein ganzes Leben sicherlich kein einziges deutsches Wort gehört hatte? »*Fratello cane*«, versuchte er auf Italienisch erneut sein Glück, um einiges zaghafter allerdings, denn der Hund hatte mittlerweile die Lefzen zurückgezogen und stellte gelbliche Fänge zur Schau, die in Leos Augen verdächtige Ähnlichkeit mit einem Wolfsgebiss hatten. »*Voglio ...*«

Der Hund sprang ihn an und biss zu.

Mit einem Schmerzensschrei versuchte Leo, den wütenden Angreifer loszuwerden, der mit dem ganzen Gewicht an seinem linken Schenkel hing. Er packte den Hund am Genick, schüttelte ihn hin und her, doch die Zähne des Köters wühlten sich noch tiefer in Leos Fleisch, bis ein gellender Pfiff ertönte. Noch immer knurrend, ließ das Tier sichtlich widerwillig von seinem Opfer ab, setzte ein Stück zurück und lief schließlich zum Haus.

Halb betäubt vor Schmerzen, sah Leo ihm nach. Erst

dann wagte er, an sich hinabzuschauen. Kutte und Hose waren zerfetzt. Oberhalb des Knies klaffte offenes Fleisch, eine große, unregelmäßige Wunde, die heftig blutete. In seinen Ohren begann es zu rauschen. Hitze stürzte auf ihn wie ein Bleilot. Leo suchte vergeblich nach einem Halt, doch da war nichts als dieser staubige, gottverlassene Weg, auf dem verstreut einige graue Steine lagen, die nun viel zu schnell auf ihn zukamen.

*

»Du kitzelst mich!«, rief Ilaria juchzend.

»Das wollte ich nicht.« Stella bemühte sich, ihre Finger ruhiger zu halten. Sie plagte sich gerade mit dem himmelblauen Mieder des Brautkleids ab, wo ein Dutzend seidener Bänder durch ebenso viele winzige, sorgsam umstickte Ösen gezogen werden mussten, damit es richtig saß. Ich werde gar nichts fühlen, hatte sie sich gelobt, als der Schlüssel sich im Schloss gedreht hatte und Simonetta sie mit versteinertem Gesicht hinausgelassen hatte. Dann kann mir auch nichts wehtun.

Doch der Vorsatz war weitaus einfacher gewesen als die Durchführung, das spürte sie jetzt. Die verliebte Schwester in all ihrer freudigen Aufgelöstheit zu erleben, berührte sie tiefer, als sie es vermutet hatte. Sie gönnte Ilaria ihr strahlendes Glück von ganzem Herzen – und fühlte sich gleichzeitig einsamer denn je.

Wer war sie? Und wohin gehörte sie?

Die Fragen, die seit Tagen unablässig in ihrem Kopf kreisten, überfielen sie beim Anblick der lieblichen Braut mit ungeahnter Macht aufs Neue.

»Du schwindelst. Das war absichtlich«, beharrte Ilaria. »Du hast mich schon immer gern gekitzelt, auch früher, als wir noch ganz klein waren. Weißt du das denn nicht mehr?«

Auf einmal war Stella der neckische Tonfall unerträglich. Konnte es ihrer Schwester denn gänzlich gleichgültig sein, dass man sie schon bald wieder ins Ammenzimmer sperren würde, während Ilaria in prachtvollem Rahmen Hochzeit feierte? War das Band schon so lose geworden, das sie einst unzertrennlich miteinander verknüpft hatte?

Sie hob den Kopf, den sie für diesen besonderen Tag mit einer einfachen Haube verhüllt hatte, um niemanden mit ihrem abgesäbelten Haar zu provozieren, und begegnete Ilarias Blick. Für den Bruchteil einer Sekunde meinte sie, so etwas wie schlechtes Gewissen in den blauen Augen zu erkennen, genau die Art von Scham, die für die Schwester typisch war, wenn sie gelogen oder etwas ausgefressen hatte. Doch der Ausdruck verschwand ebenso rasch, wie er gekommen war.

»Ich will dich doch nur ein wenig aufheitern«, sagte Ilaria und griff nach Stellas Hand. »Mach es mir nicht noch schwerer, als es ohnehin schon ist! Hast du überhaupt eine Vorstellung, wie lange ich Mamma bekniet musste, damit sie dich herauslässt?« Die Zungenspitze erschien zwischen ihren rosigen Lippen. »›Sonst heirate ich nicht!‹ So weit musste ich gehen, stell dir das vor! ›Nur wenn Stella mir ins Brautkleid helfen darf, trete ich mit Federico vor den Altar – *basta*!‹«

»Ich weiß doch, dass du es immer gut meinst«, sagte Stella und zurrte die Bänder noch fester. »Aber es ändert trotzdem nichts an meiner Lage.«

Ilaria schien zu zögern. »Du meinst den Schlüssel?«, fragte sie gepresst. »Mamma bewacht ihn argwöhnischer als ihr kostbarstes Collier. Vielleicht irgendwann später, wenn alle zusammen ausgelassen feiern und niemand …« Sie begann an ihrem Ärmel zu nesteln, obwohl der Stoff dort glatt war.«Selbst dann wüsste ich allerdings nicht, wie ich unauffällig in seinen Besitz gelangen sollte.«

Was war los mit ihr? So matt und verdruckst war Ilaria doch sonst nur, wenn sie etwas auf dem Kerbholz hatte. Argwohn streifte Stella, doch sie wehrte sich dagegen. Auch noch den letzten Menschen zu verlieren, dem sie vertrauen konnte, wollte sie sich nicht einmal vorstellen. Sie schob das seltsame Verhalten der Schwester auf diesen außergewöhnlichen Tag.

»An eure Hochzeitstafel darf ich nicht«, sagte sie. »Nicht einmal für ein paar Stunden! Solche Angst haben sie vor dem Gerede der Leute. ›Unsere zweite Tochter sammelt sich für ihren baldigen Klostereintritt im stillen Gebet‹ – diesen Bären werden sie den Gästen sicherlich auf die Nase binden, falls überhaupt jemand nach mir fragen sollte.«

»Aber doch nur, weil du dich so unglaublich stur anstellen musst!«, rief Ilaria hitzig. »Wäre ich du, so hätte ich mich nach außen hin mit allem einverstanden erklärt, allein schon, um Zeit zu gewinnen. Später, wenn die ganze Aufregung sich erst einmal gelegt hat, sieht alles vielleicht schon ganz anders aus.«

»Aber du bist nicht ich«, sagte Stella und konzentrierte sich abermals auf das Kleid. »Und aus Klostermauern zu entkommen ist etwas anderes, als seinen Vater zu beschwatzen, den Hausarrest abzukürzen. Davon hast du keine Ahnung, Ilaria! Also hör lieber auf, darüber zu schwatzen!«

»Wir beide sind nun mal sehr verschieden«, sagte Ilaria hörbar erleichtert. »Seit jeher.«

Eine Weile blieb es still im Raum.

Sonnenlicht fiel auf die *ghirlanda*, deren goldene Perlen, Blätter und Emailleblüten wie um die Wette schimmerten. Stella hatte sie behutsam auf dem Tisch abgelegt. Bald würde sie Ilarias schönen, eigensinnigen Kopf schmücken und sie wie eine Königin aussehen lassen. Sie hatte erreicht, was sie sich am meisten gewünscht hatte: Federicos Frau zu werden.

Doch welches Schicksal stand ihr selbst bevor? Der Gedanke schoss so schnell in Stellas Kopf, dass ihr keine Zeit mehr blieb, ihn zu zensieren.

»Ist Padre Leo eigentlich schon aufgebrochen?«, fragte sie so gleichmütig wie möglich.

Ilaria mied ihren Blick.

»Er ist fort?« Stellas Stimme klang auf einmal dünn. »Mit Fidelis und allem, was dazugehört? Seit wann?«

»Er ist weg – ja. Seit gestern, glaube ich. Oder war es doch schon vorgestern? Gottlob ist er das, wenn du meine Meinung hören willst, denn durcheinandergebracht hat dieser Mann dich ja bereits mehr als genug. Seine Stute steht allerdings noch immer in Papàs Stall. Vielleicht hat er nur einen kurzen Ausflug vor und ist schneller zurück, als wir erwarten.«

»Ich glaube, ich weiß, wohin er gegangen ist«, murmelte Stella. »Für ihn gibt es nur diesen einen Weg.«

Ilaria wandte sich zu ihr um. »Was kümmert dich das alles überhaupt? Schlag ihn dir so oder so aus dem Kopf, *sorellina*! Dieser Mann gehört der Kirche, selbst wenn du das nicht hören willst. Was immer auch geschehen mag, ihr beide könntet doch niemals …«

»Und jetzt dreh dich!«, befahl Stella brüsk, um das Thema zu wechseln. »Und bloß nicht zu schnell! Ich will sehen, ob der Saum gut fällt oder wieder dein Unterrock hervorblitzt.«

Ilaria gehorchte und begann, sich um die eigene Achse zu drehen, zunächst langsam und bedächtig, dann immer schneller.

»Ich tanze«, rief sie. »Siehst du nicht, wie ich tanze?

Bis in den Himmel hinein werde ich heute tanzen!« Sie stampfte so ausgelassen dabei, dass die alten Dielenbretter knarrten.

Plötzlich hörte Stella etwas zu Boden fallen, das metallisch klang. Unwillkürlich stellte sie ihren Fuß darauf. Ihre Kehle wurde plötzlich eng.

Woher kam es? Etwa aus Ilarias Mieder?

Ihre Schuhsohle war zwar abgelaufen, aber leider nicht dünn genug, um den Gegenstand darunter genau bestimmen zu können.

»Seid ihr endlich fertig?« Plötzlich stand Simonetta in der Tür, bereits festlich herausgeputzt in schwerer moosgrüner Seide, das Gesicht hochrot vor Aufregung und Hitze. Heute trug sie die Haube der verheirateten Frauen, was sie matronenhafter als sonst wirken ließ. »Das dauert ja eine halbe Ewigkeit!«

»Nicht schon wieder schimpfen, Mamma!«, bat Ilaria, die ihr stürmisch um den Hals fiel. »Nicht an meinem allerschönsten Tag!«

Stella benutzte die Gelegenheit, um sich zu bücken und dabei den Gegenstand unauffällig in den Ärmel gleiten zu lassen.

Ein Schlüssel! *Der* Schlüssel?

Jetzt begannen ihre Wangen zu brennen.

»Was machst du da?«, hörte sie die Ziehmutter sagen. »Was hast du dort unten zu suchen, Stella?«

»Kuchenreste«, erwiderte Stella geistesgegenwärtig, bückte sich abermals und betete, dass das Fundstück dabei nicht hervorrutschte. »Habe ich nicht von Kind auf gelernt, dass in diesem Haushalt nichts verschwendet werden darf?« Wie zum Beweis präsentierte sie auf ihrer Handfläche das Eckchen Mandeltorte, von der Ilaria vorhin genascht hatte.

Simonettas Blick blieb weiterhin misstrauisch. »Leg den Abfall weg, und führ dich nicht schon jetzt so demütig auf, als wärst du bereits eine Nonne!«, keifte sie. »Dazu wirst du noch lange genug Gelegenheit haben. Zu jenen Armseligen von San Damiano, die den ganzen Tag nur hungern und sticken, stecken wir dich ohnehin nicht. Du kommst zu den Benediktinerinnen, die nur Mädchen aus den besten Familien aufnehmen.«

»Ich gehe nicht ins Kloster, auch dann nicht, wenn ihr mich noch viele weitere Wochen bei Wasser und Brot einsperrt.« Stellas Stimme zitterte vor Erregung. »Ihr könnt mich nicht dazu zwingen. Wie oft muss ich das noch wiederholen?«

»Du bist und bleibst unbelehrbar.« Simonetta packte sie am Ärmel und zerrte sie zur Tür. »Bis zum Abschluss der Feierlichkeiten will ich von deinen Unverschämtheiten nichts mehr hören, verstanden?«

Ilaria gab einen Laut von sich, der an ein verletztes Tier erinnerte. »Willst du sie nicht doch mitfeiern lassen, Mamma?«, fragte sie leise. »Es ist doch nicht ihre Schuld, dass ...«

»Lass sie, Schwester!«, sagte Stella. Dann warf sie ihr einen Luftkuss zu. »Das schönste Hochzeitsfest für die schönste aller Bräute, das wünsche ich dir und deinem Federico!«

Es fühlte sich an wie ein Abschied. Oder war ihr ungeduldiger Kopf wieder einmal zu voreilig gewesen?

Kaum waren sie mit der Ziehmutter draußen, ließ Simonetta ihre Maske gänzlich fallen. Miene wie Körperhaltung verrieten, wie zuwider ihr der Umgang mit Stella war.

»Beeil dich gefälligst!«, sagte sie schnaubend. »Ich habe meine Zeit nicht gestohlen. Weißt du denn nicht, was heute noch alles auf mich wartet?«

»Wieso lässt du mich nicht einfach gehen?« Stella hatte sich plötzlich umgedreht und musterte sie furchtlos. »Du könntest sagen, ich hätte mich ganz plötzlich befreit und wäre einfach fortgelaufen. Ihr würdet mich nie wieder zu Gesicht bekommen, das gelobe ich feierlich!«

Simonetta stieß einen Seufzer aus. »So einfach ist das nicht«, zischte sie. »Schließlich sind wir für dich verantwortlich und haben Rechenschaft abzulegen über das, was mit dir geschieht. Sich einfach wie dahergelaufenes Pack auf der Landstraße herumzutreiben, ja, das sähe dir wahrlich ähnlich. Aber das kannst du dir ganz schnell wieder aus dem Kopf schlagen! Du wirst tun, was wir dir sagen. Dafür werde ich sorgen.« Sie gab ein wütendes Schnauben von sich. »Ich war ja von Anfang an dagegen, dich bei uns aufzunehmen, aber Vasco hat mit Engelszungen auf mich eingeredet, so lange, bis ich endlich nachgegeben habe. All die toten Säuglinge, die ich geboren hatte, verfolgten mich Nacht für Nacht. Er hat behauptet, wir müssten als Zeichen der Buße ein fremdes Kind aufnehmen, damit unsere eigenen künftig leben dürfen. Weiß der Himmel, wer ihm diesen Unsinn in den Kopf gesetzt hat! Geholfen hat es jedenfalls nicht. Oder bin ich vielleicht noch einmal schwanger geworden, nachdem wir dich am Hals hatten? Kein einziges Mal!«

»Wer sind meine Eltern?«, fragte Stella eindringlich. »Kennst du ihre Namen? Dann sag sie mir – bitte!«

Die Falte zwischen den farblosen Brauen vertiefte sich. »Aus dir spricht der Teufel«, murmelte Simonetta. »Das habe ich bereits geahnt, als ich zum allerersten Mal in dein Gesicht geschaut habe, so dunkel und dürr, wie es damals schon war. Und erst diese riesigen Ohren, die du als Säugling hattest – wahrhaft zum Erschrecken! Selbst wenn du dich inzwischen halbwegs manierlich herausgemacht hast, so habe ich doch all die Jahre befürchtet, dass der Leibhaftige sich eines Tages in dir offenbaren könnte. Und jetzt, wo dein feiner Verlobter und du uns vor der ganzen Stadt unmöglich gemacht habt ...«

»Wer bin ich?«, unterbrach Stella sie. »Sag es mir! Ich habe ein Recht darauf.«

»Ein Hurenbalg der allerschlimmsten Sorte!«

Simonetta stieß sie über die Schwelle des Ammenzimmers und schlug die Tür hinter ihr zu. Das Geräusch des Schlüssels, der zweimal umgedreht wurde. Schritte, die sich so eilig entfernten, als versuche die Ziehmutter, ihre unsterbliche Seele in Sicherheit zu bringen.

Stella wartete, bis draußen alles wieder ruhig war und sie nur noch die vertrauten Geräusche hören konnte, die aus der Küche drangen, wo unermüdlich für die Hochzeitstafel gekocht und gebrutzelt wurde. Dann erst langte sie in ihren Ärmel und zog vorsichtig den Schlüssel heraus. Schwer lag er in ihrer Hand, seltsam verfärbt, als habe er lange irgendwo verborgen geruht. Aber er glänzte. Hatte jemand ihn erst unlängst sorgfältig geölt?

Ihre Finger zitterten, als sie ihn in das Schlüsselloch steckten. Er passte perfekt, ließ sich mühelos hin und her drehen.

Die Erkenntnis überfiel Stella schlagartig, und sie war mehr als schmerzlich. Ilaria musste ihn im Mieder versteckt gehabt und bei ihrem übermütigen Tanzen verloren haben. Ihre heiß geliebte Schwester Ilaria – die demnach sehr wohl die Möglichkeit gehabt hätte, sie jederzeit aus ihrem Gefängnis zu befreien!

Stella lehnte sich an das raue Holz und begann bitterlich zu weinen.

*

Leo erbrach ein dünnes, gelbliches Rinnsal, als es wieder hell vor seinen Augen wurde. Sein Schädel dröhnte, schlimmer jedoch waren die Schmerzen in seinem linken Bein. Er brauchte eine ganze Weile, um sich aufzusetzen.

Dann griff er in seine Kutte und zog den Beutel heraus. Die gefaltete Karte befand sich noch an ihrem Platz, ebenso sein Rosenkranz, die Elfenbeinkugel und das kleine Pergamentstück, das war das Allerwichtigste. Leo atmete tief aus. Offenbar hatte sich niemand an seinem Versteck unter der Kutte zu schaffen gemacht. Und dennoch musste jemand in seiner Nähe gewesen sein, denn eine Armlänge entfernt entdeckte er auf dem staubigen Weg ein Stück Brot und ein Stück Wurst, auf dem sich allerdings bereits ein Schwarm Fliegen niedergelassen hatte.

Er zwang sich, die Bisswunde genau anzusehen, obwohl ihm vor diesem Anblick graute. Die Ränder erschienen ihm leicht angetrocknet, in der Mitte jedoch klaffte sie auf wie ein blutiges Maul. Was hätte er jetzt nicht alles für seine Satteltaschen gegeben, in denen unter anderem auch Verbandszeug steckte! Bruder Anselm hatte ihn vor der Abreise regelrecht dazu gezwungen, einen kleinen Vorrat an sauberen Leinenbinden mitzunehmen. Doch sie waren in Assisi ebenso wie die treue Fidelis, die er jetzt so gut hätte gebrauchen können, um sein verletztes Bein zu schonen und dennoch weiterzukommen.

Er musste die Wunde bedecken und dann zusehen, möglichst schnell einen Bader aufzutun, der sich ihrer annahm. Doch wie sollte er das in seinem jämmerlichen Zustand bewerkstelligen – ohne die schäbigste Kupfermünze? Jede Bewegung fiel ihm unendlich schwer.

Leo schaute nach links und rechts. Alles verlassen, als wohne hier keine Menschenseele, obwohl die Essensspende, die er auf dem Weg gefunden hatte, das Gegenteil sagte. Doch wer auch immer sie ihm hatte zukommen lassen, er wollte sich offenbar nicht zeigen.

Leo hatte keine andere Wahl, als mühsam einen Streifen von der Kutte zu reißen und ihn um die Wunde zu binden. Noch im Sitzen griff er nach dem Brotkanten und schlang ihn hinunter. Die fliegenbedeckte Wurst vermochte er trotz seines Hungers nicht anzurühren, doch er nahm ein paar Schlucke aus seinem ledernen Wasserbeutel.

Danach rappelte er sich schwerfällig auf. Die ersten Schritte waren reinste Tortur. In seinem Bein brannte und stach es, und schon bald war der Fetzen, mit dem er die Wunde verbunden hatte, dunkel vor Blut. Doch nach und nach gewöhnte Leo sich daran, wenngleich er nun sehr langsam vorankam.

Montefalco. Diesen Namen sagte er sich immer wieder vor wie ein Gebet. Dort würde er Hilfe finden. Und einen Platz, um auszuruhen und wieder gesund zu werden. Montefalco – was nichts anderes bedeuten konnte als »Falkenberg« und damit ganz ähnlich wie der Name der väterlichen Burg klang, auf der er geboren und aufgewachsen war.

Eine Weile trug der vertraute Name ihn voran wie eine Verheißung, der er schwerfällig hinterherhumpelte, aber er spürte, wie seine Kräfte immer mehr nachließen. Ob sich schon jene Giftstoffe in der Wunde breitmachten, die sie schließlich faulig werden und eitern lassen würden? Bruder Anselm war in ihren zahlreichen Zwiegesprächen nicht müde geworden, die schrecklichen Folgen in allen Einzelheiten auszumalen. Manchen Patienten mussten zuletzt die befallenen Gliedmaßen amputiert werden, Operationen, die kaum einer überlebte. Er wollte aber nicht sterben oder einer dieser armseligen Krüppel werden!

Leo strengte sich an, alle Reserven herauszuholen, die in seinem geschwächten Körper steckten, doch als er schließlich am Fuß des Hügels angelangt war, auf dem Montefalco lag, schwand sein letzter Rest von Zuversicht.

Da hinauf würde er aus eigener Kraft niemals gelangen! Die Wunde hämmerte in dumpfem Schmerz, Schweiß rann ihm in Strömen über den Körper, nicht einmal scharf sehen konnte er mehr. Alles vor ihm verschwamm zu schlierigen Linien, die ineinanderflossen.

Ein Stück vor sich entdeckte er einen großen flachen Stein, auf dem er sich niederlassen wollte, doch selbst die kurze Entfernung dorthin erschien ihm auf einmal unüberwindbar. Er machte trotzdem ein paar Schritte darauf zu und hörte plötzlich das Schnauben eines Pferdes. Träumte er jetzt schon im Wachzustand von Fidelis?

Das Schnauben kam rasch näher, ebenso wie das Knarren hölzerner Räder auf hartem Grund.

»*Attenzione!*«, schrie jemand hinter ihm. »*Vattene dalla strada, pazzo!*«

Als Leo sich erschrocken umwandte, waren Pferd und Wagen schon viel zu nah, um ihnen noch auszuweichen. Leo erhielt einen heftigen Stoß, der ihn zu Boden schleuderte. In seinem verletzten Bein brach ein Feuersturm los, der ihn zu verschlingen drohte. Ein Pferdehuf traf seine Schläfe.

Dann gab es nur noch rabenschwarze Dunkelheit.

✤

Die Hochzeitsfestlichkeiten im Stockwerk darunter schienen in vollem Gange, allerbeste Gelegenheit, ihren Plan umzusetzen. Doch es kostete Stella Überwindung, ihr Gefängnis zu verlassen. Noch einmal fiel ihr Blick auf die Botschaft, die sie Ilaria hinterlassen hatte. Ihr Zorn war inzwischen verraucht, die Traurigkeit jedoch geblieben. Sie und Ilaria waren offenbar gerade dabei, unaufhaltsam auseinanderzudriften, ausgerechnet sie beide, die sich stets für unzertrennlich gehalten hatten! Die Schwester hatte sich für einen anderen Weg entschieden, der ihr als der richtige erschien, und konnte vielleicht gar nicht verstehen, was in ihr vorging.

Aber konnte sie das eigentlich selbst?

Darüber würde sie später nachdenken, sobald sie Leo gefunden hatte. Er brauchte sie, das wusste Stella, denn ohne ihre Hilfe war er in diesem fremden Land taub und stumm. Aber wenn er sich inzwischen für eine ganz andere Route entschieden hatte, von der sie nichts ahnte?

Nein, es muss diese Landkarte sein, sagte sie sich, schon um alle Zweifel auszuschließen, die sie immer wieder befielen. Jene Blutkarte, die der Pfeil des Mörders unter die Hand des alten Eremiten genagelt hatte.

Ihre Habseligkeiten hatte sie schnell zu einem Bündel verschnürt, darunter auch jene Beinkleider, die ihr schon einmal gute Dienste geleistet hatten. Zuunterst aus der Truhe holte sie noch jenen kleinen Lederbeutel, der einige Silberstücke enthielt, die Vasco ihr manchmal zugesteckt hatte, wenn seine Frau es gerade nicht sehen konnte. Alles Weitere für ihre Flucht würde sich hoffentlich im Stall finden – doch wie sollte sie dorthin gelangen, ohne gesehen zu werden?

Mit klopfendem Herzen lief Stella zum Geländer und spähte nach unten. Offenbar war das Mahl bereits beendet, und man hatte die Türen zum Festzimmer geschlossen, damit die Hochzeitsgesellschaft bei fröhlicher Musik unter sich bleiben konnte. Irgendwann freilich würde der Wein ausgehen und neuer serviert werden – zu diesem Zeitpunkt musste sie das Haus bereits verlassen haben.

Sie setzte einen Fuß auf die Treppe, dann noch einen,

schließlich rannte sie hinunter, so schnell sie nur konnte. Es gab eine kleine Nebentüre, die direkt in die Speisekammer und von dort aus in die Küche führte. Stella konnte nur hoffen, dass sie heute nicht zugeschlossen war.

Die Klinke ließ sich herunterdrücken. Sie hatte Glück. Inmitten von Mehlsäcken, Tonkrügen, Töpfen, Schüsseln und Amphoren, aus denen es duftete, wie sonst nur auf dem Wochenmarkt, blieb sie stehen. Die Tür zur Küche stand angelehnt. Stella entdeckte eine Person, die mit gebeugtem Rücken bedächtig in einem Kessel rührte.

»Toma«, flüsterte Stella. »Du musst mir helfen!«

Der alten Köchin fiel beinahe der Löffel aus der Hand. »Mein Täubchen? Endlich!« Ihr besorgter Blick glitt an Stella herunter. »Aber wie mager du geworden bist, nur noch Haut und Knochen! Wollte sie dich dort droben verhungern lassen?«

»Möglicherweise«, sagte Stella grimmig. »Dein Täubchen ist trotz allem flügge geworden und wird dieses Haus nun schnellstens verlassen. Ich muss in den Stall, Toma. Unbemerkt. Kannst du die anderen ablenken?«

Rasch trat sie zurück in die Speisekammer, denn die jüngeren Mägde kehrten mit zahllosen leeren Tellern und Gläsern zurück.

»Sie wollen die Süßigkeiten auf der Stelle«, rief Gaia. »Als ob sie nicht schon mehr als genug gefressen hätten! Also beeil dich gefälligst, Toma! Oder schaffst du das mit deinen alten Gichtfingern nicht mehr?«

Die anderen Frauen lachten, weil die dreiste Magd inzwischen so etwas wie ihre Wortführerin geworden war.

»Sie sollen bekommen, was ihnen zusteht«, hörte Stella Toma mit ruhiger Stimme antworten. »Zuvor aber tragt ihr noch meinen köstlichen Hochzeitspunsch auf, der ihnen zu Kopf steigen wird wie die laueste Maiennacht. Worauf wartet ihr noch? Frische Gläser, Mädchen, aber schnell! Und dann packt ihr beiden, Carmela und Rufina, den großen Kupferkessel vorsichtig an den Henkeln und tragt ihn hinauf, ohne auch nur einen einzigen Tropfen zu verschütten!«

Es dauerte eine Weile, bis die Küche wieder leer war, dann trat Stella aus ihrem Versteck.

»Wer hat dich herausgelassen?«, fragte Toma. »Ilaria?«

Stella schüttelte den Kopf. »Sie hatte zwar einen Schlüssel, aber offenbar zwingende Gründe, es nicht zu tun. Allerdings hat sie ihn verloren. Ich habe mich selbst befreit.«

»Dann hätte Marta den Schlüssel doch besser mir geben sollen«, flüsterte Toma. »Als ob ich es geahnt hätte!«

»Du hast Marta gesehen? Wann?« Stellas Stimme zitterte. »Ich dachte, sie hätte mich längst vergessen!«

»Vor Kurzem. Wie kannst du so etwas nur denken? Marta liebt dich, und dein Wohl liegt ihr am Herzen. Niemals würde sie dich vergessen. Und auch du wirst sie wiedersehen – aber gewiss nicht, wenn du hier noch länger wie angewachsen herumstehst. Beeil dich, Kleines! Die Meute wird bald wieder zurück sein.« Sie reichte ihr ein Öllämpchen. »Damit du auch alles findest, was du brauchst. Ich bete für dich.«

Stella drückte der Alten einen Kuss auf die faltige Wange und verschwand in den Stall.

Der Geruch nach Heu, Dung und warmen Tierleibern umfing sie anheimelnd und zutiefst vertraut, doch dann schob sich plötzlich die Erinnerung an jenen furchtbaren Abend mit Carlo davor. Und wenn er hier abermals irgendwo im Dunkeln auf sie lauerte, um heute zu vollenden, woran Leo ihn damals im letzten Augenblick gehindert hatte?

Die Beine wollten sie kaum noch tragen. Stella musste

sich zwingen, zu der Box zu gehen, in der Fidelis neben Ilarias Pferd stand. Leos Stute war wach, als hätte sie sie erwartet. Stella streichelte sie, dann lehnte sie ihren Kopf an den kräftigen Pferdehals.

»Wir beide müssen uns erst noch besser kennenlernen«, flüsterte sie. »Doch bald werden wir bei ihm sein, und dann ist alles gut. Wirst du mir dabei helfen, meine Schöne?«

Fidelis' Augen ruhten auf ihr, als verstünde sie jedes Wort.

Zum Glück brauchte sie nach dem Zaumzeug nicht lange zu suchen. Zusammen mit dem Sattel und zwei großen ledernen Taschen entdeckte sie es neben der Box. Die eine Tasche war mit Leos Habseligkeiten gefüllt, das erkannte sie, als sie den Deckel aufklappte, das Licht davorhielt und hineinspähte. Seine Kutte, eine Hose, ein paar Rollen Leinenbinden, ein Lederbeutel, weiter unten etwas Silbriges, das sie nicht genau erkennen konnte – alles verströmte seinen unverwechselbaren Geruch, den Stella plötzlich kaum noch aushalten konnte. Schnell schlug sie den Deckel wieder zu.

Die andere Tasche, in die sie vorsichtig lugte, schien nahezu leer zu sein und bot genügend Platz für ihr Bündel und ihren kleinen Silberschatz. Stella griff nach einer der Satteldecken Vascos und legte sie über Fidelis. Diesen kleinen Verlust würde der reiche Kaufmann leicht verschmerzen können. Danach befestigte sie die Satteltaschen und brachte schließlich den Sattel in die richtige Lage. Waren ihre Finger vor ein paar Stunden beim Ankleiden Ilarias noch geflogen, so hatten sie inzwischen ihre Ruhe wieder gefunden.

Stella horchte in Richtung Küche. Doch niemand kam, um sie von ihrem Tun abzuhalten. Gute, alte Toma!, dachte sie voller Rührung. Wahrscheinlich bewacht sie mit ihrer Schöpfkelle wie ein Höllenhund die Tür und lässt niemand hinein oder hinaus. Doch darauf wollte sie sich lieber nicht zu lange verlassen.

Sie stellte die Steigbügel ein und hoffte, dass Fidelis sie nicht abwerfen würde. Dann blickte sie noch einmal zurück. Die anderen Pferde waren unruhig geworden, als spürten sie die immense Anspannung, unter der sie stand. Wenn eines von ihnen laut zu wiehern begann, würden die neugierigen Mägde womöglich nachsehen und sie auffliegen lassen.

Höchste Zeit also, um Abschied zu nehmen!

Stella entriegelte die Stalltüre, führte die Stute hinaus und saß auf. Ein sanfter Schenkeldruck genügte, und Fidelis begann in Richtung Stadttor loszutraben.

✣

Halb berauscht vor Glück und Wein, zog Ilaria während des Tanzens plötzlich ihre Hand zurück.

»Was hast du, mein süßes Weib?«, fragte Federico besorgt. »Ist dir nicht wohl?«

Stella, dachte sie. Stella! Es ist nicht richtig, dass wir hier so ausgelassen feiern, während du oben allein in der Kammer darbst. Wozu hat Marta mir den Schlüssel zugesteckt? Ich hätte dich längst befreien sollen!

Sie verzog die Lippen zu einem mühsamen Lächeln.

»Der starke Wein und all die vielen Menschen«, flüsterte sie. »Und erst die Aufregung, endlich vor Gott und der Welt zu dir zu gehören. Ich brauche nur ein wenig frische Luft, das ist alles.«

»Lass mich dich begleiten, *amore*!«, bat er. »Ich will dich niemals mehr alleine lassen.«

»Ab heute Nacht«, versprach Ilaria mit einem verführerischen Augenaufschlag, der ihr selbst jetzt noch gelang.

»Versprochen! Warte hier auf mich, Liebster! Ich bin sofort wieder zurück.«

Sie spürte seinen verwunderten Blick, als sie das Festzimmer verließ und im Hinausgehen nach einem Kerzenhalter griff. Simonetta, gerade ins Gespräch mit einem der Ratsherrn vertieft, schaute kurz auf, wandte sich dann aber wieder ihrem Nachbarn zu. Ihre schlechte Laune hatte sie den ganzen Abend kaum verbergen können, hatte sie doch fest mit dem Erscheinen von Abt Matteo gerechnet, der dem Fest wegen plötzlicher Unpässlichkeit allerdings ferngeblieben war.

An der Treppe lauschte Ilaria noch einmal, doch niemand war ihr gefolgt. Nun rannte sie die Stufen nach oben und wäre dabei beinahe über den eigenen Saum gestolpert.

Aber wo war nur dieser verdammte Schlüssel? Während sie noch vergebens ihr Mieder nach ihm durchwühlte, wurde ihr plötzlich bewusst, dass sie ihn schon seit Stunden nicht mehr zwischen den Brüsten gespürt hatte. Genau genommen nicht mehr, seit Stella ihr beim Ankleiden geholfen hatte ...

Sie presste die Hand vor den Mund, so übel war ihr auf einmal. Das letzte Stück bis zur Ammenkammer schlich sie nur noch, denn sie ahnte bereits, was sie erwarten würde.

Die Tür war geschlossen, aber als Ilaria die Klinke nach unten drückte, sprang sie auf. Zunächst schien alles unverändert, und doch wirkte der kleine Raum auf einmal verlassen.

Das Bett war unberührt. Auf dem Tisch, wo sie ihren Leuchter abgestellt hatte, standen noch der Teller, auf dem ein Stück angebissenes Brot lag, sowie ein halb leer getrunkener Becher – und da war der vermisste Schlüssel!

Das Wachstäfelchen, das halb ins Dunkel gerutscht war, entdeckte sie erst beim zweiten Hinsehen. Auf solch einfachem Untergrund hatte Marta ihnen die allerersten Buchstaben beigebracht, und es war damals ein riesiges Ärgernis für Ilaria gewesen, dass Stellas geschickte Finger ihre eher unbeholfene Rechte dabei schon nach wenigen Tagen überflügelt hatten.

Gott schütze dich, Ilaria!, las sie und musste feststellen, dass die Handschrift unverändert klar und präzise war. *Du musst es nicht verstehen. Ich tue, was ich tun muss.*

Plötzlich schienen die Wände der bescheidenen Kammer noch enger zusammenzurücken. Ilaria spürte, wie ihr Magen zu rebellieren drohte, so elend fühlte sie sich auf einmal. Wie hatte sie nur so selbstsüchtig und engstirnig sein können?

Stella verdiente ihr eigenes Glück, auch wenn es ganz anders aussehen mochte als das ihre. Sie hatte der Schwester nicht geholfen, obwohl diese ihre Hilfe so dringend gebraucht hätte. Womöglich hatte sie Stella damit für immer verloren.

Ob sie sie jemals wiedersehen würde?

Ilaria rollte sich auf dem schmalen Bett zusammen, schlang die Arme um ihren Leib, als wollte sie sich schützen, und begann bitterlich zu weinen.

✥

Die Stimmen, die in seine hitzigen Träume drangen, hatten inzwischen verschwommene Gesichter bekommen. Eines davon war weiblich und rund, von wirren grauen Haaren umgeben, mit einem riesigen Mund, der ständig in Bewegung war und ununterbrochen auf ihn einredete. Das männliche war schmaler und weniger faltig, dem weiblichen nicht unähnlich, doch sein Besitzer war weniger schwatzhaft.

Leo verstand ohnehin kaum etwas von dem, was auf ihn einprasselte. Sein Bein brannte, das Fieber hielt ihn nach wie vor fest im Griff, und er weilte zumeist in der Vergangenheit, Seite an Seite mit seinen toten Schwestern, die auf einmal wieder lebendig waren, zu vielerlei Scherzen aufgelegt.

Ab und an lichteten sich die Wolken seiner Benommenheit. Dann spürte er, dass er auf Stroh gebettet lag, in einem Raum, wo weder Sonne noch Regen ihm etwas anhaben konnte. Dass man ihm ab und zu Wasser sowie einige Löffel Suppe einflößte, die er mühsam schluckte. Dass irgendjemand sich um ihn kümmerte, obgleich er nicht einmal die schäbigste Kupfermünze besaß.

Er sank zurück in wirre, bunte Träume, die ihn teils ängstigten, teils aber auch sehr belustigten, denn in ihnen wiederholte er jeden nur denkbaren Schabernack aus seinen Jugendtagen aufs Neue. Klein und dünn war er wieder, ein schmales Hemd, wie sein Vater ihn immer genannt hatte, flink auf den Beinen und niemals um eine Ausrede verlegen, wenn er zum wiederholten Mal etwas angestellt hatte.

»*Dobbiamo ricoprire la sua ferita con i peli del cane che lo ha morso* ...«

Die fremden Worte trafen seinen Kopf wie federleichte Bälle und prallten ebenso wieder von ihm ab. Die Gegenwart war nichts als ein unfassbarer Traum. Dagegen schien alles längst Vergangene sehr viel realer.

»Was soll nur aus dir werden, mein Junge?«, hatte der ständig wiederkehrende Seufzer seiner Mutter gelautet. »Eines Tages wirst du noch als mittelloser Gaukler auf der Straße landen, wenn du so weitermachst!«

»Ein Mönch!«, rief Leo ihr nun im Traum fröhlich entgegen, und anstatt wie früher zu schimpfen, verzog sich ihr markantes Gesicht in ungläubigem Spott.

»Du – ein Mönch? Niemals, Leonhart! Du bist und bleibst ein Spieler!«

Wieder stand er vor ihr, äußerlich bebend und innerlich zitternd vor Nervosität, weil er ja selbst kaum daran glauben konnte, und dennoch fest entschlossen, sie von seiner Entscheidung zu überzeugen.

»Ich will ihm nachfolgen – Franziskus, dem zweiten Heiland der Welt. Er liebte Gesang und Tanz aus tiefstem Herzen. Und er liebte die Menschen und die Tiere, so wie ich.«

Waren seine Lippen auch damals schon so spröde und rissig gewesen? Leo dürstete nach Wasser. Und nach ihrer Aufmerksamkeit, die stets dem Erstgeborenen und seinen älteren Schwestern gegolten hatte.

Wer war er eigentlich auf Burg Falkenstein gewesen?

Kaum mehr als eines der zahlreichen Tiere, die dort geboren und großgezogen wurden, weil sie einfach da waren – nicht anders war er sich oftmals vorgekommen. Erst als der Bruder einmal schwer erkrankt war, galt ihm die väterliche Aufmerksamkeit für kurze Zeit, doch als Ulrichs eingefallene Wangen wieder voller wurden, verflog sie so flugs, wie sie gekommen war. Damals hatte Leo begriffen, weshalb sie ihn überhaupt gezeugt hatten: als Ersatz. Nur für den Fall, dass dem Ältesten und Erben etwas zustoßen würde.

»Mutter!« Abermals rief er inbrünstig nach ihr, kaum anders, als er es sicherlich als Junge getan hatte, in jenem lang zurückliegenden, glühend heißen Sommer, als plötzlich juckende grellrote Pusteln seinen ganzen Körper überzogen hatten und er felsenfest davon überzeugt gewesen war, in den nächsten Stunden sterben zu müssen. »Mutter, Mutter – bitte hilf mir!«

Plötzlich war da eine weiche, kühle Hand. *Ihre* Hand, Leo war sich ganz sicher. Nur sie hatte ihn so zärtlich und gleichzeitig schützend berührt. Nur sie allein wusste, wer er war.

»Mutter?«, flüsterte er, bereits halb getröstet. »Bist du gekommen?«

»Ich bin es, Stella.« Die kühle Hand blieb wohltuend auf seiner glühenden Stirn liegen. »Und offenbar gerade noch rechtzeitig gekommen. Wisst Ihr, *padre* Leo, was diese Wahnsinnigen Euch gerade antun wollten? Hundehaare auf die entzündete Wunde legen! Das freilich hätte Euren sicheren Tod bedeutet.«

Er hörte, wie sie mit den beiden inzwischen vertrauten Stimmen stritt, heftig, auf Italienisch, und wieder entzogen sich ihm die Worte, verwoben sich zu einer singenden Melodie, deren Schärfe ihm nicht entging.

»*Ho dei soldi.*« Stella klang plötzlich so resolut, wie er sie noch nie zuvor gehört hatte.

Sie hatte Geld – aber woher? Von ihren Zieheltern? Doch hätten diese sie jemals zu ihm geschickt? Und wie war sie überhaupt zu ihm gelangt, wo er doch selber nicht wusste, wo er sich befand?

In seinem Kopf wirbelte alles bunt durcheinander.

»Mein kleiner Silberschatz wird Euch helfen«, flüsterte Stella an seinem Ohr, als könnte sie direkt in seine Fieberträume blicken. »Den Beutel in Eurer Satteltasche müssen wir vorerst nicht anrühren. Ich habe sie trotzdem mitgebracht ebenso wie Eure treue Stute. Ich denke, beides könnt Ihr schon sehr bald gut gebrauchen.«

»Fidelis?«, stammelte er.

»Ja, Fidelis. Und ich«, bestätigte Stella, »Eure Zunge und Euer Ohr, wenn Ihr Euch freundlicherweise erinnert. Denkt bloß nicht, es sei einfach gewesen, Euch ausfindig zu machen! So gut wie jeden am Weg hab ich gefragt, ob er nicht vielleicht einem fremden Mönch begegnet sei. Ich weiß nicht genau, wie Ihr es angestellt habt, *padre,* aber Ihr scheint offenbar die seltene Fähigkeit zu besitzen, Euch unsichtbar zu machen.«

Abwehrend hob er die Hand.

»Doch, doch!«, beharrte Stella. »Das lasse ich mir nicht nehmen. Aber irgendwann hab ich anscheinend Glück gehabt. Montefalco – das hat irgendetwas in mir zum Schwingen gebracht. Und plötzlich war auch Fidelis kaum noch zu halten gewesen.«

»Wo bin ich?«, flüsterte Leo.

»In einer Herberge«, sagte Stella. »Einer sehr einfachen Herberge, wenn Ihr meine Meinung hören wollt. Aber immerhin hat man Euch aufgelesen und hierhergebracht, als Ihr so elend im Straßengraben gelegen habt, das will ich diesen seltsamen Wirtsleuten zugutehalten. Und nun bin ich ja hier und werde zusehen, wie ich Eure Lage weiter verbessern kann. Ihr braucht vor allem Ruhe, *padre.* Und einen tüchtigen Bader, der Euch mit seiner Heilkunst hilft, wieder gesund zu werden.« Sie begann zu lächeln. »Wie geht es Eurem Kopf? Ihr habt da eine überaus stattliche Beule.«

Er hörte sie nicht mehr, erneut versunken in diesem Sog von Glut und Farben, der ihn in andere Welten zog, in denen er immer tiefer versank.

Irgendwann streifte ihn eine Stimme, die er bislang noch nicht vernommen hatte. »*È quello il malato?*«, fragte ein sonorer Bass.

»*Sì, sì*«, versicherte Stella. »*Padre Leo. Un tedesco.*«

Leo spürte, wie sein Bein entblößt und die Wunde inspiziert wurde. Dann begann der Fremde temperamentvoll loszureden, als wolle er niemals wieder aufhören.

»Er sagt, dass die Wunde sich entzündet hat«, dolmetschte Stella. »Aber es könnte trotz allem schlimmer aussehen. Er wird sie jetzt mit einer speziellen Tinktur reinigen und danach einen Pilzextrakt aufbringen, der die Heilung beschleunigen soll. Angeblich hat er ihn für pures Gold von Kreuzfahrern aus dem fernen Malta erstanden, aber ich bezweifle, ob es sich dabei nicht eher um eine Ausgeburt seiner überaus lebhaften Fantasie handelt.« Sie rückte näher an Leos Ohr. »Ein Halsabschneider und Halunke, was die Preise betrifft«, flüsterte sie. »Doch viele in Montefalco haben mir versichert, dass er seine Kunst versteht. Und ein wenig herunterhandeln kann ich ihn gewiss auch noch.«

Es wurde kühl am Bein, dann begann es zu brennen wie niemals zuvor. Wider seinen Willen schossen Leo Tränen in die Augen, bis er Stellas Hand auf seiner Schulter spürte.

»Es ist gleich vorüber«, murmelte sie. »Dann müsst Ihr nicht mehr so unglaublich tapfer sein, *padre*.«

Sie hatte nicht gelogen. Das unerträgliche Brennen ließ nach, und Leo hatte das Gefühl, als würden die Wundränder sich leicht zusammenziehen.

»Nun noch diesen Tee gegen das Fieber.« Stella reichte ihm einen Becher mit einer hellen Flüssigkeit, die gallenbitter schmeckte. »Ihr müsst ihn möglichst heiß trinken!«

»Ich möchte aufstehen«, protestierte Leo. »So viel Zeit ist bereits verloren.«

»Sobald Ihr wieder gesund seid.« Sanft, aber nachdrücklich drückte Stella ihn wieder auf das Lager. »Außerdem könnt Ihr alles schnell nachholen – jetzt, wo Ihr wieder Euer Pferd habt.«

»Warum tut Ihr das alles?«, flüsterte Leo. »Und was werden Eure Eltern dazu sagen?«

»Weil Ihr mich braucht. Meine Eltern? Ich habe keine Eltern mehr. Und nun schlaft! Umso schneller werdet Ihr die Krise überwunden haben.«

Fünf Tage später fand sie Leo morgens aufrecht sitzend auf dem Lager vor. Der graubraun gesprenkelte Bartwuchs, der sein ganzes Gesicht bedeckte, ließ ihn älter und beinahe fremd aussehen. Als er sie erblickte, strahlten seine Augen so warm, dass sie unwillkürlich errötete.

»Ich fühle mich besser – sehr viel besser!«, rief er. »Endlich kann ich wieder halbwegs klar denken.« Er zog die Schultern hoch. »Das alles verdanke ich Euch und diesem geldgierigen Bader mit seinen geheimnisvollen Zaubermitteln. Woher er sie auch beziehen mag – zu helfen scheinen sie zumindest.«

Er zog einen schmalen Streifen Pergament von seinem Bein, der in Brotrinde gewickelt war, und begann vorzulesen: »›*Bestera + bestie + brigonay + dictera+ sagragan + fes+ domina + fiat + fiat + fiat.*‹ Ich habe nicht die geringste Ahnung, was das alles bedeuten könnte.«

»Das ist kein Italienisch«, sagte Stella kopfschüttelnd. »Solche Worte habe ich niemals zuvor gehört.«

»Nein, und auch mit Latein besitzt es allenfalls vage Ähnlichkeit. Ich kann nur hoffen, dass ich dieses verschmierte Zauberzeug nicht auch noch essen muss, um ganz gesund zu werden.« Leo begann zu grinsen.

»Ihr dürft nicht übermütig werden!«, warnte ihn Stella. »Ein Rückschlag und …«

»Es wird keinen Rückschlag geben. Ich spüre, dass meine Kräfte zurückkehren. Aber weiterziehen muss ich allein. Das versteht Ihr doch, Signorina Stella!«

Enttäuschung stieg in ihr auf, doch sie war nicht bereit, sich geschlagen zu geben.

»Wie wollt Ihr Euch durchschlagen, ohne unsere Sprache zu beherrschen? Habt Ihr nicht schon zur Genüge zu spüren bekommen, wohin Euch dieser Eigensinn führen kann? Was mich betrifft, so kehre ich ohnehin nicht mehr nach Assisi zurück. Nicht nach allem, was inzwischen geschehen ist.«

Sein Blick war warm, aber zweifelnd. »Ich möchte auf den Spuren des Heiligen die Wahrheit suchen«, sagte er, »und dabei die vollkommene Armut leben. Das wäre nichts für Euch – eine Tochter aus reichem Hause!«

»Simonetta und Vasco sind nicht meine Eltern«, konterte Stella. »Gut möglich, dass ich aus sehr einfachen Verhältnissen stamme. Armut schreckt mich nicht. Und dieses Land ist reich und üppig. Niemand muss hier verhungern.«

Nun sah er sie anders an, verblüfft, beinahe bewundernd. »Wie sollte das angehen, Ihr und ich zusammen unterwegs?«, fragte er leise. »Ein Fremder im Mönchsgewand der Franziskaner und eine schöne junge Frau, die von hier stammt. Die Leute werden reden und womöglich falsche Schlüsse ziehen.«

»Und wenn schon! Wir haben doch nichts zu verbergen!«, rief Stella leidenschaftlich. »Ihr seid ein heiliger Mann – und ich helfe Euch lediglich dabei, der Wahrheit auf die Spur zu kommen. Was sollte daran schon verkehrt sein?«

»Da täuscht Ihr Euch gewaltig. Ich bin alles andere als heilig«, protestierte Leo. »Allenfalls bin ich ein Suchender, der halb blind seinen Weg zu finden trachtet.«

»Dann lasst mich Euch wenigstens darin unterstützen! Nur wer mit allen Sinnen zu suchen bereit ist, kann schließlich auch fündig werden.«

Seine Züge entspannten sich.

Sie hatte ihn erreicht, das spürte sie, wenngleich er noch immer zurückhaltend blieb.

»Nun gut«, sagte Leo nach einer Weile. »Probieren können wir es. Fidelis wird uns nach Rieti bringen. Der beste Ausgangspunkt, um die Einsiedeleien im heiligen Tal aufzusuchen.«

Er hatte *wir* gesagt und *uns*. Stellas Herz begann vor Freude und Aufregung schneller zu schlagen. Hatte er eingesehen, dass er ohne sie nicht weiterkommen würde?

»Darf ich einmal auf diese Karte schauen?«, fragte sie vorsichtig.

»Bedient Euch!« Leo schob ihr das Pergament hin, damit sie es genauer sehen konnte.

»Das hier erinnert mich an ein Kreuz«, murmelte Stella. »Seht doch nur, *padre*! Wenn man sich diese vier Orte durch eine Linie miteinander verbunden vorstellt: Schon hat man ein Kreuz.«

»Noch mehr gleicht es für mich einem τ«, sagte Leo. »Tau ist sowohl ein griechischer als auch ein hebräischer Buchstabe, das Zeichen, das Franziskus als Symbol für unseren Orden gewählt hat.« Er zeichnete es mit dem Finger nach. »Es steht für Segen und Frieden und verbindet die ganze franziskanische Familie. Auch seine Briefe hat der Heilige oftmals damit unterschrieben und das Zeichen an viele Wände gemalt.«

»Dieses Zeichen habe ich bei unserer Wirtin gesehen!«, rief Stella. »An einer Wand, unten, in der Stube. Und als ich sie danach gefragt habe, sagte sie, die heiligen Tauben hätten es ihr eines Tages gebracht.« Sie starrte auf die Karte. Dann tippte sie aufgeregt auf eine Stelle. »Fonte Colombo!«, rief sie. »Seht nur! Die Taubenquelle. Das muss sie damit gemeint haben.«

»Dann wissen wir ja, wohin der Weg uns als Erstes führen wird«, sagte Leo lächelnd. »Und jetzt lasst mich erst einmal in aller Ruhe aus dem Bett kriechen! Im Augenblick fühle ich mich noch eher wie ein hundertjähriger Greis.«

Sie ging hinaus, glücklich und verwirrt zugleich.

Kurze Zeit später hatte er sich gewaschen, rasiert und die Kutte gewechselt, wie sie sogleich bemerkte. Jahre schienen von ihm abgefallen zu sein, wenngleich er das verletzte Bein noch immer nachzog.

»*Fratello cane* hat mir eine Erinnerung beschert, die offenbar noch länger anhalten wird«, sagte Leo, als er Stellas fragenden Blick bemerkte. »Das kommt davon, wenn man sich anmaßen möchte, in die Fußstapfen eines Heiligen zu treten. Sogar Francescos Schatten ist viel zu groß für einen armseligen Sünder wie mich – und sein strahlendes Licht erst recht!«

✻

Fidelis trug die doppelte Last ohne Klage. Allerdings legten sie ungefähr alle drei Stunden eine Pause ein, stiegen ab und liefen eine Weile neben der Stute her, damit sie sich erholen konnte, wenngleich Leo die ersten beiden Tage dabei die Zähne zusammenbeißen musste, da sein linkes Bein noch immer Probleme bereitete. Stellas Vorschlag, er solle besser aufsitzen, während sie durchaus größere Strecken zu Fuß bewältigen könne, lehnte er entschieden ab, wenngleich ihr nicht verborgen blieb, wie oft ihm der kalte Schweiß auf der Stirn stand.

Niemals hätte Leo zugegeben, wie sehr er ihre Nähe genoss.

Ihren Rücken zu spüren, der sich beim Reiten vertrauensvoll an seine Brust schmiegte, Stellas schmalen Hals zu sehen, den die gekürzten Haare entblößten, löste Gefühle in ihm aus, für die er sich schämte, die er aber gleichzeitig heimlich genoss. Für ihn hätte dieser Ritt nach Süden noch ewig dauern können, aber da das Wetter anhaltend sonnig blieb, kamen sie erstaunlich schnell voran.

Die erste Nachtruhe legten sie in Spoleto ein, wo sie

nahe der Kirche Sant' Eufemia in einer kleinen Herberge Quartier fanden. Fidelis kam in einen winzigen Stall, und auch der Raum für die menschlichen Gäste war so niedrig und schmal, dass kaum mehr als sechs Leute darin unterkamen. Zwischen Leo und Stella machte sich ein dicker Händler aus Rom mit seinem kleinen Sohn breit, und sein röhrendes Schnarchen hielt die beiden den Großteil der Nacht wach, sodass sie am nächsten Morgen reichlich zerschlagen erwachten.

Der Dicke freilich schien allerbester Laune und ließ es sich beim Frühstück, das aus Brot, Käse und Wasser bestand, nicht nehmen, mit seinen Kenntnissen zu prahlen.

»Seid Ihr etwa auf dem Weg nach Monteluco?« Seine hellen Schweinsäuglein huschten neugierig zwischen Stella und Leo hin und her. »Kann mir allerdings nicht vorstellen, dass das kleine Kloster auch junge Frauen aufnehmen wird.«

Stella starrte auf den Tisch, während sie für Leo flüsternd übersetzte.

»Soll ja ohnehin lediglich eine Handvoll Brüder dort leben«, fuhr der Dicke fort. »Noch schlimmer sieht es allerdings im heiligen Tal von Rieti aus, wo die Einsiedeleien schon bald ganz leer stehen werden, wenn nicht bald etwas Entscheidendes geschieht. Francesco ist noch keine dreißig Jahre tot – und schon gerät sein Vermächtnis in Vergessenheit.«

»Sagt ihm, dass Franziskus ewig lebendig bleiben wird!« Leos Faust schlug so hart auf den Tisch, dass das irdene Geschirr zu tanzen begann. »Seine Botschaft der Liebe ist unsterblich, gleichgültig, ob irgendwelche Gebäude kürzer oder länger leer stehen.«

Der zutiefst erstaunte Blick des Kaufmanns verfolgte sie, als sie Fidelis bestiegen und sich durch die dunklen

Gassen der Stadt auf den Weg in die dichten Eichenwälder hinauf zum Kloster Monteluco machten. Keiner von beiden verlor auch nur ein Wort, zu beeindruckend war diese grüne Welt aus Eichen- und Buchenwäldern, die auch beim steilen Anstieg ihre Dichte behielten.

Kirchlein und Klosteranlage, die sie schließlich erreichten, waren so winzig und windschief, dass Leo so etwas wie Rührung überkam. Doch als Stella ihn eindringlich fragte, ob er hier nicht länger bleiben wolle und sie erst später zu ihm stoßen solle, schüttelte er den Kopf.

»Wir müssen ins heilige Tal«, sagte er. »Alles andere wäre nur Zeitverschwendung. Irgendetwas sagt mir, dass ich dort fündig werde. Ich weiß nur nicht, in welcher Richtung.«

Fidelis gönnten sie eine längere Rast, die sie zu ausgiebigem Weiden nutzte, während sie beide im Gras die kärglichen Reste des Frühstücks verzehrten, die sie vorsorglich mitgenommen hatten. Immer wieder spürte Stella, wie Leos Blicke in Richtung Kloster gingen.

»Fühlt Euch ganz frei, *padre!*«, sagte sie plötzlich. »Ich habe Euch zwar meine Hilfe angeboten, aber das bedeutet nicht, dass Ihr ständig Rücksicht auf mich nehmen müsst. Geht zu den Brüdern, wenn Ihr wollt, und ruft mich nur, wenn Ihr mich braucht. So und nicht anders war mein Angebot gemeint.«

Sichtlich erstaunt sah er sie an und nickte dann kurz. »Mit Euch zu reisen ist mehr als ungewohnt für mich«, sagte er mit einem kleinen Lächeln. »Das müsst Ihr wissen. Weder seid Ihr ein Mann noch ein Bruder ...«

Beide begannen gleichzeitig zu lachen.

»Ich fürchte, mit beidem kann ich leider nicht dienen«, sagte Stella. »Obwohl ich in meinem Bündel tatsächlich ein Beinkleid habe. Doch es zu tragen, ist mehr als ungewohnt für mich. Fürs Erste behalte ich daher lieber meine Röcke an.«

Sie brachen auf und ritten durch einen schattigen Wald. Der Weg war schmal und schraubte sich höher und höher, bis die Bäume weniger wurden und ihnen einen Ausblick über das ganze Tal erlaubten.

Als die Schatten länger wurden, erreichten sie Patrico, wo nur wenige steinerne Gehöfte standen. Leo stieg ab und verzog dabei schmerzerfüllt das Gesicht.

»Wir sollten hierbleiben«, sagte Stella. »Dann habt Ihr Zeit, Euch zu erholen.«

Bevor er noch protestieren konnte, hatte sie an die nächste Tür geklopft und brachte, als geöffnet wurde, ihr Anliegen lächelnd vor. Die junge Bauersfrau bot ihnen den Heuschober als Schlafplatz an und tischte, als die Sonne sich zum Sinken bereit machte, ein überraschend schmackhaftes Gericht aus Hühnerklein und diversen Innereien auf, das nicht nur bei ihrer vielköpfigen Familie, sondern auch bei den zwei unerwarteten Gästen auf großen Zuspruch stieß.

Schlaf freilich fanden die beiden dann schwer. Nur eine Elle trennte sie auf dem engen Lager voneinander. Kaum bewegte sich der eine, wurde auch der andere wieder wach. Stella schlief schließlich als Erste ein. Leo dagegen verbrachte lange Stunden damit, ihren gleichmäßigen Atemzügen zu lauschen, während er sich bemühte, sich nicht unruhig von einer Seite auf die andere zu wälzen.

Am nächsten Morgen bekamen sie Getreidebrei und heiße Milch. Dann führte sie der Weg in endlosen Windungen stundenlang bergab. Fidelis schien zum ersten Mal überanstrengt und scheute einmal sogar, ließ sich aber von Leo, der abstieg und sie besänftigte, wieder beruhigen.

»Die Karte mag ja richtig sein«, sagte er stöhnend, als

der Weg so gar kein Ende nehmen wollte. »Was freilich noch lange nicht heißt, dass wir die beste Route gewählt haben.«

»Wieso habt Ihr Euch eigentlich für Rieti entschieden?«, fragte Stella, die immer wieder mit Mückenattacken zu kämpfen hatte. Zahlreiche Stiche, die sie aufgekratzt hatte, weil sie den Juckreiz kaum ertragen konnte, leuchteten rot auf ihrer blassen Haut, während die gierigen Blutsauger Leo zu verschonen schienen.

»Mehr aus einem Gefühl heraus«, antwortete Leo wahrheitsgemäß. »Ich habe diese Karte so lange und intensiv studiert, bis mir beinahe die Augen herausgefallen sind. Wir könnten zwar schon von hier aus über die Berge nach Poggio Bostone. Doch das erscheint mir eher riskant.«

Stella zuckte die Schultern. »Das müsst Ihr beurteilen, *padre*«, sagte sie. »Für mich sind das lediglich Namen, mit denen ich nichts verbinde. So weit weg von Assisi war ich noch nie.«

»Für Franziskus waren diese Orte ein wichtiger Teil seiner Welt«, rief Leo. »Hierher hat er sich gern mit den engsten Vertrauten zurückgezogen. Hier hat er unsere Ordensregel verfasst, hier das Weihnachtswunder von Greccio erlebt. Jeder dieser Orte steht für eine entscheidende Station seines Lebens.« Sein Gesicht schien zu glühen, so aufgeregt war er auf einmal. »Deshalb erscheint mir Rieti als das Zentrum, von dem aus leuchtende Strahlen zu den einzelnen Einsiedeleien führen. Übrigens wohl kein ganz kleiner Ort. So werden wir dort gewiss auch eine halbwegs ordentliche Unterkunft finden.«

Kein Wort mehr über die absolute Armut. Hatte ihre Anwesenheit ihn dazu gebracht, oder gab es andere Gründe, warum er nicht mehr über dieses Thema sprach? Sein Bein jedenfalls war am Heilen. Nur unbedachte Bewegungen oder zu langes Verharren in einer Position verursachten ihm noch Schmerzen.

Allerdings zog sich der Weg hinauf ins Hochtal, in dem Rieti lag, in die Länge, und die Sonne war schon untergegangen, als sie die Stadt endlich erreichten. Die ersten Lichter, die in den Häusern entzündet wurden, tauchten sie in ein warmes Licht, das mit dem schattierungsreichen Braun der Steine, aus denen die Gebäude in traditioneller Bauweise errichtet waren, harmonierte.

Die Gassen waren noch gut belebt, Kinder stritten um einen Lumpenball, zwei Frauen riefen sich aus gegenüberliegenden Häusern etwas zu, ein blinder Bettler hielt seine Hand für Almosen auf. Aber etwas, das nach einer Herberge aussah, entdeckten die beiden Reisenden nirgendwo.

»Ich gehe fragen«, sagte Stella entschlossen und verschwand um die nächste Ecke, während Leo mit der Stute zurückblieb.

Schon bald kam sie wieder zurück. »Zwei Straßen weiter«, sagte sie, »ein Stück bergauf. Wir scheinen übrigens nicht die einzigen Fremden hier zu sein. Zwei andere hat der Mann, den ich um Auskunft gebeten habe, vor ein paar Tagen bereits dorthin geschickt.«

Die Herberge war zweistöckig und strahlte eine gewisse Kühle aus, was an den dunklen Steinen liegen mochte, aus denen sie errichtet war.

»Dicke Mauern halten die Hitze besser ab«, erklärte Stella müde und durchgeschwitzt. »In Eurer Heimat mag das wenig Bedeutung haben, aber hierzulande sind wir froh darüber.«

Sie waren erleichtert, im Hof eine Zisterne vorzufinden sowie einen provisorischen Stall, in dem Fidelis unterkommen konnte. Die Box neben der ihren war leer.

»Scheint ganz so, als wären die anderen Fremden schon

wieder weitergereist«, sagte Leo. »Hoffentlich nicht, weil ihnen die Unterbringung so wenig zugesagt hat.«

»Vielleicht sind sie ja auch zu Fuß unterwegs«, meinte Stella, während ihnen der korpulente Wirt, der sich als Pino vorgestellt hatte, die freien Zimmer zeigte, zwei schmale Kammern am Ende eines langen Gangs.

Das Stroh schien frisch, es gab jeweils ein winziges Fenster, das zum Hof zeigte, und der Preis war vernünftig. Leo entschloss sich zum Bleiben.

Als Abendessen servierte die Wirtin scharf gewürztes Spanferkel, über das sie ausgehungert herfielen, dazu das ungesalzene Brot der Region, Saubohnen und einen Krug Rotwein.

Leo und Stella wechselten während des Essens nur wenige Worte, so erschöpft waren sie. Und während er anschließend noch einmal in den Stall ging, um Fidelis zu versorgen, musste sie sich regelrecht nach oben schleppen, um nicht am Tisch einzuschlafen.

✤

Am anderen Morgen weckte sie ein durchdringender Hahnenschrei, aber sowohl Leo als auch Stella ließen einige Zeit verstreichen, bevor sie das Bett verließen, um sich später in der Wirtsstube die Morgensuppe schmecken zu lassen. Pino war nirgendwo zu sehen, doch seine Frau Antonella wuselte um die beiden in einer seltsamen Mischung aus übertriebener Aufmerksamkeit und kaum verhohlener Neugierde herum, die Leo irgendwann zu viel wurde.

»Sagt ihr doch, sie soll uns in Ruhe lassen!«, bat er Stella. »Ich möchte mich innerlich sammeln, bevor wir nach Fonte Colombo reiten.«

Stella sagte ein paar Worte, woraufhin Antonella sich mit hochrotem Gesicht in die Küche zurückzog.

Dann brachen sie auf, die Kühle des Morgens nutzend, bevor die Sonne erneut erbarmungslos auf sie herabbrennen würde. Fidelis schien gut ausgeruht, tänzelte, wieherte, und als Stella abstieg, um eine Weile zu Fuß nebenherzugehen, boten Reiter und Stute ein so inniges Bild der Vertrautheit, dass sie sich rasch abwenden musste.

Sie hatte von Leo geträumt, in einem Traum, an den sie sich nicht mehr genau erinnerte. Doch was sie noch wusste, war das Gefühl eines jähen Verlusts gewesen, das sie nicht ganz loslassen wollte. Immer wieder glitt ihr Blick zu ihm, der ganz vertieft in die Zwiesprache mit seinem Pferd zu sein schien, als ob es sie gar nicht mehr gäbe.

Und wenn Ilaria doch recht gehabt hatte mit all dem, was sie ihr in ihrer direkten Art an den Kopf geworfen hatte? Plötzlich schien der Tag einiges von der Frische seines Beginns verloren zu haben. Er *ist* ein heiliger Mann, dachte Stella bedrückt, der seiner Kirche und seinem Heiligen gehört. Besser, du findest dich rechtzeitig damit ab.

Als sie wieder zu ihm aufs Pferd stieg, achtete sie peinlich darauf, ihren Rücken möglichst aufrecht zu halten, um Leo nicht zu berühren. Ob er dies wirklich mitbekam, vermochte sie nicht zu sagen, aber das Schweigen zwischen ihnen wurde auf einmal lastend.

Im Dorf angekommen, verständigten sie sich darauf, gleich zur Einsiedelei weiterzureiten, bergauf, durch einen Eichenwald, wo riesige alte Bäume mit rauer Rinde vereinzelt mit helleren Buchen abwechselten, die sich mit starkem Wurzelwerk an den unebenen Untergrund zu klammern schienen. Schließlich gelangten sie zu einer kleinen Quelle, die aus einem moosbewachsenen Felsen sprudelte.

Leo zügelte Fidelis. Sie stiegen ab, und er tränkte zuerst das Pferd, das sie so sicher hierhergetragen hatte. Dann formte er die Hände zu einem Becher, um seinen eigenen Durst mit dem kühlen Wasser zu stillen.

»Hiervon muss auch er getrunken haben.« Seine Stimme hatte etwas Schwärmerisches bekommen. »Und damals haben sich offenbar Tauben zu Franziskus gesellt, so hat dieser Ort seinen Namen erhalten.«

Stella stieß ihn schweigend in die Seite.

Zwei Täubchen hatten sich auf dem Rand der hölzernen Einfassung der Quelle niedergelassen, eines schneeeweiß, das andere muschelgrau wie der frühe Morgen. Sie putzten sich ausgiebig das Gefieder, bevor sie ihre Schnäbel ins klare Wasser tauchten, um zu trinken.

»*Qui siete?*« Ein gebückter Mann in einer ausgefransten Kutte stand plötzlich neben ihnen. »*Que volete?*«

»Er will wissen, wer wir sind«, übersetzte Stella. »Und was wir hier wollen.«

»Sagt es ihm!«

Beide konnten sehen, wie das zerknitterte Gesicht des Mannes sich bei Stellas Worten entspannte. Nun redete er weiter, worauf Stella allerdings errötete.

»Was hat er gesagt?«, drängte Leo. »Hat er Euch beleidigt?«

»Nichts von Bedeutung.« Sie starrte auf ihre Füße.

»Ich möchte es trotzdem gerne wissen«, beharrte er.

»Dass schon lange keine Frau mehr hier oben gewesen sei. Und erst recht keine so schöne.« Sie griff nach dem Pferdehalfter, als suche sie auf einmal Halt. »Wir sollen ihm folgen. Sein Platz sei bescheiden, hat er gesagt, aber geheiligt.«

Der Einsiedler ging voran, gebückt zwar, aber dennoch erstaunlich behände. Unter seiner zerschlissenen Kutte ragten braun gebrannte, kräftige Waden hervor, und auch die muskulösen Arme verrieten lange Jahre harter Arbeit. Mit der Tonsur schien er es nicht allzu genau zu nehmen. Silberne Locken hatten sie nahezu überwuchert, und unwillkürlich fasste sich auch Leo an den Kopf, um festzustellen, dass es bei ihm schon wieder nicht sehr viel anders aussah.

Schließlich kamen sie zu einem unscheinbaren Steingebäude, neben dem drei halb verfallene Laubhütten standen.

»Das Kirchlein befindet sich ein Stück weiter unten«, übersetzte Stella. »Francesco hat es mit seiner eigenen Hand geheiligt.«

Es war kaum mehr als eine winzige Kapelle, die sie schließlich betraten, doch Leo erinnerte sie so stark an Portiuncula, dass er kaum noch sprechen konnte. Der steinerne Altar in Kreuzform, das einfache Holzkruzifix darüber – und dann in einer Nische ein hellrotes τ.

Abermals begann der Einsiedler zu reden.

»Fra Sebastiano sagt, Francesco habe das Tau eigenhändig an die Wand gemalt. Von hier aus hat es dann seinen Siegeszug in die ganze Welt angetreten.« Sie hörte dem Eremiten wieder zu. »Diese Kapelle ist der Heiligen Magdalena geweiht, ein Herzenswunsch Francescos, der sich unter anderem hier aufgehalten hat, um von seinem Augenleiden kuriert zu werden, das er sich im Heiligen Land zugezogen hatte. Die schlimmsten Qualen hat er auf sich genommen, unter anderem hat man ihm mehrmals glühende Eisen auf die Schläfen gelegt, um seine Sehkraft wiederherzustellen. Doch nichts und niemand konnte letztlich sein Augenlicht retten.« Inzwischen rannen Tränen über Stellas Gesicht, so bewegt war sie. »›Ich leide nicht!‹, soll Francesco damals gerufen und sich bei Bruder Feuer dafür bedankt haben, dass er so schön heiß für ihn glühe. ›Was bedeuten meine geringen Schmerzen schon angesichts des Leids, das diese Frau erdulden muss!‹«

Leo trat einen Schritt zurück. In seinem Nacken begann es zu kribbeln.

»Fragt ihn, ob er Suor Magdalena vom Kloster San Damiano kennt«, sagte er zu Stella.

Stella übersetzte. Fra Sebastiano schüttelte den Kopf.

Leo war noch immer nicht überzeugt. »Er hat also niemals von ihr gehört?«, beharrte er.

»Welcher Mönch hätte noch niemals den Namen Maria Magdalena gehört?«, übersetzte Stella. »Fra Sebastiano freut sich über Euren Besuch, aber er möchte wissen, was genau Euch dazu bewogen hat – ausgerechnet jetzt.«

»Wieso fragt er das?«, wollte Leo wissen.

»Weil Ihr nicht der einzige Fremde seid, der ihn in letzter Zeit aufgesucht hat. Andere waren kurz vor Euch da. Männer mit offenbar ganz ähnlichen Fragen.«

Als ob ein ganzer Bienenstock auf einmal in Leos Nacken brütete.

»Welche Männer?«, fragte er. »Hatten sie auch Namen?«

Fra Sebastiano zog die Schultern hoch. Sein breites, sonnenverbranntes Gesicht bekam auf einmal einen einfältigen Ausdruck, der eigentlich gar nicht zu ihm passte.

Er weiß genau, wie man sich dumm stellt, dachte Leo. Sie könnten Brüder sein, denn dieser Alte ist nicht minder gerissen, als Giorgio es gewesen ist.

Der Einsiedler wandte sich zum Gehen.

»Wir können ihn doch so nicht fortlassen«, rief Leo. »Nicht, bevor er meine Fragen anständig beantwortet hat.«

Stella rief dem alten Mönch etwas nach, und tatsächlich hielt er inne und drehte sich zu ihr um. Während sie weiterredete, veränderte sich sein Gesichtsausdruck und wurde ungläubig. Dann jedoch verschloss Traurigkeit seine Züge wie ein feinmaschiges Netz.

»Was habt Ihr zu ihm gesagt?«, wollte Leo wissen. »Er weint ja gleich!«

»Dass Fra Giorgio tot ist. Hinterhältig ermordet«, erwiderte sie mit fester Stimme. »Und dass Ihr nach dem Mörder sucht.«

»Und wieso dreht er sich dann um und geht einfach davon?«

»Woher soll ich das wissen!« Stella klang bedrückt. »Ich habe doch nichts Böses gesagt!«

Plötzlich blieb der Eremit noch einmal stehen, schaute zurück über seine Schulter und rief ihnen etwas zu.

Stellas Miene hatte sich wieder aufgehellt. »Wir sollen morgen wiederkommen«, übersetzte sie. »Wenn die Sonne im Zenit steht. Dann will Fra Sebastiano uns seinen kostbarsten Schatz zeigen.«

»Aber was hat das alles mit meinen Fragen zu tun?«, sagte Leo kopfschüttelnd. »Vielleicht hat die lange Einsamkeit ihn ein wenig wunderlich gemacht.«

Stella fuhr zu ihm herum, so aufgebracht, wie er sie noch nie gesehen hatte.

»Ihr strebt dem Heiligen nach, *padre*?«, rief sie. »Ihr wollt Francesco folgen, seinen Wegen, seinem Leben, seinen Gedanken – doch wie könntet Ihr das, wenn Ihr weder die Kraft noch den Mut besitzt, noch an Wunder zu glauben?«

Er sah ihr nach, als sie hocherhobenen Hauptes zu dem Baum zurückging, an den sie Fidelis gebunden hatten.

Musik, dachte er. Ihr Körper ist wie Musik – und ihre Seele erst recht!

Sieben

Beide waren sie nachdenklich erwacht, sowohl Leo, der sich nach dem Frühstück im Stall verkrochen hatte, als gäbe es nichts Wichtigeres auf der Welt, als sich um Fidelis zu kümmern, wie auch Stella, die seit den frühen Morgenstunden gegen ein flaues Gefühl im Magen zu kämpfen hatte, das nicht mehr weichen wollte. Dazu kam, dass sie sich schon seit gestern von Antonella beobachtet fühlte, als ob die Wirtin jeden Schritt, jede Bewegung registrieren wollte.

»Reitet Ihr heute wieder nach Fonte Colombo?«, fragte die Wirtin schließlich, als Stella so gar nicht mit der Sprache herausrücken wollte. »Ihr müsst wissen, Padre Sebastiano, der diesen Platz hütet, genießt weit und breit einen ausgezeichneten Ruf. Manche halten ihn für einen Heiligen, obwohl uns natürlich auch die anderen Einsiedler am Herzen liegen, die ein Stück von Rieti entfernt leben. Sie alle beschützen uns und halten das Böse von uns fern, daran glauben wir fest. Wären sie einmal nicht mehr, so brächte das womöglich großes Unglück über unser Tal.«

»Weil er Wunder wirken kann?«, fragte Stella.

»Von Wundern weiß ich nichts«, sagte die Wirtin. »Aber der *padre* ist freundlich und fromm, und jeder, der bedrückt zu ihm kommt, geht erleichtert wieder nach Hause.«

»Wie lange lebt er eigentlich schon dort?«, fragte Stella.

Ein Schulterzucken. »Mehr als dreißig Jahre. Schon unsere Eltern sind zu der kleinen Kirche gepilgert, in der

Francesco gepredigt hat. Nachdem der Heilige tot war und nicht mehr zu uns nach Rieti kommen konnte, haben sie wie viele andere diesen schönen, alten Brauch beibehalten.«

»War Padre Sebastiano dort immer schon allein?«

»Wo denkt Ihr hin! Anfangs war es eine ganze Schar von Brüdern, die nahe der Quelle wohnte, doch ein Leben in der Waldeinsamkeit ist eben sehr hart und eignet sich nicht für jeden, auch wenn der Glaube noch so groß ist. Einige sind krank geworden und gestorben, einige an andere Orte berufen worden, wie man sich erzählt, und schließlich ist er eben allein zurückgeblieben.« Antonella strich ihre Schürze glatt. »Aber was schwatze und schwatze ich da? Dabei sollte ich doch längst schon auf dem Markt sein, sonst sind die besten Bohnen wieder ausverkauft.«

Mit wehenden Röcken lief sie hinaus.

✢

»Am liebsten würde sie uns wohl auf der Stelle hinterherreiten«, sagte Stella zu Leo, als sie am Vormittag die Herberge zu Pferd verließen. »Als hätte ihr jemand eine Belohnung in Aussicht gestellt, wenn sie uns nur gründlich genug ausspioniert.«

Leo lächelte. »Habe ich Euch nicht prophezeit, dass die Leute reden werden? Aber wisst Ihr was, Signorina Stella? Es macht mir seltsamerweise gar nichts aus.«

Sie schwieg, hielt den Rücken ebenso kerzengerade wie gestern und versuchte, die widersprüchlichen Gefühle zu sortieren, die in ihr stritten. Sollte sie ihm erzählen, wie unbehaglich ihr zumute war?

Schließlich entschloss sie sich dagegen.

Leo schien zu spüren, dass sie eine Weile für sich sein wollte, und schwieg. Erst als eine Schafherde ihren Weg kreuzte, sie zum Innehalten zwang, sodass sie eine Zeit lang dem Spiel des weichen Lichts auf den Pappelblättern zusehen konnten, brach er das Schweigen.

»Gelobt seiest Du, Herr, mit allen Wesen, die Du geschaffen hast, vor allem der edlen Herrin, der Schwester Sonne. Denn sie ist der Tag und spendet Licht uns durch sich. Sie ist schön und strahlend in großem Glanz. Dein Gleichnis ist sie, Erhabener …« Er hielt kurz inne, bevor er weiterfuhr. »Es wundert mich nicht, dass Franziskus in diesem Paradies auf Erden seinen Sonnengesang verfasst hat«, rief er. »Ich kenne kein Gebet, das die Vollkommenheit der göttlichen Schöpfung schöner und würdevoller preist.«

»Wir nennen es *cantico delle creature*«, sagte Stella. »*Lied der Geschöpfe*. Die Sonne ist im Italienischen männlich – und somit ein Bruder. Es gibt sogar eine schlichte kleine Melodie dazu. Meine Amme hat mir das Lied jeden Abend vor dem Einschlafen vorgesungen, so lange, bis ich Wort für Wort auswendig wusste. Damals musste ich oft weinen, so tief haben mich Francescos Zeilen berührt.«

»Wenn ich doch nur mehr von Eurer wunderbaren Sprache verstünde! Meine Mutter hat sie gesprochen, als wir Kinder waren. Doch mein Vater wurde immer schnell zornig, weil er sich dann ausgeschlossen fühlte, was er gar nicht mochte. Deshalb hat sie es immer seltener getan und irgendwann leider ganz damit aufgehört.«

»Ihr habt Eure Eltern geliebt?«, fragte Stella leise. Sie hatte sich nach einem herabgefallenen Zweig gebückt und fuhr mit ihm über die raue Baumrinde.

»Tut man das nicht immer?«

»Ich weiß ja nicht einmal, wer meine Eltern sind. Simonetta und Vasco Lucarelli sind es gewiss nicht, das habe ich schon zu spüren bekommen, als ich gerade über die Tischkante schauen konnte. Bereits damals gab es diese Sehnsucht in mir: zu wissen, woher ich komme und wohin ich gehöre.«

»Der Älteste für die Burg, der Zweite für die Kirche«, sagte Leo. »Viel mehr gab es dazu bei uns zu Hause nicht zu sagen.«

»Dann seid Ihr gar nicht freiwillig ins Kloster eingetreten, *padre*?«

»Wir können weiter«, sagte er, ohne sie anzusehen, und ihr fiel auf, dass er sein linkes Bein beim Gehen noch immer schonte. »Ich helfe Euch in den Sattel. Der Weg ist wieder frei.«

Der Ritt durch den Wald war erfrischend und bis auf vereinzelte Tierlaute still. Allmählich ebbte Stellas Übelkeit ab, doch sie verschwand nicht ganz, als ob sie weiterhin hinter einem dichten Vorhang lauerte.

»*Buongiorno, buona gente!*«, rief ihnen Sebastiano entgegen, als sie ihn schließlich bei der Quelle entdeckten, in der er gerade seine nackten Unterarme kühlte. Dann bekam sein Gesichtsausdruck etwas leicht Verquältes. »*Come mi hanno punto le zanzare, stanotte!*«

»Die Mücken haben …«, wollte Stella übersetzen.

»… ihm in der letzten Nacht offenbar schwer zugesetzt«, vervollständigte Leo den Satz. »Was nicht zu übersehen ist. Scheinbar zieht sein Blut sie nicht minder an wie Eures.«

Er stieg ab und half Stella aus dem Sattel.

»Wollt Ihr ihm nicht Eure Behandlung mit dem Essig verraten?«, fragte er. »Damals bei den Carceri hat sie Euch doch sehr geholfen.«

Stella begann, halblaut auf den Eremiten einzureden, doch Sebastiano schüttelte den Kopf und schob die Ärmel seiner Kutte resolut wieder nach unten.

»Das vergeht wieder, sagt er«, dolmetschte Stella. »Viel ärger sind die Rückenschmerzen, die ihn seit den letzten kalten Wintern plagen. Wenn hier oben alles mit Schnee bedeckt ist, kann er sich manchmal kaum noch rühren, denn Stein und Felsen wärmen nun einmal nicht besonders. Wir sollen ihn zur Kapelle begleiten. Dort will er uns etwas erzählen.«

Leo nahm Fidelis am Halfter und folgte den beiden.

Seltsamerweise wirkte Sebastiano über Nacht gealtert. Er ging schwerfälliger als gestern, sein Rücken war gebeugt, als drückte ihn eine unsichtbare Last nach unten. Zwischendrin blieb er immer wieder stehen, um Luft zu schöpfen. Vor der kleinen Kapelle ließ er sich ächzend niedersinken und begann etwas zu murmeln.

»Er möchte, dass wir uns zu ihm setzen«, übersetzte Stella. »Damit wir lernen, Francesco besser zu verstehen.«

Ihr Blick glitt zu der einfachen laubbedeckten Holzhütte, in der der Einsiedler lebte. Vor der Tür stand ein länglicher Korb, mit einem weißen Tuch bedeckt, unter dem ein Brot und ein Stück Schinken herausragten, beides unberührt, soweit sie erkennen konnte.

Als hätte jemand die Gabe gerade erst dort abgestellt.

Unwillkürlich erstarrte sie, weil ihr die ähnliche Szene bei den Carceri in den Sinn kam, und auch Leo, der in die gleiche Richtung schaute, erging es offenbar nicht anders.

»Fragt ihn, woher dieser Korb stammt!«, forderte er Stella auf.

Fra Sebastiano zuckte die Achseln.

»Sie bringen immer mal wieder etwas zu ihm herauf, damit er genügend zu essen hat«, übersetzte Stella die Antwort. »Gläubige, Pilger, Leute aus Rieti. Manche kennt er, andere hat er noch nie zuvor gesehen. Aber manchmal vergessen sie ihn auch. Vor allem, wenn sie schon mal bei ihm gewesen sind und er ihnen eingeschärft hat, fester im Glauben zu werden. Er freut sich über alles, was man ihm schenkt, darauf angewiesen jedoch ist er nicht. Sein Magen kann sich wie eine Schlange zusammenrollen und viele, viele Tage ohne Essen auskommen.«

»Sagt ihm, dass er trotzdem besonders vorsichtig sein und nichts anrühren soll, von dem er nicht genau weiß, woher es stammt«, bat Leo. »Giorgio ist an vergiftetem Kuchen gestorben. Vor diesem Schicksal möchte ich ihn bewahren.«

Der Einsiedler lachte nach Stellas eindringlicher Warnung.

»Er fürchtet sich nicht, vor seinen Schöpfer zu treten«, sagte Stella. »Im Gegenteil, er freut sich schon darauf. Dann kann er endlich wieder mit Francesco und den anderen Gefährten zusammen sein.«

Sebastianos Gesicht wurde wieder ernst.

»Man hat Francesco oftmals den Spielmann Gottes genannt«, übersetzte Stella konzentriert, denn nun sprach der Einsiedler schneller und sichtlich bewegt. »Aber das war nur eine Seite seines Wesens. Sein Wort brannte wie Feuer – habt ihr das gewusst?«

Beide schüttelten den Kopf.

»Ich habe niemals einen besseren Prediger gehört. Die Menschen hingen an seinen Lippen, sogar die Vögel vergaßen davonzufliegen, so sehr beherrschte er diese Kunst. Der *poverello* wollte seine Kraft und Lebensfreude niemals einteilen oder aufsparen, sondern hat immer alles gegeben. Jeden einzelnen Augenblick. Dabei war ihm einerlei, ob man ihn auslachte oder sogar für verrückt hielt. Doch was er von sich selbst verlangte, das hat er auch von uns gefordert. Wir Mönche waren für ihn Apostel, nicht an die Enge eines Klosters gebunden, sondern frei, um uns in der Welt zu bewegen.«

Der Alte begann heftig zu atmen. Erschöpfte ihn die

lange Rede allzu sehr? Leo und Stella sahen sich an. Offenbar hatten sie abermals Ähnliches gedacht.

»Das Leben in der Gemeinschaft war nur ein Teil seiner Botschaft«, fuhr Sebastiano in Stellas Worten fort. »Wichtiger war ihm Gott als Quelle der Liebe. Dafür braucht der Gläubige Einsamkeit und Stille – und wie sehr hat Francesco sich immer wieder danach gesehnt!«
Mit einem Stecken ritzte der Einsiedler das Zeichen des Kreuzes in die trockene Erde.

»Die vier Einsiedeleien im Rieti-Tal sind kreuzförmig angeordnet, manche sagen auch wie ein τ. Der Querbalken umarmt die Welt, der Längsbalken streckt sich empor zu Gott. Wir vier Eremiten sind die Wächter dieses heiligen Symbols. Wir hüten Francesco und sein Mysterium.«

Seine beiden Zuhörer schwiegen beeindruckt, so leidenschaftlich hatte der Eremit gesprochen. Doch er war noch nicht fertig. Seine Züge wirkten verzerrt, so sehr schien er innerlich mit sich zu ringen.

»Wie oft wollte er einfach nur allein sein!«, übersetzte Stella. »Manchmal hat er sogar aus seinem Mantel ein kleines Zelt gebaut, um sich sogar von uns, seinen Gefährten, abzuschirmen, und wenn er, wie meistens, keinen Mantel hatte, dann hat er wenigstens mit dem Ärmel der Kutte sein Gesicht bedeckt. Immer wieder betete er, ohne die Lippen zu bewegen. Er war in ständigem Kontakt mit Gott – flehte ihn ständig an, ihm seine Sünden zu vergeben.«

»Welche Sünden?«, rief Leo. »Ich kenne keinen heiligeren Mann als Franziskus von Assisi!«

Sebastianos Züge entspannten sich nicht.

»Der ständige Kampf hat ihn aufgefressen«, gab Stella laut wieder, was er ihr flüsternd eingab. »Ein inneres Feuer, das schließlich auch seine Gesundheit ruiniert hat. Sein Körper war vor der Zeit verbraucht, Magen und Darm rebellierten, er war so gut wie blind. Und dennoch war er selbst dann nicht bereit, auch nur einen Fußbreit nachzugeben. Francesco bestand auf seiner eigenen Ordensregel, deren Kern ihm alles war: die unbedingte Liebe zur Armut.«

»Madre Chiara bewegt das gleiche Anliegen«, sagte Leo und Stella übersetzte. »Eine eigene Regel. Etwas, das keiner Frau vor ihr jemals zuteilwurde. Hast du sie eigentlich jemals kennengelernt, Sebastiano? Vielleicht damals, während der frühen Tage in Assisi?«

War das ein Nicken, zu dem der Alte ansetzte, oder doch eher ein Kopfschütteln? Da Leo sich nicht entscheiden konnte, sprach er einfach weiter.

»Siech und seit vielen Jahren ans Bett gefesselt, wartet sie in San Damiano auf den Tod. Eine Zustimmung aus Rom würde sie erlösen und in Frieden von dieser Welt scheiden lassen – doch bevor diese erteilt werden kann, müssen noch einige wichtige Punkte geklärt werden. Ich möchte Chiara in ihrem Kampf unterstützen, weil sie mich tief beeindruckt hat. Deshalb bin ich hier.«

Er schluckte, schien um die richtigen Worte zu ringen. Stella betrachtete ihn gebannt, und auch der Alte schien seinen Blick nicht von Leo lösen zu können, als er fortfuhr: »Fra Giorgio wurde heimtückisch vergiftet, aber auch Suor Magdalena, nach der ich dich gestern gefragt hatte, lebt nicht mehr. Sie starb nach einem Sturz aus großer Höhe. Noch halte ich keinerlei Beweise in Händen, die es belegen könnten, doch ich glaube nicht länger an einen Unfall oder an Selbstmord. Inzwischen bin ich mir nahezu sicher, dass jemand auch sie auf dem Gewissen hat.«

Sebastiano riss die Augen auf und begann erneut loszusprudeln, so hastig, dass Stella mit ihrer Übersetzung kaum noch folgen konnte: »Hier, in dieser einfachen Kapelle, hat er seine Regel verfasst – *unsere* Regel, und schließlich hat der Heilige Vater in Rom ihr nach langem Zögern endlich zugestimmt. Somit war unser geliebtes Fonte Colombo zu einem zweiten Berg Sinai geworden.«

Mit keinem einzigen Wort war er auf Leos Ausführungen eingegangen. Beinahe, als hätte er sie gar nicht gehört. Für einen Moment war es, als wäre das τ, das die abgeblätterte Innenwand des Kirchleins schmückte, plötzlich auch von außen zu sehen. Sogar die Tauben, die gerade aufflogen, schienen von innen her zu leuchten.

Stella und Leo tauschten wieder einen raschen Blick. Beide hatten von Neuem ganz ähnlich empfunden. Und beide erschraken sie darüber.

»Er musste teuer dafür bezahlen.« Sebastiano sprach nun stockend, und nicht minder stockend übersetzte Stella. »Nicht wenige Brüder wandten sich von ihm ab …. Sie empfanden seine Forderungen nach absoluter Armut als zu radikal … verließen den Orden und behaupteten, er würde nur noch für sich und nicht mehr für sie reden …. Darunter hat er sehr gelitten. Es ging ihm sogar so schlecht, dass wir um sein Leben bangen mussten … bis er sich eines Tages in die heilige Grotte zurückzog. Im Schoß der Erde fand er zu seinem inneren Frieden zurück.«

Der Eremit versuchte aufzustehen, fiel dabei aber wieder zurück, sodass Leo ihm aufhalf.

»Er sollte sich schonen«, sagte Leo leise zu Stella, als Sebastiano ihnen voranhumpelte. »Sonst wird er den nächsten Winter kaum überstehen.«

»Das hab ich ihm auch schon geraten«, flüsterte sie zurück. »Aber er will nichts davon wissen. Er führt uns jetzt zur Grotte, Francescos Lieblingsplatz, wo der Heilige fastete und weinte, bis er schließlich die Stimme Jesu vernahm. Da wusste er, dass sein Weg richtig war.«

Sie näherten sich der Felswand, einem massigen Ungetüm aus schmutzig grauem Gestein, halb überhängend, das alles unter sich in tiefen Schatten tauchte. Für einen Moment glaubte Stella, Schritte zu hören, dann ein Knirschen, als zöge jemand etwas Schwereres über rauen Grund. Sie spähte nach oben, konnte aber nichts sehen.

Ein großes Tier vielleicht, dachte sie, während die Übelkeit vom Morgen sich verstärkte. Diese dichten Wälder hier müssen voll von Bären, Luchsen und Wölfen sein. Aber würden diese jemals wagen, so nah an uns heranzukommen?

Plötzlich blieb Sebastiano stehen und drehte sich um. »*Attendete qui*«, sagte er. »*Ritonerò!*«

Jetzt erst entdeckten die beiden den schmalen Spalt, der ins Felsinnere führte. Sebastian zwängte sich hindurch.

Dann hatte der Felsen ihn verschluckt.

»Was er darin wohl sucht?«, fragte Stella nach einer Weile, als das Schweigen zwischen ihr und Leo etwas Lastendes bekam.

»Vielleicht möchte er den Geist Francescos spüren.« Gedankenverloren massierte Leo sein linkes Bein. »Es mag seltsam in Euren Ohren klingen, aber bei meinen Besuchen in Portiuncula habe ich ganz Ähnliches empfunden. Ich wusste, dass der Heilige seit Jahrzehnten keinen Fuß mehr über diese Schwelle gesetzt haben konnte, und dennoch war ich ihm auf einmal ganz nah. Beinahe, als stünde er unmittelbar neben mir.«

»Er spielt die entscheidende Rolle in Eurem Leben«, sagte Stella. »Wenn Ihr von ihm redet, dann klingt es jedes Mal wie eine Liebeserklärung.«

»Ich wünschte, ich könnte ihn noch viel inniger lieben!«, rief Leo. »Aber meine Jugend war hart, besonders als nach dem Tod meiner Schwestern die Burg auf einmal so grau und leer geworden war. Sooft mein Vater mich beim Weinen erwischt hat, hab ich eine Tracht Prügel riskiert. Und der konnte zuschlagen! Da habe ich mir beizeiten angewöhnt, Gefühle besser gar nicht erst zuzulassen.« Leo zog die Schultern hoch, als ob er fröre.

Unwillkürlich machte Stella einen Schritt auf ihn zu, dann blieb sie wieder stehen. »Er hat versprochen, uns etwas zu zeigen«, murmelte sie. »Aber das wird er ja wohl kaum ausgerechnet dort versteckt haben.«

»Warum eigentlich nicht ...« Leo hielt inne. »Da ist er ja wieder!«

Sebastiano zwängte sich durch den Spalt und kam auf sie zu. In seiner Rechten hielt er etwas Helles, das er den beiden wie eine Trophäe entgegenreckte.

»*Quello è* ...« Er verstummte und starrte verblüfft nach oben.

Lautes Knirschen, als ob die Füße eines Riesen hoch über ihnen unwillig gescharrt und dabei Grund losgetreten hätten. Im gleichen Augenblick kamen schon die ersten Steine herunter, unterschiedlich große Brocken, ein Regen aus Felsgestein.

Einer der gezackten Brocken traf Sebastiano an der Schläfe. Der Eremit taumelte, stürzte der Länge nach hin und blieb regungslos liegen.

»*Padre!*« Stella wollte zu ihm, doch bevor sie auch nur einen Schritt machen konnte, hatte Leo sie am Ärmel gepackt und festgehalten. Im nächsten Moment riss er sie zu Boden und warf sich dann mit seinem ganzen Körper auf die junge Frau. Stella hörte ihn schmerzlich stöhnen und schrie gellend auf, aber Leo drückte sie nur noch fester gegen den harten Grund.

Gerade noch rechtzeitig, denn nun verwandelte der lockere Gesteinsregen über ihnen sich in dichten Hagel. Immer mehr Felsen prasselten herunter, unbarmherzige Geschosse, die Sebastianos Körper trafen und ein Stück bergab rissen, wo immer mehr Brocken auf ihn fielen, bis er vollständig von ihnen bedeckt war.

Die Stille, die irgendwann einsetzte, war entsetzlicher als all das Grollen und Poltern zuvor.

Leo wartete eine Weile, dann rollte er sich zur Seite.

»Bist du verletzt?«, hörte Stella ihn fragen. »Versuch, deine Arme und Beine zu bewegen! Aber vorsichtig!«

»Nein, nein!« Tränen liefen über ihre Wangen. »Es tut alles nur so weh. Als ob ein riesiger Wagen über mich gerollt wäre. Wenn du mich nicht beschützt hättest, dann wäre ich jetzt tot.«

»Und nun versuch, ob du aufstehen kannst!«

Sie gehorchte, sank aber wieder zusammen.

»Meine Beine!«, flüsterte sie. »Sie sind ganz kraftlos. Und sie hören nicht auf zu zittern.«

»Warte! Lass mich einmal nachsehen.«

Leo zögerte, dann begann er, Stellas Beine unter dem Kleid behutsam abzutasten, während sie ganz still hielt. Es war merkwürdig, seine Hände zu spüren, merkwürdig und aufregend zugleich.

»Das ist bloß der Schrecken«, sagte er dann. »Du hast dir nichts gebrochen. Du kannst stehen und gehen.«

»Aber wir hätten ebenso tot sein können – alle beide!« Sie begann hemmungslos zu weinen.

Wieder zögerte Leo, dann schien er sich einen innerlichen Ruck zu geben. Er ließ sich neben ihr nieder, schlang seine Arme um sie und wiegte sie wie ein verängstigtes Kind. Stella zitterte so stark, dass der Staub und die Luft um sie zu tanzen schienen. Irgendwann berührten seine Lippen ihr Haar, dann ihre Stirn.

Eine Warnung erklang in ihrem Herzen, doch sie schob sie beiseite.

Als sie den Kopf hob, waren ihrer beider Lippen nur noch eine Handbreit voneinander entfernt. Noch nie zuvor war sie seinen goldbraunen Augen so nah gewesen, deren Blick so warm war, so offen, so voller Sehnsucht.

Hatte Leo die erste Bewegung gemacht, oder war sie nicht doch von ihr ausgegangen? Sie neigten sich einander zu und küssten sich.

Erneut begann Stella zu zittern, doch dieses Mal aus einem anderen Grund. Carlos Küsse waren von Anfang an fordernd und hart gewesen, hatten nach Besitz und Gier geschmeckt und sie zu etwas zwingen wollen, zu dem sie noch nicht bereit gewesen war. Dieser Kuss jedoch war voller Zärtlichkeit und Hingabe. Ein Gefühl, als würde sie nach weiter, entbehrungsreicher Reise endlich wieder nach Hause kommen. Als ob ihre Körper, die sich noch nie zuvor auf diese Weise berührt hatten, einander schon inniglich vertraut wären, seit langer, langer Zeit.

Leo löste sich als Erster und sprang auf.

»Wir müssen nach Bruder Sebastiano schauen!« Seine Stimme klang rau. »Wenngleich ich kaum glaube, dass er diesen Steinschlag überlebt hat.«

Unbeholfen erhob sich auch Stella. »Ich komme mit«, sagte sie. »Warte – ich bin nur leider noch nicht besonders schnell.«

»Überlegt Euch ... überleg dir das lieber noch einmal!« Leo spähte nach unten. »Du könntest Dinge zu sehen bekommen, die du so schnell nicht wieder vergisst.«

»Ich komme mit!«, beharrte sie und stakste ihm hinterher.

Der Hang hatte sich in ein Geröllfeld verwandelt. Irgendwo musste der Eremit begraben sein – aber wo sollten sie zu suchen beginnen? Leo bückte sich und begann, ein paar Steine beiseitezuräumen. Binnen Kurzem erhob er sich schwitzend wieder. Unwillkürlich schaute Stella auf sein linkes Bein, das zu schonen er offenbar ganz vergessen hatte.

Blutete es wieder? An Kutte oder Hose konnte sie nichts Verdächtiges erkennen, und sie war beruhigt.

»Es erscheint mir aussichtslos«, sagte er stöhnend. »Zu zweit können wir gegen diese riesige Steinlawine nichts ausrichten.«

Stella kniff die Augen zusammen. »Dort drüben sehe ich etwas Helles«, sagte sie und setzte sich in Bewegung. Leo folgt ihr, so behände der unebene Untergrund und sein Bein es zuließen.

Als sie näher kamen, stockte beiden der Atem.

»Ein Fuß«, flüsterte Stella. »Ob er abgerissen ...« Sie presste sich die Hand vor den Mund.

Leo kletterte um die Stelle herum. »Dann müsste hier der Kopf sein«, murmelte er. »Vorausgesetzt, er ...«

Seine Hände begannen zu wühlen, langsam und vorsichtig zunächst, schließlich fast mit wütender Eile. Er kümmerte sich nicht darum, dass seine Haut aufriss und die Hände zu bluten begannen, so sehr war er bemüht, den Eremiten freizulegen.

»Hier!«, rief er plötzlich. »Ich bin auf etwas Weiches gestoßen. Das muss er sein!«

Doch es war nicht Sebastianos Kopf, den er schließlich entdeckte, sondern nur die Faust des Eremiten, die inmitten des Geröllfeldes wie verloren zutage kam. Noch immer hielt sie etwas umklammert, einen schmutzigen Fetzen Pergament, der die Steinlawine seltsamerweise unbeschadet überstanden hatte.

Leo wühlte weiter. Als endlich der blutverschmierte

Kopf zwischen dem grauen Geröll auftauchte, gab es keinerlei Zweifel mehr: Fra Sebastiano war tot, die Augen weit aufgerissen, das Gesicht zu einer Grimasse aus Schmerz und Angst erstarrt.

Leo schloss dem Alten die Lider und sprach das Vaterunser. Stella fiel schluchzend mit ein.

»Wir müssen Hilfe aus Rieti holen«, sagte sie. »Deine Hände sind übel zerschnitten, und ich kann bald nicht mehr.«

»Das werden wir.« Leo beugte sich über den Toten und zog vorsichtig das Pergamentstück aus Sebastianos Faust.

»Was ist das?«, fragte Stella, während er zu lesen begann.

Leo schaute auf. »Nur ein paar Worte, die ich nicht verstehe. Sag du mir, was das bedeutet!«

»... *Sarò per lei quella madre che sono per tutte le sorelle, ma non le mancherà nulla ...*«, las Stella halblaut.

»Auf Deutsch, Stella!«

»*Ich werde ihr die Mutter sein, die ich allen Schwestern bin, und nichts wird ihr fehlen.*« Sie sah ihn fragend an. »Verstehst du, was damit gemeint sein könnte?«

Leo schüttelte den Kopf. »Das ist alles?« Er klang enttäuscht.

»Mehr steht hier nicht.« Stella wischte sich mit dem Ärmel die Wangen trocken. »Doch das Ganze scheint ursprünglich länger gewesen zu sein. Sieh doch nur! Hier unten wirkt es wie abgerissen. Und oben auch.«

»Sebastiano hatte den Fetzen Pergament in der Hand, als er aus der Höhle kam, hast du nicht gesehen? Bevor die Steine ihn begraben haben«, sagte Leo. »Noch im Todeskampf hielt er ihn umklammert. Er muss also sehr wichtig für ihn gewesen sein.«

Leo zog seinen Beutel unter der Kutte hervor und legte das Stück Pergament hinein.

»Gestern hat er von einem kostbaren Schatz gesprochen«, sagte Stella nachdenklich. »So aufgeregt war er dabei gewesen! Allerdings hatte ich mir darunter etwas Wertvolles vorgestellt.«

»Wir werden darüber nachdenken«, sagte Leo. »In der Herberge, wenn wir beide wieder ruhiger geworden sind.« Er hustete, rieb an seiner Schläfe, konnte plötzlich kaum noch ruhig stehen. »Stella ... was vorhin zwischen uns war ...«

Sie sah ihn schweigend an.

»... hätte niemals geschehen dürfen. Du bist meiner Obhut anvertraut, und ich gehöre seit langen Jahren der Kirche. Wir müssen uns bemühen, es zu vergessen. Alle beide.«

Über ihnen zeigten sich die ersten Raben, zwei heiser krächzende schwarze Jäger, die die frische Beute offensichtlich schon im Visier hatten und immer engere Kreise zogen.

»Was sollte denn gewesen sein?« Stella war überrascht, wie dünn ihre eigene Stimme klingen konnte. »Du hast mein Leben gerettet. Und mich getröstet. Für beides werde ich dir immer dankbar sein.«

Sie drehte sich um und begann, wieder nach oben zu klettern.

Leo sah ihr nach, dann bückte er sich und bedeckte Sebastianos Kopf erneut mit Steinen, ganz vorsichtig, als fürchtete er, ihm wehzutun, jedoch sehr gründlich, um die tiefer kreisenden Aasfresser von ihrem Mahl abzuhalten.

Vier Steine schichtete er als Markierung übereinander, um den Toten im Geröllfeld später leichter zu finden. Drei für die lebenden Eremiten, einen für den, der nicht mehr am Leben war.

Erst danach folgte er ihr.

✦

Aus Pinos Gesicht wich jegliche Farbe, als sie ihm in der Gaststube von dem Unglück berichteten. Antonella riss zunächst die Augen ungläubig auf und begann dann laut zu weinen.

»Und Euch beiden ist nichts zugestoßen?«, fragte der Wirt, als er sich schließlich halbwegs wieder gefasst hatte.

»Zum Glück nicht«, erwiderte Leo, und Stella übersetzte seine Antwort. »Obwohl wir nur ein paar Schritte entfernt waren. Gott muss seine schützende Hand über uns gehalten haben. Sonst stünden wir jetzt nicht vor Euch.«

»Ein Steinschlag, sagt Ihr?«, fuhr Antonella schluchzend auf. »Aber es gab doch gar keine Regenfälle, die eine Mure ausgelöst haben könnten! Der Himmel ist blau und wolkenlos.«

»Vielleicht ein großes Tier«, mischte sich nun Stella ein. »Mir war einen Moment, als hätte ich über uns etwas gehört. Gesehen aber habe ich allerdings nichts.«

»Ich muss den anderen Bescheid geben«, sagte Pino, noch immer fahlgrau. »Damit wir ihn wenigstens ordentlich beisetzen können. Unter der Felslawine darf er nicht bleiben.«

»Dazu müsst Ihr ihn erst einmal ausgraben«, sagte Leo, nachdem Stella für ihn übersetzt hatte. »Ich habe seinen Leichnam wieder sorgfältig mit Steinen bedeckt, damit in der Zwischenzeit keine Raubvögel über ihn herfallen können. Schickt am besten gleich ein Dutzend kräftiger Männer zur Einsiedelei!« Er zeigte seine mitgenommenen Hände. »Und nehmt ausreichend Schaufeln mit und Piken, wenn ihr welche habt. Die Brocken sind äußerst scharfkantig.«

Die Wirtsleute tuschelten miteinander, so leise, dass nicht einmal Stella etwas verstand.

»Sag ihnen, dass ich die Männer von Rieti zu der Stelle

bringen kann, wo der Tote liegt«, trug Leo Stella auf. »Ohne meine Hilfe würden sie sich bei der Bergung reichlich schwertun.«

»Dann will ich auch dabei sein«, verlangte sie.

»Ist das nicht zu gefährlich?«, fragte Leo leise. »Mir gefällt schon jetzt nicht, wie die beiden uns ansehen. Franziskus hat die Menschen von Rieti zwar ›gute Leute‹ genannt, aber Fremden gegenüber scheinen sie nicht sonderlich wohlgesinnt zu sein.«

Pino nickte zwar, als Stella Leos Angebot übersetzt hatte, doch Blick und Miene blieben skeptisch. Wortlos drehte er sich um und stürzte hinaus; seine Frau folgte ihm, ohne an die beiden Fremden noch ein weiteres Wort zu richten.

Leo zog sich in seine Kammer zurück, während Stella nach draußen wollte. Er hatte ihr ansehen können, wie schwer es ihr gefallen war, nach dem soeben Erlebten die Enge des niedrigen Raumes zu ertragen. Doch auch für ihn war es alles andere als einfach. Die Wände schienen plötzlich näher zu rücken, so schnell und aufgeregt schlug sein Herz. Der nächste Tote – bereits der vierte, wenn er Suor Magdalena und den vermeintlich Aussätzigen dazuzählte!

Leos übel zugerichtete Hände brannten, als er seinen Beutel unter der Kutte hervorzog, die beiden Pergamentstückchen herausholte und nebeneinander auf den kleinen Tisch legte.

re – mehr als diese beiden Buchstaben stand nicht auf dem ersten, das er in San Damiano unter Magdalenas Lager gefunden hatte und seitdem bei sich trug.

Sarò per lei quella madre che sono per tutte le sorelle ...

Leo starrte auf die beiden Fundstücke, schob dann aber schon bald Sebastianos schmutzigen Fetzen enttäuscht zur Seite. Angesichts dieser mageren Ausgangslage ließ sich beim besten Willen kein Vergleich der Handschriften erstellen. Und wie sollte auch eine Gemeinsamkeit zweier Schriftproben, die so weit voneinander entfernt gefunden wurden, möglich sein? Dennoch gab es da dieses Prickeln im Nacken, das Leo aufhorchen ließ, nicht besonders stark ausgeprägt, aber spürbar.

Abermals musterte er das Geschriebene. Konnte es möglicherweise einen Zusammenhang geben, den er bislang nicht erkannte?

Nach einer Weile schüttelte er den Kopf. Vermutlich war etwas ganz anderes schuld an seiner Aufgewühltheit, die sich nicht legen wollte – Stella! Er hatte einige Frauen gekannt, doch das war ganz am Anfang seines Ordenslebens gewesen, bevor er die ewigen Gelübde abgelegt hatte. Eigentlich war er fest davon überzeugt gewesen, nie wieder sündhaften Anfechtungen zu erliegen, doch was ihn mit diesem jungen Geschöpf verband, war sehr viel mehr als nur fleischliches Begehren und daher umso gefährlicher.

Alles an Stella zog ihn an, ihre Stimme, ihr Gang, ihre unergründlichen Augen. Ihr ganzes Wesen. In ihrer Gegenwart fühlte er sich so aufgeregt wie ein Junge, der das ganze Leben noch vor sich hat, und so vollkommen wie ein Mann, der endlich spürt, welch wichtiger Teil ihm bislang fehlte. Er hatte niemals zu denen gehört, die Askese um ihrer selbst willen guthießen. Lust, Sehnsucht und Begierde – sie alle waren Gottes Werk, und sie kategorisch zu verbieten brachte oftmals nichts als Heimlichkeit und Elend. Und doch hatte Leo freiwillig darauf verzichtet. Niemand hatte ihn zum Klostereintritt gezwungen, wenngleich er damit einem unausgesprochenen Wunsch seines Vaters nachgekommen war.

Sollte die Mutter nach all den Jahren recht bekommen,

die ihn schon damals vor diesem Schritt gewarnt hatte? *Aus dir wird niemals ein Mönch, Leonhart, du bist und bleibst ein Spieler ...*

Leo fuhr sich mit der Hand über das Gesicht, als könnte er damit den Klang ihrer weichen Stimme vertreiben, den er bis heute im Ohr hatte.

Er war keiner, der seine Versprechen brach! Er sank auf die Knie, fest entschlossen, den Gelübden treu zu bleiben, die er aus tiefster Überzeugung abgelegt hatte, und begann inbrünstig zu beten.

Als es wenig später an seine Tür klopfte, schrak er zusammen, so tief war seine Versenkung gewesen. Er stand auf und öffnete.

»Sie sind da.« Stella schenkte ihm ein brüchiges Lächeln, das rasch wieder verflog, als sie bemerkte, wie ernst sein Gesicht war. »Eine Gruppe von Männern, dazu einige Frauen. Sie wollen aufbrechen, bevor es dunkel wird.«

»Ich bin bereit.« Leo trat zu ihr. »Und du willst wirklich mit?«, vergewisserte er sich noch einmal.

»Warten ist nicht meine Stärke«, sagte Stella. »Wie solltest du dich außerdem mit ihnen verständigen?«

Die Leute aus Rieti hatten Maultiere und ein paar Pferde mitgebracht, denen sich nun auch Leo und Stella auf Fidelis anschlossen. Pinos Bruder Filippo, ein breitschultriger Mann mit der sonoren, weit tragenden Stimme des geborenen Anführers, ritt voran. Man hatte sich mit Schaufeln und anderen Gerätschaften ausgerüstet, dazu mit einer hölzernen Bahre, wie Leo es empfohlen hatte.

Er spürte, wie achtsam Stella vor ihm im Sattel saß, den Rücken wieder kerzengerade, um jede Berührung mit ihm möglichst zu vermeiden. Sogar ihr Nacken, den die helle Haube entblößte, die sie nicht abgelegt hatte, seitdem sie hier in Rieti waren, wirkte angespannt.

Im Wald empfing sie munteres Vogelzwitschern, doch als sie schließlich die Quelle erreicht hatten, waren nur noch vereinzelte Eulenrufe zu hören, die wie eine dumpfe Klage klangen. Der Tross ritt weiter bis zur Kapelle, wo alle abstiegen, um den restlichen Weg zu Fuß zurückzulegen.

Schweigen herrschte, während die Männer unter den Felsüberhang traten und nach unten spähten. Einige bekamen feuchte Augen, andere bekreuzigten sich hastig.

»Ich gehe voraus«, bot Leo an, während Stella für ihn übersetzte. »Passt auf, damit ihr nicht abrutscht!«

Die Männer folgten ihm, während die Frauen zurückblieben, um das Geschehen von oben zu beobachten. Leos Warnung war nicht übertrieben gewesen. Um ein Haar hätte es Pino erwischt, der plötzlich aufschrie und wie wild mit den Armen ruderte, um nicht das Gleichgewicht zu verlieren und abzustürzen.

»Hier!« An den vier Steinen hatte Leo die von ihm markierte Stelle sofort wiedererkannt. »Ihr könnt beginnen.«

Er trat ein Stück zurück, um nicht im Weg zu sein, aber auch, weil er spürte, dass sie lieber unter sich sein wollten. Die Männer arbeiteten zügig und sorgfältig. Es dauerte nicht allzu lange, und sie hatten die sterblichen Überreste von Sebastiano freigelegt.

»Er sieht entsetzlich aus«, übersetzte Stella halblaut für Leo, was sie ringsum hörte. »Als ob ein Riese ihn zerquetscht hätte. Das hat unser armer *padre* nicht verdient!«

»*Era un santo!*«, rief einer der Männer und sank auf die Knie. »*Un vero fratello di San Francesco!*«

Die anderen stimmten ihm bei, doch dann ergab sich eine lautstarke Diskussion, die fast in Streit auszuarten drohte.

»Pino sagt, sie hätten einen Priester mitnehmen sollen«, übersetzte Stella. »Aber einige waren offenbar dagegen.

Und sie sind nach wie vor uneins darüber, wo Sebastiano bestattet werden soll. Hier oben, nahe der Quelle, oder doch lieber unten, auf dem Friedhof von Rieti, wo alle leichter sein Grab besuchen können.«

»Für einen Priester ist später immer noch Zeit«, sagte Leo. »Erst einmal müssen sie ihn auf ihre Bahre bekommen, bevor er ganz steif geworden ist. Ich bin sicher, Sebastiano würde am liebsten hier oben seine letzte Ruhestatt erhalten, nahe Fonte Colombo, in dem unberührten Wald und bei den Brüdern, die ihm bereits vorausgegangen sind.«

Stella wie auch Leo ernteten böse Blicke, als sie seine Worte übersetzt hatte.

»Sie mögen uns nicht«, flüsterte sie ihm zu. »Als würden sie uns die Schuld an seinem Tod geben.«

»Viele Menschen suchen nach Schuldigen, wenn sie ein Schicksalsschlag trifft, der sie zu überfordern droht«, antwortete Leo leise. »Das habe ich immer wieder beobachtet. Wenn es für die Gläubigen von Rieti so leichter ist, soll es mir recht sein.«

Endlich lag der Tote auf der Bahre, doch seine Arme waren schon steif und ließen sich nicht mehr bewegen, um die Hände auf der Brust zu falten. Wieder bekreuzigten sich einige; wieder entstand heftiges Palaver.

»Sie bringen ihn hinauf in die Magdalenenkapelle. Bestattet werden soll er wegen des heißen Wetters schon übermorgen. Sonst hätten sie ihn noch länger dort aufgebahrt, damit das ganze Tal Abschied von Padre Sebastiano nehmen kann.«

Der mühsame Aufstieg begann. Zum Glück war die Leiche mit Gurten auf der Bahre festgebunden, sonst wäre sie öfter als einmal heruntergerutscht. Schließlich hatten sie alle endlich wieder festen Boden unter den Füßen.

»Biete ihnen an, dass ich mich gerne für die Totenwache zur Verfügung stelle!«, sagte Leo zu Stella. »Ich bin schließlich sein Ordensbruder und mochte ihn von Herzen gern, wenngleich ich ihn leider nur kurz kennen durfte.«
Stella ging hinüber zu den Leuten und kam schnell wieder zurück.
»Abgelehnt! Keine Fremden erwünscht, haben Pino und sein Bruder gesagt, dieser Filippo. Und wie feindselig sie mich dabei angesehen haben! Ich darf den Frauen auch nicht dabei helfen, den Leichnam für das Begräbnis herzurichten.«
»Dann lass uns zurück nach Rieti reiten!«, sagte Leo. »Zum Begräbnis kommen wir wieder. Das kann uns keiner verbieten.«

✤

In der Nacht hatte er von Chiara geträumt, dunkle, verstörende Sequenzen, die ihn schweißgebadet erwachen ließen. Wieder war er in ihrer kargen Zelle gewesen und hatte sie wie bei seinen Besuchen auf dem Lager vorgefunden. Doch bei seinem Anblick bäumte sie sich auf und zeigte ihm dabei ihre Handinnenflächen, in denen jeweils ein feuerrotes τ glühte, das sich tief ins Fleisch gefressen zu haben schien.

Als Leo näher kam, weil er seinen Augen nicht trauen wollte, schob sie die Decke zur Seite und riss im gleichen Augenblick ihre Kutte nach oben. Doch anstatt ausgemergelte Greisinnenschenkel zu sehen, wie er erwartet hatte, starrte er auf Knochen, so bleich und ausgewaschen, als wären sie bereits Hunderte von Jahren alt.

Abwehrend hob er die Hände, um sich zu schützen – und hielt mitten in der Bewegung inne: Chiaras von Alter und Krankheit gezeichneter Körper war verschwunden.

Nun lag Stella vor ihm, nackt und wohlgeformt, mit schlanken, milchweißen Schenkeln und runden Brüsten. Ihr Haar war lang und lockig wie früher, das Gesicht rosig überhaucht. Mit leicht geöffneten Lippen sah sie ihn an, so weich und sehnsuchtsvoll, als flösse ihr Herz vor Liebe über. Begann sich für ihn nun schon die Realität zu verschieben, war sein Verlangen so groß? Erregt erwachte er.

Ich brauche Hilfe, dachte Leo, als sein wie rasend klopfendes Herz sich wieder beruhigt hatte und das Blut aus den Lenden gewichen war. Am besten geistlichen Beistand. Jemanden, dem ich in der Beichte meine inneren Nöte anvertrauen kann.

Doch wie sollte er das anstellen, in diesem fremden Land, dessen Sprache er allenfalls bruchstückhaft verstand?

Fast wütend wusch er sich mit dem Inhalt des bauchigen Wasserkrugs, der dafür allerdings kaum ausreichte, und sehnte sich dabei nach einem ausführlichen Bad. Ein Fluss, der trotz der Sommermonate noch immer genügend Wasser führte, war lediglich ein paar Schritte entfernt, aber er konnte ja kaum am helllichten Tag seine Kutte einfach abstreifen und in den Fluten untertauchen.

Vielleicht würde der Besuch eines Gotteshauses helfen, um den wilden Aufruhr in ihm zu beschwichtigen. Gestern waren sie auf dem Rückweg von Fonte Colombo am Dom von Rieti vorbeigeritten. Er war der heiligen Jungfrau Maria geweiht, wie Stella einer Unterhaltung zwischen Pino und seiner Frau Antonella entnommen hatte. Wer, wenn nicht die Gottesmutter, wusste um all die Nöte und Qualen der Menschen?

Plötzlich war Leo klar, was er zu tun hatte. Er verließ die Herberge, ohne einen Bissen zu sich genommen zu haben, und freute sich, als sein leerer Magen während des eiligen Gehens aufbegehrte und zu knurren begann. Franziskus hatte unzählige Male gefastet und gelitten, ohne je zu murren – da konnte auch er ohne Weiteres auf sein Essen verzichten.

Rieti war bereits erwacht. Die Läden hatten ihre Türen geöffnet, und aus den kleinen Werkstätten war Klopfen, Hämmern und Sägen zu hören. Frauen liefen mit ihren Körben zum Markt. Pferdekarren lieferten Holzstämme aus den Sabiner Bergen. Leo wich einem lauthals schreienden Melonenverkäufer aus, der die reifen Früchte auf zwei Waagschalen anbot, im Nacken den dicken Querholm, an dem die Schalen aufgehängt waren.

Sich vom quirligen Stadtleben umgeben zu fühlen, tat Leo gut, und dennoch atmete er erst auf, als die Pforte des Doms sich hinter ihm geschlossen hatte. Er platzte mitten in ein Requiem, was ihm einen erneuten Schweißausbruch bescherte, befürchtete er doch, die versammelten Trauernden zu stören. Doch niemand im gut besuchten Dom schien sich um ihn zu scheren, und so kniete er sich ganz hinten in eine Bank.

An den Wänden prangten bunte Fresken mit Szenen aus dem Leben der Gottesmutter, gleich neben Leo die Verkündigung mit einem großen, jugendlichen Erzengel Gabriel und einer zarten, sehr mädchenhaft wirkenden Maria. Sie war nicht blond wie auf den meisten Darstellungen, die ihm bekannt waren, sondern hatte dunkle Locken, die aus dem blauen Schleier hervorblitzten, der ihren schmalen Kopf verhüllte. *STELLA MARIS*, las er darunter.

Wollte dieser Name ihn denn gar nicht mehr loslassen?

Leo schaute entschlossen zum Altar, wo ein alter, kurzbeiniger Priester im üppig mit Goldfäden bestickten Messgewand das *Agnus Dei* anstimmte. Erleichtert, Latein zu hören, fiel er laut mit ein. Erst jetzt nahm er die Mitra wahr, die den Kopf des Priesters schmückte. Er hatte einen Bischof vor sich, Wächter der Kirche und der Gläubigen.

Ein Gedanke, der Leo nicht mehr loslassen wollte, auch nicht, als das Requiem vorüber war und die Kirchgänger sich vor dem Dom zu zerstreuen begannen. Ein korpulenter Mann eilte an ihm vorbei, den Blick gesenkt, und Leo konnte plötzlich gar nicht anders, als ihn ansprechen.

»*Il vescovo*«, stieß er hervor, über sich selbst erstaunt, weil ihm das richtige Wort für Bischof urplötzlich eingefallen war. »*Dove abita?*«

Der Blick des Mannes glitt musternd über Leos abgetragene Kutte, doch es war ihm nicht anzusehen, was er wirklich dachte.

»*Qui.*« Sein ausgestreckter Zeigefinger wies direkt hinter den Dom. »*È qui vicino.*«

Das war allerdings nah – Leo brauchte sich nur halb um die eigene Achse zu drehen, und schon war er angekommen. Aber was sollte er sagen? Und wie sich vor allen Dingen mit dem Bischof verständigen? Sein Latein war stets dürftig geblieben, kein Vergleich mit anderen Brüdern seines Ordens, die die Priesterweihe erhalten hatten und sich in der Sprache der Gelehrten flüssig unterhalten konnten. Natürlich reichte es aus, um die vorgeschriebenen Gebete zu sprechen und der heiligen Messe andächtig zu folgen, doch zu schwierigerer Lektüre hatte es nie getaugt. Franziskus war auch hierin sein Vorbild gewesen, der *poverello*, der das Gelaber der Gebildeten verachtet und es vorgezogen hatte, so zu reden, wie die einfachen Leute es taten. Doch in diesem Augenblick bedauerte Leo sein Unvermögen von ganzem Herzen.

Seine Beine freilich schienen keine Skrupel zu haben, denn sie trugen ihn unverzagt voran, und so fand Leo sich sehr bald vor der Pforte des Bischofspalastes wieder. Unschlüssig machte er ein paar Schritte hin und her.

Er brauchte Beistand, doch konnte er hier so einfach eindringen? Und falls ja, dann mit welchem Erfolg, da ihn vermutlich ohnehin niemand verstehen würde? Die Vernunft begann Leo einzuholen, und er entschloss sich, lieber wieder wegzugehen.

»*Aspetta!*« Die Männerstimme, die ihn zurückrief, war hell und klang unfreundlich. »*Che vuoi qui, fratello?*«

Was er hier zu suchen hatte? Wenn Leo das nur genau erklären könnte!

Die Stimme gehörte zu einem mageren Mann, der die schwarze Kutte der Benediktiner trug und ihn unter gerunzelten rötlichen Brauen missmutig anstarrte.

»*Sono Leo, un monaco tedesco*«, begann Leo, der sich von den hellen Augen unangenehm bedrängt fühlte, »*qui*...«

»Das hört man schon beim ersten Ton, dass du nicht von hier bist.«

Der Benediktiner sprach Deutsch. Eine jähe Hoffnung begann in Leo zu keimen. Bedeutete das, dass der Fremde bei seinem Vorhaben sein Sprachrohr werden könnte?

»Ich bin Bruder Leo vom Ulmer Kloster«, sagte er rasch. »Unterwegs auf Visitationsreise.«

»Und was willst du hier bei uns in Rieti?«

Die kalten grauen Augen seines Gegenübers gefielen Leo ganz und gar nicht.

»Das würde ich dem Bischof am liebsten selbst sagen«, erwiderte er. »Bring mich bitte zu ihm! Ich komme gerade aus der Messfeier, die er gehalten hat.«

Der Benediktiner lächelte dünn. »Gemach, gemach! Dazu hättest du erst einmal eine Audienz beantragen müssen, was du versäumt hast, denn sonst wüsste ich es – als Secretarius des Bischofs, durch dessen Hände alle Anfragen gehen. Und hier meine Antwort: Die Gesundheit Seiner Exzellenz ist angeschlagen und seine Zeit äußerst knapp bemessen. Ich bedaure also.«

»Müssen wir das unbedingt auf der Straße besprechen?«, fragte Leo leise.

Etwas in seiner Stimme schien den anderen erreicht zu haben.

»Dann komm!« Der Secretarius drückte mit dem Unterarm die Pforte auf, und Leo folgte ihm.

Drinnen herrschte angenehme Kühle, denn die schmalen Fenster waren mit Tüchern verhangen, um die Hitze auszusperren.

»Nein, nein, bloß nicht da hinauf!«, rief er, als Leo wie selbstverständlich auf die breite Treppe zusteuerte, die in die oberen Geschosse führte. »Der Bischof schätzt Ruhe und noch einmal Ruhe.« Er packte Leo am Ärmel und zog ihn den Gang entlang. »Hier hinten können wir reden.«

Sie kamen in einen länglichen, mit Steinfliesen ausgelegten Saal, der geräumig genug war, um auch große Festlichkeiten abzuhalten. An den Wänden wechselte kostbare Holztäfelung mit verschiedenen Fresken. Eins davon zeigte den heiligen Laurentius, der auf einem Rost gefoltert wurde; ein anderes den heiligen Andreas mit Fisch und Strick, im Hintergrund das schräg gestellte Kreuz, an dem er den Tod gefunden hatte.

»Bischof Gaetano macht sich nicht viel aus euch Franziskanern, musst du wissen«, sagte der Secretarius. »›Mit dem Verrückten aus Assisi kam die Unruhe in die heilige Kirche‹, pflegt er häufig zu sagen. ›Und seine Jünger schlagen genau in dieselbe Kerbe. Humiliaten, Spirituale, all diese *fraticelli*, die in der Städten Leute halb um den Verstand bringen. Das alles haben wir einzig und allein ihm zu verdanken.‹ Seiner Exzellenz liegen die Brüder und Schwestern anderer Orden deutlich mehr am Herzen.«

»Ich kann nicht dulden, dass du so von Franziskus sprichst«, sagte Leo. »Er hat das Licht zurück auf diese Welt gebracht. Eine Welt, in der es durch viele Sünden und Versäumnisse der Kirche schon sehr dunkel geworden war.«

»Das mag Ansichtssache sein.« Die Stimme des Secretarius war kühl. »Was mich betrifft, so gebe ich anderen Heiligen eindeutig den Vorzug. Viele vor Franziskus sind mutig für Jesus Christus gestorben. Sie alle verehre ich aus tiefstem Herzen.«

»Und doch hat gerade einer der Besten von uns sein Leben verloren.« Leos Stimme war nach wie vor ruhig. »Padre Sebastiano, der Einsiedler von Fonte Colombo. Ein Verlust, den das ganze Tal betrauert und der doch sicherlich auch den Bischof bekümmern müsste.«

»Wo denkst du hin!« Die blasse Stirn des Secretarius war von winzigen Schweißperlchen bedeckt. »Höchste Zeit, dass die Einsiedeleien von Rieti endlich wieder den schwarzen Brüdern gehören‹ – das hat er erst gestern gesagt. Und damit meint er uns. *Uns!*« Sein langer, dünner Finger tippte auf seine eingefallene Brust.

Leo betrachtete ihn schweigend. Obwohl sein Gegenüber die dreißig wohl kaum überschritten hatte, kerbten bereits scharfe Falten seine Züge, und er besaß unübersehbar eine Neigung zum Buckel. Der Mund mit der zu kurzen Oberlippe drückte Missbilligung aus, die Augen verrieten Argwohn. Nein, dieser Mann war alles andere als dafür geeignet, ihm als Übersetzer zu dienen, so viel war schon jetzt gewiss! Und dennoch wollte er erfahren, mit wem er es hier zu tun hatte.

»Du hast mir noch nicht einmal deinen Namen verraten«, sagte Leo. »So, wie es unter Klosterbrüdern üblich ist, auch wenn die Farben ihrer Kutten voneinander abweichen.«

»Guilhelmo. Früher auch Wilhelm genannt, ein Erbe meiner deutschen Mutter.«

»Nun, Bruder Wilhelm«, sagte Leo, »wir sollten ...«

»Gar nichts sollten wir!« Guilhelmo spuckte beim Sprechen, so erregt war er. »Ginge es nach mir, so könnten wir gut und gerne auf euch Braunkutten mit eurem Armutsgeschwafel verzichten. Wozu das alles? Der große Benedikt hat uns doch zur Genüge vorexerziert, wie wir zu leben haben: *ora et labora*. Mönche gehören in ein Kloster. Und das Kloster braucht Besitz, um sie zu ernähren. Das war Hunderte von Jahren gut genug, und es wird gelten bis zum Ende aller Tage.«

Leo blieb äußerlich höflich. »Und doch sehe ich dich hier, Bruder Wilhelm«, sagte er, »außerhalb eines Klosters, wenn ich mich nicht irre. Wild argumentierend, als ginge es um dein Leben. Was soll das?«

Guilhelmo wurde noch eine Spur blasser. »Mein Leben geht dich gar nichts an«, sagte er schroff. »Ich bin hier, weil man mich braucht. Irgendwann werde ich in mein Kloster zurückkehren und dort genau so leben, wie die heilige Regel es verlangt – etwas, das ihr schäbiges Bettlerpack niemals verstehen werdet.« Er schnaubte abfällig. »Übrigens bist du ohnehin zu spät dran«, sagte er. »Zwei von euch Braunkutten haben schon vor ein paar Tagen Seine Exzellenz bis zum Erbrechen gelangweilt. Glaubst du vielleicht, den Bischof von Rieti kümmert es, ob es irgendwann eine neue Vita über San Francesco geben wird? Da hat er wahrhaft Wichtigeres zu tun!«

»Franziskanermönche?«, fragte Leo überrascht. »Wie hießen sie? Womöglich kenne ich die Brüder ja. Und was du da über eine neue Vita gesagt hast ...«

»Ich wüsste nicht, was dich das angehen sollte.« Der Benediktiner verschränkte die dünnen Arme vor der Brust. »Es wird Zeit, dass du wieder verschwindest.«

»Du willst mich also nicht zum Bischof vorlassen?«, sagte Leo, der seinen Wunsch nach einem geistlichen Beistand längst abgeschrieben hatte.

Genüssliches Kopfschütteln. Guilhelmo schien seine Fassung wiedergefunden zu haben.

»Keinen von euch. Nie wieder. So und nicht anders lautet der Befehl, den Seine Exzellenz mir erteilt hat.« Sein Lächeln war schmal. »Und im Gegensatz zu euch wissen wir Benediktiner, was Gehorsam ist.« Er deutete zur Tür. »Und nun endlich hinaus mit dir! Der Bischof hasst es, wenn man ihn warten lässt.«

✳

Alle Glocken des heiligen Tales begannen gemeinsam anzuschlagen, Sterbegeläut, erkennbar an den langen wiederkehrenden Pausen, die den Gläubigen ansagten, dass eine Seele zum Allmächtigen heimgegangen war. Nun huben auch die Klageweiber mit ihrem Geschrei an, schwarz verhüllte, ältere Frauen, deren brüchige Stimmen sich beinahe überschlugen, so lauthals trauerten sie.

Irritiert schaute Leo zu Stella, die die Achseln zuckte.

»In Assisi machen wir das, sobald jemand die Augen geschlossen hat«, flüsterte sie. »Und nicht erst, wenn man den Toten ins Grab legt. Vielleicht ein alter Brauch dieser Gegend? Eigentlich sollten diese Frauen am Grab sitzen und schweigend ein paar Tage lang beten. Doch wer weiß, vielleicht würde das Padre Sebastiano, der hier so lange allein gelebt hat, gar nicht gefallen.«

Obwohl sie so leise wie möglich geredet hatte, trafen sie

einige Blicke, Blicke, die alles andere als freundlich ausfielen. Seit dem ungewöhnlichen Fund der Leiche hatte die Stimmung der Leute von Rieti mehr und mehr umgeschlagen. Zweimal schon war Stella mitten auf der Gasse regelrecht angerempelt worden, als versuchte man ihr auf diese Weise zu zeigen, wie unerwünscht sie hier war.

Padre Umberto, Pfarrer von San Pietro, der zweitgrößten Kirche Rietis, hatte die Totenmesse gehalten und ging nun, begleitet von zwei halbwüchsigen Ministranten, auf das Grasstück hoch in den Bergen zu, unter dem die anderen frommen Brüder bestattet lagen. Ein bescheidenes Holzkreuz, auf dem jemand ihre Namen eingeritzt hatte – mehr erinnerte nicht an sie. Nun würde noch ein weiterer Name dazukommen.

Man hatte den Leichnam in ein Leinentuch eingenäht und abermals auf die Holzbahre gelegt, die nun vier Männer geschultert hatten. Kein Franziskaner sollte in einem Sarg bestattet werden, so weit ging die Liebe zur Armut selbst nach dem Tod.

Als der Zug vor dem frisch ausgehobenen Erdloch haltmachte, verstummten auch die Klageweiber. In diesem Moment begann eine Lerche zu singen, als ob sie dem Verstorbenen auf besondere Weise Adieu sagen wollte. Viele weinten, andere sahen mit feuchten Augen zu, wie der Tote im weißen Tuch von der Bahre gehoben und langsam ins Grab gesenkt wurde.

Plötzlich wollten alle offenbar ganz nah sein, um nichts zu verpassen. Von hinten drückten die Menschen immer stärker nach vorn, sodass Stella, die ein wenig seitlich stand, ungestüm angeschoben wurde. Einer der Männer hinter ihr streckte seine Hand aus und riss ihr dabei die Haube vom Kopf.

Versehen oder Absicht? Im dichten Gedränge ließ sich

das nicht mit Bestimmtheit sagen, doch ein ungutes Gefühl blieb zurück. Sie angelte nach der Haube, war jedoch zu langsam, um sie noch zu erhaschen, und musste sich im Gedränge der Beine und Röcke nach ihr bücken. Als Stella nach einer Weile mit geröteten Wangen wieder nach oben kam, spürte sie den Wind in ihren kurzen dunklen Haaren.

»*Guarda – una puttana!*«

Wer hatte das hässliche Wort ausgesprochen?

Stellas Kopf flog herum, doch sie sah nichts als verschlossene Gesichter.

»*È la puttana del monaco!*«, hörte sie nun abermals in ihrem Rücken, bereits um einiges lauter.

Die junge Frau wurde flammend rot und bedeckte hastig wieder ihren Kopf. Spucke flog durch die Luft, verfehlte aber ihr Ziel und landete direkt vor ihr im sommerlich verbrannten Gras.

Sie schaute schnell zur Seite, als habe sie es nicht bemerkt.

»Was heißt das?«, fragte Leo flüsternd. »Ich habe *monaco* verstanden. Haben sie etwas von mir gesagt?«

»Nichts. Gar nichts!«, gab sie leise zurück. »Ich hab es nicht genau gehört.«

»Du lügst. Schau mich an! Ich will wissen, wieso du auf einmal so verletzt und wütend aussiehst.«

Sie schüttelte den Kopf.

»Bitte, Stella ...«

»Hure haben sie mich genannt«, stieß sie hervor. »Mönchshure, wenn du es ganz genau wissen willst. Bist du nun zufrieden?«

»Aber das dürfen sie nicht!«, rief Leo, ohne seine Stimme zu senken. »Wir müssen ihnen sagen, dass ...«

»Sei bloß still!«, zischte Stella. »Damit würdest du alles nur noch schlimmer machen. Hast du nicht erst kürzlich gesagt, dass die Leute immer reden, dir das aber ganz egal ist? Dann steh jetzt auch dazu!«

Pino und Antonella traten ans Grab und warfen jeder ein Schäufelchen Erde hinunter. Viele schlossen sich ihnen an, ganz zum Schluss auch Stella und Leo.

»Ich weiß, Padre Sebastiano, du hättest den kommenden Winter noch bestens überstanden«, murmelte sie. »Besondere Menschen wie dich wärmen sogar Fels und Stein. Ich werde an dich denken und dich in mein Gebet einschließen.«

Leo brachte kein Wort heraus und verabschiedete sich stumm von dem alten Einsiedler. Du bist jetzt wieder bei den anderen, dachte er beklommen, dem Heiligen und seinen Gefährten. Wohin aber wird mein verschlungener Weg mich noch führen?

Die Trauernden begannen sich bereits zu zerstreuen und den Weg zurück nach Rieti anzutreten. In Pinos Herberge war ein Leichenschmaus anberaumt, von reichen Bürgern der Stadt gespendet, denen der alte Eremit Trost und Hilfe gewährt hatte.

»Lass sie ruhig voranreiten!«, sagte Leo. »Zu essen gibt es sicherlich mehr als genug. Ich habe wenig Lust, mit ihnen an einem Tisch zu tafeln.«

»Meinst du vielleicht, ich?« Stellas Stimme klang belegt. »Kann mir schon denken, was sie sonst noch alles über mich sagen werden.«

»Ich denke, wir hätten vorsichtiger sein sollen«, erwiderte Leo, »und wären besser in unterschiedlichen Herbergen abgestiegen. Dann wäre dieses dumme Gerede vermutlich nicht aufgekommen.«

»Verlässt dich jetzt der Mut?« Ihre hellen Augen funkelten, und das halbe Lächeln, mit dem sie ihn ansah, war verunglückt. »Schon so schnell? Ich kann gern zu Fuß zurück in die Stadt gehen, wenn du dich lieber nicht mehr öffentlich mit mir zeigen willst.«

»Das wollte ich doch damit nicht sagen! Aber ich mache mir Sorgen um dich, Stella. Eine junge Frau wie du gerät schnell in Verruf. Und du hast doch noch dein ganzes Leben vor dir ...«

»Welches Leben?«, fiel sie ihm ins Wort. »Meinst du damit vielleicht die Klosterhaft, die meine liebenden Zieheltern über mich verhängen wollten als Strafe dafür, dass mein ehemaliger Verlobter ein Bastard ist, was inzwischen die ganze Stadt weiß?« Ihre Lippen bebten. »Weißt du, wie Simonetta mich genannt hat, als sie mich einsperrte, anstatt mich an die Hochzeitstafel meiner geliebten Schwester zu bitten? ›Hurenbalg der allerschlimmsten Sorte‹.« Ihr Lachen klang bitter. »Was, wenn sie ausnahmsweise einmal die Wahrheit gesagt hätte? Dann träfen die Beschimpfungen dieser Leute womöglich ja doch ins Schwarze.«

Sie drehte sich um und ging schnell davon. Leo lief ihr nach und wollte sie aufhalten, doch sie schüttelte seine Hand ab.

»Lass mich! Ich *werde* zu Fuß nach Rieti zurückgehen«, beharrte sie. »Und wenn es bis nach Mitternacht dauert. Dann bin ich wenigstens müde genug, um gleich einzuschlafen, und gerate nicht wieder in Versuchung, die ganze Nacht wach zu liegen und mit offenen Augen von Dingen zu träumen, die niemals geschehen dürfen. Wir müssen alles vergessen, hast du neulich erst gesagt. Wie recht du doch mit allem hast, *padre* Leo!«

»Das kann und werde ich nicht zulassen«, protestierte er. »Du, mutterseelenallein unterwegs, wenn die Dunkelheit kommt!«

Stella trat einen Schritt auf ihn zu. »Meinst du, das wäre

neu für mich?«, flüsterte sie. »Jenes Gefühl umfassender Einsamkeit? Da freilich irrst du dich! Ich kenne es, seit ich denken kann. Vielleicht sogar seit meinem allerersten Atemzug.«

✣

Wann der Streit genau begonnen hatte, ließ sich später gar nicht mehr genau feststellen. Schon in jenem Moment, als Leo Stella den Weg versperrt und sie damit quasi zum Aufsitzen gezwungen hatte? Während des Ritts nach Rieti, wo sie sich die ganze Zeit über so krampfhaft von ihm abgewendet hatte, dass es ihm wehtat? Oder erst bei der Ankunft in der Herberge?

Kaum abgestiegen, waren sie förmlich in zwei Händler hineingelaufen, Vater und Sohn, einer so rund und freundlich wie der andere. Sie kamen aus Rom und wollten weiter gen Norden reisen. Die gegenseitige Entschuldigung hatte Stella auf Leos Wunsch hin zähneknirschend übersetzt und dabei aus Versehen das Wort »Assisi« fallen lassen, ein Zwischenziel der beiden Fremden auf ihrer Fahrt nach Bologna.

»Warum schließt du dich ihnen nicht an?« Es war Leo einfach so herausgerutscht. »Sie könnten dich auf ihrem Wagen mitnehmen, und du wärst bei ihnen in Sicherheit.«

»Du willst mich loswerden?« Stella war aschfahl geworden, das erkannte er selbst in dem dämmrigen Flur, der zu ihren Kammern führte.

»Du hättest mir niemals folgen dürfen. Das weiß ich jetzt.«

»Ach ja?« Sie bemühte sich nicht einmal mehr, die Stimme zu senken. »Und was wäre dann aus dir geworden? Vielleicht lägst du ja längst begraben auf dem kleinen Friedhof von Montefalco!«

Sie wirkte so verletzt, dass Leo sich plötzlich schämte.

»Du hast so viel für mich getan«, sagte er rasch. »Mich gefunden, mich gerettet, für mich gehört und gesprochen ...«

»Deine Zunge und dein Ohr«, unterbrach sie ihn. »So hast du mich einst genannt. Wie schön hat das für mich geklungen! Hast du alles schon vergessen?«

»Natürlich nicht! Und dennoch hätte ich deine Hilfe nicht annehmen dürfen, Stella. Uns beide trennen Welten. Ich bin ein Mönch, zu Armut, Gehorsam und Keuschheit verpflichtet, und du bist ...«

»Ja?« Plötzlich stand sie so nah vor ihm, dass er ihren Atem auf der Haut spürte. »Was bin ich denn für dich?«

Unwillkürlich griff Leo nach ihrer Hand, und sie überließ sie ihm einen Augenblick.

»Das weißt du«, sagte er leise. »Und ich weiß es auch. Doch es darf nicht sein!«

»Warum nicht?« Stellas Stimme war nur noch ein Wispern. »Hat Gott, der Allmächtige, nicht vor allem die Liebe geschaffen, Leo?«

Aus ihrem Mund klang sein Name so weich, wie er ihn noch nie gehört hatte. Alles in ihm sehnte sich nach ihr – sie fest in die Arme zu schließen und niemals wieder loszulassen. Doch er blieb bewegungslos stehen.

»Ich habe verstanden«, sagte Stella nach einer langen, langen Weile. »Hätte ich noch Tränen, dann würde ich sie jetzt vergießen. Nie wieder werde ich dich belästigen, *padre* Leo. Darauf hast du mein Wort!« Damit ließ sie ihn stehen.

Leo stürzte in seine Kammer und verschloss die Tür von innen, als wäre ein ganzes Heer wütender Dämonen hinter ihm her. An Beten war jetzt nicht zu denken, es auch nur zu versuchen, wäre ihm als Sakrileg erschienen. Doch was sonst sollte er tun? Er warf sich auf das schmale Lager, drückte den Kopf gegen das Laken und biss sich auf die Lippen.

»Denk an etwas, was dich anwidert!« So hatte der Ratschlag von Abt Christopher gelautet, dem in Leos frühen Klosterjahren die Erziehung der Novizen anvertraut gewesen war. »So ekelhaft und abscheulich wie möglich, und schon wird deine Lust auf der Stelle verflogen sein!«

Es hatte schon damals bei Leo nicht gewirkt und tat es nun umso weniger.

Er erhob sich wieder, setzte sich an den kleinen Tisch, nah genug an die Ölfunzel, um sehen zu können, und breitete seine Aufzeichnungen aus. Dazu war er hier! Das und nichts anderes hatte er zu leisten!

Auf einmal war es Leo, als stünde die schmale Gestalt von Johannes von Parma im Zimmer. Die dunklen Brauen, der schmale, oft schmerzlich verzogene Mund, der dichte schwarze Schopf, in den die Zeit mittlerweile gewiss silberne Fäden gezaubert hatte – wie sehr sehnte er sich nach der Anwesenheit dieses Mannes, der seit einigen Jahren der Gemeinschaft aller Franziskaner vorstand!

Eine Weile war diese Gefühlsaufwallung stark genug, um alle Gedanken an Stella zu verdrängen, doch als er von nebenan seltsame Laute zu hören glaubte, war alles wieder wie bisher.

Weinte sie? Und wenn ja – konnte und durfte er sie trösten?

Stella! Leo öffnete das Fenster und ließ die laue Sommerluft herein. Er richtete ihren Namen an die runde Scheibe des Mondes, den dunklen Himmel, den Duft der Nacht, die Tonziegel auf den Dächern, sogar an das Katerkonzert ganz in der Nähe. Seine Handflächen brannten, als hätte er sie in flüssiges Feuer getaucht. Noch wunder aber fühlte sich sein Herz an, das er ihr nicht schenken durfte, obwohl alles in ihm danach schrie.

Irgendwann musste er eingeschlafen sein, am Tisch sitzend, die Arme auf dem harten Holz verschränkt, ein nicht gerade weiches Ruhekissen für seinen armen, verwirrten Kopf. Da schlug direkt neben ihm etwas ein.

Leo schrak hoch. Ein großer Stein lag neben ihm und hatte ihn knapp verfehlt. Einer von denen, die Sebastiano unter sich begraben hatten, wie er erkannte, als er das halb zerrissene Pergament ablöste, das jemand mit einem Strick um den Brocken gebunden hatte.

Puttana del monaco – vattene a casa!, las er. Mönchshure – geh nach Hause! Dafür reichten sogar seine mangelhaften Sprachkenntnisse aus.

Sie hatten sich offensichtlich im Fenster geirrt. Nicht ihm galt diese gefährliche Botschaft, sondern Stella.

Stella, die sich damit in echter Gefahr befand!

Es dauerte einen Augenblick, bis die ganze Tragweite dieser Erkenntnis in sein verschlafenes Bewusstsein drang, dann allerdings reagierte er prompt. Er stand auf, ging hinaus auf den Gang. Von unten waren noch die letzten grölenden Zecher zu hören, die nicht nach Hause fanden. Ob einer von ihnen den Stein geworfen hatte?

Leo öffnete behutsam die Tür zu Stellas Kammer.

Mondlicht flutete durch das geöffnete Fenster. Sie hatte das Laken abgestreift, das neben dem Bett zu Boden gefallen war, und lag auf dem Rücken, eine Hand auf den Brüsten, die andere neben dem nackten Körper ausgestreckt. Ihre Lippen waren leicht geöffnet. Sie atmete gleichmäßig.

Leo konnte seine Augen nicht mehr von ihr lassen. Die schönste Frau, die er jemals gesehen hatte! Ihre Hüften, ihre Brüste, die Schenkel, das dunkle Dreieck, das seinen

Blick wie magisch anzog – alles genauso wie in seinem Traum!

Er wollte fliehen, doch er vermochte es nicht. Stattdessen blieb er wie ein Tor vor dem Bett stehen und starrte sie an.

»Leo?« Plötzlich öffnete sie die Augen und begann zu blinzeln. »Du bist doch gekommen!«

Ihre Arme streckten sich nach ihm aus, und plötzlich kniete er neben ihr. Er küsste ihre Handflächen, die so weich und warm waren. Doch ihre Arme waren stark, und sie wussten genau, was sie wollten, gaben nicht nach, bis er schließlich neben ihr lag.

Jetzt fanden sich ihre Lippen, und sie versanken in einem langen, leidenschaftlichen Kuss. Leo berührte ihre Brüste, sog den Duft ein und den leicht salzigen Geruch ihrer Haut. Stellas Gesicht wurde schmal und sehr ernst. Im Mondlicht schimmerte ihre Haut wie Opal.

»Die brauchst du jetzt nicht mehr«, flüsterte sie und fuhr mit den Fingern über seine Kutte.

Wie liebend gern er sich davon befreite! Der raue Stoff flog zu Boden ebenso wie seine störende Hose.

»Wie schön du bist!« Stellas Lippen waren an seinem Ohr.

Für einen Augenblick tauchte vor Leos innerem Auge die Erinnerung an jene unheilvolle Nacht im Stall auf, in der sie unter Carlo geweint und gelitten hatte, und er zog sich unwillkürlich zurück.

»Es ist nicht wie damals«, hörte er sie murmeln. »Ihn habe ich niemals gewollt, doch dich will ich – mit jeder Faser meines Seins!«

Konnte Stella inzwischen all seine Gedanken lesen?

Es blieb Leo keine Zeit mehr, dieser Frage nachzuhängen, denn ihre Augen waren so einladend, dass die Liebe zu ihr fast sein Herz sprengte. Er berührte ihre Schenkel, die sich für ihn öffneten, leicht, so selbstverständlich, als hätten sie schon immer auf diesen Augenblick gewartet.

»Du!«, flüsterte sie, als er in ihr versank. »Du und immer nur du!«

*

Sie roch nach Liebe und nach Glück, und er konnte nicht aufhören, sie anzusehen. Stella hatte sich zu einer Kugel zusammengerollt, als wollte sie all die Schätze dieser Nacht beschützen.

Eigentlich hatte Leo schon viel zu lange gewartet, doch sie zu verlassen, bevor das Morgengrau durch das Fenster fiel, war ihm unmöglich gewesen. Jetzt erst zog er langsam seinen Arm unter ihr hervor, der eingeschlafen war und nun zu prickeln begann, als das Blut zu zirkulieren anfing. In den letzten Stunden hatte er so intensiv gegrübelt, dass sein Kopf ganz heiß geworden war.

Solange er lebte, würde er diese Nacht der Wunder nicht vergessen – doch sie durfte sich niemals mehr wiederholen. Die Frau, die er liebte, musste sicher nach Hause zurückfinden. Alles, was dazu in seiner Macht lag, würde er anstellen.

Auf ihn freilich wartete ein anderer Weg, den zu gehen er nun bereit war. Die Blutkarte endete kurz hinter Rieti, doch er wusste, dass es nicht mehr weit bis nach Rom sein konnte. In der Stadt der Märtyrer würde er Buße tun und um Absolution seiner Sünden ringen – kein anderer Ort auf der ganzen Welt war dafür besser geeignet! Erst danach würde er wieder würdig sein, seine Mission fortzuführen und erfolgreich zu beenden.

Schweren Herzens widerstand Leo der Versuchung, Stellas Mund noch einmal zu küssen, und berührte stattdessen nur ihr Haar leicht mit seinen Lippen. Sie stöhnte leise und murmelte etwas, und er erschrak. Doch dann rollte sie sich auf die andere Seite und schlief friedlich weiter.

Leo erhob sich, streifte seine Kleider über und deckte Stella mit dem Laken zu. Danach verließ er auf leisen Sohlen die Kammer.

✤

Er war fort!

Blicklos starrte Stella auf den Pergamentfetzen auf Leos Tisch, den er ihr als einziges Abschiedszeichen hinterlassen hatte.

Verzeih mir, wenn du kannst! Du hast mir das schönste Geschenk meines Lebens gemacht, das ich bis zum letzten Atemzug hüten und in mir tragen werde, doch ich muss fort, weil es für uns keine gemeinsame Zukunft geben darf. Geh nach Hause, Stella! Signore Bartolomeo Drudo aus Rom und sein Sohn Rodolfo werden sich deiner annehmen, das haben sie mir feierlich in die Hand versprochen. Ich habe ihnen Geld gegeben. Für dein leibliches Wohl ist also gesorgt. Und was deine Seele betrifft, so kann ich nur hoffen, dass du mich nicht hassen wirst. Gott schütze dich!

»Verdammter Feigling!«, flüsterte sie, während Tränen über ihr Gesicht liefen, als könnte sie niemals wieder zu weinen aufhören. »Das hast du dir gut ausgedacht! Aber ich weiß, dass du zurückkommen wirst, wo immer du auch sein magst – zurück zu mir. So schnell wirst du mich nicht los!«

Sie packte ihren Rocksaum und wischte sich die Tränen ab. Und doch kamen immer neue, und es verging eine ganze Weile, bis sie mit rot geweinten Augen Leos Kammer wieder verlassen konnte.

Die beiden Händler erwarteten sie bereits in der Gaststube.

»Packt Eure Sachen, Signorina Stella!«, rief Bartolomeo. »Padre Leo hat uns bereits über alles unterrichtet. Nach dem Frühstück können wir aufbrechen.«

»Können wir das?« Ihre Stimme war ruhig. »Ich bin bereit!«

»Das freut mich. Dann bringt das Gepäck am besten schon zum Wagen. Mein Sohn ...«

»Nicht nötig«, fiel Stella ihm ins Wort.

»Was soll das heißen?« Zutiefst verblüfft starrte er sie an.

»Dass ich andere Pläne habe. Dank Euch schön für Euer Entgegenkommen, doch das ist leider nichts für mich.«

»Aber Ihr könnt doch nicht ...«

»... eine Pilgerschaft zu einem heiligen Ort antreten, wie so viele andere vor mir? Das kann ich, werter Signore – und das werde ich!«

Drittes Buch
VERGEBUNG

Acht

Es war eine Flucht, und Leo wusste es. Doch nach dieser Nacht bei Stella zu bleiben erschien ihm unmöglich, auch wenn es ihm schier das Herz zerreißen wollte, sich auf diese Weise davonzustehlen. Wenigstens war er inzwischen auf dem Weg nach Süden, auf der gleichen Route, die damals auch Franziskus und seine Gefährten eingeschlagen hatten, um in Rom von Papst Innozenz III. ihre Gemeinschaft anerkennen zu lassen – allerdings war Leo nicht zu Fuß unterwegs, wie jene frommen Männer der ersten Stunde, sondern auf dem Rücken seiner treuen Stute.

Fidelis schien den Ritt über die Sabiner Berge zu genießen, obwohl es steil bergauf ging und der Boden unter ihren Hufen außergewöhnlich steinig war. Jetzt hätte das Pferd jene speziellen Stollen gut gebrauchen können, wie Leo sie bei anderen Reittieren in den Alpen gesehen hatte und die verhinderten, dass sie auf dem schmalen Säumerweg ausrutschten. Doch die Stute fand glücklicherweise jedes Mal rechtzeitig wieder Halt und konnte unverletzt weitertraben.

Während silbrig grüne Olivenhaine, später dann beim Überqueren des Höhenzugs dichte Eichen- und Buchenwälder an ihm vorbeizogen, wanderten Leos Gedanken zurück in jene enge Kammer.

Wie hatte er sich derart vergessen können?

Und wie konnte es sein, dass er sich gleichzeitig so erfüllt und glücklich gefühlt hatte? War er all die Jahre einer Täuschung erlegen? Hatte er die Anfechtungen des Fleisches gar nicht besiegt gehabt, wie er bislang angenommen hatte?

Das blutige Stroh der Bettstatt hatte eine unmissverständliche Sprache gesprochen. Stella, die er erst kürzlich vor den Grausamkeiten Carlos gerettet hatte, hatte in seinen Armen ihre Unschuld verloren. Aber es war weder Kampf noch Unterwerfung gewesen, sondern Hingabe, freiwillig und aus tiefstem Herzen, das hatte Leo gespürt. Wäre es trotz allem nicht an ihm gewesen, die Lust zu zügeln, anstatt sie immer weiter zu schüren – allein schon um ihretwillen?

Die ganze Nacht hatte er vergebens gegrübelt und keinen Schlaf gefunden, während sie so vertrauensvoll in seinen Armen schlummerte, als gäbe es nirgendwo einen sichereren Ort. Im Mondlicht hatte er ihr entspanntes Gesicht betrachtet und der Schlafenden stumm die Liebe gestanden, die er für sie nicht empfinden durfte. Erst beim Morgengrauen hatte er sich behutsam von ihr gelöst, um Vorkehrungen für ihre sichere Heimreise zu treffen.

Schon da hatte Leo begonnen, sie zu vermissen, und während der Verhandlung mit dem römischen Kaufmann Drudo immer wieder hinauf zum Fenster gespäht, in einer irrwitzigen Mischung aus Hoffnung und Angst, Stella könne sich dort zeigen und ihn von seinem Vorhaben abhalten. Doch nichts davon war geschehen. Ungestört konnte er in seine Kammer schleichen und mit zitternder Hand jene Zeilen schreiben, für die Stella ihn vermutlich zeitlebens hassen würde.

Seitdem fühlte er sich innerlich wund. Leo schämte sich, er haderte mit sich, er verwünschte sich – und holte sich doch wie ein Süchtiger immer wieder jene unvergesslichen Stunden des Glücks ins Gedächtnis zurück.

Zum Bischof von Rieti hatte er in all seiner Zerrissenheit und Sehnsucht nach Vergebung nicht vordringen können, und er musste sich stattdessen Guilhelmos Hasstiraden auf seinen geliebten Orden anhören. Doch in der Ewigen Stadt, wo die beiden großen Apostel für ihren Glauben gestorben waren, würde er Hilfe und Läuterung erhalten, daran glaubte er ganz fest.

Innerlich gestärkt wollte er anschließend zurück nach Rieti, um dort zu vollenden, was durch den unerwarteten Tod von Padre Sebastiano unterbrochen worden war. Die Blutkarte steckte nach wie vor in seinem Beutel. Ehe er nicht alle Einsiedeleien des heiligen Tales persönlich aufgesucht hatte, um hinter den Sinn dieser seltsamen Botschaft zu gelangen, die noch immer rätselhaft für ihn war, kam eine Rückkehr nach San Damiano nicht infrage.

Die ersten Stunden war Leo so sehr mit sich selbst beschäftigt gewesen, dass er seine Umgebung kaum mitbekam, weder die spielenden Kinder, die ihm in einem der Dörfer auf dem engen Weg gerade noch ausweichen konnten, noch die Frauen, die ihre Körbe absetzten und ihm mit offenem Mund hinterherstarrten, weil sich in ihren abgelegenen Ort sonst kaum ein Fremder verirrte, schon gar nicht ein berittener Mönch. Auch die Verfassung seiner Stute war bisher nicht in sein Bewusstsein gedrungen, doch auf einmal spürte er, dass etwas mit Fidelis nicht stimmte. Sie schnaubte, warf den Kopf zurück. Ihr Fell war schweißbedeckt und viel zu heiß.

Leo stieg ab und führte sie ein Stück am Zügel weiter, damit sie langsam abkühlen konnte. Da hörte er in einiger Entfernung das Rauschen eines Flusses. Genau das, was sie beide gerade am dringendsten brauchten!

Neben einer moosbewachsenen Holzbrücke machte er halt, führte die Stute bis ans Ufer und sattelte sie dort ab. Danach füllte er seine Wasserbeutel einige Male und goss ihren Inhalt über Fidelis aus, beginnend bei den Hufen und sich langsam nach oben arbeitend, während das Tier gierig aus dem Fluss trank. Um das Wasser wieder aus ihrem Fell zu bekommen, holte er den Schweißstriegel heraus und schabte sie sorgsam ab.

Jetzt konnte die Stute in Ruhe in der Sonne trocknen, und endlich war er an der Reihe. Was im belebten Rieti unmöglich gewesen war, das wagte Leo hier, da weit und breit keine Menschenseele zu sehen war. Er warf Kutte und Hose ab und stieg in den Fluss. Die Strömung war selbst jetzt, mitten im Sommer, erstaunlich stark und trieb ihn sofort ein gutes Stück ab. Er schwamm zurück, nicht ohne Mühe, hielt die Luft an und tauchte schließlich ganz unter, um sich danach erneut von den Wellen wegtragen zu lassen.

Er konnte nicht anders, als dabei seinen nackten Körper zu mustern, der ihm auf einmal so stark, so männlich, so ganz und gar fremd erschien. Was wusste er eigentlich über sich selbst? Von dem Mönch, der mit den besten Vorsätzen vom Ulmer Kloster aufgebrochen war, schien jedenfalls nicht mehr allzu viel übrig geblieben zu sein.

In Stellas Gegenwart schien die Zeit stillgestanden zu haben, und wann immer sie gelächelt oder geseufzt hatte, hatte sein Herz einen kleinen Sprung gemacht. Dann hatte er sich ein neues Leben gewünscht, ein Leben, das es jedoch für ihn nicht geben durfte. Und dennoch sehnte sich alles in ihm danach, erneut in die Nacht ihrer Augen einzutauchen.

Erfrischt kletterte er zurück ans Ufer und schlüpfte wieder in seine Kleider, was ihm mehr Sicherheit verlieh. Fidelis war friedlich am Grasen. So legte er sich in die Sonne und begann erneut, mit offenen Augen von Stella zu träumen.

Wie weit sie mit dem römischen Kaufmannsduo inzwischen wohl schon gekommen war? Weinte sie noch? Oder war ihre Stimmung bereits in Zorn umgeschlagen? Was hätte er nicht alles dafür gegeben, sie wieder in seinen Armen zu halten!

Er musste eingeschlafen sein, denn als er wieder erwachte, standen eine Greisin und ein dunkelhaariges Mädchen vor ihm. Die Kleine trug einen Korb. Am linken Arm der Alten hing ein geflicktes Bündel, mit der Rechten stützte sie sich schwer auf einen Stock. Beide starrten ihn neugierig an.

»*Hai fame, padre?*«, lispelte das Mädchen schließlich und entblößte beim Lächeln eine Zahnlücke.

Und ob Leo hungrig war! Er nickte.

»*Dove siamo?*«, fragte er, um zu erfahren, wo er eigentlich war.

»*Fara di Sabina*«, lautete die Antwort. »*Ecco – un po' di formaggio e delle ciliege!*«

Bevor er einen Einwand erheben konnte, lagen ein paar Kirschen und ein Stück Käse in seiner Bettelschale, die er zuvor im Fluss ausgewaschen und zum Trocknen neben sich gestellt hatte.

»*Dominus vobiscum!*«, sagte Leo und zeichnete dabei das Zeichen des Kreuzes in die Luft. »*E molto grazie!*«

Die beiden staksten davon.

Ein Lächeln flog über Leos Gesicht, während er mit Genuss die freundlichen Gaben verzehrte. Die Leute hier in den Bergen schienen reisende Franziskaner zu mögen.

Allerdings waren die Schatten inzwischen deutlich länger geworden, und es konnte nicht schaden, beizeiten nach einem geeigneten Schlafplatz Ausschau zu halten. Nachdem er Fidelis gesattelt hatte und sie ein Stück weitergeritten waren, tauchte links von ihnen auf einem der Hügel ein stattliches Kloster auf, golden schimmernd in der späten Nachmittagssonne.

Sollte er dort um Einlass bitten?

Im Ulmer Kloster machten oft Mönche anderer Konvente Rast, und es galt den frommen Brüdern als Selbstverständlichkeit, sie aufzunehmen. Auf diese Weise hatte er vor einigen Jahren auch Johannes von Parma kennengelernt, nicht als Ordensgeneral mit großem Gefolge, sondern als einen Pilger, auffallend klein von Gestalt und vor Kälte zitternd, der im weißen Zisterzienserhabit in einer kalten Novembernacht an ihre Pforte geklopft hatte.

Johannes hatte laut gelacht, als Leo ihn später auf die weiße Kutte angesprochen hatte. Da waren sie schon ins Gespräch vertieft und begannen zu spüren, wie sehr sie einander schätzten.

»Was tut schon die Farbe zur Sache? Bedeutungslos, wenn du mich fragst. Nicht braune oder weiße oder schwarze Gewänder sind doch von Belang, sondern das Herz des Mannes, der darin steckt. Ich bin unter die Räuber geraten, die übel mit mir verfahren sind, und diese milde Gabe hat mich vor Kälte und Scham gerettet. Da habe ich nicht lange gefragt, woher sie stammt, sondern sie einfach angezogen und mich beim gütigen Gott herzlich dafür bedankt.«

Stundenlang hätte Leo ihm zuhören können! Johannes, der sich aufgemacht hatte, möglichst viele Klöster seiner verschiedenen Provinzen zu besuchen, und schon seit Monaten zu Fuß unterwegs war, schien erfreut und berührt, in Leo einen begierigen Schüler gefunden zu haben. Obwohl der Abt es nicht allzu gern gesehen hatte, waren die beiden einige unvergessliche Tage lang unzertrennlich gewesen, bis Johannes aufgebrochen war. Leo blieb im Kloster zurück, erfüllt von Erkenntnissen, die ihm bislang fremd gewesen waren.

Weil Johannes von Parma Leo und seiner Wahrnehmung uneingeschränkt vertraute, hatte der Ordensgeneral ihn wohl auch als Visitator für San Damiano ausgewählt. Doch was hatte Leo bislang zustande gebracht? Und was, wenn es Madre Chiara während seiner Abwesenheit noch schlechter ging und sie womöglich starb, bevor er wieder zurück war?

Leo trieb seine Stute den Weg zum Kloster hinauf und versuchte, diese dunklen Gedanken zu verscheuchen.

Die Abtei musste reich sein und schon seit Langem bestehen, das zeigten ihm die üppigen Weinberge sowie die sorgfältig kultivierten Olivenhaine, an denen er vorbeiritt, von den stolzen Steinmauern ganz abgesehen, die das riesige Areal wie eine Festung umschlossen.

Das können nur Benediktiner sein, dachte Leo, noch bevor er die schwarzen Kutten der Mönche entdeckt hatte, die vereinzelt unter den Bäumen bei der Arbeit zu sehen waren. Die Vorstellung, mit frommen Brüdern zu beten und endlich wieder einmal die festen Riten des Ordenslebens zu spüren, zog ihn an. Schon halb einen launigen Willkommensgruß auf den Lippen, zügelte er Fidelis, da ihm mit einem Mal die säuerlichen Züge des Secretarius in den Sinn kamen. Wenn Guilhelmo ihn schon so abgekanzelt hatte, wie würde dann erst eine ganze Gemeinschaft von Benediktinermönchen auf einen Minderbruder reagieren, der noch dazu von jenseits der Alpen stammte?

Fidelis gab ein leises Wiehern von sich, das Leo spontan als Entscheidungshilfe wertete.

»Du willst nicht zu ihnen? Ich auch nicht, wenn ich ehrlich bin. Wir beide schlafen also heute Nacht unter freiem Himmel«, sagte er, während er ihren Hals tätschelte. »Unter Gottes herrlichen Sternen. Und morgen reiten wir weiter in die Ewige Stadt.«

✤

Antonellas Miene erstarrte, als sie Stella mit geschnürtem Bündel in der Gaststube erblickte.

»Ihr wollt fort?«, entfuhr es ihr.

Stella nickte.

»Und wo ist der *padre*? Heute Morgen habe ich in seiner Kammer nur noch diese Münzen vorgefunden. *Per Antonella* – das hat er mit Kreide auf den Tisch gekritzelt. Folglich habe ich das Geld auch an mich genommen.«

Stella trat einen Schritt vom Fenster zurück, damit man ihre verweinten Augen nicht sah. »Meint Ihr vielleicht, er würde fortgehen, ohne die Zeche zu begleichen?«, sagte sie.

»Wollt Ihr ihm denn nicht hinterher? Dann müsst Ihr Euch freilich beeilen. Das Pferd ist auch nicht mehr im Stall.«

Stella zog stumm die Schultern hoch.

»Habt Ihr Euch gestritten?« Dem neugierigen Blick der Wirtin schien nichts zu entgehen. »Denn mir scheint, Ihr wisst wirklich nicht, wo er ist«, bohrte sie weiter, als abermals die Antwort ausblieb.

Stella schwieg weiterhin beharrlich, innerlich erleichtert, dass es ihr zumindest gelungen war, das blutige Stroh des Lagers rechtzeitig verschwinden zu lassen.

»Manche in Rieti halten Euch sogar für sein Liebchen. Aber Ihr wisst ja, dass ich nichts auf solches Gerede gebe.«

Jetzt hätte Stella am liebsten mitten in Antonellas selbstgerechtes Gesicht gespuckt, doch erstaunlicherweise gelang es ihr, Ruhe vorzutäuschen. Sie dachte an Leo, den Mann, den sie liebte und mit allen Fasern ihres Körpers vermisste. Das verlieh ihr neue Kraft. Sie würden sich wiedersehen. Sie *mussten* sich wiedersehen. An diesen Gedanken klammerte sie sich.

»Dann ist es ja gut«, sagte sie, während ihr Herz hart gegen die Rippen hämmerte. »Denn das zu unterstellen, wäre blanker Unsinn. Padre Leo ist ein heiliger Mann. Ich bin ihm lediglich behilflich, sich mit den Menschen hier besser zu verständigen.«

»Mag ja durchaus sein.« Die Wirtin ließ sie keinen Moment aus den Augen. »Seltsam nur, dass Ihr dabei ausseht wie eine Katze, der man gerade den Sahnetopf geklaut hat. Wo wollt Ihr denn jetzt hin, so mutterseelenallein?«

Es lag eine Hartnäckigkeit im Tonfall der Wirtin, die Stella noch wütender machte. Was geht dich das an?, hätte sie am liebsten geschrien. Hör endlich auf, deinen neugierigen Rüssel in meine Angelegenheiten zu stecken! Doch wäre das klug gewesen?

Leo würde vermutlich nach Rieti zurückkommen. Vielleicht keimte ja bereits der Verdacht in ihm, dass sie sich den römischen Kaufleuten nicht angeschlossen hatte. Eigentlich müsste er sie mittlerweile gut genug kennen, um zu wissen, dass sie es gar nicht getan haben *konnte*. Dann würde er nach seiner Rückkehr Antonella fragen, wohin sie stattdessen gegangen war. Einzig und allein aus diesem Grund stand sie noch hier und gab sich alle Mühe, ihre Stimme im Zaum zu halten, obwohl es innerlich in ihr brodelte.

»Nach Greccio«, sagte sie, scheinbar ganz ruhig.

»Zu Padre Stefano?«, fragte Antonella entgeistert. »Das würde ich mir an Eurer Stelle noch einmal gut überlegen! Er ist nicht halb so beliebt, wie unser verstorbener Padre

Sebastiano es war. Launen soll er haben und gewisse Besonderheiten, das wissen alle hier im Tal. Manch einen aus Rieti hat er einfach wieder weggeschickt, ohne sich dessen Sorgen auch nur angehört, geschweige denn sie gelindert zu haben.«

»Wer auch immer dort leben mag, es soll mir recht sein. Ich habe ein Gelübde abgelegt, und diese Einsiedelei ist mein Ziel.« Mit diesen Worten ließ Stella die Wirtin stehen und trat hinaus auf die Gasse.

✢

Die Häuser von Rieti lagen schon bald hinter ihr, so energisch schritt sie aus, obwohl die Sonne erbarmungslos herunterbrannte. Die Haube klebte ihr am Schädel, die Schläfen pochten, und sie hatte das mitgeführte Wasser viel zu schnell ausgetrunken. Außerdem rieben die Schuhe, und als Stella innehielt, die Übeltäter abstreifte und nachschaute, entdeckte sie an jeder Ferse eine dicke Blase. Sollte sie barfuß weiterlaufen?

Angesichts des steinigen Weges entschied sie sich dagegen. Sie war nun mal kein Bauernmädchen mit dicker Hornhaut an den Sohlen, sondern eine verwöhnte Städterin, was sie jetzt überdeutlich zu spüren bekam.

Zum ersten Mal seit ihrer Flucht aus Assisi stieg so etwas wie Heimweh in ihr auf. Keineswegs nach Simonettas Gekeife und ebenso wenig nach Vascos unentwegten Ausflüchten, doch sehr wohl nach der Behaglichkeit des Hauses, die sie von klein auf umgeben hatte, vor allem aber nach Ilarias fröhlichem Lachen und der Unbekümmertheit, mit der sie alle Sorgen und Schwierigkeiten wegzuwischen pflegte. Ob sie das Leben mit ihrem geliebten Federico nun aus vollem Herzen genoss? Oder hatte sich sogar in Ilarias leuchtendes Glück leise Traurigkeit eingeschlichen, weil auch sie die Schwester vermisste?

Stellas Augen waren plötzlich feucht geworden. Ihr Blick fiel auf die langen, spitzen Blätter einer Pflanze, die am Rand eines abgeernteten Feldes wuchs und etwas Vertrautes in ihr lebendig werden ließ. Der Name der Pflanze allerdings wollte ihr nicht mehr einfallen, aber Marta hatte sie ihr und Ilaria bei einem Spaziergang vor den Toren einmal gezeigt. Man musste etwas Spezielles damit anstellen, um in den vollen Genuss ihrer Heilkraft zu kommen, so viel wusste Stella noch. Doch was genau war das gewesen?

Sosehr sie ihr Hirn auch marterte, die Erinnerung daran kam nicht mehr zurück. So legte sie schließlich je ein Blatt auf die wunden Fersen und schlüpfte wieder in die Schuhe.

Die ersten Schritte waren so mühsam wie bisher, doch nach einer Weile minderte sich der Schmerz, und sie konnte beinahe ihre vorherige Geschwindigkeit wiederaufnehmen.

Zum Glück kam ein Dorf in Sicht, das allerdings auf einer stattlichen Anhöhe lag. Dort würde sie sicherlich einen Brunnen finden, um ihren Durst zu stillen. Der Weg dorthin war freilich steil und um einiges langwieriger, als es von unten schien. Keuchend und schwitzend gelangte sie schließlich im Dorf an.

Konnte das bereits Greccio sein?

Die erste Frau, die ihr über den Weg lief, zerstörte diese Illusion. »Da musst du leider noch ein ganzes Stück weiter. Am Dorfende geht es wieder hinunter und dann erneut ein ganzes Stück steil bergauf. Was willst du dort? Verwandte hast du dort sicherlich keine, sonst hätte ich dich gewiss hier schon einmal gesehen.«

Stella machte eine Geste, die alles und nichts bedeuten konnte, und bemerkte sehr wohl die bohrenden Blicke der Frau, die vor allem ihrer Haube galten. Wie gut, dass sie trotz der Hitze die abgeschnittenen Haare darunter verborgen hatte!

»Ich bin eine Pilgerin und habe ein Gelübde abgelegt.« Je öfter sie es sagte, desto glaubwürdiger klang es in ihren eigenen Ohren. »Ich muss zur Einsiedelei. Ist das zu schaffen, bevor es dunkel wird?«

Die Frau gab ein Brummen von sich, das Stella als Zustimmung wertete.

»Und gewaltigen Durst habe ich auch. Wo kann ich ...«

»Geradeaus. Dort steht unser Brunnen.«

Die längere Rast, die Stella dort hielt, war bitter notwendig gewesen, denn was nun vor ihr lag, verschlang all ihre Kräfte. Wie eine tückische Staubschlange wand der Pfad sich nach oben, und jedes Mal, wenn sie hoffte, das Ziel endlich erreicht zu haben, kam die nächste Biegung. Ein wenig half es, dass sie zum Teil durch einen Mischwald laufen konnte, dessen dichte Baumkronen die Sonnenstrahlen dämpften. Dafür umschwärmten sie hungrige Mückenschwärme, und sie war binnen Kurzem erneut von Stichen übersät.

Doch der Ausblick, als sie schließlich schweißüberströmt weiter oben angekommen war, entschädigte sie für alle Mühen. Unter ihr lag das heilige Tal in der Abendsonne, leuchtend und friedlich wie eine Oase des Glücks. Als sie emporblickte, sah sie einige schlichte Steingebäude direkt am Felsen kleben, wie ein Adlerhorst, schoss ihr sofort durch den Sinn.

Das hier glich eher einer Festung und besaß wahrlich keine Ähnlichkeit mit der beschaulichen Waldeinsamkeit von Fonte Colombo. Für einen Augenblick schwindelte ihr, und die Vorstellung, noch weiter bergauf klettern zu müssen, machte ihr Angst. Dann aber überwand sie sich.

Leo muss kommen, dachte sie, während sich durch die abgelaufenen Schuhsohlen spitze Steine in ihre Füße bohrten, die jetzt überall mit Blasen bedeckt waren.

Er wird kommen!

Eine Hoffnung, die Stella immer weiter vorantrieb, bis sie endlich ganz oben angelangt war. Sie ließ das Bündel sinken und atmete aus, um die Stille dieses Ortes in sich aufzunehmen. Eine leise Abendbrise brachte Kühlung. Endlich begann ihr Herz wieder langsamer zu schlagen.

Nicht weit entfernt entdeckte sie einen flachen Gesteinsbrocken, ließ sich darauf nieder, zog sich mit einem Seufzer der Erleichterung die Schuhe von den schmerzenden Füßen und genoss das Gefühl, nicht länger eingeengt zu sein.

»Was willst du hier?«, hörte sie nach einer Weile eine heisere Stimme neben sich.

»Mein Gelübde erfüllen«, kam es von ihren Lippen, noch bevor sie aufgeschaut hatte.

War das Padre Stefano?

Er entpuppte sich als der magerste Mönch, den sie jemals gesehen hatte! Die Kutte schlotterte um seine knochigen Glieder, die Arme waren dünn wie Stecken, die Beine, die unter dem zerschlissenen Stoff hervorschauten, zerschrammt und dunkelbraun. Sein schmales Gesicht mit den grauen Stoppeln wirkte müde. Harte Linien hatten sich in die Haut eingegraben; die Nase war scharf und erinnerte an einen Schnabel. Als er sich vorbeugte, um sie näher zu beäugen, entdeckte sie ein grob geschnitztes hölzernes τ, das er an einem langen Lederband um den Hals trug.

»Ausgerechnet hier?« Jetzt klang er offen missbilligend.

Stella nickte hastig und strengte sich an, ein gewinnendes Lächeln zustande zu bringen. Er durfte sie nicht wegschicken! Sie musste wenigstens so lange bleiben dürfen, bis Leo eintraf. Wie sonst sollte sie jemals wieder mit ihm zusammenkommen?

»Du bist die Erste seit langer Zeit, die sich hier heraufwagt«, sagte er schließlich. »Und eigentlich sollte ich dich auf der Stelle wegjagen. Denn ihr Weiber tragt die Sünde in die Herzen der Männer und bringt nichts als Unruhe und Ärger in die Welt.«

»Da irrt Ihr Euch!«, protestierte Stella. »Es gibt viele Frauen, die Gutes tun. Außerdem werdet Ihr mich gar nicht bemerken, das gelobe ich bei allem, was mir heilig ist. Ich möchte in mich gehen, Buße tun und …«

»Das geht mich nichts an«, unterbrach er sie, während er gleichzeitig neugierig auf ihre geschundenen Füße starrte. »Ins Kloster darfst du ohnehin nicht. Einmal war ich schon so dumm, eine Ausnahme zu machen, doch das ist lange her. Ein Fehler, den ich tief bereut habe und niemals wieder …« Sein haariger Zeigefinger fuhr über das Gesicht, als wollte er mit aller Macht etwas wegwischen. »Das Kloster des *poverello* zu betreten, bleibt einzig und allein Männern vorbehalten.«

Was machte ihm solche Angst? War es die seltsame Haube, die sie gewiss wie eine Vogelscheuche oder sogar Verbrecherin aussehen ließ? Rätselte er, was sie darunter verborgen haben mochte?

Dann sollte er auf der Stelle Gewissheit erhalten! Mit einem Ruck zog Stella die lästige Bedeckung vom Kopf und fuhr sich mit der Hand durch die feuchten kurzen Haare.

Jetzt besaß sie seine Aufmerksamkeit, doch das schien noch nicht genug. Was konnte sie zusätzlich anstellen, um ihn doch noch umzustimmen? Verzweifelt rang sie um die richtigen Worte, aber ihr Kopf war plötzlich ganz leer.

»Allerdings gäbe es da noch zwei alte, halb verfallene Hütten«, hörte sie den Mönch zu ihrer Überraschung weitersprechen. »Unterhalb des Klosters. Dort könntest du schlafen, wenn es unbedingt sein muss. Vorausgesetzt allerdings, ich bekomme dich so gut wie nie zu Gesicht.«

»Das werdet Ihr nicht, Padre Stefano, versprochen!«, rief Stella und sprang auf. »Ich kann mich unsichtbar machen. Ihr seid doch Padre Stefano?«

»Wer sonst?«, brummelte er und wandte sich zum Gehen. »Und gib auf dich acht, Mädchen! Wer nicht mehr richtig stehen kann, verliert auch in anderen Dingen schnell an Weitblick.«

✽

»Du hast sie gehen lassen?« Die Stimme des Mannes war blankes Eis. »Wie konntest du?«

Antonella spürte, wie ihre Kehle eng wurde. Dabei hatte sie alles streng befolgt, was er angeordnet hatte: gewartet, bis es dunkel geworden war, bevor sie ihn und seinen Gefährten aufgesucht hatte; sich während des ganzen Weges vergewissert, dass niemand ihr gefolgt war; viermal an die Türe gepocht; von dem Ärger, den sie mit Pino hatte, wenn sie nachts allein in der Stadt unterwegs war, ganz zu schweigen. Erst gestern hatten sie sich bis zur Heiserkeit angeschrien und bis zum ersten Sonnenstrahl kein Wort mehr miteinander geredet.

Wogen das etwa die paar Silberstücke auf, die der Mann ihr im besten Fall anschließend wieder zuschieben würde, so abfällig, als wären es Exkremente, mit denen er nicht in Berührung kommen wollte?

»Wie sollte ich sie denn aufhalten?«, erwiderte Antonella trotzig und wehrte sich gegen das Gefühl der Beklemmung, das sie zu befallen drohte. »Ich kenne sie doch kaum!«

»Durch kluges Reden, eine List, irgendetwas! Ich hätte dich für schlauer gehalten, Antonella.«

Es gefiel ihr nicht, wie er ihren Namen aussprach. Als wäre sie sein Eigentum, dabei war sie doch eine stadtbekannte Wirtin und Pinos ehrbare Ehefrau. Der Mönch und die junge Frau waren ihr von Anfang an verdächtig erschienen. Doch angesichts dieses schwarzen Rückens, der nicht einmal Anstalten machte, sich zu ihr umzudrehen, während sie miteinander redeten, empfand Antonella mit einem Mal beinahe etwas wie Zuneigung zu den beiden.

»Ich bin alles andere als dumm, und das wisst Ihr genau. Aber wie soll ich gewisse Leute zum Reden bringen, wenn sie unbedingt schweigen wollen?« Ihre Stimme troff vor Empörung. »Der Mönch war bereits verschwunden, bevor es richtig hell geworden war. Pino hat ihn mit einem römischen Kaufmann tuscheln hören, und der wollte gen Norden …«

»Nach Norden?«, unterbrach der Mann sie. »Das glaube ich nicht. Was sollte er dort anfangen?«

»Sagt Ihr mir es!« Plötzlich bekam sie richtig Lust auf Streit.

»Nein, nein, dorthin wird er wohl kaum mitgegangen sein.« Der Mann im schwarzen Umhang hatte sich erhoben und begann, vor dem verdunkelten Fenster auf und ab zu gehen. »Aber ich könnte mir vorstellen …« Die Feder war ihm aus der Hand gefallen, und er bückte sich schnell, um sie wieder aufzuheben.

Sie hatte ihn beim Schreiben gestört – nicht zum ersten Mal. Wie bei allen bisherigen Besuchen sah Antonella mehrere Pergamentbögen auf dem Tisch liegen, daneben ein Tintenfass. Was immer er verfassen wollte, es musste umfangreich und einigermaßen kompliziert sein, denn der Stapel war seit dem letzten Mal deutlich gewachsen, aber sie entdeckte auch einige Bögen, denen man ansah, wie oft sie sorgfältig abgeschabt worden waren. Wie nur brachte er es jedoch zustande, in diesem schwindenden Licht seine Buchstaben zu kritzeln?

»Die junge Frau ist also nach Greccio aufgebrochen«, fuhr der Mann fort, den sie für sich »Schatten« nannte. Er hatte ihr einen beliebigen Namen gesagt, mit dem sie ihn anreden sollte, doch sie wussten beide, dass er falsch war.

»Hat sie dir auch gesagt, was sie dort will?«

»In sich gehen«, erwiderte Antonella mit dem letzten Rest von Loyalität, der noch in ihr war. »Sie sei eine Pilgerin und habe ein Gelübde abgelegt, das sie dort einlösen muss. Mehr weiß ich nicht.«

»Ein Gelübde – ha!« Es klang wie ein Tierlaut und kam aus der anderen Ecke des Raums.

Antonella schrak zurück. War ein Wunder geschehen? Bislang hatte sie den Gefährten des »Schattens« stets für stumm gehalten, weil in ihrer Gegenwart niemals auch nur ein einziger Ton über seine Lippen gekommen war.

»Ihr könnt sprechen?«, krächzte sie.

»Gott, der Herr, vermag jedes Wunder zu vollbringen«, sagte der »Schatten«. »Und an uns ist es, Ihn zu rühmen und zu preisen.« Die Stimme gerann erneut zu Eis. »Und der Mönch?«, zischte der Mann. »Wird er nach Rieti zurückkommen?«

»Woher soll ich das wissen?«

Mit einer geschmeidigen Bewegung war er hinter sie gesprungen. Er berührte sie nicht, und doch spürte sie seine Gegenwart wie einen kühlen Hauch.

»Du hast keinerlei Anlass, so schnippisch zu sein«, murmelte er. »Denn bisher waren mein Gefährte und ich überaus großzügig zu dir. Das allerdings könnte sich ändern. Und mehr als das: Was, glaubst du, würden die guten Leute von Rieti tun, wenn sie erführen, dass ihr Mörder unter eurem Dach beherbergt habt?«

»Mörder?«, flüsterte Antonella und wagte kaum noch, sich zu bewegen. »Padre Sebastiano ist doch durch einen Unfall ums Leben gekommen ...«

»Durch eine Mure am helllichten Tag und bei strahlendem Wetter? Träum weiter, du Törin!«

Er musste ein Stück zurückgetreten sein, denn sie konnte wieder leichter atmen und sog die Luft begierig ein. Plötzlich legten sich zwei sehnige Hände um ihren Hals.

»Nicht der erste Bruder, der sein Leben verloren hat, als ausgerechnet diese beiden bei ihm waren«, flüsterte der »Schatten« an ihrem Ohr. »Assisi musste den Tod von Fra Giorgio beklagen, den man vergiftet hat. Und dann wird Padre Sebastiano unter einer Steinlawine begraben ...« Er lockerte seinen Griff. »Ein wenig viel des Zufalls, wenn du mich fragst.«

»Soll das heißen, der Mönch und die junge Frau sind in Euren Augen zweifache Mörder?«, japste Antonella.

»Das habe ich nicht gesagt.« Der »Schatten« zog sich in die Dunkelheit zurück. »Obwohl es noch andere Menschen in Assisi gab, die innerhalb kurzer Zeit eines ungeklärten Todes gestorben sind. Ich kann euch allen hier nur empfehlen, die Augen offen zu halten, damit kein weiteres Unglück geschieht!«

»Das habe ich bereits«, sagte Antonella, plötzlich wieder ganz und gar bereit, ihm dienlich zu sein.

»Was soll das heißen?«, fragte nun der vormals Stumme,

der plötzlich reden konnte. Wie der »Schatten« hatte er sich die Kapuze tief ins Gesicht gezogen. Antonella starrte ihn an, erkannte aber nichts als Hügel und Täler aus leicht verwittertem Fleisch, was sie abermals irritierte.

»Sie sind ein Liebespaar, falls Euch das interessiert«, sagte sie, so fest wie möglich.

»Woher willst du das wissen?«, fragte der »Schatten« lauernd. »Hast du sie etwa bei der Unzucht erwischt?«

»Das nicht, aber ich habe Reste von blutigem Stroh in der Bettstatt entdeckt. Die junge Frau hatte sich offenbar bemüht, alles zu entfernen, aber sie war wohl nicht sorgfältig genug.« Jetzt klang sie offen triumphierend.

»Das kann auch andere Gründe haben. Weiber bluten nun mal wie Tiere«, kam es abfällig aus dem Dunkel.

»Ihr habt ihre Augen nicht gesehen.« Antonella hatte ihre Selbstsicherheit zurückgewonnen.

»Was soll mit ihren Augen sein?«, knurrte der »Schatten«. »Hör endlich auf, um den Brei herumzureden, und werde konkret!«

»Sie hatte die Augen einer Braut. Leicht verweint zwar, doch dahinter strahlend von erfülltem Glück. Glaubt mir, damit kenne ich mich aus!«

*

Als die Kirchenglocken zum Mittagsläuten einsetzten, spürte Leo eine zupackende Hand auf seinem Gesäß. Im gleichen Moment durchschnitt eine scharfe Klinge das Lederband, das seinen Beutel mit den heimlichen Schätzen barg. Blitzschnell ging er in die Hocke und fing den Beutel auf, bevor er auf den schmutzigen Boden fallen konnte.

»*Vuoi compagnia, padre? Farò tutto ciò che ti piace!*«

Verblüfft starrte Leo in das verdreckte Gesicht eines höchstens zwölfjährigen Straßenjungen, der ihm soeben unverfroren seine Liebesdienste angeboten hatte. Als sei es damit noch nicht genug, schnellte die rosige Zunge des Jungen kurz aus dem Mund und beulte danach anzüglich die Wange aus, während der kaum ältere Komplize mit dem Messer bereits das Weite gesucht hatte.

»*Vai via, cretino!*«, schrie Leo und hob die Hand, als wolle er zuschlagen.

Als der Kleine im dichten Gewühl verschwunden war, verknotete Leo den Beutel erneut und stopfte ihn unter die Kutte. Dann ging er weiter, die Stute eng am Halfter führend und erleichtert darüber, dass Fidelis sich von der Unruhe ringsum nicht irritieren ließ. Nach der Einsamkeit der Sabiner Berge erschien Leo Rom als wahrer Hexenkessel, die Straßen und Plätze voll von Menschen, die laut redeten und eifrig gestikulierten. Die Wirte der Tavernen hatten Tische und Bänke nach draußen getragen, um Gäste anzulocken. Der Duft von Schweinefleisch, das über offenem Feuer an einem langen Spieß röstete, ließ Leo abermals innehalten, doch dann zwang er sich zum Weitergehen.

Sein Ziel war Santa Maria in Aracoeli, das Franziskanerkloster der Ewigen Stadt. Und wenn er sich bis hierher richtig durchgefragt hatte, konnte es nicht mehr weit sein. Eigentlich hätte ihm besser angestanden, im St.-Antonius-Hospital um Unterkunft zu bitten, wie es damals Franziskus und seine Gefährten bei ihrer Romreise getan hatten. Doch Leo grauste vor den Leprakranken, die dort lebten und litten, und die seltsame Begegnung mit jenem Aussätzigen in Assisi, der sich im Tod schließlich als gesund entpuppte, hatte seine alten Vorbehalte nur bestärkt.

Als der hohe Bau aus einfachen Ziegelsteinen vor ihm auftauchte, schlug sein Herz vor Freude schneller. Das war kein Prachtbau wie jene Doppelbasilika in Assisi, die all dem widersprach, was Franziskus jemals gepredigt und gelebt hatte. Diese schlichte Kirche mit dem angrenzenden Kloster hätte gewiss auch die Zustimmung des *poverello* gefunden.

Man öffnete ihm, kaum dass er angeklopft hatte, und bat ihn hinein. Allerdings verstand keiner der Mönche Deutsch, bis auf den dicken Cellerar, den man eiligst herbeiholte, weil er wenigstens ein paar Worte radebrechen konnte. Allerdings schien er beim Auflisten der Weinbestände allzu tief ins Glas geschaut zu haben, denn er stammelte und lallte unüberhörbar.

Dennoch gelang es Leo mit seiner Hilfe, sein Anliegen verständlich zu machen. Er bat um Aufnahme für ein paar Tage und Nächte, weil er in der Stadt der beiden großen Apostel zu innerer Einkehr finden wollte. Man wies ihm ein knochenhartes Lager im großen Dormitorium zu, das frei geworden war, weil der Bruder, dem es gehört hatte, vor einigen Wochen verstorben war, zeigte ihm, wo Fidelis im provisorischen Stall unterkommen konnte, und kehrte zum Klosteralltag zurück.

Plötzlich schienen die Mauern sich enger um Leo zu schließen. Durfte er überhaupt in der Mitte der frommen Brüder bleiben – nach dieser Sünde, die er auf sich geladen hatte und die zu bereuen ihm so unendlich schwerfiel, weil sie gleichzeitig höchstes Glück für ihn bedeutet hatte?

Er begab sich in den Kreuzgang, in dessen Mitte eine Pinie für Schatten sorgte, zog seinen Rosenkranz heraus und versuchte zu beten. Doch seine Gedanken irrten immer wieder ab. Schließlich schlüpfte er durch die schmale Tür, die ins Innere der Kirche führte.

Den Duft nach Weihrauch und Frömmigkeit sog er begierig ein. Jetzt brauchte er nur noch jemanden, der ihn anhören würde. Keiner der Beichtstühle war zu seinem Bedauern besetzt. Er würde sich also bis zum nächsten Tag gedulden müssen, um seine Seele zu reinigen.

Aber war er wirklich dazu bereit? Und würde er jemanden finden, der ihn auch verstand?

Das Altarbild zeigte die Gottesmutter im blauen Mantel mit dem Jesuskind an der Brust, ein Anblick von solcher Liebe und Innigkeit, dass er sich mit einem Mal getröstet fühlte. Sich ihr zu Füßen zu werfen und demütig um Hilfe zu flehen – danach verlangte es ihn.

Allerdings schien er nicht der Einzige zu sein, der in der Franziskanerkirche um innere Sammlung rang. Ganz vorn, vor den steinernen Altarstufen, kniete bereits, den Kopf mit der Kapuze bedeckt, die Hände vor der Brust gefaltet, ein noch jugendlicher Mönch, wie Leo nach Statur und Haltung schloss. Als Leo näher kam, schlug der Kniende die Kapuze zurück.

Dieses unverwechselbare Profil hätte er unter Hunderten wiedererkannt! Die hohe Stirn, die kühne Nase, die festen Lippen, das eckige Kinn mit der Kerbe, das Willenskraft und Sanftheit in sich vereinte. Tränen schossen Leo in die Augen, und er fühlte sich plötzlich, als wäre er einer schweren Last enthoben.

»Bruder Johannes!«, rief er aus. »Dass ich dich hier finde! Rette mich, denn sonst bin ich verloren!«

✢

Ein gellender Schrei riss Stella aus dem Schlaf.

Sie fuhr hoch und stieß dabei mit dem Kopf an das Dach der Hütte, die halb zusammengefallen war und so niedrig, dass Stella auf allen vieren hatte hineinkriechen müssen. Sie fluchte leise.

Wieder dieser Laut, kaum noch menschenähnlich. Wer auch immer so schrie, musste in höchster Gefahr sein. Stella kroch hinaus.

»Lass mich sterben, barmherziger Gott!«, kam es von der Anhöhe. »Aber nimm diese Schmerzen von mir – ich flehe dich an!«

Selbst im Mondlicht fiel es Stella nicht leicht, barfuß nach oben zu klettern, aber sie wollte sich nicht noch einmal in ihre Schuhe zwängen.

»*Padre!*«, rief sie im Näherkommen. »Was ist mit Euch? Seid Ihr krank?«

Er lag zwischen zwei Felsen auf der Seite und japste nach Luft.

»Es zerschneidet mich«, flüsterte er, während Erbrochenes in einem dünnen Rinnsal aus seinem Mund lief. »Ein glühendes Seil, das meinen Unterleib durchtrennt! Und erst hinten ... aih! Ich sterbe ...«

»Das müssen Nierensteine sein«, sagte Stella, nachdem er schon bei der sanftesten Berührung zusammengezuckt war. »Mein Ziehvater Vasco hat auch oft unter solchen Koliken gelitten. Ihr müsst trinken, *padre*, so viel wie möglich, das habe ich von ihm gelernt. Nur so könnt Ihr die Steine auf natürlichem Weg verlieren.«

Sie schaute sich um, während er sich nach wie vor krümmte und dabei herzzerreißend schrie.

»Am besten geeignet wäre natürlich etwas Heißes! Aber wie soll ich das hier draußen zustande bringen?«

»Geh ins Kloster!«, flüsterte er. »Dort gibt es eine Kochstelle, wo das Feuer noch glühen müsste ... Kamillenblüten sind in einem Korb auf dem Regal ... Und bring das steinerne Döschen mit, das in meinem Topf liegt! Beeil dich!«

Stella rannte zum Kloster, so schnell sie konnte. Als sie die Tür öffnete, fiel ihr ein, was Padre Stefano erst vor wenigen Stunden über sündige Frauen gesagt hatte, die diese heilige Schwelle niemals mehr übertreten dürften. Trotz der Dunkelheit fand sie sich zurecht, denn das Glimmen der Feuerstelle leitete sie. Stella legte Holz nach, brachte Wasser zum Sieden und goss es in einen Krug, in den sie zuvor getrocknete Kamillenblüten gegeben hatte. Das starke Aroma erfüllte den kleinen Raum.

Sie war schon halb wieder draußen, als ihr das steinerne Döschen einfiel, nach dem Padre Stefano verlangt hatte. Sie lief zurück, durchsuchte zwei Töpfe, die leer waren, bis sie schließlich einen dritten entdeckte, in den sie fasste. Sie fand eine flache Specksteindose unter einer dicken Schimmelschicht, die zu berühren sie große Überwindung gekostet hatte.

Zurück zum *padre* flog sie förmlich. Stefano hatte sich inzwischen mühsam aufgerichtet und griff nach dem Krug.

»Öffne das Döschen!«, verlangte er. »Und nimm zwei oder drei der Samen heraus und gib sie in den Sud!«

Stella gehorchte, obwohl die Dosierung in der Dunkelheit äußerst schwierig war.

»Was ist das?«, fragte sie. »Es fühlt sich so klebrig an.«

»Teufelsaugen«, murmelte er, während er gierig trank. »Die den höchsten Tribut von dir fordern, denn sie können dich bis in die allertiefste Hölle tragen. Doch die Schmerzen nehmen sie fort. Ohne ihre Hilfe wäre ich längst tot.«

Stella rutschte ein Stück von dem Eremiten weg, damit er sich nicht bedrängt fühlte, blieb aber vorsichtshalber in seiner Nähe. Nachdem er den Krug geleert hatte, lag er zunächst ganz ruhig, und Stella dachte schon, er sei eingeschlafen. Dann jedoch begannen erst seine Beine und schließlich auch die Arme zu zucken.

»Was habt Ihr, *padre*?«, rief Stella. »Kommen die Schmerzen zurück?«

»Aih, Aih«, murmelte er. »Qualen ganz anderer Art! Ich glühe, ich brenne, mein ganzes Fleisch steht in Flammen.«
»Braucht Ihr mehr Wasser?« Besorgt beugte sie sich über ihn.
»Wasser, Wasser ...«, stöhnte er.
Stella sprang auf, nahm den Krug und lief zum Brunnen, um ihn mit frischem Wasser zu füllen. Dort entdeckte sie noch einen zweiten Krug, den sie ebenfalls voll machte.
Als sie mit doppelter Last zurückkam, hatte der Eremit die Kutte nach oben geschoben und sich zu ihrem Entsetzen entblößt. Er war erregt, stark erregt sogar, das war unübersehbar, doch zu ihrem eigenen Erstaunen empfand sie eher Mitleid als Abscheu oder Angst.
»Bedeckt Euch, *padre*!«, verlangte sie. »Es steht mir nicht an, Euch so zu sehen.«
»Aih, du bist wiedergekommen, um mich erneut zu peinigen!«, rief er. »Die Stimmen, die Seufzer, das lüsterne Stöhnen, während wir anderen uns nebenan auf dem harten Stein martern mussten ... Wie sehr ich euch beide gehasst und gleichzeitig beneidet habe! Bis heute habe ich jene Nächte der Finsternis nicht vergessen.«
Stella stupste ihn leicht mit dem Fuß an, doch er schien sie gar nicht zu bemerken.
»Diese Haare, die Brüste, die roten Lippen – ich habe dich sofort wiedererkannt. Doch du hast damals ihm gehört, nicht mir, und ich darf dich auch heute nicht besitzen.«
War der Eremit gerade dabei, den Verstand zu verlieren? Was um Himmels willen mochte sie ihm mit dem Kamillensud eingeflößt haben?
Stefanos Augen waren verdreht, sodass nur noch das Weiße zu sehen war. Wo genau befand er sich? An einem Ort offenbar, zu dem Stella der Zugang verwehrt war.

Da er keinerlei Anstalten machte, sich zu bedecken, schüttete Stella kurzerhand einen tüchtigen Schwall kaltes Wasser auf seinen nackten Unterleib. Stefano schien wie aus einem tiefen Albtraum zu erwachen, starrte an sich hinunter, stutzte – und begriff.

»Warst du das?« Sein Kinn zitterte. »Hast du mich abermals versucht, wie Eva es einst mit Adam tat?«

»Keineswegs! Ich war nicht einmal in Eurer Nähe. Ihr habt nur schlecht geträumt«, sagte Stella so energisch wie möglich, während der Einsiedler endlich an seiner Kutte zupfte und sie zumindest bis zu den Knien zerrte. »Geht es Euch wieder besser?«

Stefano drehte den Kopf zur Seite. Kam die Übelkeit zurück?

»Ich weiß, dass du auf dieses Schreiben nicht antworten kannst«, hörte sie ihn murmeln. »Aber ich muss dir diese Zeilen schicken, denn mein Herz brennt vor Liebe, auch wenn ich weiß, dass wir uns niemals wieder so begegnen werden wie ...«

Wovon redete er? Ging es um eine Geliebte, auf die er verzichten musste, um Mönch zu werden? Oder konnte er in sie, Stella, hineinschauen und erkennen, was gerade in ihr vorging?

Die Sehnsucht nach Leo ergriff mehr und mehr Besitz von ihr, bis kaum noch für etwas anderes Platz blieb. Wirst du auch einmal so enden, Geliebter?, dachte sie voller Traurigkeit. Als sabbernder Alter, der sich vor Schmerzen krümmt und nur noch unter Qualen an das zu denken vermag, was er einst versäumt hat?

Sie zögerte einen Augenblick, dann schmiegte sich ihre Hand an die Stoppelwange des Eremiten. Ilaria hatte stets danach verlangt, wenn sie krank gewesen war. Vielleicht würde es auch beim *padre* helfen.

»Ihr müsst jetzt schlafen«, sagte sie leise, als wäre er ein Kind und sie die Mutter. »Ganz schnell einschlafen und jedes Mal, wenn Ihr zwischendrin aufwacht, so viel trinken wie möglich. Dann wird alles gut.«
Zu ihrer Überraschung nickte Stefano und sah plötzlich ganz friedlich dabei aus.
»Und du gehst nicht weg?«
Hatte sie das nur geträumt, oder war es tatsächlich gerade aus seinem Mund gekommen?
»Ich bleibe bei Euch«, versprach Stella. »So lange, bis es wieder hell ist.«

✢

Es war eine Mischung aus Bericht und Beichte, was Leo dem Ordensgeneral Johannes in der kargen Zelle des Abtes anvertraute, und er strengte sich an, nichts Wichtiges auszulassen. Vom Beginn seiner Reise erzählte er ihm, dem kräftezehrenden Aufstieg in den Alpen, bis zu jenem frisch verschneiten Pass, wo sein Gefährte und er plötzlich aus einem Hinterhalt überfallen worden waren.
Plötzlich begann seine Stimme zu flattern.
»Vier waren es, die uns umzingelt hatten, gehüllt in Wolfsfelle. Nein, eigentlich fünf, denn auf einmal kam noch ein weiterer Mann dazu, der sich bislang verborgen hatte. Ich wollte mit ihnen reden, aber sie taten, als würden sie mich nicht verstehen. Dann übermannten sie Andreas und drückten ihm die Luft ab, während sie seinen Wallach beiseiteführten, auf den sie es vermutlich von Anfang an abgesehen hatten. War Fidelis als Nächstes an der Reihe? Oder ich? Wut stieg in mir auf, so gleißend und wild, wie ich sie noch nie zuvor erlebt hatte. Ich holte meinen Dolch heraus und ...«
Leo verstummte und schlug die Hände vor das Gesicht.

»Bis jetzt hört sich alles ganz richtig für mich an«, sagte Johannes. »Ihr seid angegriffen worden und habt euch verteidigt. Das war euer gutes Recht.«

»Aber wir trugen keinen Mönchshabit.« Leo ließ die Hände wieder sinken. »Weil ich auf den Rat des Abtes gehört hatte, obwohl ich innerlich wusste, dass es falsch war. Wer das Kleid des *poverello* trägt, der braucht sich vor nichts und niemandem zu verstecken – und dennoch habe ich es nicht getragen und dies auch von meinem Gefährten verlangt, was ihm den Tod gebracht hat. Denn als ich den Räubern entgegenschrie, dass wir fromme Brüder seien, haben sie nur gelacht – was mich noch wütender gemacht hat. Erst da haben sie damit begonnen, Andreas zu quälen und ihn zu schlagen, bis er schließlich ...«

Leo wandte sich ab.

»Ich kann nicht«, murmelte er. »Ich bringe es einfach nicht über die Lippen!«

Johannes legte seine schmale Hand auf Leos Arm. »Manchmal ist die Seele zur Reue und Buße noch nicht bereit«, sagte er. »Hör auf, dich zu quälen! Irgendwann wirst du darüber reden können.«

»Damit fing alles an.« Leo schenkte ihm einen dankbaren Blick. »Ich fühlte mich aus der Bahn geworfen, auch noch nachdem ich mich im Trasimener See gereinigt hatte und wieder meine Kutte trug. Etwas hatte sich verändert. Beinahe, als ob mein früheres Leben plötzlich wieder die Arme nach mir ausstrecken würde. Ein Leben, in dem ich gekämpft hätte, eine schöne Frau gefreit und Kinder gezeugt. Ich hatte es beinahe schon vergessen, doch plötzlich war es wieder ganz präsent.«

»Und was geschah danach?«

Leo berichtete von seiner Ankunft in Assisi, dem Aussätzigen und der Unbekannten, die ihn in das Haus der

Lucarellis gebracht hatte. Als er schließlich Stella erstmals erwähnte, zitterte seine Stimme, doch Johannes schien keine Notiz davon zu nehmen.

Dann kam Leo zu seinem Besuch in San Damiano, zur toten Nonne, die außerhalb des Klosters gestorben war, und zur ersten Begegnung mit Madre Chiara.

»Welch schwierige Aufgabe du mir doch gestellt hast!«, sagte er seufzend. »Jemanden zu beurteilen, mit dem ich mich kaum verständigen kann. Hättest du denn keinen Kundigeren finden können?«

»Hattest du nicht erwähnt, dass deine Mutter Italienisch gesprochen hat?«

»Ja, aber nur in den ersten Jahren. Sie hat es bleiben lassen, weil es meinen Vater ärgerlich machte. Und leider hab ich viel zu viel davon vergessen.«

Johannes hatte sich erhoben, doch noch im Stehen war er ein kleiner, zierlicher Mann.

»Was sind schon Worte?«, sagte er, während er zum Fenster ging. »Sie können lügen und täuschen, sie lassen sich verdrehen und missbrauchen, auch wenn sie auf Pergament gebannt sind. Francesco hat das gewusst und alles Geschriebene aus tiefstem Herzen verachtet. Denn was hinter den Wörtern steht – das ist das Eigentliche. Du kannst es erspüren, Leo. Du kannst es erfühlen. Du weißt, was du siehst. Daher warst und bist du würdig und kundig in meinen Augen. Der perfekte Visitator!«

»Ich habe mir die allergrößte Mühe gegeben, doch der Tod von Suor Magdalena ...«

Johannes hatte sich plötzlich zu ihm umgewandt. Im flackernden Licht der Kerzen war sein Gesicht wie erstarrt.

»Ist das der Name der Toten?«, fragte er. »Magdalena?«

Leo nickte.

»Du bist ganz sicher?«

»Ja, natürlich ... Hast du sie gekannt?«
Johannes drehte ihm den Rücken zu. »Ich dachte, sie hätte längst ihren Frieden gefunden«, murmelte er. »So sehr hatte ich es für sie gehofft! Dass sie jetzt auf diese Weise aus dem Leben scheiden musste ...«
»Ich glaube nicht an Selbstmord«, sagte Leo heftig. »Schon vom ersten Augenblick an, als ich an ihrer Bahre stand, hat sich alles in mir gegen diese Vermutung gesträubt. Man hat sie umgebracht. Mittlerweile bin ich ganz sicher. Aber weshalb? Und wer ist ihr Mörder?«
Johannes wandte sich wieder Leo zu. Sein Gesicht war ruhig, nur um die Lippen lag ein energischer Zug. »Hättest du diesen Fragen nicht viel gründlicher in Assisi nachgehen können?«
»Das wollte ich ja!«, rief Leo. »Doch als dann auch noch Fra Giorgio, der in den Carceri lebte, durch Gift getötet wurde und ich das hier fand« – er zog den Beutel heraus, entnahm ihm die Karte und faltete sie auf –, »mit einem Pfeil unter die Hand des Toten genagelt, da musste ich einfach nach Rieti reiten, um im heiligen Tal Gewissheit zu bekommen.«
Johannes gönnte der Blutkarte nur einen kurzen Blick. »Aber dort bist du auch nicht mehr, sondern hier in Rom. Was ist geschehen, Fratello Leo?«
»Es gibt einen weiteren Toten zu beklagen: Fra Sebastiano, der jahrzehntelang als Einsiedler in Fonte Colombo gelebt hat. Begraben von einer Steinlawine. Stella und mich hätte sie um ein Haar auch mitgerissen, denn wir standen unweit von ihm.«
Eine Weile blieb es still in der Zelle.
»Der Name Stella klingt seltsam in meinen Ohren«, sagte Johannes schließlich. »Franziskaner sollen zwar stets einen Gefährten haben, wenn sie auf Reisen sind, so lautet

eine alte Empfehlung unseres Ordens, aber sicherlich keinen weiblichen.«

»Und doch ist Stella die beste Gefährtin, die sich denken lässt!«, brach es aus Leo heraus. »Liebevoll, klug, ausdauernd. Sie hat für mich übersetzt, war meine Zunge und mein Ohr ...«

»Vor allem aber dein Herz, nicht wahr?«, unterbrach ihn Johannes. »Du liebst diese Frau, Leo. Deine Augen und deine Stimme verraten es mir.«

Leo sank auf die Knie. »Es ist, als würde ich fühlen, was sie fühlt. Wenn sie traurig oder froh ist, dann spüre ich es in meinem Körper, etwas, das ich noch niemals zuvor erlebt habe. Glaub nicht, ich hätte mich nicht dagegen gewehrt!«, rief er. »Ich habe alles nur Denkbare versucht, das musst du mir glauben! Habe zu Gott gefleht, diese verbotenen Gefühle von mir zu nehmen, habe mich der Nahrung enthalten, um durch Fasten nüchtern zu werden. Ich bin aus Assisi fortgegangen, ohne ihr Lebewohl zu sagen, in der Hoffnung, damit alles hinter mir zu lassen. Doch Stella ist mir heimlich nachgeritten und hat mich, nach einem Hundebiss krank und hilflos, aufgefunden. Ich lag auf Leben und Tod – wie hätte ich sie da wegschicken können?«

»Danach seid ihr zusammengeblieben?«

Leo nickte. »Ich dachte, sie könnte mir dabei helfen, endlich sehend zu werden und all diese verwirrenden Rätsel zu lösen. Doch nach dem Tod Sebastianos schlug plötzlich die Stimmung um. Und als dann ein Stein in meine Kammer flog, der eigentlich Stella gelten sollte, bin ich hinüber zu ihr gegangen ...«

»Du hast ihr beigelegen?«, sagte Johannes.

»Ich weiß, dass ich damit meine Gelübde verletzt und eine schwere Sünde begangen habe, aber ...« Leo sah zu

ihm empor, und sein Gesicht schien von innen zu glühen.
»... noch nie im Leben war ich glücklicher!«

Johannes ging zum Tisch und starrte auf die Karte. »Vorhin klang es, als bätest du mich um Absolution«, sagte er. »Aber jetzt, glaube ich, kann ich sie dir nicht erteilen, Fratello Leo. Du weißt, weshalb?«

»Weil die Reue fehlt«, flüsterte Leo. »Und doch bin ich zur Buße bereit.«

»Welchen Sinn würde Buße ohne Reue machen? Ich fürchte, ich kann dich nicht erlösen, mein Freund.«

Plötzlich war es, als griffe eine kalte Hand nach Leos Herzen. Alles, wofür er so viele Jahre gelebt hatte, schien sich aufzulösen. Wenn er kein Mönch mehr sein durfte – was blieb dann noch von ihm übrig?

Er räusperte sich, und dennoch blieb seine Stimme belegt.

»Du wirst mir die Mission entziehen?«, brachte er mühsam hervor. »Niemand als ich könnte dich besser verstehen.«

»Mitnichten.« Johannes' Stimme klang freundlich. »Du wirst weitermachen, ebenso gründlich und unbestechlich wie bisher. Ich freue mich darauf, deine Erkenntnisse zu erfahren.«

»Ein Sünder wie ich soll beurteilen, ob eine fromme Frau wie Madre Chiara eigene Klosterregeln verdient?« Ungläubig starrte Leo zu Johannes empor.

»Sind wir nicht alle Sünder?« Leicht wie ein Flügelschlag senkte sich dessen Hand auf Leos Schulter. »Und steh endlich auf! Es wird allmählich Zeit, dass zwischen uns wieder das normale Größenverhältnis herrscht.«

Leo gehorchte. »Aber du bist der Generalminister unseres Ordens«, sagte er.

»Wir sind alle Brüder, vergiss das nicht!« Johannes'

Augen blitzten im Kerzenschein. »Nichts anderes hat der *poverello* gewollt und Hierarchien, Organisationen, Urteile – all das, womit ein Mensch sich über einen anderen stellt – aus tiefstem Herzen verachtet. Schau dich doch hier einmal um! Selbst diese karge Zelle, die Abt Bodo uns freundlicherweise zur Verfügung gestellt hat, enthält noch viel zu viel von all dem und atmet den Pesthauch der Macht. San Francesco hat auf hartem Stein geschlafen, das Tragen von Schuhen verachtet und sein Herz bedingungslos der Liebe geöffnet. Eines Tages wird auch für mich die Zeit angebrochen sein, ihm in allem zu folgen.«

Er hatte so vorbehaltlos, so voller Leidenschaft gesprochen, dass Leo tief berührt war.

»Wenn du also willst, reite ich nach Assisi zurück«, sagte er.

»Das wirst du.« Johannes berührte das Holzkreuz auf seiner Brust. »Doch erst, nachdem du mit Papst Innozenz gesprochen hast.«

»Dem Heiligen Vater?«, rief Leo.

»Seine Heiligkeit hat das französische Exil bereits vor einigen Monaten verlassen und ist nach Rom zurückgekehrt«, erklärte Johannes. »Der Kaiser, der ihm so viele Schwierigkeiten bereitet hat, ist tot und dessen Nachfolger schwach genug, um in die Schranken gewiesen zu werden, die ihm gebühren. Ich bin sicher, seine Heiligkeit wird äußerst begierig darauf sein anzuhören, was du zu berichten hast.«

✣

Der Himmel über Stella war blank und blassblau, als sie am Morgen die Augen aufschlug – und sie war allein.

Wo steckte Padre Stefano?

Als Erstes stieg Angst in ihr hoch, aber sie wurde schnell

wieder ruhiger. Es konnte ihm nichts Schlimmes zugestoßen sein, sonst hätte sie ihn sicherlich um Hilfe rufen gehört. Ganz im Gegenteil – nach einigem Nachdenken wertete sie seine Abwesenheit als gutes Zeichen. Er fühlte sich wohl besser, zumindest so gut, dass er sich wieder ins Kloster zurückgezogen hatte, um seinem gewohnten Tagesablauf nachzugehen.

Stella streckte sich und spürte, wie verspannt sie nach dieser Nacht auf bloßem Boden war, die sie zudem auch noch im Freien verbracht hatte. Was hätte sie jetzt nicht alles für Ilarias flinke Finger gegeben, die alle Steifheit im Nu aus den Muskeln herausmassieren konnten. Doch die Schwester erschien ihr in diesem Moment so fern und unerreichbar wie der Mond.

Sie rappelte sich auf, klopfte den Schmutz aus ihrem Kleid, stieg nach unten zu ihrer Hütte – und hielt erstaunt inne. Der Einsiedler, er hatte an sie gedacht!

Vor der Tür entdeckte sie einen Korb, in dem sich Käse, zwei Eier, eine Handvoll Aprikosen sowie ein irdener Topf befanden. Nachdem sie den wackligen Deckel gelüpft hatte, roch sie Bohneneintopf. Daneben stand ein Tonkrug mit frischem Wasser.

Für einen Moment kam ihr wieder der Schimmel in den Sinn, vor dem sie sich in der Nacht so geekelt hatte, und sie hielt die Nase tiefer, um erst einmal zu schnuppern. Doch außer dem würzigen Duft nach Kräutern störte nichts ihr Geruchsempfinden, und so packte sie den grob geschnitzten Löffel, der ebenso im Korb gelegen hatte.

Ausgehungert und halb am Verdursten, da sie während dieser seltsamen Nacht nur auf Stefano, aber kaum auf sich selbst geachtet hatte, trank und aß Stella, bis sie sich so satt und wohlig fühlte, dass sie sich unwillkürlich noch einmal längs ausstrecken musste.

Sie schrak zusammen, als plötzlich ein Schatten neben ihr auftauchte.

»Du fühlst dich besser?«, hörte sie Padre Sebastianos heisere Stimme.

»Soll ich das nicht lieber Euch fragen?« Stella blinzelte zu ihm empor.

Er zeigte mit den Handflächen nach oben. »Der Körper ist nicht mehr als ein lästiger Gefährte«, sagte er. »Francesco hat ihn stets ›Bruder Esel‹ genannt – und er hatte recht damit.«

»Was haltet Ihr da in der Hand?«, fragte Stella, die die spitzen länglichen Blätter wiedererkannte, die sie sich in die Schuhe gelegt hatte.

»Spitzwegerich«, erwiderte der Eremit. »Ich hab deine Fersen gesehen, und die schauen gar nicht gut aus.«

»Er hilft leider nicht viel«, sagte Stella. »Beim Hochsteigen hatte ich die Blätter aufgelegt, aber ...«

»Man muss eben wissen, wie man sie anwendet.«

Überraschend schnell war er neben ihr auf den Knien und hatte einen Fuß ergriffen. Zu Stellas Überraschung steckte er sich eines der Blätter in den Mund und begann, darauf herumzukauen. Schließlich spuckte er einen grünlichen Brei in die Hand, den er gleichmäßig auf ihrer Ferse verteilte.

»Und jetzt in die Schuhe!«, verlangte er, nachdem er auch die zweite Ferse dem gleichen Verfahren unterzogen hatte.

»Weshalb?« Stella schaute staunend zu ihm hoch.

»Weil du sonst niemals mehr wieder hineinkommst. Aber du wirst deine Schuhe brauchen, denn ich will dir etwas zeigen.«

Reichlich unentschlossen zwängte sich Stella zurück in das harte Leder und wagte kaum auszuatmen. Doch seine Behandlung stellte sich als erfolgreich heraus. Sie spürte kaum noch etwas von dem Schmerz und konnte wieder mühelos gehen.

»Komm!« Ungeduldig winkte der Einsiedler sie weiter.

Sie folgte ihm, nicht ohne zu registrieren, wie unsicher sein Gang war. Litt er noch immer unter Beschwerden? Oder waren jene geheimnisvollen Teufelsaugen, wie er jene Samen genannt hatte, die sie ihm auf sein Geheiß verabreicht hatte, nach wie vor wirksam?

Als die grauen Klostermauern vor ihnen auftauchten, fragte Stella sich, ob er seinem Vorsatz untreu werden und sie doch hineinlassen würde.

Doch Stefano bog kurz vor der Tür scharf nach links ab und schlurfte weiter, bis er vor einer winzigen Kapelle haltmachte.

»Das Wunder von Bethlehem«, sagte er. »Du sollst es mit eigenen Augen zu sehen bekommen.«

Es war dämmrig in dem engen Raum, in den er sie führte, doch vor dem schlichten Altar, den ein weißes Tuch bedeckte, brannten einige Kerzen.

Reichlich verdutzt starrte Stella auf eine mit halb vermodertem Stroh gefüllte Krippe und die beiden ungeschlacht geschnitzten Holzfiguren, die daneben knieten.

»Beinahe in Lebensgröße.« Stefanos Stimme bebte vor Stolz. »Und an jenem Abend so lebendig, als habe der Allmächtige höchstpersönlich ihnen Leben eingehaucht. Damals war es eine nackte Höhle, doch sie war so feucht, dass alles verrottet wäre. So habe ich mit eigenen Händen dieses neue Zuhause gebaut – steinerne Mauern, die die heilige Familie umschließen, erleuchtet von Kerzen, die ich niemals ausgehen lasse.«

Stella nickte zurückhaltend, weil sie nicht recht wusste, wie sie reagieren sollte, doch Stefano schien ihr Zögern gar nicht zu bemerken.

»Gott ist Mensch geworden!«, rief er emphatisch. »In jener Weihnachtsnacht von Greccio, als der fromme Johannes das alles hier für Francesco ausrichtete, wahrlich wie zum zweiten Mal. Aus dem ganzen Tal kamen sie, Männer und Frauen, mit Kerzen und Fackeln, um die Nacht zu erleuchten. Frisches Stroh brachten sie, einen Ochsen, einen Esel und ebendiese Krippe, in die sie das Jesuskind betteten. Hell wie der Tag wurde die Nacht, der Wald erschallte von Stimmen, und die Felsen hallten wider vor Jubel. Kannst du es hören?«

Stella schloss die Augen. Und plötzlich war es da, ein feines, melodisches Singen, das langsam an Lautstärke gewann. Hinter ihren Lidern wurde es hell – ein Glanz, der sie zu blenden drohte, so stark war er.

Jetzt sah sie das Kind im Stroh liegen, winzig und zerbrechlich, und doch voller Kraft. Es verzog seinen Mund und begann zu weinen, doch Maria neigte sich zu ihm, nahm es heraus und legte es an ihre Brust. Sofort verstummte das Jammern. Das Kind schloss die Lippen um ihre Brustspitze und fing an zu trinken.

»Die Mutter und das göttliche Kind«, hörte sie den Eremiten sagen. »Die stärkste Einheit von allen, bis in den Tod. Diese Kraft heiligt diesen Ort. Hier kann auch die tiefste Verletzung wieder gesunden.« Jetzt klang seine Stimme wie Trompetenhall. »Überall in der Welt bauen sie die herrlichsten Gotteshäuser, um dieses Wunder zu feiern. Dabei vollzieht es sich nur in der Einsamkeit und der Stille – wenn die Mutter und das göttliche Kind einander entdecken und sich lieben lernen.«

Die Mutter und das Kind – plötzlich waren sie wieder da, all jene widersprüchlichen Gefühle, die Stella bislang stets verletzt und traurig gemacht hatten! Warum hatte ihre Mutter sie als Neugeborenes nicht geherzt und gewiegt? Warum sie nicht genährt, sondern den Brüsten einer Amme überlassen? Warum wusste sie bis heute nicht, wer sie eigentlich war?

Sie wartete auf die gallige Bitterkeit, die unweigerlich in ihr aufsteigen würde, doch zu ihrer Überraschung geschah nichts davon, beinahe als würde diese dämmrige Kapelle sie wie eine Gebärmutter umschließen und beschützen.

Erstaunt blickte sie zu Stefano, der gerade ein dunkles Kästchen rasch unter den Altar schob.

»Spürst du es?«, flüsterte er.

»Ja«, murmelte Stella. »Es ist so ...«

»Nicht reden! Jedes Wort zu viel kann es zerstören. Fühle! Spüre! Bete! Das Beste, was du hier tun kannst.«

Sie fiel auf die Knie, schloss erneut die Augen.

Doch der wunderbare Moment war verflogen. Der Boden unter ihren Knien fühlte sich hart an, es roch muffig, und zu der ungestillten Sehnsucht nach den unbekannten Eltern gesellte sich die kaum minder verzweifelte nach Leo.

Würde sie ihn jemals wiedersehen?

»Du solltest jetzt gehen.« Der Eremit stand auf einmal dicht neben ihr. Konnte er in ihr Innerstes sehen? Stella war plötzlich ganz durcheinander.

»Darf ich wieder hierherkommen?«, fragte sie, als sie sich erhoben hatte und ihm nach draußen folgte.

»Warum nicht?«, lautete seine Antwort. »Ein Ort für alle, die reinen Herzens sind. So und nicht anders hat der *poverello* es gewollt.«

✻

Die alten Mönche schnarchten zum Gotterbarmen, aber auch unter den jüngeren gab es viele, die im Schlaf stöhnten, röchelten oder seufzten, als steckten ihre Hände unter und nicht über der dünnen Decke, wie es für fromme Brüder vorgeschrieben war.

Leo hatte das Gefühl, so gut wie gar nicht geschlafen zu haben. Todmüde und doch hellwach war er beinahe erleichtert, als endlich die Glocke ertönte und die Brüder zur Laudes rief. Zusammen mit den anderen ging er hinüber in die Kirche, um die Psalmen, Gebete und Hymnen anzustimmen.

Danach begrüßte Johannes von Parma ihn. »Beeil dich!«, sagte er. »Der Heilige Vater erwartet uns.«

»Jetzt?« Leo griff sich unwillkürlich an den Kopf. Seine Tonsur ließ vermutlich schon wieder zu wünschen übrig, sein Körper war seit dem Bad in den Sabiner Bergen kaum mehr mit Wasser in Berührung gekommen, und seine Kutte ...

Johannes lachte. »Er ist an den Anblick von uns Minderbrüdern gewohnt«, sagte er. »Glaub mir das! Papst Innozenz liegen ganz andere Dinge am Herzen. Und jetzt komm! Er hasst es, wenn man ihn warten lässt.«

Trotz seiner kurzen Beine eilte er so schnell voraus, dass Leo sich anstrengen musste, Schritt mit ihm zu halten. Die Straßen Roms begannen sich erst zögernd mit Menschen zu füllen, und doch stank es bereits bestialisch, weil überall Abfall und Unrat herumlagen, denen sie ausweichen mussten.

»Diese Stadt ist wie eine Hure«, sagte Johannes, als sie an halb vermodertem Gekröse vorbeikamen, das mit Fliegenschwärmen bedeckt war. »Auf den ersten Blick anziehend und prächtig – doch wenn sie den Rock hebt, stinkend und abscheulich.«

»Wieso machen die Leute nicht einfach sauber?«, fragte Leo.

»Es sind zu viele, die auf engstem Raum leben, und jeden

Tag kommt neuer Abfall dazu. Wozu sich also anstrengen? In den Sommermonaten ist es immer am schlimmsten. Erst wenn die Herbstregen einsetzen, tritt leichte Besserung ein.« Er deutete nach links. »Siehst du das eingefallene Bauwerk da?«

»Ja«, sagte Leo. »Was ist das? Es ist so riesengroß.«

»Das Kolosseum, einst ein Circus, in dem auch Wagenrennen und Gladiatorenkämpfe abgehalten wurden. Hier hat man die ersten Christen zur Unterhaltung der Römer wilden Tieren vorgeworfen. Hier sind die ersten Märtyrer für ihren Glauben gestorben.«

Schweigend gingen sie weiter, während die Morgensonne von einem blanken Himmel auf sie herabstach. Plötzlich blieb Johannes stehen.

»Ich hoffe, du verstehst mich jetzt nicht falsch«, sagte er. »Aber hüte dich vor der Freundlichkeit Seiner Heiligkeit!«

»Was soll das heißen?«

»Niemals zuvor ist mir ein Mann begegnet, der zwei so verschiedene Gesichter haben kann: im einen Moment gebildet, zuvorkommend und liebenswert, im nächsten jedoch voller Härte und Grausamkeit. Er hat Kaiser Friedrich das Leben zur Hölle gemacht, die Folter bei der Inquisition eingeführt und festgelegt, dass alle Ketzer verbrannt werden sollen. Sein Kern ist hart wie Diamant. Nichts und niemand kann ihn rühren.«

»Du sprichst vom Stellvertreter Christi auf Erden!«, rief Leo. »Doch wenn man dich so reden hört, könnte man meinen ...«

»Ich möchte nur, dass du vorsichtig bist, das ist alles. Aufrichtig, aber immer auf der Hut. Ich werde dein Übersetzer sein. Damit kann ich manchem die Spitze nehmen, falls es nötig sein sollte. Doch vergiss niemals: Dieser Mann ist ein Wolf!«

Der Lateranpalast, vor dem sie inzwischen angekommen waren, glich einem Labyrinth, doch Johannes von Parma wusste offenbar genau, wohin er Leo führen musste: nicht durch eines der mächtigen Portale, vor denen Bewaffnete standen, sondern zur Pforte des angrenzenden Klosters.

Ein dürrer Mönch ließ sie eintreten, und als sie nach ein paar Biegungen den Kreuzgang erreicht hatten, entschlüpfte Leo ein Laut des Entzückens. Einer der schönsten und friedlichsten Orte, die sein Fuß jemals betreten hatte! Schattige Arkadengänge mit reich ornamentierten, teils glatten, teils in sich gedrehten Säulen aus rötlichem Sandstein. In der Mitte ein Brunnenbecken, das von kunstvoll beschnittenem Buchs, Olivenbüschen und Fächerpalmen umrahmt war.

Hier wartete der Papst auf sie, während seine Begleiter sich respektvoll zurückzogen. Innozenz IV., ein schmaler Mann in den Sechzigern, schien zu strahlen, so blendend weiß waren die Soutane, das Zingulum und das Pileolus, das seinen länglichen Schädel bedeckte. Er begrüßte Johannes von Parma freundlich, aber knapp, dann wandte er sich Leo zu.

»*Benvenuto fratello Leo!*«, sagte er. »*Dimmi che devo sapere! Ti sento.*«

Johannes nickte Leo aufmunternd zu.

»Erzähle ihm von Madre Chiara«, sagte er. »Ich werde jedes Wort getreulich übersetzen.«

Abermals hob Leo mit seinem Bericht an, schilderte die Ankunft in San Damiano, das Zusammentreffen mit Chiara und die Entdeckung der toten Nonne. Als er Magdalenas Namen erwähnte, schob sich das lange Kinn des Heiligen Vaters ein wenig nach vorn. Seine schwarzen Augen aber verrieten nichts von dem, was in ihm vorging.

»*Poverina*«, meinte Leo ihn murmeln zu hören, als er von seinem Verdacht erzählte, aber er war sich nicht sicher. Dann kam der Tod von Fra Giorgio an die Reihe und der Fund der Blutkarte.

Johannes übersetzte halblaut, fließend, ganz und gar unaufdringlich.

»Er will sie sehen«, sagte er zu Leo. »Zeig Seiner Heiligkeit die Karte!«

Leo gehorchte.

Die langen schlanken Finger mit dem Fischerring fuhren darüber, so behutsam, als wollten sie die eingezeichneten Einsiedeleien streicheln. Dann nickte der Papst.

»Du kannst sie wieder an dich nehmen«, sagte Johannes, »und weiter fortfahren.«

Leo beschrieb die Reise nach Rieti, seine Begegnung mit Fra Sebastiano und dessen Tod. Mittlerweile hatte er sich beinahe in Rage geredet.

»Es muss einen Zusammenhang zwischen all diesen Ereignissen geben«, sagte er. »Das kann ich spüren. Manchmal scheint er zum Greifen nah, doch dann umhüllt ihn wieder dichter Nebel, und ich tappe weiterhin im Dunkel. Was soll ich tun, Euere Heiligkeit? Aufgeben oder weitersuchen?«

Jetzt war nur noch Vogelgezwitscher zu hören, so still und friedlich lag der Kreuzgang im Sonnenlicht.

Dann begann Innozenz zu sprechen.

»Mein Vorvorgänger auf dem Heiligen Stuhl trug denselben Namen wie ich«, sagte er. »Zu ihm kam eines Tages ein zerlumpter Mann aus Assisi namens Francesco mit ein paar nicht minder abgerissenen Gefährten, die eine Regel für ihre Gemeinschaft von ihm verlangten. Er wollte sie schon wegschicken, doch in der Nacht hatte er einen seltsamen Traum. Die Basilika San Giovanni in Laterano, die

Bischofsbasilika von Rom, deren Mauern hier angrenzen, drohte einzustürzen – und jener Zerlumpte bewahrte sie mit seinem schwachen Kreuz davor.«

Innozenz zeigte ein schmales Lächeln. Seine Habichtsnase wirkte plötzlich noch schärfer.

»Wer auch immer den Stuhl Petri hütet, diesen Traum darf keiner von uns vergessen! Wir alle sind dazu angehalten, das Gedächtnis an jenen tapferen einzigartigen Retter zu schützen und zu bewahren. Geh hin, mein Sohn, und suche die Mörder! Lass nicht ab in deinem Bemühen, sondern stelle sie und bring sie Uns, damit Wir sie ihrer gerechten Strafe zuführen können!« Er war laut geworden, so leidenschaftlich hatte er gesprochen.

Leo nickte überrascht, nachdem Johannes übersetzt hatte, doch der Papst war offenbar noch nicht zu Ende.

»Dein Name war Leonhart von Falkenstein, bevor du ins Ulmer Kloster eingetreten bist?«, sagte er unvermittelt. »Und du bist der Zweitgeborene einer adeligen Familie. Die stattliche Burg, von der du stammst, liegt westlich in den Bergen?«

»Ja«, sagte Leo verdutzt. »Das ist richtig. Woher wissen Euere Heiligkeit das alles?«

»Ein guter Hirte kennt jeden aus seiner Herde.« Es klang wie eine Ausflucht und gleichzeitig nüchtern, fast kühl. »Das gehört zu seinen Aufgaben.«

»Und Madre Chiara?«, brach es aus Leo hervor. »Sie strebt nach vollkommener Armut für die frommen Schwestern von Damiano, ganz im Sinn von San Francesco. Doch der Tod hat seine Hände bereits nach ihr ausgestreckt. Ihr dürft die Entscheidung nicht mehr allzu lange aufschieben, Euere Heiligkeit, sonst wird sie den Tag nicht mehr erleben.«

»Die beiden haben aus derselben Quelle getrunken«, sagte der Heilige Vater, und Johannes übersetzte. »Und dennoch nicht dasselbe Wasser gefunden.«

Was wollte er damit sagen? Leo suchte Johannes' Blick, doch der hatte sich bereits dem Papst zugewandt, der jetzt leise auf ihn einredete, schnelle, fast atemlos herausgestoßene Sätze, die offenbar für Johannes allein bestimmt waren, denn er machte keinerlei Anstalten, sie für Leo zu übersetzen.

Johannes nickte und verneigte sich tief. Dann waren sie entlassen.

»Du weißt jetzt, was du zu tun hast«, sagte Johannes von Parma, als sie Seite an Seite die heilige Treppe nach unten stiegen.

»Aber ich fühle mich kein bisschen schlauer als zuvor!«, rief Leo.

»Dann trag Sorge dafür, dass sich das rasch ändert.« Um Johannes' Lippen spielte ein liebevolles Lächeln. »Ich weiß, dass du dazu in der Lage bist. Und Seine Heiligkeit weiß es offenbar auch.«

»Aber Stella? Ich meine, meine Sünde ... Ich fühle mich so schuldig!«

»Du hast sie nach Hause geschickt und wirst sie niemals wiedersehen. Das ist doch richtig, oder?«

Leo nickte zögernd.

»Damit hat deine Buße bereits begonnen. Wenn jetzt eines Tages noch die Reue dazukommt, bist du auf dem richtigen Weg.«

Leos Blick blieb zweifelnd. »Dann soll ich jetzt also nach Rieti zurückreiten und meinen ursprünglichen Plan in die Tat umsetzen?«

Jetzt war das Lächeln des Generalministers breiter geworden.

»Worauf wartest du noch, Fratello Leo? Hast du nicht selbst gesagt, dass die Zeit knapp wird?«

✠

Was trieb er da?

Stella, die zum kleinen Brunnen hinaufgestiegen war, um ihr zweites Kleid zu waschen, hielt mitten im Schrubben inne. Gestern hatte sie bei einer kleinen Erkundigung unweit des Klosters Seifenkraut gefunden und frische Blätter gepflückt, die sie nun zum Schäumen zu bringen versuchte. Heißes Wasser hätte die Arbeit natürlich erleichtert, doch sie hatte nicht gewagt, den Eremiten darum zu bitten.

Seit gestern schon war Padre Stefano so seltsam, schaute weg, wenn sie ihm zufällig über den Weg lief, bekreuzigte sich und schien ununterbrochen irgendwelche Litaneien vor sich hinzumurmeln. Als sie kein Essen vor ihrer Hütte gefunden hatte, war sie in den Wald gegangen, hatte Beeren und Pilze gesammelt und alles heißhungrig verschlungen, doch richtig satt geworden war sie trotzdem nicht.

Heute Morgen dann fand sie zwei gebratene Wachtelchen vor ihrem halb zerfallenen Schlafplatz, in Blätter gewickelt, als seien sie das Geschenk eines scheuen Waldwesens, das sich lieber nicht zeigen wollte.

Und jetzt diese seltsamen Geräusche, die aus der schmalen Fensteröffnung drangen. Es klang wie das Klatschen von Leder auf nackter Haut – Padre Stefano geißelte sich!

Stella erschauderte. Niemals hatte sie diese Menschen verstehen können, die selbst Hand an sich legten. War ihre Anwesenheit der Auslöser für Stefanos fanatisches Verhalten? Oder waren es Bußübungen, die er in seiner Einsamkeit schon lange abhielt? Gehörten dazu auch die Stämme, die er gestern ächzend auf dem Rücken heraufgeschleppt und anschließend sorgsam abgeschält hatte? Was mochte er damit vorhaben?

Hastig suchte sie ihre Sachen zusammen. Das Kleid

konnte sie weiter unten zum Trocknen aufhängen, und auf das Waschen ihrer Haare, die es dringend nötig gehabt hätten, verzichtete sie lieber. Wie bei einem Wiedehopf standen sie ihr vom Kopf ab, das konnte sie spüren, wenn sie mit den Fingern durch die kurzen Locken fuhr.

Und da war dieser merkwürdige Traum, der sie morgens zerschlagen und wie betäubt hatte erwachen lassen. Sie hatte ein Kind im Arm gehabt, *ihr* Kind, mit Leos Augen und seinem vorwitzigen Kinn. Die dicken kleinen Finger hatten in ihr Haar gegriffen und fast gebieterisch daran gerissen, bis sie sich tiefer geneigt und dem Kind die Brust gegeben hatte. Ein paar Augenblicke purer Seligkeit, während das Kleine trank. Sogar Stellas Schoß war feucht dabei geworden, so sehr hatte sie es genossen. Plötzlich jedoch Erschrecken. Denn nun war sie das Kind, das an der mütterlichen Brust saugte und mit winzigen Fingern nach den Haaren angelte, die ebenso dunkel waren wie ihre eigenen. Wenn sie sie zu greifen bekommen würde, müsste sich die Frau tiefer zu ihr beugen. Dann würde sie endlich ihr Gesicht erkennen können, jenes Antlitz, nach dem es sie so sehr verlangte ...

Stella schrak zusammen. Das Klatschen war verstummt. Jeden Augenblick konnte der Eremit herauskommen. Dann musste sie wieder verschwunden sein, wie sie es ihm versprochen hatte. Sie lief leichtfüßig den Hang hinunter, nachdem ihre Fersen wieder beinahe heil waren. Da ließ ein vertrautes Geräusch sie mittendrin innehalten. Es klang wie der Hufschlag eines Pferdes auf hartem Grund. Sie schüttelte den Kopf und musste über sich selbst lächeln: Jetzt begann die ungestillte Sehnsucht nach Leo ihr regelrechte Streiche zu spielen!

Doch das Geräusch kam näher und näher. Es *waren* Pferdehufe – daran konnte es keinerlei Zweifel mehr geben!

Stella ließ das nasse Kleid fallen. Ihre Beine setzten sich von selbst in Bewegung, als lenkte sie eine andere Macht. Erst lief sie, dann stürzte sie bergab, so schnell sie nur konnte.

»Leo!«, schrie sie dabei. »Leo! Leo – ich wusste, dass du kommst!«

Neun

Aber es war nicht Leo, der auf Fidelis den steilen Hang heraufpreschte, wie Stella so sehnlich erwartet hatte, sondern ein Fremder auf einem Rappen, trotz drückender Sommerhitze in einen dunklen Umhang gehüllt, die Kapuze tief ins Gesicht gezogen. Sie musste regelrecht zur Seite springen, sonst hätte er sie gnadenlos umgeritten. Allerdings rutschte sie dabei aus und fiel auf den harten Grund. Mit einem Schmerzenslaut kam sie wieder auf die Beine. »Seid Ihr verrückt geworden?«, rief sie empört. »Wollt Ihr vielleicht, dass ich mir Euretwegen den Hals breche?«

Der Reiter hatte sein Pferd gezügelt und schien sie stumm zu mustern, wenngleich sie seine Züge nicht richtig erkennen konnte, was sie zutiefst beunruhigte. Etwas Eisiges wehte Stella an, das ihren Zorn in Beklemmung verwandelte. Plötzlich fühlte sie sich wie gelähmt, unfähig, auch nur ein Glied zu rühren.

Schaute sie gerade dem Tod ins Gesicht?

Dann senkte der Fremde den Kopf, wendete erstaunlich behände und ritt ebenso schnell wieder weg, wie er gekommen war.

Sie brauchte einige Momente, um sich aus der Erstarrung zu lösen. Das Kleid war staubig geworden, zum Glück aber heil geblieben, ihre linke Hüfte jedoch schmerzte nach dem Sturz. Stella horchte. Das Geräusch der Hufe war inzwischen leiser, aber noch immer zu hören.

Auf einmal schien es erneut lauter zu werden, beinahe als hätte es sich auf geheimnisvolle Weise verdoppelt. Hatte der wilde Reiter es sich anders überlegt und kam noch einmal zurück? Schon hörte sie Pferdeschnauben ganz in ihrer Nähe. Vorsichtshalber trat sie einen Schritt zurück – und riss die Augen vor Erstaunen weit auf.

»Leo?«, rief sie fragend, weil sie Angst hatte, alles nur zu träumen. »Fidelis! Leo! Leo, du bist es – wie froh ich bin!«

Bevor sie sich fassen konnte, war er bereits abgestiegen.

»Was machst du hier, Stella?« Seine Miene war alles andere als freudig. »Wieso bist du nicht längst wieder in Assisi? Mit den römischen Kaufleuten war doch alles bestens zu deinem Schutz vereinbart!«

Sie schüttelte den Kopf, nicht verneinend, sondern wie jemand, der versucht, Klarheit in seine Gedanken zu bringen.

»Hast du nicht den seltsamen Reiter auf dem Rappen gesehen?«, fragte sie. »Gerade eben? Du musst ihm doch begegnet sein!«

»Den schwarzen Reiter? Natürlich ...«

»Wie der Tod!«, fiel sie ihm ins Wort. »Der Schreck ist mir bis ins Mark gefahren. Um ein Haar hätte er mich einfach umgeritten, weißt du das? Ich zittere jetzt noch, wenn ich daran denke.«

»Du solltest nicht hier sein, Stella!«, wiederholte Leo unbeirrt. »Ich hatte gute Gründe, dich nach Hause zu schicken. Aber ...«

»... Antonella hat dir gesagt, dass ich in Greccio bin – und da musstest du einfach kommen, nicht wahr? So war es doch!«

»Antonella?« Jetzt klang er verwirrt.

»Antonella, unsere Wirtin!«, erklärte Stella ungeduldig.

»Ich wusste, dass du sie nach mir fragen würdest. Nur deshalb hab ich ihr verraten, wohin ich wollte.«

»Ich komme nicht aus Rieti.« Es klang abschließend. Offenbar hatte Leo nicht vor zu verraten, wo er all diese endlosen Tage und Nächte verbracht hatte. »Ich bin direkt hierhergeritten, um meine Befragungen weiterzuführen. Die Blutkarte lässt mir keine andere Wahl. Ich muss erfahren, welche Bewandtnis es damit hat.«

Wieso schaute er sie so finster dabei an? Bevor er sich wie ein Dieb weggeschlichen hatte, waren sie ein Liebespaar gewesen. Stella bekam plötzlich Lust, es ihm so laut ins Gesicht zu schreien, dass es auch Padre Stefano in seinem Kloster hören würde. Aber dann entdeckte sie noch etwas anderes in seinen Zügen, und das hinderte sie daran: Schmerz, Sehnsucht, Verlassenheit.

Leo litt, das konnte sie sehen. Um ihretwillen? Weil sie die Liebe, die sie füreinander empfanden, nicht leben durften?

Stellas Herz begann zu hämmern, als wollte es ihr den Brustkorb sprengen. Noch nie im Leben hatte sie einen Menschen so innig geliebt wie diesen hochgewachsenen Mann in seiner staubigen Mönchskutte, der sie ständig wegschicken wollte. Ihre Lider waren plötzlich schwer vor Müdigkeit, so anstrengend erschien es ihr, sich dagegen zu wehren, aber sie würde nicht aufgeben, das schwor sie sich in diesem Augenblick.

»Du brauchst mich doch«, sagte sie eindringlich, »wenn du auch nur irgendetwas erfahren willst. Padre Stefano versteht kein Wort deiner Sprache. Er ist ohnehin kein Freund vieler Worte. Das wirst du schnell bemerken.«

»Du hast schon mit ihm gesprochen?« Leo klang misstrauisch, was ihr wehtat.

»Niemals würde ich mich in deine Belange mischen. Ich

hoffe, das weißt du. Der *padre* hatte eine Kolik, da habe ich ihm geholfen, weil sonst niemand anderer da war. Von Frauen scheint er generell nicht allzu viel zu halten. Das hat er mehr als einmal deutlich gemacht.«

»Er hat von Frauen gesprochen?«, vergewisserte sich Leo. »In welchem Zusammenhang?«

»Er hat einen Fehler erwähnt, den er einmal begangen hat. Offenbar eine Frau, die er ins Kloster ließ, was er danach bereuen musste. Seit ich das weiß, bleibe ich lieber auf der Hut und meide seine Nähe. Obwohl ...« Sie zeigte ein kleines Lächeln. »Als es ihm so schlecht ging, hat er mich zur Kochstelle ins Kloster geschickt, damit ich mit heißem Kamillentee seine Not lindern sollte.«

Leos Ausdruck hatte sich verändert. Jetzt war sein Gesicht nicht mehr abweisend, sondern von einer solch schmerzlichen Offenheit, dass Stella es kaum ertragen konnte.

»Ich kann dir helfen«, sagte sie und starrte dabei auf ihre Fußspitzen. »Als dein Mund und dein Ohr – oder hast du das schon vergessen?«

»Nein«, sagte Leo und griff nach dem Pferdehalfter. »Wie könnte ich!«

*

Zu ihrer beider Erstaunen schien es Padre Stefano gleichgültig zu sein, dass sie sich kannten. Leos kurze Begründung seines Besuches, die Stella dem Eremiten unweit des Klosters im Schatten einer alten Pinie übersetzte, nahm Stefano lediglich mit knappem Nicken zur Kenntnis.

»Du bist also wegen Chiara über die Alpen geritten?«, sagte er nach einer Weile. »Welch ein Aufwand! Hat denn Fratello Giovanni unter den hiesigen Brüdern keinen Würdigen finden können?«

»Johannes von Parma hat mich dazu auserwählt«, erwiderte Leo und schien sich dabei zu straffen. »Und seine Wahl erst vor wenigen Tagen in Rom nochmals bekräftigt.«

Stella ließ sich nicht anmerken, wie sehr sie diese Äußerung beschäftigte. In Rom war er also gewesen, während sie sich nach ihm verzehrt hatte! Um dort mit dem Heiligen Vater zu sprechen – über eine Liebe, die es so nicht geben durfte?

»Kennst du eine Frau namens Magdalena?«, fragte Leo.

Padre Stefano stieß ein knurrendes Lachen aus. »Die große Sünderin, die die Füße des Herrn mit ihrem Haar getrocknet hat. Wer von uns kennt ihren Namen nicht?«

»Ich rede nicht von jener Frau aus der Bibel. Die Magdalena, um die es mir geht, war Nonne im Kloster San Damiano.«

»War?« Die Stimme des Eremiten klang plötzlich brüchig. »Sie ist also wieder fort?«

»Suor Magdalena ist tot«, sagte Leo. »Ermordet, wie ich glaube. Hast du sie gekannt?«

»Gekannt? Ich? Nein. Nein!« Stefano streckte die Hände Leo und Stella abwehrend entgegen, und er schüttelte dabei heftig den Kopf.

»Sie ist also *wieder* fort, hast du gesagt«, beharrte Leo. »Das klingt in meinen Ohren ganz so, als sei sie für dich doch keine Unbekannte. Was genau hast du mit diesem *wieder* gemeint? War Magdalena denn schon einmal fort? Und wenn ja – wo?«

»Ich sage gar nichts mehr, wenn ihr beide gemeinschaftlich versucht, mir die Worte im Mund umzudrehen!« Das hagere Gesicht Stefanos erbebte vor Empörung. »Frauen!«, sagte er in Stellas Richtung. »Sie sind nichts als verderbte Geschöpfe des Satans. Erst durch sie kam die Sünde in die Welt.«

»Der Allmächtige hat in seiner Güte Mann *und* Frau erschaffen«, widersprach Leo. »Frauen können Leben schenken, und eine Frau – Maria – hat uns den Erlöser geboren, vergiss das nicht!«

»Wie kannst du es wagen, den Namen der Heiligen Jungfrau in den Schmutz zu ziehen?«, schäumte Stefano.

»Nichts läge mir ferner.« Leo blieb ruhig. »Beide Geschlechter gehören zu Gottes Schöpfung, die unser Ordensgründer so herrlich bedichtet hat, und bei beiden gibt es Gute wie Böse.« Er zog seinen Beutel unter der Kutte hervor. »Vielleicht machen dich ja einige dieser Gegenstände gesprächiger.«

Auf einem flachen Stein breitete er seine Schätze aus.

Für den Fetzen Pergament mit den Buchstaben *re*, den Leo unter Magdalenas Bett gefunden hatte, hatte der Eremit nur einen gleichgültigen Blick. Die Kugel mit den Einkerbungen jedoch zauberte ein Flackern in seine Augen. Als Leo als Letztes den Pergamentstreifen dazulegte, den der tote Sebastiano in der Hand gehalten hatte, war Stefano unter seinem schütteren Bart aschfahl geworden.

»Hast du etwas davon schon einmal gesehen?«, fragte Leo.

Abermals Kopfschütteln, doch es kam so zögerlich und unentschlossen, dass die Lüge beinahe mit Händen zu greifen war.

»Ich lebe hier seit Jahren allein«, murmelte Stefano, »abseits der Welt, wie auch meine frommen Brüder Andrea, der Santa Maria della Foresta hütet, Lorenzo, der Wächter von Poggio Bustone, sowie Sebastiano von Fonte Colombo ...«

»Bruder Sebastiano ist tot«, unterbrach ihn Leo. »Begraben unter einer Steinlawine. Noch im Tod hielt er dieses

Pergament umklammert. Einen Satz konnten wir entziffern, doch der größte Teil scheint leider zu fehlen.« Er begann, so schnell zu sprechen, dass Stella mit der Übersetzung kaum nachkam. »*Ich werde ihr die Mutter sein, die ich allen Schwestern bin, und nichts wird ihr fehlen.* Was hat das alles zu bedeuten? Kannst du mir weiterhelfen?«

Stefano schnappte nach Luft wie ein Fisch auf dem Trockenen.

»Weißt du etwas darüber, Bruder Stefano?«, drängte Leo, der den Eremiten nicht mehr aus den Augen ließ. »Hast du diesen Satz schon einmal gehört? Dann musst du es mir sagen!«

Padre Stefano starrte ihn fassungslos an, hob die Achseln, ließ sie wieder fallen. Dann drehte er sich um und wollte eiligst davon.

Leo bekam ihn gerade noch am Ärmel zu fassen.

»Sag ihm, Stella, dass ich das Kloster durchsuchen werde!«, sagte er eindringlich. »Jeden einzelnen Winkel. Je williger er mir dabei behilflich ist, desto schneller wird er mich wieder los. Ich spüre, dass er etwas Wichtiges verbirgt. Und ich werde herausbekommen, was es ist – sag ihm das!«

Stella tat, wie verlangt. Offenbar dachte der Eremit, dass auch Stella bei der Durchsuchung mit dabei sein würde.

»*No, no!*«, rief er und spreizte seine Finger in ihre Richtung, sodass sie wie Teufelskrallen aussahen. »*Nessuna donna può entrare in questo monastero!*«

In Stella begann es zu kochen, aber es gelang ihr, die aufsteigende Wut nicht zu zeigen. Gerade hatte Leo die Frauen verteidigt. Würde er es ihretwegen noch einmal tun? Leider schien er nicht die Absicht zu haben.

»Sie wird keinen Fuß über diese Schwelle setzen, wenn du es nicht willst«, sagte er, vermied dabei allerdings, Stella in die Augen zu schauen. »Lass uns anfangen!« Er steckte seine Schätze zurück in den Beutel und verbarg ihn wieder unter seiner Kutte. »Ich will nicht noch mehr kostbare Zeit vergeuden.«

✧

Natürlich ließ der Schlaf Leo abermals im Stich, und eigentlich hatte er es auch nicht anders erwartet. Seine schmerzenden Gliedmaßen erinnerten ihn daran, wie oft er auf die Knie gegangen war, um auch die hinterste Ecke zu durchstöbern, wie viele Treppen er genommen, wie eifrig er sich gereckt und gestreckt hatte, um ja nichts zu übersehen.

Wonach hatte er eigentlich gesucht? Er wusste es selbst nicht. Nur das unablässige Prickeln in seinem Nacken, das mal stärker, mal schwächer geworden war, hatte ihn bestärkt, auf der richtigen Spur zu sein. Allerdings war es ihm zunehmend schwerer gefallen, je weiter er nach innen gelangt war, denn das Kloster Greccio befand sich in einem erbarmungswürdigen Zustand. Überall Schmutz und Tierkot, Spinnweben und Rattenspuren. Die Wände waren im unteren Drittel mit einem widerlichen Belag überzogen, der von zu viel Feuchtigkeit in den Wintermonaten herrühren mochte und jetzt im Sommer hässliche grünliche Giftblasen warf. Die winzigen Zellen, in die Stefano ihn nur widerwillig geführt hatte, rochen nach Verlassenheit und wirkten so heruntergekommen, dass man sich kaum vorstellen konnte, wie sie jemals lebendige Wesen beherbergt haben sollten.

In der Küche, die so niedrig war, dass Leo kaum aufrecht darin stehen konnte, schien der allgemeine Verfall sich noch zu steigern. Die spärlichen Gefäße starrten vor Dreck, in einem Topf entdeckte er eine dicke Schimmelschicht, sodass er froh war, bislang nur Brot und Käse kredenzt bekommen zu haben. Der Fund von reichlich Bilsenkrautsamen in einem kleinen Steingefäß, das Padre Sebastiano nicht mehr rechtzeitig verschwinden lassen konnte, verstärkte Leos Unbehagen. Vertrieb der Alte sich das Alleinsein etwa mit gefährlichen Träumen? Leo beschloss, ihn direkt darauf anzusprechen, verschob es aber auf später.

Als er schließlich alles durchkämmt hatte, war er todmüde und von Kopf bis Fuß schmutzig. Während er sich am Brunnen gründlich reinigte, kam ihm der Sonnengesang des Heiligen in den Sinn. Wie konnte Franziskus die göttliche Schöpfung so tief und anrührend loben und gleichzeitig zulassen, dass Brüder seines Ordens in solch einem Elend hausten? War der Leib wirklich nur »Bruder Esel«, ein wertloses Gefäß, das keinerlei gute Behandlung verdiente, weil es irdisch, vergänglich und demnach nichts wert war?

Etwas in Leo begann aufs heftigste dagegen zu rebellieren.

Gefunden allerdings hatte er nichts, was wiederum Padre Stefano spürbar zu erleichtern schien. Vielleicht musste er morgen noch einmal einen neuen Anlauf nehmen und mit seinen mühsam zusammengekramten italienischen Wörtern versuchen, etwas aus Stefano herauszubekommen. Der Eremit wusste mehr, als er zugab, das war unübersehbar. Doch warum sperrte er sich dann so beharrlich, auch nur das Mindeste davon preiszugeben? War es lediglich Misstrauen gegenüber dem fremden Ermittler? Gab es jemanden, den Stefano schützen wollte? Oder band ihn ein Versprechen, das er nicht brechen konnte?

Und dann gab es da noch jenen seltsamen schwarzen Reiter, der etwas in Leo ausgelöst hatte, was er nicht genau benennen konnte, etwas Vertrautes und gleichzeitig Gefährliches, das sich aber wie hinter einem dunklen Vorhang verbarg, sobald er danach greifen wollte. Hatte er den Mann nicht schon einmal gesehen? Oder handelte es sich um ein Urbild des Schreckens, das jeder in sich trägt?

Angefüllt mit drängenden Fragen, für die er keine Lösung fand, wälzte Leo sich ruhelos auf dem harten Untergrund. Nur eine zerfranste Decke trennte ihn vom blanken Felsen, auf dem schon Francesco und die ersten Brüder geschlafen hatten, wie Stefano ihm mit schiefem Grinsen versichert hatte. Leo dagegen tat nach Kurzem jeder einzelne Knochen weh. Er hatte sich stets für bescheiden und abgehärtet gehalten, doch dieses unbarmherzige Nachtlager grenzte an eine Tortur.

Irgendwann gab er auf, öffnete seine Zellentür und trat mit einem Seufzer der Erleichterung ins Freie. Draußen empfing ihn laue Nachtluft. Es war so still, dass der eigene Herzschlag ihm überlaut erschien. Der Mond, bereits weit nach Westen gewandert, stand zwischen den funkelnden Sternen als zarte silberne Sichel am Himmel.

Unschlüssig machte Leo ein paar Schritte, um alsbald wieder innezuhalten. Irgendwo dort unten im Dunkeln musste die Hütte sein, in der Stella schlief. Morgen würde er sie noch einmal in aller Eindringlichkeit bitten, die Einsiedelei zu verlassen und nach Assisi zurückzukehren, auch wenn ihm beim Gedanken daran das Herz zu zerspringen drohte. Vielleicht sollte er ihr anbieten, auf seiner Rückreise mit ihren Eltern zu sprechen.

Er ging weiter bergab, langsam, um nicht zu stürzen.

Sie durften Stella nicht gegen ihren Willen ins Kloster stecken! Das war nicht die Art von Dienst und Hingabe, die Gott sich wünschte, dessen war er sich gewiss. Aber wollte der Allmächtige ihn überhaupt noch als seinen Diener? Ein Mönch, der das Gebot der Keuschheit verletzt hatte und sich unfähig fühlte, auch nur die Spur von Reue zu empfinden?

Und was genau sollte er Stellas Zieheltern sagen? Dass sie in seinen Armen die Liebe entdeckt hatte und sich seitdem noch weniger als zuvor zur Nonne berufen fühlte? Er hatte ihr nichts zu bieten – und hätte ihr doch am liebsten alles gegeben.

Stella! Stella! Wie gern hätte er ihren Namen laut in die Nacht gerufen, jenen Namen, der in seinem Blut kreiste wie süßer schwerer Wein und der ihn nicht mehr losließ, wohin auch immer er sich flüchtete ...

Sein Fuß war an etwas Weiches gestoßen. Er hielt erschrocken inne.

Ein Tier? Noch bevor sie zu sprechen begann, wusste Leo bereits, dass nur sie es sein konnte.

»Leo? Aber was machst du ...«

»Scht!« Er kniete neben ihr, sog ihren warmen Duft ein. Sie roch nach Sommer. Ganz leicht nach Salz. Nach Frau, so warm und verlockend. Alles in ihm sehnte sich danach, in ihr zu versinken. »Wir müssen leise sein!«

»Ich konnte nicht schlafen«, hörte er sie murmeln. »Nicht in dieser stinkenden alten Hütte.«

»In der Zelle gibt es nur blanken Fels«, flüsterte Leo.

»Ich fürchte, ich bin einfach nicht zum Heiligen berufen.« Stella lachte hinter vorgehaltener Hand. Dann wurde sie wieder ernst.

»Hast du gefunden, wonach du gesucht hast?«, fragte sie.

»Nein.« Leo schüttelte den Kopf. »Aber es muss etwas geben. Mein Nacken hat gejuckt, als hätte ihn eine ganze Schar Flöhe heimgesucht. Ich kann mich eigentlich immer auf ihn verlassen.«

»Padre Stefano verbirgt etwas, das spüre ich auch. Aber weshalb?«

»Das werde ich herausfinden.« Leo bemühte sich, zuversichtlich zu klingen, obwohl es ihm nicht leichtfiel. »Aber du musst mir versprechen, dass du nach Assisi ...«

»Nein!« Sie war laut geworden. »Hör endlich damit auf, mich fortzuschicken! Du brauchst mich, Leo! Wann wirst du das endlich einsehen?«

»Meinst du, das wüsste ich nicht längst?«

Ihr Atem dicht an seiner Haut. Erst da ergriff er ihre Hand, und Stella überließ sie ihm.

»Von mir aus könnte es immer so bleiben«, murmelte sie. »Bis ans Ende aller Zeiten.«

»Du weißt, dass das nicht möglich ist. Ich habe ein Gelübde abgelegt, Stella. Ich darf keiner Frau gehören. Ich gehöre Gott.«

Sie zog ihre Hand zurück. Trotz der lauen Sommernacht fröstelte Leo plötzlich. Dann jedoch spürte er ihre weichen Finger im Nacken. Langsam, ganz behutsam zog sie ihn zu sich herab, bis ihre Lippen sich berührten. Dieser Kuss war anders als all die Küsse, die sie bislang schon getauscht hatten. Er war voller Zartheit und Hingabe, so innig vertraut, als kennten sie sich schon seit langer, langer Zeit. Keiner wollte sich mehr von dem anderen lösen, und beide versuchten, alle Ewigkeit in diesen einen kostbaren Augenblick zu packen.

Irgendwann spürte Leo, dass Stella weinte. Und auch seine Augen waren feucht geworden.

»Es fühlt sich so richtig an«, flüsterte sie. »Es kann doch nicht falsch sein, wenn es sich so richtig anfühlt!«

»Seine Versprechen muss man halten, Liebste. Gelübde erst recht. Auch ...«

»... wenn man erkannt hat, dass sie nicht mehr gültig sind, weil man sie nicht länger leben will?« Ihre Stimme klang bitter. »Was soll daran richtig sein?«

Erneut beugte Leo sich zu ihr hinunter, doch bevor sein Mund sie berühren konnte, wurde er grob nach hinten gerissen.

»*Pazzi! Che fate? La stessa cosa proibita che hanno fatto altri in passato!*« Padre Stefano schien vor Wut zu bersten.

»Sag ihm, dass er sich irrt!«, rief Leo. »Er hat alles missverstanden ...«

Doch Stella weigerte sich zu sprechen, saß einfach da mit angezogenen Knien und weinte leise.

»*Andate via – tutti e due!*« Die Stimme des Eremiten klang schrill durch die Nacht. Er hob sein Knie, als wolle er Stella einen Tritt versetzen, schien sich dann aber gerade noch zu zügeln. »*Non voglio fare lo stesso sbaglio due volte! È chiaro che siete disperati.*«

»Er wirft uns raus«, murmelte Stella, noch immer unter Tränen. »Er will den gleichen Fehler kein zweites Mal begehen. Wir hätten das Gleiche getan wie irgendwelche Verrückten zuvor, das kann er nicht dulden. Sobald es hell geworden ist, müssen wir von hier verschwunden sein.«

»Ich bringe dich zu deiner Hütte.« Leo wollte ihr aufhelfen, sie aber wich vor ihm zurück.

»Lass mich!«, sagte sie. »Ich werde lernen müssen, allein zu gehen, so schwer es mir auch fallen mag.«

Nach wenigen Schritten hatte die Dunkelheit sie verschluckt.

Leo drehte sich zu Stefano um, doch auch der Eremit war bereits verschwunden. Ins Kloster zurück konnte und wollte Leo nicht mehr, so ließ er sich auf den Boden sinken, der noch immer die Wärme des Tages gespeichert hatte. Er faltete seine Hände und begann voller Inbrunst zu beten.

✢

Den Weg zurück nach Rieti legten sie am anderen Morgen schweigend zurück. Padre Stefano hatte sich nicht mehr blicken lassen, als scheue er jede weitere Begegnung, und doch waren sie sich sicher gewesen, dass er ihr Tun vom Kloster aus genau beobachtet hatte. Das Gefühl war merkwürdig gewesen, beinahe, als ob ein unsichtbarer Feind sie ausspähte. Eigentlich etwas, das sie hätte verbinden können – und doch stand eine trennende Mauer zwischen ihnen. Keiner von beiden wusste, was er sagen sollte, weder Stella, die in trotziger Trauer versunken war, noch Leo, der sich innerlich zerrissener fühlte denn je.

Irgendwann überwand er sich. »In Rieti suche ich dir eine gute Herberge«, sagte er. »Fernab von den neugierigen Blicken jener Antonella, die nichts als Unsinn schwätzt. Von dort aus müssen wir dann zügig deine Heimreise in die Wege leiten. Ich kann es nicht mehr mit meinem Gewissen vereinbaren, dass du noch länger bei mir bleibst.«

»Und du? Was wirst du tun?« Stella klang gefasst, beinahe kühl.

»Weiterforschen, bis ich endlich Antworten gefunden habe – was sonst? Schließlich warten zwei weitere Einsiedeleien auf mich. Und mit Bruder Stefano bin ich auch noch nicht fertig.«

»Du willst noch einmal zu ihm zurück?«

»Ich muss.«

»Und wenn er dich aus lauter Wut den Berg hinunterwirft?«

»Das wird er nicht. Stefano ist bereit, endlich auszupacken, das spüre ich ganz genau. Sobald sein Ärger verflogen ist, wird er sprechen.«

»*Benissimo*! Denn dann wirst du ja garantiert jedes einzelne Wort verstehen...«

Er packte ihren Arm so fest, dass sie erschrocken aufschrie.

»Ich mag es nicht, wenn du so redest«, sagte Leo, »so zynisch, so bitter! Das haben wir beide nicht verdient, Stella! Wenn ich einen anderen Weg wüsste, glaub mir, ich würde ihn gehen. Mach es uns also nicht noch schwerer, als es ohnehin schon ist!«

Stella verstummte abermals und hielt ihr Schweigen durch, bis sie die Stadt erreicht hatten. Es war Markttag, und die Gassen brodelten vor Menschen. Es würde also nicht leicht sein, eine Herberge zu finden. Die erste Frau, die Leo fragen wollte, verzog schnippisch den Mund und ging einfach weiter. Eine andere schien vor seiner Kutte regelrecht zu fliehen. Ein buckliger Küfer aber, der zusammen mit seinem Lehrling ein Fass auf einer Kehre transportierte, erwies sich als freundlicher und unterstrich seine Auskunft mit beredten Gesten.

Dank seiner Hilfe gelangten Leo und Stella zu einer zweistöckigen Herberge, die zumindest von außen sauber wirkte.

Stella kletterte vom Pferd, ohne Leos Hilfe anzunehmen.

»Ich komme wieder, sobald ich etwas in Erfahrung gebracht habe«, sagte Leo. »Bestimmt lassen sich hier seriöse Kaufleute auftreiben, die in Richtung Assisi aufbrechen. Du sollst die allerbeste Begleitung bekommen, das verspreche ich dir.«

Sie wandte den Kopf ab, ließ ihn einfach stehen und ging wortlos in die Herberge.

Doch was Leo sich vorgenommen hatte, stellte sich als ausgesprochen schwierig heraus. Wieder waren ihm die mangelnden Sprachkenntnisse im Weg, und als er sich schließlich die passenden Sätze einigermaßen zurechtgelegt hatte und verstanden wurde, stieß er überall, wo er nachfragte, auf Ablehnung.

Ein Minderbruder, der Begleitung für eine junge Frau suchte, erschien den wenigen reisenden Kaufleuten, die er auftreiben konnte, äußerst seltsam, und nach großem Profit roch die Sache auch nicht. Es nützte nichts, dass Leo seinen Beutel zückte und in einem Fall das Silber sogar auf den Tisch zählte – keiner war bereit, Stella mitzunehmen.

Schließlich war er vom vergeblichen Fragen und Suchen so erschöpft und hungrig geworden, dass er sich in einer kleinen Taverne Suppe und einen Becher Wein bringen ließ. Die Linsen waren gut gewürzt, das ungesalzene Brot, an das er sich inzwischen so sehr gewöhnt hatte, dass er es sicherlich zu Hause in Ulm vermissen würde, war knusprig, und er fühlte sich bald satt und gestärkt.

Sollte er nicht doch zu Pino und Antonella reiten, wo er schon einmal Begleitung für Stella gefunden hatte? Was kümmerte ihn eigentlich das dumme Geschwätz der Leute!

Leo hatte gerade bezahlt, als ein junger Mann in die Taverne gestürzt kam, totenbleich, den Mund zu einer Grimasse des Schreckens verzogen.

»*Hanno ucciso padre Stefano!*«, schrie er. »*Il padre di Greccio è morto!*«

Stefano war tot, offenbar ermordet, kaum dass sie das Kloster verlassen hatten. Es war, als griffe eine eisige Hand nach Leos Herz.

Jetzt auch noch Bruder Stefano – das roch beim besten Willen nicht mehr nach Zufall.

Der allgemeine Tumult, den diese Botschaft auslöste, half Leo, sich unauffällig davonzumachen. Dank Fidelis war er schon nach Kurzem vor Stellas Herberge angelangt. Er stieg ab, stürmte hinein.

Ganz verloren saß Stella in der Gaststube an einem leeren Tisch, die Augen verweint.

»Lass mich in Ruhe!«, rief sie. »Ich will nichts von deinen Kaufleuten wissen, wer immer sie auch sein mögen!«

»Wir müssen sofort zurück nach Greccio«, sagte Leo. »Fra Stefano lebt nicht mehr.«

»Er ist tot?«

Leo nickte. »Komm, beeil dich! Wenn wir etwas finden wollen, müssen wir noch vor den anderen dort sein.«

*

Beiden stockte der Atem, als Fidelis die letzte Kehre hinauf nach Greccio bezwungen hatte. Auf dem Platz vor dem Kloster hing ein Toter kopfunter an einem x-förmigen Holzkreuz.

»Padre Stefano«, murmelte Stella bestürzt, während Leo sich bekreuzigte.

Sie stiegen ab, liefen zu ihm. Seine Augen waren gebrochen, der Mund leicht geöffnet, wie im Schrei erstickt. Die rechte Schläfe des Eremiten war blutverkrustet. Mit dicken Seilen hatte man seine Arme und Beine an die geschälten Balken gebunden.

»Die hat er vor einigen Tagen noch selbst aus dem Wald hergeschleppt«, sagte Stella. »Ich hab gesehen, wie er sie vor dem Kloster abgeschält hat – stundenlang! Wenn er geahnt hätte, dass sie einmal ...« Sie presste sich die Hand auf den Mund.

»Aber an der Kreuzigung ist er vermutlich nicht gestorben.« Leo hatte bereits damit begonnen, den Toten näher zu untersuchen. »Siehst du das hier? Die Strangspuren an seinem Hals? Und wie blau und aufgedunsen sein Gesicht ist!«

Stella nickte beklommen. »Seine Augen sind ganz rot«, flüsterte sie. »Als ob er lauter Tränen aus Blut geweint hätte.«

»Man hat ihn offenbar mit einem Seil erdrosselt. Ich nehme an, er war bereits tot, als man ihn ans Kreuz gebunden hat«, sagte Leo.

»Aber weshalb? Wer ist zu so etwas fähig?«, fragte Stella, der Tränen über die Wangen liefen.

»Es gibt Menschen, die voller Finsternis sind, besessen von krankhaften Ideen, die sie zum Töten veranlassen. Mit solchen Menschen haben wir es hier offenbar zu tun. Denn inzwischen steht für mich fest, dass es mehrere sein müssen. Ein Mörder allein hätte das hier nicht bewerkstelligen können.« Die steile Falte zwischen seinen Brauen war tiefer geworden. »In diesem Zusammenhang erscheint mir die Steinlawine, unter der Sebastiano sein Leben verloren hat, allerdings auch in neuem Licht. Sie könnte durchaus mutwillig ausgelöst worden sein. Dann wäre es kein Unfall gewesen, sondern ebenfalls Mord.«

»Das klingt ja schrecklich!«, rief Stella. »Aber sieh doch nur – überall Fliegen! Wir müssen Padre Stefano vom Kreuz nehmen und zur letzten Ruhe betten. Die Insekten machen sich ja schon in Scharen auf ihm breit.«

»Ich fürchte, das werden wir den Leuten aus Rieti überlassen müssen.« Leo lief zum Kloster, kam aber nach Kurzem wieder zurück. »Dort drinnen ist alles auf den Kopf gestellt. Offenbar haben die Mörder etwas Bestimmtes gesucht. Aber ob sie es auch gefunden haben?«

Stella war plötzlich auffallend ruhig geworden.

»Was hast du?«, fragte Leo. »Du siehst auf einmal so seltsam aus.«

»Mir ist gerade etwas eingefallen. Komm mit!«

Sie lief voran zur kleinen Kapelle. Leo folgte ihr.

»Hier hat der *padre* mir in glühenden Worten von dem Weihnachtswunder erzählt, das Francesco mit dem ganzen Tal zelebriert hat.« Stella ging zum Altar. »Alles war so lebendig, beinahe, als wäre ich damals selbst mit dabei gewesen.« Sie bückte sich, verschwand auf allen vieren unter dem Altartuch. Zerzaust kam sie wieder hoch, ein Kästchen aus dunklem Holz in der Hand, das sie Leo reichte. »Das hat Padre Stefano unter dem Altar versteckt. Er dachte wohl, ich hätte es nicht bemerkt. Doch da hat er sich getäuscht. Ich habe alles ganz genau gesehen.«

Leo öffnete das Kästchen. Darin lag nichts als ein Pergamentstreifen, beschrieben mit Tinte, die schon leicht verblasst war.

»Die gleiche Handschrift!«, rief Leo, als er mit zitternden Fingern seinen Beutel geöffnet, Sebastianos Schatz herausgezerrt und die beiden Stücke hastig verglichen hatte. Er legte die Streifen nebeneinander auf den Altar. »Aber was steht da? Ich bin so aufgeregt, dass ich kaum ein Wort verstehe.«

»*Ich weiß, dass du auf dieses Schreiben nicht antworten kannst*«, übersetzte Stella. Sie sah Leo an. »Das kenne ich! Genau diese Worte hat Padre Stefano in jener Nacht gestammelt, als er so krank war. Damals wusste ich nichts damit anzufangen, jetzt aber ...«

»Und das ist alles?« Leo starrte auf das Geschriebene.

»Nein, es geht noch weiter, warte! *Aber ich muss dir diese Zeilen schicken, denn mein Herz brennt vor Liebe, auch wenn ich weiß, dass wir uns niemals wieder so begegnen werden wie in jener Nacht vor den Mauern von San Damiano.* Mehr steht hier nicht, denn der untere Teil fehlt, als ob man ihn abgerissen hätte.«

»Es handelt sich also um einen Brief«, murmelte Leo, der tief in Gedanken schien. »Ein Brief, der trotz zweier

Fundstücke noch immer nicht vollständig ist. Ein Brief, der womöglich zwei Männern den Tod gebracht hat – oder vielleicht dreien, wenn man den armen Giorgio dazurechnet. Ein Brief, der etwas mit San Damiano zu tun hat. Ich wusste doch, dass ich hier fündig werde!«

Er zog Stella nach draußen.

»Aber was sollen wir jetzt tun?«, fragte sie.

»So schnell wie möglich von hier verschwinden«, sagte Leo. »Wenn die Leute von Rieti uns zum zweiten Mal bei einem toten Bruder finden, werden sie sicherlich glauben ...« Er hielt plötzlich inne. Sein Gesicht war wie erstarrt.

»Leo!«, rief Stella. »Sag etwas! Du machst mir Angst.«

»Mir kommt gerade etwas in den Sinn, das so irrwitzig klingt, dass es tatsächlich wahr sein könnte«, sagte er. »Die Blutkarte haben wir unter einem Pfeil beim toten Giorgio gefunden. Der nächste Einsiedler, den wir aufgesucht haben, hieß Sebastiano – richtig?«

Stella nickte.

»Nach der Überlieferung wurde der heilige Sebastian von Pfeilen getötet. Unser Sebastiano von Fonte Colombo aber starb durch eine Steinlawine, man könnte also auch sagen, er wurde gesteinigt.«

»Und wenn es doch ein Unfall war?«

»Unfall oder Mord – auf jeden Fall kam Sebastiano im Steinhagel zu Tode. Das jedoch war das Martyrium des heiligen Stephanus. Unser Bruder Stefano hier wurde ans Kreuz gebunden, an ein ganz besonderes Kreuz, an dem laut der Legende der heilige Andreas sein Leben lassen musste.«

Stellas Blick war ratlos.

»Verstehst du denn nicht?« Leos Stimme überschlug sich beinahe. »Das ist kein Zufall, dahinter liegt ein Sys-

tem. Jeder Ermordete, den wir finden, weist mit seiner Todesart auf das nächste Opfer hin, das daran glauben wird. Von Giorgio zu Sebastiano, von Sebastiano zu Stefano und von Stefano zu Andreas.«
»Der Bruder, der Santa Maria della Foresta hütet, heißt Andrea.« Stella war bleich geworden. »Das hat Padre Stefano doch erst gestern gesagt!« Hilfesuchend sah sie Leo an. »Aber das hieße ja ...«
»Dass wir es mit einem Mörderpack zu tun haben, das seine Heiligen ausnehmend gut kennt und vor nichts zurückschreckt«, sagte Leo grimmig. »Ich kann nur hoffen, wir kommen nicht zu spät nach Santa Maria della Foresta!«

※

Wollte der steinige Weg den Berg hinauf denn gar kein Ende nehmen? Leo hatte Fidelis an Feldern und Wiesen entlanggejagt und unterwegs zweimal innehalten und die Blutkarte befragen müssen, um sich kurz vor dem Ziel nicht doch noch zu verirren. Es bereitete ihm eine gewisse Sorge, dass sie sich auf ihrer Route Rieti wieder näherten. Doch der Tross der empörten Bürger, der inzwischen sicher längst aufgebrochen war, um den Toten zu bergen, musste glücklicherweise die andere Richtung einschlagen, wenn er das Kloster Greccio erreichen wollte.

Es war so friedlich und still wie im Paradies.

Zikaden und Grillen sangen um die Wette, und die spätnachmittägliche Hitze lastete schwer auf dem Land. Alles ringsumher war gleißend, verschwenderisch in Licht getaucht, als würde der Sommer seine höchste Blüte stolz zelebrieren.

Dann umschloss sie dichter Wald, zwischen dessen hohen Bäumen nur ein schmaler Pfad führte. Die Einsiedelei lag versteckt unter einer Hügelkuppe und war erst zu sehen, wenn man schon fast davorstand. Sie schien keineswegs ausgestorben zu sein, denn aus dem Kamin stieg eine feine Rauchsäule.

»Ich kann mir nicht helfen«, sagte Stella, »es riecht ganz ähnlich wie bei uns in der Küche, wenn die Mägde den Braten für ein großes Fest vorbereitet haben.«

»Ein Eremit wird wohl kaum für sich allein solchen Aufwand betreiben.« Leo klang beunruhigt. »Franziskus hat uns Brüdern zwar niemals den Genuss von Fleisch verboten, und dennoch gibt es kaum einen unter uns, der es frohen Herzens genießt.«

Der süßliche Geruch wurde stärker, als sie näher kamen, richtig penetrant.

Leo stieg ab und half Stella vom Pferd. Gemeinsam liefen sie zu dem ziegelgedeckten Haus. Die schwere Holztür stand offen. Gab es jemanden, den der Eremit erwartete?

Zögernd traten sie ein. Mittlerweile stank es unerträglich. In den beiden ersten karg möblierten Räumen grüßte sie je ein Kruzifix an der Wand. Truhen, Tische und ein paar Schemel waren abgenutzt und in denkbar schlechtem Zustand. Danach kam ein großer Raum, der eine Traubenpresse beherbergte, was sie verwunderte. Inzwischen hatte Stella sich die Nase zugehalten, weil sie den Gestank nicht mehr ertragen konnte, und auch Leo atmete nur noch ganz flach.

Sie wichen entsetzt zurück, kaum dass sie in die Küche gelugt hatten. Der Raum war klein und fensterlos, wies aber eine erstaunlich große Feuerstelle auf, die von einem groben Eisenrost nahezu vollständig überdeckt war. Die Glut darunter war noch am Glimmen – und sie hatte offenbar ganze Arbeit geleistet.

Was sich auf dem Rost krümmte, war ein grauschwarzes, bis zur Unkenntlichkeit verbranntes Etwas, das kaum noch Ähnlichkeit mit einem menschlichen Wesen besaß. Die Haut ein Panzer aus Leder, das Gesicht unkenntlich. Trotzdem wussten die beiden sofort, wen sie vor sich hatten.

»Bruder Andrea!« Leos Stimme zitterte, als er die Küche betrat. Stella folgte ihm zögernd. Drinnen bückte Leo sich nach dem hölzernen Rosenkranz, der vor dem Rost lag und dem ähnelte, den Leo an seinem Herzen trug. War er im Kampf herausgefallen? Oder hatten sie ihn Andrea gewaltsam abgenommen? Welch schreckliche Szenen mochten sich hier abgespielt haben, bevor der Eremit auf so grausame Weise sterben musste!

»Sie haben ihn geröstet wie ein Stück Fleisch.« Stella schüttelte sich vor Abscheu. »Wer dazu fähig ist ...«

»Warte!« Leo bückte sich abermals. Neben der Tür lag ein Fetzen angekohltes Pergament.

Er hob es auf, lief ans Licht, um besser sehen zu können.

»Dieses Mal waren sie schneller«, sagte er und ließ es enttäuscht wieder sinken. »Außer einer Art Bogen ist nichts mehr darauf zu erkennen.«

Stellas Gesicht war tränennass, aber sie bemühte sich sichtlich, die Fassung zu bewahren.

»Dieser Bogen könnte auch ein C sein«, sagte sie leise.

»Der Buchstabe C?« Leo runzelte die Stirn. Dann schüttelte er den Kopf. »Ich fürchte, da täuschst du dich. Das ist nichts weiter als eine falsche Spur, mit der das Feuer uns verhöhnt.« Er sah sich nach allen Seiten um. »Wir dürfen jetzt keinen Fehler begehen. Vielleicht sind die Mörder noch ganz in der Nähe.«

Stella schien wie in Trance. »Ich weiß sehr wohl, welchen Heiligen man auf dem Rost zu Tode gefoltert hat: San Lorenzo, den Erzdiakon von Rom. Simonetta hat Ilaria und mir wiederholt von seinem Martyrium erzählt. Sein Mut und seine Durchhaltekraft haben sie offenbar sehr beeindruckt. Lorenzo war tapfer bis zum Schluss und hat seinen Peinigern sogar vergeben, bevor er gestorben ist.« Sie spähte zu dem Toten.

»Ob Padre Andrea sehr leiden musste?«, sagte sie. »Ich habe große Angst vor Feuer. Bei lebendigem Leibe zu verbrennen wäre für mich das Allerschrecklichste.«

»Lorenzo!« Leo starrte sie an. »Der Bruder in Poggio Bustone trägt diesen Namen!«

Stella war schon an der Tür. »Und wenn wir wieder zu spät kommen?«, fragte sie.

»Das dürfen wir nicht!«, rief Leo. »Nicht noch ein Mal.« Er steckte den angekohlten Fetzen zu seinen anderen Schätzen. »Leite uns, heiliger Franziskus!«, betete er. »Beschütze uns, und lass nicht zu, dass das Böse triumphiert!«

✣

Jetzt, im äußersten Norden des heiligen Tales, regierten nur noch Wald und Fels. War Stella Kloster Greccio schon wie ein einsamer Adlerhorst erschienen, so übertraf Poggio Bustone alle ihre Vorstellungen von Abgeschiedenheit. Das gleichnamige Dorf, kaum mehr als ein größerer Weiler aus grauen und braunen Steinhäusern, schien am Berg wie angewachsen. Nur ein alter Mann, der seine Ziegen gebückt nach Hause trieb, begegnete ihnen, als sie es durchritten.

Am Dorfende wand der schmale Weg sich in östlicher Richtung weiter nach oben, bis sie eine tiefe, waldige Schlucht empfing. Noch einmal ging es bergauf, und Fidelis war am Ende ihrer Kräfte, als sie endlich angelangten. Sie würden die treue Stute erst einmal gründlich ausruhen lassen müssen, bevor sie sich wieder auf den Weg machen konnten.

Während die Sonne hinter dem Berg unterging, waren die Stille und Einsamkeit der Einsiedelei so überwältigend, dass Stella kaum noch sprechen konnte. Ein paar einfache Holzhütten schmiegten sich an den Fels, als erwarteten sie Schutz von ihm. Ein winziges Kirchlein mit Glockenturm, das weiß getüncht war, darüber die Eingänge zu zahlreichen Grotten, die tief in den Berg führten. Von fern hörte man das Rauschen eines Baches.

Leo stieg ab. »Franziskus hat Höhlen besonders geliebt«, sagte er, als könnte er Stellas Gedanken lesen. »Für ihn waren sie ein Zugang ins Innere, zu einer Frömmigkeit, bei der er keine Störung ertragen wollte. Nirgendwo sonst hat er sich so geschützt und geborgen gefühlt. Beinahe wie im Mutterleib. Jedenfalls stelle ich mir das so vor. Ich hoffe, Francesco nimmt es mir nicht übel.«

Er griff in die Satteltasche und zog zu Stellas Überraschung einen Dolch heraus, den er rasch unter seiner Kutte verschwinden ließ. Beinahe hätte Stella einen Überraschungslaut ausgestoßen. Ihr Begleiter war zu allem bereit, das begriff sie in diesem Augenblick.

»Was wird uns hier erwarten?« Ihre Stimme war brüchig, als Leo ihr vom Pferd half. Sie ließ sich nicht anmerken, dass seine Berührung ihre Haut zu verbrennen schien. Sein Gesicht wirkte so angespannt, dass sie es am liebsten mit Küssen bedeckt hätte, um es wieder weich werden zu lassen. »Noch einen solch verheerenden Anblick könnte ich nicht ertragen.«

»Franziskus hält seine Hand über uns. Daran sollten wir glauben. Komm!«

Sie gingen auf die Hütten zu, Stella immer einen Schritt hinter Leo.

»Ruf schon nach Bruder Lorenzo!«, sagte Leo. »Ich bin erst erleichtert, wenn ich seine Stimme gehört habe.«
»*Padre Lorenzo, siete qui?*«, kam Stella seiner Bitte nach.
Alles blieb still.
»Wir sind wieder zu spät!«, flüsterte Stella verzweifelt. »Sie waren schneller als wir.«
Doch sie hatte sich getäuscht. Die Türe der obersten Hütte öffnete sich, und ein großer, schlanker Mönch kam auf sie zu. Er war um einiges jünger, als die anderen Eremiten es gewesen waren, und auch seine Kutte wirkte weniger zerschlissen. Sein schmales Gesicht war von einem kurzen dunklen Bart umrahmt, der ihm etwas leicht Verwegenes verlieh. Als er fast bei ihnen angekommen war, blieb er plötzlich stehen.
»*Magdalena?*«, stieß er hervor und fuhr sich über die Augen, als wolle er einen Traum wegwischen. »*Magdalena – tu? Ma come puoi essere così giovane?*«
»Er scheint mich zu verwechseln«, flüsterte Stella, der immer banger wurde. »Er wundert sich, wie jung ich geblieben bin. Dabei hat er mich doch noch nie gesehen!«
»*Mi chiamo Stella*«, sagte sie. »*Non sono Magdalena.*«
Lorenzo sank auf die Knie und begann laut zu weinen.
»*Lo stesso viso*«, murmelte er unter Tränen. »*Il volto dei mei sogni!*«
»Dasselbe Gesicht«, übersetzte Stella. »Das Gesicht meiner Träume.« Sie schaute zu Leo. »Was meint er damit? Weißt du das?«
»Ich glaube, ja.« Leo wirkte plötzlich, als wäre ein Blitz durch ihn gefahren. Im schwindenden Licht schienen seine Züge von innen her zu glühen. »Frag ihn, woher er Magdalena kennt! Suor Magdalena von San Damiano.«
Stella tat, was er verlangt hatte, doch anstatt zu antworten, starrte Lorenzo sie nur weiterhin schweigend an.

»Sag ihm, dass sie tot ist«, befahl Leo. »Auf seltsame Weise außerhalb des Klosters ums Leben gekommen. Sie ist tief gestürzt – ins Nichts. Für mich kein Unfall, sondern kühl kalkulierter Mord. Sag ihm das auch!«

Die Züge Lorenzos verzerrten sich voller Schmerz, als Stella geendet hatte. Jetzt begann er zu reden, hastig, als würden sich mit den Worten auch seine Gedanken überschlagen.

»Er allein ist schuld an ihrem Tod«, übersetzte Stella. Wieder suchte sie Leos Blick. »Aber wie kann das sein, wenn er doch hier mutterseelenallein lebt?«

»Frag ihn, wann er Magdalena zum letzten Mal gesehen hat!«

Lorenzo musste nicht lange überlegen. »Vor neunzehn Jahren, sieben Monaten und sechs Tagen«, lautete seine überraschende Antwort.

Leo zog seinen Beutel heraus, entnahm ihm das Pergamentfitzelchen, das er unter Magdalenas Bett gefunden hatte, und zeigte es dem Eremiten.

Lorenzo schüttelte den Kopf, doch als Leo ihm die Elfenbeinkugel gab, wich jede Farbe aus seinem Gesicht.

»*Per Magdalena*«, begann er zu murmeln. »*Amore mio ...*«

»Du hast diese Worte in die Kugel geschnitzt?«, fragte Leo. »Du warst es doch, oder nicht?«

Stella übersetzte die Frage mit bebenden Lippen, denn sie konnte plötzlich kaum noch sprechen. Was ging in ihr vor? Sie fand dafür keine Worte. Etwas zog sie hin zu diesem fremden Mönch, wenngleich sie am liebsten auf der Stelle davongelaufen wäre.

Lorenzo nickte. »Mit diesen meinen Händen. Damit sie irgendwas hatte, das sie an mich erinnern würde – nachdem sie unser Kind verloren hatte.«

»Magdalena war schwanger von dir?«, rief Leo. »Und das Kind ist tot?«

»Nein, es lebt – eine Tochter. Doch ich hätte nicht zu hoffen gewagt, dass ich sie jemals sehen würde. Nicht mehr, nachdem sie Magdalena wieder ins Kloster gesperrt, das Mädchen ihr unmittelbar nach der Geburt weggenommen und zu Zieheltern gegeben haben. Seitdem büße ich hier, und doch vergeht kein einziger Tag, an dem ich nicht öfter als tausendmal an beide denke, an Magdalena und an unsere Tochter Stella ...«

Stellas Augen waren riesengroß. »Das ist nicht wahr!«, stammelte sie. »Das alles denkst du dir bloß aus. Meine Mutter eine Nonne und ein Mönch mein Vater – das kann nicht sein!«

Lorenzo sah sie voller Liebe an. »*Ma è vero! Sei mia figlia. Io sono tuo padre!*«

Wie betäubt griff sie nach Leos Arm, als suche sie Schutz. »Er lügt! Er muss doch lügen«, rief sie. »Ich habe nicht ihr Gesicht. Ich bin ich – ich!«

»Jedenfalls hast du seine Augen«, sagte Leo. »Und ja, jetzt, wo ich es weiß ... Es hätte mir eigentlich schon früher auffallen können. Es gibt wirklich eine Ähnlichkeit zwischen dir und Magdalena. Aber ich habe sie nur ein einziges Mal gesehen, und da war sie bereits tot.«

Leo sagte die Wahrheit, das wurde Stella in diesem Augenblick klar, und der Mönch, ihr unbekannter Vater, auch. All die Jahre des Wartens, Bangens und Hoffens – und jetzt das! Plötzlich hatte sie das Gefühl, der steinige Boden tue sich auf und weigere sich, sie weiterhin zu tragen. Seit sie denken konnte, hatte sie sich nach der Wahrheit gesehnt, aber niemals geahnt, wie schmerzhaft sie sein würde. Langsam, wie Sonnenstrahlen, die sich ihren Weg durch dichtes Geäst bahnen müssen, kam die Erkenntnis zu ihr.

Deshalb all die Heimlichkeiten im Haus Lucarelli! Sätze, die niemals beendet wurden. Blicke, die sie nicht hatte deuten können. Versperrte Zimmer, um sie in Unwissenheit zu halten. Ihre Zieheltern hatten gewusst, wer sie war, und es sie auf unterschiedliche Weise spüren lassen. Vasco mit Zurückhaltung, Simonetta mit kaum verhohlener Abneigung. Und hatte nicht sogar ihre heiß geliebte Amme Marta manchmal seltsame Andeutungen fallen lassen, die sie nicht verstanden hatte?

Was hatte man den Lucarellis angeboten, damit sie den unerwünschten Säugling bei sich aufnahmen? Geld? Vergebung aller Sünden? Oder hatten sie einfach nur aus Nächstenliebe gehandelt? Bei der Erinnerung an Simonettas Boshaftigkeiten, die ihr stets zu schaffen gemacht hatten, musste Stella sich unwillkürlich schütteln. Sie war die Frucht einer streng verbotenen Liebe, das hatte sie inzwischen begriffen. Aber war das zwischen ihren Eltern überhaupt Liebe gewesen? Oder war es lediglich eine Mischung aus Wollust und Sünde, hervorgerufen durch ein frommes, allzu keusches Dasein?

Außer ihrer Existenz musste es doch irgendetwas geben, das bezeugte, was damals wirklich zwischen den beiden gewesen war.

Sie wandte sich Lorenzo zu und begann halblaut mit ihm zu reden. Er antwortete sanft und geduldig, sichtlich erfreut, dass sie mit ihm sprach. Nur seine Hände zuckten merkwürdig dabei, als könne er sie kaum im Zaum halten.

»Ich habe ihn nach Zeugen oder Beweisen gefragt«, erklärte Stella Leo. »Doch es gibt weder das eine noch das andere, da ja alles von Anfang an ganz heimlich bleiben musste. Er war damals Mönch im Sacro Convento und der Beichtvater des Klosters San Damiano. Dort hat er Magdalena kennengelernt und sich sofort in sie verliebt. Ihr erging es nicht anders. Ihren ›Engel‹ hat sie ihn genannt, obwohl er sich stets dagegen gewehrt hat, weil er es doch war, der sie angebetet und vergöttert hat. Sie sind dann gemeinsam geflohen und für eine Weile in einer Einsiedelei untergetaucht. Doch sie hatten keine Chance auf ein gemeinsames neues Leben. Das alte hat sie viel zu schnell wieder eingeholt.«

Lorenzos Blicke hingen an Stella, während sie für Leo übersetzte, und er nickte immer wieder, obwohl er die deutschen Worte ja nicht verstehen konnte.

Plötzlich begann er zu lächeln. »*Fra Stefano*«, rief er. »*Domandate a Stefano, perchè in quel tempo siamo stati a Greccio!*«

»Bruder Stefano kann uns leider nichts mehr dazu sagen«, erwiderte Leo ernst. »Denn er wurde brutal ermordet. Nicht anders als nach ihm unsere Brüder Sebastiano und Andrea. Es gibt einen Mörder, der es offenbar auf alle Einsiedler des heiligen Tals abgesehen hat. Weshalb, Lorenzo? Und was hat diese Karte damit zu tun?« Er hielt ihm die Blutkarte hin.

Lorenzo begann zu stammeln.

»Er sagt, Magdalena habe sterben müssen, weil er ein Verräter sei und den Eid gebrochen habe, den er einst geschworen hat«, übersetzte Stella. »Damit sei er ihr Mörder – kein anderer als er habe meine Mutter umgebracht.«

»Das ist Unsinn.« Leos Stimme blieb ruhig. »Lorenzo ist kein Mörder. Aber er schwebt in Lebensgefahr, das muss er wissen. Frag ihn noch einmal nach der Karte! Vielleicht kommen wir so ein Stück weiter. Oder will er vielleicht der Nächste sein?«

Lorenzo schien sich innerlich einen Ruck zu geben. Wieder ruhten seine Augen auf Stella.

»Die Karte hat er noch nie zuvor gesehen, aber auf ihr sind alle vier Einsiedeleien von Rieti aufgeführt«, übersetzte sie.

»Das wissen wir bereits. Aber warum, Stella? Der Grund ist wichtig. Bitte lass nicht locker! Bruder Giorgio musste dafür sein Leben lassen.«

Lorenzos linkes Lid begann nervös zu flattern. Erst als Stella ihn flehend ansah, begann er leise zu reden.

»Wir haben einen Eid geschworen, wir vier Brüder des heiligen Tals, in dem Francesco um die Vergebung seiner Sünden gefleht hat. Nein, eigentlich waren wir zu fünft, denn ich bin erst später in die Fußstapfen dessen getreten, der vor mir Poggio Bustone gehütet hat. Ein weiser alter Mann, Bruder Luca, frömmer und demütiger als wir alle zusammen. Bevor er starb, hat er mir seinen Eid als Vermächtnis hinterlassen, mir, dem Sünder, der gegen die Gelübde verstoßen hatte!«

»Das reicht mir nicht. Was habt ihr geschworen, Lorenzo?«, drängte Leo. »Die anderen drei sind bereits tot, auf grausame Weise gestorben unter Stein, am Kreuz, im Feuer. Rede endlich – es geht um dein Leben!«

Während die Dämmerung immer weiter fortschritt, suchten Lorenzos Blicke nur Stella.

»Er bittet uns in seine Hütte«, übersetzte sie schließlich.

»Aber die Zeit wird zu knapp!«, rief Leo. »Wird er uns dort endlich Rede und Antwort stehen? Und was hat er mit den Sünden Francescos gemeint?«

Padre Lorenzo war hinüber zu Fidelis gegangen und begann, ihren Hals zu streicheln, was sie zu genießen schien, denn sie antwortete ihm mit leisem Schnauben. Danach rief er Stella und Leo etwas zu.

»Er sagt, auch das Pferd sei eine Kreatur Gottes, die dringend Ruhe brauche«, sagte Stella. »Ebenso wie unsere aufgewühlten Herzen. Sobald sie eingekehrt ist, sei er bereit, alles zu erzählen.«

✢

Im Schein der Ölfunzel war der kleine Raum voller Schatten. Niemals hatte Leo gedacht, dass er angesichts der drohenden Gefahr irgendetwas hinunterbringen könnte, doch als Lorenzo ihnen weißen Käse, Brot und eine Art Eintopf auftischte, spürte er erst, wie hungrig er war, und aß.

Stella dagegen hatte nur ein paar Bissen genommen. Die Arme um die Knie geschlungen, hockte sie auf der Bank, starrte ständig zu Lorenzo und sah aus wie ein schutzbedürftiges Kind. Aber passte das nicht ausgezeichnet – jetzt, wo sie endlich ihren Vater gefunden hatte?

Lorenzo schien es ähnlich zu ergehen. Kaum ein Schritt, den er in der niedrigen Hütte tat, ohne Blickkontakt mit ihr zu suchen. Sobald er zu reden begann, fuhren seine Hände durch die Luft und arbeiteten dort, als hätten sie lieber die wiedergefundene Tochter umarmt und gekost. Doch er war zu scheu, um es wirklich zu wagen. Noch immer hatte er nicht preisgegeben, worin der Eid bestand, hielt sich zurück, als hindere ihn eine unsichtbare Macht daran, etwas zu verraten.

»Du musst reden, Bruder!«, sagte Leo bestimmt zum dutzendsten Mal. »Überwinde dich! Ohne deine Hilfe kommen wir nicht weiter.«

Lorenzo antwortete ruhig.

»Er hat keine Angst vor Menschen, die nach seinem Leben trachten«, übersetzte Stella. »Seit er mich gesehen hat, fürchtet er den Tod nicht mehr. Jetzt ist er gerne bereit, zu jeder Zeit vor seinen Schöpfer zu treten.«

»Willst du das Kostbarste gleich wieder verlieren, das du gerade erst gefunden hast?«, wandte Leo ein. »Stella braucht dich, Lorenzo! Ihr ganzes Leben hat sie sich vergeblich nach ihren unbekannten Eltern gesehnt. Ihre Mutter kann sie nicht mehr kennenlernen. Dich dagegen sehr wohl.«

»Niemand wird uns jemals mehr trennen«, übersetzte Stella, die bei Lorenzos Worten abermals feuchte Augen bekommen hatte. »Stella lebt für immer in meinem Herzen, so wie ich nun auch in ihrem. Auch wenn wir räumlich voneinander entfernt sind, werden wir einander stets nah sein.« Erregt war Leo aufgesprungen. Lorenzo war ganz offenbar nicht minder dickköpfig als seine Tochter, das hätte er rechtzeitig berücksichtigen sollen.

»Was aber, wenn dieses Geheimnis noch weitere Menschenleben kostet?«, fragte Leo heftig. »Wer auch immer in Gefahr sein mag, dieses sinnlose Sterben muss aufhören – und wir haben keine Zeit zu verlieren!« Sein Tonfall wurde noch eindringlicher. »Rede, Lorenzo, rede, um deiner wiedergefundenen Tochter willen!«

Bevor Lorenzo antworten konnte, hörte Leo draußen Fidelis wiehern. Er hatte sie abgerieben, gefüttert und getränkt. Es gab also keinen Grund, weshalb sie so unruhig sein sollte – oder doch? Er stand auf und wollte zur Tür, doch Lorenzo hielt ihn zurück.

»Es ist sein Haus«, übersetzte Stella und lächelte seit Langem zum ersten Mal wieder. »Jedenfalls in gewisser Weise. Seit Bruder Luca nicht mehr lebt, hütet er Poggio Bustone. Nachdem er Magdalena und mich verloren hatte, ist die Einsiedelei ihm alles geworden. Das müsstest du doch eigentlich verstehen!«

»Ich verstehe ihn sehr gut«, antwortete Leo bewegt. »Aber sag ihm trotzdem, er soll vorsichtig sein!«

Lorenzo schlüpfte hinaus. Jetzt waren die beiden seit der Ankunft in Poggio Bustone zum ersten Mal wieder allein.

»Wie fühlst du dich?«, fragte Leo schließlich. »All diese aufwühlenden Neuigkeiten …«

»Ein wenig, als wäre ich plötzlich selbst unter eine Steinlawine geraten«, erwiderte Stella. »Und gleichzeitig ist mein Herz ganz leicht und froh geworden, kannst du dir das vorstellen? Ich kenne ihn nicht, aber ich mag ihn. Auf seltsame Weise ist er mir vertraut. Schade nur, dass ich meine Mutter ...« Sie verstummte, wischte sich mit der Hand über die Augen.

»Ich bin sicher, Magdalena war eine mutige, ganz besondere Frau«, sagte Leo. »Deshalb muss ich ja auch herausbekommen, wer sie getötet hat – und weshalb. Mein Nacken juckt wie nach einem Sonnenbrand. Wir sind dem Geheimnis schon ganz nah. Dein Vater wird uns helfen, es zu lüften.«

»Mein Vater – wie seltsam sich das anhört!«, murmelte Stella.

»Hast du dich nicht dein ganzes Leben nach Vater und Mutter gesehnt?«, fragte Leo leise.

»Warte!« Sie war plötzlich aufgesprungen. »Riechst du nichts? Es riecht plötzlich so – brandig! Und wo bleibt er eigentlich?«

Sie wichen zurück, als plötzlich die Türe aufgerissen wurde. Ein Mann im schwarzen Umhang, die Kapuze tief ins Gesicht gezogen, trat ein. Ein zweiter, ebenfalls dunkel verhüllt, folgte ihm. An seiner Schulter baumelte ein Bogen. Ein Köcher mit einer Vielzahl von Pfeilen war um seine Hüfte gegürtet.

»Ihr wartet auf den Verräter?«, sagte der Mann im schwarzen Umhang. »Der wird nicht mehr kommen.« In seiner Hand schimmerte eine Dolchklinge.

Die Stimme – Leo erkannte sofort das kehlige, schwere Deutsch der nördlichen Alpenkämme, das ihm schon beim ersten Treffen aufgefallen war.

»Matteo?«, sagte er. »Du bist es doch, der Abt von Sacro Convento. Was tust du hier?«

»Francescos Erbe bewahren!«, donnerte Matteo. »Das Vermächtnis jenes Auserwählten, der in einer neuen Vita in Würde und Schönheit auferstehen wird – ohne die Schatten der Vergangenheit.«

»Was ist mit Padre Lorenzo?«, rief Stella und wollte sich auf Matteo stürzen, doch Leo hielt sie fest. »Was habt ihr mit ihm gemacht?«

»Lorenzo? Er hat bekommen, was er verdient hat.« Der Abt lächelte dünn. »Das, was alle Verräter am Schluss erhalten. Sei ganz ruhig, denn es hätte ihn wahrhaft übler treffen können! Andere vor ihm sind auf weniger sanfte Weise gestorben.« Er trat auf Leo zu. »Die Pergamentfragmente!«, verlangte er. »Sie sind in deinem Besitz. Gib sie mir! Sie gehören in meine Hände.«

»Ich weiß nicht, wovon du redest«, sagte Leo.

»Verschwende besser nicht meine und deine Zeit!«, sagte Matteo ungeduldig. »Ich muss sie haben. Und ich werde sie bekommen.«

»Dazu musst du mich erst töten.«

»Ich denke, das geht auch einfacher.«

Blitzschnell war der Begleiter Matteos hinter diesem hervorgeschossen, versetzte Leo einen Stoß, der ihn zur Seite schleuderte, packte Stella und zerrte sie zu Matteo.

»Gut gemacht, Bruder!«, rief der Abt. »Jetzt wollen wir sehen, wie viel sie ihm wert ist!«

Er stieß die Türe auf. Die eben noch stockdunkle Nacht vor der Hütte war inzwischen von einem Feuerschein erhellt.

»Die erste Hütte brennt bereits. In die zweite werden wir nun Stella sperren. Wenn die Flammen erst einmal fröhlich am Holz lecken, wird dich das ein wenig gesprächiger machen, Bruder Leo.«

»Das wagst du nicht ...« Leo verstummte.

Der Dolch war plötzlich an Stellas Kehle.

»Wir können sie auch ausbluten lassen wie einst die Lämmlein zum Pessachfest«, zischte Matteo. »Ein Blutopfer – ein Sündenopfer! Ist es das, was du willst? Dann musst du es nur sagen!«

Er stieß Stella von sich, sodass sie direkt in den Armen des Begleiters landete, die sie wie ein Schraubstock umschlossen hielten.

»Leo!«, röchelte sie. »Er erstickt mich. Leo – hilf mir!«

»Ja, hilf ihr, Leo!«, echote der Abt. »Die Pergamente! Das ist alles, was ich von dir verlange.«

»Niemals!« Hatte Leo dieses Wort wirklich laut gesagt? Gekommen war es jedenfalls aus der Tiefe seiner Seele.

»Bring die Frau in die Hütte!« Matteos Miene war undurchdringlich. »Sie bedeutet ihm nichts. Das soll sie nun zu spüren bekommen.«

Stella versuchte sich zu wehren, doch der Griff des Mannes war unerbittlich. Er schleifte sie hinaus, als sei sie nicht mehr als ein Strohbündel.

»Das wirst du büßen!«, schrie Leo Matteo ins Gesicht, der ihm den Weg verstellte.

»Der Nächste, der hier zu büßen hat, bist du, Bruder«, erwiderte der Abt. »Wogegen wehrst du dich? Du weißt doch längst, dass du verloren hast. Also, worauf wartest du? Willst du sie wirklich brennen sehen?«

Das Messer unter der Kutte! Doch wie sollte er es unbemerkt herausziehen? Leo bückte sich blitzschnell, aber als er wieder nach oben kam, spürte er die scharfe Klinge an seinem Hals.

»Gehen wir!«, sagte Matteo. »Los!«

Draußen roch es verbrannt, und all die Geräusche der Nacht waren verstummt, als hielte das Dunkel wie ein Lebewesen den Atem an. Die Klinge am Hals trieb Leo bergauf, während er fieberhaft nachdachte. Ein Stoß? Ein Hieb in die Seite? Doch was würde dann mit Stella geschehen?

Plötzlich sah er Lorenzo seitlich vom Weg auf dem Boden liegen, als sei er den Hang ein Stück heruntergerutscht. Ein Pfeil steckte in seiner Brust. Sie hatten auch ihn hingerichtet!

Doch dann erstarrte Leo. Täuschte er sich, oder hatte der Eremit sich nicht gerade leicht bewegt? Der Gedanke schenkte Leo neue Kraft.

»Weiter!« Die Klinge ritzte seine Haut. »Du wirst doch ihren Tod nicht versäumen wollen!«

Vor der Hütte, in die sie Stella gesperrt hatten, angekommen, hörte Leo sie erbärmlich schreien und weinen. Mit ihren Fäusten schien sie gegen das Holz zu hämmern.

»*No, il fuoco no!*«, schrie sie. »Kein Feuer – bitte, bitte, alles nur kein Feuer!«

Matteos Begleiter hielt eine brennende Fackel in der Hand, die er gefährlich nah an die Hüttentür brachte. Sein Bogen schien im Lichtschein zu glühen.

»Also?«, fragte Matteo.

»Stella ist Lorenzos Tochter«, schrie Leo verzweifelt. »Und Suor Magdalena aus San Damiano war ihre Mutter! Weißt du nun endlich genug?«

Der Abt begann zu lachen. »Du ahnungsloser Tor! Das alles war uns schon seit Langem bekannt. Wen scheren schon die fleischlichen Anfechtungen zweier Niemande? Unzählige Mönche und Nonnen haben miteinander Unzucht getrieben. Das ist ärgerlich, doch darum muss man wahrlich kein großes Aufheben machen. Mir geht es um etwas ganz anderes: um das Heilige, das Große, das reine Erbe!« Seine Stimme wurde schrill. »Die Pergamente – zum allerletzten Mal!«

Leo schüttelte den Kopf. »Ich weiß nicht, wovon du sprichst«, beharrte er und lauschte in das Dunkel. Hörte er nicht auf einmal das Geräusch von Pferdehufen, die rasch näher kamen, oder war es nur seine Fantasie, die ihm einen Streich spielte?

»Du sträubst dich also? Wie schade für dich! Denn all die anderen, die sich ähnlich uneinsichtig zeigten, sind tot«, zischte Matteo. »Es war ganz leicht, wenn man wusste, wie man es anstellen sollte. Die Karte hat euch geführt. Wie Insekten auf einer Honigspur seid ihr mir gefolgt, von einem frommen Bruder zum anderen. Dieses Mal wird unser Spiel noch leichter sein. Denn die braven Bürger von Rieti werden denken, ihr beide wäret die Mörder von Lorenzo gewesen – genauso wie bei Sebastiano, Stefano und Andrea. Stets waren die letzten Besucher der Mönch und seine verderbte Metze gewesen, die zum Glück rechtzeitig vom Schicksal gerichtet wurden.«

»Du wirst Stella nicht töten«, sagte Leo. »Lass sie sofort frei!«

Matteos Lachen klang gespenstisch, und nun lachte auch sein Begleiter, der bislang stumm geblieben war.

»Sie wird brennen – und all das Böse ihrer Zeugung und Geburt zusammen mit ihr. Feuer reinigt. Feuer heiligt. Francescos Worte konnten glühen wie ein Flammenmeer, weißt du das? Nein, das weißt du nicht, denn du hast ihn ja niemals reden hören. Unser Retter ist tot, das Vorbild und die Leitfigur der ganzen Christenheit. Doch ich werde seinem Angedenken die Kraft und Reinheit zurückgeben, die es verdient.« Er wandte sich an seinen Begleiter. »Feuer, Bruder! Es werde endlich vollbracht ...«

»Leo!« Stellas Schrei, der aus der Hütte drang, war so herzzerreißend, dass ihm übel wurde. Wut stieg in ihm hoch, gleißend und hell, bis nichts anderes mehr in ihm übrig blieb. Genauso hatte er sich gefühlt, als sein Gefährte Andreas vor seinen Augen getötet wurde. Doch dieses Mal lähmte die Wut ihn nicht wie damals beim heimtückischen Überfall in den Bergen, sondern sie verlieh ihm ungeahnte Kräfte.

Leo senkte den Kopf und rammte ihn wie ein Stier in den Brustkorb seines Gegners. Matteo heulte wölfisch auf und ließ dabei den Dolch fallen. Zwar fasste er sich schnell wieder und wollte Leo mit beiden Händen an die Gurgel, doch der war schneller. Instinktiv hob er sein Knie und stieß es Matteo mit voller Wucht in den Unterleib. Der Abt gab einen seltsamen Ton von sich, griff sich in den Schritt, taumelte und schien plötzlich wie blind.

Endlich Gelegenheit für Leo, in die Kutte zu greifen und seinen Dolch herauszuziehen.

»Fackel weg!«, schrie er den Begleiter an. »Lass Stella heraus!«

Der glotzte ihn verständnislos an.

»*Lasciala uscire!*« Leo schrie noch lauter. »Lass sie raus!«

»Das wird er nicht tun.« Der Abt schien sich erholt zu haben, sein Gesicht jedoch glich einer wächsernen Maske. »Er ist gewohnt zu gehorchen ….«

Er konnte nicht ausreden, denn plötzlich waren sie von Menschen umringt, Männern, die Sensen und Mistgabeln schwangen, anderen, die Knüppel und Messer in Händen hielten.

»*Siete venuti in tempo!*«, schrie Matteo. »*Ecco l'assassino dei fratelli Sebastiano, Stefano, Andrea e Lorenzo!*«

Die Menge drängte näher. Stellas Wächter hatte seine Fackel sinken lassen und schien abzuwarten, was als Nächstes geschehen mochte. Plötzlich sprang die Hüttentür auf, und Stella stolperte heraus. Ihr Gesicht war rußig, ebenso ihr Kleid. Aber ihre Angst war verschwunden. Jetzt schien sie von innen heraus zu glühen, so aufgebracht war sie.

»Er lügt!«, schrie sie. »*Questo monaco mente! Lui e il suo compagno sono gli assassini.* Diese beiden Männer hier sind die Mörder der Einsiedler!«

Pino und sein Bruder traten aus dem Dunkel, dieses Mal offenbar nicht die Anführer und doch bereit zu handeln. Beide begannen heftig auf Stella einzureden, die nicht minder heftig antwortete. Als sie jedoch einen bestimmten Satz gesagt hatte, wurde es plötzlich gespenstisch ruhig. Jetzt starrten alle auf den Abt und seinen Begleiter, und die Mienen verrieten nichts Gutes. Dann setzte die Menge sich langsam in Bewegung, bis die beiden von einem Wall aus Körpern gefangen waren.

»Was hast du gesagt?«, flüsterte Leo, als Stella endlich zu ihm durchgeschlüpft war.

»Dass Lorenzo durch einen Pfeil getötet wurde. Und es hier ganz offensichtlich nur einen einzigen Mann gibt, der Pfeil und Bogen trägt.« Sie schaute hinüber. »Sie haben ihnen die Waffen abgenommen und sie gefesselt. Man wird die beiden nach Rieti bringen, einsperren und so lange verhören, bis die ganze Wahrheit ans Licht gekommen ist.«

Sie sah plötzlich so erschöpft aus, dass Leos Herz vor Mitgefühl schier überfloss.

»Eine Bitte noch, Leo«, hörte er sie flüstern. »Bring mich zu ihm! Zu meinem Vater. Tust du das für mich?«

✣

Lorenzo atmete noch ganz flach, doch er war dem Tod näher als dem Leben, das verriet sein Gesicht im flackernden Licht der Fackel, die Leo über ihn hielt. Er hatte erschreckend viel Blut verloren; die Lache um ihn wurde immer größer.

»Kannst du den Pfeil nicht herausziehen?« Stellas Stimme bebte. »Siehst du denn nicht, dass alles Leben aus ihm herausfließt?«

»Man müsste ihn wohl eher mit dem Messer herausschneiden«, erwiderte Leo. »Aber ich bin kein Medicus und besitze nicht die geringste Erfahrung darin. Könnte sein, dass wir ihn damit nur noch mehr verletzen.«

Lorenzo bewegte sich unruhig und schien etwas sagen zu wollen, doch seine Stimme gehorchte ihm nicht mehr. Mit letzter Kraft hob er seinen linken Arm ein Stück vom Boden und schien auf seine Brust deuten zu wollen.

»Er leidet!«, rief Stella und begann zu weinen. »Wir müssen ihm helfen! So tu doch irgendetwas!«

Leo beugte sich tiefer über Lorenzo. Wurde dessen Bewegung nicht stärker? Wohin deutete er?

Plötzlich begriff Leo. Jetzt erst fiel ihm die dünne Lederschnur um Lorenzos Hals auf. Auch der Eremit trug einen Beutel wie er.

Unter Lorenzos Kutte zu fassen, erschien Leo wie ein Sakrileg, so durchtrennte er die Lederschnur mit seinem Messer und zog den Beutel behutsam heraus.

Jetzt schien der Einsiedler plötzlich ruhiger.

»Vater!« Stella streichelte die eingefallenen Wangen Lorenzos, die hohe Stirn, die dunklen, von wenigen Silberfäden durchzogenen Haare. »Bitte geh nicht – lass mich nicht allein!«

Noch einmal bäumte der Eremit sich auf und öffnete die Augen, als wollte er sich das Bild der Tochter für immer einprägen. Dann jedoch fiel sein Kopf zur Seite. Er hatte zu atmen aufgehört.

Weinend sank Stella über ihm zusammen.

Zehn

„Franziskus – wohin hast du mich geführt?«
Die rauen Wände der Grotte hoch über Poggio Bustone schienen Leos Worte zu verschlucken, und plötzlich fühlte er sich noch einsamer als zuvor. Hier hatte der Heilige einst um Erleuchtung und Vergebung gebetet. Er jedoch spürte in sich nichts als Leere.
Matteo und sein Begleiter saßen im Kerker von Rieti. Binnen Kurzem würde man ihnen den Prozess machen. Plötzlich schien auch der Bischof der Stadt ein gewisses Interesse aufzubringen. Er hatte sich in das Verfahren einschalten wollen, doch man hatte ihn offenbar von oberster Instanz zurückgepfiffen. Jetzt warteten alle auf die päpstliche Kommission aus Rom, die jeden Tag eintreffen musste. Ein persönliches Schreiben Johannes von Parmas, von einem Eilboten überbracht, hatte Leo davon unterrichtet, und er wusste nun, was der Generalminister der Franziskaner von ihm erwartete. Soweit es in seinen Möglichkeiten stand, war er dazu bereit. Und noch etwas anderes war eindeutig diesen knappen Zeilen zu entnehmen: Die Kurie schien zur lückenlosen Aufdeckung der Verbrechen entschlossen.

Aber wurden dadurch die ermordeten Einsiedler des heiligen Tals wieder lebendig? Konnte Bruder Giorgio von den Toten auferstehen?

Der ehemalige Abt des Sacro Convento war in jener Nacht, in der man ihn festgenommen und abgeführt hatte, auch nach außen hin zum Rasenden geworden, ein Gefangener, dem man Eisenfesseln anlegen musste, weil er sonst womöglich sich selbst und andere gefährdet hätte. Kein Wort der Reue über die begangenen Taten – ganz im Gegenteil!

Bei allen bisherigen Verhören hatte er sich regelrecht mit seinen Untaten gebrüstet. Er nannte sich Retter des Ordens, schrie heraus, dass er und kein anderer dazu auserwählt sei, in einer Vita das wahre Bild Francescos zu zeichnen und für die Nachwelt zu bewahren.

»Ich bin die Hand, die alles niederschreibt, sozusagen der Zwilling des Fra Elias von Cortona, der für den prachtvollen Bau von San Francesco verantwortlich ist. Was er in Stein geschaffen hat, werde ich auf Pergament vollbringen. Meine Aufzeichnungen stehen an Tiefe und Wahrhaftigkeit den biblischen Psalmen in nichts nach. Eines nicht allzu fernen Tages werdet ihr mich als Heiligen verehren.« Schaum war vor seinem Mund gestanden, während er die Augen verdrehte, bis nur noch das Weiße zu sehen gewesen war. »Schlagt mich! Quält und foltert mich! Wie unzählige Märtyrer vor mir werde ich standhaft bleiben und mein Leben dem Göttlichen opfern.«

Sein Begleiter in der Nebenzelle dagegen war stumm geblieben. Man hatte ihn endlosen Vernehmungen ausgesetzt, ihm die Folterwerkzeuge gezeigt, ihn sogar auf die Streckbank geflochten – alles vergeblich. Seine Lippen waren selbst unter Qualen verschlossen geblieben, als hätte in der Tat einst ein scharfes Messer seine Zunge abgetrennt.

»Du hast uns Frieden gelehrt, Franziskus, sowie die Liebe zu den Menschen und zu allen anderen Geschöpfen«, fuhr Leo nun halblaut in der Grotte fort. »Und doch hatte ich mehr als einmal einen Dolch in der Hand, bereit zu töten – ich, ein Mönch, der seit langen Jahren die Kutte deines Ordens trägt! Wie weit habe ich mich bereits von dir entfernt! Wärst du trotz allem bereit, mich wieder in deine Arme zu schließen, geliebter Vater?«

Alles blieb still. Leo überkam das Gefühl, die Finsternis würde ihn durchdringen. Weil mit Stellas Abreise auch das Licht aus seinem Leben verschwunden war?

Nach der Beisetzung Lorenzos nahe dem Kirchlein von Poggio Bustone war Stella wie verwandelt gewesen. Kein Beharren mehr darauf, dass sie unbedingt bei ihm bleiben wolle, nein, der Wunsch, so rasch wie möglich zurück nach Assisi zu reisen, war zu seinem Erstaunen aus ihrem eigenen Mund gekommen.

»Ich muss meine Angelegenheiten in Ordnung bringen.« Plötzlich war Stella ihm sehr erwachsen erschienen. Sogar ihre Stimme hatte einen neuen, tieferen Klang. »Etwas, das ich nicht länger aufschieben kann.«

»Was hast du vor?«, hatte Leo gefragt. Wie gern hätte er sie berührt, sie an sich gezogen und geküsst, doch er wagte es nicht. Stocksteif war er dagestanden, innerlich und äußerlich erstarrt.

»Das weiß ich noch nicht genau. Aber immerhin weiß ich wenigstens, wohin ich gehen werde. Alles andere wird sich finden.« Ein schmerzliches Lächeln. »Da habe ich so lange nach der Wahrheit gesucht, um schließlich zu der Erkenntnis gelangen zu müssen, dass sie wie ein Ball aus flüssigem Feuer brennt, wenn man ihr zu nah kommt.«

Ein reicher Kaufmann, der seine Tochter zur Heirat nach Perugia bringen wollte und mit einem ganzen Tross von Verwandten und Dienern unterwegs war, hatte sich nach kurzen Verhandlungen einverstanden erklärt, Stella mitzunehmen. Das war vor gut drei Tagen gewesen. Sie würde also bald in Assisi sein.

Seit Stella fort war, sehnte Leo sich danach, ihr hinterherzujagen, nur um sie endlich wieder reden und lachen zu hören. Doch das durfte er nicht. Er musste sie freigeben. Ihretwegen.

Seinetwegen!

Er sank auf die Knie und begann das Vaterunser zu beten. Jene vertrauten Worte aber, die ihm schon so oft Frieden und Trost geschenkt hatten, erschienen ihm plötzlich leer. Hatte er nicht nur seine Liebe verloren – sondern damit auch Gott?

Schließlich legte Leo sich bäuchlings auf den Boden, schloss die Beine und breitete die Arme weit aus wie damals bei seiner Einkleidung, als er zusammen mit den anderen Novizen auf dem Steinboden der Klosterkirche gelegen hatte, ein lebendiges Kreuz, voller Hoffnung und Demut. Voller Vorfreude, endlich ganz zur Gemeinschaft der frommen Brüder zu gehören.

Den nackten Felsen unter sich zu spüren machte ihn nach einer Weile ruhiger. Auch die Gedanken in seinem Kopf empfand er nicht mehr als ganz so quälend. Er würde sich auf seine Mission konzentrieren, ohne auch nur die geringste Ablenkung zuzulassen, das schwor er sich in diesem Augenblick.

So vieles gab es noch zu tun!

Nach und nach schien Licht in das Dunkel um Magdalenas Tod zu dringen, aber es war erst Dämmerung, was sich da zeigte. Und wieso hatte Lorenzo sich als ihr Mörder bezeichnet? Weil er ihr jenes Geheimnis preisgegeben hatte, das er Leo nicht mehr hatte offenbaren können?

Alles hing zusammen mit jenem Brieffragment, das Leo inzwischen aus den verschiedenen Einzelteilen zusammengesetzt und mit Leim auf ein frisches Pergamentstück geklebt hatte. Der Fund aus Lorenzos Beutel hatte den Brief fast vervollständigt. Inzwischen kannte Leo den Inhalt so gut, dass er jedes Wort in seiner Sprache auswendig wusste.

Es ist eine Tochter, Geliebter, die für immer unser Geheimnis in sich tragen wird. Doch niemand wird jemals davon erfahren, dafür habe ich gesorgt, schon gar nicht sie. Ich werde ihr die Mutter sein, die ich allen Schwestern bin, und nichts wird ihr fehlen. Ich weiß, dass du nicht auf dieses Schreiben antworten kannst, aber ich muss dir diese Zeilen schicken, denn mein Herz brennt vor Liebe, auch wenn ich weiß, dass wir uns niemals wieder so begegnen werden wie in jener Nacht vor den Mauern von San Damiano ...

Hier endete der Brief. Leo war sich sicher, dass der Schluss fehlte. Alles jedoch, was er noch in Händen hielt, war jenes verbrannte Stück Pergament mit dem seltsamen Bogen, das er zu Füßen des verkohlten Bruders Andrea gefunden hatte.

Wegen dieser Zeilen hatten sechs Menschen sterben müssen, sieben sogar, wenn er den angeblich Siechen dazuzählte, und er hätte beinahe das Liebste verloren – Stella. Eine Weile hatte er in ihrer Gegenwart von einem neuen Leben geträumt, und es war ihm so erstrebenswert erschienen, dass es fast schon real gewirkt hatte. Aber seit sie fort war, schien alles zerstoben wie ein Wolkenschloss, in das der kalte Wind bläst. Ungeschehen machen konnte Leo jedoch nichts. Er würde zu seinen Wurzeln zurückkehren – was immer ihn dort auch erwarten mochte.

Leo erhob sich und trat ins Freie. Das Licht des sommerlichen Vormittags blendete ihn. Zu seinen Füßen lag das heilige Tal, friedlich und grün, als wäre hier niemals etwas Böses geschehen. Fidelis, die unter einem Baum graste, scharrte mit den Hufen, sie schien den Aufbruch kaum erwarten zu können.
»Ja, es geht los, meine Alte!« Leo streichelte ihren Hals. Dann saß er auf. »Wir reiten zurück. In Assisi laufen alle Fäden zusammen.«

✣

Nach den Wochen der Entbehrungen erschien Stella das Haus von Ilaria und Federico in der Oberstadt wie ein Palast. Bauleute aus Como und dem Tessin, vom jungen Hausherrn zur Renovierung nach Assisi berufen, hatten aus dem alten Gebäude ein wahres Prachtstück gemacht, das unter all den anderen in der Gasse hervorstach. Die Fenster waren verbreitert worden, die Haustüre hatte man erneuert, ein stattliches Stockwerk war dazugekommen, das Platz für eine Schar von Nachkommen bot.

Offenbar zur rechten Zeit, denn Ilaria, die Stella lachend und weinend zugleich um den Hals fiel, nachdem eine Bedienstete sie herbeigerufen hatte, und die Stella festhielt, als wollte sie die Ziehschwester nie mehr wieder loslassen, war unübersehbar schwanger.

»Ja«, sagte sie leicht verlegen, als sie Stellas prüfenden Blick auf ihrem Bauch ruhen sah, der das leichte blaue Kleid wölbte. »Du weißt doch, dass wir einfach nicht warten konnten! Hab ja schon zur Hochzeit kaum noch in mein Gewand gepasst. Aber das Kleine wächst auch ungewöhnlich schnell. Die Hebamme meint, es könnten sogar zwei werden. Kannst du dir das vorstellen, *sorellina*? Vielleicht werden wir bald Zwillinge haben, dann muss keiner von ihnen jemals allein sein.« Sie griff nach Stellas Hand, zog sie mit sich. »Aber jetzt komm erst einmal herein! Federico wird Augen machen, wenn er dich sieht.«

»Er ist zu Hause?«, fragte Stella, während ihr Blick über die kostbare Inneneinrichtung glitt. Silberbeschlagene Truhen, Teppiche, Holzvertäfelungen, kostbare Leuchter – an alles, was ein Heim wohnlich machen konnte, war hier gedacht.

»Nein, ich erwarte ihn erst gegen Abend zurück. Sein Onkel hat ihn gebeten, auf einem der Landgüter nach dem Rechten zu sehen. Der alte *conte* hat ja sonst niemanden mehr, auf den er sich stützen könnte.« Sie führte Stella in ein luftiges Zimmer im ersten Stock. »Ich bin so froh, dich wiederzusehen! Am liebsten würde ich dich nie mehr fortlassen.«

Stella war zum Fenster gegangen und spähte hinaus. In der Ferne ragte die gewaltige Kathedrale San Francesco auf. Zum ersten Mal seit Tagen war Leo ihr auf einmal wieder ganz präsent. Ob er bald in Assisi eintreffen würde? Um sich dann von hier aus auf seine Heimreise zu begeben?

Ihr Herz schien plötzlich heftiger gegen die Rippen zu schlagen. Zeitlebens würde sie sich nach ihm sehnen, das wusste sie in diesem Augenblick. Es würde niemals vorbei sein.

»Der alte *conte* hat doch einen Sohn, der das für ihn erledigen kann. Auch wenn manche ihn für einen Bastard halten mögen, nach allem, was sich zugetragen hat«, sagte Stella und wunderte sich, wie ruhig ihre Stimme dabei blieb. »Carlo – du darfst den Namen in meiner Gegenwart ruhig in den Mund nehmen, Ilaria. Ich fürchte mich nicht länger vor ihm.«

»Ach, Stella!« Tränen standen in Ilarias blauen Augen. »Du hast ja keine Ahnung, was geschehen ist, während du weg warst! Carlo ...« Sie biss sich auf die Lippen.

»Was ist mit Carlo?«

»Carlo lebt nicht mehr. Man hat ihn erstochen. In einem ... Bordell in Perugia, das er offenbar regelmäßig besucht hat. Ein paar der Freier dort hatten offenbar stark getrunken, und es gab Streit um eine gewisse Dirne, die die Männer gegeneinander ausgespielt hat. Viel zu schnell wurden Messer gezückt. Eines davon traf Carlo mitten ins Herz. Er muss auf der Stelle tot gewesen sein. Seine Leiche unauffällig aus jenem verrufenen Haus zu schaffen und dann nach Assisi zu bringen, ohne dass sich wieder die ganze Stadt das Maul zerreißen konnte, war alles andere als einfach. Federico hat sich darum gekümmert und die heikle Aufgabe perfekt gemeistert. Verstehst du nun, warum sein Onkel ihn auch in anderen Dingen an seiner Seite haben möchte?«

Ilarias Worte erreichten sie, aber es dauerte eine ganze Weile, bis sie Stella auch berührten. Carlo war tot – Carlo mit seinem Prahlen, seiner Lebensgier, seinem bitteren Stolz. Carlo, der an seiner Herkunft innerlich zerbrochen war. Nie mehr wieder würde er sich an schönen Schuhen erfreuen, nie mehr die kastanienbraunen Locken im Wind flattern lassen, nie wieder eine Frau gegen ihren Willen nehmen können! Hass und Abscheu waren aus Stellas Herzen verschwunden. Sie trauerte nicht um ihn, aber sie konnte ihm vergeben.

»Bitte zieh doch kein so ernstes Gesicht!«, flehte Ilaria. »Sonst muss ich ja glauben, du hast mich gar nicht mehr lieb.« Sie war zu Stella gelaufen und ergriff ihre Hand. »Tagelang konnte ich nicht mehr schlafen, nachdem du fort warst. Und was für Vorwürfe ich mir gemacht habe!

Dabei musst du wissen, *sorellina*, ich bin noch am Hochzeitsabend hinaufgeschlichen, um dich freizulassen. Aber du warst weg!« Bittend sah sie Stella an. »Kannst du mir verzeihen? Es war kindisch und eigennützig. Ich wollte dich einfach nicht verlieren.«

Stella blieb stumm.

»Heute weiß ich, ich hätte dir glauben sollen – und nicht Mamma mit ihrem ständigen Gerede von Schande und verletzter Ehre. Aber ich hatte die ganze Zeit solche Angst, dass du mit dem Padre irgendwelchen Unsinn anstellst.«

Stella schaute ihr gelassen in die Augen. »Und wenn dem so wäre?«, sagte sie.

»Soll das heißen, ihr beide habt tatsächlich Unsinn angestellt?« Ilarias Augen wurden noch größer. »Ich wusste es, Stella. Da war so etwas in deinem Blick, wenn du mit ihm in einem Raum warst, etwas, das ich zuvor noch nie an dir gesehen hatte. Was genau ist geschehen? Ich muss alles wissen!«

Stella öffnete den Mund, um zu antworten – und schloss ihn wieder. Wo sollte sie beginnen?

Die vergangenen Tage und Wochen waren Traum und Albtraum zugleich gewesen. Hier, in der heimeligen Atmosphäre dieses noblen Hauses, erschienen ihr die kargen Einsiedeleien des heiligen Tals so fern, als gehörten sie in eine andere Welt. Und doch war sie erst vor Kurzem dort gewesen und hatte Dinge erlebt, die sie sich zuvor niemals hätte vorstellen können. Ihre Ängste, all die Aufregungen und Entbehrungen und die Enthüllungen, die sie bislang kaum verdaut hatte – wie sollte sie das Ilaria begreiflich machen, die schon unmutig wurde, wenn sie bei heißem Wetter in den falschen Schuhen ein Stück bergauf laufen sollte?

»Du wirst alles zu hören bekommen«, sagte sie und zwang sich zu einem Lächeln. »Aber lass mir noch ein wenig Zeit!

Ich habe Schönes erlebt, aber auch Schreckliches durchgemacht. Darauf solltest du dich jetzt schon einstellen.«

»Du bist mir doch böse!« Wie sie es schon als kleines Mädchen getan hatte, wenn sie etwas unbedingt durchsetzen wollte, schob Ilaria die Unterlippe vor und sah Stella schmollend an. »Deshalb willst du alles für dich behalten.«

»Nein, bin ich nicht. Ich trage dir nichts nach, obwohl es nicht schön war, im alten Ammenzimmer eingesperrt zu sein. Ich weiß, du wolltest nur mein Bestes, aber ich musste doch selbst herausfinden, was das Beste für mich war.«

»Was wirst du jetzt tun? Zurück zu den Eltern ...«

»Niemals!« Stellas Stimme klang plötzlich hart. »Simonetta und Vasco haben mich aufgezogen, und dafür bin ich ihnen dankbar, aber Eltern waren sie mir niemals. Wie habe ich mich danach gesehnt, endlich zu erfahren, woher ich stamme und wer ich wirklich bin! Inzwischen bin ich ein Stück schlauer geworden.«

»Was soll das heißen?«

»Einen Teil meiner Herkunft konnte ich aufdecken. Ich weiß jetzt, wer mein leiblicher Vater war.«

»Das hast du herausgefunden?« Sichtlich beeindruckt trat Ilaria einen Schritt zurück. »Wer war es?«

»Lorenzo. Ein Einsiedler. Ein ganz besonderer Mann. Leider ist er nicht mehr am Leben.« Sie klang plötzlich leicht zittrig.

»Ein toter Mönch?« Ilarias Erstaunen schien keine Grenzen zu kennen. »Und deine Mutter? Weißt du das auch?«

Ein plötzliches Gefühl verschloss Stella den Mund.

»In diesem Punkt sind noch einige Fragen offen«, sagte sie nach längerer Pause. »Ich werde versuchen, sie nach und nach zu klären. Deshalb muss ich auch so schnell wie möglich nach San Damiano.«

»Willst du jetzt doch ins Kloster, um dich Mammas Wünschen zu fügen?«

»Keineswegs! Ich gehe dorthin, weil ich etwas wissen möchte, nicht als zukünftige Novizin.«

»Aber die frommen Schwestern von San Damiano leben doch in strengster Klausur! Das weiß jedes Kind in Assisi. Wie willst du es anfangen hineinzugelangen?«

»Das überlass ruhig mir! Und sei unbesorgt, Ilaria: Ich komme gerne hierher zurück. Wenn du mich wirklich beherbergen willst.«

»Und ob ich das will! Es ist mir ganz egal, wer deine leibliche Mutter war – für mich wirst du immer meine geliebte Schwester bleiben. Außerdem gibt es hier noch jemanden, der sich bestimmt sehr darüber freuen wird. Warte!«

Ilaria verließ den Raum und zog die Tür hinter sich zu. Eine Weile blieb alles still, dann hörte Stella Schritte, die rasch näher kamen.

Die Tür sprang auf. Anstatt Ilaria stand eine kleine Frau auf der Schwelle, mit lichtbraunen Haaren und einem freundlichen Gesicht, auf dem sich jetzt ein breites Lächeln zeigte.

»Marta!« Im ersten Augenblick glaubte Stella zu träumen und schüttelte verwundert den Kopf, weil sie kaum glauben konnte, was sie da sah. Dann jedoch begann sie loszulaufen, schlang ihre Arme um die lang Vermisste und drückte Marta inniglich an sich. »Dass ich dich endlich wiederhabe!«

✢

Abermals an die Pforten des Sacro Convento zu klopfen, bereitete Leo mehr als gemischte Gefühle. Hatten die frommen Brüder nicht durch sein Eingreifen ihren Abt verloren – einen Abt freilich, den die Besessenheit zu schrecklichen Taten angestiftet hatte? Leo wusste nicht, wie viel von den Ereignissen im heiligen Tal schon bis hierher gedrungen war, doch innerlich hatte er sich bereits während des Ritts nach Assisi für unbequeme Fragen gerüstet, deren Beantwortung er nicht scheuen würde.

Sie *hatten* einiges erfahren, das erkannte er am Blick Fra Gundolfos, der die Pforte bewachte. Der Bruder öffnete das winzige Fenster, erstarrte, als er Leo erkannte, und schlug es wieder zu.

Eine ganze Weile musste Leo vor verschlossener Türe warten, bis ihm endlich geöffnet wurde. Zwei Mönche empfingen ihn, ein schmaler, älterer mit silbernem Bart, der andere im hellen Novizengewand, das in seltsamem Gegensatz zu den ersten grauen Haaren in seinem braunen Schopf stand.

»Ich bin Bruder Enrico«, sagte er. »Spätberufener aus Bozen, der seit wenigen Tagen im Sacro Convento lebt. Prior Fulvio, der Vertreter des Abtes, hat mich gebeten zu übersetzen.«

»Matteo ist gefangen in Rieti ...«

»*Lo sappiamo*«, unterbrach der Prior Leo und ließ eine Flut italienischer Worte folgen, zu schnell, als dass Leo sie hätte verstehen können.

»Der Prior meint, das alles sei ihm bereits bekannt. Bis ein offizielles Urteil feststeht, will er sich über dieses Verfahren nicht äußern. Du warst dabei, als man ihn festgenommen hat?«

»Das war ich«, erwiderte Leo. Wenn sie entschlossen waren zu mauern, würde er es ebenso tun. »Doch bis die päpstliche Kommission nicht endgültig über alles entschieden hat, werden auch meine Lippen, was die näheren Umstände betrifft, verschlossen bleiben. Das musst du verstehen!«

In die kantigen Züge des Priors schlich sich Unmut.
»Was willst du dann hier?«, fragte er.
»Mit Bruder Orsino sprechen«, sagte Leo. »Jetzt, wo mir ein vorzüglicher Übersetzer zur Seite steht, eine Leichtigkeit. Bring mich bitte zu ihm!«
Der Prior flüsterte, nachdem Enrico übersetzt hatte, diesem etwas zu.
Dann nickte der Novize leicht. »Padre Fulvio möchte dabei sein«, sagte er.
»Meinetwegen!«, rief Leo. »Gehen wir?«
Der Weg zur Krankenstation war Leo vertraut. Aus der kleinen Apotheke drang ein scharfer Geruch. Orsino, der gerade dabei war, bräunliche Samen sorgfältig zu zermörsern, schaute auf und begann zu lächeln, als er Leo erblickte.
»*Sei ritornato finalmente!*«, rief er. »*Mi sei mancato!*«
»Er ist froh, dich endlich wiederzusehen«, übersetzte der Novize. »Er hat dich vermisst.«
»Und ich ihn erst! Bitte sag ihm das!« Leo spürte, wie seine innere Anspannung wuchs. »Wie war die Beerdigung von Fra Eligio?«, wollte er wissen. »Musste er noch sehr leiden?«
Orsino lachte dröhnend, was Leo befremdete. Wie konnte ihn der Tod eines Bruders derart belustigen? Der Riese musste sich sogar Lachtränen aus den Augen wischen, als er sich endlich wieder halbwegs beruhigt hatte.
»Keine Beerdigung«, übersetzte Enrico. »Denn Bruder Eligio weilt noch immer unter uns.«
»Aber er war doch sterbenskrank!«, stieß Leo hervor. »Das habe ich mit eigenen Augen gesehen.«
»Das war er!«, bekräftigte der Infirmar. »Aber ich kenne mich mit Heilkräutern aus und habe ihm wohl das richtige

Gegenmittel verabreicht. Manchmal gefällt es dem Allmächtigen eben, kleine Wunder zu wirken. Bruder Eligio wird sich noch eine ganze Weile schonen müssen. Aber es hat den Anschein, als würde er wieder völlig gesund.«

Er stieß die Tür zur anliegenden Kammer auf, in die ihm Leo, Enrico und der Prior folgten. Fra Eligios Haut schimmerte weiß wie Schnee, doch seine Augen wirkten lebendig. Leo spürte, wie sein Nacken heftig zu prickeln begann. Jetzt kam es auf die richtigen Fragen an!

»Du warst Beichtvater in San Damiano?«, begann er.

Eligio nickte.

»Lange?«

»Eine ganze Weile.«

»Hast du dort auch Suor Magdalena die Beichte abgenommen?«

Abermals Nicken, doch sichtlich zögernder.

»Was genau hat sie dir anvertraut?«

Den Lippen des Kranken entrang sich ein mühsamer Satz. »Du kennst das Beichtgeheimnis, Bruder. Dazu kann ich dir leider nichts sagen.«

»Doch, du kannst!« Die Schärfe in Leos Ton war nicht zu überhören. »Du musst sogar! Magdalena wurde heimtückisch ermordet – ebenso wie fünf fromme Brüder nach ihr. Wir brauchen endlich Klarheit. Sag uns, was du weißt, *fratello*! Tu es um Francescos willen!«

Auf der Stirn Eligios standen feine Schweißperlen. »Sie hat vor einigen Monaten einen Brief erhalten«, übersetzte der Novize. »Einen Brief, der sie zutiefst beunruhigt hat. Seitdem war sie vollkommen verändert. Hat Tag und Nacht gegrübelt, mit ihrem Schicksal gehadert, konnte nicht mehr zur Ruhe kommen.«

»Kennst du den Inhalt dieses Briefes?«, wollte Leo weiter wissen.

»Magdalena war bereit, ihn mir zu enthüllen, denn nur so hätte ihre Seele Frieden finden können. Aber da wurde ich schwer krank.« Er richtete sich auf. »Doch ich habe von keiner giftigen Pflanze gekostet, wie manche hier fälschlicherweise behaupten. Mein Unwohlsein setzte erst ein, nachdem ich einen Becher Wein in der Zelle des Abtes getrunken hatte. Inzwischen weiß ich, dass danach Padre Matteo statt meiner die Beichte im Frauenkonvent abgenommen hat. Ich gehe davon aus, dass Magdalena, die in großer seelischer Not war, sich ihm anvertraut hat.«

»Dir gegenüber hat sie keine Andeutungen gemacht?« Leos Blick ruhte nachdenklich auf den eingefallenen Zügen Eligios. »Denk bitte ganz genau nach!«

»Ein einziges Mal. Sie hat von einem Engel gesprochen, dem sie einst begegnet sei, den sie aber wieder verloren habe. Einem Engel, der sie nun nicht mehr lieben könne, da sie ein Kind der Sünde sei, das niemals hätte geboren werden dürfen. Das ist alles, was ich weiß.« Erschöpft sank er auf sein Lager zurück.

»Du hast mir sehr geholfen«, sagte Leo. »Ich danke dir, Bruder, und wünsche dir von ganzem Herzen, dass deine Kräfte bald zurückkehren!«

Die Mosaiksteinchen fügen sich immer mehr zu einem erkennbaren Muster, dachte Leo beim Hinausgehen, wenngleich das Bild, das sie ergeben, so unglaublich scheint, dass man es kaum glauben mag.

»Bist du nun zufrieden?«, wollte der Prior wissen.

»Zufrieden kann ich erst sein, wenn ich alles weiß, was ich wissen muss«, lautete Leos Antwort. »Wer ist der neue Beichtvater von San Damiano?«

»Ich bin es«, sagte Fulvio. »Falls du nichts dagegen hast. Ein Amt, das mir sehr am Herzen liegt.«

Es klang überzeugend, aber konnte Leo sich wirklich darauf verlassen?

»Wie geht es Madre Chiara?«, lautete daher seine nächste Frage.

»Der Wille ist stark, doch ihre Kräfte schwinden mehr und mehr. Der Tod hält sie schon in den Armen, doch sie ist erst zum Sterben bereit, wenn sie ihr Armutsprivileg bekommen hat, das sagt sie selbst mir immer wieder. Aber wird die heilige Kirche solch eine Auszeichnung jemals einem schwachen Weib gewähren?«

Leos Gesicht hatte sich verfinstert. »Das Geringste an Ungewöhnlichem oder Auffälligem, das mir von dort zu Ohren dringt – und ich werde ...«

»*Non sentirai niente di simile!*«, zischte der Prior giftig.

»Du wirst nichts dergleichen zu hören bekommen, sei ganz gewiss!«, übersetzte der Novize hastig. Seine leicht abstehenden Ohren waren auf einmal brandrot geworden.

»Das will ich hoffen!«, sagte Leo, zu Fulvio gewandt. Dann entspannten seine Züge sich wieder. »Du bist sicherlich nicht übermäßig traurig, wenn ich während meines restlichen Aufenthaltes in Assisi nicht im Kloster wohnen werde?«

Die Lippen des Priors waren zum Strich geworden.

»Sacro Convento steht dem Visitator jederzeit zur Verfügung«, leierte der Novize herunter. »Wir frommen Brüder wären glücklich und erfreut, wenn ...«

»Schon gut!« Leo war plötzlich ungeduldig. »Wir beide wissen, wie es sich wirklich verhält. Ich werde deine Gastfreundschaft nicht unnötig strapazieren. Gut möglich allerdings, dass wir uns doch noch mal sehen werden – sobald Johannes von Parma und der Heilige Vater in Assisi eintreffen.«

»Der Papst kommt nach Assisi?« Der Prior riss die Augen weit auf. »Wann genau dürfen wir Seine Heiligkeit voller Freude begrüßen?«

»Schon sehr bald«, versicherte Leo. »Ich denke, Madre Chiara wird nicht mehr allzu lange warten müssen.«

✚

Den ganzen Tag über war es brütend heiß gewesen, doch jetzt am Nachmittag hatte der Himmel sich verfinstert. Die Luft war feucht und schwer; im Westen zuckten bereits erste Blitze.

Stella beschleunigte ihre Schritte, obwohl es ihr die letzte Anhöhe vor San Damiano nicht gerade leicht machte. Das Kleid klebte ihr am Körper, die Haare waren feucht vor Schweiß.

In einiger Entfernung vom Kloster blieb sie stehen, um nochmals ihre Gedanken zu ordnen. Ich bin hier, weil es mein gutes Recht ist, dachte sie. Und um endlich Gewissheit zu haben. Ich bin keine Bittstellerin, die man einfach abweisen kann. Aber ich will auch nicht auftrumpfen, sondern gefasst und ruhig meine Fragen stellen.

Ein Donnerschlag ganz in der Nähe ließ sie zusammenfahren. Wenn ich mich nicht beeile, dachte sie und setzte sich erneut in Bewegung, werde ich tropfnass vor der Pforte stehen.

Sie erreichte das schützende Dach in dem Augenblick, als der Regen einsetzte. Nachdem sie den Türklopfer betätigt hatte, blieb alles still. Sie klopfte wieder. Schließlich zum dritten Mal. Waren die frommen Schwestern gerade beim Beten?

Schließlich öffnete die Tür sich einen Spaltbreit.

»Was willst du?« Die Nonne, die zum Vorschein kam,

war schlank und hatte ein kantiges Gesicht. Schwarze Augen funkelten Stella unwirsch an.

»Mein Name ist Stella, Stella Lucarelli – Lucarelli nach meinen Zieheltern.« Täuschte sie sich, oder begann nicht der Unterkiefer ihres Gegenübers unmerklich zu beben? »Ich möchte zu Madre Chiara.«

»Unmöglich! Wir leben hier in strengster Klausur. Zudem ist die Äbtissin seit Langem schwer krank.«

Trotz der abwehrenden Worte war die Tür ein Stückchen weiter auf- und nicht zugegangen, was Stella sehr wohl registrierte.

»Ich muss sie trotzdem sprechen. Es geht um Suor Magdalena.« Stella atmete tief aus. Dann sagte sie den Satz, den sie sich sorgsam zurechtgelegt hatte. »Ich bin ihre Tochter. Darf ich hereinkommen?«

Der hagere Körper der Nonne wurde noch steifer. »Du hast doch gehört, was ich eben gesagt habe! Und was fällt dir überhaupt ein, solche Ungeheuerlichkeiten über eine Tote zu behaupten! Magdalena ist hier im Kloster aufgewachsen. Zeitlebens war sie eine fromme Nonne, die niemals ...«

»Ich komme gerade aus dem heiligen Tal von Rieti.« Stellas Stimme war eine Nuance höher gestiegen. »Dort war ich mit Padre Leo unter anderem in Poggio Bustone. Padre Lorenzo, der Hüter dieses Ortes ...«

»Nicht so laut!« Die Nonne trat plötzlich zurück. »Warte hier!« Sie führte Stella in den Kreuzgang. Dann war sie hinter einer Tür verschwunden.

Stella zog sich zurück unter die Arkaden, denn inzwischen regnete es in Strömen. Trotzdem gefiel ihr, was sie sah. Das Geviert mit den hellen Säulen und Kapitellen unter dem mehrfarbigen Ziegeldach, das der Regen dunkler gefärbt hatte, zeigte Geschlossenheit und Symmetrie, und dennoch war dies kein düsterer Ort, er verströmte vielmehr Ruhe und sogar eine gewisse Heiterkeit. In der Mitte sah sie eine blumengeschmückte Grabstelle mit einem schlichten kleinen Holzkreuz. Wer hier lebt, dachte sie, hat seinen Frieden mit Gott gefunden. Vorausgesetzt, er ist freiwillig hier.

Plötzlich streifte etwas Weiches ihre Wade – eine graue Katze mit Bernsteinaugen, die sich in Stellas Nähe wohlzufühlen schien, denn sie ließ sich von ihr ausführlich kraulen und begann dabei laut zu schnurren. Als sie sie hochnahm, ließ sie es sich gefallen und schmiegte sich sogar in ihren Arm.

Nach einer Weile kamen drei Nonnen schnellen Schritts auf Stella zu: die eine, die ihr geöffnet hatte, eine zweite mit eisblauen Augen, die sie eindringlich musterten, sowie eine dritte, die leicht gebückt ging und sich die Hand vor den Mund hielt, als würde sie im nächsten Augenblick zu weinen anfangen. Bei ihrem Anblick wand die Katze sich aus Stellas Armen und schoss mit einem Satz davon, nicht ohne dabei am Unterarm einen tiefen Kratzer zu hinterlassen, der heftig zu bluten begann.

»Zeig her!«, verlangte die erste Nonne. »Ich bin Suor Regula, die Infirmarin des Klosters, und verstehe etwas davon.« Sie begutachtete Stellas Arm. »Das sollten wir säubern, damit es sich nicht entzündet, und verbinden. Komm mit in meine kleine Apotheke!«

Stella gehorchte schweigend. Die anderen frommen Schwestern schlossen sich an.

Der Raum war eng und niedrig. Einfache Regale, beladen mit zahlreichen Tongefäßen und Glasphiolen. Quer waren einige Leinen gespannt, an denen getrocknete Kräuterbündel hingen. Links führte eine Tür, die angelehnt war, zu einem anderen Zimmer.

Stella zuckte zusammen, als Regula ihr eine scharf riechende Flüssigkeit auf die Wunde träufelte, unterdrückte aber jeden Schmerzenslaut. Danach wurde sie mit einem Leinenstreifen verbunden.

»Und wer seid Ihr?«, fragte Stella die anderen beiden Nonnen.

»Suor Benedetta, die Stellvertreterin von Madre Chiara«, sagte die mit den eisblauen Augen.

»Suor Beatrice, eine leibliche Schwester der Äbtissin«, stellte die Zweite sich vor, die Stella nun unverhohlen neugierig beäugte.

»Bringt Ihr mich nun zu ihr?«, beharrte Stella.

»Du hast doch schon gehört, dass dies ganz und gar unmöglich ist«, ergriff Suor Benedetta das Wort. »Unsere geliebte Mutter ist sehr krank. Ein solcher Besuch würde sie viel zu sehr aufregen ...«

»Ich bin die Tochter einer Nonne, die in diesem Kloster gelebt hat und außerhalb des Klosters ums Leben gekommen ist«, unterbrach Stella sie scharf. »Was beides mehr als merkwürdig ist, denn wie sollte Suor Magdalena in strengster Klausur schwanger werden und ein Kind zur Welt bringen? Ein Kind, das man offenbar gleich nach der Geburt eiligst von der Mutter getrennt und zu Zieheltern gebracht hat? Wie konnte sie zudem außerhalb der schützenden Klostermauern, die sie doch angeblich nicht verlassen durfte, getötet werden? All das kann nicht unbemerkt vonstattengegangen sein. Ihr und andere hier müssen davon gewusst haben. Ich werde Madre Chiara danach fragen. Ich möchte endlich die Wahrheit erfahren!«

Die drei tauschten schnell Blicke. Offenbar hatten sie sich untereinander nicht genau genug abgesprochen, wie sie reagieren sollten.

»Hab doch ein Einsehen!«, sagte Beatrice bittend. »Meiner armen Schwester sind, wie es aussieht, nur noch wenige Tage vergönnt, dann wird der Allmächtige sie zu sich berufen.«

»Das hat er mit meinem Vater bereits getan«, sagte Stella. »Padre Lorenzo von Poggio Bustone. Ich bin sicher, sein Name ist Euch allen nicht unbekannt. Er starb durch die Hand eines Besessenen, der vor ihm schon die anderen Eremiten des heiligen Tales ermordet hat. So viel Blut, das vergossen wurde – wegen eines alten Geheimnisses, das niemals ans Licht hätte kommen sollen!« Ihre Stimme war bei den letzten Worten wieder lauter geworden. »Das muss endlich ein Ende haben! Deshalb bin ich heute hier.«

Inzwischen starrten die frommen Schwestern sie an wie eine Erscheinung. Keine rührte sich mehr. Nicht einen Ton brachten sie heraus.

Endlich schien zumindest Suor Benedetta sich zu fassen. »Wir bedauern zutiefst, was dort geschehen ist«, sagte sie. »Seit jeher waren uns die frommen Brüder des heiligen Tals ganz besonders lieb und teuer.«

»Sie sind alle tot.« Stella war froh, dass die Nonnen nicht sehen konnten, wie sehr ihre Knie unter dem langen Kleid zitterten. »Heimtückisch ermordet, damit sie nichts verraten konnten. Der Eid, den sie geschworen hatten, war zugleich ihr Todesurteil. Madre Chiara muss erfahren, wie sich alles zugetragen hat!«

»Das wird sie. Bringt das Mädchen zu mir!« Die Frauenstimme von nebenan war leise, aber erstaunlich energisch. »Ich will sie sehen.«

Die Blicke der Nonnen flogen zur angelehnten Tür, in ihren Gesichtern stand blankes Entsetzen.

»Madre Chiara«, rief Benedetta schließlich, »meinst du nicht, das könnte zu anstrengend für dich sein?«

»Bringt das Mädchen zu mir!«, wiederholte die Äbtissin. »Und dann geht – alle! Ich möchte allein mit ihr sein.«

✤

Beim Anblick des Bischofspalasts von Assisi wurde Leos Herz noch schwerer, als es ohnehin schon war. Eine entscheidende Stätte im Leben Francescos – doch hatte sie ihm wirklich Glück gebracht?

Leos Blick glitt über die schweren Quader aus rötlichem Sandstein, die sich zu drei Stockwerken auftürmten. Vor diesem stattlichen Bauwerk hatte der Heilige den Streit mit seinem Vater inszeniert, sich alle Kleider vom Leib gerissen, um sie ihm vor die Füße zu werfen. Hier war er nackt gestanden, bis der Bischof sich seiner erbarmt und ihn in seinen Mantel gehüllt hatte, um die Blöße des jungen Mannes zu bedecken und den Skandal nicht noch größer zu machen, als er ohnehin schon war.

In jenes Haus war Franziskus Jahre später als Sterbender zurückgekehrt, allerdings nicht freiwillig, sondern auf Anweisung des Bischofs, einer Anweisung, der er sich später listig entzog, um auf dem blanken Boden von Portiuncula im Kreis der Brüder sein Leben ganz im Sinn seiner Botschaft auszuhauchen.

War Innozenz IV. genau aus diesem Grund im Bischofspalast abgestiegen? Um zu demonstrieren, dass einzig in seinen Händen das Schicksal der Franziskaner lag?

Leo klopfte an und wurde von einem gebückten Benediktiner eingelassen. Diese Brüder waren der Lieblingsorden des gegenwärtigen Papstes: der Tradition verhaftet, ohne gefährliche Gesinnung, die für Aufregungen und Verdruss sorgen konnte.

Der Nachfolger Petri empfing Leo in einem holzgetäfelten Saal des Erdgeschosses, dessen Hauptwand ein Bild des thronenden Jesus als Weltenherrscher einnahm. Zu seinen Füßen die Schrecknisse des Jüngsten Gerichts, links die Verdammten, von hämisch grinsenden Teufelsscharen in ewige Finsternis gerissen, zur Rechten die Seligen, die ihre Gräber aufgebrochen hatten und zum Paradies aufsteigen durften.

Innozenz saß auf einem prunkvollen Sessel, wieder ganz in Weiß gekleidet, doch sein Gesicht wirkte angespannter als bei der letzten Begegnung. Dunkle Schatten unter seinen Augen deuteten darauf hin, dass ihn viele Sorgen quälten.

Hinter ihm stand Johannes von Parma, der Leo mit einem kurzen Begrüßungslächeln bedachte. Vom Rest des Gefolges war nichts zu sehen, doch der Palast war geräumig genug, um sie alle zu beherbergen.

»Nun, geschätzter Bruder«, sagte Johannes freundlich, »was haben deine Nachforschungen über Chiara von San Damiano ergeben? Seine Heiligkeit und auch ich könnten gespannter kaum sein.« Er beugte sich zum Papst und übersetzte.

Innozenz hob seine Hand mit dem Fischerring.

Nun war Leo an der Reihe. »Für mich ist das Ergebnis eindeutig«, sagte er. »Niemand verdient das Armutsprivileg mehr als diese fromme Frau. Erteilt es ihr, Madre Chiara ist seiner mehr als würdig! Sie hat ihr ganzes Leben danach ausgerichtet und steht fast gleichberechtigt neben Franziskus, ihrem großen Vorbild, der sie in allem angeleitet und beeinflusst hat. Dabei ist sie viel mehr als nur seine Jüngerin – eine große Liebende, bereit zu Hingabe und Demut.« Er hatte so leidenschaftlich, so überzeugend gesprochen, dass der Papst und Johannes von Parma tief beeindruckt waren.

Innozenz zog die Nase leicht hoch und begann zu reden. Johannes übersetzte fließend wie gewohnt: »Beim letzten Mal schienst du Uns allerdings noch nicht ganz so überzeugt. Was genau hat den Umschwung in dir bewirkt?«

»Meine Reise nach Rieti, beziehungsweise meine Rückkehr in das heilige Tal. Die Schandtaten von Abt Matteo ...«

Der Heilige Vater hatte sich zu Johannes umgewandt und flüsterte ihm etwas zu.

»Er lässt dir sagen, dass Matteo inzwischen zu Tode gekommen ist. In seiner Zelle. Durch Selbstmord.«

»Aber kann das möglich sein?«, rief Leo. »Er lag doch in schweren Ketten!«

»Vermutlich ein Moment der Unachtsamkeit, wie er trotz aller Sorgfalt immer wieder vorkommt«, übersetzte Johannes. »Der Gefangene konnte seine Bewacher offenbar dazu bringen, ihn für kurze Zeit von den Fesseln freizumachen. Diese Gelegenheit hat er dazu benützt, um sich selbst zu richten. Er ist ohne die Gnade Gottes gestorben. Die Tore der Hölle haben sich hinter ihm geschlossen. Matteo ist verdammt bis in alle Ewigkeit.«

»Und sein Kumpan?« Leo fühlte sich plötzlich wie unter einer Steinwalze. »Jener angeblich Stumme, der mal sprechen konnte und dann wieder nicht? Ist er ebenfalls tot?«

Der schmale Mund des Papstes verzog sich, bevor er zu reden begann. Johannes von Parma fragte zweimal nach, bevor er übersetzte, und selbst dann schien ihm die Antwort einige Schwierigkeiten zu bereiten.

»Er lebt. Allerdings hat man ihn an einen sicheren Ort verbracht«, sagte er. »Besser, du weißt nicht zu viel darüber.«

»Warum?« Leos Augen hingen an Johannes' Lippen.

»Das kann ich dir nicht sagen.«

»Dann frag den Heiligen Vater, Bruder! Warum? Ich möchte es wissen!«

Die Antwort blieb aus.

»Vielleicht, weil solche Kreaturen sehr gut eingesetzt werden können?« Leo erschrak über das, was er da soeben gesagt hatte, doch er konnte und wollte jetzt nicht aufhören. »Man bedient sich ihrer, zieht sie danach ab, hält sie eine Weile versteckt – um sie bei passender Gelegenheit wieder ins Spiel zu bringen. Ist es das, Euere Heiligkeit, was Ihr vorhabt? Sieht so die lückenlose Aufklärung der Kurie aus, die Ihr anfangs versprochen habt?«

Innozenz war wütend, ungemein wütend sogar, das erkannte Leo an den grünlichen Augen des Papstes, die plötzlich alle Farbe verloren hatten und grau und trüb geworden waren. Und noch etwas begriff er in diesem Augenblick: Auch seiner hatte man sich bedient, kaum weniger skrupellos als des vorgeblich Stummen. Mochten die Taten Matteos dessen Besessenheit entsprungen sein – ein Mann wie Franziskus von Assisi, dessen Makel alle ausgemerzt waren, weil kein Einziger mehr am Leben war, der sie hätte bezeugen können, kam der Kirche mehr als gelegen. Ein Heiliger ohne Fehl und Tadel. Jemand, aus dessen Vita alles Straucheln, jeder Kampf, jede Niederlage entfernt worden waren.

Und er höchstpersönlich hatte einen entscheidenden Beitrag dazu geliefert, dass diese Vita von nun an so überliefert werden konnte!

Der Papst schien seine Fassung wiedergefunden zu haben. Seine Miene war beinahe freundlich, nur der Blick blieb kalt.

»Du hast doch nichts Auffälliges bei deinen Recherchen gefunden, Bruder Leo?«, übersetzte Johannes.

»Vier tote Einsiedler«, erwiderte Leo. »Auffällig genug für meinen Geschmack.«

»Das meinen Wir nicht. Keinerlei Schriftstücke? Briefe? Aufzeichnungen?«, bohrte Johannes auf Geheiß des Papstes weiter.

»Einer der Brüder starb unter einer Steinlawine, einer wurde kopfunter ans Kreuz geschlagen, ein anderer ist jämmerlich verbrannt ... was auch immer Geschriebenes hätte solche Urgewalten überdauern sollen?«

Eine Weile blieb es still im Saal. Die Sonne war höher gestiegen und tauchte die Erlösten auf dem Bild in warmes Licht, während die Verdammten in immer tieferes Dunkel gerieten. Von wem dieses Gemälde auch stammte – der Künstler verstand sein Handwerk. War nun auch Leos Leben in Gefahr, in Finsternis unterzugehen, weil er sich entschlossen hatte, keine Mitwisser zu haben?

Zu seiner Überraschung hatte der Heilige Vater sich erhoben. Im Stehen wirkte er gebrechlicher als im Sitzen. Das lange Exil in Lyon und der jahrzehntelang Kampf gegen Kaiser Friedrich II. hatten Spuren hinterlassen. Man munkelte von schmerzhaften Gallenkoliken, von einem ständig gereizten Magen und schlaflosen Nächten. Manche gingen sogar so weit, ein baldiges Ableben in Erwägung zu ziehen. Doch würde ein Nachfolger sich dem Anliegen Chiaras energischer annehmen?

Innozenz IV. hob die Hand und schlug das Kreuzzeichen. »Wir segnen dich, Bruder Leo, und danken dir für die Mühen und Strapazen, denen du dich in Unserem Auftrag unterzogen hast. Wir wünschen dir, dass nun eine Phase der Erholung und Neubesinnung für dich beginnt, in der dein Herz wieder demütig und rein wird und du die Bilder des Schreckens vergessen kannst, die dich offenbar vergiftet haben. Der Herr sei mit dir – du bist entlassen.«

Leo rührte sich nicht vom Fleck.

»Aber Madre Chiara?«, sagte er. »Und ihr Armutsprivileg? Was ist nun damit? Deshalb bin ich doch hier – oder etwa nicht?«

»Du wirst dich noch eine kurze Weile in Geduld fassen müssen«, übersetzte Johannes. »Ebenso wie sie selbst. Sag ihr das!«

»Und wenn sie vorher stirbt?«, rief Leo. »Jeden Tag kann es so weit sein. Was dann? Dann wäre ja alles umsonst gewesen!«

Das Gesicht des Generalministers war undurchdringlich. »Ich kann dir im Augenblick nichts anderes antworten. Seine Heiligkeit muss erst zu einem abschließenden Urteil gelangen. Der Rest liegt allein in Gottes Hand.«

✤

Hatten sie ihn bereits erwartet?

Als Leo an die Pforten von San Damiano klopfte, wurde ihm so schnell geöffnet wie niemals zuvor. Gleich drei fromme Schwestern auf einmal nahmen ihn in Empfang, Suor Benedetta, Suor Beatrice und Suor Regula, die Infirmarin, die sogleich das Wort ergriff.

»Hast du es dabei, Bruder Leo?«, fragte sie begierig. »Bist du gekommen, um ihren Qualen endlich ein Ende zu bereiten? Wir alle hoffen so sehr für Madre Chiara – und für uns alle!«

»Wie geht es ihr?«, fragte Leo, um Zeit zu gewinnen.

»Von Tag zu Tag schlechter.« Regulas kantiges Gesicht wirkte bekümmert. »Es ist nicht nur der erschöpfte Körper, der ihr zu schaffen macht. Viel schlimmer sind das endlose Warten und die Angst, sie könnte sterben, ohne ihr geliebtes Armutsprivileg erhalten zu haben.« Regulas Ton wurde strenger. »Du bist doch nicht etwa mit leeren Händen gekommen?«

»Nein, das bin ich nicht«, erwiderte Leo, was keine Lüge war, aber auch nicht die Wahrheit, die sie alle hier so sehr ersehnten. »Bringst du mich zu ihr?«

Magdalenas schlichtes Grab lag im hellen Sonnenschein. Mit einem Blick auf das Holzkreuz dachte Leo im Vorbeigehen: Du hättest deine Tochter geliebt. Und wie sehr hat Stella sich nach einer liebenden Mutter gesehnt, ein früher Schmerz, den sie niemals vergessen wird – ein Schmerz, den du selbst auch gekannt hast?

Vor der Krankenkammer blieb Leo stehen. »Lass uns nur zu zweit zu ihr hineingehen!«, bat er die Infirmarin. »Es geht um sehr persönliche Dinge, die ich mit ihr zu besprechen habe.«

»Aber Benedetta wird ihre Nachfolgerin sein, und Beatrice ist die leibliche Schwester ...«

»Trotzdem!« Leo ließ sie nicht ausreden. »Komm einfach ausnahmsweise meiner Bitte nach!«

Regula redete leise auf die beiden anderen ein, die sich schließlich mit gerunzelter Stirn davonmachten. Leo fühlte sich etwas erleichtert. Jetzt stand nur noch diese spröde Übersetzerin zwischen ihm und der *madre*, ein Problem allerdings, von dem er noch immer nicht wusste, wie er es lösen sollte.

Leo erschrak, als er die Äbtissin sah. Ihr Schädel erinnerte ihn an den eines toten Vögelchens. Die Augen lagen so tief in den Höhlen, dass sie fast gespenstisch wirkten. Die blasse Haut hatte inzwischen einen ungesunden olivfarbenen Schimmer angenommen.

Der Tod war schon im Raum, das war unübersehbar. Dennoch schien die Kranke Leo sofort zu erkennen. »*Sei tu, Leo?*«, sagte sie mühsam. »*Sei ritornato?*«

»Ja, ich bin zurück«, sagte er und trat langsam näher.

Sie hatten das Krankenzimmer ausgeräuchert, und er

war dankbar dafür. Das Aroma von Salbei und Myrrhe überdeckte wenigstens oberflächlich die süßlichen Ausdünstungen des ausgemergelten Körpers. Die Äbtissin war offenbar dabei, bei lebendigem Leib zu verfaulen, schoss es Leo durch den Kopf. Wenn der Heilige Vater sich nicht beeilte, würde er nur noch ein Häuflein Knochen vorfinden.

»*Allora*...« Da hing sie im Raum, die große, die eine Frage, die er noch nicht offiziell bejahen konnte!

Er schickte ein stummes Gebet zur Heiligen Jungfrau und fing an zu berichten. Er begann mit dem Besuch bei Fra Sebastiano, ließ dessen tragischen Tod folgen, schloss an mit dem Schicksal Fra Stefanos, fuhr fort mit dem grauenhaften Ende von Andrea und kam schließlich zu den dramatischen Ereignissen von Poggio Bustone. Das römische Intermezzo verschwieg er aus naheliegenden Gründen, doch er erwähnte mehrere Male ausdrücklich den Namen Stellas, das hatte er sich eigens vorgenommen.

Chiaras Gesicht blieb unbewegt, während er sprach. Verstand sie eigentlich, was sie da zu hören bekam? Oder war sie schon so weit vom Diesseits entfernt, dass all diese Vorkommnisse sie nur noch wie flüchtige Nebelschwaden streiften?

Als er erzählte, wie Fra Lorenzo gestorben war, löste sich eine Träne aus Chiaras Auge und netzte die eingefallene Wange. Inzwischen war die Graue unter dem Bett hervorgekrochen, leichtfüßig hochgesprungen, um sich auf Chiaras mageren Schenkeln einzukringeln.

Es war kaum mehr als ein Wispern, das vom Krankenlager kam. Regula musste sich tief nach unten beugen, um alles zu verstehen.

»Das hätte Francesco niemals gewollt. Dass jemand in seinem Namen Hand an andere Brüder legt.«

»Niemals!«, bekräftigte Leo. »Aber hätte er sich auch jemals über eine Kathedrale gefreut, angeblich erbaut, um seinen Namen für immer in den Himmel zu schreiben?«

»*Mai, mai*«, flüsterte Madre Chiara. »*Ha amato la donna povertà – come me!*«

»Niemals«, übersetzte Suor Regula. »Er hat die Herrin Armut ebenso geliebt wie ich.«

Leo zögerte kurz, dann kam er zu seinem eigentlichen Anliegen: »Die Brüder in den Einsiedeleien sind gestorben, weil sie einen Eid geschworen hatten, den sie unter keinen Umständen verletzen wollten«, sagte er. »Das solltest du noch wissen.«

Der abgemagerte Körper unter der dünnen Decke versteifte sich plötzlich. Nur die Lippen bewegten sich unmerklich.

»Ein Eid, den man abgelegt hat, ist ein großes Versprechen«, übersetzte Regula. »Beinahe ein Gelübde …«

»Ein Gelübde, das viele Tote gekostet hat«, fiel Leo ihr ins Wort. »Zu viele!«

Die dunklen Augen Chiaras schienen ihn regelrecht zu verschlingen. Da entschloss Leo sich zum Angriff.

»Es ist so stickig hier drinnen«, sagte er zur Infirmarin. »Ich bräuchte einen Schluck Wasser – frisches Wasser!«

»Ich kann dir welches holen«, erwiderte sie und ging widerwillig zur Tür.

Leo wartete, bis sie draußen war, dann fasste er in seine Kutte und zog das aufgeklebte Pergament heraus.

»Ein Brief«, sagte er. »*Una lettera, che tu conosci benissimo.* Ein Brief, den du sehr gut kennst. War er all diese Morde wirklich wert?«

Chiara schien jedes seiner Worte zu verstehen. Ihre Rechte, einer Vogelklaue ähnlicher als einer menschlichen

Hand, kam unter der Bettdecke hervor und berührte das Pergament zärtlich.

»*È una filgia, amor mio*«, begann sie zu flüstern, »*la creatura che porterà dentro di sé, per sempre, il nostro segreto* ...«

»Es ist eine Tochter, Geliebter, die für immer unser Geheimnis in sich tragen wird«, flüsterte nun auch Leo. »Ich habe dir diese Zeilen mitgebracht«, fuhr er fort, »mein Geschenk, das niemals wieder ein Menschenleben fordern darf. *Il mio regalo – per te.*«

Die dunklen Augen brannten.

»*A una condizione* – unter einer Bedingung. *Tre domande* – drei Fragen!«

Chiara nickte.

»*Dov'è il libro di Magdalena?* – wo ist Magdalenas Buch?«

»*Presso l'unica persona che ne è degna – sua figlia.*«

Bei der Einzigen, die es verdient hat – ihrer Tochter, hatte sie gesagt, falls er sie richtig verstanden hatte.

Aber wie konnte das möglich sein? Er musste unbedingt nachfragen, wie das gemeint war, aber zunächst seine anderen beiden Fragen: »*Questo C qui* – era il tuo nome? Hier stand dein Name?«, fragte er weiter und deutete auf das C auf dem verkohlten Bogen.

»*Sì*«, murmelte sie. »*Chiara.*«

»Und der Geliebte war ... *L'amorato era* ...«

Ein Geräusch an der Tür.

Blitzschnell hatte die Kranke die Katze verscheucht und das Pergament unter die Decke gezogen.

Regula kam mit einem Krug und einem Becher zurück.

»Wasser«, sagte sie unfreundlich. »Ich hoffe, du bist nun zufrieden!«

»*È stato Francesco a mostrarmi tutto.*« Plötzlich klang Chiaras Stimme fester und kräftiger. »*Senza di lui sarei stata cieca e muta.*«

»Es war Francesco, der mir alles gezeigt hat«, übersetzte Regula. »Ohne ihn wäre ich blind und taub geblieben.« Der Argwohn in ihrer Stimme war unüberhörbar. »Worüber habt ihr in meiner Abwesenheit geredet?«
Leo und Chiara tauschten einen langen Blick.
»Über die Herrin Armut«, sagte er schließlich, »der wir beide aus vollem Herzen dienen. Madre Chiara allerdings mit größerer Kraft, Schönheit und Hingabe, als ich oder irgendein anderer es jemals vermöchte – ich wünsche mir, dass dies endlich seine Belohnung findet.«
Regula übersetzte. Jetzt war Chiaras schmales Gesicht tränennass.
Leos Aufmerksamkeit wurde abgelenkt. Auf einmal schien das ganze Kloster in heller Aufregung. Er hörte Schritte, aufgeregte Frauenstimmen, das Schlagen von Türen.
Plötzlich ein lauter Schrei: »*È arrivato il Papa!*« Benedetta kam aufgelöst hereingestürzt. »*Il Papa è qui, in convento!*«
»Der Heilige Vater ist im Kloster!« Regula war aufgesprungen. »Aber das hieße ja ... das muss doch heißen ...«
»Dank sei Gott dem Herrn!«, sagte Leo. »Alles Warten hat nun ein Ende.«
Ein letzter Blick zu Madre Chiara, die die Augen geschlossen hatte und zu beten schien. Dann verließ er das Krankenzimmer.
Draußen stieß er auf Johannes von Parma, der dem päpstlichen Gefolge voraneilte. Zwei Sekretäre, zwei Notare, vier Geistliche – der kleinstmögliche Tross, der sich denken ließ, doch selbst er schien viel zu gewaltig für diese engen Mauern.
»Es ist so weit, Bruder!«, rief der Generalminister, während Leo rasch zur Seite trat, um Platz zu machen. »Seine Heiligkeit hat sich entschlossen, Madre Chiaras Herzens-

wunsch zu erfüllen – das Privileg der Armut soll ihr endlich gewährt werden!«

Innozenz IV. bemerkte Leo sehr wohl, gönnte ihm aber keinen Blick, während Benedetta und Regula unter tiefem Verneigen die Tür zum Krankenzimmer aufrissen, damit er eintreten konnte. Leo machte Johannes von Parma ein Zeichen, seit vielen Jahren erprobt in langen Stunden des Redeverbots, das in den Klöstern herrschte, und wurde sofort verstanden.

Ich muss dich sprechen, bedeutete es. Es ist äußerst dringend.

Johannes nickte kurz und berührte als Antwort das hölzerne τ auf seiner Brust, bevor er drei Finger hob, sich leicht damit auf die Wange klopfte und danach die Augen zu Boden schlug.

Das Letzte, was Leo zu sehen bekam, als er noch einmal in die Krankenkammer spähte, war ein fast überirdisches Strahlen, das Chiaras ausgezehrte Züge erleuchtete, als erblicke sie ihren himmlischen Bräutigam.

Dann ging er langsam zur Pforte.

✢

Er hatte sie in der ganzen Stadt gesucht, doch er konnte Stella nirgendwo finden. Weder bei der Messefeier in San Rufino, wo er sie zum ersten Mal gesehen hatte, noch sonst irgendwo auf den Gassen und Plätzen Assisis. Eine ganze Weile stand er sogar vor dem Haus der Lucarellis und spähte zu den Fenstern hinauf, die wegen der sommerlichen Hitze geschlossen und zusätzlich mit Holzläden verdunkelt waren. Die unsinnige Hoffnung, sie könnte doch zu den Zieheltern zurückgekehrt sein, hatte ihn hierhergetrieben, obwohl er eigentlich genau wusste, dass Stella diesem Ort für immer den Rücken gekehrt hatte.

Schließlich ging er langsam zurück zu der kleinen Herberge, in der er untergekommen war. Es wurde langsam Zeit, sich mit Fidelis auf den Weg zu machen, um Johannes von Parma nicht unnötig warten zu lassen.

Er hatte sein Ziel fast erreicht, als ihn plötzlich eine Frauenstimme ansprach – auf Deutsch!

Leo fuhr herum und erkannte jene Frau wieder, die ihn am ersten Abend in Assisi zu den Lucarellis gebracht hatte.

»Ihr seid zurück in der Stadt, *padre*?«, sagte sie in ihrem kehligen Idiom, das ihn sofort wieder an seine Mutter erinnerte.

Leo nickte.

»Aber ich werde nicht mehr lange bleiben«, sagte er. »Meine Mission ist erfüllt. Ich reite wieder nach Hause. Wie habt Ihr mich gefunden?«

»So hat Euch unsere Stadt kein Glück gebracht?«, fragte die Frau weiter, ohne auf seine Frage einzugehen.

»Glück schon, aber zugleich auch Schmerz«, sagte Leo. »Und für beides seid Ihr ein gutes Stück mitverantwortlich, ich hoffe, das wisst Ihr.«

»Ich?« Sie zog die Schultern nach oben.

»Es war doch kein Zufall, dass Ihr mich damals zu jenem Haus geführt habt!«

»Ebenso wenig wie jetzt.« Das Lächeln war aus ihrem breiten Gesicht verschwunden. »Damals wie heute bin Euch gefolgt, wenngleich auch aus unterschiedlichen Gründen. Ich bin Marta, Stellas Amme, der man den Säugling damals an die Brust gelegt hat, als er kaum mehr als einen Tag alt war. Wie eine Mutter hab ich viele Jahre für die Kleine gesorgt, sie erzogen, sprechen gelehrt, auch in meiner Muttersprache. Doch als sie älter wurde und mit ihren neugierigen Fragen begann, da hat man mich von heute auf morgen weggeschickt. So lange musste ich ohne meinen Liebling leben! Doch dann bin ich zurückgekehrt ...«

»Aber wie konntet Ihr wissen, was geschehen würde?«, unterbrach Leo sie heftig. »Wo ich doch selbst so lange gebraucht habe, um die Wahrheit zu erkennen!«

»Wie hätte ich es wissen sollen?«, fragte Marta. »Es waren bloß Ahnungen, die ich hatte. Andeutungen, Gerüchte und gewisse Ungereimtheiten, die mich stutzig gemacht hatten. Ein seltsames Gespräch zwischen den Lucarellis, das ich einmal zufällig mit angehört hatte. Ein alter Schlüssel, der noch lange in meinem Besitz war.... Doch die vielen Lügen, die auf diesem Haus lasteten, die hab ich sehr wohl gespürt! Als ich Euch damals sah, erschient Ihr mir genau der Richtige zu sein, um die Dinge ins Rollen zu bringen. Und seid Ihr das nicht auch, *padre* Leo?« Das Lächeln war auf ihren Zügen zurück.

»Ihr habt mit Stella gesprochen!«, rief er. »Sie hat Euch alles erzählt.«

Sie sah ihn schweigend an.

»Bringt mich zu ihr!«, verlangte Leo. »Ich muss sie sehen!«

»Das kann ich nicht«, sagte Marta. »Man hat sie nach San Damiano gerufen. Madre Chiara liegt im Sterben. Ihre Seele wird endlich erlöst werden.«

»Madre Chiara wollte Stella bei sich haben?«, fragte Leo ungläubig.

»Sie haben schon am frühen Morgen nach ihr geschickt. Als es gerade erst hell wurde. Stella ist sofort zum Kloster aufgebrochen. Es muss ein langer, schmerzlicher Abschied sein.«

»Irgendwann wird sie von dort zurückkehren«, sagte Leo. »Erschüttert über den neuerlichen Verlust. Wo finde ich sie dann?«

Marta hatte sich ihm einen Schritt genähert. »Stella wird trauern wollen – auf ihre Weise. Ungestört. Das wisst Ihr. Doch wo könnte sie das tun? Das Grab ihres gerade erst wiedergefundenen Vaters liegt weit entfernt von hier, *padre* Leo. Ihre Mutter ruht in der Klausur der frommen Schwestern.« Sie sah ihn zwingend an. »Wohin noch könnte sie gehen?«

»Ich weiß es nicht«, sagte er. »Ihr kennt sie besser als ich.«

»Das war einmal. Jetzt gibt es niemanden mehr, der Stella näher sein könnte als Ihr. Denkt an die Umstände von Magdalenas Tod!«

Leo sah sie an – und plötzlich begann er zu nicken.

✢

Johannes von Parma stand vor der Wand, von der das τ leuchtete, das Leo frischer und strahlender denn je erschien.

»Der beste aller Orte«, sagte er, als er Leo erblickte, der die Portiuncula-Kirche soeben betreten hatte. »Hier ist Francesco lebendig wie damals.«

»Der beste aller Orte«, wiederholte Leo. »Ihr dürft ihn nicht dem Verfall preisgeben! Das Kirchlein hier ist nicht minder heilig als die große Kathedrale, die viele Pilger anzieht.«

»Das werden wir nicht«, sagte Johannes. »Aber wir müssen behutsam vorgehen – Portiuncula erhalten, ohne ihm die Schlichtheit der ersten Stunde zu nehmen.«

Er legte Leo die Hand auf die Schulter. »Sie ist tot, Leo. Madre Chiara ist vor wenigen Stunden gestorben, versöhnt mit Gott und endlich im Besitz jenes Armutsprivilegs, dem sie ihr Leben geopfert hat. Du hast einen großen

Teil zu ihrem Frieden beigetragen. Ich möchte dir dafür danken.«

»Ich habe lediglich getan, was du mir aufgetragen hast«, sagte Leo. »Ein treuer Diener des heiligen Franziskus, der gehorcht – und handelt, wenn es nötig ist.«

»Ich kann nur hoffen, dass das Privileg den frommen Schwestern von San Damiano nicht allzu bald wieder genommen wird, nachdem Chiara nun für immer die Augen geschlossen hat«, sagte Johannes.

»Was willst du damit sagen?«, fragte Leo.

»Weißt du denn nicht, was der Heilige Vater mit dem Testament Francescos angestellt hat? Verwässert hat er es und verändert, bis nicht mehr viel davon übrig geblieben ist. Die Brüder dürfen arm bleiben, der Orden freilich kann Besitz verwalten – niemals hätte der *poverello* das so gewollt! Wenn man schon mit seinem Vermächtnis so umgeht, was wird dann erst binnen Kurzem auf die Jüngerinnen Chiaras zukommen?«

Er klang so verbittert, dass Leo aufhorchte. »Was wünschst du dir, Fratello Giovanni?«, fragte er sanft.

»Dass endlich Ruhe im Orden eintritt und die Flügelkämpfe aufhören. Doch leider ist genau das Gegenteil der Fall. Die Lager sind gespaltener denn je: die einen, die das Lob des großen Heiligen in vollem Pomp in die Welt hinausposaunen wollen, und die anderen, die sich darauf berufen, wie alles begonnen hat – in reinster, purer Armut, der Herrin, der Francesco bis zu seinem Tod gedient hat.«

Leo betrachtete den Generalminister nachdenklich.

»Ich muss dich nicht fragen, zu welchem Flügel du gehörst«, sagte er schließlich.

Johannes wirkte müde. »Ich hab mich nicht nach diesem Amt gedrängt, doch als man mich gewählt hat, war ich entschlossen, es nach bestem Wissen und Gewissen zu führen.«

»Das klingt beinahe wie ein Abschied«, sagte Leo.

»Und das aus deinem Mund, *fratello*?«, erwiderte Johannes leise. »Weshalb wolltest du mich sprechen?«

»Du weißt es«, sagte Leo.

»Ich muss es von dir hören.«

Leo begann unruhig auf und ab zu gehen.

»Ich habe mich ebenfalls nicht nach dieser Mission gedrängt«, begann er schließlich. »Doch nachdem du mich auserwählt hattest, war ich kompromisslos dazu bereit. Das musst du wissen.«

»Du sprichst in der Vergangenheit?«

»Ja, das tue ich. Wie hätte ich ahnen sollen, was mit mir geschehen würde? Ich habe die Liebe gefunden, Johannes – die Liebe zu einer ganz besonderen Frau. Ich hätte Stella in Poggio Bustone beinahe verloren. Ich könnte es nicht ertragen, sie noch einmal zu verlieren.«

»Aber das ist es nicht allein, oder?«

»Der Orden war meine Familie. Meine Gegenwart. Meine Zukunft. Mein Herz schlägt noch immer für Franziskus, und das wird auch so bleiben bis zum allerletzten Atemzug. Aber ich kann kein Mönch mehr sein. Ich werde nicht ins Kloster nach Ulm zurückkehren.«

»Du bittest um Dispens? Das muss an höherer Stelle entschieden werden, und das weißt du.«

»Ich bitte darum. Von ganzem Herzen. Du weißt, wer Stella ist?«

Johannes nickte leicht.

»Dann hilf mir dabei, ich flehe dich an!«

»So ernst ist es dir, Leo? Mit allem, was dieser Schritt nach sich zieht?«

»Niemals im Leben war es mir ernster!«

»Aber wovon willst du leben – gesetzt den Fall, du erhieltest den Laienstatus tatsächlich zurück? Die Welt außerhalb der Klostermauern ist gefährlich und rau. Niemand wird dir mehr eine Kutte zur Verfügung stellen, keiner mehr deine leere Bettelschale füllen ...«

»Das weiß ich, aber ich fürchte mich nicht davor«, sagte Leo. »Ich bin stark. Ich werde kämpfen.« Johannes berührte das τ an der Wand.

»Das Göttliche kommt zu uns Menschen in verschiedener Form«, sagte er leise. »Manch einen trifft es wie ein Blitz, den Nächsten streift es wie eine sanfte Brise. Wieder andere erhalten ein Geschenk vom Himmel, das für sie Segen und Fluch zugleich bedeuten kann.«

»Du sprichst in Rätseln, Johannes!«, rief Leo. »Was hat das alles mit mir zu tun?«

»Dein Bruder Ulrich ist tot«, sagte Johannes von Parma. »Die Nachricht hatte uns schon erreicht, als du uns jüngst in Rom besucht hast, aber es erschien uns besser, sie noch eine Weile zurückzuhalten.«

»Ulrich ist tot?« Leo schüttelte den Kopf. »Das kann ich nicht glauben. Er war immer so stark, so mutig. Ich dachte, Ulrich würde niemals sterben. Und jetzt werde ich ihn nie mehr wiedersehen können.« Er wandte sich ab.

»Ein Jagdunfall. Schon vor einer ganzen Weile. Und hat dein Bruder Ulrich nicht zwei Töchter – und keinen Sohn?«

»Zwei Mädchen, ja. Fast schon erwachsen. Er und seine Frau hatten die Hoffnung auf einen Erben niemals aufgegeben.« Leo drehte sich wieder zu Johannes um. »Aber was ...«

»Burg Falkenstein braucht also einen neuen Herrn.« Der Generalminister sprach wie zu sich selbst. »Jemand, der den gräflichen Verpflichtungen nachkommt. Jemand, der seine Nichten angemessen verheiratet, der sich der Witwe annimmt und dafür sorgt, dass es ihr an nichts fehlt. Jemand vor allem, der sich der heiligen Kirche und dem

Papst gegenüber loyal verhält und niemals die Segnungen vergisst, die ihm zuteilgeworden sind. Könntest du dich dazu bereit erklären, so würde ich meinerseits den Versuch unternehmen, den Heiligen Vater in dieser Angelegenheit angemessen zu beraten.«

Johannes' Augen waren plötzlich feucht geworden.

»Aber du weinst ja!«, rief Leo, dem ebenfalls Tränen über die Wangen liefen. »Du weinst – doch nicht meinetwegen?«

»Es gibt da eine kleine Höhle beim Kloster Greccio«, sagte Johannes leise, »die schon lange auf mich wartet. Nicht auf den Generalminister der Franziskaner, der Aufträge erteilen, Fraktionskämpfe schlichten und päpstliche Bullen ertragen muss, sondern auf Giovanni, den Gläubigen, der sein Herz und seine Seele Francesco geschenkt hat. Der Heilige ruft mich, Bruder! Ich kann den *poverello* hören.« Er legte die Hand an sein Ohr, als würde er lauschen. »Bald werde ich ganz bei ihm sein. Ich möchte ihn nicht mehr allzu lange warten lassen.«

Leo zögerte, dann aber waren seine Gefühle zu stark. Er breitete die Arme weit aus.

»Komm zu mir, du großer Reisender!«, sagte er. »Dem ich so vieles verdanke. Eine letzte Umarmung, bevor wir in gegensätzliche Richtungen aufbrechen.«

Epilog

Die ganze Nacht hatte es heftig geschneit, und als Stella im Morgengrauen die Schweinsblase vorsichtig ein Stück zur Seite schob, um hinauszuspähen, schimmerte die Welt unter ihr in glitzerndem Weiß. Noch immer war alles neu für sie: die Burg mit ihren festen, grauen Quadern; der Wald, der gleich unterhalb begann und so dicht und dunkel war, dass man Angst bekommen konnte, sich in ihm zu verlieren; Ottilie, Ulrichs schmallippige Witwe, und ihre Töchter, die sie nach wie vor wie einen Eindringling behandelten, der sich dreist in die Familie gedrängt hatte; die Mägde und Knechte, die ihr zwar dienstfertig und respektvoll begegneten, deren Dialekt jedoch in ihren Ohren so seltsam klang, dass sie ihn noch immer kaum verstand; und der Mann, der neben ihr unter der Fuchsdecke schlief.

Sein Ordenskleid hatte Leo bereits abgelegt, als sie im vergangenen August von Assisi aus in seine alte Heimat aufgebrochen waren, doch manchmal kam es Stella vor, als trüge er noch immer eine unsichtbare Kutte.

Vielleicht würde es leichter werden, sobald der päpstliche Dispens endlich bewilligt war. Ein Schreiben Johannes von Parmas, vor wenigen Tagen mit einem Boten auf Burg Falkenstein eingetroffen, hatte ihnen neue Hoffnung beschert. Dann gälte sie nicht länger als Graf Leonharts Kebse, über die die Familie, das Dorf und die ganze Umgebung ungeniert tuscheln konnten. Dann könnte er sie endlich zu seiner Frau machen.

Wie in vielen Nächten seit ihrer Ankunft, in denen böse Träume sie heimgesucht hatten, griff Stella auch jetzt nach dem schmalen Buch – dem Vermächtnis ihrer toten Mutter. Magdalena war keineswegs freiwillig in den Abgrund gesprungen, das wusste Stella inzwischen. Chiara selbst hatte ihr Magdalenas Aufzeichnungen anvertraut, jenes Beweisstück, nach dem Leo vergeblich gesucht hatte und das er trotz aller Bemühungen nicht hatte finden können – weil es unter dem Betttuch der Äbtissin versteckt war.

»Niemand verdient es mehr als du«, hatte Chiara gemurmelt. »Ich wünsche dir mehr Glück im Leben, mein Kind, als sie es hatte. Du wirst es lesen und danach verbrennen.«

Hätte Stella damals schon ahnen können, was diese Zeilen alles enthielten?

Magdalena, die nicht ahnte, woher sie stammte, und die jahrelang an die Legende vom an der Klosterpforte abgelegten Säugling geglaubt hatte. Die trotzdem der Äbtissin gegenüber stets ein seltsames Gefühl beibehalten hatte, weil diese ausgerechnet im Umgang mit ihr überstreng und unnahbar gewesen war. Die sich vergeblich nach Liebe gesehnt hatte – bis jener Engel in ihr Leben getreten war: Lorenzo.

Sie hatte sich in den Mönch verliebt und war mit ihm weggelaufen, hatte ein Kind erwartet und ausgerechnet in einer Einsiedelei Unterschlupf gesucht. Gewaltsam war sie nach San Damiano zurückgebracht worden, als die ersten Gerüchte die Runde machten, worauf sie ihr Kind im Kloster zur Welt brachte und gleich danach wieder verlor. Magdalena verharrte fortan in Trübsinn und Gleichgültigkeit – bis sie eines Tages ein Gespräch zwischen Chiara und deren Schwester Beatrice belauschte, das alles für sie verändern sollte.

Wenig später kam zudem Lorenzos Brief, heimlich überbracht von einem Bruder des Sacro Convento, der die Nonnen in ihrer Klausur mit Essen versorgte. Von schlechtem Gewissen geplagt, weil er nicht entschiedener für Magdalena eingestanden war, hatte Lorenzo seinen Schwur gebrochen und ihr das Geheimnis ihre Herkunft enthüllt.

Magdalena wiederum hatte sich nicht anders zu helfen gewusst, als sich heimlich Pergament und Tinte zu beschaffen, um sich alle Zweifel und alle Ängste von der Seele zu schreiben. Ihr schließlicher Entschluss, sich einem Beichtvater zu öffnen, wurde ihr Todesurteil. Denn auf Padre Eligio, dem sie rückhaltlos vertraut hatte, folgte Abt Matteo, der Schatten. Er täuschte sie, lockte sie, konnte sie schließlich sogar überreden, zweimal heimlich das Kloster zu verlassen. Im Schutz des Beichtstuhls plante er ihren Tod, den ersten einer Reihe weiterer Morde ...

Stella begann plötzlich zu frösteln und hüllte sich in den Walkumhang, den Leo bei seinen Wanderungen durch den Wald zu tragen pflegte. Der Duft des geliebten Mannes machte sie wieder ruhiger. Sie war nicht länger allein, auch wenn Chiara, Magdalena und Lorenzo nicht mehr lebten.

Der Aufforderung Chiaras, Magdalenas Buch den Flammen zu übergeben, war Stella nicht nachgekommen, und diese Eigenmächtigkeit hatte sie bislang nicht bereut. Nun war sie die Hüterin jener Enthüllungen, und auch das Geheimnis der Äbtissin von San Damiano würde sie bis zum letzten Atemzug schützen und bewahren.

✤

»Nie zuvor kamen diese Worte über meine Lippen«, hatte die sterbenskranke Chiara ihr zugeflüstert. »Aber du sollst erfahren, wie es sich damals zugetragen hat. Er war mein Vorbild, mein Freund, mein innigst Vertrauter – niemals habe ich einen Menschen mehr geliebt. Er hat sich meiner angenommen, als ich von zu Hause fortgelaufen bin, er hat mir die Haare abgeschnitten, damit sie mich nicht mehr zwangsverheiraten konnten, für mich ein Kloster gesucht, das mich aufnehmen sollte. Doch was sollte ich bei den reichen Benediktinerinnen und ihrem eitlen Spitzenklöppeln?«

Später hat er sie nach San Damiano gebracht. Das Kloster war baufällig damals, beinahe eine Ruine, und die beiden haben zusammen gearbeitet, bis ihnen die Blasen an den Händen aufplatzten. Eine Zeit voller Seligkeit – doch Chiara spürte von Tag zu Tag stärker: Er will, er muss fort!

Lange hat er ihr seine Pläne verschwiegen, um sie zu schonen, doch als sie es ihm schließlich auf den Kopf zusagte, da gab er es zu.

In jener Nacht ist sie zu ihm gegangen.

Francesco schlief auf der blanken Erde, Francesco mit seinen großen Ohren, den kleinen Füßen und der lustigen Nase. Er trug sein armseliges Gewand, wegen dem viele ihn seit Jahren verspottet hatten.

Doch für Chiara war alles anders. Ein Engel war für sie vom Himmel gestiegen, ein Cherubin in Menschengestalt. Kein Mann war ihr jemals schöner erschienen.

Er wollte sie wegschicken, als er erwacht war und ihre Nähe spürte, nannte sie Teufelin, Schlange und böse Versuchung. Doch sie verschloss ihre Ohren gegen seine Worte und umarmte ihn wieder und wieder, bis schließlich sein Widerstand erlosch und er nachgab.

Zusammen lagen sie im Gras, über ihnen die funkelnden Sterne, sein Atem an ihrer Haut, ihr Körper wie eine

Lautensaite angespannt vor Glück. »Damals fühlte ich mich wie eine reine Braut, *seine* Braut, und das war ich in diesem Augenblick ja auch, bevor ich für alle Zeiten die Braut Christi werden sollte. Sein Lächeln war dunkel und rätselhaft, das konnte ich sogar im Mondlicht erkennen, doch nachdem wir uns geliebt hatten, weinte er. Von dem Kind, das ich empfangen und geboren habe, hat er erst viel später erfahren, in jenem Brief, den ich ihm unvorsichtigerweise geschickt habe. Jenes Schreiben, dessen Fragmente die Einsiedler untereinander aufteilten, damit sie niemals in die falschen Hände geraten konnten. Aus Pietät Francesco gegenüber haben sie die Teile nicht vernichtet, sondern aufbewahrt – wer hätte ahnen können, welches Leid sie einmal verursachen würden!«

Stella wischte sich die Tränen ab, die ihre Augen netzten, sobald sie daran dachte.

Die Nonnen hatten Chiara in den Sarg gebettet, eine Abschrift des Armutsprivilegs auf der Brust, ohne die sie diese Welt nicht hatte verlassen wollen. An ihrer Seite waren zwei alte Gefährten Francescos, die die Kunde von ihrem Tod an ihr Lager gerufen hatte.

Unter das päpstliche Privileg freilich hatte Chiara in einem unbeachteten Augenblick mit eigenen Händen noch etwas anderes geschoben: ein Pergament, zusammengesetzt aus mehreren Teilstücken, mit einem halb verkohlten C. am Schluss. Zusammen mit der Toten sollte das Schriftstück ewige Ruhe finden.

✢

Leo begann sich in der Bettstatt zu bewegen. Seine Hände suchten nach Stella – und fanden doch nur Leere.

»Stella?«, hörte sie ihn murmeln.

Ihr Herz begann schneller zu schlagen wie jedes Mal, wenn sie ihren Namen aus seinem Mund hörte. Würde sie bald sein Kind tragen? Ilaria hatte ihre Zwillinge bereits zur Welt gebracht. In vielen Nächten träumte Stella von der Mutterschaft.

Leo war kein Herr, wie sein toter Bruder es gewesen war: hochmütig und hart, der Not seiner Bauern gegenüber rücksichtslos. Leo hörte genau zu, erteilte Rat – aber er konnte auch ein strenges Urteil fällen, sobald jemand ihn anlog oder versuchte, ihn zu betrügen. Ein Teil von ihm würde stets Mönch bleiben – und darum liebte sie ihn nur umso mehr.

»Stella!« Die Stimme vom Bett wurde dringlicher. »Stella – bist du da?«

»Ja, Leo«, sagte sie, ließ den Umhang fallen und kroch wieder unter die wärmende Fuchsdecke zu ihm ins Bett. »Solange du atmest – ich werde da sein. Aber jetzt musst *du* erst einmal meine Zunge und mein Ohr sein, versprochen?«

Historisches Nachwort

Franziskanien«, so könnte man Umbrien, das grüne Herz Italiens, fast nennen, denn der heilige Franziskus erfreut sich seit mehr als 700 Jahren ständig wachsender Popularität. Wie kaum ein anderer Heiliger der katholischen Kirche vereinigt er unter seinen Bewunderern, was sonst kaum unter einen Hut zu bringen ist: Gläubige und Agnostiker, Junge und Alte, Frauen und Männer, Esoteriker und solche, die dogmatisch an der katholischen Lehre festhalten. Er ist nicht nur der Patron von Italien und Assisi, sondern auch der Armen, Lahmen, Blinden, Strafgefangenen und Schiffsbrüchigen, der Weber, Tuchhändler, Schneider und Sozialarbeiter. In Pestzeiten wurde er verstärkt angerufen. Oft wird er umgeben von Tieren abgebildet, die er sehr liebte und denen er erstmals im Mittelalter eine eigene Stimme gab. Andere Darstellungen zeigen ihn mit den Wundmalen Jesu, die er als Erster empfing. Inzwischen hat sich in seiner früheren Heimat ein regelrechter Franziskus-Tourismus entwickelt, der schon bald ähnliche Formen wie die Frequentierung des Jakobswegs annehmen könnte: Reisende und Pilger fahren, wandern oder radeln in allen nur denkbaren Preisklassen auf den Spuren des Heiligen, um seiner Aura nah zu sein.

Ein Heiliger – ein Phänomen?

Franziskus vereinigt so viele Gegensätze in sich, dass einem schwindelig werden könnte. Einerseits erscheint er so nah, so warm, so unmittelbar und in seiner Menschen- und Tierliebe geradezu modern, dass man ihn als einen der Unsrigen betrachten möchte, dann aber wieder ist er in seinen Ansichten und seinem Verhalten so radikal mit sich selbst und gegenüber anderen, dass man Angst bekommen könnte. Einer, der mit allem bricht, um zu neuen Ufern aufzubrechen. Einer, der alles hinter sich lässt, um alles zu gewinnen.

Erschöpft sich damit unser Wissen von Francesco?

Wer war dieser Mann?

Giovanni Battista wurde um 1181 als Stammhalter des reichen Tuchgroßhändlers Pietro Bernardone dei Moriconi und seiner Frau Pica Bourlemont in Assisi geboren. Der Vater, der oft in Frankreich geschäftlich unterwegs war, nannte seinen Sprössling von klein auf Francesco – und dabei blieb es auch. Der Reichtum seines Elternhauses sorgte für eine unbeschwerte Jugend in Wohlstand. Francesco lernte Lesen, Schreiben und etwas Latein in der Schule der Pfarrei San Giorgio, und der Vater ging davon aus, dass der Sohn eines Tages beruflich in seine Fußstapfen treten würde. Der Junge entpuppte sich als freundlicher, stets zu Scherzen aufgelegter Faulpelz, der wenig davon hielt, seinen Kopf übermäßig zu strapazieren. Das steigerte sich, als er heranwuchs: Mit dem väterlichen Geld hielt er seine Kumpane bei ausgelassenen Festen frei, trank, spielte und hurte – ein echter Playboy, wie man heute sagen würde.

Im November 1202 zog er mit vielen anderen Altersgenossen (als Vertreter des staufischen Lagers) in einen Krieg gegen Perugia (welfisches Lager), in dem Assisi unterlag. Francesco wurde mit den anderen wohlhabenden Söhnen unter erbärmlichen Bedingungen eingekerkert und kam erst 1204 gegen eine hohe Lösegeldzahlung seines Vaters wieder frei. Sein Jugendtraum, Ritter zu werden, war erschüttert; Gesundheit und Lebenskraft waren schwer angegriffen. Dennoch machte Francesco sich 1205 noch einmal mit Pferd und Rüstung auf den Weg nach Apulien, um sich Walter III. von Brienne anzuschließen, der für den Papst kämpfen wollte, kehrte aber bereits auf dem Weg dorthin um. Die Legende erklärt dieses Verhalten mit einem Traum, der ihn dazu aufforderte, nicht dem »Knecht« (also dem Papst), sondern lieber gleich dem »Herrn« (also Gott) zu dienen.

Er wurde »wunderlich«, so seine Umgebung, mied die ausgelassenen Feste und unternahm wohl noch um 1205 eine Wallfahrt nach Rom, auf der er unterwegs die Kleider mit einem Bettler tauschte, um das Leben in vollkommener Armut auszuprobieren. Im gleichen Jahr fühlte sich Francesco beim Gebet in San Damiano von der Kreuzikone persönlich angesprochen: »*Franziskus, geh und baue mein Haus wieder auf, das, wie du siehst, ganz und gar in Verfall gerät!*«

Francesco erbettelte Baumaterial und begann, die kleine romanische Kirche eigenhändig wiederherzustellen. Dazu stahl er auch unbekümmert Waren und Geld aus dem väterlichen Lager. Der Konflikt mit dem Vater eskalierte, bis Pietro schließlich im Frühling 1206 eine Gerichtsverhandlung gegen seinen Sohn anstrengte. Auf dem Domplatz entkleidete Francesco sich öffentlich, worauf ihn der Bischof eiligst mit seinem Mantel bedeckte, um keinen noch größeren Skandal hervorzurufen. Francesco sagte sich von Pietro los; ab jetzt sei der Vater im Himmel sein einziger Vater. Danach lebte er außerhalb Assisis als Einsiedler, ging von Haus zu Haus und bettelte, um nicht zu verhungern. Die selbst gewählte Armut nannte er – in Anspielung auf den Minnesang – »seine Herrin«. Außerdem kümmerte er sich um die Pflege der Aussätzigen, die außerhalb der Stadtmauern leben mussten.

1208 wurde eine Textstelle des Matthäus-Evangeliums für ihn zur Offenbarung: »*Geht aber und predigt ... Ihr sollt weder Geld noch Silber noch Kupfer in euren Gürteln haben, auch keine Reisetasche, auch nicht zwei Hemden, keine Schuhe, keinen Stecken ...*« (Matth. 10,7–10). Gemäß dieser Bibelworte kleidete Francesco sich in eine einfache Kutte, die nur ein Strick hielt (bis heute erhalten und in der Tat sehr eindrucksvoll). Er lehnte den Besitz von Geld strikt ab und ging nach Möglichkeit barfuß (und das in Umbrien, das jede Menge »Wetter« hat!).

Bald schon scharten sich die ersten Gefährten um ihn. Der reiche Adelige Bernardo und der Rechtsgelehrte Pietro lebten mit ihm zusammen in einer Hütte im Rieti-Tal. Wenig später übergab der Abt der Benediktinerabtei am Monte Subasio den Brüdern das Kirchlein Portiuncula, in dessen Nachbarschaft sie einfache Reisighütten errichteten, um darin zu leben.

1209 ging Francesco mit seinen inzwischen zwölf Gefährten (nach dem Beispiel Jesu) nach Rom, um von Papst Innozenz III. die Anerkennung der Lebensweise ihrer kleinen Gemeinschaft zu erhalten – so steht es jedenfalls in vielen Büchern geschrieben. Die Wahrheit dürfte ein wenig anders ausgesehen haben: Menschen, die sich so radikal von der Gesellschaft abwandten wie Francesco, konnten schnell als Verrückte oder Häretiker betrachtet werden, mit denen man lieber kurzen Prozess machte. Doch gelang es Francesco, den Papst für sich einzunehmen – oder, wie ich es sehe, Innozenz III. war klug genug, diesen charismatischen jungen Mann *nicht* aus der Kirche auszuschließen. Er gewährte ihm die erste franziskanische Regel, die *regula primitiva*, die allerdings nicht erhalten ist.

Die Brüder durften also nach 1210 dieser Regel gemäß in Armut leben und Buße predigen, wenngleich es erst 1215 zu einer schriftlichen Zustimmung kam. Diese war wichtig, denn mit ihr waren die Brüder nicht mehr an die engen Mauern eines Klosters gebunden!

1219 reiste Francesco als Missionar nach Palästina, um sich dem Kreuzfahrerheer anzuschließen. Er predigte u. a. in Ägypten, aber sein Gesundheitszustand verschlimmerte sich seit dieser Reise rapide, vor allem zog er sich eine Augeninfektion zu, die nie mehr heilen sollte. Während seiner Abwesenheit kam es zu großen Spannungen innerhalb der explosiv wachsenden franziskanischen Bewegung, die sich bereits über ganz Europa ausgebreitet hatte. Francesco gab die Ordensleitung an Petrus Catani ab und verfasste auf Druck der Kurie 1223 in der Einsiedelei Fonte Colombo die endgültige Regel für den Orden.

Schwer krank zog er sich 1224 auf den Berg La Verna zurück, wo er eine Felsnische als Einsiedelei bewohnte. Dort empfing er die Stigmata. Sein asketisches Leben forderte seinen Tribut: nahezu blind, magenkrank und durch ständiges Fasten geschwächt, hielt er sich 1226 für einige Zeit im Palast des Bischofs von Assisi auf. Doch als er sein Ende kommen fühlte, ließ er sich zur Portiuncula-Kirche tragen, um dort nackt auf der Erde zu sterben. Einer der Gefährten erbarmte sich und bedeckte ihn. Als er die Augen schloss, sollen der Legende nach Schwärme von Lerchen aufgeflogen sein.

Bereits 1228 wurde Francesco heiliggesprochen; seit 1230 liegen seine Gebeine in einem Steinsarg in der Unterkirche der Basilika San Francesco in Assisi.

Wenn man diese Lebensgeschichte in Kurzform liest, könnte man fast zur Ansicht gelangen, Francesco sei eine Art Spinner gewesen, dem Wahnsinn näher als der Erleuchtung. Wie also konnte es dazu kommen, dass dieser Mann Vorreiter einer riesigen Bewegung wurde, die bis heute virulent ist?

Francesco muss eine ungewöhnliche, charismatische Persönlichkeit gewesen sein, ein Mann, der alle entzünden konnte, die in seiner Nähe waren. Seine Forderung nach Armut in der Nachfolge Jesu und der zwölf Apostel traf eine reiche, satt gewordene Herrschaftskirche, die sich in vielem sehr weit vom Urchristentum entfernt hatte, mitten ins Herz. Zeitgenossen sahen in ihm »einen zweiten Jesus«, den wahrhaften Nachfolger des Messias, der durch sein Leben, seine Predigten und seine Taten wieder dorthin zurückführte, wo der reine, heilige Anfang gewesen war. Heute ist Francesco der Heilige Italiens. Er wird als Beschützer und Fürsprecher der Tiere gesehen, die seine Nähe suchten wie die Menschen, und er verbindet als Integrationsfigur sogar unterschiedliche Konfessionen. Sein »Sonnengesang« – auf Italienisch viel schöner: *Il canto delle creature* – wird von Jugendlichen und Erwachsenen gleichermaßen geliebt.

Ist das wirklich alles, was wir über Francesco wissen?

Denn man kann kaum von Francesco reden, ohne Chiara zu erwähnen. Sie kamen aufeinander zu und blieben einander zeitlebens zugewandt. Beide wählten die extreme Armut und die Fülle des göttlichen Reiches.

Beide predigten bedingungslose Liebe ....

Chiara war im besten Sinn des Wortes eine radikale Frau, eine ver-rückte Heilige. Ver-rückt muss frau ja wohl sein, wenn sie die Armut so sucht und liebt wie diese Heilige aus dem 13. Jahrhundert. Was kann Klara modernen

Frauen sagen? Vielleicht, dass sie sich gegen viele bürgerliche Normen ihrer Zeit stellt? Dass sie sogar Päpsten die Stirn bietet und nicht ein Jota von ihrer Überzeugung abweicht? Dass sie konsequent ihren eigenen Weg sucht und geht, ohne sich von Krankheit, Verleumdungen und Rückschlägen abbringen zu lassen?

Wer war diese Frau?
Chiara Offreduccio entstammte einer adeligen Familie, die in Assisi beheimatet war, und kam dort um 1193 als älteste Tochter zur Welt. Hineingeboren in die klare Ordnung der feudalen Gesellschaft ihrer Zeit, lebte sie in den vornehmen Gassen der Oberstadt. Sie wuchs unter Frauen auf und erhielt eine vorzügliche Erziehung. Behütet von den dicken Mauern im Wohnturm der Familie, wurde sie von Armut und Elend ferngehalten, die in der Unterstadt herrschten. Sie sollte die Welt nicht vor der Hochzeit kennenlernen, und dann an der Seite eines möglichst reichen und mächtigen Ehemanns, der ihr auch künftig alle Sorgen abnehmen würde. Nur der Kirchgang ermöglichte ihr einen Blick über die Grenze und ließ sie in eine Welt da draußen schauen, die so ganz anders war. Was die junge Chiara dabei sah, führte dazu, dass sie Geld und Lebensmittel verschenkte und begann, sich solidarisch mit den Armen zu zeigen.

1202, beim Krieg gegen Perugia, mussten viele Wohlhabende aus Assisi fliehen, darunter auch Chiaras Familie. Dies stellte den ersten Bruch mit ihrem wohlbehüteten Leben dar. Wenig später hörte Chiara zum ersten Mal von Francesco, dem einstmals reichen Tuchhändlerssohn, der sein Hab und Gut verschenkte, sich den Aussätzigen widmete und schließlich ganz und gar mit der Welt seiner Eltern brach.

Ein Name, der sie treffen sollte wie ein Blitz.

Zuerst unterstützte Chiara den Rebellen Gottes heimlich mit Geld und Sachleistungen, doch dann wurde der Wunsch, nach seiner Weise zu leben, immer stärker in ihr. Über zwei Jahre lang verabredeten die beiden sich heimlich außerhalb der Stadt. Danach traf Chiara ihre Entscheidung.

In der Nacht zum Palmsonntag des Jahres 1212 ließ sie ihr altes Leben hinter sich und verließ die Oberstadt. In der Ebene außerhalb Assisis, bei der kleinen Kirche Portiuncula, wurde sie von Francesco und einigen Brüdern erwartet. Dort legte sie das Gelübde eines Lebens nach Francescos Regeln ab. Er selbst schnitt ihr die Haare ab und bekleidete sie mit »einem ärmlichen Gewand«.

Was wollte diese junge Frau eigentlich?

Religiös bewegte Frauen und Männer konnten in dieser Zeit nicht zusammenleben, ohne dass sie Gefahr liefen, der Häresie und Schlimmerem verdächtigt zu werden. Chiara suchte einen Ort, an dem sie verwirklichen konnte, was in ihr keimte. So kam sie eine Weile im Konvent der Benediktinerinnen unter. Doch in diesem reichen Kloster fühlte sie sich schon bald fehl am Platz. Nach großen Auseinandersetzungen mit der Familie, die sie zur Heimkehr nötigen wollte, wechselte sie zur kleinen Gemeinschaft der Waldschwestern, die vor den Toren der Stadt lebten. Doch auch hier wurde sie nicht glücklich.

Agnes, die jüngere Schwester, schloss sich ihr an; wenig später kam die Nachbarin und Freundin Pacifica dazu. Im Kirchlein San Damiano, das schon für Franziskus große Bedeutung gehabt hatte, fanden sie schließlich den geeigneten Ort. Durch den Einzug der Frauen bekam die Kirche ihr eigenes Gesicht – ein Klosterbau entstand. Später stießen sogar Chiaras Mutter Ortulana und ihre Schwester Beatrice zu der Gemeinschaft. Spirituell betreut und materiell versorgt wurde diese von den Brüdern des Franziskus. Die Schwestern mussten zwar nicht betteln gehen, dennoch oder gerade deshalb blieb auch für sie Armut das höchste Ideal. Bald schon rückte San Damiano ins Blickfeld der offiziellen Kirche, denn es war das Zeichen eines allgemeinen Aufbruchs: Überall entstanden neue Gemeinschaften von Frauen nach diesem Vorbild, eine religiöse Frauenbewegung entfaltete sich in ganz Mitteleuropa – und die Kirche musste reagieren.

Kardinal Hugolin von Ostia, der schon bald als Gregor IX. den Stuhl Petri besteigen sollte, wollte die spirituell suchenden Frauen Nord- und Mittelitaliens vereinigen und nach *seiner* Regel einen neuen Frauenorden gründen. Dabei sollte San Damiano das Zentrum werden – allerdings ohne der strengen Armutsauffassung Chiaras Raum zu lassen. Der Konflikt war unausweichlich. Als der Papst 1228 anlässlich der Heiligsprechung Francescos mit Chiara zusammentraf, bot er ihr unverhohlen Besitz für das Kloster an. Sie lehnte kategorisch ab: Die Schwestern und sie hätten Gott gelobt, in Armut zu leben – das war keine vertragliche Angelegenheit, von der ein Papst sie hätte lossprechen können, sondern ein Treueversprechen.

Überraschenderweise lenkte der Papst ein. San Damiano besaß bereits das »Privileg der Armut«, das paradox klingende Vorrecht, niemals Privilegien annehmen zu müssen. Gregor IX. bestätigte dieses noch einmal. War Chiaras Kampf damit zu Ende?

Mitnichten! Ein neuer Papst, Innozenz IV., wurde gewählt – und der Kampf begann von vorn. Chiara machte sich daran, ihre eigene Regel niederzuschreiben: die erste Regel, die jemals eine Frau verfasste und die ein Papst bestätigen sollte.

Das Problem: Chiara war sterbenskrank, die Zeit drängte. Papst Innozenz IV. besuchte sie am Sterbebett und stellte dort die heiß ersehnte Bestätigungsbulle aus: das Datum, das sie trägt, ist der 9. August 1153.

Chiara erhielt sie einen Tag später, drückte sie zärtlich an sich und küsste sie viele Male.

Am nächsten Tag, dem 11. August, war sie tot.

Dichtung und Wahrheit

CHIARA VON ASSISI

Mein Roman behandelt die Umstände von Chiaras Tod im Sommer 1253, und tatsächlich ist sie am 11. August jenes Jahres in San Damiano verstorben. Sie war lange krank. Manche sprechen sogar von Jahrzehnten, während derer sie das Lager nicht mehr verlassen habe. Ausgelöst durch unverhältnismäßiges Fasten, war ihr Körper extrem geschwächt. Nach zeitgenössischen Aussagen soll sie nur zweimal in der Woche feste Nahrung zu sich genommen haben. Schwere gesundheitliche Probleme waren die Folge.

Hervorgehoben wird aber ihr starker Wille – den hat die Chiara meines Romans ebenso. Kurz vor ihrem Tod erhielt sie das Armutsprivileg aus den Händen von Papst Innozenz IV., darin bin ich der Historie gefolgt, wenngleich die Umstände vielleicht anders ausgesehen haben mögen. Chiara wurde im Jahr 1255 heiliggesprochen – also bereits zwei Jahre nach ihrem Tod.

Generell sind die Viten mittelalterlicher Heiliger mit größter Vorsicht zu genießen. Beschönigungen, Auslassungen, Übersetzungen – all das gehörte damals zum »Geschäft«, und niemand hat sich daran gestört. Es galt, ein makelloses, ein perfektes Bild zu zeichnen, an dem alles »rund« war. Es sollte erheben und belehren. Mit der Wahrheit nahm man es nicht so genau.

CHIARA UND FRANCESCO

Waren sie nun ein Liebespaar?
In der Fachliteratur wird bis heute darüber gestritten. Von Francesco weiß man, dass er in seiner Jugend ein großer Lebemann war, dem Sinnenrausch jeder Couleur geradezu verfallen. Dann kam der extreme Umschwung vom Genießer zu dem Asketen, der seinen Körper in noch brutalerer Art und Weise knechtete als Chiara. Immer wieder wird berichtet, wie er vor allem sexuelles Begehren abtöten musste, wie er gegen die Verlockungen des Fleisches anzukämpfen hatte. Eine starke Libido hat er jedenfalls gehabt, das steht fest.

Sollte es da in jungen Jahren nicht zu näheren Kontakten zwischen seiner engsten Jüngerin und ihm gekommen sein? Chiara hat ihn leidenschaftlich und inniglich geliebt. Er war ihr Vorbild, ihr Freund, ihr Bruder – war er noch mehr als das?

Mich hat es sehr gereizt, diesen Faden weiterzuspinnen – mit all den dramatischen Entwicklungen, die sich daraus schließlich im Roman ergeben.

HERRIN ARMUT

Heute, in einer Gesellschaft des Überflusses, die sich allerdings mit dem Phänomen Armut zunehmend wird auseinandersetzen müssen, erscheint uns der Kampf von Francesco und Chiara um ein Armutsprivileg eigenartig. Damals jedoch war dies eine radikale Forderung, die erhebliche Sprengkraft besaß.

Dem armen Christus zu folgen und seinen Aposteln, die ebenfalls nichts besaßen, das bedeutete nicht mehr und nicht weniger als eine grundlegende Kritik an der reichen, satt und korrupt gewordenen Herrschaftskirche. Wäre Papst Innozenz III. nicht so klug gewesen, die neue Gemeinschaft der Franziskaner in die Kirche zu integrieren – sie hätte in ihrer Radikalität (und wegen ihres Zulaufs) der Kirche möglicherweise weitaus mehr zusetzen können, als dies anderen »Ketzern« wie den Katharern oder Waldensern jemals gelungen ist.

KONSERVATIVE UND SPIRITUALE

Einen mörderischen Abt Matteo hat es historisch bezeugt nicht gegeben – wohl aber massive Richtungskämpfe zwischen den verschiedenen franziskanischen Fraktionen und Absplitterungen, die bisweilen mit größter Härte geführt wurden. Besonders der Zweig der sogenannten Spiritualen, der sich auf die Ursprünge des Ordens berief und gegen Hierarchie und Besitz sträubte, wurde bekämpft und verfolgt.

Johannes von Parma (1208–1289), seit 1247 Generalminister, sympathisierte zeitlebens mit dieser radikalen Richtung. Er versuchte den ursprünglichen Ideen Francescos wieder mehr Geltung zu verschaffen. Auch die päpstlichen Erklärungen der Ordensregel hielt er für überflüssig und ließ allein das Testament des Heiligen gelten. 1257 zwang ihn Papst Alexander zum Rücktritt, was ihm alles andere als ungelegen kam. Er zog sich nach Greccio zurück, wo er dreißig Jahre in einer Klause verbrachte.

IM ZEICHEN DES TAU

Das τ-Zeichen ist sehr alt und in verschiedenen Kulturen der Welt bekannt. Es drückt in seiner Urform aus, dass Leben sich in zwei Richtungen bewegt, also Tiefe und gleichzeitig Weite besitzt.

Es ist ein Buchstabe des griechischen beziehungsweise der letzte Buchstabe des hebräischen Alphabets. Es hat in der Bibel eine besondere Bedeutung und in der Kunstgeschichte eine ganz besondere Tradition.

Franziskus liebte das Zeichen und verwendete es oft. Er malte es auf Häuser, Wände und Bäume. Er segnete Menschen damit und unterschrieb seine Briefe damit. Für ihn war es das Zeichen des Erwähltseins, wie es im Buch des Propheten Ezechiel heißt: dass Gott seinen Engel sandte, um auf der Stirn aller Getreuen dieses Heilszeichen einzuprägen (Ez. 9,4). Bevor das Strafgericht über die Stadt Jerusalem hereinbricht, lässt der Herr die Gerechten mit einem τ auf der Stirn zeichnen. Sie sollen von den Mächten der Zerstörung bewahrt bleiben. Ähnlich werden, so Franziskus, am Ende der Zeiten alle, die zu Christus gehören, mit diesem Siegel gezeichnet und befreit werden.

τ ist zum Symbol der Franziskaner geworden und heute auf der ganzen Welt verbreitet.

WILDE ORTE

Jedem, der die Lust verspürt, auf den Spuren Francescos zu wandeln, kann ich nur dringend ans Herz legen, Assisi zu verlassen und ins *valle santo* zu fahren, jenes heilige Tal von Rieti, wo die vier großen Einsiedeleien liegen. Dann bitte das Auto stehen lassen und zu Fuß die letzten Meter (oder gerne auch mehr) hinaufsteigen nach Fonte Colombo, Greccio, La Foresta und Poggio Bustone. Inmitten einer atemberaubenden Landschaft ist an diesen Orten noch viel vom ursprünglichen franziskanischen Geist zu spüren – weit mehr als im überlaufenen Assisi, wo beinahe stündlich Touristenbusse aus aller Welt anrollen.

Machen Sie sich auf die Reise zu Francesco – es lohnt sich!

Ausgewählte Literaturempfehlungen

Reinhard Abeln (Hg.): Klara von Assisi – Aus Liebe zur Armut. Worte geistlichen Lebens. Verlag Butzon & Bercker, Kevelaer 2008

Dieter Bauer u. a.: Franziskus von Assisi. Das Bild des Heiligen aus neuer Sicht. Böhlau Verlag, Köln, Weimar, Wien 2005

Veit-Jakobus Dieterich: Franz von Assisi. Rowohlt Verlag, Reinbek b. Hamburg 2007

Helmut Feld: Franziskus und seine Bewegung. Wissenschaftliche Buchgesellschaft, Darmstadt 1994

Gerard Pieter Freeman: Franziskus, ein Sohn Umbriens. Ein Reisebegleiter zu franziskanischen Stätten. Dietrich-Coelde-Verlag, Werl 1998

Adolf Holl: Der letzte Christ – Franz von Assisi. Deutsche Verlags-Anstalt, Stuttgart 1979

Markus Hofer: Wilde Orte. Franz von Assisi und seine Einsiedeleien. Tyrolia Verlag, Innsbruck, Wien 2004

Otto Kaltenbrunner: Der Rebell und Spielmann Gottes. Franz von Assisi in neuen Legenden. Herder Verlag, Freiburg, Basel, Wien 1996

Martina Kreidler-Kos: Klara von Assisi. Schattenfrau und Lichtgestalt. Francke Verlag, Tübingen, Basel 2003

Anton Rozetter: Klara von Assisi. Die erste franziskanische Frau. Herder Verlag, Freiburg, Basel, Wien 1993

Angela Maria Seracchioli: Der Franziskusweg von La Verna über Gubbio und Assisi bis Rieti. Tyrolia Verlag, Innsbruck, Wien 2010

Danksagung

Tausend Dank an Michael Behrendt, der zweimal mit mir auf der *via franciscana* unterwegs war, weder entlegene Orte noch steiles Gefälle scheute und wie immer ein äußerst anregender, lustiger Begleiter war.

Danke an Dr. Sabine Hohmann – für alles.

Grazie per la mia professoressa italiana Sabina Marineo per il suo aiuto.

Danke an Dr. Stefanie Risse, die uns in Assisi auf den Spuren von San Francesco begleitete und in ihr gemütliches Heim nach Anghiari einlud.

Danke an Dr. habil. Oliver Peschel und Dr. Fabio Monticelli, die beiden Gerichtsmediziner meines Vertrauens bei der Lösung kniffliger medizinischer Probleme.

Herzlich bedankt seien abermals meine ErstleserInnen Hannelore, Bettina, Babsi und Pollo – was täte ich nur ohne euch?

Riebe, Die Braut von Assisi
ISBN 978-3-453 29080-8
Diana (310/01)

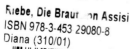

€ 19,99 [D]
€ 20,60 [A]
WG 1113

Folie und Etikett sind recyclingfähig